本卷主编简介

- 李惠敏，北京师范大学文学博士，河北传媒学院副教授，为韩国国立庆北大学外聘教授，日本早稻田大学访问学者。出版《文学生产与文学传播——商业化视境中的中国现代文学1928—1937》等专著4部，发表论文多篇。近年来深耕工业文学研究，主编并主撰《中国工人文学史》（上下）（河北人民出版社2023年版）。

中国百年工业文学大系

丛书主编 贾玉民 樊洛平

戏剧卷 II

李惠敏 主编

中国工人出版社

出版说明

一、缘起

为庆祝中华全国总工会成立100周年，中国工人出版社特组织编纂《中国百年工业文学大系》丛书。文学作品是社会现实的形象反映。本丛书的编纂，全面整理百年来工业文学作品及相关资料，精选优秀作品，按体裁分类，编成20卷的丛书，生动、形象地呈现百年来中国工业化的历程，呈现中国工人阶级的命运和奋斗历史，呈现中华全国总工会在中国共产党领导下，与工人运动一同发展壮大的图景，有助于讲好中国工人阶级故事、中国工业故事和中国工会故事，为更好继承弘扬革命传统，创造未来提供历史借鉴。

二、编纂团队

本丛书编纂团队由《20世纪中国工业文学史》和《中国工人文学史》的作者为基础，邀请郑州大学、河北师范大学、河北大学、河南师范大学、河南理工大学、中原工学院等院校为合作单位，以研究中国工业文学的专家、学者共同组成编辑团队，分工合作，在中国工人出版社的指导下共同完成编纂工作。

三、选录作品范围

重点选录反映工业生活、描写工业人物、揭示工业领域社会问题的优秀作品，根据中国具体情况，适度收录有关传统手工业、商业、人力车夫、纤夫等生活的作品。兼顾各历史阶段、各阶级、各阶层、各个地域、各种产业、各种体裁作品；兼顾专业作家、工人作家、业余作者。

四、编纂原则

真：选录的作品，基本以初发或初版为准，个别作品使用与初版接近“最佳”版本，使其成为中国工业文学发展史的可靠文献。其中繁体字须改为规范简化字；标点符号改为规范格式；错别字给予纠正，加注说明。原作署名为非通用笔名的，注明其真名或通用笔名。

专：各卷按文学体裁编列，分别为史论卷、报告文学卷、短篇小说卷、中篇小说卷、长篇小说卷、诗歌卷、散文卷、剧本卷、电影文学卷、电视文学卷、资料卷。各卷均有独立性，组合又具统一性、逻辑性。

精：各卷首的“导读”，长篇作品的“提要”、节选作品的“简介”，各篇所加注释，务求内容准确、文字简明。

鸦片战争后，中国近代工业开始萌芽，至今已近200年；从中国工人阶级队伍略具规模，至今也已百年以上。这期间出现的各类工业题材文学创作，虽然赶不上“乡土文学”等传统题材作品数量之多，但也可称数量巨大。我们的编纂工作肯定存在不少缺陷，切望有关作家、专家、学者，广大读者批评。

2025年4月

《中国百年工业文学大系》在编纂过程中，有幸收录了众多作家描绘工业岁月的珍贵作品，这些文字是中国工业发展的重要记忆载体。由于时间跨度长、信息更迭等客观因素，书稿付梓之时仍有部分作者未能取得联系，对此我们深感歉意与遗憾。恳请尚未联系上的作者或家属看到成书后，及时与我们取得联系，以完善作品收录的后续事宜。

总序

深刻反映时代巨变，描绘时代精神图谱
——新时代呼唤工业文学的繁荣

“文化是民族的精神命脉，文艺是时代的号角。”习近平总书记的这一重要论断，深刻揭示了文艺与时代的紧密联系。文艺作为社会生活的镜像与人类精神的诗性表达，始终与时代同频共振、血脉相连。它不仅是时代变迁的见证者，更是时代精神的塑造者和引领者，在为我们展现历史巨变的同时，也将中华民族伟大复兴的壮阔征程熔铸成一幅可触可感的精神图谱。

100多年前，我国近代工业刚刚产生，就陷入帝国主义列强的围堵和封建专制的压迫之下，在其筚路蓝缕的艰辛跋涉中，20世纪上半叶就有茅盾、夏衍等作家描写民族资产阶级“工业救国”梦的破产，描写工人阶级的悲惨处境和觉醒斗争，创作了《子夜》《包身工》等优秀作品。新中国成立后，在大规模经济建设中，更多作家长期深入工矿生活，创作了许多新作，如草明的《乘风破浪》、雷加的《潜力》三部曲、艾芜的《百炼成钢》、艾明之的《火种》等长篇小说以及李季赞颂玉门石油基地的诗歌等，出现了工业文学的初次繁荣。而工人

作家胡万春、万国儒等的崛起，则开了工人写工人的先河。到了改革开放大潮中，反映工业战线生活的作品更如雨后春笋，蒋子龙的《乔厂长上任记》等系列，张洁荣获茅盾文学奖的《沉重的翅膀》、程树臻的报告文学《励精图治》，以及众多作家反映工人生活的中短篇小说、诗歌和剧本等，势如乘风破浪，冲上改革文学的前沿。伴随着改革深化和经济转型，在“新写实”和“现实主义回归”文学潮中，又涌现出一批沉甸甸的作品，如张宏森、肖克凡、谈歌等作家真实反映国企工人经历的转型期阵痛的佳作。而“打工文学”在珠江三角洲等沿海经济特区异军突起，更成为新时期工人写工业文学的一道新风景。

从党的十八大开始，中国特色社会主义进入新时代，进一步强化了工人阶级是国家的领导阶级和主人翁地位。在《关于繁荣发展社会主义文艺的意见》指引下，文艺界克服价值扭曲、娱乐至上、唯市场化等倾向，用现实主义精神和浪漫主义情怀观照生活，歌颂光明、抒发理想，鞭挞丑恶、抵制低俗，给人民以信心和力量，在工业文学方面产生了一批讴歌大国重器、“中国制造”的响当当的作品。同时以“知青文学”而闻名的梁晓声，创作了长篇小说《人世间》，描写知青回城前后几个工人家庭两代人的生活变迁，以其动人肺腑的笔力而荣获茅盾文学奖。一向书写矿山工人生活的刘庆邦，以现实主义笔触展示了不同类型的煤矿工人的人生。不少剧作家也创作或改编了描写工业和工人生活的剧本，搬上屏幕，受到广大观众的欢迎。

百余年来，中国工业文学由小到大，由弱到强，形象地记录了中国工人阶级的发展历程。从百年前郁达夫笔下的女工陈二妹，到蒋光慈小说中的工人形象，从《百炼成钢》的秦德贵到报告文学中真实的英雄孟泰、王崇伦、王进喜、赵梦桃等等，构成了中国工业领域的英雄人物画廊，构成了工人阶级光辉的斗争史和成长史。感谢中国工人出版社和主编本丛书的贾玉民、樊洛平诸位教授学者，经过多年努力，辛勤劳作，为广大读者编成此套规模宏大、内容丰富的选本，自是一项盛举！

如今，中国工业文学作家面前仍然任重而道远。

首先，和我国工业迅速崛起的势头相比，工业文学的反映还远远不够。工业文化，尤其是21世纪以来，极速变化，迅速飞腾，节奏之快，前所未有。这就要求我们身在工业战线、对这种伟大变化有深切感受的工业作家，肩负起历史使命，拿出更多新的好作品来。

其次，和经典作品相比，相当一部分工业文学作品对现实的剖析和人物心理世界的开掘还不够深刻，还少有触及这方面深层次的观念冲突、心理变化和复杂的矛盾斗争的新作。随着城市化的加速，新工人、新市民成亿增加，对工业文学的期待必将日益强烈。

中国实现工业化、现代化，是多少代人的理想和立国之本。新时代呼唤工业文学的繁荣。这既是挑战，更是机遇。工业文学作家和工业战线的文学业余作者，自应把握这个历史机遇，全身心地投入这场新的工业革命，投入由农业文明向工业文明的深刻变革之中，在实践中观察，体验，对工业基础以及高端装备等建设成果努力深切了解，对这场变革中的各种人物表现有更生动把握，从而掌握扎实的生活素材，奠定工业文学更生动更深厚的基础。我们深信，广大读者都会殷切期待作家、艺术家的进一步努力，充分认识所承担的历史重任，开出灿烂的文艺之花。希望广大工业战线的文艺工作者不辜负时代召唤、不辜负人民期待，描绘出中华文明古国在21世纪工业腾飞的足迹，绘出民族的精神图谱，奏出时代的最强音。

张　炯

2025年春于苏州

导言

1840年鸦片战争后，中国被迫打开了闭关锁国的大门，随着外国资本主义势力在中国投资办厂，中国出现了第一批产业工人。随后，清政府采取官办、官督商办和官商合办等形式，也陆续开办了一些近代工业。与此同时，民族资本主义企业也艰难地生长起来。由于近代工业还是新生事物，为多数人，特别是文人所不了解，加之那时流行的是传统戏剧，古装的戏剧无法表现现代生活，因此，工业题材、工厂生活未能在传统戏剧中得到反映。

进入20世纪，话剧作为一种舶来品从国外移植到我国，一些知识者也开始了话剧创作，此时中国的民族工业已经有了明显发展，中国工人阶级的数量也显著增多，于是工业题材、工人形象作为生活内容的一部分，有了在戏剧中出现的可能。目前能够见到的较早的工业题材戏剧是署名“鸦江鹗士”的六幕警世新剧《童子针砭》（1916年，《妇女杂志》2卷1—5号）。作品的主人公阿攸是工人之子，其高小毕业后进入振华纱厂，先做学徒，后升账房，再后来被委以重任管理工厂，作品体现出较多的工业内容。

五四时期，与众多的知识分子题材作品相比，带有工业色彩的戏剧作品在数量上要少得多。陈绵的《人力车夫》（《新青年》第7卷第5号）可以说是五四后出现的真正意义上的第一篇工业戏剧作品。与同时期在诗歌、散文、小说中出现的众多人力车夫题材作品相呼应，该剧本描写了人力车夫李二一家凄惨的生活和悲苦的命运，对他们的遭遇表达出人道主义的同情。除《人力车夫》外，在陆家继的《车夫的婚姻》(《晨报副镌》1922年2月26日—3月2日)、童心园的《两个被欺者》(《最小报》第79号，1923年8月)、李健吾的《翠子的将来》(《清华文艺》1926年6月号)中，也出现了人力车夫的形象。此外，这一时期的剧作中还出现了多种职业的工人形象，有纱厂女工(陆秋心的《八点》)、铁路工人(王汝玙的《煤妞儿》)、枪炮厂工人(庞人铨的《人道之贼》)、电车司机(童心园的《两个被欺者》)、车站工人(李健吾的《工人》)、纺织工人(田汉的《午饭之前》)。田汉的《午饭之前》(《创造季刊》第1卷第2期)是一部反映工人贫苦生活及工人斗争的剧本，在剧作中正面出现了纺织女工形象，并出现了工人罢工的内容。

值得注意的是，伴随工人运动的出现和发展，工人运动催生了一些工人戏剧的产生，体现出工人戏剧和工人运动之间的紧密联系。作为新文学史上第一位工人剧作家，庞人铨在湖南长沙从事工人运动时编写了《金钱万恶》《人道之贼》《社会的福音》等剧本，取材于工人生活，反映工人思想意识的觉醒。1925年五卅惨案发生后不久，清华学生何一公很快便创作了反映五卅爱国运动的戏剧作品《上海惨案》(《京报副刊》1925年6月13—15日)，较为全面地反映了五卅惨案的全过程。

进入20世纪30年代后，中国左翼戏剧家联盟提倡在工厂开展工人演剧活动，工业题材戏剧创作较为活跃。龚冰庐与冯乃超合作的独幕剧《阿珍》(《大众文艺》第2卷第4期)是上海艺术剧社第二次公演的剧本之一。阿珍的两个姐姐都是纱厂女工，均因参加革命活动被反动派杀害。作品通过对工厂关门、工人失业、人们处于饥饿之中无以为生境况的描写，表现了工人的苦难。沈叶沉的独幕剧《蜂起》(《沙仑》第1卷第1期)表现了工厂劳资双方的尖锐矛盾和激烈冲突，热情歌颂了工人斗争的胜利。袁殊的独幕剧《工场夜景》以正面描写的手法表现了上海一家铁工场工人们辛勤劳作的场景。面对即将到来的日本兵的逼迫，工友们摩拳擦掌、准备抵抗。田汉的独幕剧

《梅雨》(《读书杂志》第2卷第1期)描写了工人的失业，提出了工人的出路问题，徐氏母女参加罢工并取得胜利，暗示了工人的真正出路。尤兢(于伶)的独幕剧《回声》(又名《梅世钧之死》,《生活知识》第1卷第10期)通过梅世钧之死，表现了日本人对纱厂工人的压榨和迫害，表达了抗日爱国的主题。这一时期较为重要的作品还有孟超的独幕剧《铁蹄下》(《太阳月刊》3月号)、郑伯奇的三幕剧《轨道》(《创造月刊》第2卷第4、5期)、王志之的三幕剧《革命的前夜》、楼适夷的独幕剧《活路》和《S.O.S》(又名《无线电急奏》,《北斗》第2卷第1期)、田汉的独幕剧《年夜饭》《顾正红之死》《月光曲》等。这一时期从事工业题材戏剧创作的剧作家数量明显增多，除前面提到的外，还有欧阳予倩、白薇、孟超、陈荒煤、崔嵬、叶秀、蒋本沂等。在众多作家中，田汉的工业题材戏剧创作数量最大，成就最高。龚冰庐也是工业戏剧创作成就较为突出的一位，除与冯乃超合作的《阿珍》外，还创作有《换上新的》《我们重新来开始》《五月一日》。

1937年7月抗日战争全面爆发后，受战争环境以及作家生活环境的影响和制约，工业题材戏剧创作在数量上锐减，新出现的作品均适应时代要求表现了抗日救亡的主题。

王震之是在解放区出现的一位剧作家，他的《红灯》(《文化月刊》1940年第6期)是直接描写铁路工人抗日斗争生活的作品，成功地塑造了老扳道工何雄的光辉形象。他的独幕剧《矿山》则聚焦于矿山上的一场罢工斗争。在解放区，除王震之的作品外，出现的工业题材戏剧还有陈明、张可的独幕剧《翻车》和崔嵬的多幕剧《矿工队》。

在国统区，工业题材戏剧创作十分冷落，在此背景下，胡绍轩值得格外关注。他的“抗战三部曲”——《铁砂》《煤坑》《盐场》(《盐场》最后未发表)均为工业题材。四幕剧《铁砂》(《中国劳动》第2卷第4、5、6期和第3卷第2期)以大冶铁矿的发展历史为背景，主要描写了大冶铁矿沦陷后大冶矿工与日寇之间的斗争。三幕剧《煤坑》(《中国劳动》第3卷第4、5、6期)，讲述发生在河北井陉煤矿的斗争故事。

除胡绍轩之外，陈白尘的五幕剧《大地回春》(创作、演出于1941年，出版于1948年)描写的是战时企业家艰难探寻实业救国之路。作品以抗战爆发后的前三年为背景，以爱国的民族资本家黄毅哉一家的生活命运为中心，刻画了黄毅哉这样一个具有高度爱国主义精神和强烈事业心的民族资本家形象，表现了民族工业在战争背景下的艰难境地，但对民族工业的发展前景持乐观态度。

茅盾在抗战胜利前创作的五幕话剧《清明前后》(开明书店1945年10月)以1945年3月轰动重庆及全国的黄金案为背景，描写了民族资本家林永清和他的更新机器厂的命运，揭示了“政治不民主，工业就没有出路”的主题。

抗战胜利后，受多重因素的制约，工业题材戏剧创作局面未能得到明显改善，作品依然不多。丁玲、陈明、逯斐共同创作的话剧《窑工》(初刊《北方文化》，名为《“望乡台”畔》，后刊《文艺复兴》，易名为《窑工》)以抗战胜利前后为背景，反映了窑工的悲惨命运以及在抗战胜利后的翻身解放。到了1948年，随着东北和华北的解放，各地工人文艺运动蓬勃开展，工业戏剧创作得到了较为充分的发展，出现了《红旗歌》《不是蝉》等作品。中华人民共和国成立后，在发展工人文艺运动的政策扶植以及作协、工会、文化宫等多部门的助力下，20世纪五六十年代，工业戏剧迎来了自己的创作高峰。

集体创作、鲁煤执笔的四幕剧《红旗歌》(新华书店1949年)描写了石家庄解放后一家纱厂开展的红旗竞赛活动，充分反映了解放翻身后的工人群众在生产竞赛中表现出的高度劳动热情，展示了工人阶级当家做主后新的精神面貌，从而热情歌颂了新社会给工人命运带来的历史性变化。《红旗歌》被誉为解放区、新中国“第一个描写工人生产的剧本”(周扬:《论〈红旗歌〉》)，该剧被作为1949年“五一”劳动节的献礼剧目和第一次文代会的演出剧目，之后又作为向新中国献礼的文艺作品，在中华人民共和国成立后的两年间轰轰烈烈地走向全国。

新中国第一位工人剧作家魏连珍创作的三幕九场话剧《不是蝉》（新华书店华东总分店 1950 年）以轻松的笔调和喜剧手法，描写了工人马顺保从落后到先进的思想转变，表现了工人阶级的成长。

路翎的四幕剧《英雄母亲》（上海泥土社 1951 年）反映的是解放初期华东某纺织厂工人勇敢地保卫工厂，积极恢复生产、提高生产的斗争，刻画了“英雄母亲”周引弟的光辉形象。就是这样一个英雄人物，当时被认为是“一个不真实的、被歪曲了的工人阶级的形象”，作品受到批判。这一时期路翎还创作有工业题材的剧作《人民万岁》（后改名为《迎着明天》）、《祖国在前进》，前者未能在舞台上和观众见面，后者在出版后被错误地批评为“一部明目张胆地为资本家捧场的作品”。这些剧作的遭遇最终扼杀了该作家在工业题材剧作方面的创作热情。

杜印等创作的三幕剧《在新事物的面前》（青年出版社 1951 年）以刚刚解放的东北工业区为背景，描写主人公从硝烟弥漫的战场转入热火朝天的工业建设，面对新的工作、新的事物，所表现出的高度的事业心和强烈的责任感。

李庆升等集体创作的三幕剧《四十年的愿望》（《剧本》1953 年 6 月号）反映成渝铁路建设，热情歌颂了钢铁厂工人在生产上表现出的高度积极性和创造性。

夏衍的五幕剧《考验》（《人民文学》1954 年 8 月号）反映的是新华电机制造厂内围绕工业生产，在厂长丁纬和副厂长杨仲安之间展开的一场思想斗争，表现出两种截然不同的工作作风和思想态度。

作家艾明之以创作工业题材小说为主，在工业戏剧方面也有所涉足。他的四幕剧《幸福》（《剧本》1955 年 5 月号）以轻松的喜剧风格描写了工厂青年工人的生活，形象地探讨了青年工人如何看待幸福、如何为幸福而奋斗的问题。艾明之的工业题材剧作还有四幕剧《钢铁的力量》，反映新中国成立初期上海某钢厂工人的斗争生活。

这一时期独幕剧的创作也较为活跃。蓝光的《姐妹俩》(《剧本》1954 年 3 月号）通过姐妹二人对待工作和爱情的不同态度，肯定了姐姐勤勤恳恳、一心为公的精神；崔德志的《刘莲英》(《剧本》1955 年 7 月号）生动、细腻地刻画了具有社会主义觉悟和道德品质的先进女工刘莲英的形象；陈桂珍的《家务事》(《文学杂志》1956 年第 3 期）聚焦于工人的家庭生活，反思了工厂生产和家庭事务之间的关系。

这一时期出现的较为重要的剧作还有李尔重的《扬子江边》、屈楚等的《初开的花朵》、刘莲池等的《一个木工》、柯夫的《瓦斯问题》等。

1958 年开始的“大跃进”运动，带动、刺激了工业题材戏剧创作，迎来了工业题材戏剧创作的一个高潮，产生了众多在当时影响十分广泛的作品。如刘川的八场话剧《烈火红心》(《剧本》1958 年 10 月号)、刘沧浪等的《钢花怒放》(《红岩》1958 年第 11 期)、王命夫的八场话剧《敢想敢做的人》(《剧本》1959 年 1 月号)、李志刚的四幕话剧《比翼齐飞》(《剧本》1959 年 12 月号)、王命夫的八场话剧《三八红旗手》(《剧本》1960 年第 8、9 号合刊）等。这些作品反映了“大跃进”年代的特定氛围，塑造了那个年代的劳动英雄的形象，在真实与想象中，抒发当时人们的高涨热情，表达了其美好愿望。

与此同时，一些工业题材戏剧则致力于对历史上工人运动的书写，歌颂工人阶级的革命精神和工人运动的红色传统。在这方面代表性作品有金山执笔的《红色风暴》(《剧本》1958 年 4 月号)、丁克辛的《二七风暴》以及赵大民、庄小季的《红色工会》(《戏剧战线》1959 年第 5、6 期)。

1964 年 2 月，中共中央提出了“工业学大庆”的口号，在此背景下石油工人的斗争生活被搬上戏剧舞台，有尚久骖、吴云龙的六场话剧《战油田》(《新疆文学》1965 年第 7、8 期）和中国青年艺术剧院集体创作，段承滨、王景愚执笔的《石油凯歌》。孙维世创作的六场话剧《初升的太阳》(《剧本》1966年2月号)没有直接描写石油工人，而是另辟蹊径，热情歌颂大庆家属闹革命的先进事迹。

20世纪五六十年代的工业题材戏剧创作，从作品数量及其社会影响力来看，在20世纪工业戏剧史上，都堪称高峰。具体体现在:(一)创作数量不菲。从1949年中华人民共和国成立至1965年"文化大革命"爆发之前，据不完全统计，共出版工业题材戏剧作品(集)118部，同期共出版工业文学作品(集)557部，在四大文体的创作中也不处于劣势。(二)创作队伍庞大。工业戏剧创作有着较好的群众基础，其创作主要分为两类，一是剧作家的个人创作，二是团体或多人的集体创作，创作队伍十分庞大。既有陈波儿、逯斐、路翎、夏衍、老舍、阮章竞、艾明之、柯夫、丛深、刘川、王命夫、贾克、蓝光、刘沧浪、鲁煤、崔德志这样较为知名的作家，也有从工人中成长起来的新人，如魏连珍、胡万春、陈桂珍，此外还有数量众多的没有太大名气的创作者。如共同创作了三幕剧《在新事物的面前》的杜印、刘相如、胡零，共同创作了《四十年的愿望》的李庆升、石玺、石曼、田广才、赵锵等，共同创作了四幕剧《初开的花朵》的屈楚、周均、丁力……(三)戏剧的舞台化程度相当高，颇受工人群众的欢迎。由于有着工人文艺活动的基础，绝大多数作品都得以在舞台上演出，和观众在舞台见面，甚至出现了《敢想敢做的人》这样的爆款剧目，该剧由青岛话剧团搬上舞台，仅在1958年9月开始的四个月中，在青岛、烟台、济南、天津、北京等地就先后演出了280多场，场场爆满，后来演遍了大半个中国。

20世纪五六十年代工业戏剧的繁荣一方面得益于社会主义建设的外部环境，另一方面得益于各地对工人戏剧活动的重视以及工人焕发出的高涨的创作热情。

"文化大革命"十年间，受整个社会政治动荡的影响，工业戏剧创作数量明显减少。从1966年5月到1972年，工业戏剧一片凋零，基本没有新的作品问世。1967年5月进京演出的京剧《海港》的存在，延续着工业戏剧的薪火。《海港》改编自李晓民编剧的淮剧《海港的早晨》（上海文化出版社1964年10月），作品描写码头工人生活，表现阶级斗争主题，主人公方海珍被塑造成了“无产阶级专政下继续革命的光辉典型”。除《海港》外，同为样板戏的京剧《红灯记》因其对铁路工人革命斗争历史的反映，也支持着工业戏剧的存在。1972年，随着国内政治形势的变化，中央对文艺政策有所调整。1973年以后，工业戏剧在沉寂多年后重新出现。1974年，由上海话剧团三队排练演出的六场话剧《战船台》（杜冶秋、刘世正、王公序编剧）是一部反映我国造船工业大打翻身仗的大型话剧。剧本描写1970年大江造船厂在小船台上造出万吨轮的故事，在当时被誉为“为无产阶级文化大革命高唱赞歌”。这一时期有一定影响的话剧还有于炳坤、方胜的六场话剧《金色的熔炉》（1973年），上海儿童艺术剧院创作的七场话剧《钢铁洪流》（1973年），青海《高山尖兵》创作组集体创作的六场话剧《高山尖兵》（1976年），江苏省话剧团创作的七场话剧《大江飞虹》（1976年）。

总的来说，“文化大革命”十年的工业戏剧量小质弱。在内容上，延续了此前开始的对于阶级斗争、路线斗争内容的书写，在书写方式上更为扭曲和模式化；在人物塑造上，受“三突出”原则的影响，主要人物都是高大完美的英雄形象，高度政治化、理想化；在强调表现阶级斗争和路线斗争的背景下，工业戏剧的表现内容被高度政治化，除生产斗争内容外，不再有其他内容，缺少生活气息。

党的十一届三中全会后，中国人民开启了实现四个现代化的新征程。作为时代的反映，工业题材戏剧从不同角度表现了解放思想，打破禁区，以“四化”建设为中心的主题。

崔德志的七场话剧《报春花》（《剧本》1979年4月号）突破了以往政治批判的模式，通过青年女工白洁的遭遇，尖锐地批判了组织路线上的“左”倾错误和反动的血统论，揭示了“四化”进程中存在的新的矛盾，塑造了站在时代前列、敢于拨乱反正的共产党员形象。

宗福先、贺国甫的话剧《血，总是热的》(《剧本》1980 年 12 月号）描写的是风凰丝绸厂围绕经济体制改革所进行的尖锐激烈的斗争，塑造了勇于开拓进取的改革者罗心刚的形象。

梁秉堃的六场话剧《谁是强者》(《剧本》1982 年 1 月号）围绕着新华纺织厂 9000 锭车间项目在建设过程中遇到的来自社会方方面面的阻力，揭露了社会上的各种不正之风对于“四化”建设的阻挠和破坏，在呼吁良好的社会风气的同时，也发出了改革的呐喊。

中杰英的四幕话剧《哥儿们折腾记》(《百花洲》1983 年第 2 期）直面企业中存在的问题，通过描写某建筑装饰厂牛宝山等青年工人的活动，探讨企业体制改革问题。

马中骏、贾鸿源的二幕话剧《街上流行红裙子》(《收获》1984 年第 3 期）描写的是纺织厂青年女工的生活，表现了当代青年女工新的生活态度和新的追求，也表现了新旧观念的冲突。

此外，以改革为主题的工业题材戏剧还有赵梓雄的《未来在召唤》(《剧本》1979 年 8 月号）、邹维之的《初春》(《剧本》1982 年 4 月号）、沙叶新等的《大幕已经拉开》(《剧本》1982 年 5 月号）、崔德志的《红玫瑰》(《剧本》1984 年 1 月号）、梁秉堃的《阵痛的时刻》(《剧本》1984 年 10 月号）等。

20 世纪 80 年代中期以后，随着人们戏剧观念的更新，工业戏剧创作发生一些新变化，由写社会问题、重大事件向着力写人转化，写人的命运、人的性格、人的丰富感情世界与精神追求。如谢民的悲喜剧《一个火葬女工的情史》(《影剧艺术》1984 年第 5 期）、梁秉堃的《夜晚过去是早晨》(《啄木鸟》1985 年第 5 期）、马中骏和秦培春的《红房间・白房间・黑房间》(《收获》1986 年第 2 期）、一东的《行星启事》(《剧本》1988 年 5 月号）等。这些剧作中的生产氛围渐淡，生活气息转浓。从创作数量上看，1985—1989 年间和 20 世纪 80 年代前期相比明显减少。

进入 20 世纪 90 年代以后，工业戏剧创作焕发出生机和活力，呈现出比较繁荣、活跃的局面。仅在 1991 年，就出现了杨利民的《大荒野》、许雁的《情结》(《剧本》1991 年 1 月号)、贺国甫的《大桥》(《剧本》1991 年 12 月号)、代路的《女儿城》(《戏剧丛刊》1991 年第 1 期)、《海边有个男儿国》(《剧本》1991 年 8 月号) 等多部剧作。

贺国甫的多场次话剧《大桥》作为献给上海浦东建设者的一曲颂歌，以南浦大桥建设为代表，描写一支工程队在建桥过程中的努力和奉献，从一个侧面及时反映了当时开发浦东这一重大历史事件，热情讴歌了上海建筑工人高昂的建设热情和无私的奉献精神。

杨宝琛的四场话剧《大青山》(《剧本》1994 年 7 月号) 以摆脱林场生存危机为背景，着力塑造了林场场长吴常福等人物形象，歌颂和肯定了他们的开拓精神和拼搏精神，刻画了独具特色的北大荒人形象。到了 1999 年创作的《青山不老》(《剧作家》2001 年第 6 期)，进一步在人与自然、人与森林的关系描写中，深入探讨了生态环境问题。

20 世纪 90 年代中期，随着改革开放的深入，国有企业进行市场化改革后，有的面临破产或重组，引发企业工人下岗潮。剧作家发扬现实主义文学传统，直面现实，对下岗工人的生活和命运进行了及时、深入的反映，表现了工业戏剧与工人休戚与共的血肉联系。代路的小剧场话剧《我曾经爱过你》(《新剧本》1995 年第 4 期) 虽然不是主要表达下岗主题的剧作，但剧中的王丽华无疑是话剧舞台上最早出现的下岗女工形象。徐频莉的大型话剧《血亲》(《剧本》1995 年 11 月号) 讲述的是下岗工人创业的故事；代路的《工人世家》(《戏剧丛刊》1998 年第 5 期) 通过一个一家三代工人家庭里发生的故事，反映了国有企业在从计划经济向市场经济转型过程中遇到的困难，表现了下岗职工惶惑、痛苦、自强、奋进的心路历程，讴歌了中国工人阶级的博大胸怀和无私奉献精神。

李宝群的四幕话剧《父亲》(《剧本》1999 年 10 月号) 写的是一个退休的老工人和他的下岗子女的现实处境，通过一个家庭映射社会，反映改革进程中部分工人经受的经济体制转型期的阵痛，及其在摆脱困境的过程中迸发出的顽强的生命力，以及家人之间在相互扶持、彼此温暖中流露的亲情，表现了普通人真实、美好的人性。除《父亲》外，李宝群的话剧《长子》《母亲》《矸子山上的男人女人》也都涉及下岗题材，他的《父亲》《矸子山上的男人女人》和《黑石岭的日子》共同组成“东北工人三部曲”，比较广泛地反映了东北老工业基地工人的生活和命运。

相关题材的话剧还有赵瑞泰的《春夏秋冬》(《戏剧之家》1999年第2期)、王鹏博的《下岗了，别趴下》(《新剧本》1999年第2期)等。

石油工人出身的剧作家杨利民则植根大庆油田这片沃土，他的剧作大多反映的是油田工人的生活，塑造的是油田工人的形象。从1986年的成名作《黑色的石头》，到1996年的代表作《地质师》，再到2005年的《铁人轶事》，杨利民一直谱写石油工人的赞歌。1996年问世的四幕话剧《地质师》为杨利民带来广泛声誉，获文化部“文华大奖”、中宣部“五个一工程”奖。这是一部热情讴歌石油人的颂歌，作品在一个广阔的时代背景下，通过洛明、曲月、刘仁等人的经历，描绘了石油人的奋斗与追求、遭际和坎坷，歌颂了他们身上体现的坚韧不拔、吃苦耐劳的骆驼精神。

在20世纪90年代，工业戏剧创作繁荣的一个具体体现，是产生了一些具有自己创作个性和风格的剧作家，如青岛的代路、鸡西的杨宝琛、大庆的杨利民、辽宁的李宝群，还有一些作家已经崭露头角。

进入新世纪后，戏剧文学的创作进入了从来没有过的困境，“工业题材写作陷入瓶颈”(金莹:《工业题材写作陷入瓶颈》,《文学报》2009年6月4日)，在此大的文学背景下，工业戏剧创作在创作数量上明显减少，作品发表以及公演后的社会反响也大不如前。在文学思潮日趋多元化、社会上刮起一股娱乐至上风的情势下，工业戏剧创作和接受的遇冷有其必然性，虽然并不合理。

2000年，贾鸿源的《中国制造》(《主人》2000年B期)问世，该剧创作历时两年、五易其稿。作为一曲讴歌改革者的“浩然正气之歌”，剧作反映的是市场经济大潮下企业的改革。主人公刘子义作为新时代的改革者，三年前他力排众议，使工厂走上合资之路，如今为了民族品牌的生存和发展，他毅然放弃在合资公司的高薪职位，回到原来的工厂当了个拿低薪的厂长，要带领工人在开放的中国市场上为中国自己的品牌争一席之地。在《中国制造》之后，上海剧作家贺国甫、宗福先在 2005 年还发表了《谁主沉浮——道拉斯先生到来之前》（多场次话剧，《上海文学》2005 年第 5 期）。

王立信的四场话剧《世纪彩虹》（《剧本》2001 年 2 月号）通过造桥工人石松生、桥梁工程师黄乐水、桥工处干部周铁林三个人半个世纪的造桥经历，折射了新中国五十年造桥业的发展，歌颂了中国造桥人的奉献精神和牺牲精神。剧作获文化部第九届文华新剧目奖、第六届中国艺术节优秀剧目奖。王立信后来还创作有反映下岗工人生活的六场话剧《平头百姓》（《剧影月报》2003 年第 1 期）和展现中国高铁建设发展的话剧《中国速度》（2016 年 11 月上演，未发表），《平头百姓》在第 11 届中国艺术节上获得“文华大奖”。

杨利民的《铁人轶事》（《新剧本》2005 年第 4 期）选取王进喜的八个生活片段来表现铁人精彩的一生，礼赞铁人精神，通过王进喜和他的钻井队的奋斗历程，表现了中国的石油事业由弱到强的发展进程。

李宝群的《矸子山上的男人女人》（《剧本》2007 年 5 月号）描写一支女子拣煤队在矿山关闭后，在支书秦铁柱的带领下，在逆境中自强不息、创造希望的故事。2010 年发表的《黑石岭的日子》（《剧本》2010 年 8 月号）以编年史的形式描写了刘黑子等四个煤矿工人五十年的友情，演绎了“牵手过河、抱团过冬”的人间真情。

2012 年 11 月，党的十八大召开，中国特色社会主义进入新时代。工业题材戏剧创作在继承以往优良传统的基础上，在题材和艺术形式上均有所突破，创作呈现出锐意创新的新气息。

喻荣军的话剧《钢的琴》（《剧本》2012 年 12 月号）改编自张猛

编剧的同名电影。作品讲述的是下岗工人的故事。2021 年，喻荣军又创作了话剧《大道》，作品以华为公司老总任正非为人物原型，讲述主人公尤道生和他所带领的企业“国讯”，如何在中国 30 多年通信科技高速发展中脱颖而出，完成从“中国制造”到“中国创造”的艰难蜕变。剧名“大道”，既指主人公尤道生的人生大道，也寓指中华民族奋起腾飞的大道。

梁秉堃曾在 20 世纪 80 年代改革文学浪潮中奉献出《谁是强者》《王建设当官》《阵痛的时刻》等工业戏剧作品。进入新时代后，77 岁高龄的剧作家老当益壮，创作了话剧《格桑花》(《剧本》2013 年 7 月号)。剧本聚焦修建青藏铁路这一重大题材，把各族人民修建“天路”的寻梦、追梦和圆梦的过程编演成话剧，展现了铁路建设者们“挑战生命极限，创造人间奇迹”的光辉形象，热情歌颂了建设者不畏艰险、无私奉献的战斗精神。

军事工业题材的文学创作在新时代得到许多作家的关注和重视，在小说、戏剧、报告文学创作中均有亮眼的表现。在话剧方面，阿莹的《秦岭深处》(最初在《剧本》2014 年 11 月号发表时名为《秦岭八号》，在《当代戏剧》2016 年第 2 期发表时改为现名)是作者“献给军工人的一首歌”。作品描写的是秦岭深处一座军工厂里一群军工人研制导弹的真实故事，通过军工人独有的惊心动魄的故事，塑造了一群坚守在大山里的军工人形象，歌颂了军工人为了强国强军牺牲个人幸福、不顾个人安危的奉献精神。《秦岭深处》获第 31 届田汉戏剧奖一等奖。同样是以军工人为表现对象，作家阿莹还创作了长篇小说《长安》(《当代》(长篇小说选刊) 2021 年第 3 期)。

2020 年，大型话剧《深海》(作者周振天、陈萱，刊《剧本》2021 年 1 月号)被搬上舞台。这是一部描写共和国勋章获得者、“中国核潜艇之父”黄旭华的话剧。主人公黄旭华献身国防工业的人生，也是中国潜艇事业从无到有、发展壮大的过程。主人公隐姓埋名几十年，最终让中国海防线上的钢铁长城默默矗立在深海！《深海》获第25届曹禺戏剧文学奖、中宣部第16届精神文明建设“五个一工程”奖。

类似题材的剧作还有林蔚然的《大国工匠》（敦煌文艺出版社2019年）、谭博的《坦先生》（《剧作家》2024年第2期）。

王俭是这一时期创作较为活跃的一位剧作家。他的《追梦云天》（《剧本》2019年5月号）讲述了中国三代民航人的追梦历程，作品以大飞机研制的过程作为背景，着重展现剧中人物的心路历程。《炉火照天地》（《剧本》2023年2月号）展现新时代、新征程钢铁人锐意进取的光辉形象和直面挑战、精益求精的大国工匠精神。作品获评第18届中国戏剧节优秀剧目。

与其他剧作家关注现实题材不同，李新华的《铁血道钉》（《剧本》2017年4月号）是一部以中国铁路工程师詹天佑主持修建京张铁路为题材的历史话剧。全剧起于修建京张，终于京张建成，撷取“工人罢工”“隧道塌方”以及“车钩事故”三个节点，刻画了有着钢铁般意志的铁路工程师詹天佑的光辉形象，歌颂了他的“实业救国，铁路兴邦”的爱国主义精神。管燕草编剧的淮剧《大洪流》（《剧本》2016年第5期）择取的是红色历史题材。《大洪流》由上海淮剧团献演后好评不断，作者也在演出实践的基础上进一步修改，以求更加完美。作品以20世纪20年代上海工人武装起义作为背景，把笔墨聚焦于小人物的命运，以小见大，通过展示主人公的爱情、亲情和友情，感受到当时的大革命洪流，感受到革命者拥有的共产主义信仰和精神。

此时的东北剧坛较之其他地方，戏剧活动更为活跃，除前面提及的杨利民、李宝群外，作为后起之秀，黑纪文也创作出一些工业戏剧作品，如《郭明义》（2011年，与黄伟英合作）、《工匠世家》（2019年），这些剧作搬上舞台后都颇受好评。话剧《郭明义》曾进京演出，受到中央领导的充分肯定和鼓励。作品还被改编成同名电影。《工匠世家》搬上舞台后，《光明日报》发表文章（欧阳逸冰：《工匠精神国之瑰宝——看话剧〈工匠世家〉》，2019年8月28日），予以充分肯定。

新时代工业题材戏剧创作在传统话剧和戏曲之外，还有了更多其他艺术形式的探索实践。如谭博的歌剧《铁人三重奏》(《剧作家》2021 年第 5 期)、2021 年 7 月开始全国百场巡演的广西首部大型工业题材音乐剧《致青春》、2022 年 11 月在江苏大剧院首演的大型原创歌舞剧《攀登·攀登》、2023 年 5 月在国家大剧院与首都观众见面的舞剧《东方大港》(王思思、钱鑫执导，马凌姗编剧，宁波市演艺集团创排，宁波市歌舞剧院演绎)。这些作品均以不同的艺术形式演绎工业题材故事，给人不同的艺术感受。

回顾工业戏剧走过的百余年历程，从中不难看出百年中国革命、建设、改革的发展历程，见证中国工人阶级命运的变迁和中国工业百年来走过的道路：从无到有，从弱到强，突破帝国主义列强的封锁，推翻封建专制和官僚资本主义的统治，革除一切阻碍生产力发展的不合理因素，终于使古老的中国到 2020 年，我国已经基本实现了工业化，从一个落后的农业国，发展成为世界第一工业大国，建成门类最齐全、产业链最完整的工业体系。在此背景下，书写百年工业发展历史，礼赞为了工业现代化不懈奋斗、辛勤付出的中国工人阶级，显得尤为重要。我们欣喜地看到，2021 年之后，喻荣军的《大道》、周振天和陈萱的《深海》、王俭的《炉火照天地》、周振天的《轨道》(2024 年)等剧作问世，这些剧作聚焦新时代的风云人物，讲述新时代的工业故事，讴歌中华民族自强不息的精神和坚韧不拔的奋斗意志，凸显出新时代特有的时代气息。

期待剧作家发扬工业戏剧的优良传统，在今后创作出更多、更好的佳作。

李惠敏

目录

报春花

（七场话剧）

崔德志

时　间　新长征开始的时候。

地　点　祖国东北某纺织厂。

人　物　李　键——男，五十六岁，党委书记兼厂长。

吴一萍——女，五十四岁，党委副书记。

吴晓峰——男，三十岁，技术员，吴一萍的儿子。

李红兰——女，二十七岁，织布工人，李键的女儿。

白　洁——女，二十六岁，织布工人。

由　贵——男，三十岁，推销员。

刘小英——女，二十四岁，织布工人。

韩卫东——男，二十九岁，秘书。

魏大姐——女，四十岁，验布工人。

第一场

时　间　初春。一个假日午后。

地　点　李键家。

布　景　舞台右侧四分之三是房子。有台阶、门灯。通过断面可以看见宽敞的室内！

正面一排玻璃窗，窗下一张大写字台，上面放着台灯、电视机、笔筒、书籍等。左侧是通外面的门，门旁有一单人床、一个书柜。

室外是个小庭院，有两株迎春绽苞开放。

〔幕启　李键坐在电视机前学英语。

〔李红兰系着围裙从厨房出来。刘小英跟在后边。

李红兰　（喊）爸爸！

〔李键聚精会神地学，未听见。

〔李红兰上去把电视机关掉。

李　键　（一惊，站起来）兰兰！

李红兰　客人要来啦。

李　键　还有一小节。

李红兰　六十岁的大学生，还入迷啦。

李　键　回来工作啦，没有知识，新长征路上要掉队的。

李红兰　请的客人一会儿就来，您不换件衣服呀？

李　键　吴姨是你妈妈的老朋友，不是外人。

李红兰　就她一个人吗？

刘小英　您忘了？还有兰姐自己的客人。

李　键　对。还有晓峰……

李红兰　（不好意思地）他是跟他妈来的。

刘小英　晓峰真了不起，成了反“四人帮”的英雄！一进来，屋都得亮啦！

李　键　十几年没见，出息了。

刘小英　（对李红兰）你到市里开会的发言稿，他给你改好了吗？

李　键　我记得他很能写。“文化大革命”开始那阵，他大字报写得很有劲儿。

刘小英　就为一张反对江青文攻武卫的大字报，差点没把他整死。

李　键　记得在技校批斗我那回，心脏病犯了，还是他把我背回来的。

李红兰　您讲过多少遍了。什么还有一个女学生递给您一片药，救了您的命。

李　键　是的，到现在也不知道那个女孩子是谁。

刘小英　听说这回晓峰要脱产当人事科长啦？

李　键　知道，知道。关于他的事，我从乡下回来兰兰就不停地在向我介绍。

李红兰　（羞怯地）人家不就是说他现在给我改发言稿吗？

李　键　对。我女儿没讲别的，就是说他给改发言稿。

李红兰　您快换件衣服吧！

〔李键拿起椅子上搭的衣服欲穿。

李红兰　（抢下扔在一边）这一敞直掉土，能会客人吗？

李　键　看！从农村回来就忙，也没顾得买一件。

李红兰　（从衣柜拿出件新上衣）您看合身不？

李　键　（意外地）哎，我女儿会变戏法儿呀！从哪儿飞来的？

刘小英　兰姐一夜没睡，照着您的旧上衣做的。

李　键　（高兴地）兰兰真不简单，成了裁缝啦。

刘小英　一会儿再看看那一桌菜，都成名厨了。

李　键　真是长大了，能把整个家管起来了。若是你妈妈还活着，有

多喜欢哪！（拿起桌上相片，出神）

李红兰　（一把抢过相片）今天是个喜庆日子，不许想伤心的事儿。

李　键　好好！看看你做的菜。（一边自语一边向厨房走去）乌云散了，孩子成人了，你却不在啦……（走进厨房）

刘小英　看，又想起你妈妈来了。

李红兰　妈被打死那会儿，爸爸还关在乡下，到了没见着面；这次回来还一直认为她活着。

刘小英　那心里是够难受的。

李红兰　爸爸是个坚强的人，他是把仇恨埋在心里。

刘小英　我要回去啦。

李红兰　再等一会儿。

刘小英　方才和你谈入团的事儿，我挺着急。我出次布太多，听说车间有人表演先进操作法，得去看看。

李红兰　任务要完成，可加入团组织主要看政治觉悟。你根红苗正，以后好好学习毛主席著作，开会发言，经常汇报思想就行啦。

刘小英　现在大家都重视产品质量。

李红兰　我负责发展你，按我的要求做没错。

刘小英　那我在这儿还能帮你做些什么？

李红兰　一会儿晓峰要来，我有点紧张。

刘小英　你们也不是第一次见面。

李红兰　他从监狱出来我们还没有讲过话。

刘小英　来了先慰问慰问他。

李红兰　我怕他知道我和韩卫东的事。

刘小英　谁想到他还能活着回来呀？当时他妈也同意不让你等啦。

李红兰　吴姨都向他解释过。吴姨还做我的工作，让我主动点。……

刘小英　吴书记很喜欢你，晓峰从来都听他妈妈的话，你又选上市劳动模范，还有啥挑的？

李红兰　不知道怎么心里总是跳。等他来了，我们说开话你再走。

刘小英　好。

李红兰　（端起糖盘）你不喜欢吃糖吗？这都是巧克力，坐在这儿吃吧！

〔敲门声。

刘小英　（从窗户往外望了一下）吴书记来啦。

李红兰　晓峰跟在后边吗？

刘小英　就是吴书记一个人。

李红兰　（对厨房喊）爸爸！吴姨来啦。

〔李键从内出。吴一萍上。

刘小英　吴书记！

吴一萍　小刘也在这儿。（对李键）穿上礼服啦？

李　键　欢迎贵宾嘛！

吴一萍　厂子还要开大会，欢迎你来主持工作呢。

李　键　靠边站了十几年，一切都生疏啦，怕干不好。

吴一萍　你在局里抓了多少年生产，市委特地派你来顶大梁，总比我这白帽子强。

李　键　在报上看到你们工厂已经成了大庆式企业啦。

吴一萍　这是靠兰兰这些先进人物捧的。她月月超额。

李　键　这些年她也靠你的帮助。

吴一萍　这孩子很要强。“四人帮”帽子满天飞，没把她压垮，争上了两年车间先进生产者，入了党。这次我推荐她当市劳动模范。（对李红兰）去市里开会，准备好了吗？

李　键　她在等晓峰。

吴一萍　他比我先出来的，怎么还没到？

李红兰　稿子改得怎么样啦？

吴一萍　昨天就交给他了。大概进厂办点事。一会儿就能送来。

李　键　晓峰要调到人事科吗？

吴一萍　对。原来帮派的人垮了，几个党委委员都同意让他去抓一抓。我看他还应该在下边锻炼锻炼。

李红兰　党员应该服从组织分配嘛。

李　键　我十几年没见到他，不知变得什么样？

吴一萍　他马上就来啦。

李　键　（对李红兰）那先放桌子吧！

李红兰　吴姨尝尝我做的菜。

李　键　对。今天看看兰兰的手艺。

〔李红兰、刘小英进厨房。

吴一萍　我很喜欢这个孩子。妈妈死了，你下落不明，一个人顶着个家，戴着狗崽子帽子，在虎口里活下来，还闹了个先进生产者，真有点本事。

李　键　我也很高兴。她虽然没成晓峰那样的英雄，可也没陷进“四人帮”的泥坑。这得感谢你这个老朋友呀。

吴一萍　跟自己孩子一样。我不管也对不起她死去的妈妈。

〔刘小英出。

刘小英　上菜不？

吴一萍　（看看表）晓峰马上到。

〔刘小英入内，拿盘、碗、筷出。李红兰端冷盘上。

吴一萍　（望着菜惊奇地）这是什么哪？花花绿绿的？

刘小英　四喜苹果。

李红兰　苹果打了皮把核抠掉，里边塞进肉馅，再浇上番茄酱，用锅蒸的。

吴一萍　这孩子成宾馆的厨师啦。

刘小英　今天特意做这个菜是有原因的。李叔从农村回来是一喜；兰姐要到市里开劳模会是二喜；吴书记来家做客是三喜……

吴一萍　那一喜呢？

刘小英　（故意看着李红兰说）那一喜呀，您自己猜吧。

李　键
吴一萍　（会意地笑）哈哈，哈哈……

吴一萍　晓峰一会儿就来。（对李键）红兰和晓峰从小一起长大，后来两个人一直要好，要不是晓峰住监狱早就该办啦。

〔敲门声。

刘小英　来啦！

〔李红兰急忙把菜放在桌上，又赶快拿出瓶酒摆上。

〔由贵上。

众　人　（一怔）你？

由　贵　怎么还盛宴欢迎？……太客气啦！（上去抓酒瓶）

刘小英　（阻止）不是给你预备的。

由　贵　烟酒不分家。赶巧了就不能见外。

刘小英　（对李键）他是个酒鬼！

由　贵　不。我叫由贵。自由的由，高贵的贵。

吴一萍　厂推销员。

李　键　好！一块喝一杯吧！

由　贵　不，今天请我也不喝。

刘小英　怎么这样知道好歹啦？

由　贵　我来办事。

吴一萍　你看见晓峰没有？

由　贵　请他吃饭哪？那可不要等啦。

李红兰　怎么？不来啦？

由　贵　现在他正在车间总结白洁的操作法。

吴一萍　别胡说。

由　贵　我刚从工厂来，这是亲眼所见。

吴一萍　（不高兴地）这里等他，怎么扯那个闲蛋！

由　贵　这可不是闲蛋。这是关系我们厂的质量大事。

李　键　厂里质量有问题吗？

由　贵　让人家促得都抬不起头来。

吴一萍　我们超额完成任务了嘛。

由　贵　这是两笔账：上级表扬，产品商店不收。

吴一萍　那是你们供销科失职。为什么不想法打开销路？

由　贵　咱们又不白给。（指身上衣服）看！做成衣服就这德行，谁愿意花钱买麻袋穿。

吴一萍　净说醉话。我们厂是大庆式企业。

由　贵　我知道你听不进不同意见。今天是来向厂长反映的。

吴一萍　他刚从局里派来，还没上班。有意见明天找党委谈。（对李红兰）我去找找晓峰。（下）

李　键　（对由贵）布积压不少吗？

由　贵　仓库都快堆满啦。

李　键　好。你先回去，明天上班再研究。

由　贵　您这次来是党委第一书记兼厂长，大家就指望您了。

〔敲门声。

刘小英　晓峰来啦。

由　贵　客人一到，闲人让位。（下）

刘小英　（从窗户往外看了一下）韩卫东！

李红兰　（一惊）他怎么闯来啦？

〔外边又敲门。

李红兰　说我不在家。

刘小英　他从窗户看见你了。

李红兰　（想了一下）我去把他打发走。（出）

李　键　（奇怪地）什么人？

刘小英　原来厂报道组的。

李　键　请他进来嘛。

刘小英　他是帮派的黑笔杆。

李　键　那他来干什么？

刘小英　他和红兰姐有过一段关系，现在断啦。

〔门外李红兰、韩卫东对话。

李红兰　你有什么事？

韩卫东　告诉你个新精神。

李红兰　你在停职交代问题，不要老找我。

韩卫东　听说你要到市里开会，现在《人民日报》有个新提法，质量问题是个路线问题。

李红兰　如果需要讲，会找人替我写到发言稿上。

韩卫东　我是希望你能跟上形势。

李红兰　我屋里还有客人。

韩卫东　好，我不多打扰你。（下）

李红兰　（进屋）真丧气！请的人不来，臭鱼烂虾一劲儿往上上！

李　键　你吴姨也不回来啦。

〔敲门声。

刘小英　（从窗户看了一下）哎！这回晓峰真来啦！（对李红兰）快去开门！

〔李红兰将门大开，刘小英打开屋顶大吊灯。

〔吴晓峰上。

刘小英　你这个神真难请呀！

李红兰　爸爸，这就是晓峰。

吴晓峰　李叔叔！我早就想来看您！

李　键　（端详了半天）认不出来了！完全是个大人啦。

吴晓峰　您也白头了。心脏怎么样？

李　键　心情舒畅，百病退位。你妈见到你了吗？

吴晓峰　见到了。局里来人找她谈任务，来不了啦，让您别等她了。

李　键　那咱们就吃吧。

吴晓峰　我吃过啦，来送讲稿。

李　键　那事儿等会儿再谈，再一块儿吃点。

吴晓峰　不，我还有事。

李　键　稿子看过啦？

吴晓峰　看过了。（把稿子交给李红兰）

李红兰　（翻了一下）怎么一个字也没改呀？

吴晓峰　这个稿不能用。只是把同走资派对着干，改成和“四人帮”对着干，怎么行。

李　键　大概是个旧稿，你帮着重新写一个嘛。

吴晓峰　我手头没有她多少事迹。

李红兰　（不高兴地）我超额五万米你不知道吗？

吴晓峰　布织得很多，等外品也不少。

李　键　这是个问题。你妈说她干得不错呀？

吴晓峰　我妈对厂子问题不清醒。劳动模范应该能解决生产主要问题，带领大家前进。

李　键　你认为厂子当前生产上主要矛盾是什么？

吴晓峰　质量问题。这方面红兰的事迹不突出。

李红兰　（生气地）哼！鸡蛋里挑骨头！（霍地站起来，扭身向厨房跑去，将酒杯碰落地上）

——幕落

第二场

时　间　前场次日。

地　点　厂长办公室。

布　景　正面一排大落地窗。窗左角是门。窗下有个大型写字台，上面放着办公用品。门旁有个雕花木架，上边放着一台电话机。室左侧有一套讲究的沙发。茶几上摆着烟具盖杯。右侧有个塔形产品陈列台，上面挂满布、纱、线等本厂生产的样品，上罩玻璃纸。

〔幕启　吴一萍和李红兰在谈话。

李红兰　（将一张纸扔在桌上，向外走）不填！我不填！

吴一萍　（喊）兰兰！

〔李红兰停下。

吴一萍　一个党员不能这么任性。

李红兰　不够劳模资格，填什么表呀。

吴一萍　别听晓峰瞎说。蹲了几天拘留所，尾巴就翘到天上去啦。

李红兰　人家说群众不拥护。

吴一萍　群众也有左中右。领导信任你。

李红兰　就是你一个人支持，当啥？

吴一萍　我已经和几个党委委员打了招呼。我们是大庆式企业，市里给个代表名额，你是受迫害的老干部子女，又当过车间先进生产者，不推荐你，推荐谁？

李红兰　连个发言稿都没人给写，到台上胡扯呀？

吴一萍　原来那个稿呢？

李红兰　那是以前韩卫东写的，晓峰不说也不能用了。

吴一萍　我再让晓峰给你写一个。

李红兰　他对我有看法。

吴一萍　有什么看法？

李红兰　您看见了，我忙了半天，他一口也没吃。我都要哭出来。

吴一萍　回家让我骂了一顿。他说厂子确实离不开。

李红兰　我总觉得他这次回来对我冷冰冰的。

吴一萍　对你冷，还能跟谁热呀？

李红兰　他不一直在车间看白洁表演吗？

吴一萍　白洁是什么人！这怎么可能。

李红兰　听说晓峰住监狱那会儿，白洁常去看他。

吴一萍　就是送过几回吃的，想买好呗。

李红兰　我就不会那一套。逮捕那天还上台批判过他呢。

吴一萍　那不算什么，党组织决定的。我也批判过他。今后谁成了反革命，都要和他划清界限，这是党的原则。不要想别的，把表拿去填上，准备明天到市里开会。

李红兰　嗯。（从提兜里拿出一个饭盒给吴一萍）给您。

吴一萍　什么？

李红兰　您最爱吃的香酥鸡。

吴一萍　干吗想起买这个？挺贵的。

李红兰　这是昨天特意给您做的，您没吃成，给您带来啦。

吴一萍　快填表吧，我找晓峰给你写稿子。

〔韩卫东上。

吴一萍　你怎么进这屋来？

韩卫东　厂长找我。

吴一萍　你要老老实实交代同帮派的关系。

韩卫东　我都写了几十份检查啦。

吴一萍　要捞干的，把你们的阴谋活动全盘端出来。

韩卫东　我参加的都是阳谋。写的那几篇稿子白纸黑字都印在那儿。

吴一萍　还这么顽固！我告诉你，再坚持反动立场就给你办死班。

韩卫东　（紧张地）吴书记！

吴一萍　今天不准回家！（下）

韩卫东　真冤枉。我一句黑话也没创造，都是《人民日报》上的。

李红兰　你也坑了我，到市里发言都没有稿啦。

韩卫东　昨天我特意告诉你，现在有新精神，质量问题是个路线问题。

李红兰　加上那么一句就顶事吗？

韩卫东　当然，现在讲实干。你再消灭消灭次布。

李红兰　你早干啥啦？还赶趟吗？

韩卫东　“四人帮”也不喜欢来实的呀。

李红兰　前一段你耽误我不少事儿。

韩卫东　不要抱怨，没有我的帮助，你连这个地位也没有。不是我讲用稿写得好，你能当先进生产者吗？我不报道你是“可以教育好的子女”的典型，能入党吗？

李红兰　入党是吴姨的力量，成绩是我个人干出来的。

韩卫东　我知道现在你否定了我，喜欢上吴晓峰。

李红兰　人家能看出“四人帮”的阴谋，你呢？

韩卫东　我钦佩他的眼力和勇气，从心里尊敬他。可我也没有缺德。他们偷偷扎悼念周总理的花圈，我第一个看见的；我还听说他有一本当时认为非常反动的日记；我都没向“四人帮”汇报。

李红兰　这么说，你还是革命的？

韩卫东　我也没那么说。为了入党往上爬，写过吹捧帮派的报道，要深刻检查自己的私心杂念。

李红兰　你要按吴书记的指示，把问题都交代出来。要不死班办起来，关在小黑屋里，够你这个书呆子受的。

〔李键上。

韩卫东　（急迎上去）厂长！……

李红兰　（指李键）爸爸，你找他吗？

韩卫东　（规规矩矩地）我叫韩卫东！……

李　键　好！快坐下！

〔韩卫东坐在椅子边上。

李　键　你以前是厂报道组的？

韩卫东　我在大学念的是纺织专业，从小爱看小说，常往报社投稿，分到这儿就把我留在厂部当秘书。

李红兰　他被定成黑笔杆。

韩卫东　因为我有私心杂念，在那条路线下，做过一些违心的事儿。

李　键　有哪些问题？可以向我讲一讲。

韩卫东　红兰当劳模、入党的材料，我都给拔过高。

李红兰　你别埋汰我。

韩卫东　关于这个厂子的报道，也有水分。

李　键　厂大庆式企业称号怎么来的？

韩卫东　我给吹的。

李　键　实际情况怎么样？

韩卫东　您已经深入下去。仓库堆积的那些次布，是工厂的真实面貌。

李　键　质量一向这么糟吗？

韩卫东　从来没人管过。“四人帮”时候因为产值产量容易出成绩，好报捷，使劲儿抓。帮派就让我在报上吹，现在还有影响。

李　键　工人里没有质量好的吗？

韩卫东　有一个叫白洁的，几万米无次布。可当时不宣传这种人。

李红兰　（抢话）现在也不能宣传。

李　键　你还有什么问题没讲清楚？

韩卫东　没有任何隐瞒的。领导认为不深刻，我继续检查。

李　键　检查不要写了，现在就下车间。

韩卫东　（一惊）什么？

李　键　你学过纺织专业，厂子大上，正需要技术人员，下去发挥你的专长。

韩卫东　（感动地）厂长！……我是有罪的呀！

李　键　年轻人在游泳中喝了两口水，讲清了，总结经验教训就是啦。

韩卫东　（深深望了李键一眼）好吧，我会用实际行动来回答您！（下）

李红兰　他正在受审查，您怎么把他放了？

李　键　我在“清查办”看了他的材料，没有大事，就他说的这些。

李红兰　吴姨说他还没有讲清楚。

李　键　还让他讲什么？外调材料都全了，跟原来厂子帮派人物都是工作关系。还让他交代怎么篡党夺权吗？

李红兰　吴姨还要留下他办死班哪。

李　键　我已经和几个党委委员商量过了，没这个必要。

李红兰　您刚回来，就这么处理运动问题，小心犯错误。

李　键　搞“四化”还是人多一点好。他学过技术，年纪轻轻的拿着工资坐在屋里写检查，是个浪费。

李红兰　我不了解情况，反正您一定要慎重。

李　键　听说你当狗崽子的时候，他同情过你，帮助过你，你们很不错过。

李红兰　我们的关系早断啦。

李　键　生活问题你自己做主。不过对犯错误的同志，要热情帮助，不能落井下石。

〔由贵、吴一萍上。

由　贵　我说吴书记，这布不能再这么织下去啦！

吴一萍　为什么？

由　贵　超额奖也得了，大庆式企业的名也到手啦，该来点真格的啦。

吴一萍　昨天局里来人，又要求我们这个月提前报捷。你怎么吹这个风？

由　贵　你那儿报捷，我这儿报废，这是干什么？

吴一萍　你又喝醉啦。听上级的还是听你的？

由　贵　都对上级负责，谁对人民负责呀？

吴一萍　厂子要服从国家计划。计划就是根据人民需要订的。

由　贵　订计划的要是官僚主义或者考虑不周呢？产品卖不出去，他拿钱包下来吗？

吴一萍　你这个醉鬼，又胡言乱语。

李　键　不，他讲得有道理。

吴一萍　什么？

李　键　我到仓库看了一下，布积压了很多，确实得大抓质量。

由　贵　（高兴地）还是厂长内行。

吴一萍　质量差一点，责任不在我们。现在新工人多，技术跟不上。

李　键　可以找个先进人物，让大家学习，掀起个劳动竞赛。

吴一萍　我们正要宣传兰兰嘛。

由　贵　她常出次布，不行。

吴一萍　哪有一匹次布没有的？

由　贵　有，白洁……

吴一萍　你又说醉话。

由　贵　你可以去看看，她织的都是一等布，错了打我板子。

李　键　方才也有人讲，白洁在全厂质量最好。

由　贵　要把她当大旗树起来，保证全厂大翻身。

吴一萍　那厂子就要改变方向啦。（对李键）别听这个醉鬼的。兰兰是两年车间先进生产者，成分好，去市里开会的表已经给她了，可以号召大家向她学习。

李　键　再听听群众的吧。

〔魏大姐、刘小英上。

魏大姐　（对李键）叫领导看看，这么大疵点，扣分还找我闹。

刘小英　谁不这样？为什么单扣我的呢？

魏大姐　谁像你，一边干活，一边吃糖？你看看白洁，一天超额几十米，一匹次布也没有。

刘小英　她干好点是应该的。

魏大姐　你成次布大王，也理直气壮吗？

刘小英　那你也不能拿我和白洁比，她是什么人！

由　贵　中国人。她的产品可以免检。

李　键　把成绩表给我看看。

〔吴晓峰上。

魏大姐　（对吴晓峰）你那儿有白洁的成绩单吗？

吴晓峰　有。（打开本子）四年干了五年的活儿，马上就五万米无次布。

刘小英　还差两千米呢。

魏大姐　再织两天就够数啦。

李　键　能达到五万米无次布，在全国纺织行业里现在也是个奇迹。

吴晓峰　车间工人都自动学习她的操作法。

李　键　好，我去看看她的布。她是哪个班的？

魏大姐　刚下夜班，在宿舍。

李　键　把她请来我见见。

〔魏大姐欲走。

刘小英　（对魏大姐）那疵点怎么办？

由　贵　干活时间不吃糖，精神集中就好了。

刘小英　吃糖怎么的？花自己钱买的，你还干涉呀？

由　贵　不干涉。以后你消灭次布，我送你五十斤，让你坐在糖堆里吃。

〔魏大姐下，刘小英、由贵随下。

李　键　（对吴晓峰）你把白洁的操作经验整理一份给我。

吴晓峰　我去车间取来。

〔李键下。吴晓峰欲走。

吴一萍　（喊）晓峰！

吴晓峰　（停下）妈妈！

吴一萍　你又往车间跑什么？

吴晓峰　取白洁的材料。

吴一萍　告诉过你，要脱产到人事科。

吴晓峰　党培养我上了大学，我愿意在技术上发挥作用。

吴一萍　不要以为住了两天监狱有了本钱，就向党讨价还价。

吴晓峰　妈！我没那个思想。

吴一萍　昨天为什么对红兰那么冷淡？

吴晓峰　群众对她有反映，我就是提醒她一下。

吴一萍　质量是全厂问题。她出几匹次布有什么大惊小怪的？再给她重写一个讲稿。

吴晓峰　她材料不够，我写不出来。

吴一萍　好，稿子我找别人写。晚上一定到她家去一趟。

吴晓峰　还去干什么？

吴一萍　（从抽屉里拿出一个被面）把这个送去。

吴晓峰　被面？

吴一萍　这是准备你们结婚用的。提前送给她，借机会道道歉。

吴晓峰　她不是和韩卫东好了吗？

吴一萍　韩卫东滚到帮派里了，还可能吗？

吴晓峰　我们也不可能。

吴一萍　批判你几句就记仇啦？党内有纪律，当时你被定成反革命，不划清界限就是党性问题。

吴晓峰　她从来没对我真好过。

吴一萍　胡说。过去你们俩人好过，当我不知道吗？就是中间让韩卫东搅了一下。现在人家主动提出跟你恢复关系，昨天做了一桌子菜，你没吃一口，伤了人家。

吴晓峰　等一等再说吧！

吴一萍　还等什么？你爸爸又从北京来信催。你都快三十岁了。

吴晓峰　（不语）……

吴一萍　我告诉你，兰兰家里外头都支得开，又懂人情，又是个党员，我很喜欢这个孩子。爸爸还是老干部，这样的姑娘上哪儿找去？

吴晓峰　（仍不语）……

吴一萍　你从来都是个听话的，不要叫我操心。

吴晓峰　（指被面）先放您那儿吧。

吴一萍　说是你买的。明天她要到市里开会，再讲几句鼓励的话。听

到了吗？（下）

〔吴晓峰拿着被面欲走。白洁上。

吴晓峰　白洁！

白　洁　你在这儿。

吴晓峰　厂长找你。

白　洁　是你找我。

吴晓峰　快进来！

白　洁　快说，把我骗来干啥？

吴晓峰　真是厂长找你。

白　洁　我不怕领导。厂长是个好老头儿。

吴晓峰　他要你向全厂介绍经验。

白　洁　那是你帮助总结的。你给说说就成了。

吴晓峰　你的质量全厂第一，需要带头改变厂子面貌。

白　洁　你别替我吹。

吴晓峰　厂长听说你几万米无次布很高兴。要让你当长征路上的新标兵，在全厂宣传你。

白　洁　尽瞎说！怎么会那样？

吴晓峰　真的！厂长就找你谈这事儿，在这儿等一下吧！

白　洁　（发现吴晓峰手里的被面）你手里拿的什么？

〔吴晓峰给她看。

白　洁　被面？这是装新的东西。要结婚吗？

吴晓峰　我和谁结婚？

白　洁　要找，不有的是。（指被面）你认识这是什么花吗？

吴晓峰　不认识。

白　洁　这叫报春花。

吴晓峰　报春花？

白　洁　我从小就喜欢这种花，也叫迎春。先开花后长叶，一朵朵淡黄色的骨朵，春风刚一吹就全开啦。

吴晓峰　也像你，迎着祖国四个现代化的春风，就要开放啦。

白　洁　我是什么人哪！连棵小草都不是。

吴晓峰　不，你内心的芳香要喷射出来，身上的颜色光彩照人。

白　洁　你又作诗。……

〔静场。

吴晓峰　（指被面）你是不是喜欢它？

白　洁　太喜欢了。将来我也买一条。

吴晓峰　拿什么买？你攒下的一点钱，都变成我在狱中的营养了。

白　洁　老叨咕过去的事儿。

吴晓峰　人要饿死的时候，不会忘记给他第一碗饭的人。

白　洁　再说我就走啦。

吴晓峰　不，这个被面送给你做个纪念吧！

白　洁　你给别人的东西，我不打杠子。

吴晓峰　不，这是特意给你买的。早就应该答谢答谢你。

白　洁　你妈允许你同我来往吗？

吴晓峰　她允许不允许有什么关系。

白　洁　这……

吴晓峰　在最危险的时候，你帮助了我，我妈心里也会感激你的。

白　洁　好，我先收下。（接过被面）不过我也送你点什么。

吴晓峰　你替我保存的笔记本，就是最珍贵的礼物。

白　洁　你怎么知道在我手里？

吴晓峰　因为他们没有判我死刑。

白　洁　既然知道是我用生命保存下来的，就送给我吧！

吴晓峰　那没有什么用处。

白　洁　它比被面贵重。看到上面激动人心的诗句，就想起悼念周总理的那些日子，曾认识一个共产党员，他平等待我，用火一样的感情和我相处，把我的心也点燃起来……

吴晓峰　我也永远忘不了那一段你给我的鼓励和安慰。

〔李红兰上。白洁急将被面藏在身后。

李红兰　你到领导这儿来干什么？

白　洁　厂长找我。

李红兰　我怎么不知道？

吴晓峰　这不是家里的事儿。

李红兰　你们是办公事吗？（对白洁）现在搞四个现代化，一分一秒都是宝贵的，不能随便离开车间。

白　洁　是！

吴晓峰　我奉领导指示，帮她总结操作经验。

李红兰　那就该在机台旁，大庭广众之下。

白　洁　我走啦。

吴晓峰　不，厂长还没见到你，你再等一会儿。

李红兰　（对吴晓峰）吴姨找你，你应该到她那儿去。

吴晓峰　什么事儿？

李红兰　大概人事科要下调令，找你谈话。

吴晓峰　我告诉妈妈不去嘛。

李红兰　那你去和吴姨谈吧。

〔吴晓峰下。

李红兰　你们谈了些什么？

白　洁　都是些闲事儿。

李红兰　新长征已经开始，得甩开膀子干。生产时间不能脱离岗位。

白　洁　我刚下夜班，领导通知我来的。

李红兰　你听过我们团里的动员报告吗？

白　洁　我不是团员。

李红兰　青年也一样。领导号召晚婚，不要过早考虑个人生活问题。

白　洁　我没考虑过。

李红兰　这是打个预防针。把国家建设成四个现代化的强国，青年担子很重，个人问题先放一放，要把精力用在工作、学习上。

白　洁　厂长不来，我走了。（欲走）

〔李键、吴一萍上。

吴一萍　（挡住）上哪儿去？

白　洁　回宿舍。

吴一萍　领导找你。（对李键）这就是他们说的那个人。

李　键　（对白洁）你就是白洁？

白　洁　对。

李　键　多大年龄？

白　洁　二十六岁。

李　键　多咱入的党？

白　洁　普通群众。

李　键　父母做什么？

白　洁　妈妈是右派，爸爸是历史反革命。

李　键　（一惊）噢！和家庭没什么联系了吧？

白　洁　有。每月给妈寄钱，抚养弟弟、妹妹。

吴一萍　以后要划清界限。

李　键　你怎么做到几万米无次布的？

白　洁　我觉得不应该给人民织次布。

吴一萍　（对李键）没什么事了吧？

白　洁　（站起来）厂长我认识您……

李　键　认识我？

白　洁　批斗您的时候，在台上见过。那会儿我在技校学习。（下）

李　键　她出身有问题？

吴一萍　她说的都是事实。

李　键　我才去成品车间看了一下，她的布织得真漂亮，百分之百的一等品。

李红兰　千分之千也不能宣传。

李　键　不。（对吴一萍）你详细看看她的档案。

吴一萍　干什么？
李　键　向四个现代化进军需要这样一个排头兵。
吴一萍　我已经推荐兰兰参加市劳模会。
李　键　党委再研究一下。（对李红兰）你先把登记表交回来吧。
李红兰　（一惊）爸爸……

——幕落

第三场

时　间　当天晚上。
地　点　李键家。
布　景　同第一场。

〔幕启　李红兰伏在桌上哭。李键上。

李　键　兰兰！

〔李红兰一听是父亲，更不出门，哭出声来。

〔李键从窗户跳进。

李　键　（走到李红兰身边）兰兰！眼睛下雨啦？……

〔李红兰不理。

李　键　昨天还是个大管家，今天就变成了哭八精？

〔李红兰不语。

李　键　怎么？想妈妈啦？
李红兰　有妈妈就好了，还可以诉诉委屈。
李　键　还有爸爸嘛。有事不能和我说吗？
李红兰　你？（抬头看了一眼，又趴在桌子上）
李　键　因为没让你当劳模？
李红兰　把自己的女儿从台上推下来，算什么英雄。
李　键　不是英雄，是群众。你站的那个台是冰做的，太阳一出来就化啦。

李红兰　您说的是什么？

李　键　“四人帮”时候有一套词：干不如说，说不如看，看不如捣乱。今天工人要看实的。

李红兰　您说我也中了“四人帮”的毒？……

李　键　中国这块大地被污染了十年，每个活着的人都会吸进几口浊气。

李红兰　我觉得自己清白，没有往帮派堆里钻，也没打小报告。您和妈妈扔下了我，我是顶着狗崽子帽子，凭两只手干出来的。我的成绩在记录本上，照片在光荣榜上。

李　键　可你织的布有不少也扔在次品库里。这些年你流的汗没有全变成人民身上的温暖。纺织工人戴着大红花，人民穿着破烂布，你心里好受吗？

李红兰　我承认质量不是满分，可以补课。

李　键　我就是给你个机会补课。我已经告诉晓峰，一会儿把白洁请来，听听她的经验。

李红兰　让我向白洁学习？

李　键　她能几万米无次布，这很不简单。你学了以后发展她的经验，来个十万米，大家也会选你当劳模。

李红兰　共产党员不能学她。

李　键　党员不是什么都会。你的布就没有人家织得好。要取长补短，提高技术，才能对“四化”做出贡献。

李红兰　不行！您认为我不够格，可以不去市里。可是不能把白洁树起来。

李　键　为什么？

李红兰　她是哪个阶级的？

李　键　任人唯贤嘛。

李红兰　您还混线。不怕遭殃啊？

李　键　遭殃？

李红兰　您忘了我妈妈是怎么死的？

李　键　坏人打死的。

李红兰　不。她是重用了反革命，叫人揪住了辫子。

李　键　那是诬陷。你妈妈是能团结干部的人。她是为党的利益，给革命增加力量。

李红兰　不管怎么样，我再也见不到妈妈啦。今天不能再让您走这条路。

李　键　兰兰！我们搞四个现代化，就像盖九百六十万平方公里这么大的楼，得把每个能用的人、每块能用的砖都使用上。

李红兰　这是树标兵，选先进人物呀。

李　键　你能给爸爸在党团员里推荐一个像白洁这样突出的吗？

李红兰　织布没超过她的，可思想境界比她高的有的是。

李　键　白洁的思想境界怎么啦？有什么问题吗？

李红兰　开会发言不积极。

李　键　思想境界高也不是光讲空话。搞经济建设特别需要实干。

李红兰　说什么也不许你树白洁。

〔吴一萍上。

李红兰　（站起来，迎上去）吴姨！

吴一萍　爷俩吵架啦。

李红兰　您快帮我劝劝爸爸吧！

李　键　你让吴姨喘口气。（对吴一萍）快坐！

李红兰　我心里堵得受不了啦。

吴一萍　好！我来就是参加你们的论战。（对李键）白洁的档案看完了。

李　键　怎么样？

吴一萍　她不光家庭问题严重，社会关系也复杂。

李　键　都有什么事儿？

吴一萍　姑父是国民党上校，舅父当过警察，还有……

李　键　（打断她）审查这些人干什么？

吴一萍　查五父、三代是审干规定！

李　键　那是“四人帮”整人的手段，我们不执行了。她父母到底是什么问题？

吴一萍　父亲是地主出身，三青团骨干，够线的历史反革命，五五年病死啦。母亲五七年被定为极右分子，现在在公社中学当教员，还戴着帽子。

李　键　她母亲的右派问题，中央来了文件，可以摘帽。

吴一萍　可没有文件说她父亲的问题也不算数。

李　键　关键看白洁本人的表现。她有什么问题没有？

吴一萍　没发现她有什么问题。

李　键　我了解过她的表现。在小学她就积极参加了学雷锋小组。进厂以后，继续默默地做好事：星期日、假日都不休息给退休工人拆洗被褥；在车间设立节约箱，把地上的钉子、乱纱一件件收起来；“文化大革命”中，“四人帮”压得那么厉害，实干苦干不讲假话。最可贵的是她不怕危险，参加悼念周总理的活动。

吴一萍　你树她是看她布织得好。

李　键　是的，质量问题也是个路线问题。四个现代化是当前最大的政治。我们不表扬这种人，就赏罚不明，改变不了工厂的面貌。

吴一萍　树起来就是一面旗帜。向这样的人学习，群众心里服气吗？

李　键　要做思想工作。拨亮一盏灯，照红一大片。树起白洁，我们厂几百名出身不好的人会发出更大的光和热。

李红兰　她还没和反动家庭划清界限，至今还往家寄钱。

李　键　她不管，政府也得管。能看着把人饿死吗？

吴一萍　你不觉得这话有人性论的味道吗？

李　键　“四人帮”没有人性论。整天发动儿子揭发老子，妻子检举丈夫，让人们互相陷害，弄得妻离子散，家破人亡。那是搞兽性。

吴一萍　怪不得你主张把韩卫东也解放，是实行人道主义。

李　键　他念过纺织专业，车间需要技术人员，整天坐在屋里不是白吃饭吗？

吴一萍　他写了不少黑文章，还没做结论。

李　键　那些观点都是报上的。当时我们也学过。以党中央名义下来的，一个政治上没有经验的青年能顶得住吗？你不也说过让他紧跟《人民日报》吗？

吴一萍　你这思想真危险。“文化大革命”中批斗你，把你折腾得心脏病发作，差点没死在台上，是委屈了你。可这回小心在揭批“四人帮”运动里，真犯错误。

李　键　不能带着“四人帮”的毒批“四人帮”。怎么能随便给人办死班？再不严格法制，气候一到，还会随便抓人，抄家，私设公堂。我们也可能再挨打。

吴一萍　你不按党的原则办事，也会再挨斗！

李　键　树白洁，就丧失原则吗？

吴一萍　（对李红兰）你妈妈的死和他讲过没有？

李红兰　讲了。爸爸当作耳旁风。

吴一萍　我再给你说一遍。兰兰妈是我的好朋友。十三岁进厂当童工，解放前夕一起参加护厂队，一起入了党。她历史清白，作风正派，每天拖着两条寒腿上班，群众挑不出一点毛病。可是“文化大革命”中，就因为用过几个有问题的人，第一个被揪出来剃了鬼头，拉到街上游斗。最后被定成牛鬼蛇神的保护伞，招降纳叛的急先锋，活活被打死。

李　键　我相信那段历史不会重演。

吴一萍　这不能以我们这些普通党员的心愿为转移。有时候落实政策让大家讲话，都说不扣帽子，不打棍子，可过后却倒下去一批人。

李　键　再那样搞就要亡党亡国。

吴一萍　你迷失方向也会亡头。就算你不为自己保持晚节着想，也要为儿女留条路。

李　键　让祖国富强起来就是为子孙后代的幸福。

吴一萍　我们是老战友，说的是知心话。你看兰兰眼泡都哭肿了。劳模拿掉了是小事，你再走上她妈那条路，扔下孩子怎么过呀？

李红兰　（着急地）爸爸！吴姨句句谈的都是贴心话，听听她的吧！

李　键　党把工厂交给我们，就不能昧着良心干。

吴一萍　我再告诉你，兰兰妈主要就是死在重用白洁母亲上。

李　键　什么？

吴一萍　白洁妈妈原来是咱们厂子工程师，定成极右分子后在车间劳动。兰兰妈不问政治，又让她参加搞重要的技术革新。"文化大革命"中，兰兰妈招降纳叛的主要罪行就是重用白洁妈妈。

〔李键沉思。

李红兰　爸爸！您听见没有？妈妈为白洁母亲被活活打死，您不能再为她搭上一条命啊！

吴一萍　把你妈妈那封遗书拿出来。

李　键　我看过啦。

吴一萍　时间长了，就忘啦。（对李红兰）再拿出来念一念。

李红兰　（自己动手打开写字台抽屉，拿出一张纸条）爸爸您听着！（念）"兰兰！永别了。有很多话要跟你爸爸说，这张小纸条容纳不下。千万让他记住，阶级斗争是你死我活的。你不斗他，他就斗你，不能心慈手软。要和他们斗，斗到底！"

李　键　这不是让我们打倒害死她的"四人帮"，为她报仇吗？

吴一萍　不。这是她死前的觉醒。告诉你不值得为阶级敌人去牺牲。今天你解放了她，明天翻过身来她会吃掉你……

李红兰　爸爸！我十六岁就没有了母亲，现在就您这一个亲人，再不能丢掉您了。

李　键　（抚着李红兰的头）兰兰！

李红兰　（拿起妈妈照片）您看看哪！妈妈好像用眼睛同您说话：我就这唯一的女儿了，你可跟着毛主席革命路线走呀，再不能抛下她，让她无依无靠呀！……

〔李键沉思不语。

李红兰　爸爸！妈妈死了，您被关在千里之外的农村，音信皆无。扔下我十几岁的女孩子，饿了没粮，冷了没衣，一个人在凄风苦雨里搏斗了十一年。是吴姨照看我，在虎口里活过来，介绍我入了党，成了先进生产者。“四人帮”垮台了，好容易把您盼回来，不能再让我白天去受冷清，夜里做噩梦啦。

李　键　（打断她）不要谈了。……（拿起英语书要学，打开电视机，但播出来的却是音乐。他烦躁地关上电视，把书扔在抽屉里，进厨房去）

李红兰　爸爸这回能回心转意吗？

吴一萍　他十几年没有工作，不知外边是什么气候，让“四化”的热风吹昏了。

李红兰　我看不只爸爸，晓峰也有点蒙头转向的。

吴一萍　你发现他什么啦？

李红兰　我总觉得他和白洁黏黏糊糊的。

吴一萍　白洁就是到监狱看过他……

李红兰　不，今天我看见他们在厂长办公室里谈话……

吴一萍　傻孩子！大白天那地方能谈什么哪？

李红兰　吴姨！现有有些人可鬼啦。两人见面连话都不说，等你知道了，人家结婚啦！

吴一萍　晓峰不是那种人。白洁有心，他也不敢。我那么干净的家，她两只黑脚敢往里迈吗？我们家连个中农亲戚都没有。

李红兰　人家会搬出去过。

吴一萍　他是个独生子，家教很严，他没那个胆量。

李红兰　若不听您的呢？

吴一萍　党有纪律。有了复杂的社会关系，人事科还让他去吗？

李红兰　晓峰是个党员，我想他心里应该有根弦。

吴一萍　我今天又狠狠地批评了他。一会儿他要来给你赔礼道歉。

李红兰　道歉？

吴一萍　好像还买了什么东西要给你送来。

李红兰　真的吗？买的什么？

吴一萍　这些个事我不多打听。你一会儿就看到了。

李红兰　（高兴地）还买东西干啥。

吴一萍　你们早过了晚婚年龄，他爸爸也从北京来信催了几次。若不是晓峰住进监狱，我都抱孙子了。

〔敲门声。

李红兰　（从窗户一望）晓峰！哎！白洁怎么也跟来了？……

〔吴晓峰在门外同白洁对话。

吴晓峰　进来吧！

白　洁　我第一次到人家来，你先进去打个招呼。

吴晓峰　李叔请你来的。走吧！

〔吴晓峰、白洁入内。吴晓峰手中拿着一个提包。

吴一萍　（对白洁）你来干什么？

吴晓峰　李叔让她来向红兰谈谈消灭次布的经验。

白　洁　不。我是来向老模范学习的。

吴一萍　（暗示晓峰）把东西给兰兰吧。

〔吴晓峰打开包，露出一匹次布。

李红兰　（意外地）啊？……

吴一萍　（不解地）怎么拿来这个。

吴晓峰　正好今天红兰出了一匹严重的次布，让白洁结合这匹布具体讲一讲，如何用她的操作法消灭这些疵点。

李红兰　（羞恼地）你们一唱一和的干什么？（进室内）

吴一萍　（对白洁）红兰明天要到市里开会，没有时间。你走吧！

白　洁　我冒失了。这是厂长叫我来的。（向外走）

吴晓峰　白洁！……

吴一萍　（喊）晓峰！回来！

〔吴晓峰停下。白洁下。

吴一萍　你和白洁到底是什么关系？

吴晓峰　回去再同您谈。

吴一萍　以后不准再接触！

吴晓峰　妈妈！

吴一萍　一点眼力见儿也没有，不知道红兰忌讳这些事吗？

吴晓峰　李叔让我找她来，她不认识门。

〔李键上。

吴晓峰　李叔，白洁刚来过。

李　键　在哪儿？

吴一萍　我打发走了。

吴晓峰　我按您的嘱咐，带她来向红兰谈谈她的操作法。

李　键　兰兰有点不舒服，以后再学吧。

吴晓峰　宣传白洁的事定了吗？

李　键　还没有定。群众有些反映，再等一等吧。

吴晓峰　人民对我们产品的质量意见更大，是不是也等一等？

〔李键不语。

吴晓峰　不敢闯禁区，就搞不了“四化”。

吴一萍　同李叔讲话要有礼貌！

吴晓峰　好！您是党委书记兼厂长，有决定权。现在三车间、四车间工人自动跑去学白洁操作法。我也要写篇经验介绍。

李　键　工人自动学上啦？

吴晓峰　堆积如山的次布，要把我们厂压垮台啦。

〔由贵骑自行车上，下车，进屋。

由　贵　正好，一、二把手都在。

吴一萍　你这么晚又来干什么？

由　贵　我这工作没法儿干了。用户开始退货……

李　键　什么？

由　贵　印染厂印不上色，商店白布卖不出去。咱们厂顶风臭出三十里……

吴一萍　我们的产品是包销的嘛。

由　贵　没有那舒心的日子了。今年起，银行搞经济手段，布卖不出去银行不给商业部门贷款，商业部门也没钱买我们的货。

李　键　（对吴一萍）走！进厂开党委会。马上研究，全厂向白洁学习，开展万米无次布竞赛。

——幕落

第四场

时　间　次日。

地　点　工厂院内。

布　景　左侧立着一个装饰得很别致的光荣榜，顶上写着“光荣榜”三个大字。右侧也有个漂亮的玻璃栏板，是贴报用的。中央有个花圃，几把靠椅。正面是个开着的大铁门，门楣上有“新新纺织厂”几个字。门两旁是红砖矮墙。门外是林荫道远景。天幕上有十五层楼的建筑。

〔幕启　由贵、韩卫东在往墙上贴“向白洁学习！开展万米无次布竞赛运动！”大标语。

由　贵　（边贴边同韩卫东谈话）喂！你敢给白洁写篇稿吗？

韩卫东　那有什么不敢的？

由　贵　你不怕成黑笔杆？

韩卫东　这是写新长征英雄谱。这些天在车间见到她非常激动，巡回像飞起来似的，没看清怎么回事儿，头接上了。

由　贵　那是铁打铁的硬功夫。你看她练接头练得手上一道道血沟。

韩卫东　这种有真实贡献的人谁也推不倒。

由　贵　她可是黑五类呀！

韩卫东　现在有新精神，调动一切积极因素。

由　贵　你也是个积极因素。要把她宣传好了，质量搞上去，你就立了一功。

韩卫东　靠大家帮助吧！

〔吴晓峰上。

由　贵　晓峰！找工会小张给白洁拍张照片！

吴晓峰　干什么？

由　贵　她是个无名小辈，很多人都不知道她是老几。这回成了全厂学习榜样，应该照个相挂光荣榜上，让大伙儿认识认识。

吴晓峰　（举起手中照片）这张怎么样？

由　贵　呀！你从哪儿弄来的？

韩卫东　昨晚上党委一决定，闪光灯就亮上了。晓峰连夜照的。

由　贵　你们这都是四个现代化的速度，我这刚想到，你们就出成果啦。（指光荣榜）快挂上。我再去写个“向白洁致敬”的大字块。

吴晓峰　还致敬干什么！

由　贵　这是供销科的心情。全厂都达到她的水平，我们的布都可以免检，再不用给百货站说拜年话啦。

〔李键上。

韩卫东　厂长！……

李　键　在制造舆论？

由　贵　党委决定了，就得雷厉风行。

李　键　群众有什么反应？

由　贵　举双手赞成，一片欢呼声。

李　键　不对吧，要学会在欢呼声中听到骂声。

韩卫东　是，也有不赞成的。

由　贵　有人说无产阶级死绝啦？油光水滑的有的是，树个带疤瘌疖子的干啥？

李　键　你呢？

由　贵　我是心花怒放。再不来点实的，厂子就得关门。我给百货站、印染厂打电话说要开展万米无次布竞赛，退合同的都提出缓期执行了。

李　键　一个纺织厂不能让人民穿上又好又便宜的布就是失职。这回你该喝两盅了吧？

由　贵　厂长！我不会喝酒。

李　键　哎！怎么都叫你酒鬼呢？

由　贵　这是“四人帮”给我戴的帽。我看不惯他们那一套，有回故意喝了两口酒，到小兄弟办公室闹了一通。他们就用这个给自己解嘲。

吴晓峰　那得给你平反哪！

由　贵　不，这个帽子戴着好。现在有些官僚领导不愿听真话，我还可以半真半假地刺一刺他们。

李　键　好！拨乱反正，需要有一大批敢讲真话的人。

由　贵　需不需要，我这嘴也管不住。

李　键　党委让你抓一抓供销科的全面工作。

由　贵　（一怔）什么？

李　键　你们那个帮派科长垮啦，暂时还没有人管事，你多辛苦一下。

由　贵　我就是推销员的材料，顶不了大梁。

李　键　有十几年供销工作经验；不怕打击，同“四人帮”斗争，能反映真实情况；差不多吧！

由　贵　厂长过奖了。

李　键　已经通知你们支部啦。你考虑考虑工作吧。

由　贵　好，让我干，上任头一件事就办个展览会。把印染厂印不了的、商店退回来的布都拿出来，把白洁织的也摆上，叫大伙儿好好比比，对着找差距。以后谁再出次品，我们不验收！达到白洁水平的，建议党委奖励，提前晋级。

李　键　说得对！质量不好就是吃大锅饭吃的。不仅要学白洁，以后还要用经济手段。

韩卫东　（对李键）厂长！我给白洁写了个稿，在广播站宣传一下合适不？

李　键　好哇！你没有顾虑了吗？

韩卫东　过去觉悟不高，为“四人帮”卖命，现在人民意气风发地向四个现代化进军，我也激动呀。（递稿）您看行不？

李　键　（看了一下）可以。送去播吧！

〔韩卫东、李键下。

由　贵　（对吴晓峰）快把白洁相片挂上，我去写大字块。（下）

〔吴晓峰踩着凳子往光荣榜上挂相片。

〔白洁上。

白　洁　（见吴晓峰，悄悄过去晃凳子）噢！

吴晓峰　（吓了一跳，回头一看）白洁！……

白　洁　摔下来啦！

吴晓峰　给你挂相片！

白　洁　昨晚上照的那一张？

吴晓峰　看！像你吧？

白　洁　我哪有那么漂亮。

吴晓峰　我的技术不高。（从凳子上下来，指光荣榜）看！一排排的照片，多像你讲的报春花呀。

白　洁　报春花?

吴晓峰　这些新长征路上的标兵，四个现代化的春风一吹，开得多光彩、多鲜艳哪!

白　洁　我在上边只是滥竽充数……

吴晓峰　不。你是最大的一朵。全厂最红的。

白　洁　我做梦也没想到能站在他们中间。

吴晓峰　乌云散了，人们才看到你。

白　洁　是你帮我总结了经验，举到让人注目的地方。

吴晓峰　是你给人们做出了贡献，人民怎能忘了你！……

〔静场。

吴晓峰　我给你的被面做上了吗?

白　洁　那是纪念品，怎么舍得用呢。

吴晓峰　我再买一条送给你。

白　洁　没有必要。

吴晓峰　留着将来咱们两个人用不好吗?

白　洁　（一惊）你，你说什么?……

吴晓峰　这话压在我心里很久啦。从你到监狱看我那天，就有了这个念头。

白　洁　那时候我只觉得应当尽力支持你。

吴晓峰　不，你是冒着危险，用生命和我相处。

白　洁　我是钦佩一个不顾生命安危，为人民利益去斗争的人。

吴晓峰　那是每一个共产党员应尽的责任。

白　洁　我也是在做一个普通的中国人应该做的事。

吴晓峰　我们志同道合，不更应该永远生活在一起吗?

白　洁　（不语）……

吴晓峰　难道你没有这样想过吗？

白　洁　没……没想过。

吴晓峰　不管你想过没想过，我请求你现在答应我。

白　洁　不。我不能答应你。

吴晓峰　为什么不能？

白　洁　（不语）……

吴晓峰　你说呀，白洁！

白　洁　我们不是一样的人。

吴晓峰　你是说我们家庭出身不同？

白　洁　这是一道不能跨过的天河。

吴晓峰　这是人间的天河。可以用我们的双手填平它。

白　洁　那会给你带来无穷的痛苦。

吴晓峰　不。会给我带来无限的幸福。

白　洁　这不是作诗。你是个有胆有识的共产党员，人民需要你做许多事情。背上我这个包袱，会使你迈不动脚步。

吴晓峰　谁也挡不住我坚定的步伐。

白　洁　眼前就会影响你当人事科长。

吴晓峰　我在大学学过纺织专业，决心去搞技术。

白　洁　你妈也不会同意。你父母都是党员，家庭无比清白，能容我这样一个人闯进去吗？

吴晓峰　现在有新精神，我可以说服妈妈。

白　洁　她若是不同意呢？

吴晓峰　我们就搬出去过。

白　洁　那不行。吴书记就你一个孩子，老人家把你养大，很不容易。父母老了，做子女的应该照顾他们。

吴晓峰　不管怎么样，除了你，我这一生不会再爱别人啦。

白　洁　比我好的姑娘有的是。我只是一个平凡而渺小的人。

吴晓峰　可你有一颗闪闪发光的心。

白　洁　你又作诗。

吴晓峰　这不是诗，是这些年我看到的事实。尽管人们歧视你，不公平地对待你，可你不灰心、不丧气、不为名、不为利，默默地为党为人民工作着。你用你勤劳的双手，用你浑身的汗水，向人民证明你的心是红的。这是多么可贵的精神啊。

白　洁　（激动地抓住吴晓峰的手）晓峰！你真的这样看我吗？是心里话吗？

吴晓峰　我是在用心同你讲话……

〔白洁深情地凝视着吴晓峰，眼泪如断线的珠子，滚落面颊。

吴晓峰　白洁！你怎么啦？

白　洁　你是第一个了解我、鼓励我的人。我从小就听刘胡兰、向秀丽、赵梦桃的故事。上学以后，老师教育我们要做张思德、雷锋那样全心全意为人民服务的人。特别是我妈妈到农村去前一天留给我的几句话……

吴晓峰　她说什么？

白　洁　她当时流着泪用毛笔在一张纸上工工整整地写着：“孩子，你永远不要忘记，是劳动人民用汗水把我们养大，是亲爱的党把我们从苦难的旧中国解救出来。任何时候都要对得起人民，对得起党。”

吴晓峰　你妈妈真好！

白　洁　随着年龄的增长，我感到这是妈妈用心血在浇灌我。每当我苦闷的时候，就想起妈妈的话，觉得只要人民需要，就该献出我的一切。我织的布只要对人民有用处，我就活得非常有意义，非常幸福啦。

吴晓峰　我完全了解你。

白　洁　我知道我入不了党，也干不了轰轰烈烈的事情，但是我可以为人民无声地工作，让血一滴一滴地流。

吴晓峰　白洁，我无论如何不让你再离开我了！

〔静场。

白　洁　你，你真可狠哪！……

吴晓峰　你？……

白　洁　难道你非要跟我受一辈子牵连吗？

吴晓峰　我什么也不怕，愿意和你同甘共苦一辈子。

白　洁　可我一无所有，能给你的……只是一颗海枯石烂永不变的心。

吴晓峰　（高兴地）白洁！……好，明天我就去买被面和箱子。

白　洁　那些先不忙。你今晚再来帮我改进一下操作，我要向五十万米无次布进军。

吴晓峰　你的手都磨出了血沟，休息两天再说吧！

白　洁　不。现在党和人民这样信任我，我觉得天也高了、地也宽了，死也要死在机台旁。

吴晓峰　好！你是个冲破笼子的鸟，使劲飞吧！飞吧！把“四化”的捷报送到祖国四面八方。

〔吴晓峰、白洁下。

〔少顷，吴一萍、李红兰上。

李红兰　（指标语）看！“向白洁学习！”的标语都贴出来了。

吴一萍　这是给你爸爸埋下的定时炸弹。

李红兰　定时炸弹？

吴一萍　将来这些都会成为他的罪证。

李红兰　爸爸真顽固，到底没说服了他。

吴一萍　他没尝够运动的苦头。

李红兰　“文化大革命”中，他在技校差点儿没被斗死。

吴一萍　那还不是因为丧失立场！犯什么错误也不能沾这个边。十七年前因为这个问题被开除党籍的，“文化大革命”中像你妈那样丧命的，都有。

李红兰　我爸爸还要推荐她当市劳模。

吴一萍　一会儿我要向局里反映，让上边把住关。你别泄气，找个机会把她拿掉，还树你。

李红兰　晓峰也紧给她张罗。

吴一萍　他又干什么！

李红兰　（指光荣榜）看！那张照片就是他给拍的。……

吴一萍　这个糊涂蛋。我去催催，快让他上人事科，把两人分开。

李红兰　对。

〔吴一萍下。李红兰欲走。

〔李键上。

李红兰　（指标语）看！宣传白洁的声势吓人不？

李　键　党委决定，就是要大张旗鼓地开展万米无次布竞赛嘛。

李红兰　那您把阶级观点放在哪儿啦？将来，都是罪证。

李　键　你要真关心我，就好好向白洁学习，帮我把质量搞上去。

李红兰　她算什么人哪，您这么看重？

李　键　不，质量是个全国性问题，得用一些能工巧匠，还得让她去市里介绍经验呢！

李红兰　您要让她当市劳动模范，我就和您划清界限。

李　键　什么？

李红兰　我要跟党走，不跟你受牵连。

李　键　兰兰！

〔白洁上！

白　洁　厂长！

李　键　白洁！你下步有什么计划？

白　洁　感谢党对我的信任。（递一张纸）这是我的决心书，今年内要达到五十万米无次布，来年向一百万米进军。

李　键　好。这几天很累，休息休息吧！

白　洁　党这样关心我，几天不睡也不困。

李红兰　你乐了，我们可倒霉了。

李　键　（阻止）兰兰！

李红兰　应该让她心里有数。（对白洁）我妈为了重用你妈妈丧了命，我爸爸这把老骨头又要扔在你身上啦。

白　洁　你说什么？

李红兰　自己是什么人还不知道吗？资产阶级笑了，无产阶级就得哭了。

李　键　你胡说什么！

李红兰　亲女儿的话就是胡说，她讲的就是唱歌。您就为她牺牲吧！（从兜里掏出钥匙扔给李键）今天自己回家做饭，我不回家了！（跑下）

李　键　（喊）兰兰！兰兰！

白　洁　厂长别着急，她会回去的。

李　键　无原则！任性！

白　洁　不。她讲得很有道理。有些事我并不知道。

李　键　别听她胡扯！你这个决心书我找人抄了贴出去！

白　洁　里边还有些措施不实，我再拿回去修改修改。

李　键　改好马上送给办公室。

〔白洁下。

〔李键拾起地上钥匙欲走。

〔吴一萍扶着李红兰上。李红兰哭着。

吴一萍　（劝说着）看哭肿了眼睛！

李红兰　（不语）……

吴一萍　（对李键）没有妈妈的孩子，你不能这样对待她。

李　键　我什么都没说。她刚才在白洁跟前讲的话不像个党员样子。

李红兰　（一下止住哭）共产党员就该陪您丧失立场呀？事情讲在明处，您被打死，她得明白。

吴一萍　不要跟他吵，他不听党的，也没办法。走！搬我那儿去住。

李　键　什么？

吴一萍　老战友扔下的孩子，我得对她的前途负责。

李　键　党委决定了，你应该用正确思想引导她。

吴一萍　我也没通。方才我已经向局里做了反映。

李　键　好！上级批评我承担全部责任！（下）

吴一萍　（对李红兰）不要哭了。得想法跟他斗。

〔刘小英上。

刘小英　兰姐！我告诉你个好消息。

吴一萍　什么事儿？

刘小英　白洁出了两匹次布！

李红兰　（高兴地）真的吗？

刘小英　真的！而且都是特大疵点，一个就可以取消标兵资格。她出了三个。

吴一萍　可靠吗？

刘小英　魏大姐刚验出来的。布是昨天织的。

李红兰　这下子我爸爸得救啦。

吴一萍　有特大疵点就不能宣传啦。（对刘小英）快去告诉厂长！

刘小英　我第一个就告诉了他，可他不信，非自己去看看不可。

〔扩音器里传出表扬白洁的播音稿："一织布车间挡车工白洁，实干巧干，连续四万八千米无次布，正向五万米进军！……"

刘小英　听！还介绍白洁的先进事迹呢。

吴一萍　真快！谁写的稿？

李红兰　韩卫东！

吴一萍　真是个黑笔杆。"四人帮"的账没算完，又吹捧上这样的人。

刘小英　他下去就跑到白洁那个车间。

吴一萍　给他继续办班。（对刘小英）先去告诉把喇叭关掉！

〔吴晓峰上。

吴晓峰　不许关！

李红兰　她不争气，自己摔下来啦！

吴晓峰　什么？

吴一萍　她出了特大疵点，连当普通标兵的资格都没有了。

吴晓峰　不会的。

刘小英　你到验布车间去问问吧！

〔魏大姐上。

吴晓峰　白洁真出了特大疵点吗？

魏大姐　真的……

吴晓峰　怎么造成的？

魏大姐　不清楚。厂长很着急，叫我赶快找出原因。

吴一萍　找出找不出反正暂时不能宣传啦。

刘小英　我去关扩音器。（下）

李红兰　（指光荣榜）吴姨！她的相片还在上边。

吴一萍　揭下来吧！

〔李红兰上去将相片拿下。

吴晓峰　为什么揭下来？

吴一萍　这是光荣榜。在大抓质量的时候出那么大疵点，应该插白旗。

吴晓峰　你们能从光荣榜上揭掉她，可是她对“四化”的贡献，没法从人民心中抹掉！

李红兰　她已经深深印在你心上是不是？

吴晓峰　是又怎么样？

李红兰　那这光秃秃的单人相有啥意思？可以到照相馆膀挨膀拍个订婚像。

吴晓峰　好！明天就去照！

李红兰　（被这突然回答惊住了）什么？

吴晓峰　不但订婚，而且很快就结婚……

李红兰　（委屈地）吴姨！

吴一萍　晓峰！不许你胡说！

吴晓峰　这是我很久的愿望。要叫那些瞧不起她，不信任她的人看看，在我们这个社会里还有人尊敬这些出身不好，但认真改造思想，踏踏实实工作，为社会主义做出贡献的人。并且有人不怕受牵连，愿意永远跟她生活在一起。

李红兰　果然是真的……（哭着跑下）

吴一萍　（喊）兰兰！兰兰！（对吴晓峰）你不要头脑发热！

吴晓峰　我很冷静，今天已经得到她的允许，正式告诉父母！

吴一萍　我们家庭不允许。

吴晓峰　那我就离开这个家。

吴一萍　你是个党员，你要考虑党的纪律。

吴晓峰　如果因为和白洁结婚，你用党的纪律处分我，那我就向党中央申诉！

吴一萍　（气得发抖）你……这个浑蛋！又发疯了，你给我滚！

〔吴晓峰下。吴一萍拿出手绢擦汗。

〔由贵手拿一卷彩色纸上。

由　贵　（指光荣榜）哎！相片怎么还没贴？

魏大姐　撤下去了。

由　贵　谁这么大胆？

吴一萍　对白洁的宣传一律停止。

由　贵　为什么？

魏大姐　（小声地）她坏了两匹布，出了最大的疵点。

由　贵　这是谁搞的鬼？

吴一萍　自己思想不过硬……

由　贵　又是出身原因？谁都可以背叛自己的阶级吗！王洪文出身好，种过地，当过兵，做过工，可他彻底背叛了无产阶级，想夺共产党的权。

吴一萍　你怎么和领导这么讲话？

由　贵　我这还算是客气的。照实说，你呀，你领导不了新长征。

吴一萍　（生气地）什么？

由　贵　你去看看仓库里的次布，你不心疼吗？农民汗珠掉地下摔八瓣种下棉花，大车、汽车、火车运到我们这儿，工人又经过几道工序辛辛苦苦织出了布，人民不能穿，这不是犯罪吗？

吴一萍　没工夫和你争论。酒鬼！（下）

魏大姐　你的话太伤人啦。

由　贵　这种思想僵化的官僚，就得刺一刺。白洁呢？

魏大姐　回宿舍啦！

由　贵　你替我去看看她。

魏大姐　这布出得奇怪，我正要去问她。

由　贵　给我转达个意思……

魏大姐　什么意思？

由　贵　告诉她要经受住这个打击。（欲言又止，终于豁出去了）你告诉她，她的一生我包啦。

魏大姐　你包啦？

由　贵　因为她的出身，她可能找不到可心的对象。我已经等了她三年，我听候她选择。

魏大姐　你？

由　贵　四年干了五年的活儿，手都磨出了血沟，还是黑的！我这个党员气不忿！

魏大姐　你不是酒鬼，是好人！

——幕落

第五场

时　间　当天晚上。

地　点　女工宿舍。

布　景　正面是门，门两旁是窗户。右侧有两张单人铁床，其中一张只露出床头，伸向侧幕里边又有一间房子，左侧有个脸盆架，上边放着盆、皂盒、梳子。架上方挂着一块大镜子，镜子旁边有衣架，挂满花衣服、纱巾、挎包等女工用物。屋中央有个桌子、几把椅子，这是学习的地方。有一大把棉纱从桌上垂下来，是白洁下班后练习接头用的。屋顶悬挂着电灯，灯泡上罩着个用报纸做成的伞。

〔幕启　室内冷清，灯光昏暗。白洁手里拿着沓信，一封一封数着看着，眼泪簌簌地往下掉。

〔外面敲门声，白洁急擦眼泪，把信放在褥子底下，拿出吴晓峰送给她的被面铺在床上。

〔魏大姐上。

白　洁　魏大姐！

魏大姐　怎么还关着门？

白　洁　做活呢。

魏大姐　（像没听见）我问你个事儿。……

白　洁　你看这被面花好看不？

魏大姐　没心看你那玩意儿。快说今天的次布怎么出的？

白　洁　我在忙自己的婚事儿，哪有心干活呀？

魏大姐　胡扯！我已经查出来了。你串了记号，把刘小英织的布算到你的账上了。

白　洁　现在正评奖，谁那么傻呀！

魏大姐　（拿出卡片）看！证据都让我拿到手啦，快说！

白　洁　没那回事儿。……

魏大姐　不承认，我就上党委去揭发。……（欲走）

白　洁　（抱住魏大姐，扑到怀里，哭）魏大姐！……

魏大姐　（将白洁扶起）白洁！快告诉我，你为什么做这个假？

白　洁　大姐！我不能去当那个劳模呀！

魏大姐　你不愿意出头？

白　洁　你想错啦。选上劳模，对我这样的人不光是戴上一朵光荣花，那是一条政治生命啊！

魏大姐　政治生命？

白　洁　你知道我出身不好，可从小立志做一个对人民有用的人。但是我上了学，戴不上红领巾，到工厂入不了团，才明白我生下来就和别人不一样。只能埋头苦干，去偿还父母欠下人民的债，不能期望别的。

魏大姐　现在不是在落实政策吗？

白　洁　是的。晓峰把这消息告诉我，我兴奋得一夜没睡。心里一遍一遍喊着共产党万岁！共产党万万岁！（从床上拿出信）看！这是我还没发出的信。

魏大姐　都是写给谁的呀？

白　洁　（拿起一封）这是给我大弟弟的。他在农村修水库。我告诉他，党的阳光照到我们身上了，别人挑一筐土，你要挑两筐。（又拿起一封）这是给我妹妹的，她在上学。我告诉她，用别人睡觉的时间来读书。发奋学习，去报考大学，你可以同大家一样为四个现代化去攻科学堡垒了。（又拿起一封）这是给我二弟弟的，他到了当兵的年龄。我告诉他，党要给你一支枪了。你要为祖国站好岗，需要的时候，为祖国流尽最后一滴血……

魏大姐　写得好！我也替你高兴。可你又为什么臭了自己呢？

白　洁　你没看，为我这样一个人闹得全厂议论纷纷吗？

魏大姐　有些人不了解党的政策，嘀咕两句也不奇怪。

白　洁　不只是嘀咕，有不少的人说，树白洁这样出身的人倒是新鲜。有人说，从我身上看到阶级斗争熄灭了。

魏大姐　人多嘴杂，哪能几千人一样说法呢！

白　洁　不管怎么样，有些人不通，就影响全厂的安定团结，给党委增加了压力。将来还可能产生料想不到的后果。

魏大姐　什么后果？

白　洁　有人说红兰妈妈是因为重用我母亲被打死的。第一个主张宣传我的又是老厂长，将来他的命再搭在我身上，不坑了他一家子吗？

魏大姐　不会有那种事了。

白　洁　阶级斗争是长期的，谁也说不准还会有什么运动。老厂长是我们厂四个现代化的好带头人，“文化大革命”受了不少苦，红兰为我又要和他脱离关系；我一个人出了头，破坏了全厂安定团结，给这么多人带来不幸，我心里过得去吗？

魏大姐　你想得太多了。

白　洁　不是我想得多，这是这些年的实际。我不戴这个花，厂子就会安静下来，厂长就没有危险，他还可以想别的办法解决产品质量问题。关于我……我还可以像往常那样干，为四个现代化用尽我全身力气。

魏大姐　（激动地搂着白洁）白洁！

〔敲门声。

魏大姐　（一看）厂长来了……

白　洁　千万不要把我出次布的原因告诉他。

魏大姐　他要我查清，怎么能说谎呢？

白　洁　我求求你，为了大局，为了厂长的安全，你替我瞒一瞒吧！

〔魏大姐有些被说服了。

〔李键上。

李　键　（见魏大姐）你也在这儿。次布的原因你们查出来啦？

魏大姐　（欲语）……

白　洁　（急抢过去）我织的布，我当然知道原因。

李　键　究竟怎么搞的？

白　洁　检查布面少了。

李　键　身体不舒服吗？

白　洁　刚在食堂吃了六两馒头。

李　键　那为什么不坚持检查？再有两千米就达到五万米了。

白　洁　这也像爬山一样，越高越难，眼瞅着快到山尖了，就是一步也上不去啦。

李　键　要拿出克服困难的精神。厂里决定用你的经验提高质量呢。

白　洁　有什么经验？瞎碰上几匹，叫您看上了。

李　键　不。你是有一套科学操作法的。

白　洁　啥科学呀？就是多出点汗。五六十台织布机，从这头走到那头，来回二百米，一天跑六十里路，谁能总顶着干哪？

李　键　你不就一直顶着干嘛！这是不容易的，所以你是先进人物。

白　洁　先进有啥用？先进多受累呀。

魏大姐　（忍不住地）白洁你……

白　洁　（打断她）魏大姐，我那件衣服你还没裁完，明天还等着用哪，快帮我忙去吧。（将魏大姐推入室内）

李　键　白洁，受累是为革命嘛！党委正号召全厂向你学习，表扬你哪。

白　洁　光荣榜上挂个相片，让大家看看长相……长了谁也不稀罕那个啦。

李　键　我们正研究发奖金。优秀工人，还要提前晋级。

白　洁　提级得哪年？三五块奖金还不够磨鞋底的！

李　键　我们搞“四化”就是为了改变国家贫穷面貌，提高人民生活。坚持一个时期，日子一定会比现在好得多。目前生活有困难，工厂可以考虑补助一部分。

白　洁　光有钱也解决不了我的问题。……

李　键　你还有什么困难？

白　洁　我需要点时间处理个人问题。我想赶着做点活儿。您看这被面好看吗？

李　键　（恍然）噢……现在正提倡晚婚……

白　洁　官僚主义！我都二十六了。

李　键　对，这是喜事。需要什么，厂子可以帮助你。不过，结婚也可以继续保持荣誉。这并不矛盾。

白　洁　怎么不矛盾？往后家务事多了，谁还能有那么大精神头呢。

李　键　你，你怎么突然变啦？……

白　洁　我哪儿变了？还不是原来的我吗？“四人帮”垮台，我一时高兴织了几匹一等布，都来找我，受得了吗？

李　键　太奇怪啦……

白　洁　您才怪，工人、贫下中农子女有的是，为什么偏要树我。

李　键　你干得突出，搞“四化”不能光说空话，需要有实干精神，要看效果。

白　洁　也得想想将来您自己的后果。多少老干部，没死在战场上，却倒在丧失立场上。

李　键　新长征有新政策。我不怕。

白　洁　我可怕。有一天，不谈落实政策了，会说我伪装积极向上爬，混进无产阶级队伍，就要挨批斗了。

李　键　（沉重地）原来是这样……

白　洁　次布原因都跟您说清楚了。我是风一吹就倒的纸人，宣传我没有用。我个人问题一大堆，给点时间让我处理处理吧！

李　键　你……

白　洁　您今晚还没人做饭，赶快找红兰回家吧。

李　键　谢谢你。这不是我面前最要紧的事。

白　洁　现在是业余时间，您也别耽误我做活啦。

李　键　好，你忙，我先走，你这个问题明天党委还要好好研究。（下）

〔魏大姐由室内出。

魏大姐　你怎么把自己打扮得那么丑呀？

白　洁　这个老头儿太好了。不让他断了念头，早晚会牵连他。

魏大姐　我看他听了你那套不着调的话，手都哆嗦了。

白　洁　魏姐，我今天这样对待老厂长，真是犯了罪。看怎么帮我想法安慰安慰他。

魏大姐　老厂长是重感情的人。

白　洁　是的。他还有冠心病，别再出了事儿。

魏大姐　红兰真的不回家了吗？

白　洁　我亲眼看见她同老厂长吵架，一定得想个办法让她回去。

魏大姐　她就能听晓峰的话。

白　洁　好，我叫晓峰动员她。

魏大姐　晓峰能听你的吗？

白　洁　你不知道我们的关系吗？

魏大姐　你们一起悼念总理我知道。

白　洁　（低下头）现在我们快结婚了。

魏大姐　他原来和红兰不错呀。

白　洁　那是几百年前的事啦。

魏大姐　吴书记同意吗？

白　洁　反正晓峰很坚决，现在讲婚姻自主。

魏大姐　那就好。由贵还关心你这事儿呢。

白　洁　他关心什么？

魏大姐　他怕因为你的出身，连可心的对象都找不着，他要兜着。

白　洁　净说醉话。

魏大姐　不。他是个大好人。他说他已经等了你三年啦。

白　洁　我同晓峰的关系，不是能够用时间计算的。我们在生死中建立了感情，什么力量也不能把我们分开。

魏大姐　听说你到监狱看他那会儿，对看守说是他的未婚妻？

白　洁　（不好意思地）要不他们不让我见他。

魏大姐　现在成了真的。

白　洁　这我也没想到。

魏大姐　晓峰也是个好人，祝你们幸福吧！

〔敲门声。

魏大姐　吴书记来了……

白　洁　（慌乱地）哎呀！她问次布的事，你千万别讲。

魏大姐　她不关心这个。可能谈你和晓峰的事……

白　洁　那我得怎么说呀？

魏大姐　听听她的意见，把你们的关系如实地讲呗！（下）

〔吴一萍上。

白　洁　（迎上去）吴书记！……

吴一萍　怕你出了次布着急，来看看你。

白　洁　老厂长刚刚来过，我已经把情况都跟他讲了。

吴一萍　前一段大家对你印象不错，怎么又出这么大疵点？

白　洁　老一个劲儿干，我坚持不下来。

吴一萍　一个人做点好事并不难，难的是一辈子做好事，不做坏事。以后好好学习毛主席著作，再撵上来。（一眼发现被面）这个被面……

白　洁　您看这花多好看哪。

吴一萍　晓峰给你的？

白　洁　嗯。

吴一萍　这是我让他送给兰兰的……

白　洁　（一惊）啊？……

〔静场。

吴一萍　我正想和你谈这个事……

白　洁　您不要说，我明白了。

吴一萍　你和晓峰必须分开。

白　洁　这是不可能的。

吴一萍　你知道我们是什么样的家庭。

白　洁　现在政策不一样了。

吴一萍　我就这一个儿子，这关系到子孙后代。

白　洁　我们处了很久，感情太深了。

吴一萍　世上没有超阶级的爱。地主不爱贫下中农，贫下中农也不会爱地主小姐。

白　洁　我没有过过地主生活，我是一九五二年生人，爸爸的历史情况我也不知道。不过您要嫌弃我，晓峰说，可以搬出去过……

吴一萍　你的反革命母亲还有人寄钱抚养，难道我革了一辈子命，到了老年还要我无依无靠吗？

白　洁　不，我没有同意他那样做。您把晓峰养大成人，他不能忘恩负义。只要您允许，我们就住在一起。我每月把工资、奖金全交给您。家里的事也不用您操心，收拾屋子，洗衣服，做饭，我都会。

吴一萍　你心眼好，能吃苦耐劳，是叫人喜欢。可我们这个社会是有阶级界限的，不能为个人生活舒适不顾党的原则。

白　洁　总理说，出身不能选择，道路可以选择。我和晓峰结婚以后，决心努力争取入党。

吴一萍　这不是不可能。可你这样的出身，要有突出的表现才行，不是一半天能入的。现在和晓峰一结合，马上就会影响他。

白　洁　影响他什么？

吴一萍　他要到人事科去，那是机要部门，对社会关系要求特别严格……

白　洁　他说不去人事科……

吴一萍　那里需要一个科长，这关系他的前途。

白　洁　他学过纺织专业，搞技术也会有前途。

吴一萍　搞技术同样受限制。出国，留学，参加重要科研，都要极其严格地审查家庭成员和亲属。

白　洁　我觉得我不会成为他的包袱。如果有您说的这些后果，把我和工作摆在一起，让他自己挑选吧！

吴一萍　他已经没有力量处理这个事啦。

白　洁　为什么？

吴一萍　他是感情用事的人。今天他在大家面前表示要和你结婚，谁也不能说服他。

白　洁　您是让我提出同他断绝关系？

吴一萍　结婚是两个人的事，有一方不同意，就搞不成。

白　洁　他是您的亲生儿子，您不怕他受刺激吗？

吴一萍　一时痛苦，会换来终生幸福。

白　洁　不成！这办不到，劳模我可以不当，荣誉、奖金都可以不要，可是我不能再丢掉晓峰啦！

吴一萍　为什么？

白　洁　一颗种子埋在冰雪里，不会冻死。如果春风把它吹发了芽，再把它埋进冰雪里去，它会怎么样呢？

吴一萍　可你也要给我留一条路啊！

白　洁　您还要我怎么做呢？

吴一萍　我们家世清白，一滴墨汁掉进来，子孙万代都有黑点。

白　洁　现在规定出身由父亲算，女方成分不影响子女。

吴一萍　反革命的姥爷也要记进外孙的档案。将来可能有个孩子是特殊天才，根据我们的家庭条件，他干什么都不会受限制，可以当飞行员、去专政机关，为党去贡献他的才能；可是因为你们家的问题，会埋没他的才能；你这个做母亲的心里不难过吗？

白　洁　天啊！我担了父母的罪过还不够？难道还要影响到第三代吗？

吴一萍　各种思想无不打上阶级的烙印，现在控制使用的地富子弟，有不少也是第三代。

白　洁　我觉得粉碎“四人帮”以后，党中央会真正按照有成分论，不唯成分论，重在政治表现的政策办。

吴一萍　党的阶级观点、阶级路线，永远不会改变。

白　洁　您是党委书记，比我懂得多，看得远。如果我会妨碍晓峰的前途，又会毒害子孙后代，那这苦果子我自己咽下去。怎么办才好，您说吧！

吴一萍　拒绝和晓峰结婚。

白　洁　得怎么同他讲呢？

吴一萍　说你已经有了对象。

白　洁　他不会相信。

吴一萍　我听说由贵已经等你三年了。

白　洁　您在这方面，真下了调查研究的功夫。

吴一萍　他是个无成分论者。又是独身一人，没有家庭牵累，有房子，一个月六十多元工资。……

白　洁　您都替我安排好了？

吴一萍　若不喜欢他，你长得这么秀气，总还会找到一个蛮不错的。

白　洁　这您就不用操心了。

吴一萍　好！（欲走）

白　洁　等等，我也求您件事。老厂长身体不好，今晚上您无论如何也要让红兰回家去。

吴一萍　我会劝她的……

白　洁　您要说不动她，让晓峰送她回去。

吴一萍　（指被面）这被面……

白　洁　（从被上拽下扔过去）您拿走吧！……

吴一萍　最好由你还给晓峰，这样他就不会对你再有幻想了。（把被面还给白洁）

〔吴一萍下。

〔白洁趴在被面上呜咽。

〔敲门声。

白　洁　（忙拿出手帕擦掉眼泪）谁？

〔由贵上。

白　洁　（见是由贵，反感地）你来干什么？

由　贵　（愕然）我……我来看看你……

白　洁　是吴书记让你来的吗？

由　贵　我没有见到她呀！……我怕你因为出了次布，心里难过……我，我不该来打扰你。（欲走）

白　洁　你别走。

〔静场。

白　洁　魏大姐已经把你的心思告诉了我……

由　贵　唉！那是看你受了打击，我心里着急，讲了些冒失话。

白　洁　我从心里感激你。你真是个好人。（稍停）我求你一件事。

由　贵　说吧！

白　洁　把这个被面还给晓峰。

由　贵　他为什么送你这个？

白　洁　和你同样的意思。

由　贵　你喜不喜欢他？

白　洁　我这种人，不应该有什么喜不喜欢。你替我还给他吧！

由　贵　他妈挺刁，到了他家，也得受气，退给他也好。

〔吴晓峰上。

由　贵　（一愣）你？……

吴晓峰　我来看白洁……

由　贵　她已经够难过的了，需要安静。

吴晓峰　我同她个别谈几句话。

由　贵　（指被面）为这个事吗？你拿回去吧！

吴晓峰　你又喝醉了……

白　洁　不，是我让他替我还给你的……

吴晓峰　（一惊）怎么回事？

由　贵　拿着吧。就是这么回事，你还不明白吗？

〔李红兰上。

李红兰　晓峰！吴姨叫你快去！

白　洁　你把李红兰送回家去。

吴晓峰　我不去……

白　洁　老厂长一个人在家，没人照顾不行。

吴晓峰　（对李红兰）你不认识道吗？自己不会走吗？

李红兰　吴姨让你送我回去。

白　洁　晓峰，快去吧！

吴晓峰　这是怎么回事呀？

白　洁　到了一定的时候，我都告诉你。

〔吴晓峰不动。

白　洁　快去呀！这是我第一次，也许是最后一次求你，一定把红兰送到家门口！

吴晓峰　由贵讲的是什么意思？我需要有个清楚的答案……

白　洁　答案？你到这些年流行的阶级斗争学说里去找吧！

——幕落

第六场

时　间　紧接前场。

地　点　李键家。

布　景　同第一场。

〔幕启　场上无人。

〔李键上，见室内亮着，高兴地开门。

李　键　（见无人，开开厨房门，也没有人。失望地，自语）真的没回来。……她真不回来了？（一眼看见红兰做的那件新上衣，摸了摸；抬头又看到红兰妈妈的相片，拿起凝视；最后放下相片，从背包里拿出干粮，吃了两口；拿暖壶倒水，暖壶是空的；把杯子推开，一边啃干粮，一边看看手表，打开电视机学英语；但又吃不下，学不进。他关上电视，烦躁地走到窗前，向外眺望）

〔吴一萍上。

吴一萍　开着门过日子？

李　键　（一怔）老吴！

吴一萍　一个人啃凉饽饽？

李　键　比你当童工时候吃橡子面好多了。

吴一萍　这个岁数消化不了啦。

李　键　胃就是个锅炉，没有油，烧煤矸石也能发热。到实现“四化”，就可以装最精的燃料了。

吴一萍　肚里难受还给自己解嘲。

李　键　你今晚吃的什么？饺子吗？

吴一萍　有人剁馅我就天天吃饺子。

李　键　你家有大小伙子嘛。

吴一萍　翅膀硬了，都会飞了。

李　键　他也离开了家?

吴一萍　这都是你的成绩。一下子扰乱了两个家庭。

李　键　你一家子革命，还有什么不称心的吗?

吴一萍　革命母亲可以生一个不革命的儿子。

李　键　那反革命父亲就不能有个革命的女儿?

吴一萍　你又扯到白洁身上。好，我们就谈谈她的问题吧！你看善后怎么处理?

李　键　我觉得她变得很突然。这里边有问题。

吴一萍　她本来就没有思想基础。

李　键　我看是让你给吓的。

吴一萍　是你没有阶级斗争的弦，不进行教育。

李　键　讲阶级斗争就是不许人家革命吗?你想过没有，白洁和我们的孩子一样，唱的第一支歌是《东方红》，和我们的孩子一起坐在课堂里受社会主义的教育，你怎么能不许她和我们的孩子一起革命呢!

吴一萍　不和你争论，市里已经回了电话，不支持。

李　键　市里怎么说?

吴一萍　说中央关于这个问题还没有文件，劳动模范是无产阶级的先进代表，最好选个家庭没有问题的。

李　键　岂有此理！十一大提出调动一切积极因素的精神还不算数吗?什么具体问题都要中央文件，还要我们这些人长个脑袋干什么！白洁几万米无次布，全市找不着第二个，算不算先进?白洁的父亲是历史反革命，可他死的时候白洁才三岁，能对她产生什么影响呢?明明没什么影响，却要她背一辈子黑锅，这公平吗?这符合党的政策吗?

吴一萍　可总得考虑成分。我们从来就是按着这个原则办事的。

李　键　考虑成分，可还有个重在表现。马克思、列宁、毛主席是无产阶级革命的导师，可他们的出身都不是工人、农民，你怎么看？

吴一萍　你说话越来越大胆了。反正市里不表态，她当不了市劳模。

李　键　她本人表现好，市里不同意，就在厂里宣传。

吴一萍　厂里群众也不会通过。（拿出一封信）你看看吧。这是一位老工人写给你的信。

李　键　（打开念）……“千万不要忘记阶级斗争”“阶级斗争是纲，纲举目张”。好哇，上下左右都来了。

吴一萍　领导、群众都向你发出了信号，你埋下的定时炸弹冒烟了。

李　键　见过。我听说打死兰兰妈妈的时候，就是念着“革命不是请客吃饭”“凡是反动的东西，你不打，他就不倒”，然后才棍棒齐下的。

吴一萍　知道这个就好。你在乡下待了几年，总算囫囵着回来了，不要再闹个粉身碎骨。

李　键　死有什么可怕！我们参加革命那一天，就把整个生命交给了党。在战争年代几经生死打出个新中国，现在就不能为国家和人民再去战斗吗？有些人就是利用工人群众的朴素阶级感情，来破坏完整的毛泽东思想，断章取义，用一些语录来打人，这吓不倒谁！

吴一萍　你说我利用群众的朴素阶级感情吗？我们是老朋友，只是要提醒你，别走上危险的道路。

李　键　我也以老朋友身份说几句心里话。想不到你这十几年变化如此之大。一个曾经豁出生命护过厂的人，今天竟不再关心厂子的前途，想钻进个人的保险圈里，快变成新长征路上的绊脚石了。

吴一萍　（气得发抖）你，你说什么？我一片苦心换来你这样地看待！我的觉悟不高，文化水平低，也没有什么业务专长；可是自参加革命以来，对党没有三心二意，事事照办，自认为一生中忠于党的。

李　键　你认为照本做事，文件上没有的不说，上级没讲的不干，就叫忠于党吗？我们遵循的是马列主义原则，应该坚持实践是检验真理的唯一标准。“四人帮”把我们的国民经济搞到了崩溃的边缘。中国这只船，是因为有毛主席、周总理和许多老一辈无产阶级革命家，才没沉到苦海里。现在只有实现四个现代化，才能挽救党和国家的命运！

吴一萍　说破了天，危害党的利益的是你，而不是我。怎么说我也不能跟着你跑。

李　键　市委派我到这个厂来工作，我满心希望能得到你的帮助和支持，但是我们一直争论到今天。谁是谁非，让历史去做结论吧。不过我衷心地希望你认真考虑我的话……在这历史大转折关头，不要掉队。

吴一萍　我也最后劝告你一次。我的话都说在明处，要当心那些不讲话、提着棍子、瞪着眼睛看你的人。

李　键　让他们看吧！最好马上就来。我们的总理、老帅被整得含冤死去，我们活着都是幸运，我还怕什么！

吴一萍　你就在危险的道路上一直走吧！

李　键　白洁这杆旗一定要树。查清原因，继续推广她的经验，用为人民织出大量的好布来回答吧。

〔韩卫东上。

韩卫东　吴书记。

吴一萍　你来干什么？

韩卫东　向老厂长汇报白洁的情况。

吴一萍　你又参与这些事。还不接受教训。

李　键　（不解地）什么教训？

吴一萍　吹捧“四人帮”犯了错误，现在又吹捧反革命子女。

李　键　广播稿是我让写的。

韩卫东　不，是我主动写的。

李　键　根据党委决议嘛。

韩卫东　我个人也被她的事迹感动，不能不拿起笔来。

吴一萍　你给帮派们写稿也很积极主动。

韩卫东　不，那是黑的，这是红的。她连续几万米无次布，是粉碎“四人帮”后出现的真正的先进人物。

吴一萍　那两匹次布往哪儿放？

韩卫东　那两匹次布是刘小英的，不是白洁的。

李　键　（高兴地）真的吗？

吴一萍　净胡扯！

韩卫东　刘小英是次布大王，她在上一班织了三个大疵点。白洁接她的班，串了记号，把小英的布算到自己的记录里。

吴一萍　又编造。

韩卫东　你去看看白洁的大卡片，布是不是多了五十米。

李　键　这可太好了。我早怀疑不是白洁织的，可她不承认。你给我找到了证据。

吴一萍　他一贯夸大其词，不能轻易信他吗？

韩卫东　我写过违心的文章，讨好过领导。可假话的风源在上边。

李　键　谈得很深刻。楚王好细腰，国人多饿死。吴王好剑客，国人多疮疤。

吴一萍　你们俩在这说相声吧！我回去吃饭啦。我要求党委明天重新研究白洁的问题。（下）

李　键　（对韩卫东）你讲白洁的情况真实吗？

韩卫东　我现在讲话都有人用秤约，还敢说谎吗？

李　键　好！就是要学彭德怀、陈毅同志，刀按在脖子上不讨好，敢讲真话。

韩卫东　以后订个制度，说实话的人才能入党、重用，谁也不去出卖良心啦。

李　键　走，我们一块儿去看看白洁。

韩卫东　您不用跑啦，我通知她来吧。

李　键　好。

〔韩卫东下。

〔李键打开电视机听音乐，随着曲子自己也哼起来。他拿起干粮正要继续吃，李红兰、吴晓峰上。

李红兰　（在门外）进去呀！

吴晓峰　到家门口啦。

李红兰　那么听白洁的，一步也不多走？

〔吴晓峰不动。

李红兰　亲不亲阶级分。我们都是党员。

吴晓峰　（瞪眼睛）什么？……

李红兰　好！我不说了。我爸大概回来了，你很关心生产，不同他谈谈？

〔李红兰、吴晓峰入内。

李红兰　（把电视机关掉）爸爸！

李　键　（意外地）兰兰……

李红兰　六十多岁的大学生，吃饭了吗？

李　键　没有女儿，我这老头子还能活吗？（对吴晓峰）你妈才来说她也没吃饭。

吴晓峰　她是故意的，想吃自己会做。

李红兰　（进厨房端热饭热菜出）晓峰，来一块儿吃吧。

李　键　（一惊）哎！我女儿真会变戏法。又从哪儿变来的热饭热菜？

李红兰　早做好了，在锅里蒸着。

李　键　看看，我就是没去揭锅。

李红兰　若不是白洁垮了，真想饿您一顿。

李　键　白洁不垮，你也不会让爸爸受苦的。我女儿是个孝顺孩子。

吴晓峰　白洁还会上来的。

李　键　对。她垮不了。

李红兰　什么？……

李　键　（劝解）好好，太饿了，吃饱了再谈。

吴晓峰　您吃吧，我还有事。（欲走）

李红兰　还上白洁那儿去呀？

李　键　白洁一会儿到这儿来。

李红兰　怎么？她到这儿来？

李　键　次布原因查清了。

吴晓峰　（急问）查出来了？怎么回事？

李　键　那是刘小英织的，不是她织的。

李红兰　不是她织的，也不能再宣传她了。

李　键　为什么？

李红兰　已经有人给您送语录啦。

李　键　我知道啦。

李红兰　妈妈被打死前就是这个气氛。

李　键　现在没人再敢那么疯狂。

李红兰　您这么关心白洁，对您有什么好处？

李　键　对她、对你有什么坏处？你也当过狗崽子，尝过受歧视的滋味。

李红兰　她是真的，我是假的。

李　键　你还相信反动的血统论？再搞这一套，还会有人受害，包括你。

李红兰　阶级还是有的。

李　键　我看白洁政治思想先进，布织得也比你好。你们有什么不同？

吴晓峰　也有不同。她对人民的贡献大。你、我没给人留下任何印象，群众不会记得我们。

李红兰　对，她还比我长得漂亮，你找她去吧！

吴晓峰　我是受白洁委托来送你，我不会多待。（对李键）我希望党委不要改变决定。树起白洁这面旗帜，就会你追我赶，掀起为人民织好布的热潮。我们厂产品质量会有个飞跃，成为真正大庆式企业。

李红兰　那你就用手举着她，站在厂门口，让大家学吧！看吧！

〔吴晓峰生气地下。

李　键　（喊）晓峰！晓峰！

李红兰　喊他干什么？

李　键　怎么这样对待客人？

李红兰　现在他是我的敌人……

李　键　他对白洁的评价是公正的。

李红兰　你对反革命子女那么亲，对自己女儿这么狠！两人合起来围攻我？

李　键　兰兰！

李红兰　别叫我！您不知远近，颠倒了敌我，我再也不是你女儿，永远不回家了！（抱起被子、衣服，扔下钥匙跑下）

李　键　兰兰……（跑到窗前喊）兰兰！兰兰！（扶着窗台晃了两晃，欲倒）

〔恰巧白洁上来，将李键扶住。

李　键　（声音微弱地）谁？……

白　洁　我……白洁……

〔李键手颤抖着摸上衣口袋。

〔白洁迅速地从李键衣兜里拿出一片药，塞到李键嘴里……

李　键　（清醒过来）你……

白　洁　您好些了吗？

李　键　（点点头）你，你知道这药……

白　洁　我妈也有冠心病，我常替她拿……

李　键　在技校批斗我那次……

白　洁　也是我给您的。

李　键　（紧紧握住白洁的手）原来是你！（站起来）两次啦！得怎么感谢你呀！

白　洁　快别讲话，您需要安静。

李　键　不，完全好了。（站起来）兰兰走了吗？

白　洁　屋里空了。

〔静场。

白　洁　晓峰送她回来的吗？

李　键　一齐来的，走时候又分开了。

白　洁　怎么又这样把您扔下？

李　键　她，她去开个非常重要的会。

白　洁　您找我有什么事儿？

李　键　你那两匹次布的原因我知道了，是你自己作的假。

白　洁　没，没有。

李　键　我已经全调查清楚了，那是刘小英织的。

白　洁　没那回事。

〔刘小英上。

刘小英　（对白洁）白洁！你咋这么干呢？

白　洁　我怎么啦？

刘小英　你改了记号，改不了卡片。（拿出卡片，对李键）她那两匹次布是我织的。

李　键　（对白洁）看！人证也有了，还有什么说的？

〔白洁低下了头。

刘小英　（对白洁）真对不起你！我的黑抹到你的脸上。

白　洁　不，这和你没有关系。

刘小英　我认为自己根红苗正，成了次布大王脸都不红。对你呢？干得那么好也看不起，抓住点岔子就到处臭你。

白　洁　小英！我没记恨你。

刘小英　可我恨自己呀！（对李键）千万别责怪她呀。我以后也要学着做她那样的人。（对白洁）白洁！我们会成为好姐妹的。你看着吧！（下）

白　洁　厂长……

李　键　你要对组织忠诚老实，为什么这样做？

白　洁　我的罪不能再加给您啦。

李　键　你没有罪。你父亲的罪也不应该加给你。我们不能再搞封建社会的株连九族。

白　洁　您为了我遭到多少人反对呀！把一身的热都给了人，自己落得这般冷清。

李　键　这不是我的错。“四人帮”的流毒还在起作用，使人们团结不起来。

白　洁　您本来日子很好过。刚安排了工作，女儿孝顺，在厂里威望又高，满可以当舒心地当厂长，偏偏带上我这个累赘。

李　键　这不是我们个人问题。搞“四化”人少了不行，必须讲究实效，把有用的人都调动起来。

白　洁　您不想想兰兰妈是怎么死的吗？

李　键　她是为了让人有一分热发一分光而死的。她用血换来的教训就是，打她的所谓革命者才是坏人。万一有一天我也有她的遭遇，我引以为荣，因为我这把老骨头扔在了新长征的路上。

白　洁　（激动地）厂长！……

李　键　你也不要顾虑，就是有错误，我会承担全部责任。

白　洁　（激动地）叔叔！……我以前讲的是骗您的话。

李　键　党领导着我们流血牺牲，推翻了三座大山，建立了新中国。可现在又有三座大山压在我们身上：问题成山，麻烦成山，困难成山。解放三十年了，国家还这么落后，人民还这么穷困，我们能坐得住吗？你不是说要让人民穿上好布吗？

白　洁　我愿意把我整个生命都献给四个现代化，献给社会主义祖国。

李　键　好！那就在新长征路上打冲锋吧。现在党中央领导英明，一切关心国家命运的人、想过好日子的人，都会支持我们的！你要在万米无次布竞赛中继续当排头兵！

——幕落

第七场

时　间　一九七九年二月。

地　点　工厂院内。

布　景　同第四场。“向白洁学习，开展万米无次布竞赛”的标语换成了“热烈庆祝我厂产品免检”，“向白洁学习，继续开展万米无次布竞赛！”的大红字块。

〔幕启　韩卫东在往“贴报栏”上贴报纸。

〔李键上。

李　键　（对韩卫东）小韩！叫小车来送白洁开会去。

韩卫东　去市里啊？

李　键　不。代表咱们厂去省里开工业学大庆会。

韩卫东　（指报纸）您看！她的事迹省报发了，头版头条。

李　键　这是中央政策的力量。

韩卫东　真是一声春雷震天响。四类分子摘了帽儿，地富子女改了成分，一下子调动起几千万人，赶上一个中等国家啦。

李　键　白洁也真争气，连续四十万米无次布，成了全国的尖子。

韩卫东　她的成绩非同小可，使咱们厂变成免检厂，货真价实的大庆式企业，布织出来用户抢着要。

李　键　贴完报去运输科叫车吧！

〔韩卫东欲走。吴一萍上。

吴一萍　（对韩卫东）告诉运输科我用小车。

李　键　干什么？

吴一萍　我去休养所。

韩卫东　厂长告诉先送白洁开会。（下）

吴一萍　（对李键）怎么一个工人开会还用轿车送？

李　键　劳动模范开会坐小车这是惯例。

吴一萍　现在什么惯例都打破了。

李　键　老吴，你这种情绪是危险的。

吴一萍　当然，你是眉开眼笑啦。

李　键　你也不要愁眉苦脸。

吴一萍　我跟不上。过去说共产党的哲学就是斗争的哲学，又一直批阶级斗争熄灭论。阶级敌人都没有了，还干什么革命。

李　键　我们并不反对阶级斗争，只是反对阶级斗争扩大化。现在到了新时期，要根据阶级关系的变化，确定斗争对象。今后还要跟破坏社会主义建设的阶级敌人斗，同大自然斗，可以一直斗到死，也斗不完。

吴一萍　不要头脑发昏。我看这是策略。

李　键　不，这是科学，是尊重事实。以前歧视出身不好的是形而上学，法制不健全，民主生活不正常。

吴一萍　你这思想可真解放。

李　键　你还留恋“四人帮”那一套吗？找不到敌人，到党内抓，多少人骨肉分离，家破人亡，经济搞到崩溃边缘。

吴一萍　你的理论正确，兰兰为什么离开你，到我那儿住着？

李　键　你没有察觉兰兰在变？特别是昨天学习了中央文件以后，她连夜去找白洁谈心，今晚就搬回家。

吴一萍　你们父女团聚，我儿子可跑啦。

李　键　是非已经清楚，你应该认识错误，儿子会回去的。

〔韩卫东上。

韩卫东　小车来了。

吴一萍　你们快去。回来我还要坐。

李　键　希望你不光坐小车去休养所，还要赶上时代的列车。你要认真领会三中全会的精神，从僵化的思想中解放出来。（对韩卫东）去找白洁上车吧。

〔吴一萍下。

韩卫东　我找了一圈没有，听说到车站接她母亲去了。

李　键　她要去开会，接母亲干什么？走，去看看。

〔李键、韩卫东欲走。

〔李红兰提旅行袋上。

李红兰　白洁走了没有？

韩卫东　还没有。

李红兰　（指旅行袋）她从没出过门，我送她个旅行袋。

韩卫东　她会要你的东西吗？

李红兰　我们俩昨晚流着泪谈了一夜，疙瘩全解开啦。

韩卫东　大新闻！怎么解的？

李红兰　从哪儿说起呢？我爸找我谈，白洁也找我多次，特别是，这几个月厂里的变化，用事实教育了我。你们看到的我终于也看到了。只是比你们认识得晚一些。

李　键　好！那就撵上队伍，跟大家一起在新长征路上走。

李红兰　“四人帮”整了您十多年，回来后我又用他们的毒伤害您。

李　键　主要对白洁的看法不对。

李红兰　我确实中了毒。您和妈妈不在了，扔下我一个人，像掉在黑洞洞的苦井里，望不着天，也摸不着沿儿。我要活下去，要上来，就爬上了“四人帮”的梯子，让他们打了一身黑印。

李　键　所以不能说受害者就没中毒。

李红兰　爸，我和韩卫东说几句话，就回去给您做饭。

李　键　好。我去看看白洁。（下）

〔静场。

李红兰　我们很久没单独在一起啦。

韩卫东　我已经不具备那个条件。

李红兰　现在是我不具备条件。

韩卫东　你？……

李红兰　给你办了半年的班，我的良心给我办了更长时间的班。

韩卫东　我确实犯过错误。

李红兰　你伤在明处，很快就治好了；我伤在心灵里，越来越痛苦。

韩卫东　你是严格要求自己。

李红兰　不。我需要求得白洁的谅解、晓峰的宽宥，也需要求得你的原谅。

韩卫东　怎么说这话？

李红兰　白洁是一面镜子，在这面镜子里，不仅照出了我织的布上有疵点，也照出了我思想上有疵点。想起我对你们的态度，我心里很难过。

韩卫东　都从生活中吸取经验教训吧！

李红兰　该吸取的教训太多啦！我真笨，怎能把父母亲的革命历史当作资本来炫耀呢？盲目的优越感害死人……小韩，你能原谅我吗？

韩卫东　（感同身受）不要说啦。我们都是时代的受害者。（拿出一个本、一支笔）把这金笔、日记本也装在旅行袋里，就以我们俩人的名义送给白洁吧！

李红兰　（接过，激动地）小韩！卫东！……我现在就给白洁送去。（下）

〔韩卫东欲走。吴一萍上。

吴一萍　小车回来没有？

韩卫东　我去看看。（下）

〔吴一萍欲走。吴晓峰上。

吴晓峰　妈！……

〔吴一萍停下。

吴晓峰　您这些天受了不少苦。我今晚回家。

吴一萍　你还知道有家！

吴晓峰　请您饶恕我。以后我要永远在您的身边，给您洗衣服、做饭，伺候您。

吴一萍　我不需要你。

吴晓峰　您学了中央文件，不更喜欢这个办事有根据的儿子吗？

吴一萍　你是回来算我的账？

吴晓峰　不。以前我恨过您，几个月没有回家，甚至想脱离母子关系。现在我发现过错不在您。如果没有中央拨乱反正，谁也无法冲开这个禁区。

吴一萍　唉！我心里乱极了！

吴晓峰　您爱自己的儿子，希望他走正路。包括上台批判我，都不是没有骨肉之情，而是把我当作真正的反革命。白洁当时被划在不可信任的人一边，您是党委书记，儿子同反革命女儿结婚，您就无法让别人提高阶级警惕，也会不被信任。不过现在您看，中央一个决定救了多少人哪！妻离子散的团圆了，几千万青年流泪欢呼，庆祝自己有了同人平等的地位。上亿的人放下了包袱，洗清了社会关系。我插队的那个公社，一个三十五岁找不到对象要自杀的富农孙子来了信，下礼拜请我去喝喜酒。听到这些您不高兴吗？

吴一萍　你呢？多咱能喝上你的喜酒？

吴晓峰　我是个最后的受害者。

吴一萍　这是我的错。不过比白洁好的姑娘还可以找到。

吴晓峰　能那样互相了解，彼此知心的不会再有。这是时代给我的痛苦，我要记它终生。

吴一萍　我这么大年龄不能操持家务了。

吴晓峰　方才我讲过，家里活儿我都干，服侍您到老。

吴一萍　这是要惩罚我呀！……

吴晓峰　不！现在我正承受着惩罚。用我的独身，让人们记住这痛苦的历史吧！（下）

吴一萍　唉！这孩子呀！（下）

〔魏大姐与由贵边谈边上。

魏大姐　小英叫你给她买糖吃呢。

由　贵　干什么？

魏大姐　她也两万米无次布了，成了质量标兵。

由　贵　对，我许过愿，我给她买。

魏大姐　说真的，多咱喝你的喜酒呀？

由　贵　喝闷酒吧！

魏大姐　不是说你要和白洁结婚了吗？

由　贵　没法结婚。

魏大姐　你们不是处得很好吗？

由　贵　只是一头热，见面就当我面夸吴晓峰，好像是我必须受的婚前教育。

魏大姐　吴晓峰确实值得学习，对“四人帮”斗争得多勇敢哪。

由　贵　不。那里有一股味儿。

魏大姐　是你的醋味儿。

由　贵　那样自私就不会偷偷地等她三年。我觉得她心里想的是吴晓峰，对我只是尊敬。尊敬不是爱情。

魏大姐　从哪本小说上学来的，感情可以结婚后再建立。我和你大姐夫是经人介绍的，以前都没见过面，现在他出差两天不回来还想呢。

由　贵　白洁是个情感高尚的人。原来我是为了她幸福，现在看来她精神很痛苦，怎么能干这缺德事儿？

魏大姐　那你打算怎么办？

由　贵　像当初帮助我那样，你再去替她同晓峰说说。

魏大姐　他们订过婚，吴书记给拆散了。

由　贵　现在情况不一样了，白洁当了省劳模，身价高啦。

魏大姐　吴书记挑她的家庭出身。

由　贵　人家母亲的问题已经改正啦。

魏大姐　是吗？

由　贵　你忘了？五七年鸣放，动员大家给党提意见。白洁她妈提出要提高工作效率，党支部书记可以上级任命，车间主任应该由工人选举。结果说她被定成极右分子，下放到车间监督劳动。“文化大革命”中，又被赶到农村。现在按中央实事求是的精神，她的问题已经改正了。

魏大姐　这可是喜事！

由　贵　白洁母亲原来是工程师，会几国话，现在要调到局里工作。白洁正去车站接呢。

〔白洁与李键、韩卫东从不同的方向上。

韩卫东　（对白洁）开会的车都预备好了，厂长急坏了。

白　洁　我算计能赶回来。

李　键　你母亲恢复工作的事批下来啦？

白　洁　我突然接到局里电话，找我妈明天参加大会，也没来得及请假。

李　键　开会还赶趟儿。这也是加速实现四个现代化大事。你妈妈身体怎么样？

白　洁　我妈妈有冠心病，很严重。在农村没有任何治疗，二十二年哪！

李　键　漫漫长夜总算过去，现在是阳光普照、百花盛开的时候了。

由　贵　（走向白洁）小白！……

李　键　（对魏大姐）咱们先走吧！

〔李键、韩卫东、魏大姐下。

由　贵　我祝贺你家多喜临门。

白　洁　谢谢……

由　贵　你要开会去了，咱们的事……

白　洁　咱们？……

由　贵　不能再使你痛苦下去啦。

白　洁　啊？……

由　贵　你每天想的那个人来了，我向他表个态。

〔吴晓峰上。

吴晓峰　（对白洁）党的阳光照亮了你们全家。祝贺你，白洁同志！……

由　贵　以后称她洁妹吧！

吴晓峰　（一怔）你？……

由　贵　（拿出被面两条）这是送给你们的结婚礼物，上面开着你们喜欢的报春花。

——大幕徐徐落下·剧终

原载《剧本》1979年4月号

荣获新中国成立30周年剧本创作全国一等奖（1979）

血，总是热的

宗福先　贺国甫

人物表

罗心刚　男，凤凰丝绸厂厂长。

夏炳石　男，厂党委书记。

孙建芳　纺织公司副经理，罗心刚的爱人。

李子良　男，技术员。

方　瑛　工人，李子良的爱人。

蒋定安　男，车间主任，党支部书记。

白　华　男，社会青年，后为花样设计师。

白　云　工人，白华的弟弟。

宋巧珍　女，工人。

班长大叔　勤杂工，老八路。

赵　星　男，工人。

夏　雨　外贸公司外销员，夏炳石的女儿。

老　周　市纪律检查委员会代表。

安　凯　男，华侨，丝绸经销商。
安　敏　安凯的孙女。
各种身份的干部、工作人员、群众若干人。

一

〔凤凰丝绸厂会议室。左前方放一讲台。

〔大幕始终是拉开着的。早入场的观众可以看到部分剧中人，正在台上忙忙碌碌地布置会场。他们抬桌子，搬椅子，放茶杯，试话筒，对灯光。

〔越来越多的人走上舞台，等待开会。有的人谈笑风生，有的人忧心忡忡，有的人在闲聊，有的人在争吵，还有的上上下下来回乱跑，倒茶，上厕所，做着他们想做的一切。台上的情绪是紧张的，人们似乎在等待什么重大事件的发生。他们的情绪逐渐感染观众。

〔戏已经开始了。

〔铃响。剧中人坐在自己的位子上，鸦雀无声。方瑛坐在舞台中央的一把椅子上打毛线。

蒋定安　方瑛，你别坐那儿啊！

方　瑛　狗拿耗子！

〔孙建芳、夏炳石陪同老周上，入座。

〔班长大叔提水壶上，走向老周。

〔老周赶紧站起。孙建芳、夏炳石也站起。

老　周　哟，大叔！您身子骨还那么结实啊！

班长大叔　结实！只要不把我气死！（给老周、孙建芳倒水）

〔夏炳石也把茶杯送上去，班长大叔却转身走了。

班长大叔　（赶方瑛）去！

〔方瑛不声不响地让开。班长大叔把椅子擦干净，拎着水壶也坐到一边。

孙建芳　今天，市纪律检查委员会老周同志到这里的凤凰厂来……

夏炳石　罗心刚还没到。

老　周　我们先开起来吧！

班长大叔　那像话吗？

李子良　不合适吧？

蒋定安　（站起来）市纪律检查委员会审查罗心刚的问题，他本人不到，这是什么态度？

〔舞台中央那只孤零零的空椅子十分显眼。

孙建芳　他打电话来说马上就到，有人找他有点事……

赵　星　我表示怀疑！什么人？什么事？

方　瑛　他不来，有些话说不清楚！

夏炳石　（对老周，指蒋定安、赵星、方瑛）这几位同志都是写信揭发罗心刚的。

老　周　你们怕他将来不认账？（指指观众席）底下我们请了那么多同志来旁听做证嘛！还是先开始吧！今天只有一个要求：实事求是。让大家了解这个事件的全部真相。好，头一个揭发人叫——白云。揭发罗心刚勾结外商，非法签订出卖国家利益的合同。

赵　星　对，合同是关键！

蒋定安　正是为了这份合同，罗心刚才在凤凰厂干尽了坏事！

宋巧珍　白云没有揭发罗厂长！

夏炳石　没有？白纸黑字，白云亲笔写的揭发信！

宋巧珍　不，我是说，白云做错了，请你们原谅他！

赵　星　听这口气！你算是白云的什么人？

夏炳石　（对老周）这就是罗心刚培养的那个技术尖子。

蒋定安　信天主教的共青团员！

老　周　请白云自己来讲吧。

〔众人寻找。

班长大叔　白华，你弟弟呢？

白　华　不知道。

老　周　（有点生气了，扔下手里的材料）还有谁没来？

〔众人查点人数。

蒋定安　其他人都到了。

赵　星　还缺两个，我姑姑和她的爷爷。

〔有人窃笑。

赵　星　就是罗心刚勾结的外商安凯和安敏。今天也该叫他们来坦白、揭发！

方　瑛　（结着毛线）你小子不是还憋着一股劲儿，要娶你姑姑当媳妇吗？

〔众人哄笑。

赵　星　你胡说！我跟他们（作砍的手势）藕断丝连！

〔哄堂大笑。

老　周　外商以后再说。第二个揭发人赵星，揭发内容……跟白云一样吗？

赵　星　合同的事白云比我清楚，他手里还有证据，最好他先谈了，我再谈。

夏　雨　（激烈地）我是外贸公司的，我叫夏雨，关于那份合同，我想说几句。

夏炳石　（打断夏雨）罗心刚背着你们外贸部门，利用私人关系找外商单独谈判，是不是这样？

夏　雨　可是……

夏炳石　他和外商签订了合同之后，才要你补上一个签名加以认可，是不是？

夏　雨　……

夏炳石　这是不是违反了国家的涉外纪律？

夏　雨　爸爸！

夏炳石　你也要负责！什么模范党员？！

夏　雨　反正比你强！

孙建芳　这份合同，是我代表纺织公司批准的。

蒋定安　那就更清楚了。（向群众介绍）孙副经理是罗厂长的爱人。

孙建芳　（沉思片刻）确实，我没有负起我应负的责任。

老　周　现在不讨论别人负什么责任，这事等白云来了再谈吧。第三个揭发人是蒋定安。

蒋定安　我。

夏炳石　车间主任，党支部书记。

班长大叔　（一直在闭目养神，突然睁眼）前车间主任、党支部书记，前……

蒋定安　那正是罗心刚打击迫害政工干部的证据！（走到讲台上，半对舞台，半对观众）为了给他那份鬼合同扫清道路，他整我，整党委书记夏炳石同志，连老工人方瑛同志，他也不放过……

方　瑛　你放你自个儿的屁，我长着嘴呢。

（站起来，把打完的毛衣往李子良身上套）嗨，试试大小。

〔李子良不知所措。

夏炳石　方瑛！

〔方瑛继续往李子良身上套毛衣。

〔灯暗。一束追光打在讲台上。

蒋定安　有一天，为了合同出了点岔子，他吃顿早饭的工夫，一连骂了三个人。

〔班长大叔走到蒋定安身边。

班长大叔　不错，有这事。那天是在食堂里。

〔灯灭。

二

〔灯亮。食堂及其外面的过道。

〔班长大叔在擦桌子。

罗心刚　（从食堂窗口里伸出脑袋，头上戴着厨师帽子）班长大叔，您来一趟。

班长大叔　你在里头干什么？

罗心刚　炸油条！（头缩回去）

〔班长大叔走进食堂。

〔白云跳着舞步从食堂里出来，用筷子敲着饭盒，旋转着。宋巧珍上。

宋巧珍　白云！

白　云　哎，正找你。替我把病假单交了。

宋巧珍　你……还在生病？

白　云　反正不扣工资。你不会也找点病生生？歇两天，在家伺候伺候你妈。干吗那么卖命？

宋巧珍　那，不太好吧？

白　云　全凤凰厂的人都评上积极分子，也轮不着你！

〔宋巧珍被刺痛，默默地转身下。

白　云　巧珍！

〔夏炳石、蒋定安上。

夏炳石　老罗关于李子良的意见，你们研究一下。现在嘛，提倡发展知识分子入党。

〔白云停止追宋巧珍，哼着歌欲下。

夏炳石　你唱什么歌呢？

白　云　“心上的人快给我力量。”

夏炳石　又是那个……什么君的歌？心上的人给你力量，那党呢？领导呢？

蒋定安　下午开大会……

白　云　我请了病假。

蒋定安　夏书记组织的忆苦思甜！

白　云　对不起，我爸爸过去在香港做小买卖，日子过得比我甜。（扬长而去）

夏炳石　思想解放，再解放怎么得了！

蒋定安　要是照咱们的老传统狠抓一下阶级斗争，瞧这些人谁还敢犟头倔脑？！

夏炳石　生产怎么样？

蒋定安　自从老罗接了那个合同，产值老是完不成，咱们这个大庆式企业……

夏炳石　合同的进度呢？

蒋定安　糟透了，次品一大堆！三个月完成简直做梦，等着罚款吧！夏书记，您这回为什么……

夏炳石　（含糊地）上边也有这么种意图，反正，再看看吧。（下）

〔宋巧珍怯生生地走上来。

宋巧珍　蒋主任，我妈妈病又重了，我想申请点补助。

蒋定安　你怎么成天哭穷？存心往社会主义制度脸上抹灰？老宋头儿死了，让你顶替已经够宽大了，还要怎么着？

宋巧珍　（要哭出来了）可是……

蒋定安　别瞧着现在平反成风眼红。资本家、右派、反革命、地主，都能摘帽平反落实政策，可你爸爸是“四人帮”的爪牙！（厌恶地）去吧去吧！别这副可怜相！

〔宋巧珍连哭都不敢了，进食堂。

〔赵星上。

赵　星　蒋主任，东西替您搞到了，日本货！

蒋定安　嚷嚷什么？（与赵星低语进食堂）

〔李子良跑上，躲进食堂。方瑛追上。

方　瑛　你往哪儿跑？

李子良　方瑛，有话回家说……

方　瑛　不行！越学越鬼了！把衣服给我脱下来！（扒李子良的外套）

李子良　（护住外套）方瑛！

〔众人围观。

方　瑛　叫大伙儿评评！一个季度的奖金发下来，说好了给他买件衬衫，衬衫没买，钱没了！

李子良　（指指领子）我买了！

〔方瑛大怒，剥下李子良的外套。原来他里面穿着汗衫，戴个假领。

李子良　这也一样管用嘛，又便宜。

班长大叔　十几块钱呢？存了私房了？

方　瑛　他早花了！昨天逛到半夜才回家！

蒋定安　问题严重了，老李，赶紧交代吧！

〔罗心刚上，站在一边听。

李子良　昨天趁厂休我去了趟南镇，他们那儿丝绸次品率比咱们低得多。（要拿回外套）

方　瑛　（不给外套）全是次品又关你屁事！人家蒋主任不照样晃晃悠悠？……蒋主任，这钱你得给报销！

蒋定安　（脸一沉）谁批准他去南镇啦？赶明儿他一高兴去趟美国，回来也找我报销？（下）

方　瑛　（气得跺脚）十几块钱就这么没了？（追下，又回，狠狠地把衣服扔给李子良。下）

赵　星　（劝李子良）权当没有吧！这奖金本来也就是收买人心，几张票子够干什么使的？买草纸都嫌少！

罗心刚　这位莫非就会拉屎？天天擦个百八十回的。

赵　星　你！老梆子！

班长大叔　（对罗心刚）不认识吧？赵星！

罗心刚　噢，久闻大名。还在搞民主运动？

班长大叔　如今不时兴了，人家改行了，捣鼓进口货呢！

赵　星　（宽容地）中国人就这么可怜！瞧瞧你们俩，这么大岁数了，为了混口饭吃，还在这儿破衣邋遢地打杂。人家想替他们说几句话，他们还听不懂……

〔李子良欲说什么。

罗心刚　（拦住李子良）这话我是听不懂。凭劳动挣饭吃，有什么可怜？莫非都得像您阁下，一旷工几个月，领工资、发奖金的日子才露面？

赵　星　什么旷工？领导准的假！

班长大叔　哪个领导？

罗心刚　连领导一块儿扣工资！

〔蒋定安端着稀饭上。方瑛紧跟上。

赵　星　（大声地）蒋主任，我还得请几天假。

蒋定安　去吧！

赵　星　（对罗心刚）你不是说谁准我的假，扣谁工资吗？

蒋定安　谁这么大口气？他？（一拍罗心刚肩膀）

〔罗心刚回过头来。

蒋定安　罗……罗厂长？

赵　星　厂长？！

〔罗心刚一言不发。

蒋定安　（对赵星）明天回厂上班！

罗心刚　别，要忙就叫他去吧。——送份辞职报告来。（坐下吃早点）小宋，尝尝我炸的油条。

〔赵星溜下。

方　瑛　罗厂长，李子良昨天……

罗心刚　你要是也像他那样就好了！当年的丝绸印花状元，如今次品率比你这个小徒弟（指宋巧珍）高三四倍！

班长大叔　人家嫌手工印花累，又得三班倒！原来圆网印花多舒坦，稀里糊涂一滚，奖金就来了。

罗心刚　（对宋巧珍）从今天起，你教她！

宋巧珍　（慌了）不！

罗心刚　不让你教她技术，技术她一个顶你仨！让你教她怎么当个起码的工人！

〔方瑛忍了又忍，终于要发作了。

罗心刚　（对蒋定安）给老李报销。出差补贴一块儿给。

〔方瑛瞪了罗心刚一眼，扭头欲走。

罗心刚　站住。拿着钱给他几块零花，别抠得那么紧。

〔方瑛下。宋巧珍也站起。

罗心刚　小宋，想让你来一次印花操作表演，你准备准备啊！

宋巧珍　我？！（想说什么，终于没有说出来，慢慢地下）

蒋定安　（坐下吃早饭）罗厂长亲自下厨房劳动，真值得我们学习！（拿出纸包的点心）您尝这个，我老婆的拿手绝活儿。

罗心刚　（端详着点心）这是我失职！工作没做好，食堂里好些人请了病假。国家不需要一个厂长天天来炸油条！

李子良　（兴奋地）老罗，蒋主任，南镇最近研究出一整套蒸化工艺，次品大大减少，我们……

罗心刚　你不也研究出来了吗？比南镇还早。

〔李子良愕然。

罗心刚　结果呢？

李子良　交给蒋主任了。……噢，蒋主任很支持，早就请夏书记去研究了。

蒋定安　对，对，早就……应当的嘛……

〔罗心刚默默地把蒋定安带来的点心推到李子良面前。李子良先不明白怎么回事，突然他跳了起来，把点心扔开，拿起包点心的纸看着，手直抖。

罗心刚　（从口袋里掏出纸）这儿还有一张半，班长大叔前天早上捡的。

〔三人默默地吃早饭。

班长大叔　（提着扫帚上）该挪挪窝了。

罗心刚　（对李子良）蒸化你去搞，直接对我负责。限你们月内把次品率降下来。否则这个合同就全泡汤了，明白吗？……有困难吗？要有，现在说话，别到月底来跟我喊冤枉。……（对蒋定安）平洗机上有个电动机不正常，你去看看。

蒋定安　没听说啊！噢，是马达，不是电动机！

罗心刚　你当了几年车间主任？

蒋定安　八年。

〔罗心刚怒气冲冲地下。

〔蒋定安莫名其妙。

李子良　（好心地）蒋主任，电动机就是马达。

蒋定安　（恼羞成怒）就你懂得多！

〔李子良惶然地退下。

蒋定安　就凭你还想入党？你再一入党，我干什么去？！

〔班长大叔用扫帚拨拨蒋定安。

蒋定安　（醒悟过来，想起自己正在发言，走上讲台）我说到哪儿啦？

班长大叔　你骂李子良哪！（扫地）心里话全抖搂出来啦！

〔会场灯渐暗。

〔一束追光打在蒋定安身上。

蒋定安　我不是对知识分子怎么样……可罗心刚也太那个了！对这些人和对我们党的干部完全两副脸！我再讲个白华的事。白华五年前从我们厂离职了。因为当时他设计了一些情调不健康的花样……

〔黑暗中有人叫："那是'四人帮'的标准！"

〔黑暗中另一个人叫："即使在今天看，也不见得全是健康的！"

蒋定安　我们厂不用，他就寄给外地某丝绸厂。领导多次制止，他不听……

〔白华出现在蒋定安身边。

白　华　（激动地）我寄出去的图案百分之八十被采用了，几年来为国家换了成千上万的外汇……

〔黑暗中有人叫："你谦虚点！"

白　华　我不会虚伪的那一套！我没错……（隐去）

蒋定安　（对观众）大家都看见了吧，就是这么狂妄！可罗心刚呢？对这样的人居然到了……卑躬屈膝的地步了！

〔灯灭。

三

〔灯亮。电影院门口。

〔白云叼着根烟卷，斜靠在电线杆子上。白华背着卖冰棍的箱子上。白华从背后抽出白云嘴里的烟卷。

白　云　（愤怒地回过头来，愣住了）哥哥？

白　华　（把烟扔在地上）回家去！

〔白云乖乖地溜下。罗心刚、夏雨上。

夏　雨　（对白华）买两根冰棍。（对罗心刚）还没找着？

〔白华递过冰棍，接钱，突然盯住了夏雨的裙子。

夏　雨　（不悦地伸出手去）找钱！

白　华　啊。（又递了一根冰棍过去）

〔罗心刚见状，对白华感兴趣了。

夏　雨　喂喂喂，找钱！

白　华　（如梦方醒，把钱还夏雨）钱我不要，请您在这儿站一会儿，让我瞧瞧。

夏　雨　流氓！（拉住罗心刚欲走）

白　华　（自言自语）这是法国风格的，正是今天的流行色！

夏　雨　你——也懂这个？

罗心刚　你是白华？

白　华　（警惕地）你是什么人？

罗心刚　白华！（转身喊）老李，快来！

〔李子良上。

李子良　可找到你了！白华！这是新来的罗厂长，特地请你回厂的！快！

罗心刚　白华同志！（伸出手去）

〔白华敌意地看着罗心刚。

罗心刚　这些年你受委屈了！

白　华　是来可怜我的？

罗心刚　是需要你。凤凰牌真丝印花绸要想飞起来，少不了你这样的花样设计师！

白　华　对不起，我是卖冰棍的。

夏　雨　卖冰棍的还老惦记着流行色？

白　华　你们别缠着我！我要再搞花样设计就……砍掉我的手！

罗心刚　别瞎编了，小老弟！这玩意儿就跟爱人一样，迷上了这辈子也扔不开了。当年斗我，我也发誓赌咒：往后孙子再干丝绸行业！可刚喘过一口气来，我又想它了，梦里都想！人哪，就是这么贱骨头！

李子良　白华，厂党委都做出正式决议了！

罗心刚　（打开一个精致的盒子）这点东西，你有兴趣吗？（拿出一

把丝巾）

白　华　（大吃一惊）你哪儿来的？

罗心刚　你先别问，是你设计的吧？

白　华　谁替我收集的？

罗心刚　是你的就行，我总算还不冤！

夏　雨　（衷心地）多漂亮！

白　华　这是我多少年的心血……

罗心刚　多少年的心血都被糟蹋得不像样了。我们这儿号称丝绸之乡，蚕茧遍地，可这些年折腾得，你在这儿靠卖冰棍过日子，他们外贸靠卖茧子、卖真丝过日子，最有力量生产真丝绸的凤凰厂，靠圆网印花滚点没人要的合纤绸过日子。太窝囊了！你沉得住气，我可是憋不住了！

白　华　我跟你走！

李子良　太好了！快！

罗心刚　邪门！都说你这个人难弄，挺容易哄的嘛！我说，你也别光信我这两张嘴皮子，咱们来个君子协定。（接过白华的冰棍箱子）存我这儿，几时你觉得别扭，干不下去了，把它还给你，还来卖你的冰棍，怎么样？

白　华　行！

罗心刚　走吧！（敲着箱子吆喝）冰棍！

〔灯暗。

四

〔灯亮。凤凰丝绸厂花样设计室。

〔罗心刚戴着花镜正和李子良一起看花样。

罗心刚　（眯起眼睛审视一张设计稿良久，猛地一拍桌子）见鬼！白华他怎么想得出来的？！

〔李子良吃惊地看看设计稿。

罗心刚　对于能够设计出这样的艺术品来美化世界的人，真应当衷心地对他说一声“谢谢啦！”

〔班长大叔上。

班长大叔　你的工资。供销科等着你去开会。

罗心刚　好好。（接过钱，仍然看设计稿，片刻，从自己的工资中抽出几张人民币，指指里屋，对李子良）你给他送去。

李子良　厂长！

罗心刚　不能叫人家饿着肚子玩命吧？瞧瞧，两个来月工夫，四十三张设计稿！

班长大叔　那就待会儿拿我孤老头子的。你这上有老，下有小的……

罗心刚　先送去。

〔李子良下。

班长大叔　上边那些老爷们儿在干什么？两个多月还批不下来？

〔罗心刚长叹一声。

〔白华急急地跑上，李子良跟上。

白　华　罗厂长，班长大叔，我拿到工资啦！

罗心刚　噢？祝贺你呀！

班长大叔　刚发的？

白　华　老李给送来的，瞧！

罗心刚　我瞧瞧，多少？两个月才八十来块，实在不多啊！

白　华　要是光为了钱，五年前我就乖乖地搁笔混饭吃了，现在也恐怕早就回香港去了。我不光是为了几块钱！这工资，说明国家承认我的劳动了，承认白华是对国家有用的了。

〔班长大叔和李子良都避开。

罗心刚　（心酸地）承认了，承认了。

白　华　我去买糖！

李子良　（拉住他）白华，这……（不会撒谎的人憋住了）

罗心刚　我牙不好，从来不吃糖。

班长大叔　我有糖尿病……

白　华　（生气了）我这个糖，你们今天非吃不可！

罗心刚　……好，我吃，大家都吃！

班长大叔　我去买吧。（接钱，下）

白　华　总算拿到了。上个月发工资没我的份儿，心里真不是滋味……

〔一工作人员上。

工作人员　老罗，蒋主任说这件事要你处理。

罗心刚　（接过文件看）"设计这种无法生产的画稿做什么？！"……白华，这是你画的？

白　华　是的。

工作人员　蒋主任说，这种多层次底色从来没干过。

罗心刚　（对李子良）你看呢？

白　华　老李支持我的意见。夏雨同志也说目前国际上还只有意大利有，我们搞出来，销路肯定好。可蒋主任坚持不干。

罗心刚　（对李子良）你去找老蒋商量，就说我说的，要千方百计推上去。没干过的就永远不干，那恐怕到今天，咱们都还在当猴子呢！

〔李子良及其工作人员下。

白　华　老罗，现在我的信心十足！咱们中国完全能够成为世界上最大的丝绸生产国。一切高级的、新颖的东西，咱们都应当能够生产！

罗心刚　你怎么会迷上这一行的？

白　华　小时候隔壁住了个丝绸花样设计师，是个华侨，跟他学出来的。

罗心刚　你的老师呢？

白　华　死了。运动中夫妇都死了。留下个小姑娘，听说后来被她爷爷接到国外去了。

罗心刚　安敏?

白　华　你认识?

罗心刚　我们这笔合同就是跟她爷爷安凯签订的……莫非，你就是她的那个“小哥哥”?

白　华　（一震）小哥哥?她……还记得?

罗心刚　她就在这儿，到处找你!快，打个电话。

白　华　不了。我见过她，卖冰棍的时候，从我身边走过，那么近。

罗心刚　你不想再见她?

白　华　不想!

〔电话铃响，罗心刚接。

罗心刚　是我，什么?还是不肯干，我马上来。（挂上电话）知识分子有个怪毛病，喜欢跟自己过不去!好吧，随你。眼看三个月到了，得去交样品和设计稿，签订以后的合同。我是想带你一块儿去参加的。（下）

〔白华以手蒙面。

〔遥远的声音：“小哥哥，小哥哥。”

〔白华的心声：“安敏，也许真的苦尽甘来了?黑暗、恐惧、暴雨、狂风，全都过去了?”

〔遥远的声音：“是的!相信这一切吧!相信这一切吧!相信这一切吧!”

〔白华奋笔作画。

〔夏炳石、蒋定安上。

夏炳石　这么晚了还不回家?要注意休息啊!

白　华　不累!夏书记，我恨不得永远不停笔，把心中的一切，全都……（无法表达）

蒋定安　（找出一沓画稿）夏书记。

夏炳石　白华，听说你反对这批花样投产？

白　华　是的。这些花样和色调都过时了，您瞧……

蒋定安　可这都是夏书记审查过签了字的！你有什么权力把它们从车间抽回？

白　华　夏书记，这些东西生产了要卖不出去的！今年流行的是满底、碎花。只有这几张还可以，但配色上也有毛病，要改。外贸公司的夏雨同志来看过了，她也是这个看法。

夏炳石　她懂什么？

白　华　不，她是内行！

蒋定安　就是说，夏书记和我都是外行？外行领导不了内行？都不如你高明？都应当听你的？

白　华　（憋了半天，实在憋不住了）是的！

夏炳石　什么？

白　华　夏书记，我认为在这些具体的技术和艺术问题上，您不用管得那么细，那么死！您交给我们负责，出了纰漏，您唯我们是问！

夏炳石　那么，党的领导就不要了？

蒋定安　我们这些人统统滚蛋，让你们知识分子一统天下？

白　华　蒋主任你……

夏炳石　小伙子，不要那么狂！（拿起画稿）送去投产！

白　华　不行！（一把抢过，半晌，哀求地）夏书记！

夏炳石　拿过来。

〔白华不给。

蒋定安　连个正式职工都不是，你倒还挺横！

白　华　我是正式职工，我领到工资了！

夏炳石　什么工资？

白　华　夏书记，您瞧……

夏炳石　（大怒）谁批准给他发工资的？！

白　华　国家给的……

夏炳石　国家根本没批准你复工！

〔白华如遭雷击，呆住。工资从手中飘落。

〔蒋定安从他手中夺过图样。

〔班长大叔捧着一包糖上。

〔白华扑上去，把糖全部砸在地上。

〔灯暗。追光灯打在讲台上。

夏炳石　（走上讲台）白华跑了。他这种错误思想和怪脾气，其实都是老罗给惯出来的！而且，违反劳动工资政策，也只不过是老罗所犯的一系列错误中的头一个！

〔追光灭。

五

〔灯亮。凤凰丝绸厂办公室。

罗心刚　我早说了，党委去背那个大包袱干什么？审查每一张花样！你知道今年国际上的流行色有哪几种？日本什么图案时兴，法国什么花样吃香？

夏炳石　我不懂，可你也不必把白华捧上了天！少了他地球就不转啦？

班长大叔　（正在冲开水）废话！人都死绝了，光剩下蛤蟆，地球也照样转！

夏炳石　在党的领导面前，不允许那么狂妄！

班长大叔　你还有别的新鲜词儿没有了？狂妄，狂妄，什么叫狂妄？

罗心刚　照咱们这儿的标准，做人就得唯唯诺诺，客客气气。你什么本事也没有，也能当圣人，因为你讨人欢喜。可哪位要是有点头脑，有点作为，有点棱角，于是大事不好了，马上批下来四个大字，“狂妄自大”。

班长大叔　再添四个字“目无组织”。小日子干脆就别过了！（下）

罗心刚　这种帽子坑了多少有真才实学的人！可同志哎，人家是搞事业的人啊，连点主心骨也没有，没有自尊心，没有自信心，光会点头哈腰、鞠躬作揖，他还搞什么？

〔班长大叔领一干部上，这个干部以及后面出现的几个干部均由同一演员扮演。他的特点就是永远绷着脸。

班长大叔　老罗，招工局有人找。（下）

罗心刚　好好，请坐。是不是我们的报告批下来了？

干　部　什么报告？（翻文件夹）我是来了解一下——有人反映你们厂，私自招收了个叫白华的设计人员？

罗心刚　就是这事！他是“四人帮”时期被迫离职的，又是我们厂急需的专门人才，所以打报告申请……

干　部　这份报告我还没有看到。

罗心刚　我们送上来两个多月了！

干　部　（翻文件夹）目前我们在处理去年年底送上来的报告。

罗心刚　这么说，我们还得等半年？

干　部　（翻文件夹）六个半月。而且你们厂今年根本没有招工指标，如果需要，应当在一年前先打张申请招工指标的报告上来，我们研究批准后，你们才能打第二次报告，说明要哪个人。

罗心刚　这么说，要一年加上六个半月，要一年另六个半月以后，问题才能解决？

干　部　不，一年另六个半月以后，才能答复你们——解决，或者不解决。

罗心刚　可他是我们厂职工，被错误处理的，五年来靠做小买卖过日子！

干　部　（翻文件夹）如果生活困难，按待业知青处理。那么他可以在每星期的二、四、六到我们接待室登记，然后按年龄、地区分期分批解决，例如，可以分配到小菜场当临时工啦！

罗心刚　他是个花样设计师！我们国内一二流的花样设计师！

干　部　（翻文件夹）这我们无能为力。国家计划里今年不招花样设计师。

罗心刚　算他义务劳动，不拿国家一分钱，行了吧？

干　部　义务劳动？（翻文件夹）招工制度没有规定。最好不要做没有规定过的事情。

罗心刚　行了，我全明白了！您还有什么事？

干　部　对不起，你们必须写检查，并保证下次不再违反。

罗心刚　好好，明天把检查送去！

〔干部下。罗心刚喝了一大口水。

夏炳石　义务劳动？明明工资已经支给白华了……

罗心刚　什么工资？哪来的工资？是我自己掏的腰包！我可不是行善做好事，我是被逼得没办法！我把脖子勒起来能养活几个白华？他这种人在国外，资本家早把他捧起来了。给他创造条件，让他发挥才能；自然，也靠他发财。可在我们这儿，有些人连靠他发财都不懂，宁愿叫他卖冰棍……

〔班长大叔领干部上。

罗心刚　我不是答应你写检查了吗？

班长大叔　他说他是财务局的。

罗心刚　财务局？好好，坐吧。

〔班长大叔下。

干　部　（翻文件夹）据反映，你们厂新搞了两个蒸化圆罐？

罗心刚　是的。

干　部　这违反了财务制度。

罗心刚　大修计划是上面批准的嘛！那两个东西年代太久了，设计又不合理，重新搞一搞可以节省资源，节省劳动力，节省时间，还能提高质量。

干　部　可你们把外壳都拆了，这就不算大修，而算新造了。

罗心刚　可最不合理的就是那个外壳！

干　部　（翻文件夹）那我们无能为力。

罗心刚　就算是新造，我也没有多花钱啊？

干　部　你不动外壳，再多花点钱也是可以批准的；动了外壳，再省钱也是违法的。因为……（翻文件夹）你们旧的圆罐按规定明年以后才能报废。

罗心刚　那你叫我现在怎么办？

干　部　把新的外壳拆了，把旧的外壳重新拼起来。

罗心刚　今天真是我最长见识的一天！行了，我懂了。

干　部　对不起，你们必须写检查，并保证下次不再违反。

罗心刚　明天把检查送去，您没别的事了吧？

〔干部下。

〔罗心刚喝一大口水，解开衣服扣。

夏炳石　检查有的写呢！你瞧瞧报表，连着两个月完不成产值计划了！凤凰厂的“四化”就这么个搞法？

罗心刚　圆网印花滚出来的合纤绸，产值倒是高，可国外卖不出去；国内大量积压，全部堆在仓库里发霉、烂掉！我们还在这儿放高产卫星，敲锣打鼓地庆祝评上大庆式企业，分奖金。那叫搞“四化”？那叫捣乱！

〔班长大叔又领一干部上。

罗心刚　你有完没完？！

班长大叔　这位是产品质量管理局的。有介绍信。……我也琢磨着这几位怎么一个模子里出来的？（下）

干　部　你们厂明天有一批凤凰牌真丝印花绸要出口？

罗心刚　对对，您请坐。

干　部　（翻开文件夹）这批货不能出口，检验不合格。

罗心刚　不可能吧？我们反复检验过了……

干　部　牢度不够。根据国家标准，出口丝绸牢度必须达到三级。

罗心刚　可现在西欧、日本、香港、美国的客户都不要求三级牢度，他们只要求色彩鲜艳。而色彩一鲜必然影响牢度。请看，客户在合同上注明了的：牢度一、二级。人家不要三级。

干　部　他不要也得要！制度规定：三级！

罗心刚　（注视此人良久）你能不能……笑一笑？

干　部　什么意思？

罗心刚　我想看看你会不会笑，像个正常人似的，这样……（作笑状）

干　部　（张皇）制度里有过规定我必须笑吗？没有。（坚决地）没有！你们厂必须写检查！

罗心刚　保证下次不再违反。

〔干部下。

〔罗心刚喝了一大口水，把外衣脱掉。

夏炳石　瞧瞧，你惹了多少乱子！

罗心刚　（示意夏炳石别响，看看门外，没人，才放心地转过身来）这么大个厂交给我负责，可一点儿权都不给我……（突然仿佛感受到什么生物电流一样，停住了，慢慢地恐惧地转过身来）

〔果然，班长大叔又领着一干部上。

罗心刚　（一把抓住干部）你给我出去！

干　部　（挣扎着）我是计划生育委员会的！按晚婚计划你们厂今年只能有五个适龄青年结婚，可现在你们厂有三对青年到区政府去登记……

罗心刚　叫我在三对人中间劝说其中一人退出，让其他五个人结婚？！明天我写检查！（把干部推出门外）

〔干部下。

罗心刚　（精疲力竭，片刻）看来得设计一份通用的检讨书，印上二百份。

班长大叔　对，我替你在这儿挡着，来一个人给一份，省得他们啰唆。

罗心刚　最后一句写上：下世决不再犯。但愿下世投胎到这儿，我的祖国再也没有这种叫人想哭的笑话了！（突然冲向夏炳石，又精神抖擞地）你说我惹乱子？

夏炳石　（疲乏地）你这是何苦哇，老罗！

罗心刚　可怜起我来了？

班长大叔　我都可怜你！跟他学习不好吗？你管它圆网印花搞出来的东西有人要没人要？又不能少你一分钱工资！放着清福不享，搞丝绸出口！是活该！

夏炳石　班长大叔！您……

罗心刚　班长大叔，（指夏炳石）我也有点可怜他了。不怨他保守僵化，是咱们的经济体制鼓励他保守，促成他僵化。

夏炳石　（跳起来）社会主义的经济体制会鼓励人保守僵化？（走上讲台）

〔全场灯暗。追光亮。

夏炳石　现在这类解放得没边的话我也听得多了，再说，毕竟只是观点上的分歧。可以后，罗心刚的一些所作所为，就是党纪国法绝不容许的了！班长大叔，您讲讲我那个录音机的事。

〔班长大叔走上前来。

夏炳石　我先给各位介绍一下，这是我参军那时候的老班长，进城以后就一直在一块儿过日子了。现在是我们厂党委委员，人称“不管部长”。他是看着我成长的……

班长大叔　也是看着你变得没出息的！

〔夏炳石隐去。

班长大叔　录音机，有这么档子事！老罗那天在屋子里转腰子，说缺架录音机，我说小炳子——就是咱们现在的夏书记有，就给提来了。

〔追光灭。

六

〔灯亮。

〔班长大叔抱个大盒子上，夏雨跟上。

班长大叔　搬来了！

罗心刚　嗬！来来，小夏也来啦？大叔，您快坐会儿吧！

班长大叔　愣不让我拿，怕把她的宝贝摔了！

夏　雨　您真没良心，我是怕把您摔了！

罗心刚　（把录音机拿出来）真漂亮！我要是退休了或者第二次被打倒，非得弄它一个不可！（打开录音机）

〔录音机放出钢琴协奏曲的音乐。

罗心刚　协奏曲？

夏　雨　这是柴可夫斯基的第一钢琴协奏曲。您也喜欢这个？

〔音乐声。

罗心刚　真美啊！要是人的心灵都像音乐这么美……

夏　雨　老罗，您要它干什么？

罗心刚　（关掉录音机）我们跟南海饭店那笔生意，可能要吹。

夏　雨　不是卖了几千美金，生意很好吗？

罗心刚　食品管理处有位处长不同意！

夏　雨　食品管理处也管丝绸？这倒真是体制大改革了！

罗心刚　它是南海饭店的五个上级领导机关之一。这个管理处又有七位处长，其中六位同意了，第七个不赞成。合同敲了十一个图章了，就缺这一个。

夏　雨　他的理由呢？

罗心刚　跟我来回绕了几个圈子，他才……

〔班长大叔领干部上，这个干部仍由前场那个演员扮演，但脸色完全不同了。

干　部　罗厂长！要见你还真不容易啊！费了半天劲才跟这老头儿说明白，我不是来要你写检查的。

罗心刚　赵处长，对不起，请坐请坐。

〔班长大叔欲说什么，罗心刚制止他。班长大叔下。

罗心刚　（为干部泡茶）赵处长辛苦啊，挺热的天。

干　部　为四化嘛！

罗心刚　我们那份合同……

〔干部看看夏雨。

〔夏雨端坐不动。

罗心刚　您讲吧，没外人，小夏是我的秘书。

干　部　难哪！我是拼命为你争取，可有同志提出，丝绸厂做生意是不是合法？（看见录音机）——录音机？

罗心刚　对，录音机……可赵处长，这些都是零料碎料，过去三块五一公斤卖给废品公司。现在呢，我们裁成手绢，卖给来旅游的外国人，零料就能换来美金呢！

干　部　可利润你们厂自己拿，国家吃亏了。（看录音机）日本三洋？

夏　雨　（抢在前头）日本三洋，4500，四喇叭，双通道，立体声。——国家吃什么亏？赚来外汇全是国家的！再说废品变正品出厂，工业利润和税收不全是国家的？

罗心刚　南海饭店也便宜啊，商业利润他们拿六成！

干　部　可你们那四成准备不开发票，只开白条收据，罗厂长显然是不准备上缴的喽？——这玩意儿不错。

罗心刚　可不是，不错——厂里急需一笔活动资金。

干　部　这我相信，凤凰厂现在活动得多了，特别是对外，我们这种寒酸的小衙门没法比啊！——这东西……

〔夏雨干脆把录音机推到干部面前，放录音。

〔罗心刚把录音机关掉。

罗心刚　赵处长喜欢的话……

夏　雨　什么？！

干　部　不行不行不行，哪儿有这种事？你的秘书都不赞成了，外国商人送给你罗厂长的嘛！

罗心刚　小夏，给赵处长包起来！

〔夏雨想说什么。

罗心刚　（声色俱厉）快！

〔夏雨生气地包录音机。

罗心刚　（把录音机捧到干部面前）那合同的事？

干　部　（打开文件夹）这种利国利厂利民的事不办，还办什么？（从兜里掏出公章来盖好）

罗心刚　（接过来仔仔细细地看了一遍）谢谢赵处长！

干　部　哪里！我也不是糊涂人，你罗厂长不容易，我们的干部都像你这样，四化早搞成了！可现在你瞧瞧，官僚主义、人浮于事、保守僵化，再加上搞特权开后门……不打扰你们了！

罗心刚　好好，麻烦麻烦！

〔干部手伸向录音机。

〔罗心刚捧起来，转身，交给夏雨。

罗心刚　你收好吧，我用完了。

〔干部和夏雨都愣住了。

罗心刚　（连推带请把干部送向门外）赵处长，常来玩啊！不送不送，再见！

〔干部身不由己，莫名其妙地下。

罗心刚　（面对大笑的观众朝桌上猛击一拳）这有什么可笑的？！（慢慢坐下，双手捧住了头）

〔灯暗。李子良走上讲台。追光亮。

李子良　整整一天老罗的脾气坏极了，我们全都挨了骂。——这都是让方瑛给搅和的！老罗到南海饭店弄钱也全是因为她带头瞎起哄。钱弄来了，可事情还是越闹越大。

〔追光灭。

七

〔灯亮。凤凰丝绸厂一车间门口。

〔白云、宋巧珍上。

宋巧珍　昨天家里又出怪事了！我送你出去，回家一看，饭碗底下又冒出二十块钱来！

白　云　（漫不经心）上帝显灵呗。

宋巧珍　会是真的？我有点害怕。可又有点高兴……你不高兴？

白　云　钱又不是给我的。

宋巧珍　为我高兴嘛！

白　云　我从来只为自己高兴！

〔方瑛、赵星领着几个工人闹哄哄地上。李子良跟上。

赵　星　白云，找领导刷大字报去！

方　瑛　搞了这个鬼合同，奖金越来越少，不是欺侮咱们工人吗？

白　云　活不干了？

方　瑛　不干了！

李子良　方瑛！

白　云　走！（对宋巧珍）一块儿去遛一圈！

宋巧珍　不，印花任务要来不及的。

白　云　你这个人哪，简直教不会！

方　瑛　罗心刚给你什么好处了？

赵　星　穷积极什么？别忘了，你是“四人帮”爪牙的女儿！

〔宋巧珍蒙面跑下。

赵　星　贱骨头！

〔白云一把揪住赵星的衣领。

赵　星　哎哎……

方　瑛　（把赵星和白云拉开）瞎吵什么？走，找领导去！

李子良　不准去！

方　瑛　嗬，瓜子里嗑出个臭虫，你好大一个“仁”（人）！

李子良　你少拿的那几个奖金，我给你补上还不行吗？

方　瑛　蚊子打哈欠，你好大的口气！你是拿了三万五万补发工资还是怎么的？

李子良　我这个月的零花钱不要了！

方　瑛　混账话！你的钱不就是我的钱？别这么没记性了，十几年了，天天忙得一身臭汗，连放屁的工夫都没有，到了，连个党员都巴结不上，净替那个姓蒋的垫脚，你还跟着他们穷转悠哪？抓生产想起你来了，吃苦受累顶缸的事想起你来了，升官发财捞油水可全是他们！

赵　星　听听，这才是老工人的觉悟！深刻地揭露出腐败的……

方　瑛　别往一块儿掺和，和尚、喇嘛、道士，咱们各修各的行！走！

〔夏炳石、蒋定安上。被工人们一下子围住。

〔工人们吵闹不休。

夏炳石　闹什么？闹什么？

方　瑛　闹什么？奖金为什么一个月比一个月少？

赵　星　挺好的圆网印花不用，倒退回去搞手工印花，谁的主意？

白　云　我们要搞圆网印花！

夏炳石　你们要造反哪？

方　瑛　“文化大革命”那会儿我都没造反，这会儿造反？撑的？找死？就问你这几句话！

蒋定安　这跟夏书记无关，是外商的要求。合同上不仅规定必须是手工印花，而且要求全是小批量，一种花样只要够做一百条领带，多一条都不要。

方　瑛　可你们这些老爷知道吗？手工印花、小批量，一个花样印上尿布那么大一块就不要了，又得重新折腾、重新弄，一天下来腰都折了，噢，钱反而少给，你们讲理吗？

夏炳石　你怎么开口闭口就是钱？

方　瑛　废话，没钱我一家老小靠什么过日子？你不到街上去看看，多少东西在变相涨价？小菜场连块豆腐议价都卖一毛三，就不许我们工人来议议价？

夏炳石　方瑛，你的觉悟上哪儿去了！

方　瑛　夏书记，我要是拿你那一百多块，觉悟比你还高，叫得比你还响，奖金我一分钱不要！

〔夏炳石无语可答，扭头就走。

李子良　（追上去）夏书记，眼看车间就要停产了……

蒋定安　好端端一个大庆式企业，搞成这副样子！

夏炳石　我管不了，你们去找罗厂长！（下）

〔蒋定安跟下。众人议论纷纷。

赵　星　对！应当去找罗心刚！

李子良　罗厂长今天一早就到公司里去了，就是为了大家奖金的事！

赵　星　那我们就到公司里去找他！走！

〔罗心刚安详地出现在赵星身后，拍拍他肩膀。

罗心刚　小点声，老头儿心脏不好。

白　云　这老头儿是谁？

李子良　新来的罗厂长。

白　云　厂长？！糟糕！（溜下）

李子良　罗厂长，公司里怎么说？

〔罗心刚不语。

赵　星　没有奖金我们不干了！

方　瑛　我们要求合同下马！

罗心刚　等会儿。（指赵星）他也嫌奖金少了？

方　瑛　我们跟这个少爷两码事。

罗心刚　（对赵星）我正式通知你，第一扣除旷工期间全部工资，第二扣除全年奖金，第三记大过……

赵　星　你……好哇，罗心刚，我倒还一直想给你留点面子，现在既然你无情，可就休怪我无义！同志们……

方　瑛　这会儿没工夫听你扯淡！（对罗心刚）我问你，全厂大会上是不是你讲的，只有搞手工印花真丝绸，扩大出口，才真正对国家有贡献？（逼一步）

罗心刚　（退一步）是我说的。

方　瑛　（再逼一步）对国家贡献大，奖金才能多拿，是不是你说的？

罗心刚　（又退一步）也是我说的。（已无路可退）

方　瑛　（还逼）现在奖金越来越少，合理吗？

罗心刚　不合理！非常不合理！

方　瑛　那好，拿来！

罗心刚　我们现在是还有不少“合理不合法，合法不合理”的事啊！有些人就是死抠你一个产值……

李子良　真丝绸产值、利润是低一点，但能为国家换回大笔外汇！

赵　星　少说这些废话，奖金怎么办？——（对罗心刚）你再怎么整我，我也要替工人师傅们说话！

李子良　大家先回去干活吧！

方　瑛　没那么容易！

罗心刚　好吧！奖金我会发给你们，我去想法儿！

李子良　老罗，你上哪儿去弄这笔钱？

罗心刚　我负责。可丑话说在前头，再过一个星期合同到期了，到时候丝绸交不出来，我可拿你们是问！听见没有，方瑛？

李子良　方瑛！

罗心刚　你跳脚也罢，骂街也罢，我还是要说。你得好好学学你的徒弟宋巧珍，你们在这儿起哄，人家在那儿老老实实干活……

〔工人们开始散去。

〔突然传来一阵哭叫声，蒋定安揪着宋巧珍上。

蒋定安　瞧瞧，她在阴暗角落里干什么？！（举着挂在宋巧珍脖子上的十字架）

〔众人又都重新走回。

蒋定安　老实！老实个屁！这是一种新的反扑！（拖着宋巧珍走）

〔方瑛拉开蒋定安，接过十字架看了看，扔下。

〔宋巧珍哭泣着。

罗心刚　……也许，你只是挂着玩玩？

〔宋巧珍摇摇头。

罗心刚　你……真的信教了？

〔宋巧珍点点头。

罗心刚　（沉默片刻）你有这个自由，可信仰必须是纯洁的，你不能一边挂着团徽，一边挂着十字架，你交一样出来。（不看宋巧珍，伸出手去）

宋巧珍　罗厂长！

罗心刚　（震怒地）交出来！

〔宋巧珍摘下十字架交给罗心刚，哭倒在地。方瑛扶起她。

〔蒋定安晃晃悠悠地下。

〔罗心刚心口一阵疼痛，李子良急忙扶他坐下。

〔灯暗。追光打在讲台上。

〔李子良走上讲台。

李子良　可是，方瑛仍然不信任老罗，她听了别人的话，私自改变了生产计划。一个星期到了，丝绸交不出来，按照规定，我们得向外商赔款……

〔灯灭。

八

〔灯亮。凤凰丝绸厂会议室。

老　周　等一等。为什么要赔款？一般的贸易合同没有这一条吧？

夏炳石　问题就在这儿！

蒋定安　这里有鬼！

夏　雨　（跳起来）有什么鬼？合同本身的条件对我们是极有利的，如果不是有人捣乱，我们本来可以赚一大笔钱的！

夏炳石　这是你个人的看法！

夏　雨　我个人的看法，今天不应当审查罗厂长，应当审查你这个老保守！

夏炳石　你……

〔班长大叔走上讲台，推开李子良。

班长大叔　今天应当审查罗心刚！他凭什么对宋巧珍这么凶？嗯？

宋巧珍　（站起来）不，罗厂长是对的，他……

班长大叔　你给我坐着！挺水灵的一个小姑娘，生生就是叫你们给逼的！成天说她爸爸是"四人帮"的爪牙，弄得谁都不敢理她！老宋头儿犯什么罪了？大字不识，蹬了一辈子三轮，"文化大革命"中又让人家当猴耍，批判刘少奇叫他上台忆苦思甜，明天批判林彪又叫他忆苦思甜，批判邓小平还让他上台，还老说是"毛主席的战略部署"。他一个老实巴交的三轮车工人，敢不上去吗？说他是爪牙，他得着“文化大革命”什么好处了？一没当官，二没发财，临末还死在那间烂草房里，一下雨就得五个破盆接着，扔下这孤儿寡母……

夏炳石　您在扯什么呀？

班长大叔　（拍着桌子）别以为这十年就你夏炳石受了委屈！如今你是工资也补了，房子也还了，你多到下边去转转，看看工人在运动中吃了多少亏，受了多少累！真正跟着“四人帮”转悠的，只要今天跟着你转悠，你就不查不问，倒拿老宋头儿出气！

宋巧珍　班长大叔，您别生气。罗厂长把十字架还给我了。（拉出十字架）

蒋定安　什么？

宋巧珍　他亲自给我重新挂上了……

〔赵星、蒋定安、夏炳石均愤怒。宋巧珍急忙辩解。大家吵成一团，谁也听不清谁在说什么。

老　周　好了好了。宋巧珍的事待会儿再说。我看还是要先把白云找来，弄清楚合同的真相。怎么样，派个人去找找吧？

夏炳石　好。

老　周　也找找罗心刚。好吧，（对观众）大家也都休息会儿。出去遛个圈，待会儿继续参加我们的会。

〔场灯亮。

〔剧场休息。

〔有些剧中人到后台去休息，有些剧中人仍然留在台上。观众看到的仍然是刚进场时的情景。

〔铃响。剧中人纷纷上台，坐好。

〔场灯暗。

老　周　继续开会吧。老罗还没到？

孙建芳　打电话去问，说早出来了。

夏炳石　上哪儿去了？这么重要的会……

〔灯亮。赵星提着录音机上。

赵　星　白云来了！快，白云！

〔白云上。众人骚动。

蒋定安　哎呀，总算来了。全等你了！先坐下来歇口气？

白　云　不用了。

宋巧珍　（走上前来）白云，你可不能……

蒋定安　（对宋巧珍）你还是坐那儿好好听着吧！没听老周刚才说吗？你的问题待会儿再谈。（狠狠地瞪了宋巧珍一眼）

〔赵星冷笑一声。

〔白云也冷笑一声。

白　云　（走上讲台，脱下身上的一件外套和一件羊毛衫）这是罗厂长折价三十块跟我换东西的。

老　周　在哪儿跟你换东西？

白　云　卖走私货的黑市上。

〔众人哗然。

赵　星　这回大家知道罗心刚是什么东西了吧？

夏　雨　等一会儿！（抓起衣裳给孙建芳）这……是他的吗？

〔孙建芳抓起看了看，一言不发，沉重地倒在位子上。

老　周　这怎么能允许？

赵　星　别急，还有哪！白云，那个勾结外商的证据呢？

白　云　啊？咳，就在那里头。

〔赵星把录音机拎上讲台，放录音。

〔录音机里先是响起半句流行歌曲，然后是一段对话：

甲："现在中国人对中国都没信心了，您这是何苦呢？"

乙："你刚才说，你能够为我提供你们凤凰厂和中国丝绸生产的情报？”

甲：“是的，我愿意。”

乙：“咱们就订个君子协定，你在凤凰厂为我的利益服务，如果确有成效，三年后我带你出国，在我的公司里为你安排个位子。”

甲：“愿意为您效劳。”

〔录音声音结束。众人又哗然。

赵　星　这，简直太卑鄙了！

白　云　我很抱歉，但这是事实。

班长大叔　小子，你要是……我拧掉你的耳朵！

蒋定安　你拧掉他脑袋也没用，铁证如山！

老　周　白云，你要负责任，负法律责任的！

白　云　这个事！我什么责任都负！

孙建芳　这我至死也不能相信！

夏炳石　你以为我就愿意相信吗？我和他是在监狱里认识的，互相都不知道名字，我管他叫“1421”，他管我叫“1386”。想不到，在凤凰厂又见面了。我不赞成他那套做法，可无论如何想不到……

蒋定安　也许有人会说，你蒋定安胜利了，可我心里并不高兴。看到一个党的干部堕落到这种程度，我痛心！我不是圣人，我有缺点、错误，可我毕竟还是一个共产党员！我不是罗心刚那种口蜜腹剑的伪君子、败类。刚才还在有意无意地为罗心刚辩解的人，你们该清醒了！你们该清醒了……

白　华　（跳起来）我揭发！这全是假的，是我弟弟为了报复罗厂长而捏造出来的，他亲口对我承认的！

宋巧珍　白云！

白　云　巧珍，哥哥！过去我有好些事瞒着你们。今天，我要把一切都说出来。

〔灯暗。一束追光打在白云身上。

白　云　这录音是我当场录下来的。春天，在广州的南方广场，有一天晚上……

〔灯灭。

九

〔灯亮。广州南方广场。

〔白云提着录音机在晃来晃去。

〔安凯、安敏漫步上。

安　凯　明天回香港吧。

安　敏　我一定要回趟老家。

安　凯　回去干什么！你的父母就是痴心，非要回来回来，结果把尸体都留在这儿了。要不是为了做生意，我说什么也不会重新踏上这块贫瘠的土地！

安　敏　你不是生在这块土地上的？除了生意人，您还是中国人！

安　凯　你这是怎么跟爷爷说话的？

安　敏　（忧郁地）我一定要回去一趟，看看爸爸妈妈，看看罗伯伯，还有我的……小哥哥！（突然跑下）

安　凯　安敏！

〔白云走上前来拦住安凯。

白　云　先生，港币有没有？

安　凯　没有！

白　云　（掏出一沓人民币）一比四，您可赚多了！

安　凯　你赚得更多！没有！

白　云　或者您有点什么外货？卖给我，保证您不吃亏！

安　凯　滚开！小无赖！

白　云　（紧紧黏住安凯）您有什么？手表？电子计算器？牛仔裤、盲公镜？要不，三五牌香烟、邓丽君磁带？

〔赵星上，从背后一把搭住白云。

赵　星　你请了病假，跑广州来干这个？

〔白云吓一跳，支支吾吾溜下。

安　凯　真讨厌！

赵　星　中国这号人现在多的是。

安　凯　赵星，你们厂有个叫罗心刚的厂长？

赵　星　大概是新调来的。

安　凯　这个人怎么样？

赵　星　共产党的干部还不都是那路货！

安　凯　我看此人很精明，交易会上跟他见了两面……他好像希望我和凤凰厂做点生意。

赵　星　太爷爷，您可千万别上当！现在中国人对中国都没信心了，您这是何苦呢？

安　凯　你刚才说，你能够为我提供你们凤凰厂和中国丝绸生产的情报？

赵　星　是的。我愿意。

安　凯　咱们就订个君子协定，你在凤凰厂为我的利益服务，如果确有成效，三年后我带你出国，在我的公司里为你安排个位子。

赵　星　愿意为您效劳。

〔安凯和赵星边谈边下。

白　云　（从电线杆子后头转出来，拍拍录音机）小子，你回去敢揭发我……（吹了声口哨）

〔罗心刚上。

白　云　录音机要吗？

〔罗心刚摇摇头，走过去又走了回来。

罗心刚　听口音你不是广东人？咱们是老乡嘛！

白　云　看在老乡分儿上卖给你便宜点，八百！

罗心刚　别拿我当冤大头了！这玩意儿在香港卖六百二十港币，合人民币二百块，再加一百块税钱，也不过三百块！你要赚也别那么黑心哪！

白　云　嗬，看不出，土拉吧唧还真懂这个？……算了，你买个这玩意儿吧，电子计算器，六十块钱，四普，美国货，好牌子！

罗心刚　（接看）这叫“夏普”，日本货！哎，我说你干吗干这个？没工作？

白　云　有工作。关你什么事？

罗心刚　那为什么不好好工作？凭你这点机灵劲儿准有出息！

白　云　得了得了，幼儿园里就教我了：要当个好人，要学雷锋，要爱劳动，饭前便后要洗手……规矩人有几个过好日子的？你没瞧前两年……

罗心刚　那这两年呢？

白　云　——我没工夫跟你扯这个！哎，老头儿，（掏出一把丝巾）进口丝巾要不要？给你女儿买两条？

罗心刚　（一下子被吸引）丝巾？好，真漂亮！

白　云　不错吧？知道你喜欢！标准洋玩意儿！

罗心刚　这个？标准中国货！

〔白云搔头皮了。

罗心刚　不对啊，跟他们给我看的几张花样差不多嘛！你还有吗？

〔白云又掏出一把丝巾。

罗心刚　这几块一模一样，这几块风格也差不多，莫非是他？哎，你这是哪儿弄来的？

白　云　你要不要？不要拉倒！

罗心刚　我要，可你得先告诉我，哪儿来的？是不是一个地方来的？

白　云　是一个地方来的，怎么着？

罗心刚　我要知道这花样是谁设计的，是不是一个叫白华的……

〔白云吓一跳。

罗心刚　你告诉我哪儿来的，我好去查。这是个很有才能的人！我很想找到他！

白　云　（慢吞吞地）哪儿来的不能告诉你。设计嘛，我也不知道白华黑华，不过，大概是一个人。

罗心刚　不骗人？

白　云　要骗你还真不容易。

罗心刚　好，我全要了。

白　云　看在老乡分儿上……三十块钱！

罗心刚　这回倒真便宜啊？哎哟，没带钱。

白　云　（拿回丝巾）那咱们再见吧！

罗心刚　这么办，明天晚上还在这儿见面，一手交钱一手交货……

白　云　老头儿，你真聪明，明天我带着丝巾来了，你带着警察来了……不干！

罗心刚　那……哎，（指指外衣）这玩意儿值三十块吗？

白　云　（撩起外衣，仔细看了看）加上里头这件还差不离。

罗心刚　行！（脱外套及羊毛衫）

〔两人交换货物。

〔安敏上。

白　云　拜拜，祝你找到那个有才能的人！（下）

罗心刚　咱们再聊会儿！（欲追）

安　敏　It's really a shame！ To do so as such an old man！

罗心刚　（看看四周无人）这是跟我说？ It's really a shame！……真不害臊？骂我呢？还有一句是什么？（做手势）Sorry！Again！

安　敏　这么大岁数了还干这种事！

罗心刚　你会说中国话嘛！骂人，头一条得让别人听懂，不然你这气得呼哧呼哧，我还以为你在夸我，心里挺高兴。你不是白费劲儿了？小姐，不要轻易地给别人下什么结论，就像不要给这个国家轻易下结论一样。

安　敏　你也不要轻易给我下结论！（回头）

〔两人对视。

罗心刚　小安敏？！

安　敏　罗伯伯！

罗心刚　哎呀，都长成大姑娘了！

〔安凯上。

安　敏　爷爷，快来！这就是原来爸爸妈妈那个厂的厂长！

罗心刚　噢，安老先生，我们在交易会上见过面。

安　凯　我儿子死后是您保护了小安敏？

罗心刚　可我没能保护好您的儿子和儿媳妇，对不起您哪！

安　凯　那都是“四人帮”！不怪你们！

安　敏　罗伯伯，刚才实在对不起。

罗心刚　你呀，瞧瞧我拿的什么？

安　凯　（眼睛亮了，一把抓过去）丝巾？

安　敏　到我们宾馆去坐会儿吧？

罗心刚　好！我是有些事想请教安老先生！

〔灯暗。一束追光打在讲台上。

〔白云出现在讲台上。

白　云　真正里通外国的，就是他赵星！——后头的事我就不知道了。

〔夏雨出现在讲台上。

夏　雨　后头的事我知道！

〔赵星出现在讲台上。

赵　星　我抗议！

夏　雨　（推开赵星）躲开这儿！

〔赵星隐去，白云也隐去。孙建芳出现在讲台上。

孙建芳　我也想讲讲第二天的事。

〔追光灭。

十

〔右区灯亮。交易会在夏雨的办公地点。

罗心刚　你为什么不肯签字呢？

夏　雨　你们厂这次来交易会，规定不能参加谈判，只是让你来学习、参观……

罗心刚　可这么大块肥肉送上门来了，活人还能让尿憋死？……对不起。

〔夏雨不语。

罗心刚　听说有这么件事：某地一位纺织局局长出国，在规定的计划外和外商订了一笔生意；陪同他出国的一位外贸工作人员支持这位局长的做法；结果回国后被调离了职务。虽然这笔生意国家是赚了钱的。

夏　雨　你别来给我上课！这种故事我知道得比你多十倍！同样有些参加谈判的人，什么规定也不违反，规矩得像个一年级女学生，可结果花了几十万、几百万外汇买回来一大堆废铜烂铁。这种人是不会受处分的，没准儿还能升官！我们什么时候能够变得聪明起来？！

罗心刚　你现在就变得挺聪明了嘛！签字吧！

夏　雨　罗厂长！我知道这份合同条件优厚，而且安凯是国际上最大的丝绸经销商之一，拉上这个关系你们的丝绸可以稳稳地打入国际市场。这确实是块天上掉下来的大肥肉！可你想过没有，你在厂里搞这份合同会遇到多大的阻力？头一个，你们厂党委书记就会坚决反对！

罗心刚　老夏？你认识？

夏　雨　岂止认识？二十几年的老熟人。

罗心刚　嗬？

夏　雨　是我爸爸。典型的榆木疙瘩脑袋！

罗心刚　不至于吧？我跟他一块儿坐过牢。

夏　雨　落难的时候都会变成好人的！不信，现在他准在那儿骂你！

〔右区灯暗。左区灯亮。

〔孙建芳的办公室。

夏炳石　胡闹！他疯了？不是三岁的孩子，想着干什么就得干什么！

孙建芳　他在长途电话里说，是个纯粹偶然的机会，所以来不及请示就先抓住了。不过老夏，你们厂真要想改变生产方向，这倒确实是个千载难逢的机会。

夏炳石　老孙，咱们也共事多年了，我问一句，公司里到底承认不承认我们这个大庆式企业？还是认为我把凤凰厂搞糟了，派老罗来扭转方向的？

孙建芳　说心里话吧，公司党委派老罗到你们厂，我是松了口气的，就因为你们是老先进，工作省心，免得他瞎折腾。可是……老夏，凭党性，我不能不承认他的意见有道理！圆网印花不能再搞下去了！

夏炳石　那也得慢慢来嘛！一夜之间把厂里的生产大翻个？

孙建芳　可要是老牛拉破车，你们厂的生产三五年也转不过来！

夏炳石　这么说，你赞成这个合同？

孙建芳　不，我反对，我替他捏着把汗。三个月完成，他怎么不考虑考虑，会遇到多少矛盾、问题、麻烦、障碍……简直是逆水行舟，难哪！

〔左区灯暗。中后区灯亮。

〔安凯住的宾馆。

赵　星　不是难，是根本不可能完成！太爷爷，以我对中国腐败官僚制度的了解……

安　敏　你还是中国人不是？怎么没听见你说过中国一句好话？！

赵　星　姑姑，我是为你们的利益着想。

安　凯　昨天晚上我是……唉，老了！我一辈子也没订过这种窝囊的合同！

安　敏　爷爷！

安　凯　都是让你缠的！你要还个人情，行，给罗厂长送点礼，一万八千我都干。非让我拿这点钱去冒险，填这么个无底洞，不行！（对赵星）给罗厂长拨电话，我来跟他说，生意不做了！

安　敏　爷爷！

安　凯　（对赵星）快！

〔赵星拿起话筒。

安　敏　（夺过话筒）好吧，电话我来打！生意你不做，我做！

安　凯　你……

安　敏　当年，根据奶奶遗嘱，她的钱是给我的！现在我长大了，不用你监管了！你把那笔资金给我，我来跟凤凰厂做生意！（欲拨号）

安　凯　安敏！你想要爷爷的命？

安　敏　拿来，三百万美元！（握住听筒）

安　凯　好，生意我做。不过，我得加一个条件！（接过电话）

〔中后区灯暗。右区灯亮。

罗心刚　（挂上电话）安凯提出加一个条件，三个月后完不成要罚款。

夏　雨　怎么样，你还想冒这个险吗？

罗心刚　模范党员同志，害怕了？

夏　雨　我是替你考虑！

罗心刚　我们都来替国家考虑考虑好不好？而且，也谈不上冒险，技术上我有把握……

夏　雨　还有好些技术以外的问题！中国的经济体制就像架庞大的机器，好多地方齿轮都锈住了，咬死了！

罗心刚　咱们来想法转动它嘛！

夏　雨　谈何容易！

〔夏雨在讲着，声音渐渐听不见了。

〔左区灯亮。

孙建芳　也许你能解决眼前一个问题，但同时却会冒出五个新问题来！牵一发动全身啊！

夏炳石　所以不要去异想天开嘛！现在的体制，我承认：慢，可是它稳当！你改革出来的东西非驴非马，谁知道管用不管用？搞不好要天下大乱的！要资本主义复辟的！

〔夏炳石还在讲着，但声音渐弱。

〔中后区灯亮。

赵　星　姑姑，不是我不爱国，中国实在是没救了。搞不好的！您以为您在帮那个厂长的忙，实际上没准儿在害他……

〔右区，罗心刚烦躁地踱来踱去。

夏　雨　你不能光想有利条件……

〔左区。

夏炳石　像个孩子一样天真……

〔中后区。

赵　星　出了问题怎么办……

〔三区同时。

夏　雨

夏炳石　没有退路的！

赵　星

罗心刚　（一挥手）别说了！

〔三区表演同时停止。

罗心刚　没有退路？没有退路不见得是坏事！打仗那年头为什么人人拼命，扎着脑袋往枪子儿堆里钻？就因为没有退路。不革命就没法儿活！可现在呢，可怕的就是大家都有退路，而且退路太多了！为什么三千万共产党员让区区几个“四人帮”搅和了十年？为什么我们之中不能多出一些张志新？现在也是，工人有工人的退路：少说一句吧，得罪了领导下回涨工资吃亏；厂长有厂长的退路：何苦当那个出头椽子？随大溜混吧，反正不能少我一分钱工资；部长局长们退路就更多，小汽车小洋房，这儿干不下去了，换个地方照样小洋房小汽车！都坐在那儿，最好中央拿出一个什么神奇的宝贝来，一下子把中国送进四个现代化，自己却完全不想负起点什么责任来。可同志们呐，你们就真的看不出来，实际上我们的退路已经不多了，退路已经没有了！我们搞了三十年，搞得不十分理想，万一再搞二十年，到二〇〇〇年，四化还是实现不了，国家还是那么穷，人民生活还是那么苦，我们共产党人怎么办？！中国怎么办？没有退路了！只有靠我们共产党人团结起来，和全中国的志士仁人一起，豁出一切，拼出一个现代化的中国来！否则，将来再被打倒，就不会有人替我们平反了！

〔夏雨抓过合同来迅速地签字。

〔灯暗。追光灯打在讲台上，夏雨出现。

夏　雨　可惜，我们有不少同志至今还不理解老罗的心，一颗共产党员的心！知道真的要向外商赔款以后，纺织公司、凤凰厂，全都哗然，仿佛老罗犯了什么弥天大罪……

〔蒋定安出现在讲台上。

蒋定安　莫非还得给他庆功？我反对这种美化罗心刚的发言……

〔黑暗中有人说："让夏雨把话说完。"

夏　雨　应当赔款的那天到了。

〔追光灭。

十一

〔灯亮。

〔夏炳石家里。

〔夏雨在听录音机。

夏炳石　哎呀，你就别听了好不好？（走上前去欲关，又不会弄，反而把音量开大了，吓自己一跳）

〔夏雨把声音关小了。

夏炳石　成天就知道听音乐，外贸公司怎么会让你入党的？

夏　雨　混进来的！噢，党员除了工作学习，业余时间就只能炸油条？

夏炳石　你！（转而一想，又赔笑脸）我说，你今天不出去走走？

夏　雨　爸爸，您今天怎么老往外赶我？有人要来？

夏炳石　没有没有。听说那边公园里有花展，哦，牡丹花。

夏　雨　十一月里开牡丹？（故意坐下）

〔夏炳石无可奈何。

〔班长大叔、李子良上。

班长大叔　从来没来过吧？（按门铃）

〔夏炳石急忙想出来。

班长大叔　开门！

夏　雨　班长大叔！

夏炳石　（站住）又来缠人了！去，告诉他，我不在家。

夏　雨　（开门）班长大叔！老李！

班长大叔　你爸爸呢？

夏　雨　他——他让我告诉您，他不在家。

班长大叔　嗯？（怒气冲冲地进屋）

〔夏雨、李子良跟进来。

〔夏炳石背对门。

班长大叔　（拍拍他肩膀）喂，你不在家？

夏炳石　对，嗯，不！老班长，您坐。

班长大叔　你别瞧见我就嫌烦，我还不乐意瞧见你呢！这是老李让我带他来一趟！

李子良　夏书记，我已经查明了，这次赔款的责任不在老罗，是方瑛私自改变了生产计划，才误了交货期的！

班长大叔　方瑛是听了蒋定安的话才这么干的！

夏炳石　嗯？

李子良　您看，这是车间生产记录表，有方瑛签字。

夏炳石　那你说处分谁？

李子良　（痛苦地）就……处分方瑛吧，给她记过，扣她的奖金！

夏炳石　老李呀，问题出在下面，根子在上面，关键在那个合同……

〔安敏上，按铃。

〔夏雨欲去开门。

夏炳石　（拦住她）你带他们到那边坐坐，快！

〔夏雨领班长大叔、李子良进里屋。

〔夏炳石开门让安敏进来。

安　敏　夏雨在家吗？

夏炳石　噢，她出去了。

安　敏　她写信约我这时候来的。您是——

夏炳石　我是她父亲。

安　敏　（亲热地拉住夏炳石的手）您是夏伯伯？

夏炳石　（触电似的避开）夏炳石，夏炳石……

安　敏　您也是罗伯伯的好朋友？

夏炳石　是的是的。安敏同志，噢，不！安敏小姐，坐。

〔两人无言，尴尬。

夏炳石　说实话吧，今天是我有件急事找你，我知道你跟老罗很……很那个，现在……

〔他越说越激动，但声音听不见，安敏也渐渐紧张起来。

班长大叔　（窥视）哎，他怎么带了个洋女人来了？

夏　雨　洋女人？他从来不敢沾洋人的边嘛！（也看）安敏？怪不得今天他要赶我走。（想了想，走进房间，往那儿一坐）

〔夏炳石尴尬。

安　敏　（对夏炳石）好吧，我全明白了。夏雨，我正要找你，我爷爷让我通知你们，合同作废了。

李子良　（冲进房间）作废了？

夏　雨　那凤凰厂这几个月的——

安　敏　本公司负责赔偿一切损失。

夏　雨　可我们还想跟你们签订长期合同呢？

李子良　是啊，老罗这几天熬了几个通宵，就是琢磨长期合同的事。

安　敏　短期合同你们都完成不了，还谈什么长期合同！好了，明天到我们宾馆来办办手续，再见。

李子良　（拦住她）等一等！你不能那么做！这份合同里头，这批丝绸里头，有我们多少汗水，有罗厂长多少心血啊！他拼死拼活干了几个月，可结果……你这么做，要撕碎罗厂长的心的！

安　敏　什么？难道我，要撕碎罗伯伯的心？！

夏炳石　我看，安敏这个建议……

夏　雨　等一等，安敏，是不是他对你说了点什么？爸爸，一定是您！

安　敏　是的，他说罗伯伯为了这个合同的事会受到很大很大的处分。

班长大叔　小石头，你怎么尽在里头瞎捣乱哪？

夏炳石　你们知道什么？真要赔款他吃罪得起吗？

班长大叔　新鲜，他吃罪得起吗？他负责，你不要负责？你是党委书记，那文件上你也画过圈的！

夏炳石　那表示我看过了，可我不一定就同意嘛！

安　敏　噢，赔款的事？爷爷说了，那是没关系的，他很满意你们交出来的丝绸，还准备跟你们做大买卖哪！

夏炳石　我的同志，噢，不对！我的小姐，也不对！嗨！小买卖已经把凤凰厂搅得鸡犬不宁了，还做大买卖？

〔夏雨摇摇头。

班长大叔　他是这里头（指脑袋）塞住了，得治一治了！

夏　雨　癌症，没治！

夏炳石　（大怒）放肆！

〔静场。

安　敏　你们别吵啊，我觉得你们都是为了罗伯伯好啊！

夏　雨　也许可怕的正是这一点！爸爸，为什么我们之间就这么不能相互理解了呢？

夏炳石　我也糊涂了。好了，本来今天我想悄悄地替老罗解了这个围，现在，我只好去找老孙了！

十二

〔灯亮。凤凰丝绸厂党委办公室。

〔夏炳石、蒋定安欲出办公室。

班长大叔　（用扫帚柄拦住他们）等会儿。你打算向公司告罗心刚的状？

夏炳石　没有哇！

班长大叔　那你把老孙叫来干什么？

夏炳石　（不乐意地）公司经理下来转转嘛，您就别操心了！（欲走）

班长大叔　（用扫帚柄把夏炳石堵在门口）你瞒着我。这位可比你有胆量，他在全厂嚷嚷遍了，说夏书记决心叫孙副经理下来彻底解决凤凰厂的问题。罗心刚就要滚蛋了！

〔夏炳石怒视蒋定安，蒋定安狼狈。

班长大叔　小炳子，你可不能糊涂啊！中国要富强，只有走改革这条道儿，这是民心所向！我们这辈儿人，半辈子厮杀，不就图的国富民强吗？这么简单的理儿，我这个没文化的老头儿都明白，你个机灵人怎么反而叫猪油糊住了心窍呢？（用扫帚柄戳着夏炳石）

夏炳石　老班长，您的意思我明白，可这事……

〔孙建芳上。

孙建芳　班长大叔！

班长大叔　老孙，这儿没你的事，你回去吧！

〔孙建芳莫名其妙。

蒋定安　夏书记！

班长大叔　真的，疙瘩都解开了，我给他们说和好了！（往外推孙建芳）

夏炳石　老班长！希望您不要妨碍党委领导的正常工作！

班长大叔　（呆住了）我？妨碍你这个大领导工作？

孙建芳　（扶住班长大叔）班长大叔！

班长大叔　（指着夏炳石说不出话来）好，好！（扔掉扫帚，下）

〔夏炳石欲追，又站住，长叹一声。

蒋定安　老摆出一副太上皇的架势，真以为谁都惹不起你？

夏炳石　啰唆什么！去，请罗厂长来！

〔蒋定安下。

〔夏炳石、孙建芳进办公室。

孙建芳　这几天干部、群众的情绪怎么样?

夏炳石　议论纷纷。……老孙，把我从这儿调走吧。

孙建芳　为什么?

夏炳石　把个大庆式企业弄到这个地步，我这个党委书记还有什么脸见人！年年闭着眼睛往回扛红旗的厂啊，指标完不成，外头赔款，里头鸡犬不宁……我辞职，让贤！

孙建芳　（片刻）你的意思，要我处分罗心刚?

夏炳石　反正我们俩里头得处分一个，不然怎么向党交代?

〔沉默。

夏炳石　老孙，我早就有言在先了，劝你不要批准老罗去冒险，可你……现在搞成这副烂摊子，他还那么野心勃勃，跟客户订什么长期合同，他非得进监狱才死心啊？这个党委书记叫我怎么当?

孙建芳　别说了，我明白了。

〔罗心刚穿一身油腻的工作服上。

罗心刚　你们都在？（自己倒了杯水，一饮而尽）老夏，李子良这家伙真神啦，脑袋里也不知哪儿来那么多的鬼点子，变戏法似的，一抓一个，一抓一个……（觉得气氛不对）怎么了？一股子火药味?

孙建芳　（严肃地）老罗，公司党委对凤凰厂赔款的事很重视，要我负责调查、处理并上报。征求了有关同志的意见以后，认为你对这事负有不可推卸的责任，应当予以追究，你有什么意见吗?

罗心刚　谁给你出的馊主意？这位仁兄?

孙建芳　这你不必了解。

罗心刚　（冷笑一声）好吧，从法制观点说，赔了款，当厂长的理应受到追究。可具体到这事，我不服，我不认账！为什么不追究那些处处为我设置障碍，拖我后腿，捆住我手脚的人？为什么不处分那些布下天罗地网来围剿我，跟我捣乱，冲我放冷枪的人？为什么不处分那些饱食终日，无所用心，僵化保守，浑浑噩噩混日子的人？别人不清楚，你们俩还不清楚？你夏炳石说，在厂里这几个月我好好吃过一顿饭没有？你孙建芳说，在家里这几个月我好好睡过一宿觉没有？你们瞧着我过五关斩六将，厮杀得精疲力竭，也不来帮我一把。现在我中了暗箭，你们反而还要往我的伤口上再踢一脚！你们别以为我真是什么钢铁战士，我也是个人，肉做的人！这儿也有一颗活蹦乱跳的心！（几欲泪下）

〔孙建芳递上一杯水，罗心刚狂怒地一下子把它推翻在地。

孙建芳　（颤抖地）我，我现在，没别的办法！

夏炳石　是我主张处分你的。可老罗哎，我的难友，我的“1421”，不给你敲敲警钟，你还会捅更大的娄子！你怎么就一点都不明白呢？——现在还有一个补救办法。听说安敏愿意废除合同，由他们承担责任，倒过来赔偿凤凰厂的损失。这样，我们的名誉也挽回了，国家也用不着掏钱了！

孙建芳　是真的？

罗心刚　你还不明白是怎么回事？

孙建芳　那你——没同意？

夏炳石　老罗，别固执了！凤凰厂的生产方向问题，咱们可以慢慢讨论，慢慢研究嘛！

孙建芳　老罗！

罗心刚　（捡起地上的玻璃杯，平静地）我要求立即召开党委会，宣布公司的这个决定。同时讨论一下，如何保证把长期合同干到底。

〔沉默。

夏炳石　（站起来）那好吧，在桌面上彻底亮一亮！我去通知。（下）

孙建芳　老罗，你就一点都不能谅解我吗？

罗心刚　（抚摩着孙建芳的手）不能啊！你追究我，我理解。你有你的难处。现在我们都有各种难言的苦处，逼得我们成天只能像鲁迅先生说的那样“横站”！这，我明白。可你不该去找安敏，不该劝我向夏炳石投降！

孙建芳　但你也别忘了，我也是个人！我是你的妻子，我不能眼看你……

罗心刚　那就也请你原谅我吧，原谅我这个叫人担惊受怕的丈夫……

〔二人深情地望着。

〔班长大叔头戴八角帽，身穿旧军装，腰束武装带，挎着个旧军包上。

罗心刚　班长大叔，全副武装，准备上哪儿？

班长大叔　上北京！

罗心刚　干吗去呀？

〔班长大叔掏出一沓信交给罗心刚。罗心刚、孙建芳看信封。

罗心刚　嗬，军委办公厅，纺织工业部，最高人民法院，国家经委，空军司令部……

班长大叔　全是我的老上级、老领导、老战友的信，早就叫我去玩……

孙建芳　您是该去散散心，那么大岁数了！

班长大叔　我哪来闲工夫呢！我是去告状！

孙建芳　您告谁呀？

班长大叔　就告你！——别跟我嬉皮笑脸的！告你跟夏炳石合伙整老罗，破坏“四化”！

罗心刚　别价呀！您这一告不是把我老婆给告没了？

班长大叔　太不成样子！就知道保自个儿的乌纱帽！还像共产党员吗？！

罗心刚　算啦，班长大叔！要论委屈，是有，可咱们找中央领导去告，中央领导有了委屈又找谁去告呢？他们才真正不易呀！

领导那么大又那么落后个国家，面临一大堆连头绪都不好理的问题，又是个大转移的新时期，他们能没有难处吗？！可他们还是一心一意，信心十足，踏踏实实，大刀阔斧地干！

班长大叔　这才称得起是共产党人！

罗心刚　所以呀，凤凰厂的事，咱们也学着自己来干吧！

班长大叔　饶了他们？

罗心刚　下回再不改，我陪您一块儿去告！头一个就告她孙建芳！

〔灯暗。

十三

〔追光打在讲台上。

〔班长大叔走上讲台。

班长大叔　党委会上吵翻了天。在老罗的坚持下撤了蒋定安的职，扣了方瑛的奖金。这回，凤凰厂热闹了！

〔舞台一角出现方瑛和李子良。

方　瑛　你今天要是不让罗心刚把我的奖金要回来，就别想回家！

李子良　你为什么要更改生产计划，你不知道这个合同……

方　瑛　成天合同，合同，合同是你小老婆？

李子良　合同对四化有利，对国家有利！

方　瑛　对我没利！我少拿奖金！走，给我找罗心刚去。

李子良　我要是厂长，连你的工资一块儿扣！（下）

方　瑛　好哇！咱们散伙！（造型）

〔舞台另一角出现罗心刚和蒋定安。

蒋定安　把我撤了？一撸到底？

罗心刚　今天就下去劳动。

蒋定安　你没那个资格！我是干部编制！六八年我就是副连长！

罗心刚　嚷嚷什么？六八年？四八年我就是连长！给我立正！

〔蒋定安不知所措地立正了。

班长大叔　（在讲台上插话）我这个三八年的还没说话呢！

罗心刚　我要是你，就马上写份退党申请书，这也许就是你能对党所做的最大贡献了。（下）

蒋定安　我要上告。

〔夏炳石出现在蒋定安身边。

夏炳石　是你指使方瑛改变生产计划的？搞什么鬼名堂？！

蒋定安　夏书记，罗心刚的合同有鬼，不能让他完成！您瞧瞧白云和赵星写的揭发信！

〔蒋定安和夏炳石造型。

〔舞台又一角出现赵星和白云。

赵　星　你还蒙在鼓里哪？罗心刚准备送你进公安局了！

白　云　好哇！走着瞧吧！

〔白云、赵星造型。

班长大叔　结果这几块料凑在一块儿，搞了这份揭发信。

〔孙建芳出现在讲台上。班长大叔隐去。

孙建芳　收到揭发信以后，昨天，公司党委做出了要老罗离职接受审查的决定。可是老罗他还……夜里，他要我陪他出去转转。他说："这也许是我当厂长的最后一个晚上。"我们九点到的白华家，十点到方瑛家，十一点回到家里……

〔灯灭。

十四

〔灯亮。

〔白华家。

〔无线电的声音："嘟嘟嘟嘟嘟嘟，刚才最后一响是北京时间二十一点整。"

〔白华在独酌独饮。

白　华　（对着桌上的一个小镜框）安敏，你愿意陪我喝一杯吗？什么？不应当喝酒？（捧起镜框）你这个什么也不懂的小丫头，可爱的傻丫头！你的小哥哥心里难受，你也不来一次，看看他，用你的小手摸摸他的头，像你小时候一样！

〔安敏上，在外面寻找门牌，找到了。

安　敏　白华！白华在这儿住吗？

〔白华震惊，站起来。

安　敏　（敲门）白华！白华！

〔白华强坐下，把一杯酒一饮而尽。

安　敏　见鬼！找错地方了？（欲走）

白　华　（不由自主地喊出来）没错！

安　敏　白华！我是安敏啊！你听不出来吗？

〔白华手忙脚乱地找出一张什么照片，塞进镜框。

安　敏　（砸门）你快点开门啊！

〔白华镇静一下，把门打开。

安　敏　（扑上来）……小哥哥！

〔白华远远地伸出手去把安敏挡住。

安　敏　（撒娇地把手藏到背后）唔——，让我亲你一下！

〔白华慌乱得不知所措。

〔安敏趁白华不备，猛地扑上去亲了他一下，哈哈大笑。

〔白华手足无措地坐下。

安　敏　你就住在这个地方？你好吗？……你现在喝酒了？

白　华　嗯，喝酒，抽烟……

安　敏　我才不信呢！小时候你说过，这辈子你一定一不喝酒，二不抽烟，三不吃醋（又笑了）……这是谁？

白　华　我爱人。

安　敏　什么?！（跳起来）骗人！（见白华不语）快承认，是你骗我！

白　华　我……什么时候骗过你?

〔罗心刚背着个冰棍箱子和孙建芳上。

安　敏　（慢慢地坐下）她……人呢?

白　华　回娘家去了，带着我们的……孩子。

安　敏　孩子！你们……很幸福吗?

〔罗心刚、孙建芳倾听。

白　华　幸福极了！她是个非常好的人。……她爱我，我更爱她——一个什么也不懂的小丫头，可爱的傻丫头！

安　敏　别说了！

〔罗心刚、孙建芳进来。

罗心刚　两个大活人来了，都不知道?（放下冰棍箱）

〔安敏抓过酒瓶为自己倒满一杯酒欲喝，白华忙夺。

〔罗心刚接过酒杯。

罗心刚　抢酒喝呢?白干?（自己抿了一口）

孙建芳　（夺过酒杯）你的病！

〔罗心刚咂巴着嘴，舒了口气。

安　敏　罗伯伯，你骗得我好苦！

罗心刚　得，又多一条罪名！

〔安敏把桌上的小镜框塞给罗心刚。

孙建芳　这是谁?

安　敏　他的爱人！他根本不需要我了。

罗心刚　（把镜框还给安敏）没见过这号粗心的大姑娘！底下印着字哪！

孙建芳　（念）“电影演员剧照……”

罗心刚　我再算个命，你拿掉剧照，看底下。

〔白华欲夺镜框，但未夺到手。

〔安敏拿掉剧照，愣住。

孙建芳　是十年前的小安敏嘛！

安　敏　在国外这么多年，我从来没有忘记过你，父母死后的最初的日子里，全靠你给了我温暖，还有后来的罗伯伯。不然，我恐怕早就跟着爸爸、妈妈去了！是你，是你们，让我明白了人世间还有温情，有正义，有善良美好的一切，生活下去，做一个好人，是值得的！……回国后，找不着你。突然那天罗伯伯告诉我，你就在这儿，就在那几秒钟里，我马上明白，自己的命运已经定了……可你，为什么要这么伤我的心！

白　华　（爆发地）你以为我就不伤心？你懂什么？你说你那天听罗厂长讲我在这儿，你就明白了自己的命运；可我早就明白了。（举起镜框）当你还是这么一个糊里糊涂的黄毛丫头的时候，我就什么都明白了！可是现在，你是洋人！

安　敏　洋人怎么着，会咬你？

白　华　今后怎么生活？跟你出国？我不愿意！

安　敏　我就不能回来？我不爱国？我怕吃苦？

白　华　我也不愿意你回国，明白吗？这儿不需要我们！每次献上一颗滚烫的心，得到的都是一瓢凉水！

安　敏　（冲到罗心刚面前）罗厂长，第一，我们要结婚。

白　华　谁跟你结婚？

安　敏　我一定要嫁给你！

罗心刚　老孙，瞧见过这么谈恋爱的吗？

安　敏　你同意不同意？

罗心刚　同意，同意，你嗓门小点儿。

安　敏　第二，白华要跟我出国。

罗心刚　也同意，写份申请来。

〔安敏反而愣住了。

罗心刚　写吧，没笔？（掏出笔来扔在桌子上）

安　敏　（写了两个字，冲向白华）你自己跟他说，你要出国！

罗心刚　（对安敏）你呀，就会瞎咋呼！瞧我来劝他。白华，你真的想出国？

白　华　想又怎么着？

罗心刚　想，你就走！我说的是真话。有些人想出国是因为祖国穷，这号人到了国外也是一群连外国人都讨厌的废物；还有些人想出国是因为伤了他们的心。有的华侨说，当年他们抱着满腔的热情回国参加社会主义建设，一到深圳，看见五星红旗，眼泪就唰唰地流下来了，可在十年浩劫中，他们被迫重新离开并不疼爱他们的祖国，出了深圳，一步一回头，看着五星红旗，眼泪又是唰唰地流……

白　华　罗厂长，够了，有您这几句话就够了！

罗心刚　不！

白　华　我只求祖国能明白我的心就够了。我知道您现在有难处。我没有要求，我就卖冰棍，反正决不让外流人才的名单上，再添个白华！

罗心刚　你还不明白我的心！我不是来陪你诉苦发牢骚的！现在摇头叹气的人够多的了！叹出来的气凑在一块儿都能变成十二级台风了，就真的不能用这点劲头来改变点什么？我把话说明白是希望你跟我们一块儿干！我不想演悲剧，哭哭啼啼送你去卖冰棍；我要演喜剧，看着你堂而皇之地成为有出息的花样设计师！这不可能吗？可能！

白　华　老罗！

孙建芳　这是招工局、财务局、纺织公司的文件，批准你正式回凤凰厂，职称是设计师。老罗跑到今天下午才弄齐。

罗心刚　白华，现在，才是我们祖国最有希望的年代啊！

白　华　老罗、老孙，我明天来上班！

安　敏　那我呢？我怎么办？

白　华　你？随你。

〔安敏又要发作。

白　华　愿意，你就回来。

罗心刚　不急，你们想停好了再说。嗯！白云呢？

白　华　还没回来。

罗心刚　这几天老找不着他。现在没工夫喽……（对孙建芳）走吧，他们还得吵会儿哪！一个要嫁，一个又不娶，今后他们俩，热闹了！白华、安敏，你们记住了，只要你们还相信中国共产党里头有一大批有骨气的党员，那么，就希望你们留下！

〔灯暗。

十五

〔灯亮。方瑛家。

〔无线电里的声音："嘟嘟嘟嘟嘟嘟，刚才最后一响是北京时间二十二点整。"

〔房间正中放着一盆待洗的衣服和一块擦板。

〔方瑛拎着马桶从里屋出。

方　瑛　几天不在，成了个狗窝！

〔李子良上，愣住。

李子良　你，回来了？

方　瑛　我是心疼孩子才回来看看的，马上就走！

李子良　还在生我的气啊？

方　瑛　没那个闲工夫！我正托人说合呢，找着个合适的，我改嫁！

李子良　你，别开玩笑了。

方　瑛　你以为我真拿你当宝贝哪？街上随便找个男人也比你强！

李子良　（讪讪地）我帮你洗衣服吧！（坐下）

方　瑛　搁那儿！

〔李子良又站了起来。

方　瑛　瞧你那个叫花子样！也不知道寒碜？（拿来拖鞋）换上！

〔李子良站着换鞋，摇摇晃晃。

方　瑛　（拖把椅子过来）坐下！

〔李子良听话地坐下。

方　瑛　（拿过针线来，为李子良缝扣子）就这副郎当相，野到半夜？

李子良　罗厂长找我……

方　瑛　少提你那个罗厂长！他马上就完蛋了！

李子良　别听人家瞎说！

方　瑛　你才枉为罗心刚的跟屁虫呢！这种事，他就瞒着你了吧！

李子良　你别老跟罗厂长过不去嘛。

方　瑛　跟他过不去的人多了！这回联名写信告他的有白云、赵星、蒋定安、我，好些人，夏书记也签了字！

李子良　什么？

方　瑛　明天市里审查他了！最轻也得撤职！

〔李子良猛地站起，线拉断了。

方　瑛　你捣什么乱？（看到李子良的脸色，也有些害怕了）怎么了？你说话呀！

李子良　（半晌，轻轻地）我跟你——离婚！（扭头就走）

方　瑛　（急了）子良，你听我说啊！

〔李子良头也不回地下。

方　瑛　你回来！听我说！别走！（追下）

〔罗心刚、孙建芳上。

罗心刚　（踢踢放在门口的马桶）这玩意儿可以派大用处！要是规定我们的干部不论官大官小，每人每天必须倒次马桶，大概

“四化”的速度能快一点，你信不信？因为真正为“四化”着急的人也会多一些！（动手收拾房间）

孙建芳　（收拾房间）你就歇会儿吧。

罗心刚　蒋定安的问题怎么样了？

孙建芳　你就别管这些了。

罗心刚　瞒着我？

孙建芳　调到红光染织厂去。

罗心刚　干什么？

孙建芳　当二把手。

罗心刚　官升一级？

孙建芳　有些同志认为他没犯什么原则性的政治错误。

罗心刚　什么叫政治？什么叫原则？他根本不是个共产党员，他是混党饭的！

孙建芳　有人替他说情，听说他市里也有熟人……

罗心刚　我们还是共产党不是？为什么把国民党那套官场斗争的东西搬来了？

孙建芳　我求求你，别那么激动。

罗心刚　可怕的就是，我们一些同志，已经再也不会激动了！

〔里屋传出孩子哭声。

罗心刚　呦，把孩子闹醒了。（下）

〔孙建芳收拾完，拎起马桶欲出门。

〔方瑛揪着李子良上。

方　瑛　（愣住）你是……

李子良　（挣脱了方瑛）老孙！（欲夺马桶）

〔方瑛急忙又抓住李子良。

孙建芳　你是方瑛同志吧？你好！（拎马桶下）

李子良　这是罗厂长的爱人，公司副经理老孙！

〔方瑛愣了，欲追。罗心刚上。

罗心刚　总算把你等回来了。气出完了没有？

李子良　（严厉地）方瑛！

〔方瑛低头不语。

罗心刚　（搬把椅子坐下）没出完就出吧。我今天是特地来听你骂人的。你骂人还挺好听的哩，带了好多俏皮话！

〔孙建芳拎马桶上，坐下欲洗衣服。

李子良　我来！

罗心刚　得了，这个学问你没她大。当年我们谈恋爱的时候，她在后方医院，我就是天天拄着拐到小河边去看她洗衣服。方瑛……

李子良　方瑛！

〔方瑛不语。

罗心刚　你不骂？好！你不骂，我可要骂了！你这个人哪，人家都说是大炮筒子，心直口快，叫我说，最言行不一的就是你！你骂厂里一片混乱，什么都没人管，可真有人管了，你又嫌管得太严，不自由。你骂干部都在混饭吃，可真有了不想混饭吃的干部你又跟他过不去；你也知道搞圆网印花死路一条，当年上马你是厂里头一个骂街的，可今天要恢复手工印花，翻三班，你又嫌累，故意捣乱；你也知道生活不富裕，骂国家太穷，可碰到具体问题，为了多捞一块钱现大洋，哪怕有人把国家的四个现代化拆了零卖，你都不心疼！这回因为你的原因，国家赔了一大笔外汇，可为了什么？就为了你少拿八毛钱的奖金！八毛钱，而且我答应了补给你们的！过去怨我们没搞好，叫你们有点丧失信心；可现在中央下了决心了，我们下了决心了，咬牙拼命也得搞上去，只求你们能跟党同心同德，为什么居然就那么难呢？（站起）在这个小屋子里，真想给你鞠上一躬，说声“谢谢”，我们的人民就在这么艰苦的条件下支持了我们，帮助了我们；可同时，也真想揪着你的耳朵狠狠骂你一顿，为了你的愚昧、自私和见识短浅！（突然发现自己太过分了）……对不起。（慢慢地走到门口，撑着门框子，转回身来，对李子良）厂部决定，任命你为车间主任。还有，明天有个审查我的会，方瑛你有气，到那儿去出吧……（慢慢地下）

〔灯暗。

十六

〔灯略亮。罗心刚家里。

〔班长大叔躺在一张藤椅上打呼噜。

〔无线电里的声音："嘟嘟嘟嘟嘟嘟，刚才最后一响是北京时间二十三点整。"

〔白云吹着口哨，在外面探头探脑，突然见有人来，躲了起来。

〔宋巧珍匆匆地上。

宋巧珍　（在门口低声地）罗厂长！罗厂长！

〔白云在她背后拍拍她。

宋巧珍　谁？！……是你，吓死我了！（不自觉地靠在白云身上）

白　云　你来干什么？

宋巧珍　你不是说，明天要审查罗厂长吗？我要跟他说几句话。你呢？

白　云　明人不做暗事，告诉他，跟他捣乱的也有我白云一份！除非他答应不送我进庙，否则，明天要他的好看！

宋巧珍　白云，罗厂长是好人啊！

白　云　那你就看着他送我去蹲监狱？

宋巧珍　我替你跟他说说？

白　云　得了！你以为他真那么疼你哪？他不过是利用你的技术为他做广告！现在知道你信教，大家又在借这个事整他……哼，他不拿你当替死鬼才怪呢！人不为己，天诛地灭，这个世界上没一个好人！——有人来了！（拉宋巧珍躲在一边）

〔罗心刚、孙建芳上。开灯。灯大亮。

〔孙建芳扶罗心刚坐下，此刻的罗心刚仿佛一下子衰老了许多。

孙建芳　你呀，在外头生龙活虎，回家就成了一摊泥！

〔罗心刚看见了班长大叔，示意孙建芳轻点。

孙建芳　要不要叫醒他？

〔罗心刚摇摇头。

孙建芳　也许他要跟你说点什么？

罗心刚　明天审查我，今天他来陪我睡一宿，还用得着说什么？（四顾，寻找什么）

〔孙建芳递上一杯牛奶和两个药瓶。罗心刚抚摩着孙建芳的手。

孙建芳　你关心这个那个的，谁来关心你这个厂长？

罗心刚　（吃药）你嘛！

孙建芳　我承认自己这些年变了，胆小、自私、软弱，还不如老夏。他顽固，他僵化，可他至少自己还真以为是在维护党的路线的纯洁性。可我呢，明知道你是正确的……

罗心刚　我知道……

孙建芳　你知道什么！明天，要我代表上级领导来主持审查你的会，并宣布党委要你离职的决定！市纪委下午也打电话来，说老周要亲自出席这个会，这又意味着什么？可你……（落泪）

罗心刚　建芳！

〔抽泣声，越来越响。

罗心刚　哭什么？

〔孙建芳愣住了，抬起头来。

〔原来哭声是从角落里传出来的。

〔宋巧珍哭着冲上，扑倒在孙建芳身上。

宋巧珍　是我害了罗厂长！

罗心刚　小宋？

宋巧珍　是我害了您。您以后别理我了，我出身不好，又信教，我是个罪人，我是坏蛋。您骂我吧，明天会上您叫他们来斗我吧！

班长大叔　这跟你有什么关系？

宋巧珍　是我连累了罗厂长，他们说他包庇我，重用我……

〔罗心刚艰难地站起，取来十字架。

罗心刚　小宋，你真的相信上帝了？

宋巧珍　不，我不信了！

罗心刚　别害怕，过来，告诉我心里话。你真的相信天上有个上帝？

宋巧珍　我不信……可是，有时候，心里希望有个上帝。

罗心刚　你希望上帝为你做点什么呢？

宋巧珍　有时候一个人太苦了，希望上帝疼我，安慰我，还希望上帝能治治我妈妈的病……

孙建芳　就这么点要求？

宋巧珍　……还有修好我们家的破房子。

罗心刚　傻孩子！这都是组织上应当给你的东西，国家应当给你的东西！结果弄得你去找上帝！噢……

宋巧珍　罗厂长，您怎么了？

罗心刚　我心口疼。来，把你的十字架拿去。

宋巧珍　不，我不要了！我错了，我愿意写检查！

罗心刚　错的是我们，应当写检查的是我们！十年下来，我们忘了根本的一条：要关心人！我们只会要求他们，命令他们，却完全忘了如何体贴他们的难处，温暖他们的心灵，完全忘了……小宋，原谅我那天的态度吧！家里的困难，会给你解决的，已经安排好了！你爸爸的事，也全是无中生有，别听那些人胡说！

宋巧珍　真的，他不算“四人帮”的爪牙了？

罗心刚　瞎扯淡！——你好好地生活吧。哎，知道是哪个上帝给你送钱的吗？就是白云，我一听就猜着了。

宋巧珍　是他？！可是他现在……

罗心刚　（点点头）犯了罪。

宋巧珍　能不能，不要对他……

罗心刚　不行啊！可是你放心，他的罪不重，我已经跟公安局联系过了，他们会考虑的，白云会成为一个有出息的人的！他变坏，是因为我们的社会有一段时间不鼓励大家做好人。（指指孙建芳）连她都变了嘛！可现在，一切又在重新变回来！（问孙建芳）你说对不对？

〔孙建芳勉强地点点头。

罗心刚　你说呢？

〔宋巧珍使劲儿地点点头。

罗心刚　瞧，你还没有人家孩子有信心！不要光看到眼前的难处，老嫌步子走得太慢；过两年，回过头来看，就会发现……哎，你记得延安撤退吗？

孙建芳　记得。我还哭过。

罗心刚　是嘛！国民党大做文章，我们好些同志也垂头丧气，把个革命圣地都丢了！结果呢？两年多以后，全国解放！——小宋，愿意相信上帝，你就信吧，可是，我劝你还是相信共产党！相信我们会把一切都搞好的，人民的生活，人民的心灵，都会变得越来越美好！将来，你和白云两个人……

宋巧珍　（羞红了脸）不，没有这回事！

〔白云突然冲出来，跑到罗心刚面前站了片刻，一言不发，冲下。

宋巧珍　白云！白云！（也追下）

〔罗心刚靠在椅子上精疲力竭。孙建芳看着他，突然扑上去搂住了他。

罗心刚　念段小说吧，消遣消遣，睡觉！快，阿凡提，这才真是个永远不发牢骚的人。（找出书来塞给孙建芳）

孙建芳
罗心刚　（同声）阿凡提有一回去见国王……

〔灯暗。讲台上追光亮。

〔宋巧珍出现在讲台上，慢慢地摘下脖子上的十字架。

宋巧珍　今天，我正式把它交出来。

〔追光灭。

十七

〔灯亮。凤凰丝绸厂会议室。

〔大家都沉默着。当中的椅子显眼地空着，罗心刚还没到。

白　云　（站起来）今天早上我想去公安局自首；到了那儿，又觉得还是先回来开会，把话说明白……要是没事，我到公安局去了。

白　华　白云！

白　云　哥哥，我对不起你，我倒卖了好多进口货。那点丝绸也是我用你的名义从各个厂骗来，拿出去卖的。（欲走）

宋巧珍　（追上去）白云！

白　云　巧珍，放心吧，我会变成个好人的！——你不信？

宋巧珍　我信。

〔白云下，宋巧珍跟下。

方　瑛　（掏出手绢擤了擤鼻子）怎么样，行了吧？你们折腾够了吧？

白　华　谁敢处分罗厂长！

蒋定安　你们把他吹得再好也没用！他违反了国家制度！

李子良　有些制度早就该违反！

〔众人吵成一团。

班长大叔　今天我可真是预备好了，你们只要说一句处分老罗，我抬腿就走，找党中央去！

孙建芳　如果需要，我可以在这儿宣读公司关于让老罗离职，进一步接受审查的决定。但是念完了，我跟班长大叔一块儿去北京！

夏炳石　老周，我看，会议可以结束了。

班长大叔　你说吧老周，这事怎么了结？

蒋定安　对，我们要听领导的！

老　周　这可将了我一军了！我参加过许多审查会，多数都令人很不愉快；可是今天……我好像无法把我的感受表达清楚：是愤慨？是激动？是震惊？是兴奋？我倒非常想知道，在座的同志们，你们大家，这会儿在想些什么？你们知道了这个普通人的故事，这个中国人、共产党人的故事以后，难道就不想说点什么吗？想说吗？走上来吧，不管说多少，哪怕一句，只要真实……

〔宋巧珍奔上。

宋巧珍　不好了！医院来电话，罗厂长他……

众　人　怎么了？

宋巧珍　在路上昏倒了！

〔隐约的救护车笛声。

〔众人惊，纷纷站起来欲往外走。

〔空中响起罗心刚的声音："都站住！别那么大惊小怪的。"

〔众人站住，有的慢慢坐下。

〔空中罗心刚的声音："哪儿那么容易躺下。马上我还要来跟你们捣乱的！为了二〇〇〇年，还有多少事要做啊！有人说，中国这架庞大的机器有些地方齿轮咬死了，锈住了，可现在已经松动了，转得快起来了嘛。会越来越快的！——只要用我们的血当润滑剂！这话现在不时髦了，运动中都说滥了，成天热血瞎沸腾。可无论如何，血，总是热的。”

〔灯渐渐暗掉，只有一束追光打在那把空椅子上。

〔追光也渐渐收掉。场灯亮。

——剧终

原载《剧本》1980年12月号

荣获文化部、中国戏剧家协会1980—1981年话剧优秀剧本奖

哥儿们折腾记

（四幕话剧）

中杰英

人物表

（以出场先后为序）

侯小成（小泥猴） 男，青年工人。

彭大海（胖大海） 男，青年工人。

穆燕燕（小木偶） 女，青年工人，团员。

王盈香 女，青年工人，牛宝山的未婚妻。

牛宝山 男，青年工人，小组长。

丁公常 男，五十多岁，主管生产的厂长。

范国平 男，五十多岁，车间主任。

杨士新（杨博士） 男，青年工人，团员。

赵巨山（大哑铃） 男，青年工人，团员。

马 培 女，青年工人，团员。

余明丽　女，青年工人，团支部书记。

韩文正　男，车间技术员，余明丽的男朋友。

孔贵芳　女，五十多岁，劳动科长。

满天飞　男，五十多岁，掮客。

第一幕

时　间　八十年代初某年某天下午下班之前。

地　点　建筑装饰厂成品车间生活间。

〔中间横排窗可见车间里各种设施和一些建筑艺术装饰产品，两旁有门通车间及男女更衣室。室内放着工具柜、简单桌椅、用生产中的残废品拼凑的杂物用具和自行车等。——这是一个车间工人落脚休息、存物、吃喝聊天以及逗闹争吵的是非之地，其陈设和情调应有该时代工厂的本色，宜粗陋而杂乱，切勿豪华和过分整齐。

〔幕启。从车间内传来阵阵生产噪声：锤击、锯切、天车运行、哨音等。

〔侯小成、彭大海、王盈香和穆燕燕着工装持工具相继上，一派吊儿郎当的疲沓样子。

侯小成　（胡唱着不成其为曲调的歌词）我在火车站，捡个小姑娘……

彭大海　（接着唱）进了小厨房，给我洗衣裳……（口哨）嘘嘘嘘嘘……

侯小成　（把工具胡乱一扔，往椅子上一躺）嗨——又混了一天，一块五毛七又拿下来了！万岁，我的我万岁！

彭大海　（撕日历卷烟抽）小子嗳，混吧，当工人发不了财。

侯小成　咱们这辈子算卖给社会主义了，分期付款，一天一块五毛七……

穆燕燕　（上，去推侯小成）嘿，小泥猴你起来，掸掸土去，把椅子全弄脏了。

彭大海　（卷好了烟）小木偶，瞧，大炮一门，一门大炮。

侯小成　（起来耍赖皮）嗳，小木偶，给你大哥掸掸土……

穆燕燕　去去去！（两只手轮流地打了几拳）

王盈香　（上，质问）小泥猴，你怎么把那块大理石的老虎眼睛给磨瞎啦？

侯小成　谁呀谁呀……

王盈香　就是你，打我没看见。

侯小成　（低声）别嚷嚷嘿，盈香，凑合活着吧。

王盈香　你得谢我，我给你变了一个戏法。

侯小成　变哪儿了？

王盈香　（做个微妙的手势）随那一拨走啦！

侯小成　嘿，大姐，有你的，神啦！（作揖）

〔牛宝山上，机警地向外面张望一下，而后故意咳嗽一声，向众人招手示意。王盈香等四人赶紧凑过去。

牛宝山　哥儿们，电话里我跟满天飞说好了，下班南城花园集合。你们把工具带好，行动要隐蔽，注意保密！

侯小成　满天飞说给多少钱？

穆燕燕　上哪儿吃晚饭呀？

牛宝山　少不了你们的！嗳，你们两个到门口放哨去。小王跟胖大海快拿工具，石膏粉、环氧树脂都带着。

〔众人分头行动：侯小成和穆燕燕到左右两个门口去望风，王盈香和彭大海打开几个柜子找东西。

〔牛宝山从口袋里掏出几张纸和简图细细地查阅。

侯小成　（无意地轻声咳嗽）咳……咳咳……

穆燕燕　（学猫叫）喵——喵——

侯小成 （忙跑过来报信）哥儿们，车间主任和丁厂长来了！

〔众人在慌乱中未及时把东西放好，丁公常和范国平抱着两块大理石装饰板上。

丁公常 （观察众人慌张神色，怀疑地）你们这是干吗？站没站相坐没坐相的。

牛宝山 （佯作镇静）没干吗。

丁公常 （信以为真）嗳，老范，车间不能养猫呵，钻进配电盘里可要出事故的。

范国平 （不在意地）车间里根本没有猫，这帮小子没正经的，不定闹什么鬼呐。

丁公常 （毫无拘束地）好小子，跟老师傅耍滑头！（坐下）谁有好烟，拿出来。

王盈香 还抽烟哪，不怕得癌症。

丁公常 不怕，活五十多够本了。

牛宝山 （从左边口袋掏出一盒烟）两毛三！

丁公常 你口袋里还有好的。

牛宝山 嘿嘿，大老丁，没听说吗——首长抽中华，流氓抽牡丹，农民卷大炮，工人两毛三。就这个，要不要？

丁公常 （瞧准了牛宝山右边的口袋，抢出一盒好烟）小子嗳，这是什么？

〔侯小成乘机从丁公常的口袋里也偷出一盒烟交给牛宝山。

牛宝山 （把烟举起来）大老丁，这是什么？咱俩换换！

彭大海 分了，分了！（去抢）

范国平 你们跟丁厂长闹什么，猴哩吧唧，没大没小的！

丁公常 （看看表）嗳，我说，才几点你们就不干活等下班了？

王盈香 没活了，干完了。

丁公常 老范，是真的吗？

范国平 没那事，有的是活，巴拿马博览会还有六十多块大理石等着要哪。

丁公常　怎么样？瞒不了我。嗯！不但偷懒，而且在质量上要了花招。老范，把那块废品给他们看看。

范国平　都过来看看。（亮开两块大理石板）

〔众人一愣。侯小成忙暗中向王盈香示意，王盈香做了一个要坏事的手势，身后藏着的一筒黏结剂不慎掉在地上，她惊慌地拾起来藏在一边。

丁公常　怎么啦？（绕过去看）什么东西掉啦？

王盈香　没什么……

彭大海　（假装过去看）没什么，没什么……（从背后接过黏结剂，递给侯小成）

丁公常　没什么？（转着看）

〔侯小成又暗中递给穆燕燕，穆燕燕又递给牛宝山。

牛宝山　（把东西顺手往柜子后面一藏）大老丁，给你变个戏法逗逗闷子。哈哈……

丁公常　别给我闹鬼，嗯！

〔众人故意大笑。

丁公常　牛宝山，这活是谁干的？（指大理石板）

牛宝山　（伪作平静）唔，看看，看看……

丁公常　你看有什么毛病？

牛宝山　这儿，好像稍微地多磨下去了一点……

丁公常　还稍微地……（痛惜地）这块大理石就算完了！要的是真山真水，真虎真豹，你们把老虎眼睛磨瞎了，还有屁用！这是谁干的事？

王盈香　这是杨博士他们那个组干的。

丁公常　还想蒙我呐！这两块板全是你们组干的，干坏了就偷偷地塞到别的组里去，把人家那个组的合格品偷走了两块。

牛宝山　（麻着胆子否认）没有那号事！

丁公常　还想抵赖呐，你们车间主任检查出来的。

范国平　（胆怯地解释）嗳，可不是我啊。我这老花眼可看不出来，是工艺员小韩看出来直接报厂部的。

丁公常　哎，老范，你呀，就怕树叶掉下来砸脑袋……（转脸问牛宝山）怎么样，还有什么说的？

牛宝山　（发窘地冷笑）嘿嘿，这冤大头没蒙上。

丁公常　这是你们班哪位哥儿们的手艺呀？

牛宝山　（瞪一眼侯小成，暗骂一句，随即大模大样地一拍胸脯）是我干的，跟哥儿们没关系。

〔众人愕然。

丁公常　（不信）真是你干的？不是充好汉吧？

牛宝山　错不了，就是我！

丁公常　干坏了活你怎么塞到别人的堆里去呀？

牛宝山　（满不在乎）我塞的，扣我的奖金，得了呗。

丁公常　邪了，寒碜不？前年技术大比武还得过冠军呢，落到这地步啦，怎么混的！

牛宝山　（反诘）我得了冠军，你也没给我来一级呀！凑合混吧，国营买卖最大的优越性不就是吃大锅饭吗？饿不着。

丁公常　（略有气恼）牛哥儿们，知道这块大理石的价值吗？从云南采购原料，开荒磨坯子，加工完了到巴拿马往博览会上那么一立：东方传统艺术屏风，就是三千美金！你这一抿子不要紧，就只能做你们家的小炕桌了，你说怎么算吧！

王盈香　别挤对人嗯……

范国平　（前去调解）嗳，我说大老丁，找找原因，吸取教训，以后多加注意，得了嘛……宝山，还有六十多块出口活等着要呐，你们几位是不是能紧点手……

丁公常　这质量事故还没处理完呢！

范国平　（为难）哎，你还不知道如今的事吗？哄着还不乐意干呢！

你要是这么刨根问底，往后更得尿炕了。

丁公常　柿子挑软的吃，不打屁股才尿炕哪！

牛宝山　（突然反问）喂，厂长大爷，我提个问题吧——一块屏风面卖三千美金，我们这加工费占了多少钱？

丁公常　（一愣）少打听这个。

王盈香　打听打听怎么啦。

丁公常　（被迫回答）两千五。

牛宝山　（得意）这算说到点儿上了！磨一块大理石顶多用十个工，我们一个二级工每天工资一块五毛七，创造产值二百五十美金，合人民币四百多块，我们才落了三百分之一的工钱，我的姥姥！

彭大海　宝山说得有理！

王盈香　也不亏心哩……

侯小成　还要说我们不好呢。

丁公常　长点心眼吧。建设四化要投资，上缴利润扩大再生产。托儿所、疗养院、公共汽车都从这里边出。咱们赚钱多还扛着那些赔钱的工厂哪，全国一盘棋，填平补齐，就得有吃亏的。

牛宝山　（辛辣地）也吃不了什么亏。工人当家做主嘛，手长在我的身上，劲儿长在我的手上。我们也有高招。

丁公常　咱们听听你的高招，见识见识。

牛宝山　活上找齐，按酬付劳。

丁公常　（故作惊讶）按酬付劳，说倒了吧。

牛宝山　没说倒，实事求是。

丁公常　那个意思不就是——消极怠工，次品废品，吊儿郎当吗？

牛宝山　（笑笑，接着发牢骚）嗳，大老丁，你没看《参考消息》上介绍的吗，人家日本丰田汽车厂，进厂干活，五年保证给一套房子、一辆小卧车，外搭一个小媳妇。进了小厨房，给我洗衣裳。您再瞧瞧咱哥儿们这可怜，十年了，干了八级工的活还拿二级工的钱，一条光棍汉子，连个窝还没搭好呢。不说远处，就说近处吧，您丁大厂长解放前学徒，解放后二十刚出头，一定级就是五级工，不到十年蹦到八级工。可就苦了我们这一拨武大郎赶上这天不开眼的年头了。没听说吗——“生于自然灾害，长在动乱年代，玩命娶个媳妇，拉下饥荒欠债”。

〔众人尖刻地笑。

范国平　（感到气氛不对）唉，宝山，你怎么说起这个来了，越说越拧了嘛……

牛宝山　还真有点拧着。我跟你这么说吧，人是活的，只要咱俩拧着，你就治不了我。你找个老虎看着我，它还有打盹的时候呐！诸葛亮懂这道理，七擒孟获！

丁公常　（大笑）你说完了？

牛宝山　说完了，你批判吧，反动言论。

丁公常　现在不批你，我还要表扬你。你敢说心里话，不搞阴谋诡计；你的言论还真有点代表性哩……

牛宝山　嘿，厂长高抬我了。

〔众人笑。

丁公常　笑什么！这可是你们牛哥儿们说的：国营买卖不如丰田汽车厂，共产党不如资本家，八十年代不如五十年代，社会主义最大的优越性就是吃大锅饭，按酬付劳……

王盈香　嗳，丁厂长，这话有点根据没有，你的心长在肝上了吗？

〔众人又笑。

〔杨士新、赵巨山和马培一面拭汗，拿着工具上。

马　培　（抢上一步，谄媚地）哟，什么风把丁厂长吹来了，大主任也在座嘛……您喝水吗……

彭大海　（鄙视）嘿——

侯小成　瞧这马屁拍的！

马　培　少犯三清子嗯……（不高兴地放下工具）

杨士新　（沉着地打量一下众人，稳重地）厂长同志，我向您反映点事，我们二组今天下午被人盗走两块一级品大理石。

丁公常　（挖苦地）牛宝山，你说说吧。

牛宝山　（被迫地、眼睛瞧着天上）杨博士，对不起，不留神给你们换错了……

杨士新　（慢悠悠地）假如确实真的换错了……

王盈香　（咄咄逼人）就是换错了！

侯小成　这不是吗，（指桌上的大理石）我们把废品找回来了！

马　培　我看呀，不见得是换错的……

王盈香　怎么不见得！真是狗咬了吕洞宾啦。

杨士新　（带刺地笑笑）不过嘛，你们两位当领导的还需要明察秋毫。我们埋头苦干，辛勤劳动，产品被别人偷走，反倒挨骂；游手好闲的人，反倒得意扬扬，未免有点不大公平吧。

王盈香　嗳——杨博士说的是谁呀？

杨士新　我是广义的抽象，不指名的具体，希望人们都要学会尊重自己的道德。

赵巨山　（不耐烦地）杨博士，你捏酸假醋地臭拽什么呀。我代表我们组长发表声明：我们干的活上头有暗号，工艺员知道，谁偷了……也能查出来，完了！

范国平　（乘机解围）好好好，这风格高。完了，既往不咎。

丁公常　你们两个组的人都在这儿，给我个日子吧，这批活什么时候完？

杨士新　现在呀，下任务有偏向。谁使劲就给谁压分量，就像物理学里的杠杆……

赵巨山　干脆这么说吧，积极分子都快累死了！

牛宝山　（抢过话头）别卖乖嗯！要日子也不是干不了，连制作带安装我们包了。按劳付酬，按质论价，巴拿马来一趟。别光叫我们受累，也给点卤。

丁公常　什么叫卤？

牛宝山　吃打卤面不是浇点肉汤吗？那就是卤。

王盈香　我们干了多少出口活，干完了到安装的时候，全让老头子师傅搭你们三亲两厚去坐飞机出国。这合理吗？

丁公常　你们二组的意见呢？

杨士新　我们……（含蓄地）也不拒绝……

彭大海　要滑头嗳！

王盈香　怎么样，丁厂长，让我们小老百姓也捡点便宜，外国来一趟安装活。

侯小成　人家说外国满地是电视机、录音机，随便捡呢。

穆燕燕　呜——上天了，前面就是大西洋！

〔众人七嘴八舌。

马　培　吵死了！

牛宝山　（大声）丁厂长，怎么样，考虑不考虑我们的要求？

丁公常　（讪笑）就你们现在这样儿，还想出国呢？

彭大海　怕我们跑了还是怎么着？

丁公常　跑？不怕，中国还嫌人多呢。就你们这样提前四十分钟下班，干活汤泡饭，到外国去怕连裤子都穿不上，丢了中国人的大脸！出国得挑好样儿的，老实点的，杨博士还凑合……

牛宝山　嘿——杨博士，谁的手艺高呀？

丁公常　不把思想整顿好了出不了国。八十块大理石给我拿出优质一级品来，这才算手艺高。

范国平　（赔笑）你们各位大小师傅给点面子，完成任务我请你们喝二锅头就花生米……

丁公常　你就会满处磕头。我给你们亮明了，咱们月月完不成国家计划，厂子一点活动余地也没有。别说出国了，想外头揽点小买卖给你们谋点福利，多给几块钱奖金也办不成。工人干活不出力是自己坑害自己，跟我提多少意见也是瞎子点灯白费蜡！

范国平 （微妙地看一眼牛宝山）比如说南城花园有一批艺术装饰活，求咱们厂好几回了，车间就没敢接。自己的任务还完不成哩，哪儿顾得上干外活呀……

牛宝山 （一怔，而后故意嚷嚷）嗳，要是一手交钱一手交货，这点外活业余时间就捎带脚了……

丁公常 这是什么意思？

牛宝山 没什么意思。

丁公常 别把共产党当资本家，共产党不是百万富翁，不是拿钱买劳动力，懂吗！

〔外头有人喊："丁厂长电话！"

范国平 你的电话。

丁公常 你们盯着点，这两块大理石的质量事故必须严肃处理。（边走边向范国平说）你们这个车间够乱的，非整顿不可。

范国平 唉，我呀，我是勉强维持，维持会会长，你趁早换个人……

牛宝山 走啦，嗳，把烟盒还我！

〔丁公常回身把烟盒扔给牛宝山，与范国平搬起两块大理石下。

马　培 （恭敬地）厂长您走了，也没喝点水……

王盈香 （学着腔）厂长您走了，也没喝点水！

〔场上牛宝山和杨士新两拨人互相戒备着。牛宝山看看表，示意侯小成等人把杨士新他们轰走。

侯小成 （走过去）嗳，快下班了，你们怎么还不走？

杨士新 我还要听课呐。（从工具柜里取出半导体收音机和课本）

〔赵巨山操起两个哑铃来练，马培在柜子里找东西。收音机播送着：上课之前让我们一起来把习题做一做，请翻到四十六页……

侯小成　（挑衅地）杨博士你还真想当博士哪。

彭大海　杨博士你给讲讲，像咱们这号卖傻力气的小工人，学了高等数学有什么用？

王盈香　想告我们的状没告成，这会儿又做上当工程师的好梦啦。人家杨振宁是真博士。我看你也就当个茶博士……

〔杨士新用手捂着耳朵。

马　培　你们别欺负老实人。

王盈香　嘿，小马屁拍到杨博士那儿去啦！

马　培　（发现柜子里少了东西）嗳，你们谁动了我的东西？

穆燕燕　没人动。

马　培　就是有人动了。丢了一筒树脂……（低着头继续寻找）

牛宝山　（拿出一副扑克牌，在杨士新放收音机的桌上一拍）伙计们，甩两把！

〔彭大海、侯小成、王盈香和穆燕燕过去摸牌，吵闹不堪。

杨士新　（气恼）你……你们文明点行不行……

彭大海　（讽刺杨士新）我这儿有一张戴眼镜的大王八。

侯小成　我摸了一张拍马屁的小王八。

穆燕燕　你怎么抢我的牌。

彭大海　给你一张，拿哑铃要狗熊的！

赵巨山　（恼火）胖大海，你骂谁？

彭大海　谁拣骂就骂谁！

〔赵巨山擎起哑铃冲过去，与彭大海对峙。杨士新和马培忙去劝架，彭大海抄起一把扑克牌扔在赵巨山的脸上，两个人交手抢哑铃。

马　培　（跑到门口去喊）余明丽，快来呀。

侯小成　（打招呼）嗳嗳，余明丽来了！

〔余明丽上，忙放下手里的工具，拦在彭大海和赵巨山中间，抓住两个哑铃。

余明丽　（着急地）你们撒手呀，把哑铃给我呀！

〔双方僵持。

王盈香　（在一旁指摘）团支书也不知道怎么当的，瞧你们这些团员，拿起哑铃就打人。

赵巨山　是这么回事吗？！是这么回事吗？！

余明丽　（苦苦地劝解）瞧你们都这么大的人了，怎么耍幼儿园孩子的脾气呀。放下，放下！

杨士新　我们在这儿没招没惹他们，无缘无故就捣乱。

赵巨山　偷了我们的大理石，还要拿我们出气，有多霸道。

马　培　我可以证明，就是这么回事！

侯小成　嗳，团支书同志，我们可没拿着凶器。

王盈香　可要把水端平了哟！

余明丽　（请求赵巨山）把哑铃收起来。

赵巨山　哼！（拿着哑铃坐在一边赌气）

余明丽　宝山，这是怎么回事？

〔牛宝山故意不语。

余明丽　小木偶，怎么回事？

穆燕燕　（可笑地比画着）也不知道怎么回事，嗳，就打起来了，打起来了……

余明丽　（想一想，温和地招呼杨士新等三人）你们先上车间去，行不行？

赵巨山　（扬扬手里的哑铃）闹去吧，君子不与牛置气。

马　培　咱跟你们不一般见识。

〔杨士新等三人提着收音机和哑铃下。

余明丽　你们先待会儿，我这就来。（下）

〔侯小成向众人扮个鬼脸，大笑起来。

牛宝山　（大大地透一口气）嘿，这费劲，好不容易把他们轰走了。伙计们快着点，马上出发。小木偶快去放哨。

〔众人忙着找东西。王盈香把方才藏在柜子后面的黏结剂拿出来；侯小成急急忙忙取出一袋石膏粉，漏了一地。

彭大海　（把工具装在裤袋里）嗳，牛哥儿们，到底给了多少钱？

〔牛宝山伸出五个指头晃晃。

彭大海　才给五百？！

牛宝山　合同定金五百，完了再算账。一会儿咱们先分钱。

彭大海　别价，你跟盈香准备结婚不是借了人家的钱吗，赶紧还人家吧。

牛宝山　（推让）大伙儿的钱我不花。

彭大海　（豪爽地）为朋友两肋插刀！你先还钱，嘿，盈香，下班你把钱给人送去。

王盈香　那……那合适吗……

彭大海　你送去！

牛宝山　（摆手）别、别……

穆燕燕　噢——有人来了！

〔牛宝山一挥手，众人慌慌张张地用破工作服裹着工具和材料仓皇而去。

〔余明丽从另一个门口上，见屋内空无一人，地上洒着石膏粉，感到十分疑惑，一面思索，一面检查柜子、桌子、扑克牌……

〔下班铃响，韩文正背着书包上。

韩文正　明丽，在这儿等我半天了吧。

余明丽　（心不在焉）嗯，没多久……（自语）这是怎么回事呢……

韩文正　（掏出一沓钞票）明丽，这五百块钱给你拿着呀。六点钟以前你到家具店去交款。我去借三轮车拉东西，咱们不见不散。嗳，你点点钱，装好了。

余明丽　（转过脸。犹豫一下）又用你的钱买东西，多不好。

韩文正　你不是没存着钱吗？用我的一样。咱们俩现在是一码事……

余明丽　这套家具里都有些什么？

韩文正　双人床、写字台、沙发、餐桌、椅子、床头柜……一共十二件。

余明丽　（苦笑）干吗买那么多的家具，那屋子搁不下。

韩文正　好不容易来了那么一批上海货，挺雅致的，买吧，别误了。

余明丽　（点完钱装起来）嗳，文正，你帮我分析分析。

韩文正　（漠然应答）分析什么？

余明丽　牛宝山他们鬼鬼祟祟地抄走了石膏粉和黏结剂，你说是干什么去了？

韩文正　（随口应付）可能是给谁干点私活吧。

余明丽　真怪了……把我们几个团员哄走了。一转眼他们就跑光了……

韩文正　（提醒）明丽。

余明丽　怎么……

韩文正　不管这些事行吗？

余明丽　我是团支书呀！

韩文正　（笑）你是一个不脱产的工人！上有主任，下有工长，岗位责任制嘛！最好别管职责范围以外的事。现在干私活捞外快的人多着呢！

余明丽　（老实地）人家选我管青年工作，我就躲不开嘛。你就不应该过问过问吗？

韩文正　谁说我不过问了。我是工艺员，该我管的我当然管。刚才牛宝山他们偷换两块大理石就是我查出来的。不过……咱们可都是凭技术手艺吃饭的正派人，整人害人的事可千万不能干。“四人帮”那时候兴抓人的短，踩着别人的脖子往上爬……

余明丽　（不高兴地）我是那样的人吗？

韩文正　（一笑）你不是。要不然我不找你。

余明丽　牛宝山、小木偶他们跟我一个大班干活，平时都挺要好的。要是真出点事，我觉得太对不起朋友啊……

韩文正　（让步）嗐，你瞧着怎么合适就怎么来吧。我借三轮车去了，你可别忘了去交款，过了这村就没这个店！（下）

〔余明丽欲下，无意中发现椅子上遗落一副新的挂胶手套。刚拾起来，穆燕燕慌忙跑进来，四下寻觅。

余明丽　小木偶，你找什么呀？

穆燕燕　嗳……我落下一样东西……（发现了余明丽拿着的手套，但不敢明说）

余明丽　是手套吧？

穆燕燕　（吞吞吐吐）嘿……余师傅，给我行吗？

余明丽　都下班了，你还戴工作手套干什么去呀？

穆燕燕　（眨眨眼）哦，下班买煤球去。

余明丽　（诱导地）小木偶，撒谎可不好。申请入团那阵子，你表现不是挺好的吗？一迈进了门槛怎么就……（改口说）入了团应该表现得更好才对呀。

穆燕燕　（支吾）我……手套我不要了……（欲走）

余明丽　别走。（拉住小木偶）告诉姐姐，你们几个人下班干什么去？

〔穆燕燕正进退两难之际，马培一面脱工作服，一面踱进门内，见状急忙用工作服捂着脑袋，悄悄退出，伏在窗外偷听。

余明丽　（追问）小木偶，告诉我啊。

穆燕燕　（为难地）我们几个人说好了，谁也不许说出去，谁要是说了谁就是……王八蛋。

〔马培掩口默笑，隐入窗后。

余明丽　小木偶，当个团员，得有组织性，可不能隐瞒情况呀。

穆燕燕　可是我要是泄露了秘密，不就变成那种蛋了？……

余明丽　哎，咱们又不信神，发了誓也不会起作用的。我保证你变不了别的东西，你永远是一个快乐的小木偶。

穆燕燕　（横着心）那我就说，有一个叫满天飞的老客，让牛宝山带着我们去给南城花园干包活，装一块琉璃影壁，还要砌点假山呀、栏杆呀什么的……

余明丽　（愕然）南城花园？就是那个荷花池老观音庙吧。

穆燕燕　就是的。现在修得可漂亮了！有饭馆、有别墅，还有钓鱼台。这是人家公社新办的旅游点，装修好了明年就对外开放，招待外国人，又能住宿又能钓鱼，能赚大钱呢。

余明丽　你们去干活通过哪个领导了？

穆燕燕　（摇摇头）没有。

余明丽　你们的工钱怎么算？

穆燕燕　满天飞老客说：管吃管喝，一个工干四个钟头活给五块钱。

余明丽　（惊讶）给那么多……

穆燕燕　（天真地）明丽姐，你瞧，我这个小学徒工一下子就比八级工还挣得多呢！把活干下来，能拿好几百块钱，我也美一美，买件痢特灵穿穿。

余明丽　（忍不住笑）傻姑娘，那叫特利灵……小木偶，你知道这样干包工是犯纪律的吗？

穆燕燕　（将信将疑）唔——哎呀，耽误半天了！（机灵地抢过手套）要是牛宝山来找我，你可别说是我当了叛徒！（急忙溜走）

〔马培在窗外冒了一下，悄然退走。牛宝山着急地撞进来。

牛宝山　看见小木偶了吗？

余明丽　没看见。嗳，宝山，你们下班要干什么去？

牛宝山　（一怔）不干什么。

余明丽　去南城花园，对吗？

牛宝山　谁告诉你的？

余明丽　你们在屋里商量时我听见了。

牛宝山　你别管。

余明丽　宝山，咱们一起工作多少年了，你不该把事儿瞒着我。

牛宝山　（轻慢地）我有心不让你知道，咱们两方面都省事。

余明丽　要想人不知，除非己莫为。钱的来路不正，花着不扎手吗。

牛宝山　（冷笑）这话说的！下班给人干点活挣几个子儿，是拿劳动换来的，是苦累的钱，比坐办公室看报纸、喝茶水，白捡人民币来得光彩！还甭说投机倒把、贪污受贿、请客送礼走后门来的黑心钱了！

余明丽　宝山，咱们老老实实当工人的，怎么好跟那些腐化堕落的人去比呢？他们可不是什么好人呀。

牛宝山　社会上需要我们的业余劳动嘛。南城公社跟咱们厂子谈判好几个月了，硬说没有提前完成国家计划不接外活，这个那个制度不允许，就怕工人得了便宜。人家那个旅游点也是为"四化"服务的，不是卖人肉包子的。

余明丽　宝山，你们可是没有经过厂部同意呀！那个满天飞他是什么人，你摸底吗？

牛宝山　（不耐烦）明丽，你别啰唆了，我已经跟人家说好了……

〔王盈香急上。

王盈香　哎唷，你还不快走，拉煤球去呀。

牛宝山　我找小木偶。

王盈香　她在外头等着呐。

牛宝山　这小丫头怎么乱跑一气……（欲下）

余明丽　宝山、小王呀，私包外活是违反厂规的！一步走错要犯错误的呀！

王盈香　（大为惊异）你……你怎么会知道……

牛宝山　（沉下脸）余明丽，只要你不说，没人知道。

余明丽　（稍顿）行，我不往外说，你们也别去，好吗？

王盈香　（反感）我们要是去了，你就告密。对吗？

余明丽　（窘住）……小王，我可没有坏心……

王盈香　（尖酸地）你敢情好啊，团支书当上了，说话就要入党，找了个中专生技术员小爷们儿，家里有银子。你哪能体会我们穷老百姓结婚买不起五百块钱一套的高级家具呀！

余明丽　（羞恼）小王，你怎么这样说话呀……

王盈香　（泼辣地）余明丽，我们卖苦力气挣点外快，你别眼热，一不偷，二不抢，三不剥削，四不贪污，五不是不劳而获，这是合情合理的劳动报酬，你少管闲事！

余明丽　你……你怎么把好心当了驴肝肺……

牛宝山　得了，好汉做事好汉当，井水不犯河水。完了嘛！

王盈香　（仰脸冷笑）别办缺德事嗯，办了缺德事赶明儿生孩子难产！走——（拉着牛宝山下）

〔余明丽难堪地苦着脸。

〔范国平提着两瓶酒上。

范国平　（哼着一段京剧）“昨夜晚，吃酒醉，棱格里格棱的登，和衣而卧……”（把酒瓶子夹在自行车后座上）明丽，还没走哪。今儿个可闹着了，食堂小卖部卖五粮液，多了没敢买，来两瓶……（按按自行车）哟，这前胎有点软。我把自行车存你们这屋，没人拔气门芯吧？

余明丽　哪能呢。

范国平　有气筒子吗？

余明丽　（递过去一个打气筒，毅然地）范主任，有件事您管不管？

范国平　（悠然地）今天下班了，打完气我就走，明天再说吧。

余明丽　（提高一点声音）紧急的事，您管不管？

范国平　（打着气）你说吧，简单点。

余明丽　有人拉咱们车间的人去外头包私活。

范国平　（吹吹气门芯，口气漠然）都拉谁去了？

余明丽　您答应我先别张扬出去，我就告诉您。

范国平　哦——那你别说了，我也不想听喽。

余明丽　瞧您这个当车间主任的……

范国平　这违法乱纪的事，进了厂门归劳动科，出了厂门归公安局。车间就管考勤、干活、发工资……别的事，不招苍蝇。（低头去装气门芯）

余明丽　（凑近）范主任，我的意思趁现在还没出事，咱们一起去劝劝他们，也许就解决了呢，也就不用向厂部汇报了。

范国平　（不在意地）不就是包点活吗？出不了什么大事。这年月小打小闹，偷鸡扒烟袋的小把戏，多了去了。别说咱们这种芝麻绿豆的小干部管不了，中央大不大？三令五申，也管不了。八小时之内还糊弄不过来呢，还别说八小时以外哩……是个年轻的都比我厉害。去年回来那个劳动教养的，愣说是我给他使的坏，半夜里拿二踢脚崩我的窗户，拔气门芯、卸铃盖，谁保护我来着，气死你一点辙儿没有！（打气）

余明丽　那——老范主任，您作为我们的领导，您说这事我到底怎么办才好呢？

范国平　（坦率地笑笑）丫头，我还真是你的老领导。咱们可以说是推心置腹，无话不谈，牛宝山地下包工的事，我知道……

余明丽　（一怔）您知道……您怎么知道的？

范国平　你想想，那些个小酒铺里的消息可叫灵通了。我天天在那儿磨蹭还不知道这点事？牛宝山跟满天飞在酒铺里开始商谈的时候我就看见了。我们一块儿还喝了点……

余明丽　（惊讶）哟，那您为什么不管？

范国平　明丽，你还不知道满天飞是何许人也。别看老小子是二包工中间经纪人，不把土地爷当神仙。皮包里有省里的执照，手上攥着好几个单位的小命儿，光介绍信、支票本、大公章就装了满满的一兜子。就咱俩，惹得起吗？别说满天飞了，连牛宝山我都怕他三分。你横是也看见了，“文化大革命”里那些跟我有仇的刺儿头，把我挂在篮球架上拿三角皮带抽……

余明丽　老范主任，不是给您平反了吗？

范国平　平反管什么，人也老了，牙也掉了，猪爪也啃不动了，就剩骆驼上车这最后一乐了。爱怎么折腾怎么折腾去吧！

余明丽　（大为困惑）老范同志，您还是老党员哪。

范国平　别提那个啦，保持晚节吧。

余明丽　（愕然）哦——您说什么……

范国平　（打完气，把气筒递回去）我走了。（欲下）

余明丽　您真的就不管牛宝山的事了吗？

范国平　明丽，我是一片好心，金玉良言。你一个还没有出门子的大姑娘，出点事就不轻，你琢磨去吧。我走了，明儿见。（一边推着自行车一边唱）“我本是，卧龙岗，散淡的人……”（下）

〔余明丽焦急万分，若有所思，拿出买家具的钱看一看，装进内衣口袋，推过一辆自行车，急下。

〔马培带领孔贵芳从另一门上。杨士新和赵巨山拿着收音机和哑铃随后上。在一旁看热闹。

马　培　（煞有介事地将现场痕迹指给孔贵芳看）孔科长，您看，她们刚才就是在这儿作的案，还订了攻守同盟！

孔贵芳　（沉着脸）她们是怎么说的？

马　培　那个小木偶和余明丽一块儿起的誓，说：谁往外说了谁就是王八蛋。您看，这是他们偷公家的器材落下的石膏粉，还拿走了我柜子里的黏结剂……

孔贵芳　拿了多少？（拿出一个小本子准备记录）

马　培　多着呢？

孔贵芳　到底多少？

马　培　（夸张地）好几大口袋。

杨士新　（不以为然地插话）马培，有那么多吗？

马　培　（指着柜子）我是保管员我还不知道吗？这个公用柜子里的东西都快偷光了！

孔贵芳　太不像话了！（在本子上记录）唔……你还听见她们说了什么？

马　培　（添油加醋）说是有个外国人叫满天飞的，请牛宝山他们去干活，管吃管喝，每天还给五十块钱。

杨士新　（不信）马培，是——真的吗？！

孔贵芳　还有呢？

马　培　小木偶还说赚了钱要买一件最摩登的特利灵穿一穿……

〔孔贵芳又记在本子上。

杨士新　（忍不住笑了一声）孔科长，我建议您最好客观一点。

孔贵芳　这是什么意思？

杨士新　马培说的，我看有点浪漫主义手法。外国人没有叫满天飞这种名字的，一个工也给不了五十块钱那么多……

马　培　（不满地截住）杨博士，你念书都念傻了，你别把他们这一伙当什么好人！今天下午偷了我们两块大理石，刚才又跟咱们打架，差一点连你的半导体都给砸了。余明丽还护着他们呢，把咱们都轰到外头去。他们好在这儿搞阴谋！

杨士新　我呀，我根本不相信余明丽会跟牛宝山他们一起去捣鬼。

马　培　你没看见，余明丽跟那些落后分子的关系可密切了，简直是称兄道弟，吃喝不分，什么话都说。

杨士新　现在当团干部的，就得讲点人性论，跟群众打成一片。你背着余明丽给她上眼药，孔科长也不会轻信别人信口雌黄……

孔贵芳　（冷冰冰地）你不能这么说，看问题要有辩证法的观点。报纸上登过多少次了，好好的积极分子，一下子就变成了杀人犯嘛。你还能给余明丽打包票？！

赵巨山　（突然跑过来大声说）依我看，余明丽是好人！

孔贵芳　（决断地）马培，你带我到南城花园去。当场抓住他们，谁都没有话说了！

马　培　（献媚地）孔科长，您得多带点人马去。

孔贵芳　带那么多人去干吗？

马　培　免得吃亏呀。

孔贵芳　（鄙夷地）怕什么呀，我一个老太婆就敢去！这叫作邪不压正。

马　培　要不然让杨士新和大哑铃跟咱们一起去吧。小赵是运动员，会打外国拳……

赵巨山　我不去。

杨士新　我也不去。

孔贵芳　（轻蔑地）用不着你们跟着去。马培，走吧！

马　培　我给您拿根棍子吧……

孔贵芳　不要！

〔马培迟疑地跟孔贵芳下。

赵巨山　（鄙视）这个小马培，乱打小报告。

杨士新　有她在这里面掺和，再碰上咱们这位孔老太太，准得乱套。你等着瞧吧……

——幕落

第二幕

时　间　紧接第一幕，傍晚时分。

地　点　南城花园一隅。

〔左侧伸出水榭一角，中间一溜堤岸和未砌好的栏杆；右边堆着假山，一堵待安装琉璃砖的高大影壁；场上尚有不少正在施工的石凳石桌，码放着一些琉璃砖、木石材料构件等。整个现场肮脏零乱，条件艰苦。

〔幕启。牛宝山在被杂物废料包围的影壁下对着图纸看活；彭大海、侯小成和穆燕燕气吁吁地清理现场，把沉重的构件从影壁下搬到湖边去，工作高度紧张，累得满头大汗。

牛宝山　（命令地）你们都过来看看。（用粉笔画一道线）从这儿起线，把上头抢平，然后打格对号入座，明白吗？你们把地上清理完了，胖大海就上架子，小泥猴码料，小木偶打下手，我给墙裙放样。（告诫）咱们可说好了，不比车间可以泡汤磨洋工没人管，在这儿干活要自己管好自己，抓紧时间，一分钟顶一分钟的事，一分钟的工钱就是两分钱，听见没有？干吧！（一挥手，继续放线）

彭大海　（捋起袖子，摩拳擦掌去推一块大石料）嗨哟，嗨哟……（推不动）来呀，瞧着干什么?！

〔侯小成和穆燕燕过去抬，仍无动静。

穆燕燕　哎哟，累死我啦。

侯小成　哎呀，嘿，我说，这么大的家伙，人哪儿抬得动呀，叫吊车去吧。

彭大海　这可不是车间，哪儿来的吊车呀。快搭吧，一分钟就是两分钱！

侯小成　这沉！我抬不动。（在一边喘气）

牛宝山　（把图纸一放，生气地跑过来）笨蛋，舍不下兔子打不了狼！咱们三个跪着扛，胖大海拿手推，咬着牙，来——一、二，一、二……

〔石块被滚出来了，众人瘫在地上叫苦。

侯小成　哎哟嘿，我的妈嗳，连吃奶的劲都使出来啦。

穆燕燕　我都快断气啦！

彭大海　在厂子里干活没尝过这滋味……

牛宝山　（苦笑）这不是让你们尝尝吗——来两个钱不容易！（催促）快起来干吧。大海上架子，你们两个把琉璃贴面搬到山洞里去。留点神，这玩意儿一个萝卜一个坑，一个号码就只有一块，可千万别摔了！

〔彭大海扛过一张晃晃悠悠的高凳，支在影壁上，找工具准备上架子。侯小成和穆燕燕抱着琉璃砖钻进假山山洞。

穆燕燕　（跑出来，惊叫）哟——

牛宝山　又怎么啦？

侯小成　（满身脏土爬出来）这是人干的活吗！那洞里边又是屎又是尿，满是蜘蛛网，这叫脏！嗳，牛哥儿们，琉璃砖搁外头行不行呀？

牛宝山　不行，堆在外头碰坏了怎么算呀！

彭大海　（上了架子）嗳，牛哥儿们，我这儿也够瞧的，这猴顶灯的破架子，一晃荡就得坐降落伞。

牛宝山　你可站稳了，千万别摔下来。地下包工出了工伤可倒霉了，不好办。

彭大海　（拿榔头敲敲墙面）还有这影壁的底活，跟狗啃的一样，全是洋灰大疙瘩，拿大榔头都咬不动。

侯小成　这外头包活真难干，还真是没有在厂子里上班舒服，想歇会儿就歇会儿，要什么条件有什么条件，跟当大爷似的……

牛宝山　（不耐烦）我说伙计们，你们心里放明白点。小包工打野食，就是给钱玩命，真刀真枪玩真的，没有那些个臭讲究。

穆燕燕　哎呀——（摔坏了一块龙头图案的琉璃砖）

牛宝山　（大惊失色，跑过去拾起来，叫苦不迭）你瞧你！这怎么办？

穆燕燕　（吓坏了）我……我再注点意……

牛宝山　注点意？这不是车间的大理石，这是要包赔的，一个号码就一块！（忽听得外面传来满天飞和王盈香说话的声音，一怔，咬咬牙把断砖扔进湖里去，招呼众人）别搬了，帮胖大海干活去！

〔侯小成快快地爬上架子，穆燕燕在下面递工具，牛宝山若无其事地掏出尺子去量墙体。

〔满天飞和王盈香提着两篮子酒饭上。

满天飞 （江湖派头）各位亲爱的小师傅，你们辛苦了。请稍歇几分钟，来用餐吧。花园餐厅特灶供应：每位师傅半斤富强粉馒头、一瓶啤酒、四两牛杂碎、一根猪尾巴、半碗花生米、两条黄瓜，外带味精葱花甩果汤管够！

牛宝山 嗳，小王，你给人送钱去了吗？

王盈香 （从篮子里往外端食物）送去了，四百八十块钱都还清了。回来就碰见老满，拉着我帮他给好几个地方送饭……

满天飞 师傅们，赏赏脸吧，快来享受美餐……

牛宝山 等会儿，你过来看看，这儿底活怎么回事？

满天飞 （假意过去拿手摸摸）不是顶好的吗。

牛宝山 这高一块低一块的，装得上琉璃砖吗？

满天飞 （赔笑）师傅们手艺高，力气大，生龙活虎，赛似鲁班。抢一抢，凿一凿……

牛宝山 满老哥，这块大影壁包给我们二百工，合同上写得清楚，底活必须规矩。

满天飞 （对付）好说好说……

王盈香 咱们痛快点吧，你说清理底活加几个工？

满天飞 好说好说，嘿嘿，咱们出来工作，都不容易，还讲求个互相照应，友情为重嘛。老哥哥绝不会让你们吃亏。

王盈香 嗳，这是怎么说呀，具体点。

满天飞 先吃饭先吃饭，待会儿馒头就凉了。

牛宝山 满老哥，你再过来看看。这干活的高凳、梯子、水管子，还有晚上的照明，就这么一个小灯泡，安全不安全？

彭大海　（踩踩脚下的高凳）满天飞大老板，瞧您找的这破玩意儿！

侯小成　这张高凳还不如纸糊的哩！万一不幸地永垂不朽地摔下来了，怎么算呀……

满天飞　这位小师傅说笑话了。（拉开把式架子）嗳，大家都为“四化”建设做贡献，团结起来创造条件。众人一条心，黄土变成金。师傅们自己搭一个结实的架子……

彭大海　怎么着，我们还管自己搭架子？！

侯小成　我们是雕塑装饰工，不会搭架子！

满天飞　大哥哥小姐姐们，你们要是给兄弟我出难题，这台戏就不好唱了。

王盈香　满天飞老客，干脆，连清理底活带搭架子，你多给多少钱吧？

满天飞　合计合计，自己人好算账。嗳，牛大哥，你下个令吧，先吃饭怎么样？

牛宝山　（想一想）大海，下来，先吃饭。

〔彭大海和侯小成毛手毛脚地踩着破梯子爬下来，突然失去平衡，惊叫一声，两个人一同翻进水里。

穆燕燕　哎呀，坏了！

〔众人跑过去把彭大海和侯小成扶起来。侯小成瘸着腿端着胳膊大声哼哼。

众　人　怎么样？

侯小成　（哭丧着脸）哎哟……

满天飞　蹭破一点皮，不要紧的。

彭大海　还说不要紧，赶紧上医院看看吧。

侯小成　上医院谁给开三联单呀？明天到厂子一上班就得露馅……哎哟！

王盈香　（气恼地）我说小泥猴你怎么搞的！摔筋斗也不找个好地方。你怎么不在车间里摔呢？！在厂子里出个工伤能吃好几年！

侯小成　这梯子，梯子……

牛宝山　老满，你先带我们这小哥儿们去医院看看吧！这医药费！误工工资，您照顾照顾……出点血……

满天飞　（脑子一转）来来来，我看一看。跌打损伤，接骨按摩，你老哥哥也会两手哩。（拉拉侯小成的胳膊）

侯小成　哎哟！

满天飞　（揉揉侯小成的小腿）不要紧不要紧，马上就过去……（斟一杯啤酒递过去）来，小哥哥先喝一杯啤酒，舒筋活血，消肿化瘀，效果很好。

〔侯小成喝酒，啃了两口馒头。

王盈香　怎么样，好点吗？

侯小成　好像是……好点了……

牛宝山　（心烦地）都坐下来，吃完再说。

〔众人坐下，开始吃食物。

满天飞　（松一口气，满脸堆笑）我给各位办事，那真可以说是百分之百地为工人谋利益。各位师傅一定要体会我的一片真心诚意。（冷然）请问各位小师傅在厂子每天挣多少钱工资，这位王大姐？

王盈香　（不快地）挣得不多，也就是两壶醋钱。

牛宝山　（略有反感）你问这干吗？她挣一块五毛七。

满天飞　这位小姑娘呢？

穆燕燕　我挣七毛二分五，还不够一斤香蕉钱呢。

满天飞　那么我们牛大哥呢？

牛宝山　你甭问了。（指指彭大海和王盈香）我们仨全是老二级。一块五毛七！

满天飞　（佯作惊讶，而后摇头叹息）可怜、可怜……你们干的出口活我可见识过。那叫水灵！拿一块五毛七，一块五毛七，一块五毛七！真是不怕不识货，只怕货比货咧。知道吧，我们这儿，管吃管喝。这个价！（伸出五个手指）这才叫真正的社会主义按劳付酬优越性哩！你们各位包完这块影壁，接着还有亭台楼阁，石人石马，小桥栏杆。嗳，干它两个月，我保证你们各位先富起来！录音机、电视机、电冰箱、小轻骑，那不是手到擒来吗！

〔众人情绪活跃。

穆燕燕　（将信将疑）满天飞大爷，真能有这好事？

满天飞　（眉飞色舞）那是当然之理！俗话说得好，人无外财不富，马无夜草不肥。一招鲜，走遍天；家有万贯，不如一艺在身；技术高，多换钱，力气大，多卖钱，这才叫真正的马列主义嘛。就凭各位小师傅这一手绝活，到外国地界去专做东方古典艺术装饰，少少地说，一天五十美金，合人民票一个月就是两三千块，比我们大学教授还多挣好几倍哩！

彭大海　（惊奇）有那么多！

满天飞　（神吹）我说少了。有一个吹糖人的，在外国的大街上吹一个"猴拉稀"就卖好几块钱，一天还不得吹它百把十个……

牛宝山　（觉出不是味）满老客，我看你呀，也是在这儿给我们吹糖人吧。

满天飞　实打实的，还是书店里卖的杂志上说的，有鼻子有眼。

侯小成　（动心）嘿，我说满大爷，您要是有路子，也介绍我们去见识见识。

满天飞　这不费事，包在老哥哥身上。不瞒你说，我的关系多啦，上个月旅游局代招厨师，我拿一箱茅台酒就解决了两个人出国。

彭大海　再有这好事，算我一个。

侯小成　算我一个……

穆燕燕　还有我哪……

王盈香　我跟宝山也去！

牛宝山　（冷冷一笑）满天飞老客，你呀，吹大了火了。有这好地方，你自己怎么不去呀？一箱茅台酒解决两个人出国。说得更没谱了。

满天飞　嗳嗳……

牛宝山　（认真起来）我挑明了说吧，上外国去咱们没那份造化，我还舍不得咱们家乡这点土特产呢！我们跟你的关系，就是赤裸裸的金钱和雇佣的关系。我们要钱，你要劳动力，这不结了。你最好别跟我的伙计们说那些不着边的事，惹出麻烦我担不起！吃完饭咱们还得谈判谈判，清理底活、搭架子，给追加几个工，电灯照明怎么办，出了工伤怎么算……

满天飞　（微妙地）这不好说吗。有合同，咱们订了合同。

牛宝山　（掏出一张折叠的纸）这合同有点不大对路，这上头没有写明这些个条款。我们是大姑娘上轿，头一回搞包工，你老哥也没有提醒一下该怎么订条款，稀里糊涂一起哄我就签了字。

满天飞　嗳，可不要这样说啊。你说的这些项目，合同上可是全有的。写得清楚嘛，“由牛宝山代表承包琉璃影壁装修工程，包括全部辅助工作……”。

牛宝山　这里头你卖了关子。

满天飞　没有卖关子，要不然一个工怎么给那么多钱，还预先支付押金五百元？明打明的，合同对双方都有约束力嘛。

牛宝山　跟你这么说吧，在厂子干活没卖过这么大力气，没用过这脑筋，你的活难度高、条件差……

王盈香　就这样赚我们的钱，真他妈的够亏心的！

满天飞　嗳，别骂人啊，不赚钱我喝西北风……

牛宝山　（沉着脸）行啦。伙计们，受点罪忍着吧。（收起合同）快吃，咱们干活。

彭大海　（拿一根猪尾巴咬一口闻闻），这猪尾巴怎么有味呀，是处理的吧？

满天飞　哪能够呢，一块六一斤还冒热气哪！

侯小成　嗳，不信你尝尝，你尝尝……（将猪尾巴送到满天飞的嘴边，突然喊叫）哎哟，我……我怎么站不起来了……备不住是骨折吧！

〔众人慌忙围拢去看。余明丽上。

众　人　（吃惊）你……余明丽，你怎么来了……

余明丽　（默默蹲下去给侯小成看脚）怎么弄的？

穆燕燕　从架子上摔下来了。

余明丽　（弯一弯侯小成的脚）这样疼吗？

侯小成　不疼。

余明丽　（抻一抻）这样呢？

侯小成　哎哟。疼着哪！

余明丽　没有骨折，关节挫伤了，坐在那儿不要动，拿手揉揉。

侯小成　手也坏了。

余明丽　（摸摸胳臂）来，先吊着它，（掏出一条纱巾给他挂手臂）一会儿咱们上医院。

满天飞　（向牛宝山探问）这位是……

牛宝山　（很被动）一位朋友。

彭大海　她是我们车间的团支书。

满天飞　（连忙赔笑）哦——是领导同志，失敬了。

余明丽　（不卑不亢地）我可不是领导，我也是工人，跟他们一样的。（转向牛宝山）宝山，你过来一下。（两人稍微靠边）

牛宝山　（神情尴尬）你到这儿来干什么？

余明丽　没想到吧……（真诚地）宝山，你把这事看得轻了，干不得呀！

牛宝山　（提高声音）你……你干吗这样追着我呀！

余明丽　我知道，你心里腻烦我，嫌我多管闲事。可是宝山，咱们在一起多少年了，有事就不能商量一下吗？现在厂子里整顿企业，劳动科正在狠抓劳动纪律，抓违反厂规的典型，要是在这个节骨眼上不给你们说个明白，我太对不起人了。

彭大海　（粗声粗气地）过来说，别背着我们说！

余明丽　（转过脸来）甭管是师姐师弟，听我的一句话，趁现在还没成事，消息也没透露出去，咱们收摊不干了行不行？

牛宝山　（苦恼地思索一下）明丽，恐怕你有所不知，这一摊现在收不了啦。武大郎服毒，服也得服，不服也得服，就算是一步走差，也得走下去了。

余明丽　有什么难处，你跟我说。

牛宝山　说它干吗，没用。

余明丽　（看着穆燕燕）告诉我，怎么回事？

穆燕燕　（吞吞吐吐）嗳……是、是这样的……

牛宝山　（正色）你们谁也别说；明丽，你要是够朋友，高抬贵手让我过去。你要是拿出团支书的厉害来，你向领导报告去！

〔僵局。

余明丽　（进退两难，忽而转向满天飞）老满同志……

满天飞　不敢当，余书记您有何见教呀？

余明丽　您找牛宝山他们来包活，不知道办过什么手续？

满天飞　（神色自若）不敢夸口，名正言顺，手续齐全。（掏出一个折子）这是我的营业执照，三省五县合资联营大成艺术建筑安装公司，集体企业带国营性质，多种灵活经营还纳入国家经济计划，银行账号0399682，资金一千二百三十五万元。董事长刘仓林，在省里有职务，副经理满天飞同志就是在下我。欢迎投资，欢迎订约……

余明丽　那么您找人包工也是有章程的吧？

满天飞　有的，有的，绝对合理，绝对合法。公司经营组织章程第四十八条第三款："鼓励并提倡利用社会闲散劳动力、待业青年、退休职工、工余劳力……广开就业门路，调动一切积极因素为社会主义服务。”

余明丽　您说的这些章程是您自己订的吧？

满天飞　不不不，我们的上级同意的。既不违反宪法，也符合六中全会、七中全会、八中全会的精神。（笑笑）要不然怎么会批准我们开业呢。

余明丽　（为难，感到了对手的强大）……

满天飞　（突然一转）哦，有句话不知道该不该说。要是余书记愿意受点累，跟我们一起为四化做贡献。您只要动动嘴指导指导，我们公司很乐意聘请您担任业余政工干事，身份不公开，按章程给提成，您看——

余明丽　（愕然）……（严肃起来）老满同志，您拉牛宝山他们包活，没有通过我们厂，是违反我们的厂规的。

满天飞　你们的厂规？我和牛师傅订的合同是工商局备案的，你们厂没有工商局大。

余明丽　（大吃一惊）哦——有合同！

牛宝山　（忙否认）我们没有订合同，根本没有！

满天飞　（隐含恶意）牛师傅怕担责任啦！不是有一个叫作西柳公社红光修建队的单位吗。

牛宝山　就是没有，根本没有合同！

余明丽　（看着牛宝山神色不对，委婉地）老满同志，这样的包工对您来说也许是合理合法的，可到我们身上就是犯错误了。就算您成全我们吧，宝山的活不包了行不行？

牛宝山　哎呀，余明丽！

〔众人木然。

王盈香　这叫什么事呀！

彭大海　（猛然在桌上砸一拳）别磨烦了！干就干，不干就拉倒，脆着点，说实在的，挣这份小钱也不轻省，要什么没什么，不给吊车大石头让人扛，累得跟孙子似的！

穆燕燕　还要像小狗似的钻黑山洞！

侯小成　瞧那个破架子把我摔得……

牛宝山　（为难）……

满天飞　（冷笑一声）合同有没有先不去说它。押金五百元，有收条。要是不干了，条子你们拿回去。（从皮包里找出字据）

牛宝山　（羞恼）满天飞，别来这一套，五百块钱定金，我拿去还债了。我们干活给你折算，你少来威胁的手段。哥儿们，干活去！

满天飞　嗳嗳，吃完饭再去呀。

牛宝山　不吃了！（招呼众人拿工具）

余明丽　等一等。（问满天飞）要是把定金还清，是不是就可以退活？

满天飞　（冷笑地伸手）要现钱。

余明丽　（紧张地想一想，毅然取出方才韩文正给她的钱）老满，你点一点，这是五百块钱，退还你的押金。（取回字据交给牛宝山）

〔众人怔住。

牛宝山　（推开字据）这——这不行！

余明丽　拿着。

满天飞　牛大哥，你们可要三思而行！

〔余明丽当即把字据撕碎，众人大为惊愕。

王盈香　这……这算怎么回事……

余明丽　小泥猴，我带你上医院去看一看。宝山，别犹豫了，你们也收拾一下，回去再说吧。

〔搀起小泥猴欲下。

〔韩文正满头大汗急忙上。

韩文正　哎，明丽，你怎么跑这儿来了，没上家具店去交款呢？！

〔众人木然，满天飞忙将钞票装进皮包。

余明丽　（不安）你怎么会知道我在这儿？

韩文正　我好不容易从北大街副食店借了一辆三轮车蹬到家具店门口，到处也没有找到你。正好看见马培跟孔科长骑车从那儿过，马培说你很可能到南城花园来了。

王盈香　（生疑）嗳，韩技术员，马培她怎么会知道余明丽在这儿呢？

韩文正　（老实地）没问她，不清楚。

牛宝山　马培和孔贵芳要上哪儿去？

韩文正　不知道……哦，她们的自行车在我后面跟了一阵子，没有我蹬得快，后来就瞧不见了。

牛宝山　（担心）怪了。马培怎么会知道的呢？恐怕要坏事……

王盈香　（阴狠地瞪余明丽）一准是有人给咱们告密了！

韩文正　（莫名其妙）你们要坏事……也别耽误我们买家具呀。明丽，快走吧，还有二十来分钟人家就关门了。

余明丽　小韩……你等一会儿。

韩文正　哎，家具店提前十分钟就不收款了。咱们赶到那儿还得骑十分钟的车呢，快走吧。

穆燕燕　韩师傅，明丽姐……她……她……

彭大海　这真是邪了门啦！

〔满天飞一怔，急忙抓紧皮包，欲下。

牛宝山　（喝住）你别走，把钱还给余明丽！

满天飞　你把收条还给我吧。

韩文正　（茫然）这是怎么啦，怎么啦……

余明丽　你别管！

穆燕燕　明丽的钱让满天飞拿走了。

韩文正　（更加糊涂了）这、这、这是怎么啦……

牛宝山　（拦住满天飞）把钱拿出来，我写条子！

满天飞　光写条子不行啊，撕毁合同是要罚款的。对工程造成的损失，我还保留要求进一步赔偿的权利。

彭大海　满天飞，你说什么！（举拳威吓）

〔马培与孔贵芳上，众人骇然。

满天飞　（急忙脱身，且退且说）牛大哥，账还没算完哪，咱们后会有期。（回头指指桌上）那个饭钱，我已经交了，可别忘了把碟子送回去……（下）

孔贵芳　（威慑地走过来，语气森严）牛宝山，你还有什么话可说呀！

牛宝山　（故意地）我怎么了，我想说什么就说什么！

孔贵芳　这叫作当场抓获！（指影壁）这是你们承包的黑工程。（指饭菜）这是你们吃的人家的黑饭。牛宝山，你们这个地下包工队都有谁呀？报一报。

韩文正　（赶紧辩白）孔科长，我和余明丽可不是……

牛宝山　就是我牛宝山一个人，没有别人！他们都是看热闹的。

孔贵芳　（挖苦地）还想充好汉包庇别人哪？

牛宝山　（强硬）你想质问谁呀？别跟我这儿装大个的！我并没有让你抓住什么把柄，活还没有干成，饭还没有吃完，五百元定金已经退了！牛宝山一百多斤在这儿顶着哪，谅你也不能把我怎么样！

孔贵芳　说得轻巧，只要接上头，就是犯错误，就可以处分你！余明丽你到这儿来干什么？

穆燕燕　她……她是来劝我们的。她把买家具的钱都垫了账退给满天飞了。

韩文正　（恍然吃惊）哦——哎呀！

马　培　（把现场的黏结剂瓶子和石膏粉袋拿过来）孔科长，您瞧，这就是我丢的东西。

孔贵芳　还有什么可抵赖的？这就是你们盗窃公物的铁证！（怒向众人）还愣着干什么？通通跟我回去，要好好地审一审！

牛宝山　（顶撞）审？这个词你用得不太恰当吧……

孔贵芳　（大怒）怎么不恰当？犯了错误你还有理！

余明丽　孔科长，出了事该怎么解决就怎么解决嘛。您用不着发那么大的脾气……

孔贵芳　（警告）你好好地想一想你自己的问题。牛宝山，你们五个人跟我回去！

〔侯小成向穆燕燕伸伸舌头，慌忙收拾工具，彭大海一脚将高凳踹翻，摔下一个碟子，气呼呼地与牛宝山等下。

王盈香　（突然抓住马培）哼，马屁精臭东西，是你带着劳动科来抓我们的。你留点神！

马　培　（狡辩）哪！怎么会是我呢？明明是小木偶跟余明丽通风报信的。不信你问去！

余明丽　（有口难言）马培，亏你说得出口……

王盈香　（冲过去）余明丽，你别装好人了，就是你搞的鬼！两面派！

余明丽　（气极）你……你……

王盈香　你们韩文正还上厂部告我们偷换二组两块大理石！你们两口子真够阴险毒辣的！（恨恨而去）

〔马培抱过石膏粉和黏结剂随孔贵芳下。

〔余明丽难过地跌坐在石凳上。

韩文正　（又气又恼）瞧，你怎么搞的！我刚才在车间就跟你说了，别管那些职责范围以外的事，原子弹爆炸你先捂着耳朵！狗拿耗子，没人说你好！

余明丽　（怨怒）我管得对，狗拿耗子是好狗，你不说它好，我说它好！

韩文正　（憨态地）嘿，还不认输呐，五百块钱都折腾光了。那是我们一家子攒了一年多给我结婚买东西的钱。你倒慷慨大方，一声儿没商量，自作主张送了人情了！

余明丽　人家会还。

韩文正　说得省事。什么时候还，你什么时候去交款？三轮车还在花园门口放着呐！

余明丽　（赌气）我还你钱，这钱就是我花了，我丢了，我不吃不喝也还你。又怎么样？

韩文正　怎么样……在别人面前买好，到我这儿要威风来了。没有钱拿什么结婚？

余明丽　哦，爱情就拿钱记账，跟我一通的山盟海誓就值五百块？怨不得相声上说的，还有一级肉二级肉……

韩文正　你说什么？别以为我拿钱当命。咱们这社会还没有到共产主义，买东西还得花货币，少一分钱不卖给你！

余明丽　小韩，做人要讲点仁义，讲点善良，救人之急，解人之危，人心换人心，会有好结果的！

韩文正　还有点自我陶醉呢。没听见王盈香怎么骂你，连我也捎上了！是什么结果？

余明丽　（站起来）你怎么老磨烦没完呀？我落个里外不是人就够不痛快的了。（急了）你打算怎么样吧，你说！

韩文正　（气恼地）家具不买了，永远地不买了！（拂袖而去）

余明丽　你走，你走，我不稀罕你！（满腔委屈地捂着脸哭起来）

——幕徐落

第三幕

时　间　第二天上午。

地　点　车间办公室。

〔陈设简单，有办公桌椅、制图板、公文柜、资料架等。墙根下堆着不少各式各样的废品、次品。桌上还放着从花园收缴来的黏结剂和石膏粉。

〔幕启。孔贵芳正在查问余明丽。范国平对此似乎不大关心，在桌上摆弄一条自行车内胎。余明丽远离孔贵芳坐着，扭过头满脸不悦。

孔贵芳 （批评的口气）听人家反映，你跟车间的落后青年经常打打闹闹，不分彼此，臭味相投，是不是这样的呀？

〔余明丽沉默。

范国平 （处境为难，圆滑地插话）嘿，小余的群众关系嘛，还是比较那个……

孔贵芳 （伸手止住范国平，仍向余明丽）问你呢，你听见我讲的话吗？

余明丽 （被迫稍稍抬头）我听得见。

孔贵芳 你好像很不高兴。

余明丽 孔科长，我并没有说我不高兴。

孔贵芳 你的表情就是很不高兴的样子嘛。

余明丽 （木然转过脸）我高兴的时候您没看见。

孔贵芳 你为什么要离我这么远坐着？

〔余明丽勉强地把座椅移近一点。

孔贵芳 （教育）一个团的干部，对组织要忠诚老实。（稍顿）你既然事先知道牛宝山在捣鬼，你为什么不向领导报告？

余明丽 （一怔，看看范国平）……

孔贵芳 找厂部来不及可以告诉范主任嘛。

范国平 （紧张起来，而后故意举起吹满气的车胎左看右看）这个地方，好像有点跑气。

余明丽 （苦笑）您放在水盆里捏一捏就知道了。

范国平 （会意地点头）我试试。（去端脸盆）

孔贵芳 不要打岔，问你为什么不向领导报告？

余明丽 （换一种表情）我认为那样做的效果不好。

孔贵芳 在客观上是不是起了包庇坏人的作用？

余明丽　（忍无可忍）孔科长，您要是这样说，我也想说两句您不爱听的话。

范国平　（手放在水盆里）嗳嗳，算了吧，算了吧……

孔贵芳　不，让她说，可以大胆暴露思想嘛。

余明丽　（侃侃而谈）你们这些整天坐办公室的大领导，真是不知道下面的人的难呀！我发现情况没有及时汇报，自作主张去找牛宝山，我可以承认错误。不过……打官腔是容易啊，不搁在谁身上谁不知道。你到下面来试试，你知道现在青年人的真实思想情况吗？深了不行，浅了不行，唱高调还是受孤立呢。

孔贵芳　（讽喻地）看起来，你还有一套指导思想啊……

余明丽　（并不退缩）就是有嘛，咱们厂子百分之八十都是青年人，他们都有过剩的精力，希望充分发挥自己的聪明才智，希望有正当的娱乐和学习，盼望用自己的劳动去为国家创造更多的财富，同时也快点改善自己的生活。你们想过这些事没有？你们为什么就不研究研究，像牛宝山这样的技术尖子，为什么在厂内不好好干，要发展到厂外去搞歪门邪道？是不是我们的企业还有制度上的问题？能不能拿出更彻底的办法来？你们不要老是去当吹哨子的裁判员，也给我们当当教练员。

范国平　（欣赏地）嘿嘿，看不出呀，平时挺老实的丫头，小嘴说起话来还一套一套的。

余明丽　老范主任，您不能再把我们当小孩子了，我进厂十几年，也算是老工人了，不比您糊涂……

范国平　嗬——真来劲了！

孔贵芳　（气不过）照你这么说，工人犯了厂规，难道还要厂干部作检讨吗？！

余明丽　（笑）干部就天生的那么高尚，神圣不可侵犯，不能作一点自我批评？

〔稍停，电话铃响。

范国平　（去接电话）嗯，范国平呀……嗯……嗯……是啦！（挂上电话）

孔贵芳　谁来的电话？

范国平　丁厂长。他问我，不，实际上是问你，那批出口大理石怎么安排生产，人家等着要，有期限的。

孔贵芳　我不管生产，这事跟我有什么关系吗？

范国平　当然有关系啰。这批活本来有一半是分给牛宝山他们干的，这一来……您是代表厂部来处理包工事件的钦差大臣。您现在不让他们干活等着处分，您倒是打算怎么发落他们呀？

孔贵芳　（笑）哦，这事好办，我已经考虑好了一个比较好的方案。牛宝山这几个人凑在一起，早晚是块心病。借着这次机会，干脆把这个组解散了，把人给他分到各个组去，他就老实了。余明丽刚才不是要求拿出彻底的办法来吗？我看这个办法还比较彻底。

范国平　这——不大好吧？

孔贵芳　怎么不好？这叫各个击破，分而治之。

范国平　牛宝山这个组的手艺在我们车间是第一流的，再来难活我找谁干去呀？

孔贵芳　（一笑置之）小余，你去把杨十新那个组的团员同志叫来。

范国平　这是什么意思呀……

孔贵芳　把大理石全下给他们干吗，人不够可以给他们调人嘛。

范国平　（无可奈何）嘿，猴吃麻花，满拧……

孔贵芳　去吧。通知牛宝山他们一会儿也要来。

〔余明丽脸色阴沉地下。

范国平　（进言）我说科长同志，你降低点温度行不行？依我看这件事不宜深究，这帮小年轻绝不像你想的那么好对付，那个杨博士也不是省油的。别看你官比我大，你的眼光还不准有我亮呢！（想一想）干脆，我认倒霉了，谁叫这事出在我这个车间呢。我给你写份检查："范国平一贯软弱涣散，资产阶级自由化十分严重。效法诸葛亮失街亭自贬三等，降职降薪……"

孔贵芳　你写检查怎么算呀。同志，与歪风邪气做斗争，要理直气壮……

范国平　你倒是理直气壮了。在我们车间狂轰滥炸一通，煮成一锅粥你走了，让这帮小爷爷记着我的仇，还让我活吗！

孔贵芳　（傲然）你还是个男子汉呢，没有一点气派，还不如我一个女同志哩。咱们都可以说久经考验了。"文化大革命"时咱们俩在一个黑帮队里劳动改造，那帮小崽子给我剃了阴阳头，按着脑袋让我喝泔水，愣逼着我代表劳动科签字发加班费，临时工改长期工。每个人还要升一级。我就是不屈服，为真理不怕掉脑袋！咱们现在是当家管人的了，你还怕什么？

范国平　（苦笑地揶揄）敢情是啊。就像曹操老丞相说的，你可称得上是大大的女英雄！怨不得人家都称赞你，管你叫——（噎住）

孔贵芳　叫什么？

范国平　（躲闪）不说了，说了怕得罪你。

孔贵芳　我不怕得罪。

范国平　小年轻的管你叫——（又噎住）

孔贵芳　到底叫什么？

范国平　算了吧，说出来对咱们两方面都没有好处。你惹一肚子气，我还落个自由主义，何必呢。

孔贵芳　（不满）你总是这样吞吞吐吐，拖拖拉拉，树叶掉下来还怕砸破脑袋。你不妨向孔贵芳同志学习学习，遇见再大的事，这么一咬牙，豁出去了。真理自然就属于你这一方面了！说呀。他们管我叫什么？

范国平　（赔笑）叫……嘿，叫恐龙，恐龙老太太。在车间那个南墙上还用粉笔画了那么一个漫画，写着：“凶猛生物，切莫靠近。”（做一个恐龙的姿态）

孔贵芳　简直要翻天了！

范国平　这不是，生气了吧？大夫可是说爱生气的人容易得肝炎……（故意装作去摆弄自行车胎）

〔余明丽领着杨士新、赵巨山和马培上。

〔余明丽边走边向杨士新暗示要他把水搅浑而后了之。

杨士新　（文质彬彬地上前致礼）孔……

孔贵芳　孔什么？

杨士新　（一怔）孔科长，您召见我们有什么指示吗？

孔贵芳　都坐下吧。你们都是团员吧？

赵巨山　是的。

孔贵芳　你们组一共几个人？

杨士新　七个人。

孔贵芳　厂部想交给你们组一个重要任务，也可以说是政治性的任务。

马　培　（谄笑）孔科长，那太好了，给我们干吧。

孔贵芳　你们大概都知道了，牛宝山小组犯了严重错误。我们准备把这个组解散，分几个人到你们组去，那批大理石活全部转给你们去做。

杨士新　（斯文地一笑）报告科长同志，假如从这个体制和程序上来要求的话，我们车间工人小组只接受车间主任的指令。

孔贵芳　我是厂部的全权代表，你们范主任也同意这样做的。

范国平　（搭讪）全权代表嘛……全权，有权呀……

〔余明丽不断地拿眼睛看杨士新。

杨士新　（鼓起勇气）孔科长，我应当开诚布公地说，我们不宜于接受此项任务。

孔贵芳　为什么？（怀疑）余明丽怎么跟你们说的？

赵巨山　她没有说什么，我们独立自主……

杨士新　这么说吧，我的脑子里经常都有一点教条主义。党中央号召我们要调动一切积极因素，要团结起来向前看，我觉得这些话说得还是挺对的。

孔贵芳　谁说不对哩，我哪一点不要团结呀？

杨士新　我们这几个团员同志本来就跟牛宝山有点不和，昨天还打过架。您现在让我们抢他们的行，拆他们的台，您这不是让我们继续进行流血的和不流血的斗争吗？

赵巨山　当然我们也并不是怕胖大海，他就凭着一身贼肉要浑球儿，其实他根本就不懂武术。不过，我练的两手是为了比赛，不想跟人打架……

马　培　你们怎么这样说呀，孔科长动员我们接受任务跟打架有什么关系！

孔贵芳　你们这些团员，连你们的团支书，思想还挺复杂。看起来只有马培的思想比较合乎规格。

赵巨山　（失笑）马培！嘿，她跟您……不，她跟我一样，也有一个不好听的外号……

孔贵芳　什么外号？

马　培　（大声）大哑铃，你别放肆！

孔贵芳　上班时间你们不要开玩笑！

杨士新　科长同志，我希望您的眼光也要随着时代的前进有所发展。唯唯诺诺，甘当驯服工具的人，当然很好。可是爱提意见的人，就更有价值。而且随着社会的发展，将来爱提意见的人会越来越多……

孔贵芳　我也没有禁止你们提意见嘛！

赵巨山　那么我提一个意见行吗？

孔贵芳　可以。

赵巨山　去年我报名参加市总工会业余摔跤队，名列前茅，余明丽也支持我去的。你们劳动科说我每星期占用两个钟头工作时间是不务正业，把我的名额给枪毙了。您说这合理吗？您想想看，很多世界冠军都是由业余运动员奋斗出来的，您怎么就知道我不是世界冠军的材料呢？

杨士新　再譬如说我吧，经过自己的刻苦努力，终于在春季招生中荣幸地考取电视大学，你们劳动科也来个婉言谢绝。

孔贵芳　（制止）等等。你们怎么都说起不相干的闲话来了？你们是不是都商量好了来给我出难题的呀？！

范国平　科长同志，您刚品出点味来吧，不好办啊——

〔牛宝山、王盈香、彭大海、侯小成和穆燕燕上。

孔贵芳　（烦躁地向杨士新等一挥手）你们先回去好好考虑一下。

马　培　（恭敬地行个礼）孔科长，您放心，我们走了啊。

〔杨士新等三人各以不同的表情下。

〔牛宝山等稀稀拉拉地站着、坐着，没精打采地等候训斥。孔贵芳沉下脸逐个审视着这些“不法之徒”。

孔贵芳　（看住牛宝山）你对自己的问题有什么认识没有？

〔牛宝山摸摸鼻子，点着烟卷，不说话。

孔贵芳　看你这身打扮，马克思的头发，卡斯特罗的帽子，三接头的皮鞋，八个兜的裤子，过滤嘴叼着……

牛宝山　（满不在乎）自己劳动所得，没花别人的钱！

孔贵芳　当了十年工人，没有一点无产阶级的样子。别以为我忘了，刚进厂的时候，你就很调皮捣蛋。七三年二月三日下午六点，你把澡堂里的池塘塞子拔下来，把热水放走大半池子，把洗澡的工人冻得直打哆嗦。七五年九月你在上班时间做鱼缸，用了公家五块玻璃。七九年六月你偷开厂部的汽车撞倒了两个垃圾箱。现在又去搞地下包工，还拿走了两袋石膏粉，一瓶环氧树脂。（指指桌上的实物）是你们拿走的吧。

牛宝山　孔科长，您要是算老账的话，我也有一笔明细账。您怎么就忘了，我在七四年十月份给地铁车站做柱子贴面，连续加班一百多天，每天多干三小时分文不取。七七年给北京的纪念堂凿花岗石的花纹砖，干了半年六级工的高级活只拿二级工的工资，八〇年给美国客商做中国庭院月亮门配件，做到最后一件活的时候，手指骨折，把出国安装的名额让给了别人。还有……

孔贵芳　你的光荣历史我们知道，现在是说你的错误，不是评功摆好！你跟满天飞是不是还签订了一个秘密合同？

牛宝山　没有。

孔贵芳　这份合同你要交出来，争取主动一点，处理就轻一点。（转向侯小成）还有你，叫什么名字来着？

侯小成　（坐着说）叫侯小成。猴子的猴没有爪子的那个“侯”，小偷的“小”，成事不足败事有余的“成”。

孔贵芳　侯小成。

侯小成　有。（瘸着腿，端着受伤的胳臂，歪歪晃晃地站起来）

孔贵芳　你出师刚半年还没有定级就不走正道，你的胆子够大的呀。

侯小成　报告孔科长，我要坐着。

孔贵芳　还想坐着？

侯小成　满天飞给我们的那张高凳是三条腿的，我不幸地摔下来了，脚脖子肿得跟西瓜那么大。

孔贵芳　这是不是一次严重的教训呀？

侯小成　我向您保证，以后我的胆子要小一点，不爬三条腿的架子了。

孔贵芳　唔，你还比较老实，坐下吧。（转向王盈香）你一贯地表现不好，经常迟到早退泡病号，贪图小便宜，吵架撒泼，还怂恿牛宝山不择手段弄钱结婚。据别人反映你在医务室一个月开过两次例假……

王盈香 （气恼）你……你给我安不上！你不是要审我们的包工案件吗，你说得着别的事吗？！打人还不打脸呐！你不是女的，你不清楚是怎么回事。你把医务室的大夫叫来，看我是不是真有病？！

孔贵芳 你厉害吧，你的声音再大一点。你必须先端正你的态度！（转向穆燕燕）你的外号叫小木偶，随风乱转，受人指使，被人利用，还是个团员，还当着学徒工。你还有点组织性纪律性没有？

穆燕燕 牛宝山是我的师傅，是师傅叫我去外头干活的……不过，我也跟余明丽说了。我两头都有点组织性……

孔贵芳 这叫作脚踩两只船，阳奉阴违两面派，懂吗？（转向彭大海）你转过脸来，我在跟你说话哪！

〔彭大海置之不理。

孔贵芳 你白长了这膀大腰圆的体格了。动不动就要野蛮，打架斗殴。你怎么不说话？

彭大海 别想来压服我！审“四人帮”还允许他不说话呐。我……我有沉默权，我是哑巴！

余明丽 （急忙跑过去）大海，你怎么这样浑呀……

范国平 胖大海，你胡扯些什么呀，这是反动话呐！

〔空气紧张起来。

孔贵芳 （极力压住怒气）本来想嘛，认识得好，问题还好办一点。好哇，你们的态度这样嚣张，怎么得了！（严厉地）根据厂规第三条，劳动纪律第六小条：未经劳动科批准在外私自包工者，除没收其全部收入外，罚款二元以上一百元以下，并视其认识态度给予纪律处分，直到开除厂籍。我们决定从现在起，你们这个组宣布解散，撤销牛宝山的组长职务，全体组员停职反省，反省期间扣发工资，检查不好就开除，绝不客气！社会主义企业不需要无政府主义的工人！

〔众人大吃一惊，目瞪口呆。

余明丽　（不平地）范主任，丁厂长现在在哪儿？

范国平　刚才来电话的时候在厂部开会呐。

余明丽　我去找他！（欲下）

孔贵芳　站住。有意见你可以当面说！

余明丽　（愤愤然）说就说！牛宝山他们的错误是应该严肃处理的。个别人的态度很不好，也应该批评教育，我完全赞成。可是像您这样粗暴简单，不准申辩，讽刺挖苦，乱扣帽子，无限上纲，偷一块面包就想判人死刑的做法，我认为您欠考虑。

孔贵芳　余明丽！你的对立情绪很严重，你本身就有错误，你走上了很危险的道路，你这个团干部站在谁的立场上？！

余明丽　团干部怎么啦？团干部要维护青年人正当的民主权利，维护党的政策！我就不信厂党委会同意你的大棒政策！

范国平　（着急）嗳嗳，你们降低点温度，降低点温度，和风细雨的，毛毛雨……

牛宝山　（猛然在桌上砸一拳）我拒绝接受你的处理！

彭大海　老虎拉车——不吃那个套！

孔贵芳　（严肃地）我劝你们不要闹，越闹错误就越大。你们没听说过吗，有一个小青年就因为说了一句反动话，总不承认错误，又反抗又折腾，最后就从这么一句话发展到枪毙……

彭大海　（跳起来，冲过去）行啦，你不是这么说了吗？我刚才说了一句反动话，我该死！（掏出一把硬币放在桌上）我先交三毛六，我先交三毛六！

余明丽　胖大海，你要干吗！

彭大海　这是枪毙我的枪子儿钱，我先交了，甭跟我家里要……

侯小成　嗳，现在枪毙人不兴交钱了。

彭大海　我自愿交的，减轻国家负担。（红着眼指着孔贵芳）你等着！

（捋起袖子转身就往外跑）

余明丽 （追过去拦阻）大海，你疯了？！

范国平 （叫苦不迭）哎呀，胖大海，你冷静点！

〔彭大海分开众人冲出门口，余明丽跟下。

范国平 牛宝山，你怎么袖手旁观，也不拦着点……

牛宝山 （故意发笑）人家挤对我们，不给我们活路嘛。打仗还讲求个优待俘虏缴枪不杀呐。客气着点，以理服人，该怎么处理怎么处理，我们认栽了。嘿，端着刺刀奔鸡笼，又打鸡又刺鸡，连卷带损，拿红卫兵整她的那一套办法来整我们。

王盈香 把我们当作美帝苏修以色列啦。我们不是三岁小孩，我们还有自尊心呢。谁能忍受这侮辱人格呀！

〔外面传来余明丽和彭大海的争执声。

范国平 （慌了手脚）哎，哎，孔科长，你躲一躲嘛……（去开窗户）

孔贵芳 （岿然不动）老范，你别害怕。一个正直的干部要临危不惧，正气凛然。还能怕一个疯子，一群流氓！

范国平 （推开了窗户）哎呀，来呀，从这儿跑，我掩护你，你跳吧……

孔贵芳 这是逃跑主义，张国焘的路线。我绝不能走，只要一走，在道义上就输了。

〔彭大海挣脱余明丽，扛着一根大铁棍上。牛宝山暗自一笑，不露形迹地闪身护住孔贵芳，以防万一，并一直采取这种姿态。

范国平 （吓坏了）余……余明丽，你快去厂部叫人，快去！

〔余明丽跑下。

彭大海 你们都靠边。（分开众人冲到前面，气汹汹地把铁棍靠桌边戳在孔贵芳面前）恐龙老太太，咱也讲点精神文明，我要跟你进行文明决斗：你先打我，然后我打你！

范国平 （慌作一团前去作揖）我的小爷爷，你冷静点，你降低点温度……

彭大海　（拍拍脑袋）孔科长，你照这儿打。我让你三分钟。你要是不打，就该我了。（看看手表）五秒钟了！

范国平　（拿一块图板去挡住彭大海）回去……

彭大海　（换一个位置）半分钟了。

孔贵芳　（毫无所惧地冷笑）老范，你别挡着。哼，彭大海，你要是真动手，倒是成全我了。我这辈子就是想当烈士，到现在一直还没有当成。你有胆量就打吧！

彭大海　一分钟了。

范国平　（焦急）嗳，那个王盈香、小木偶、小泥猴……你们都劝劝去，劝劝去呀……

〔几个人过去相劝，假意敷衍。

孔贵芳　（趁着乱劲泰然拿起电话，拨了两个数字）喂，公安局吗……对呀，我要匪警电话……我是建筑装饰厂成品车间……我这儿有匪警……是的，反革命谋杀案……越快越好，来晚了可能就牺牲了。（挂上电话）

〔众人大惊失色。

彭大海　两分钟了。

范国平　（绝望）这……这不乱了套了……（一愣，使劲把帽子扔在地上）我宣布车间主任从现在起自我罢官了！你们打去吧。你们玩命去吧。我管不了啦，出了人命我可没在场！（急欲退出）

牛宝山　（喊住）范主任！（捡起帽子戴在范国平的头上）你别走，没事！（笑着过去一把揪住彭大海）伙计，人家孔科长是硬骨头，百分之百的布尔什维克，你这一套不管事，见好就收吧。闹一闹得了，你可别玩真的。

彭大海　（挣扎着）不，不成。今儿个就是今儿个了！为哥儿们义气而死，死得其所，重如泰山！我先交三毛六，我先交三毛六……

牛宝山　（大声）胖小子，你怎么啦，吃错药了！

彭大海　还有半分钟！

〔牛宝山一闪手把铁棍抢过来坐在屁股底下，两手按着。

彭大海　拿来，拿来！（去抢铁棍）

〔丁公常和余明丽急上。

丁公常　（喝住）胖大海，你想干什么？

彭大海　我跟孔科长文明决斗，我等她先打我，还有十秒钟。

丁公常　你要是真想打，这根棍小点，我给你上武装部领手榴弹去！哼，你一边待会儿去吧。你！（一把攥住彭大海推他坐下）

〔外面传来急促的警车声。众人向外看。

丁公常　（诧异）这怎么回事？

范国平　（惊魂甫定）刚才孔科长拨匪警电话叫来的。

丁公常　简直胡闹！老范，你去给人家道个歉，说两句好话，请他们回去。

范国平　好，好……（长吁一口气，正正帽子，下）

孔贵芳　（愤愤不平）必须惩办凶手，你当厂长的可不能手软！

丁公常　行了行了，你先歇会儿。（招招手）牛宝山，你过来，你说说你们这样闹对不对？

牛宝山　孔科长要开除我们，还要枪毙呢……

王盈香　嘿！逮着蛤蟆还想攥出尿来！

丁公常　没问你那个，你就说说在车间办公室这样闹对不对？

〔众人不语。

丁公常　简直是无法无天了。还拿着大铁棍子要文明决斗！从哪部电影里学来的！大小伙子跟老太太决斗也不害臊！寒碜不寒碜呀？！

〔有人忍不住笑了一声，气氛有所缓和。

丁公常　（斥责）搞地下包工是错误的。按厂规罚款，让你们写检查，这并没有什么过分嘛，还想上房揭瓦还是怎么啦？

牛宝山　（认真地）你讲理不讲理呀？

丁公常　怎么不讲理？我身为副厂长，党委成员，老工人出身，不讲理对不起我的份儿。

牛宝山　好，你说劳动创造价值对不对？

丁公常　对。

牛宝山　业余劳动应该给予合理报酬对不对？

丁公常　也算你对。

孔贵芳　根本不对！都像你们这样干就乱套了。

牛宝山　（振振有词）您还当科长呐，您的水平还没有我高呢。业余劳动一样可以给国家创造财富，满足社会需要。我们修好了南城花园，开放旅游点给国家增加收入，这是大好事。你给我们扣帽子，你扣不上。我学过政治经济学，等价交换五斗米等于一头羊，你还未必学过呢。你蒙老憨行啦，想蒙我们高中毕业生，姥姥！告诉你吧，我们这一代青年工人是有大脑的，善于独立思考的劳动者；不是五十年代的小绵羊，你别算错了命！

〔场上活跃起来。

彭大海　（大喊）牛哥儿们，有你的！比我的文明决斗厉害。你要早说出来呢，我还不交三毛六了！

丁公常　（哈哈大笑）好小子，有点口才。赏你一根好烟！（扔给牛宝山一支烟）我来向这位善于独立思考的劳动者请教请教，什么叫作地下包工？

牛宝山　嘿嘿，帽子工厂又开张了。

丁公常　嗳——你们出去干活，谁同意的？有营业执照吗？给国家上缴利润了吗？来个特务请你业余制造炸弹，你干不干？没有厂规国法管着，不要党的领导，咱们干脆就散摊子吧。明天开始放羊打野食，算你彻底的自由了，退出国营买卖。什么公费医疗、劳保福利、退休养老、要房借款，别找我要，你跟满天飞去要吧。小泥猴这一身伤，也找满天飞去治，我这儿不伺候（猴）了。

牛宝山　（恍然）你这意思，不也是要开除我们吗？

丁公常　别说开除嘛，开除多难听呀。算你第三次解放，满怀信心地投入自由世界的温暖怀抱，行不行呀？国营企业的大门是永远向外敞开的。想走随便，民主得很。干不干吧？

牛宝山　不干！

丁公常　（笑）就像你哥儿们这样儿，穿着业余华侨的大礼服来上班，泡汤磨洋工，出勤不出工，出工不出力，白天养足了精神，晚上拿着厂里的工具材料去捞稻草。嘿，正班倒变成业余的了。且不说是不是社会主义的劳动态度，就让你牛大哥来当资本家开工厂，你觉得怎么样？（指着墙根底下的一堆废品）你们看看吧——你们吊儿郎当造成的损失有多大！瞧瞧这个汉白玉莲花座，拿飞机运到日本，人家用超声波测出一条小裂缝，退回来由厂子包赔全部损失。边上那两块大理石，不也是你们的杰作吗？你还学过政治经济学，吹牛也不找个地方，你的哪本政治经济学上说工人只有权利而不要承担义务，不干活天上能掉馅儿饼？！

牛宝山　嘿，谁那么说的……

丁公常　丑话说在头里，生产上不去，谁也好活不了，把工厂搞垮了就鸡飞蛋打，还得受六〇年的洋罪，连大锅饭也吃不上，喝大锅清水汤吧！（严肃起来）你们几个老老实实回去干活，该罚多少钱罚多少钱。

王盈香　（仍不服气）你们听出来了吗。大老丁又把咱们绕进去了。他是拿软刀子来治人！我们外头包工一分钱没挣着，凭什么罚我们的款？

丁公常　凭厂规！

王盈香　厂规为什么光治工人不治干部？你们厂部也有白天养精神，游手好闲的，也有只拿钱不办事、吃社会主义喝社会主义的，厂规为什么专治我们不治他们？

侯小成　厂规是干部订的，他能自己治自己吗！

〔众人又鼓噪起来。

丁公常　想不通没关系，允许吵架，允许向我开炮。我承认你们的意见有合理的成分。要求干部全心全意为人民服务，改进工作，这条完全可以接受。

孔贵芳　（大为恼火）老丁，你就这样整顿企业？你这个厂长就差没给他们跪下了！

〔范国平嗒然拿了一张单子上。

丁公常　怎么样，警察走了吗？

范国平　我跟他们说了半天好话，还是不行啊。

丁公常　怎么啦？

范国平　（看看牛宝山等，支吾地）这么多人在这儿，让我怎么说呀……

牛宝山　（气呼呼地一挥手）咱们走！明天接着说！

丁公常　行，咱们双方都冷静下来好好考虑考虑。嗳，三毛六拿走。别放在这儿现眼。

〔彭大海抓过钢镚儿，与牛宝山、王盈香、侯小成和穆燕燕下。

丁公常　警察怎么说的？

范国平　人家也有规定，谎报匪警的要罚钱，还要写检查呢。这是罚款的通知单。

丁公常　（看看单子，不觉好笑，转手交给孔贵芳）科长同志，你看这钱由谁出呀？

孔贵芳　（看了一眼，悻悻地把通知单放在桌上）难道应该由我出吗？

丁公常　难道是我拨的电话吗？

范国平　（埋怨）怎么样，小题大做，捅娄子了吧。

孔贵芳　可不是小题大做吗？我还没有把帽子扔到地下自己罢自己的官……

丁公常　（苦笑一声）你们两位啊——

孔贵芳　（反驳）我怎么不对？！他可以拿棍子打人，我就可以叫公安局，这是自卫反击么！

余明丽　（善意地）孔科长，我承认您管这事管得对。就是您，您不应该用对待敌人的态度去对待有缺点的青年同志……

孔贵芳　这是什么话呢！

丁公常　你抓住他们了，抓得好。可是激化矛盾是行不通的。像老范这样一个劲地到处磕头抹稀泥，就更不对了！车间主任干什么吃的？！

余明丽　这样说还差不多。

丁公常　（接过话头）恐怕咱们当领导的也得反过来问一问自己：把工厂办成平均主义大杂院，工人吃大锅饭，干部端铁饭碗，技术高低一个样，干好干坏没人管；好人能惯坏了，勤快的能变成懒蛋寄生虫。这难道没有管理上的漏洞，没有制度上的问题吗？光依靠行政手段、惩罚主义能不能把生产搞上去？这本老皇历非改不可！

范国平　你这话还贴点谱，没有那个经济手段呀，我这车间主任还不如当孙子呐，求爷爷告奶奶没人听你的！

丁公常　我琢磨好长时间了，上头也有这个意思……老范，就拿你这个车间做做试验吧，就拿牛宝山这个小组试点。

范国平　（惊讶）什么，你想拿牛宝山做试点？

丁公常　这小子是把刷子，有号召力，我看上他了。把他们这个地下包工队翻到地上来，把大理石按定额包给他，南城花园装修活也揽过来给他，让他们改邪归正，有机会将来也可以考虑让他们出国安装……

余明丽　（惊疑）丁厂长，您说的可是真话？

丁公常　君子一言，快马一鞭！

余明丽　（欣喜）这才叫作彻底的办法呢。我保证全车间的青年都支持您！

孔贵芳　（冷冷地）你呀，我看有点头脑发热了。咱们这个工厂根本没有这样的思想基础。我管劳动科我最清楚，咱们这儿的小青年没有几个合乎规格的。讲吃讲穿，吊儿郎当，你要他向东他偏向西，什么革命传统，爬雪山过草地，艰苦朴素，雷锋精神，全都不知道扔到哪儿去了！学起坏来倒是挺快的，不用人教，喇叭裤鸡窝头，迪斯科转洋磨……真叫人寒心呀！哪怕是有我们年轻的时候的百分之一的思想觉悟呢！抗美援朝反右派，大跃进大炼钢铁……

余明丽　（不禁失笑）照您那么说，一代不如一代，社会主义到我们这一代就要完了？

孔贵芳　这是基本的情况，前途是很危险嘛。

余明丽　（不平地）孔科长，我真不明白您为什么要这样来看待我们青年人？我们当初也许就不应该生下来，您也应该长生不老……

孔贵芳　你就这样跟老一辈的人说话吗！

范国平　嗳嗳，怎么又来劲了……

丁公常　哈……有点意思！

孔贵芳　（生气）有什么可笑的？这是悲剧！共产党人靠高尚的情操和伟大的理想去教育人，怎么能庸俗到这种地步，用物质金钱去腐蚀工人，毒害年轻的一代！

丁公常　科长大姐，别说得那么绝对。在我这儿没有精神万能论这一说，劳动人民是比较讲实际的。我跟老范都在资本家手底下干过活，要是当初共产党不给我点好处，还让我当穷小子，丁零当啷的，我还不一定拥护谁哪！蒙人是不行的。“四人帮”的喇叭吹得比谁都响，就是不管吃饱饭，结果反倒把马列主义的名声给败了，可怕不可怕？现在的人都他妈的学乖了，变“鬼”了，满嘴里跑舌头不管事了。思想工作不跟科学管理结合起来，精神文明离开了物质文明，你们说行不行？

范国平　（活动心眼了）行啦，你拿我们车间试点吧，我豁出去乱它半年了！

孔贵芳　你说少了，这一下子怕是连现在的生产水平也保持不了嘞！

丁公常　科长同志，时代不同了，我希望你不要当保守派啊！只要咱们跟工人想到一块儿，用无产阶级的革命感情去爱护青年同志，他们会拿出当家做主的精神来，充分发挥自己的聪明才智嘛。那么我们为什么要把他们推到满天飞的船上去呢，为什么要让他们把积极性发挥到地下包工的歪门邪道上去呢？

余明丽　（十分激动）大老丁，您说的真是我们青年人的心里话，不掺一点假啊！

丁公常　走，咱们三个一起找党委说说去，怎么样？（欲下）

范国平　（从桌上拿起罚款的通知单）嗳嗳，这谎报匪警的罚款，谁来自告奋勇呀？

孔贵芳　（抢过去）拿来，我跟公安局讲理去！真是赶了时髦了，什么都兴罚钱……

丁公常　（把单子抢回去）给我吧，工人闹事是我当厂长的失职了，我头一个先作检查！

〔孔贵芳和范国平惊奇地看着丁公常，三人同下。

〔韩文正扛着一个沉重的石刻狮子上，放在桌上，见余明丽故意扭过脸去不理他，拿袖子拭拭汗，犹豫一下，鼓起勇气走过去，从侧后面观察其表情。

余明丽　（背着脸）看什么呀，没见过还是怎么啦？

韩文正　（嗫嚅地）还生我的气呐……

余明丽　不敢。五百块钱下个月一定还你！不就剩下这么一点没了的事了吗。

韩文正　（发窘地拿出一个存款折）我……我给你道个歉……这存款折里还有五十二点三六块钱，你随便用吧……

余明丽　别跟我来这一套，想错了！

韩文正　（惭愧地）我……是想错了……我想了一天一夜，我发现你的人格确实是比我高。我比以前更欣赏……不，更加崇拜你了。嗳，你要是不信，我就把这个小本子撕了给你证明一下！

余明丽　（转过脸来把存折抢过去，困惑地嗔笑一下）气人吧，真要命！（起来去拿毛巾，扔过去）擦擦吧，什么样子……

韩文正　（高兴地擦着脸）嗳……那么说，这个本子不用撕了……

余明丽　（苦笑）这是你的劳动成果，当然不能撕。（把存折放进韩文正的口袋）你要是有真心诚意呀，下班跟我到牛宝山家里去一趟。

韩文正　行，行——（惊异地嗅嗅）噢，明丽，这条毛巾是范主任的擦脚布！

〔余明丽笑得前仰后合……

——幕急落

第四幕

时　间　当天下班之后。

地　点　牛宝山准备结婚的房院内。

〔一个不大的破烂小院。左方一间自建的简易土房，屋门斜对院内，简陋的竹篱笆从土房墙根延伸至右侧，一扇柴门通往外面街道。院中临时摆放一张小炕桌和几张小板凳，院门口陈列几件待拍卖的零星家具。这是一个青年工人千辛万苦惨淡经营，不知苦熬了多少日子才穷凑合起来的一个准备结婚用的“草窝”。舞台设计应注重真实，反映出工人在困难中勤劳奋斗的生活特色。

〔幕启。侯小成用绷带挂着胳膊，坐在院门口看摊，穆燕燕扛一个衣架从屋里走出来，彭大海和牛宝山抬着一张自制双人沙发跟在后面，在院中放下。

牛宝山　等会儿，小木偶，把衣架先拿回来。

穆燕燕　（像个木偶似的一转身把衣架放回院内）牛师傅，您不卖啦？

牛宝山　先合计合计要什么价。（招呼侯小成）小泥猴，你先吆喝着，使大点劲，说花着点！

侯小成　是啦！（开始吆喝）来呀来呀，来看货啦，拍卖高级家具啦！过路的先生夫人、同志朋友，哥儿们姐儿们，来参观我们的家庭物品小型展销会啦！看这个写字台，镶花圆角带艺术性，八个抽屉磁铁撞锁带有机玻璃不锈钢的拉手，广西的龙爪木，菲律宾的桃花木，真正的硬木双榫环氧树脂结构，比钢还结实，比铁还耐用，比灯还亮堂，四面光溜能照人影省了买镜子啦！

〔门外有人声、自行车声和问话声。侯小成停止吆喝。与过路人搭话：“怎么看，您来一件……”

彭大海　宝山，这沙发倒是订多少价？

牛宝山　（算计）木料十二，弹簧二十，棉花麻布垫料十五，沙发布二十，乱七八糟加十块，这就是七十七……得了，卖七十五。

彭大海　那不赔了，还有人工呐！起码得卖八十五。

牛宝山　（黯然）要救急还钱呀，赔钱还怕没人要呢。得了，认倒霉吧！

穆燕燕　这衣架卖多少钱？

牛宝山　（念念有词，心算一下）要价二十，十五也卖了。

穆燕燕　（一转念头）嗳，牛师傅，卖给我得啦。

牛宝山　你要它干吗？这么点小孩，离结婚还早呢。

穆燕燕　先买好存着，以后不就省啦。

牛宝山　（烦躁）去去去，熟人不卖！你办事的时候我给你打一个，不要钱。拿过去！

穆燕燕　（把衣架送门口去）嗳——（与侯小成耳语）

侯小成　（吆喝）嗳，瞧这衣架，没挑啦！上等的材料，精美的手工，艺术家的创造，凤头龙身，苗条结实，高级产品，誉满全球，比大姑娘还好看啰！

外面有人问　小伙子，刚打好的结婚家具就卖，这家出什么事了？

侯小成　嘿嘿，这家子……出了点天灾人祸，黄鼠狼咬了病鸭子，没吃上直溜黄瓜，现在要破产还账您啦！（吆喝）来呀来呀，帮个忙吧，多给一点价吧。在家靠父母，出外靠朋友，您落下了东西，我们也解决了困难。谢谢您学雷锋有成绩，办了好事啦……

〔门外哄起一阵笑声。

牛宝山　（正和彭大海把沙发抬过去，顺手给侯小成一个脖儿拐）谁叫你小子这么喊的？你胡扯些什么呀！也不嫌寒碜！

彭大海　小泥猴，你一边去，听我的。（吆喝）想买快掏钱，这便宜货哪儿找去呀？来吧来吧，谁买了我帮他扛家去，甭花运费……（突然收住声音）

〔王盈香提着书包气汹汹地闯进来。

王盈香　（冲到牛宝山面前）牛宝山你想干什么，你穷疯了！（转身向院外）不卖，不卖，什么都不卖了！你们看什么，一边去！

〔门外骚动。

牛宝山　（拉住王盈香）你干什么，你少管我！

王盈香　（怒声）嘿——不让我管！这是咱俩准备了多少年的家底，刚起结婚证还没过门哪，你就卖，你安的什么心！

牛宝山　你闹什么，双人床还在屋里搁着呢，没动。

王盈香　你这败家的鬼，散什么德行呀，你把东西给我搬进来！

牛宝山　撒什么泼啊，让人瞧着好看还是怎么了。不卖东西，该余明丽的钱拿什么还？让咱哥儿们的面子往哪儿搁？就是拆房卖砖砸锅卖铁也得还账！还不知道厂部罚多少钱，卖了够不够呢。

王盈香　（大哭大闹）姓牛的小子，你把结婚证拿出来，咱们上法院，我不跟着你丢人！

〔门外一阵哄笑。

彭大海　（向院外）收摊了，关张了，整理内部停止营业啦……

牛宝山　（大声）不收摊，接着卖！

王盈香　（撞着头大哭）我不活了，我不活了……

彭大海　（过去劝架，抓住王盈香的胳膊）别价别价，屋里说去，屋里说去！（推搡着王盈香和牛宝山进屋内）

〔门外哄散声，自行车铃声。

穆燕燕　小泥猴，还卖不卖了？

侯小成　（戚然）瞧这倒霉劲，偷鸡不着蚀把米，没打着狐狸惹身臊。包工没干成，两口子打世界大战，咱们还得挨罚款。我的胳膊还痛着呢。医务室不开假条算旷工，满天飞这老小子也不露面了。

穆燕燕　（伤感）我还想买件痢特灵穿着美一美呢。做了梦啦……

侯小成　傻丫头，那不叫痢特灵，那叫特利灵。

穆燕燕　该死的小泥猴，你笑话我，我要揍你！

〔屋内传出一阵哭闹声，侯小成丧气地向穆燕燕做个怪脸。

〔余明丽和韩文正上。

穆燕燕　（一怔）余师傅……韩师傅……

余明丽　（听一听）里头怎么回事？

侯小成　嗐，两口子犯神经病了。

余明丽　因为什么事？

〔侯小成示意穆燕燕不要说。

韩文正　明丽，人家两口子打架咱掺和什么呀，走吧。

余明丽　你等一等。（观察门口摆着的家具，拉过穆燕燕）老实告诉我，出了什么事？

穆燕燕　（迟疑一下）我……我牛师傅说要拆房卖砖砸锅卖铁还您的钱，还有罚款……

余明丽　这怎么行！小韩你看见了吧。

韩文正　（有点感动）是有那么一点不够人道主义……

余明丽　你帮着把东西搬进来呀，一块儿搬。

〔韩文正、穆燕燕和侯小成搬东西。余明丽朝屋门口走去，正好牛宝山挣开王盈香跑出来，彭大海跟出。

余明丽　（责难地）宝山，你这样做可太不讲理了，有什么过不去的事呀。

牛宝山　（执意地）你的一片好心我领情了。你也甭装硬气，我知道你这个团支书不好当，上下应付两头受气，还担着个人生活的风险，这罪也不好受。我姓牛的虽然有点牛脾气，也还懂得羞耻二字。我坚决还钱，拆房卖砖砸锅卖铁也得还，谁也拦不住！把东西搬出去！

余明丽　（热诚地）宝山！就撇开团支书这条不说吧，咱们可是一个师傅教出来的师姐师弟，你要是这样的小心眼，太瞧不起我啦，宝山！

牛宝山　（坚决地）不行，说出大天来也不行。我在哥儿们面前已经栽一回了，绝不能再栽第二回。卖！把东西搭出去！

〔侯小成等不知所措，韩文正走过去。

韩文正 （主动地，但不好意思地）嘿，牛师傅……

余明丽 （催促）你说话呀……

韩文正 你……你刚才不是说让我一乐就行了吗?

余明丽 哎——木头人，好话都不会好说。

韩文正 （生硬地）牛师傅，我们……确实不等钱花……您先结婚要紧。我们往后错几天没关系，先人后己嘛……

〔众人大笑。

余明丽 宝山，你看我们这书呆子都把话说到这分儿上了!

彭大海 （感动了）我那么看呀，韩技术员风格高。牛哥，就这么办吧，不卖了。

侯小成 还是自己打的家具称心呀，牛哥，别卖了吧。

〔王盈香感动地大声抽泣起来。

余明丽 （过去抚慰）小王，千万别着急，再大的难处也有咱们青年朋友们帮忙嘛……

王盈香 （羞惭地）明丽，我真是错怪你了……

余明丽 别那样呀，只要咱们认识到了，事儿不就完了吗。

王盈香 （拭着眼泪）你们屋里坐，我给沏点茶……

〔众人进屋去了，牛宝山独自愣神思索片刻，去关院门。满天飞夹着皮包溜了进来。

牛宝山 （一怔）哦，老满……

满天飞 （赔笑）牛大哥，少见少见。

牛宝山 （略有畏惧）老满，你……你怎么又找我……

满天飞 （放低声音）拜访拜访，表表心意嘛。（从皮包里拿出一个信封）那天的事，兄弟我有点得罪大家了。不过您也得想想老哥哥的为难之处，你们厂子来了好几个领导干部要抓人，我不收你的退金，怕你们要吃亏。这不，原封未动，给您送上门来了。给点面子，赏个光收下怎么样?（递过信封）

牛宝山 （硬一硬心）你收起来吧，我不要。

满天飞　是不敢要吧？院里没有别人，老哥哥我也没有别的意思，只不过算计到您眼下有小小的灾星犯界。咱们都是一样的在外挣钱养家，互相有个照应嘛。

牛宝山　（坦然一笑）满老哥，你甭藏着掖着的，你的二本账是什么字码，跟哥儿们说说。

满天飞　（把信封塞过去）你先收下。

牛宝山　你要是不说，我不能收。要不咱们一块儿屋里喝点茶，里头人可多了。

满天飞　嗳，嗳，等等。小兄弟，咱们商量商量……

牛宝山　我听着哪。

满天飞　（凑近）实不相瞒，不知道甲方从哪儿得的消息，说你们要撤摊，他们就想另找人。现在盯得我太紧，工程要上人，我实在躲不过了，想跟老弟借样东西。

牛宝山　什么东西？

满天飞　上吊的绳子。

牛宝山　你说笑话啦。

满天飞　真的，说了瞎话天打雷劈，下辈子变个癞蛤蟆。

牛宝山　绳子我没有。我给你沏杯茶喝，没饭辙我管顿饭。

满天飞　饭钱我还有。（微妙地）小兄弟要是仗义的话，您给我来几个人，神不知鬼不觉，三两天露露面，哪怕是搬两块板，上架子上站一会儿，黄鼠狼娶媳妇小打小闹着，工钱照给……

牛宝山　厂规管得严，眼睛看住鼻子，不敢干。

满天飞　（追着说）嗳，不是让你们真干活，给我缓一下，容我有点时间想想办法，好赖跟甲方有个说道就行。（往牛宝山口袋里塞信封）我这次保证你绝对安全……嗳，牛大哥，俗话说救场如救火，成全成全老哥哥，大恩大德忘不了……

牛宝山　满老哥，跟你说实在的吧，这买卖把我折腾得掉了几层皮，我不想干了。（把信封塞回去）咱们各走各的路，一刀两断成不成？

满天飞　（微微冷笑）小兄弟，只怕是断不了呀。你想想，咱俩签订的秘密合同还在这儿呢。（拍拍皮包）

牛宝山　（软了下来）您高抬贵手让我过去，把合同还我吧。

满天飞　别怪我老哥哥不客气，这不是我存心挤对你，是南城公社挤对我呢。牛大哥要是逼我上梁山，我就只有走一条水路了。

牛宝山　（紧张）咱们外头说去行不行，我请你喝酒……

满天飞　（强硬）别！就在这儿说吧。老弟好好想一想，是我联系你借了西柳公社红光修建队的旗号签的合同。你用了人家的公章和账号，工商局有备案。这底儿一亮出来，你说这法律责任和经济赔偿，又该由谁来承担呢？

牛宝山　（恼火）你小子甭上这儿来威胁我，你是非法的二包工，你也跑不了！

满天飞　（大声冷笑）老弟，你是地下的，我可是地上的！（拍拍皮包）只要提着这个三斤半的包包，走遍天下没有打不赢的官司。请问你一个小小的穷工人，现在还挨着本单位的整治呢。你有几个脑袋，敢跟我的皮包比试比试？

牛宝山　（叉着腰胁迫）你把合同给我交出来！

满天飞　小兄弟，咱们到工商局去，到那儿我一准给你拿出来。

牛宝山　你给不给？不给可就来鲁的了……（突然向屋里大喊一声）伙计们，出来！

〔众人一涌而出，包围了满天飞。

彭大海　满天飞，是你呀。你老小子还敢来哪！

王盈香　哼，尽是一片花言巧语骗人上船！

侯小成　你来合适了，给我开工伤医药费吧……

牛宝山　你们别嚷嚷。（用手一指）他的皮包里有咱们的黑材料！

〔众人一拥而上，侯小成抓了满天飞的帽子，彭大海去抢皮包……满天飞闪着喊着，皮包里露出无数的图章、介绍信、单据、支票和文件。众人在地下乱抓，查找黑材料。

满天飞　（拿着空皮包喊）嗳嗳，你们干吗，干吗，那是保密的文件。别动，别动，我要叫警察了！

彭大海　（拿着手里的纸片念）嗬，租赁合同，佣金回扣百分之二点五……工业局委托书……化肥供应三方分红计算法……嘿，满天飞有你的，这么多的合同呐！余明丽你来看看……

〔余明丽过去看。

穆燕燕　（捧着一堆图章）瞧这大公章……

牛宝山　（抄过一封信翻着看）听听这信里写的是什么："牛宝山施工队实有五人。上报人数五十二人，该队在南城花园的包工盈利计划收入三千元……"你要榨我们不少油呐。还有："牛宝山等人情况，手艺较高，缺乏社会经验，讲哥儿们义气，傻卖力气……"（不念了）

彭大海　念呀念呀，咱们听听！

王盈香　（接过信念）——下面写得更不像人话了："他们这群毛孩子都有一种迫切的愿望和可笑的梦想，满心想着不费力气就赚大钱，发大财，过好生活……所以应先给点甜头，然后为我所用！"嘿——！

满天飞　（焦急）你……你们把东西给我拿来！

牛宝山　你他妈的老小子满口的友情为重，背地里都把我们说得没人了。告诉你吧，这回算上当了。穷掉了底也还算国家职工一分子，真要给资本家当走狗还不干哪！

众　人　你臭老耄真不是玩意儿……我们跟你没完……

余明丽　宝山，你来看看。（抽出一张信笺）

〔牛宝山过去看，不禁愕然。

众　人　怎么回事？

余明丽　一张介绍信，他……他还有点特殊关系……（众人要看信）你们别看。（把信按在胸前）

满天飞　（冷笑）怎么样，别认错人了，有点来历吧。就是你们厂长来了也不带含糊的！姓牛的小子，你跟我撕破脸，你可得想一想后果！

〔停顿。丁公常上。

众　人　丁厂长……

丁公常　嘿，都在这儿呐。（环视众人，走向满天飞）哦，这位就是大名鼎鼎的满天飞同志吧。（握手）

满天飞　丁厂长见笑了，认识您是我三生有幸。

丁公常　（环顾生疑）怎么，又进行文明决斗呀……

满天飞　刚才发生了一点小纠纷，你们的小师傅们有点跟我过不去呐。

〔众人把印章、书信等物送到丁公常面前。

彭大海　这是我们刚刚缴获的大批战利品。

丁公常　战利品？（一面检视物品）怎么回事！

余明丽　（向丁公常耳语片刻，拿出那封特殊的介绍信）您看看——

丁公常　（看完信，暗自一笑）喂，小哥儿们，把东西还给咱们的满经理同志。

彭大海　这……

侯小成　丁厂长，那里头有我们的黑材料。

丁公常　（诙谐地）没有搜查证，不准搜腰包嗯。送回去，给人装在皮包里。

〔众人把物品还给满天飞。

满天飞　（喜形于色）丁厂长，您真不愧是个大干部，宰相肚里能撑船啊。

丁公常　不敢当，满经理先生，你好像是个皮包公司吧。

满天飞　丁厂长，您这个词句恐怕有点不那么恰当吧。我是有名有号的联合企业，搞活经济，多种形式为四化服务……

丁公常　这事你瞒不了我，满老哥，你其实就是二包工小把头老捐客。民国三十七年，就是一九四八年，我也在一个二包工经理手底下干过活，他的宝号跟你只差一个字，叫满地飞，也拿一个皮包……

满天飞　（跳起来）咱们可得掰扯掰扯！本公司法律顾问陈全方大律师，董事长刘仓林在省里还管着事哪。你想怎么样？！

丁公常　不想怎么样。（扬扬介绍信）你有这个来头，腰杆子暂时还比我硬，暂时！

满天飞　（冷笑）暂时就暂时。那么丁厂长认为牛宝山撕毁包工合同所造成的损失，应该由谁赔偿呢？

丁公常　（严正地）我正式通知满经理先生：厂部已经授权给我，牛宝山的经济纠纷由我全权代表跟你解决，我就是牛宝山的代理人，官司打到哪儿我跟你到哪儿！

〔全场愕然。

满天飞　（大为吃惊）你……你打算怎么解决？

丁公常　我这个人办事实心眼，给你透露透露也没什么。南城花园的全部艺术装修活我们厂包下来了，下午两点半钟双方达成协议，你跟他们订的合同，吹了！他们要控告你买空卖空，要求退订罚款。老哥哥，你想挣的那份钱，我挣了。你那是从中渔利，剥削工人，我这叫三方有利，便宜国家。你说哪个好？

满天飞　（惊慌）你们……你们真的跟南城公社挂钩了？！

丁公常　那还有错，原来建材部门用中央集权的死计划来卡我们，一点活动余地也没有。他们现在想通了，发挥两个积极性，扩大我的自主权，我也能当半个满天飞啰，我要抢你的行！

满天飞　（从衣服口袋里掏出一张纸，狞笑）大生意我是丢了……这张牛宝山的秘密合同，代理人的责任你可负得起？！

〔众人哗然。

丁公常　（正告）负得起！我们是社会主义全民所有制企业，它有一个很重要的职能，就是要保护自己的工人的劳动权益，免受外来的欺骗和剥削，爱护劳动力的安全和身心健康。

〔全场反应强烈。

丁公常　怎么样，明天咱们工商局见吧。

满天飞　（狼狈地）你……你把介绍信还给我……

丁公常　（把介绍信折好还他）拿着吧。给你开信的这位领导同志，身为共产党的干部拆共产党的台，给资本主义势力腐蚀青年工人开绿灯，我是要告他的。我也想奉劝老哥两句，现在这世道还有点乱，有人趁搞活经济、制度不严的机会钻空子，像你这样的混混专家还真能满天飞它一气。老哥，混不了几天了，趁早打主意找点老实的买卖干吧。就你这样挖肉补疮，坑蒙拐骗，到最后恐怕连裤子都穿不上，走到头了就是蹲法院！

满天飞　（且退且说）咱们走着瞧，走着瞧……（下）

〔众人大笑。

丁公常　（一变脸色）嘻嘻哈哈的干什么！别拿我当好人。牛宝山，你不是说没有秘密合同吗，倒是有没有呀？是不是地下包工队呀？该不该按厂规处理呀？

〔牛宝山等五人低头不语，面有愧色。

〔范国平和杨士新、赵巨山、马培上。

范国平　大老丁，照着你的意思，我把人都请来了，……要闹洞房还是怎么着……

丁公常　还没到时候呐……嗳，都进来吧，先参观参观咱们牛哥儿们的半间草屋当新房。不容易啊，东拼西凑，苦折腾了两年多才搭了这么一个鸟窝。瞧这沙发，打得还不错，够牛气的！嗳，怎么还有一位你没请来呀？

范国平　孔科长她呀，上公安局交那个谎报匪警的罚款去了。

丁公常　嗳，不是说好了罚我的钱吗？

范国平　人家不好意思嘛，下午不是还作了自我批评吗。

丁公常　大伙儿来评评吧，孔科长这人怎么样？

〔众人不语。

余明丽　我说呀，咱们也应该看到人家的优点，老太太方式方法是有那么一点生硬，不近人情，（回顾牛宝山）可对咱们还是一种好意嘛。一条道走到黑恐怕是不好吧。

牛宝山　（倔强地）我承认自己的错误，我写检查。

丁公常　往后你们可不准叫恐龙老太太了，要叫孔大姐。倒是有那么一种人，每逢是非不开口，遇见矛盾绕着走，人家把情况汇报给他，找到他头上了，他说什么“进厂门归劳动科，出厂门归公安局……此事不宜深究……”。

范国平　（愕然）嗳……有那样的事吗……

丁公常　我真想也给他起个外号……

众　人　什么外号呀？

丁公常　鸵鸟！（做一个鸵鸟埋头的姿势）

范国平　嗳，别那么嘲笑人吧。老鸵鸟要是把头那么一抬，也顶半个恐龙哩！好小子，听着点，下面就要宣布对你们的处分！

〔众人一愣。

丁公常　考虑到你们也有了初步认识，这个罚款也落点价吧。（拍拍侯小成的脑袋）你呀，罚两块，外头干活的工伤假，饶你一回，按病假处理。（推推牛宝山）你是头头，地下包工队队长，得比别人多罚点，两块零五分。（给彭大海一拳）你呀，文明决斗的英雄人物，大闹办公室，还得多来点，两块零六分。

〔众人交头接耳。

范国平　还有呢，磨坏两块高档大理石，扣你们五个人三个月的奖金。

王盈香　哟，还让人活吗！

范国平　别不知足啊。我这回也说句公道话吧，这两块大理石的价值合六千美元，扣你们三个月奖金加起来才不到一百五十块钱。国家受了委屈啦！要是包赔损失，你们就得倾家荡产啊！

〔静场片刻，窃窃私语。

彭大海　（大喊）行啦，我们服气了！

丁公常　过去的老皇历算是翻过去了，咱们现在重打锣鼓另开张。党委同意我的方案，把杨博士这个组跟你们合并成一个大组，掺点砂子。就在你们这个大组进行计件工资试点，大理石包给你们，提前完成计划还可以接南城花园的装修活，按超产利润提成，多劳多得。怎么样，好消息吧？

〔众人愕然。

牛宝山　（激动地）大老丁，我们再也不折腾了！

丁公常　长生不老是没影的事，像我跟老范都是土埋半截的人了。咱们这个工厂，大到整个国家，老一代的人是带不走的，这重担子早晚不是要交给你们去挑吗？你们要是真讲义气，就给我们的祖国讲点义气，也给你们的下一代讲点义气。建设美好的明天，要靠我们去劳动创造，工人阶级的光明前途只有一条——实现共产主义！

〔丁公常在《咱们工人有力量》的乐曲声中与众人握手，众人相互握手。

〔在越来越强的乐曲声中落幕……

——全剧完

原载《百花洲》1983 年第 2 期

谁是强者

（六场话剧）

梁秉堃

人物表

袁志成　五十多岁，男，新华棉纺织厂厂长。

方　静　五十岁，市轻工局纪律检查委员会副书记，袁志成的爱人。

袁晓兰　二十六岁，新华棉纺织厂工人，袁志成之女。

吴一倩　近六十岁，女，新华棉纺织厂总工程师。

李主任　四十多岁，男，新华棉纺织厂厂长办公室主任。

小闹钟　二十六岁，副食店售货员，袁晓兰的同学，北方棉纺织厂厂长之女。

郑局长　五十多岁，男，市轻工局局长，局党组副书记。

倪科长　四十岁，男，电力公司科长。

赵科长　四十多岁，男，江南纺织机械厂供销科科长。

林　彤　二十八岁，建筑公司办公室秘书，袁晓兰的未婚夫。

刘经理　五十多岁，男，电力公司经理兼党委书记。
马玉秀　三十多岁，女，电力公司工人。
倪　妻　三十多岁，市郊区农村妇女。

第一场

〔一九八〇年新年的夜晚。

〔袁志成的家。这是华北某大城市新华棉纺织厂生活区里一幢普通宿舍的二层楼。舞台上是两居室单元的外间，一门通往过道，一门通往内室，一门通往阳台。这个房间既用来吃饭、会客，又在墙角支起一个床铺，作为袁晓兰的卧室。室内的陈设相当简朴，甚至连最时髦的沙发也没有摆。

〔隔窗相望，可以十分醒目地看到生产区里刚刚建起来的9000锭车间雄伟的厂房。

〔幕启。方静正在里里外外地忙着烧年饭的菜。

〔袁晓兰刚刚布置完屋子，手里还提着一只点着的红灯笼，不知挂在什么地方好。

〔窗外传来了并不密集，然而却很响亮的爆竹声。

〔袁晓兰的床头柜上摆着的小录音机里，播放着欢快的乐曲。

〔方静系着围裙端进一盘切好的熟菜。

方　静　（嗔怪地）哎呀，晓兰，灯笼还没挂好哪？

袁晓兰　新年就得有个新年的气氛，非给它找个好地方不可嘛！

方　静　行啦，快挂上吧！（听着）哎，好像有人敲门哪！

袁晓兰　真的？别是爸爸回来了吧？哟，今天怎么没唱那两句河北梆子啊？（学袁志成）“金枝玉叶少训教，来在开封搅老包……”

方　静　（笑）这孩子，还不快开门去！

袁晓兰　哎！（终于把红灯笼挂在电灯下，欲去开门）

〔过道里的门砰的一声打开，小闹钟大喊着："我来啦！"上。

小闹钟　（左手抱着一个塑料洋娃娃，右手抱着一瓶泸州大曲）我来啦！都吃什么好吃的啊？我今儿可在这儿吃年饭！

袁晓兰　（迎上去）该死的！原来是你啊！敲什么门哪，装模作样的！我们这儿都忙得快脚丫子朝天了，不给你饭吃！

小闹钟　嚯，人家刚进门儿就来这么一通，谁受得了啊！（取出家具单子）老同学！拿着，家具单子！

袁晓兰　（接过，看）哟，这么多啊？

小闹钟　不多，跟我结婚的时候一个样。

袁晓兰　我，我真有点儿怕人家说。

小闹钟　一辈子就这么一回！

袁晓兰　（犹豫）要不，我再跟小林子商量商量？

小闹钟　你连这么点儿主都做不了啊？待会儿咱们就跟袁伯伯说，他老不管可不行！袁伯伯快回来了吧？（把家具单子又收回去）

袁晓兰　我刚给他打完电话，这就回来。

小闹钟　（忽然想到）哎哟，你瞧我这马大哈劲儿的。（从大衣口袋里取出一封信）这儿有你爸的一封信。

袁晓兰　（接过来，念）"献给袁厂长"！

小闹钟　准是小孩儿们淘气，给按在楼道的墙上了。

袁晓兰　（拆开，念着）"袁厂长，冒傻气，不懂上供拉关系。六亲不认包公脸儿，双手死抱旧皇历。生产生活上不去，奖金、宿舍没有'戏'。逆着潮流当领导，不出半年一边去！"

小闹钟　哟——是这内容啊。大年下的，多丧气！看，这儿还有一张漫画哪！真不好看！

袁晓兰　（不满地）有意见提意见，干吗这么挖苦人哪？！

〔过道里传来唱河北梆子的声音。

小闹钟　你爸来了！先收起来吧！

〔袁晓兰赶忙把信收起。

〔袁志成兴高采烈地边唱边上。

袁志成　（唱）“金枝玉叶少训教，来在开封撒老包；慢说搬来国太到，宋王爷来此我也不饶！……”

〔吴一倩替袁志成抱着毯子随上。

吴一倩　（笑着）老方哪？

〔方静从厨房上。

吴一倩　喏，我把老袁押送回来了，你可要看好噢！

〔方静笑着接过毯子。

袁志成　吴总啊，咱们就不能再商量商量？

吴一倩　我不要听你讲。你已经整整半年的辰光没有在家吃顿团圆饭啦！今朝无论如何也要在家过个新年的！

〔方静殷切地望着袁志成。

袁晓兰　我赞成吴阿姨的意见。

小闹钟　我也赞成。

吴一倩　（向袁志成）喏，看到了吧？你是少数。现在9000锭新车间的土建工程已经完成，下面的安装工作由我来负责嘛！

袁志成　（玩笑地）好！我服从多数。可有一条儿，待会儿你也得来这儿过年。

方　静　吴总，我还给你买了葡萄酒。

袁晓兰　吴阿姨，您一定得来！

吴一倩　（认真地）一切要等到安装工作开始以后再讲。如果没有问题，你们不请我也来；如果有问题，你们请我也不来。再会！（下）

袁志成　小闹钟，听说北方厂的新车间，都安装一个礼拜了。你爸是坐上飞机了怎么着，那么快？

小闹钟　我也记不清了。反正我爸这些日子整天坐着小汽车，带着东西跑机器设备和原材料去。

袁晓兰　要不，就能叫“和尚厂长”啦？

袁志成　又胡说什么哪？什么叫“和尚厂长”？

袁晓兰　就是专门会上供拜佛的呗！是吧，小闹钟？

小闹钟　没错儿。现在不当“和尚厂长”就吃不开！（发现方静，突然地）哎哟……

方　静　（含笑地看着小闹钟）怎么啦？

小闹钟　这儿还站着轻工局纪律检查委员会的副书记哪！方姨，您只当刮了一阵风儿，什么也没听见，啊？

方　静　替你爸求情啊？晚啦！这丫头。（轻轻地在小闹钟脸上打了一巴掌，下）

小闹钟　（笑了笑，不在乎地）来！新年礼物。（把桌子上的塑料娃娃交给袁晓兰）老同学，这是给你的！（把泸州大曲交给袁志成）袁伯伯，这是给您的！

袁晓兰　（看着娃娃）真有意思！这娃娃也不好买吧？

小闹钟　这是百货商场的姐妹儿特意给我留的，要不来了货一抢就没。怎么样，这关系够铁的吧？

袁志成　不用说啊，我这瓶泸州大曲也不是从前门儿出来的吧？

小闹钟　“一等人儿送上门儿，二等人儿走后门儿，三等人儿人托人儿，四等人儿干着急儿！”现在兴的就是这个！

袁志成　一张嘴就一套一套的。

小闹钟　当售货员的不能说还行？

袁志成　可我告诉你，伯伯这回还真跟你唱了个对台戏——9000锭车间整个土建工程愣是没上供，没拉关系。你笑，不信是不是？

小闹钟　（笑着）我信，我信还不行吗？可您别着急。我爸说了，土建才是一半儿。说不定好戏还在后头哪。

袁志成　好，那就走着瞧吧。

小闹钟　袁伯伯，咱爷儿俩打个赌干不干？

袁志成　怎么，还要跟我打赌？

小闹钟　您要是真能坚持到底，我就再送给您一瓶泸州大曲。

袁志成　好。

小闹钟　要是坚持不下去呢？

袁志成　（想着）嗯……我也给你买个塑料的娃娃，怎么样？

小闹钟　好嘞。（伸出手）来！

袁志成　干什么？

小闹钟　拉钩儿啊！

袁志成　好，拉，拉！（与小闹钟拉钩儿）

小闹钟　说！拉钩儿上吊，一百年也不要！

袁志成　这是什么意思？

小闹钟　就是决不反悔的意思。反正我们院儿的小孩儿都这么说。来，一块儿说。一——二！

小闹钟
袁志成　（同时）拉钩儿上吊，一百年也不要！

方　静　（端来一盘熟菜）看你那么大人，还跟个小孩儿似的。

袁志成　（笑着）走，都到厨房去。不劳动，不得食。（转向方静）分配我干什么？

方　静　你会干什么？洗个澡、理个发去。看看，都有一个多月没打扫卫生啦！

袁志成　（摸着头发、胡子）来个折中的方案怎么样？待会儿我好好洗洗脸，再把胡子搂扯搂扯！

方　静　真拿你没办法！（进厨房）

袁晓兰　我爸就是懒！

袁志成　（突然从口袋里掏出一把二踢脚）刚才从日夜店路过，顺便买了这么一把。我先上阳台上放一个，也过过瘾。

袁晓兰　爸！

小闹钟　（把二踢脚抢过来）您先坐在那儿，我们今天跟您说点儿正经事儿。

袁志成　嚯，这么严重？（坐下）

小闹钟　您说，我们这位老同学可“七一”就要结婚了，她的事儿您到底还管不管吧？（向袁晓兰挤挤眼）

袁志成　管！前一阵子不是净忙 9000 锭了吗？现在有点儿眉目了，我还能不管？晓兰，快说说，都还缺什么，爸给你张罗张罗。

小闹钟　（把家具单给袁晓兰）念！

袁晓兰　（不接）还是你念吧。

小闹钟　我念就我念。袁伯伯，您好好听着。

袁志成　这么长啊？

小闹钟　您用不着害怕，这比那“八机部长”差多了。

袁志成　（不懂）“八机部长？”

小闹钟　啊。电视机、录音机、冷冻机、洗衣机、照相机、缝纫机……

袁志成　行了，行了，你就快说说家具吧。

小闹钟　（念）三开门大衣柜、多用柜、酒柜、电镀衣架、沙发、茶几、软床……

袁志成　（打断地）非睡那软床干吗？那玩意儿可是一按一个大坑，不舒坦！

小闹钟　我结婚买的就是软床，摆在屋里可有派头啦！

袁志成　好，好，我想着这事儿，想着。

小闹钟　（向袁晓兰）得，有袁伯伯这一句话，就都交给我办啦！

袁志成　你……

袁晓兰　爸，您可别小看小闹钟这个副食店的售货员，可有办法啦！

袁志成　（摇摇头，想要说什么）……

〔林彤上。

小闹钟　小林子，刚说完你们的事儿。你可倒真省心啊！

林　彤　（老实地）我早就想来了，可，可工作老处理不完。（取出一份文件）袁伯伯，这是工区王主任让我给您带来的。

袁志成　什么？

林　彤　土建工程竣工验收文件。他要求吴总快点儿在上边签字。

袁志成　嗯。吴总一会儿就来。（接过文件）好啊，土建大功告成！今年的收成不赖嘛。

〔方静在厨房的声音："晓兰，来帮把手！"

袁晓兰　哎，来啦。

小闹钟　我也去。

〔袁晓兰、小闹钟进厨房。

林　彤　（有些不好意思地）袁伯伯，听说，听说您上礼拜在厂子做了个动员报告？

袁志成　对。在职工代表大会上说了说。

林　彤　听说您公开号召大伙儿千方百计地弄白花花的银子？

袁志成　对。就是给财政部多攒俩钱儿。怎么啦？

林　彤　有人问，光想要白花花的银子，那红彤彤的旗帜还要不要？

袁志成　我都要！没有白花花的银子你哪儿来的红彤彤的旗帜？

林　彤　（笑着）您，您可真够敢说的。

袁志成　我还嫌说得不够呢。扩建个9000锭车间，就能保证我一年给国家交1800万的利润，不好？该挣的钱不挣，不该花的钱滥花，那叫败家子！提个白花花的银子怕什么？我这人是两论起家——"唯生产力论"加"人性论"，说话就是小辫儿多。

〔方静拿碗筷上。袁晓兰、小闹钟随上。

方　静　快着，摆桌子准备吃饭啦！

〔众人摆桌椅。

〔李主任陪着倪科长上。

李主任　厂长，我给您介绍一下，这就是电力公司的倪科长。

倪科长　（热情地）不，不，是老倪！老倪！

袁志成　（与倪科长握手）欢迎，欢迎。坐，快坐。

〔袁晓兰、小闹钟、林彤进里屋。

倪科长　（极不见外）你们要吃饭？没关系，用不了几句话。

方　静　不忙，坐吧。（进厨房）

袁志成　（热情地）到了我这儿用不着客气。老李，给倪科长倒茶。

〔李主任给倪科长、袁志成倒茶。

倪科长　（坐下）李主任，坐，都坐。

袁志成　倪科长，我这个人是直肠子。开门见山吧，我这9000锭车间下边可就全靠你们啦！

倪科长　您放一百个心，这是我们分内的事嘛！现在是各条战线开绿灯，确保轻纺工业大上、快上。袁厂长，对吧？

袁志成　咱们这是一个前方，一个后方。没有后方的支援，前方就不用想打胜仗！

倪科长　可现在的事儿也真叫难办。“文化大革命”以前一天能办完的事儿，这会儿你俩礼拜也处理不利索。本来就是电源不足、电压不够，再加上一扯皮，这事儿可就更不好办啦！

袁志成　（有些紧张）老倪，我们这可是……

倪科长　我的厂长，您可别误会。我们刘经理有指示，不管有多少困难，都得确保你们厂用电。

袁志成　（兴奋地）那就太好啦！

倪科长　我们刘经理连那话都说了：“就是电力公司的机关大楼里头点上洋蜡办公，也得先支援9000锭按时投产。”

袁志成　（感动地）老倪啊，你今天算是解除了我们一个最大的后顾之忧。（倒酒）来，赶上过年了，我得先敬你一杯！

倪科长　袁厂长，用不着。电力公司能给你们当个好后勤，就算是我们的光荣。

袁志成　不，这杯酒你说什么也得喝了它！（递给倪科长酒杯）

李主任　倪科长，厂长诚心实意的，喝了吧！

倪科长　得，那我可就不客气啦！

袁志成　来，干！

〔袁志成、倪科长一饮而尽。

袁志成　老倪，什么时候送电？可就等着来电安装机器哪！

倪科长　（看表）十九点准时送电。

袁志成　（高兴地）老李，快打电话告诉吴总，省得让她着急。

〔李主任欲打电话。

〔新车间灯光骤亮。

倪科长　（一眼看见）等等。（用手向窗外指着）

李主任　厂长，来电啦！

〔袁志成疾步到阳台上看着。

倪科长　（看表）十八点五十分，提前送电。袁厂长，我告辞了！

袁志成　（紧紧地握着倪科长的手）我什么也不说了。替我给刘经理道谢！老李，你送送老倪同志。

倪科长　不用，不用。这么客气还行？往后还少不了打交道哪！

〔倪科长、李主任同下。

〔袁志成心花怒放地看着灯火通明的新车间，拿起帽子向外走。

袁志成　（得意地唱）“金枝玉叶少训教，来在开封搅老包；慢说搬来国太到，宋王爷到此我也不饶！……”

〔方静上。

方　静　站住！要上哪儿去？

袁志成　我洗个澡，理个发……

方　静　不用装。新车间灯一亮，心里又发痒了，是不是？

袁志成　（指着窗外）瞧瞧，快瞧瞧，多漂亮！真比抱个大胖娃娃还让人高兴！告诉你，你老头子要给你们纪委作个脸，这个扩建工程，我要叫它自始至终清清白白，半点儿不正之风也不沾！让我去吧，一会儿就回来！

方　静　（把帽子抢过来）半会儿也不行。今天哪儿也不让你去！（向里屋）晓兰，摆桌子，吃饭！

〔袁晓兰、小闹钟、林彤上。

袁志成　（笑了笑，拿起电话）我要9000锭车间。……喂，我是老袁，请你找一下吴总。（背着方静点着一支香烟）

方　静　（一眼发现）老袁……咱们可有约法三章！

袁志成　（赖着不给）就抽一支行不行？

方　静　（认真地）哪来的烟？买的？

袁志成　不，我刚跟老李要的。

方　静　（坚决地）拿来！一支也不同意。

袁志成　好，好，好。缴械。（把香烟给方静）

〔方静把香烟灭掉，进厨房。

袁志成　（像魔术师一样，又从口袋里取出一支香烟点着）……

〔众笑。

袁志成　（制止）嘘——这是夫人的命令不能不听，我的烟瘾忒大不能不抽，还不得搞点儿综合平衡、全面发展？（继续打电话）喂，吴总吗？……

〔吴一倩上。

吴一倩　阿拉来哉！

袁志成　不用找了！（放下电话）吴总，车间里怎么样？

吴一倩　（兴奋地）喏，你放心好啦！一切正常。灯火通明，马达声声，安装工作已经全面开始了！

袁志成　（兴高采烈地）好，吃饭！吃饭！（小声地）吃完饭咱俩再转转去！

吴一倩　（点点头，把一个纸包和饭盒放在桌子上）晓兰，猜猜看。这是你从小就喜欢吃的。

袁晓兰　（拿起纸包摸着）……我知道啦！红虾酥糖，对吗？

吴一倩　（笑着）对的。喏，还有从食堂里随便买的两个熟菜。

〔方静上。

方　静　吴总，还买东西干什么？

袁志成　（赶忙把香烟灭掉）晓兰，还不快谢谢吴阿姨！

袁晓兰　谢谢吴阿姨。

袁志成　来，来。坐，大家都坐。

小闹钟　我自告奋勇给你们倒酒。

〔大家入席。

方　静　先给吴总倒点儿葡萄酒。

小闹钟　好嘞！（倒酒）

吴一倩　老袁哪，我这个倔老太婆，今朝也讲些让你欢喜听的话。

袁志成　（玩笑地）那可不容易。

吴一倩　记得吗？大跃进的辰光，你是织布车间主任，我是副主任。当时是布机都在拼命地加速，今朝230转，明朝就是250转……

袁志成　加速加得我心里实在是没了底！就偷偷地问过你的意见。

吴一倩　我讲：超过220转就要毁掉机器！你听了以后，一方面告诉我千万不要对旁人讲，一方面暗中把车速降了下来。只留下几十台应付一下检查。

袁志成　结果是保住了全车间的2000台布机。

吴一倩　（感慨系之）老袁啊，这件事情我要记一辈子。从这里我看到了共产党人的诚实、正直和无私。你晓得，我不会也不愿意恭维人。可是你这次回厂工作，在9000锭工程里又顶住了歪风邪气，我是不能不宾服的。尽管在什么关系学上我一窍不通，可是我晓得做到这一点是蛮不容易的，蛮不容易！（向方静）啊？

方　静　我们准备搞个调查报告，好好总结一下你们的经验。省报、市电台的记者也准备来采访、报道。

袁志成　别，可别。叫他们来了，事儿没办完就先吹出去？你底下要是崴了泥哪，那不是糊弄人吗？咱们还是先一步一个脚印儿地走着瞧吧！

〔小闹钟笑，袁晓兰制止。

袁志成　小闹钟，笑什么？

方　静　不用管他们。

袁志成　吴总啊，老实说吧。开始我这心里也是一个劲儿地打鼓哪。小林子，特别是和你们建筑公司签订合同那几天。现在不是有那么一句时髦的话吗？怎么说来着？

林　彤　“好钢使在刀刃上，合同之前拜佛忙。佛爷佛爷大老虎，不烧香就调屁股。”

袁志成　对。当时我就是想先咬牙顶着试试，嘿，没料到一顶还真顶过来啦！用咱们老家的土话说，这叫傻小子睡凉炕——凭火力壮。

〔袁晓兰和小闹钟仍在一旁嘀咕。

袁志成　晓兰，嘀咕什么哪？

方　静　老袁，快吃饭吧，你给吴总夹菜啊。

袁晓兰　对，吃饭，吃饭。

小闹钟　小林子，今儿个就数你干活儿少，得罚你给大伙儿夹菜。

林　彤　行，行。（夹菜）

小闹钟　哎呀，袁伯伯！您可真不给面子，我买的泸州大曲怎么不打开喝啊？（忙打开酒，倒酒）

袁晓兰　对，干杯，干杯！

袁志成　（认真地）有什么事儿瞒着我哪？告诉我，要不这饭吃不好，酒也喝不痛快。

小闹钟　说就说！……晓兰！

袁晓兰　爸，厂子里有人给您写了一首诗，画了一张画。

袁志成　噢？

袁晓兰 （取出诗、画交给袁志成）刚才按在咱们家楼道上的。

小闹钟 也真够缺德的。

袁志成 （看着，哈哈大笑起来）吴总，看看，快看看。

〔吴一倩看着。

袁志成 （指着画）我这脑袋上边怎么还有几根儿曲里拐弯儿的粉条儿啊？

小闹钟 那是说您净冒傻气！

袁志成 不赖！不赖！

袁晓兰 （不同意地）爸爸！

袁志成 你看，这说明我的群众关系还可以嘛。要不工人敢让厂长出这份洋相？来，来，来。我得都收起来留个纪念。（把诗、画放进口袋）现在干工作就是得挨骂！

吴一倩 只要不是多数人骂，骂也无妨。

袁志成 对，咱们吃饭啦！

方　静 吃饭。

袁志成 老伴儿，都做什么好菜啦？没有红烧狮子头啊？

袁晓兰 早就做好啦！

方　静 就是你嘴快！（去端菜）

袁志成 吴总，这是她新学的一手，可以和扬州的大师傅相媲美。

吴一倩 噢？我一定品尝一下。

〔李主任上。

袁志成 老李，快来。

李主任 厂长，您吃您的饭，有几个事儿说说。

袁志成 好，边吃边说。来……（递给李主任一杯酒）

李主任 （接酒）建筑公司的验收文件吴总已经签字了吧？

袁志成 小林子带来了，还没签。

吴一倩 （一丝不苟地）我还要最后去空调室看看再签。

李主任　好。原材料已经跟化纤厂打了招呼，他们答应给最好的化纤。

袁志成　嗯。

李主任　机器设备也基本上到齐了，就差两台粗纱机，下午给江南纺织机械厂挂了长途，他们说已经派人来啦。

袁志成　（兴奋地）好！方静，再给多弄俩菜来！炒鸡子、松花蛋什么都行。咱们今天得好好庆祝庆祝！老李，干脆你也在这儿凑凑热闹，陪我喝两盅白的，他们都不行。

〔电话铃响。

李主任　（看了袁志成一眼，接电话）喂，我是老李，跟我说吧！……嗯，嗯。……真的？……好，我马上报告厂长。（放下电话）

袁志成　什么事儿？

李主任　9000锭指挥部来电话，发现空调室的土建工程还留着四分之一没完工哪！

袁志成　（意外地）真有这么回事儿？

吴一倩　喏，幸好我还没有签字。

袁志成　小林子，你知道是怎么回事吗？

林　彤　王主任就说让我把文件带来，让吴总快签字……

李主任　（欲说又止）他们……他们……

袁志成　说！

李主任　他们不能是想留下个尾巴，将来再提点儿什么要求吧？

小闹钟　我看就是那么回事儿。这就叫先上供豆腐两碗，后上供两碗豆腐，一样！

吴一倩　喏，他们就真敢那么明目张胆地做？

李主任　（附和地）也许不至于……

袁志成　（摇头）难说，难说。吴总，老李，明说了吧！我不糊涂，也不是傻子！知道愣这么硬碰硬地干得冒点儿风险。不是玩笑话，弄不好还真许能挪挪窝儿。

方　静　（劝阻地）老袁……

袁志成　（难以控制地）可我这心里头没有别的，只有一句话：拨乱反正就是起死回生，再不动真格的……（不愿说下去，走到桌前）来，吃饭！唐僧上西天取经还经过九九八十一难哪！没什么了不起的！来，都倒满喽，也像那么回事儿似的。

〔众人倒酒、橘子水。

袁志成　这第一杯还是为了庆祝9000锭土建工程的胜利完工，更为了预祝安装工作早日报捷！一句话，为了新车间提前投产，早一天让白花花的银子流进国库里头去！

吴一倩　喏，也为了你这个……冒傻气的厂长！

袁志成　也为了你这个倔总工程师！干杯！

众　人　（举起杯子）干杯！

〔众人欲饮。突然，新车间灯光骤灭。

袁志成　（放下酒杯）怎么回事？老李，快打电话问问。

〔李主任欲打电话。电话铃响。

李主任　（接电话）喂，是我。（向袁志成）是9000锭来的。（继续打电话）……什么？！（放下电话）电源断了！

吴一倩　（猛然站起向外走着）老袁，要立即把电搞来！不然我是没有办法工作的！（急下）

袁志成　老李，四月一号零点以前响机器是钢性的！你赶快去找倪科长，我去基建科调汽灯，安装说什么也不能停。走！

李主任　嗯。

〔袁志成、李主任同下。

方　静　没想到这顿团圆饭还是没吃成。

小闹钟　（笑着）方姨，您知道为什么停电了吗？

袁晓兰　你又瞎猜。

小闹钟　瞎猜？准能猜得着！

方　静　为什么？

小闹钟　可我现在还不想说哪！（大笑）

方　静　（摇着头）疯丫头，就是你鬼！

——幕急落

第二场

〔一周后，星期天的下午。

〔袁志成的家。

〔幕启。空无一人。片刻后，袁志成疲惫不堪地走上。他烦躁地来回踱着，最后毅然从口袋里拿出一包香烟来。

〔方静戴着花镜，手持文件从里屋出。

方　静　（制止地）老袁！（抢过香烟）还没有找着倪科长？（倒一杯茶给袁志成）

袁志成　（想着）他真能是有意地躲着我？

方　静　（不正面回答）先别着急，再找找看。

袁志成　停电都一个礼拜了！还说什么高效率、满负荷、紧迫感？

方　静　去找找郑局长？

袁志成　没用。

方　静　（放下眼镜、文件）饿了吧？我给你下面条儿去！（进厨房）

〔袁志成端起茶杯一饮而尽。

〔李主任和小闹钟上。

李主任　厂长，有个重要的情况。小闹钟，快说说。

小闹钟　您说吧！

李主任　还是你说吧！

袁志成　嗐，谁说都行啊！

小闹钟　李主任让我问问我爸，他们北方厂新车间安装以前是怎么跟电力公司打的交道？

袁志成　（关心地）怎么打的交道？

小闹钟　嗐，特简单。我爸让办公室先给倪科长他们送去了两匹十八块二一米的纺拷花呢和一包八十块钱一条的毛毯。

袁志成　（似信非信）真是这么回事儿？

李主任　刚才钟厂长说的时候我也听见了。

小闹钟　这是小菜儿一件！

李主任　人家钟厂长还劝咱们……

袁志成　什么？

李主任　劝咱们也别那么死心眼儿，说电力公司的人出气儿都是粗的。

〔方静拿着碗筷上。

小闹钟　帮助买点儿后门儿货算什么呀？噢，供电局，供电局，不上供就给电哪？没门儿！

方　静　（有些尴尬地）你们都坐下说吧。喝茶吧，壶里是刚沏的。

袁志成　（理解地）方静，你上里屋看你的文件去吧！待会儿我自个儿下面条儿。

〔方静拿着眼镜、文件进里屋。

小闹钟　（调皮地）袁伯伯，方姨不检查您吧？

袁志成　该谁是谁。这么说，电力公司这个火焰山就真是闯不过去啦！嗯？（从口袋里又摸出一支香烟点着）

李主任　（自言自语地）这会儿安装还能对付着，下边儿试车要是还没有电，那可就不太好办啦！

袁志成　不是不太好办，是太不好办，是吹灯拔蜡！

小闹钟　袁伯伯，要我说您就办点儿后门儿货吧！保证犯不了错误！噢，许我爸办，就不许您办哪？

李主任　（等待着）厂长……这……

袁志成　（突然地）还是等见着了倪科长再说。

小闹钟　哟，您还真怕方姨？

袁志成　你不懂。

小闹钟　（着急地）等见着了倪科长可就来不及啦！人家几天没露面儿就是为了让您赶快准备东西！（向李主任使眼色）

李主任　（有顾忌地）厂长，刚才我上毛麻丝公司去了一趟，正赶上供销科是我的老同学值班。

袁志成　什么意思?

李主任　（小声地）顺便我把呢子、毛毯也给办回来了。

袁志成　（意外地）把东西给办回来了？你?

李主任　就在办公室里头放着哪！

袁志成　（生气地来回踱着，突然站住）老李啊老李，这么大的事儿连个招呼都不打就做主了，对头吗？（坚决地）不行，办了也不行！水大漫不过桥去，这事儿还是我说了算！这条警戒线咱们说什么也得守住，不能退下来！

〔李主任不语。

小闹钟　袁伯伯，我把话说出来搁在这儿，胳膊拧不过大腿去。您和李主任还不定谁对呢！得，回见！（下）

袁志成　（又来回走了两趟）老李，真是你对我不对？嗯?

李主任　（岔开）对了，厂长，吴总还找您哪。

袁志成　要电！该要！不跟我要，跟谁要去？人家想为四化多干点儿活儿，可连个基本条件都没有，我这个厂长是干什么吃的?！

〔过道里传来敲门声。李主任去开门。

李主任　厂长，郑局长来了。

〔郑局长上。

袁志成　（站起来迎接）老郑……

郑局长　方静同志在家吗?

〔方静从里屋上。

方　静　找我吗?

郑局长　总结他们（指袁志成）的那份材料，听说你要求缓发，真的吗？我看材料写得还可以嘛，登在报上也是篇好东西。为什么不早发呢？检查《准则》贯彻情况，有问题要揭露；有好典型，更要树起来。我是主张登报的，就是要吹吹嘛！一定是老袁的意见影响了你，我对他比你还了解！

方　静　他不知道。要求缓发是我们纪委几个同志的意见。

郑局长　为什么？

方　静　（看了袁志成一眼）我看他要顶不住。

袁志成　还是先放一放好。

郑局长　（向袁志成）拉稀啦，老伙计？碰上什么问题啦？电？

袁志成　嗯。动力变成阻力了。

郑局长　有这么严重？

袁志成　安装速度已经掉下来了。老李，把这两天的进度给局长看看。

〔李主任把笔记本翻开给郑局长看着。

方　静　郑局长，你们谈吧。我们的意见请你一定重视。

郑局长　你去，你去。

〔方静下。

郑局长　（指着笔记本）这么下去可是不行！安装上不去就直接影响按时投产，不能按时投产就直接影响你们 1800 万利润指标。别忘了，这可是你在局里立下了军令状的哟！

袁志成　这我心里头有数儿。可现在要命的是摸不着电力公司的底啊！老郑，北方厂是怎么干的我可都知道了……

郑局长　（笑着）现在局党组正在抓《准则》贯彻情况的大检查，你可不能拆我的台！这个时候要是让我发现你搞了点儿什么，可小心吃家伙！

袁志成　（耿直地）话都叫你说了，可蜡还得我坐。刚开始安装，电力公司就给我们来了个掐脖儿旱，我不想辙，闯过去能行？

郑局长　（天马行空地）嘻，困难什么时候没有啊？过去咱们就经过

了不少多少困难嘛！哪一次不比现在更困难，可结果如何呢？还不是照样都闯过去啦！啊？（笑着）

袁志成　怎么，说完了？（认真地）老郑，你老这么虚虚乎乎的不行，来句干脆的怎么样？

郑局长　哎呀，你是个一点就透的人，还用得着我再多废话啊？（看表）就说到这儿吧？我还要到棉纺公司去转转。（站起来）

袁志成　（忍不住地）老郑，干脆直说吧：你是让我偷偷摸摸地搞呢，还是躲过这阵风去再说，要不我就是硬碰硬地死顶着？

郑局长　（停了一下）原则就是两条儿：一、抵制不正之风，我希望你能善始善终；二、1800万利润，我年底朝你要，少一分钱也不行！（笑着）我相信你一定能处理好的。事在人为嘛。（大笑）再见吧！（向外走着）

〔袁志成、李主任准备送出。

郑局长　怎么，你们还要送我啊？不必要，不必要嘛。抓紧时间谈工作好啦！我就不相信你们真能让电力公司给难住！（大笑，下）

李主任　（积极地）厂长，听出来了吧？局长那话可是松了口儿啦！

袁志成　我什么也没听出来！（显然是听出来了）贯彻《准则》，是党心所向，民心所向，不能装门面，更不能耍花活！这就把东西都退回去，坚决性的！

李主任　厂长……

袁志成　什么也别说了。这事儿我也不批评你了，快把东西都退回去。

李主任　……好吧！（欲下）

〔吴一倩急上。

袁志成　你找我？

吴一倩　（一屁股坐在椅子上）喏，厂长同志，到底哪个辰光可以来电？

袁志成　很快，很快就来电。

吴一倩　我要求科学的、准确的回答，哪一天？几点几分？

袁志成　吴总，沉住气，先别着急！

吴一倩　我怎么能不急？现在全部梳棉机已经安装完毕，就等着来电试车。侬晓得勿啦？

李主任　（解释地）吴总，厂长今天找了一天的倪科长，可是……

吴一倩　你不要讲！什么上供啊，念佛啊，我不懂，也不想懂。我只晓得 9000 锭迟开工一天国家就要损失两万元，迟开工一个小时就要损失八百三十三元三角三分！老袁，你不是最欣赏白花花的银子吗？现在它就从我们的眼前飞快地跑掉啦！跑掉啦！

袁志成　吴总，这我都知道。

吴一倩　（认真地）那好。什么辰光解决？今朝？明朝？我是负责技术工作的，就是要向你这个厂长要电！我晓得你有困难，而且可能很大，可是我不管，也管不了！

袁志成　吴总，你的意思我懂。

吴一倩　再讲一次：明朝再不来电，我就没有办法保证四月一日开工。那就首先要打你的屁股，让局里扣发你的工资！全部扣发！（站起来）

袁志成　吴总，吴总……

〔吴一倩急下。

李主任　这个倔老太太，真没治。

袁志成　要是都这么干，四化就有治了。（向李主任）还愣着干什么？快退东西去吧！

李主任　厂长，您看是不是再……

袁志成　再什么？

〔李主任不语也不动。

袁志成　有话就说出来，这么憋着我受不了！（坐下，又点着一支

香烟）

李主任　（诚挚地）眼下国家有财政赤字，够为难的啦！咱们能早投一天的产，就能早给国家堵上点儿窟窿。

袁志成　（不语）……

李主任　说白了吧，我也知道倪科长是个小人，可这种人现在还真犯不上得罪。

袁志成　那就跟在他的屁股后头跑？

李主任　这不算什么！毛纺厂有部分自销权，电力公司职工想买东西，咱们也就是在中间给搭个桥儿。再说，这么办的又不是一家两家。

袁志成　（停了一下）算了，算了，先不说啦！

〔电话铃响。

李主任　（接电话）喂，是袁厂长家。您是哪位？……倪科长？哎呀，可算找着你了！……什么？……

袁志成　问他在哪儿！我马上就去找他！

李主任　（点头）……你六点钟到这儿来？……好，好吧！厂长可等着你，不见不散！（放下电话）倪科长说六点钟上这儿来，有要紧的事儿。

袁志成　还能有什么要紧的事儿，他的电能来就比什么都要紧！

李主任　不，咱们得听听。

袁志成　听，听，我什么都想听！

李主任　厂长，您看那东西是不是等等再退啊？

袁志成　我说老李啊，你黏黏糊糊的还真有个准主意。不行！还是退了吧。

李主任　（看表）要是等倪科长来了以后再退呢？反正前后也差不了一个小时。

袁志成　（摇头）你呀……（进里屋）

李主任　好，我回办公室啦。（下）

〔过道里传来了敲门声。

〔方静从里屋上，去开门。随即传来对话声——

〔赵科长："麻烦同志，这是袁厂长的家吗？"

〔方静："是。快请进吧！"

〔赵科长提着一个鼓鼓囊囊的人造革手提包，风尘仆仆地上。方静随上。

赵科长　（擦着汗）哎呀，总算是找到啦！你们这里的宿舍楼都是一个样子的，蛮不好找的嘛！

方　静　同志是第一次来吧？贵姓啊？

赵科长　噢，对的。（忙取出介绍信）我是江南纺织机械厂供销科的赵永全。

方　静　（看信）好，坐。快请坐。

赵科长　同志，你是……

方　静　我是老袁的爱人。

赵科长　噢，好的，好的。（忙把大手提包放在桌子上，拉开拉锁）你也在新华厂工作？

方　静　不，我在轻工局纪律检查委员会工作。

赵科长　（马上停住手，并且把拉锁重新拉拢）噢，好的，好的。

方　静　（倒茶）赵同志，喝茶。

赵科长　不客气，不客气。（顺势把大手提包又放在地上）此地的蔬菜不好买吧？

方　静　冬天嘛，总要少一些，不过还可以。

赵科长　那品种肯定也不会全啰？

方　静　对，不大全。

赵科长　噢，好的，好的。

方　静　快喝点儿热茶，暖和暖和。

赵科长　（喝茶）好的，好的。

〔袁志成上。

方　静　老袁，这位赵同志找你。（把介绍信给袁志成）

袁志成　（看信）好，欢迎，欢迎。（与赵科长握手）就等着你们的粗纱机啦！

方　静　赵同志，你们谈。

赵科长　噢，好的，好的。

〔方静进里屋。

袁志成　赵科长，坐。

赵科长　（再次把大手提包放在桌上，拉开拉锁，取出用塑料袋包好的竹笋、鲜藕、茭白等蔬菜）袁厂长，我晓得你不是个贪小便宜的人，我呢，也不是个随随便便送东西给人家的人。我们这是听说此地缺少蔬菜，顺便给你带来的。东西不多，为了救一救急……

袁志成　赵科长，你这是……

赵科长　（打断地）袁厂长，为了不让你为难，我这蔬菜统统是要钱的呀！这竹笋——三角，鲜藕——两角五，茭白——四角，加在一起还不到一块钱。公平买卖，一清二白。

袁志成　（笑着）赵科长，这咱们待会儿再说。我们订的粗纱机怎么样啦？

赵科长　（把大手提包放在地上）我就是为了这件事来的。袁厂长，也用不着客气，我们是想求你们一件事。

袁志成　说吧，只要是我们能办得到的。

赵科长　做得到，肯定是做得到的。不怕袁厂长笑话，去年我们厂就没有完成产值指标，资金相当紧张。所以，我们厂长让我来问一问，你们能不能多要一点粗纱机的备件？

袁志成　什么备件？

赵科长　墙板，粗纱机两边用的墙板。

袁志成　（大笑）我说赵科长，你可真会打哈哈，那墙板都是钢铸的，工人们叫它“傻大黑粗万年牢”，又不是易损件，我备它干什么?

赵科长　再讲得明白一点好啦，我们厂的资金周转不开了，想让你们厂支援一万块钱，买下这五副墙板。

袁志成　要是答应了买墙板，粗纱机怎么办?

赵科长　粗纱机马上就发货，绝不耽误你们安装。

袁志成　（点着头）我听清楚啦。这是买五斤好西红柿搭上一筐老茄子。赵科长，咱们是初次见面，可我喜欢你这个直爽劲儿。老实说吧，我们这么个大厂子积压一万块钱的备件也不算什么……

赵科长　噢，好的，好的。

袁志成　可不管怎么说，这也是……这样吧，让我们研究研究。（边说边把大手提包放在桌上，并把蔬菜逐样装进去）

赵科长　噢，好的，好的。可这……

袁志成　（装好蔬菜，拉拢拉锁）这，我心领了，我们这儿有菜吃。再老实说一句吧，收不收墙板和这点儿菜没关系。我这个人嘴直，你得多见谅。

赵科长　噢，好的，好的。

袁志成　（关心地）你住下了没有？没什么问题了吧?

赵科长　住下了，住下了。在招待所一楼，蛮好的。袁厂长，最好能快一点研究，家里还等着我的消息。

袁志成　放心吧！我比你急，不是还等着安装机器哪！

赵科长　那好。我走了，再会。

袁志成　再见。

〔袁志成送走赵科长。方静从里屋上。袁志成看了看表，拿起电话。

方　静　老袁，我想跟你说几句话。

袁志成　（放下电话，坐下）我和赵科长的谈话，听见了?

〔方静点点头。

袁志成　老李办了东西也都知道了？

〔方静又点点头。

袁志成　那有什么话就说吧！

方　静　（停了一下）刚才我看了个文件，看得心里头真不是个滋味儿。

袁志成　什么文件？

方　静　一位新疆的老贫下中农说了这么一段儿话："要说穷，还是解放前穷。那时候社会不安定，土匪多，乱子多，整天得提心吊胆地过日子。可那时候我为啥不信真主信共产党呢？因为共产党是'清官'，一个心眼儿为老百姓。现在不一样了，不少党员、干部都光为自己打算，不管群众，我的心又慢慢凉了，就硬是信起真主来了……"

〔停顿。

袁志成　（感慨万端）是啊，听见群众为了党风不正指名道姓地骂娘，我的气就不打一处来，可又张不开嘴。

方　静　（激动地）老袁，咱们说什么也不能……

袁志成　说什么也不能再搞不正之风了，对吧？

方　静　至少我不愿意因为你让人家戳脊梁骨。

袁志成　所以，刚才我才让你进里屋去回避回避。

方　静　可我不能假装听不见啊！

袁志成　老实说吧，我现在心里头是十五个木桶打水——七上八下的。

方　静　我早看出来啦。可是根据我的了解，只要是一退下来，一件两件事儿根本就打不住。

袁志成　（突然地）我说，那你们纪委都是白吃干饭的？就不能快刀斩乱麻地给管管？该批评的批评，该通报的通报，该处分的处分，好好刹刹这股风就不行？

方　静　你到我的办公桌上看看去，揭发信老是一摞一摞的。可调查清楚哪一件事也不那么容易。情况都不明，我们怎么处理？

袁志成　情况就真不明吗？我就不信。

方　静　（坦率地）有的情况明也不好办。现在是“案子刚进门，就来说情人”。

袁志成　对啊！关键还是你们的腰杆子太软，不敢捅马蜂窝！

方　静　我也没有必要和你说谎，反正现实情况比你知道的要错综复杂得多。坦白地说吧，有些事儿我们管得了，有些事儿我们想管也管不了！

袁志成　管不了就往上报嘛。上边儿不是还有局党组吗？拿到桌面上谈嘛，争嘛！

方　静　又怎么样呢？有的案子硬是大事化小，小事化了嘛。

袁志成　那你们干脆就把纪委的牌子摘了算啦，回家来我和晓兰还要你嘛！

方　静　用不着这么将我的军。不就是想让我们管管吗？管是能管，可是管不好比不管还更难办。这你想过没有？

〔停顿。

袁志成　（烦躁地）可真是捆着发麻，吊着发紧哪！这，这算什么事儿呢？！

方　静　十年浩劫留下来的后遗症，一天半天很难解决。

袁志成　照你这么说，就真没有路儿可走啦？

方　静　有。自己不搞不正之风，一点儿也不搞。

袁志成　（不满地）我说，你可也在基层干过，说话实际点儿好不好？噢，你真不知道啊？现在一头儿是觉着共产党员上供拉关系丢人现眼，一头儿是觉着四化搞不成大伙儿都得倒霉。中央站不住脚，咱们也站不住脚！

方　静　又不是你不愿意干，是没有办法儿干吗！

袁志成　噢，没有办法儿干就不干？就上班喝茶，看参考？我可享不了那份儿清福！

方　静　（犹豫一下）局里正准备办一个厂级干部的工业管理训练班，

如果愿意的话，我去给你争取个名额。先离职学习半年，对工作、对你都是很需要的。

袁志成　（冷笑着）嘿嘿！这个招儿可不赖。又能打着学管理搞四化的旗号，又能先躲开 9000 锭这块是非之地，对不？

方　静　（也急起来）让你不搞吧，不行；让你学习吧，你又不愿意。那我也没办法。反正在这个家里不能藏着一个搞不正之风的！

〔袁志成心烦意乱地拿出一支香烟，欲点。

方　静　不许抽烟嘛！（吹灭火柴）

袁志成　你少管行不行？（点着香烟，来回踱着）下不为例，一定下不为例。可这回非搞不可！（站住）方静，这样吧！只当我刚才什么也没说，你什么也没听见，咱们就都睁一只眼闭一只眼怎么样？你知道不？现在没有电，就是要了我的命！

〔方静理也不理地向里屋走去。

袁志成　咱们说死了，就这么捏着鼻子搞一回。谁再搞谁就是小狗子！

方　静　（走到里屋门前停住）……实在非搞不可，也应当先开个党委会，要不开个厂长办公会。

袁志成　干什么？

方　静　集体研究，集体决定嘛！

袁志成　（睁大眼睛）方静，你……

〔小闹钟跑上。

小闹钟　（高兴地）袁伯伯，方姨，好消息！

方　静　什么好消息？

小闹钟　（取出一沓家具票）看，家具票儿！让我全给找来啦！够意思吧？

袁志成　（不快地）行，你的本事比我大。

小闹钟　也不是吹，咱还就是路子贼，路子野！

方　静　晓兰呢？

小闹钟　马上就来。袁伯伯，您瞧见没有？这可全都是木材厂的内销票儿，不用排队不说，还能进成品库里去随便挑！

袁志成　（接过家具票看着）现在这后门儿是越走越往高精尖上发展啦！

小闹钟　我得先问您一个问题。

袁志成　问吧。

小闹钟　您说，您疼不疼晓兰？

方　静　小闹钟，又想什么鬼点子！

小闹钟　方姨，您甭管。袁伯伯，您回答呀！

袁志成　这可怎么说哪？十年"文化大革命"她为我吃了不少苦，把最好的青春时光都给耽误了，我能不惦记她，不心疼她？

小闹钟　真疼还是假疼？

袁志成　不带一点儿水分。

小闹钟　得，下边儿可就看您的实际行动啦！

〔袁晓兰上，手里拿着五串糖葫芦，都背在身后。

袁晓兰　（兴致极高地）爸，我买了您最爱吃的东西。猜不对就不给您！

袁志成　（想着）冰糖葫芦，对不对？

袁晓兰　对——！给！我爸两串，咱们一人一串！（分发糖葫芦）

方　静　看看，还是向着你爸。

袁晓兰　人家爱吃嘛！

小闹钟　晓兰，家具的事儿我都说了一半啦！

袁晓兰　（不大好意思地）爸，我犹豫了半天，还是要了一个软床，您可千万别生我的气啊！

袁志成　只要你觉着睡那玩意儿舒坦就行。

袁晓兰　爸，您真好！

方　静　妈就不好？

袁晓兰　不，妈更好！

小闹钟　得了，得了，说说正经的吧！袁伯伯，家具票是全找来了，可人家木材厂的头头儿得托您给办一件事。

袁志成　（向方静）你看看，又来了不是？（向小闹钟）说说吧！

小闹钟　不行，您得先答应了我再说。

袁志成　我要是办不了呢？

小闹钟　我知底，您准能办得了！您就答应了吧！

袁晓兰　爸——！

袁志成　（不无勉强地）好，我答应，答应。

袁晓兰　小闹钟，说啊。

小闹钟　人家的要求不算高，就托您给搞一吨钢材。

方　静　小闹钟，这么做可不对头。

小闹钟　有什么不对头的？这么交换的多着呢！袁伯伯，您签上个字儿不就把事儿办妥啦？

〔停顿。

袁志成　（坚决地）这事儿我不能管！（把家具票放在桌子上）

方　静　对，是不好管。

小闹钟　袁伯伯，人家可就让搞一吨钢材！

袁志成　一斤碎铁我也不管！

袁晓兰　您刚才可是都答应啦。

袁志成　孩子，别的事儿都好说，唯独这号事儿我不能答应。

小闹钟　袁伯伯，您真不答应？

袁志成　（坚定地）不答应。

小闹钟　好吧。晓兰，这可不是我不帮忙。家具票儿放在这儿了，你们自个儿看着办吧！（急下）

袁晓兰　爸，您就一点儿也不能再考虑考虑了吗？

方　静　晓兰！

袁志成　（耐心地）晓兰，爸是老党员，是老干部，能不坚持原则？

能不按《准则》办事？

方　静　晓兰，听话，是不能办这种事。三材是国家的计划物资，他能随便动用吗？你要是真想买，咱们买高价的可以吧？

〔袁晓兰不语。

方　静　走吧，咱们上里屋去。爸爸等会儿还有客人来哪。

袁志成　（温和地）晓兰，上里屋和妈妈好好商量商量，只要不是这个办法我都支持。

方　静　快着，晓兰最听爸爸的话啦！

〔袁晓兰停了一下，正欲进里屋，李主任抱着呢子、毛毯上。

袁晓兰　（一眼发现，疾步走回）啊？李叔叔，这是给电力公司搞的吧？是不是？

李主任　是啊。

袁晓兰　（气极）爸，您，您这是……

方　静　晓兰，快进屋去吧！

袁晓兰　（大声地）爸，您这就不是老党员，不是老干部啦？您这也叫坚持原则，也叫按《准则》办事吗？您说，您说呀！

袁志成　（实在说不清楚）我……哎呀，我说不清楚！

李主任　（莫名其妙地）厂长，这是……

袁晓兰　我算是看出来了，您就会在家里打苍蝇，在外头喂老虎！还说您“包公脸儿”“冒傻气”呢，真那样倒好了！您也照样是个……“和尚厂长”！

方　静　（急）晓兰，不许再说啦！

〔袁志成气得脸色煞白，走到桌前把家具票撕碎。

〔袁晓兰哇的一声哭着进里屋。方静随下。

李主任　厂长，这是……

袁志成　（摇头）不说了，不说了！待会儿倪科长来了，我说你补充，行吧？

李主任　行……可最好是您先提出来。

袁志成　（想了想）这样吧，还是你跟他说吧！

李主任　那也行。

袁志成　万一他真收下了东西，你用不着向书记、其他厂长们报告，将来有什么事儿由我一个人兜着。

李主任　（佩服地）厂长……您……

袁志成　就这么定啦！

〔倪科长拿着饭盒匆匆上。

倪科长　袁厂长，实在抱歉！

袁志成　我今天可是找了你整整一天哪！来，坐吧！

倪科长　我听说了，这不紧着赶来啦。嗐，水平不高，事儿又多点儿，可不就得瞎忙呗！

袁志成　你这是从公司来？

倪科长　哪儿啊！从外线抢修队来。这不，连饭都没顾上吃哪。

李主任　（主动地）倪科长，我先抓空儿说点儿闲事儿。

倪科长　你说，李主任。

李主任　我们从毛麻丝公司联系来一点儿市场上短缺的粗纺产品。

倪科长　是吗？都是什么好东西啊？

李主任　也没什么，有十八块二的纺拷花呢，有八十块的毛毯，都是卖给厂子职工的。

倪科长　我们公司要是也有人需要点儿哪？

李主任　那就由咱们厂匀出点儿去。反正这算厂子自销，也说不上是什么走后门儿。

倪科长　（把脸一板）这是什么？纯粹是走后门儿嘛。噢，不是走后门儿能单卖给你们？一般群众都能买得着吗？《准则》都公布了这么些日子了，还干这个？袁厂长，这可不大合适吧？

李主任　倪科长，这事儿是我办的。

倪科长　谁也一样，这些日子检查的就是这号事儿。不错，是有人托过我。今儿早上还有个小青年儿，让我给买条毛毯等着结婚用。

可我跟他说了：“要买上百货公司，少跟我来邪的歪的！”

李主任　其实我也就是顺便问问，不要也没什么，没什么。

倪科长　李主任，你的情我全领了，可这做法欠考虑。哟，我可是有什么说什么啊。

袁志成　算了，算了。咱们说正题儿吧！

倪科长　我就是特意为了正题儿来的。前几天停电是地下电缆放炮了！这不，这些日子我们是二十四小时连轴儿转地组织抢修。（看表）马上就给您送电来。

袁志成　（喜出望外）真的？

倪科长　耳听是虚，眼见为实。

〔新车间灯光骤亮。

倪科长　袁厂长，瞧见没有？得，您踏踏实实地使您的电，我也算了了一件心事。回见！

袁志成　（紧紧握着倪科长的手）老倪，我打心眼儿里表示感谢！

倪科长　这么说可就显着远啦！回见吧！（下）

袁志成　（笑着）老李啊老李，我说你不聪明吧，那是冤枉了你；可说你聪明吧，你又没用对地方！什么供也不用你上，人家就把电给送来啦。看见了没有，嗯？

李主任　这我还真没想到。

袁志成　走，快上车间去！这回非把吴总给高兴坏了不可！（唱了起来）“金枝玉叶少训教，来在开封揽老包……”（突然想起）等等，我得把这个事儿报告给方静同志，不，用不着了。她在里头全都听见了。走！

〔袁志成与李主任下。

〔方静从里屋急上，向窗外望着……

——幕　落

第三场

〔一九八〇年春节之夜。

〔袁志成的家。

〔幕启。室内依然挂起了喜庆的红灯笼，窗外又响起了欢闹的爆竹声。因为方静工作忙，回不来，便以袁晓兰为主、林彤为辅操办了今天的年饭。现在饭菜已经做好，摆在桌子上，就等着袁志成和方静回来。

〔袁晓兰肩头放着一绺纱，两手用心地练习着打结头。

〔林彤不安地站在一旁。

林　彤　（恳求地）你倒是再听我说几句啊！

袁晓兰　（堵住耳朵）不听，不听，就不听！

林　彤　我再说一句行不行？

〔袁晓兰不语。

林　彤　你真不听我说啦？

〔袁晓兰不语。

林　彤　（故意地）行啦，实在不听，那我这就排队去。（拿起书欲下）

袁晓兰　（抬起头来）你回来！

林　彤　刚才我来的时候，家具店门口儿刚发号儿。明天是大年初一，人多不了。这会儿去保证能买得着。

袁晓兰　买回来我也不要。

林　彤　那，那为什么？

袁晓兰　你就不用管啦！

林　彤　（走回来，坐下）我知道，这几天你的情绪不好。

袁晓兰　谁说的？

林　彤　是因为没评上先进生产者的事儿吧？

袁晓兰　谁让我的接头技术没有达标呢！

林　彤　（同情地）要说你们这帮人也真够倒霉的，一进厂就是理论组、专案组、宣传队、大批判班子，最后闹个里外不是人儿还不说，连最基本的技术也全给耽误了。可是……

袁晓兰　（极痛心地）你别说啦！别说了行不行？

林　彤　（停了一下）可是这损失也不能光拿结婚讲排场来弥补啊？

袁晓兰　你以为我真跟小闹钟一样哪？告诉你吧，我现在最需要什么我心里明白！

林　彤　（欣喜地）晓兰，你……那可太好啦。

〔袁晓兰无意中看了一眼右手食指上贴着的橡皮膏。

林　彤　（发现）晓兰，你的手指头怎么啦？（一把抓住）血？是练打接头磨的？

袁晓兰　（把手抽回）可“文化大革命”一错就是十年，我这个亏损户也该为自个儿打算一回啦！这也是终身大事！

林　彤　怎么，你还是……

袁晓兰　我让小闹钟又找了家具票，今天下午已经拉家具去啦。

林　彤　那，那说了半天……

袁晓兰　家具我没要那么多。可办还得这么办！我就是这么个人，一上来这个劲儿谁说也不行！

林　彤　（担心地）那你爸真能答应？

袁晓兰　反正家具都买回来了，不答应也得答应！

〔过道里传来敲门声。林彤去开门，李主任上。

李主任　晓兰，你爸还没回来哪？

袁晓兰　嗯。有事儿吗？

李主任　（指林彤）我先找他。小林子，你们那儿工区的王主任这两天没找你？

林　彤　今天找了。

李主任　干什么？

林　彤　（不悦地）让我捎个话儿来，问问能不能借房。

李主任　你看怎么样！昨天他就打电话问我们厂的宿舍楼盖完没有，我猜这里边准有事儿。待会儿你可得赶快跟厂长说。

林　彤　哎。我想着哪。

〔袁志成、吴一倩上。

袁志成　（唱）“金枝玉叶少训教，来在开封搅老包；慢说搬来国太到，宋王爷到此我也不饶！……”晓兰，你妈还没回来？

袁晓兰　没有。

袁志成　好，那咱就再自由一小会儿！（点着一支香烟，狠吸一口）嗯，赛神仙！

〔众笑。

袁志成　（非常兴奋地）吴总，这么说，除了两台粗纱机，咱们的安装工作已经是大功告成啦？

吴一倩　喏，要不是停了一个星期的电，完全可以有百分之三十的机器测试完毕。

袁志成　这段儿咱们干得不善乎！照这么个干法儿，还有点儿搞四化的意思！你说呢？

吴一倩　对的。

袁志成　老李，坐。晓兰，年饭也大功告成了吧？有没有狮子头啊？

袁晓兰　饭做好了，就是不会做狮子头。

袁志成　能做饭就不赖。等你妈一回来就吃饭！新年那顿饭没吃好，春节这顿饭说什么也得吃个痛快！吴总，（学吴一倩的上海话）“年夜饭，对哦？”

吴一倩　对格，对格。（取出糖包和饭盒）喏，我还是老样子。一斤红虾酥糖，两个食堂里的熟菜。

袁志成　晓兰，快接过去。

〔袁晓兰接过糖、菜。

袁志成　吴总，咱们能不能再挤挤水分，还是争取提前投产。你讲话，早一个小时投产就能多收八百三十三元三角三分的白花花的银子！

吴一倩　厂长啊，我晓得，你那背水一战的劲头又要来啦！

袁志成　现在的行市看涨啊！昨天我上市里开会，几个经委的头头儿为利润愁得光皱眉头。咱们还不得再给自个儿安上个增压阀儿？

吴一倩　（想着）看来，空调室要成为下一步的关键环节。

李主任　（主动地）小林子，还不快说说。

袁志成　有什么事儿？

林　彤　（迟疑地）我们工区的王主任今天早晨找我去了，让我问问你……

袁志成　（注意地）问什么？

林　彤　问问你们厂能不能借给他们两个单元的宿舍楼。

袁志成　（停了一下）是不是又有点儿来劲儿啊？这纪律大检查可是刚过去。

李主任　我这儿也压着一件事儿哪。赵科长回江南以后，咱们又发了三封加急电催。可回电光问墙板要多少副，粗纱机连提都不提啦！

袁志成　吴总啊，听见没有？上回来电以后我还真以为“平安无事”喽，现在看，并不是那么回事儿！小林子，王主任到底是怎么说的？

林　彤　今天早晨他突然找我捎话儿，我一听就明白了，说是借房，实际上就是要房。可我一想他马上要升副经理了，怕得罪了他将来的关系不好处，这才硬着头皮给捎的话儿。

吴一倩　喏，这么说，他那么早就打算要我在验收文件上签字，确实是有意识搞的嘛？

李主任　吴总啊，怎么说好呢？……嗐，一句话吧，现在是“聪明”

的人太多啦！

〔袁晓兰进厨房。

吴一倩　（激动起来）老袁，我不理解，很不理解，确实是不理解！

袁志成　我理解。看来这病根儿一时半会儿的还真不好除啦！

吴一倩　方静同志他们晓得不晓得？为什么就不管呢？为什么呢？

袁志成　（摇着头）我想他们是了解的。也许越了解就越不好办。（爆发地）吴总，老实说吧，我现在真想一件事儿也不答应。9000锭建不成就撂！没事儿干上班儿打扑克、睡大觉！……可一想到1800万利润、170亿国家赤字……

林　彤　要不，我这就告诉王主任去，房子不借了。（欲走）

袁志成　小林子，等等。

李主任　等等，等等。

袁志成　（痛苦地）我算看出来了！这碗苦酒还是愣得喝了它！就是含着眼泪也得把它喝下去！现在保住9000锭按时投产比什么都重要。吴总，你看咱们是不是多多少少让一步儿？

吴一倩　（气极）岂有此理！那个王主任的做法可以说是恶劣到了极点，还要向他低头让步？那原则还讲不讲？是非还有没有？

李主任　可是不给房，那空调室就真盖不起来哪！

吴一倩　（十分恼怒地）好的！那，那就请厂长来做决策吧！（冲出门去）

李主任　（喊）吴总，吴总！

袁志成　晓兰，快去把吴阿姨请回来！

〔袁晓兰从厨房上。

袁志成　一定请回来！

袁晓兰　哎。（急下）

李主任　厂长……

〔袁志成不安地来回踱着。

袁志成　（停住）我算认倒霉啦！小林子，你这就告诉王主任……我们答应啦！

林　彤　哎。（欲走）

袁志成　可你告诉他，他们那种先让吴总签字验收，又故意留上个尾巴，再张嘴要供的做法不地道！太不地道啦！

林　彤　哎。（欲走）

袁志成　还有！你还得告诉他，我们厂有的工人结婚三年，孩子都快两岁了，可还分不上一间房！还有的老少三代才住在一间十二平方米的小房里！

林　彤　哎。告诉他，我都告诉他！（欲走）

袁志成　（突然地）算了，算了，说这些个又能顶什么用呢？你就告诉他宿舍楼一起来，准给他房。让他快点儿先把空调室给我弄出来，不是我姓袁的等着住，是新车间等着送风、投产！

林　彤　好吧，我这就去！（下）

袁志成　老李，这碗苦酒咱们就算喝下去啦？是吧？

李主任　那可不。

袁志成　快着，把你那笔记本掏出来记上：一九八〇年大年三十晚上，袁志成、李大年共饮苦酒一大碗！

李主任　（停了一下）厂长，江南赵科长那事儿……

袁志成　我现在心里头像团乱麻。明天，明天再说吧！啊？

李主任　也行。……可安装工作就差那两台粗纱机啦！

袁志成　我知道，我都知道。

李主任　好吧。没别的事儿了吧？（下）

〔袁志成刚刚坐下来闭上眼睛，李主任又把风尘仆仆的赵科长领进来。

赵科长　（抱歉三分地）实在对不起，我又来了！

袁志成　（站起）好，好，欢迎。快坐吧。

李主任　赵科长，你怎么大年三十来啦？

赵科长　问题不解决春节也过不安宁的。袁厂长，我还是找你讨饭来的哟。

袁志成　别着急，有话慢慢说。

〔李主任给赵科长倒茶。

赵科长　我们的厂领导连夜开会研究，想来想去还是没得别的办法。袁厂长，我们绝不是用粗纱机交货来要挟人，不是的，实在是厂子小，困难多。不怕你笑话，下个月的工资都要发不出了。袁厂长，你就发发慈悲吧，只要能收下墙板，我们这辈子也忘不了新华厂的好处的。

袁志成　好嘛，这意思是非得收下不可啦！

赵科长　袁厂长，我再讲句老实话给你听吧！我们是小厂、小干部，要地位没得地位，要权势没得权势，再不拉拉关系那日子还怎么过呀？

袁志成　所以就瞪着两眼看上我们了，对吧？

赵科长　哎呀，靠山吃山，靠水吃水嘛。我们不找你们这样的大主顾找谁？袁厂长，我先代表全厂四百名职工和家属谢谢侬啦！

李主任　赵科长，你先别着急。

袁志成　（叹气）唉，他都把话说到这个份儿上了，可让我……

赵科长　袁厂长，我们厂长交代过了，这次问题不得解决，我是说啥也不能回厂去的！

李主任　厂长，您看……

袁志成　（停了一下）行啦，就那么办吧！

李主任　赵科长，快！连粗纱机带墙板，赶快发货。

赵科长　噢，好的，好的。我一回厂马上就发货来！袁厂长，谢谢你啦，谢谢你啦，真是谢谢你啦！

袁志成　算了，算了。

赵科长　李主任，再会。

李主任　再见！我不远送啦！

赵科长　不要的，不要的。（下）

〔停顿。

袁志成　老李啊，这是第几碗啦？

李主任　第二碗。

袁志成　嗯，还行。这碗不多，许醉不了。干脆，都说说吧。咱们那原料怎么样啦？

李主任　昨天我到纺部化验室看了看，这回化纤厂送来的原料确实不赖。静电小，物理指标也都合乎要求，保证将来的生活好做。

袁志成　（苦笑）不用说，这大概也得要供吧？

李主任　没有，人家就给咱们来了封信。（取信）

袁志成　听听。

李主任　（念信）“……为了支援你厂9000锭车间顺利投产，为四化多做贡献，现将质量最好的原料送上。期望今后加强联系，密切协作，取长补短，互相支援……”

袁志成　翻译翻译吧，这里边儿又是什么意思？

李主任　这里边儿……

袁志成　说吧。虱子多了不咬，债多了不愁。

李主任　要用时兴的话说，这得叫预支预付。您看，现在算欠了人家的情，将来遇见什么事儿，不用等化纤厂张嘴，咱们也得想着还这份儿情，不是吗？

袁志成　（摇头）明白了，这是零存整取。一个人可真得活到老，学到老。得，这就算半碗吧？

袁志成
李主任　（同时）两碗半啦！

〔吴一倩、袁晓兰上。

吴一倩　（不客气地）喏，晓兰，你到里屋去！还有老李，对不起，我要找厂长单独讲话！

〔袁晓兰进里屋。李主任下。

（气呼呼地）老袁同志，我要求马上调回上海去！马上！

袁志成　吴总，有话慢慢说嘛！

吴一倩　一个月以前，我的几个子女就联名写信要我回上海去，他们已经为我联系好了，到纺织研究所当一名研究员，工作蛮惬意的嘛！厂长，喏，放我走好啦！

袁志成　（停了一下）我可以放你走，可是恐怕你自个儿就不肯走！……

吴一倩　不，这次是一定要走的！

袁志成　这也不是你心里的话。（温和地）吴总啊，有什么气就都撒出来，别憋着。咱们还是老办法，心碰心地谈一谈。

吴一倩　我现在有一个蛮可怕的感觉，蛮可怕。当然，这首先就不一定是正确的。

袁志成　前些年说瞎话的真红了一阵子，可现在能说实话也不是那么容易。你说吧！

吴一倩　喏，你晓得，五十年代我参加过“三反”“五反”运动，现在我突然觉得有些干部蛮像当时行贿的资本家和受贿的贪污分子！蛮像的！

袁志成　（想了想）确实有些当初打虎的人现在又快变成老虎了！

吴一倩　（激动地）老袁哪，你晓得我已经日近黄昏，到了花甲之年，剩下的日子不多了！不多了！

袁志成　（点头）我明白，明白。

吴一倩　（沉重地）也许这9000锭是我一生当中参加的最后一个建设项目了。……为了咱们厂能多出点布，多向国家交些钱，我孤身一人留在此地，用自己这把老骨头硬撑着！喏，这点心愿不能算是非分的吧？也不能算是过高的吧？可为什么就不能让我实现呢？为什么？（眼睛里闪着泪花）……我百思不得其解啊！

袁志成　吴总，你太激动了。

吴一倩　（擦着泪水，取出一封信）我刚刚回到家里越想越气，就对照《准则》给市委领导写了一封控告信。喏，我要问一问王主任，“共产党员特别是各级领导干部必须成为遵守国家纪律，遵守劳动纪律、工作纪律，遵守共产主义道德的模范”，这一条对他还有没有约束力？

袁志成　（把信接过去看着）……

吴一倩　对了，这里边也告了你一状。说你态度暧昧，向不正之风妥协！妥协啦！

袁志成　（看完信）吴总，我完全同意，同意。

吴一倩　喏，这也算是我的一点点报党之心吧？

袁志成　（也激动起来）老实说，我也真想在这封信上签个名字，咱们一块儿告那个王主任，也告我自个儿！甚至我都想放上一把大火，把那些缠身的关系学烧个精光！

吴一倩　（动情地）老袁……

袁志成　可是现在我不能，不能！

吴一倩　为什么呢？

袁志成　而且还得劝你也先别告。

吴一倩　你劝不动我！

袁志成　别慌，听我慢慢说。

吴一倩　（摇头）不听，不听。我晓得，无非是什么不能不上供啊，不能不拉关系啊……简直是烦死人啦！

袁志成　那好，今天不说这些个。吴总，你不是最注重实际吗？咱们就从这封信说起，好不好？

吴一倩　这有什么好讲的嘛！你同意我要发出去，你不同意我也要发出去！

袁志成　就算你发出去以后能起作用，可是按照咱们的工作效率，这样一件事儿没有一个月、半个月的也处理不下来。

吴一倩　会是这个样子的？

袁志成　我这还是往快里说。现在是二月初，就算三月半能处理下来，再把空调室盖好得到什么时候？那还怎么能保证四月一号投产？

吴一倩　（意外地）啱，这我倒没有认真想过。

袁志成　吴总，得想啊。这就是谁也不满意，可谁也一时改变不了的现实情况。错综复杂的现实情况！

〔吴一倩不语。

袁志成　要依我看，反正眼下最关键的电还没有问题，这些小小不言的地方就先让一让吧。要不可怎么办呢？老实说，我的这点儿认识也是这现实情况硬给逼出来的。

吴一倩　（摇头）不理解！实在是不理解！

袁志成　吴总，五十年代有部电影叫《阿辽沙的性格锻炼》，还记得不？今天咱们也得进行一次性格的锻炼。

吴一倩　我晓得，直到把积极性都锻炼光为止！

袁志成　吴总，我是说得有点儿耐性。心急吃不了热豆腐。信还是不能发，不能再增加复杂性了。我还是那个观点：没有经济效果就没有生命力！棉纺织厂织不出布来，嚷嚷什么也不顶用。现在咱们最重要的是9000锭这个大元帅得升帐！

吴一倩　（停顿有顷）你讲的道理我也不是完全不能够接受。可是，我这心里边总还是疙里疙瘩的不痛快！

袁志成　吴总啊，现在咱们还就是得学会一样本事：一边儿心里不痛快，一边儿照样干工作。要不怎么叫真干真生气，不干不生气呢？吴总，你会喝酒不？

吴一倩　就能喝一点葡萄酒。

袁志成　（笑着）我说的是得含着眼泪往下喝的苦酒。得，不说了。（把信还给吴一倩）收起来留个纪念。将来说给子孙后代们听听，准得以为是个大笑话。你信不信？

吴一倩　老袁哪，你最会苦中作乐了。这一点我实在是可望而不可即啊！

〔方静、林彤上。

袁志成　方静，大年三十儿的回来这么晚？

方　静　（恼火地）一提起来我就生气。

袁志成　吴总，看是不？真干真生气吧！（向方静）快坐下，休息休息。来，还是说点儿让人高兴的事儿吧。方静啊，不管怎么说，我们按现在的速度搞下去，四月一号投产还是完全有可能的。对吧，吴总？

吴一倩　对的。

袁志成　这就叫道路曲折，前途光明嘛。小林子，快叫晓兰出来吃饭。

〔林彤进里屋，复出。袁晓兰随上。

袁志成　（从口袋里取出一把二踢脚）小林子，把这拿到阳台上放放去，咱们也驱驱邪！

〔林彤接过二踢脚去放。

袁志成　吴总，咱们先干他一杯！

〔吴一倩、方静倒酒举杯。

袁志成　（举起酒杯）没什么了不起的！听蝲蝲蛄叫就不种庄稼啦？好事多磨嘛！来，怎么说哪？还是为9000锭车间四月一号按时投产干杯！

众　人　干杯！

〔众人举杯欲饮时，新车间灯光骤暗。

袁晓兰　爸，坏了，新车间又断电啦！

〔众人拥到窗前去看。李主任急上。

袁志成　这是得寸进尺，有意整人！（拍着桌子）我告他去！方静，这回你用不着躲到里屋去，我们给你写材料，你们好好给查查吧！

吴一倩　欺人太甚！实在是欺人太甚！老袁，我到车间去了。谢谢你的好意。喏，快一点把电搞来，比请我吃什么都要好的！（急下）

〔方静由里屋出。

袁志成　方静，你说你都要什么材料吧。老李，给她写！毫不保留地给她写！

方　静　（想了一下）老袁，你先冷静点儿嘛。不是我们不愿意管，可你们得先下定决心。你们要是真打算得罪人了，那我们就立案查处。

袁志成　立案吧，下决心啦！

李主任　（犹豫地）厂长，有句话不知道该不该说。

袁志成　说！

李主任　现在就告他们是不是还有点儿……师出无名啊！

袁志成　怎么说？两次拉闸断电我还师出无名？

李主任　万一倪科长把嘴一咧，找出个理由来说是事故停电，那咱们会不会被动啊？

袁志成　（急躁地）真是缺了大德啦！我看他们要的就是这个看得见、摸得着，可又让你说不出来的邪行劲儿！

李主任　再说，现在的时机好像也不大对。

袁志成　为什么？

李主任　昨天和咱们同时开工的北方厂新车间刚投产，今天建设银行也给咱们来了正式通知，要是四月一日不能投产，推迟一天罚款三百块。再有……

袁志成　再有什么？

李主任　再有这几天电车上、更衣室里工人们也都议论开了，担心今年奖金拿得少。还有人说您……

袁志成　说我什么？

李主任　反正都是不怎么样的话，就甭学啦！

袁志成　不，学吧！

李主任　有人说您没本事、窝囊废、二百五、大笨蛋……嗐，什么难听的话都有。（停了一下）说句过分的话吧！您回厂这些日子大伙儿的关系还处得不错，要是一招儿不得人心，往后还怎么领导啊。

〔停顿。

袁志成　（苦笑）还当领导？连个普通的党员我也快不会当啦！

李主任　厂长，恐怕这出戏还是文唱比武唱好。

袁志成　（停了一下）方静，你说哪？

方　静　你们要是确实没有真凭实据，我们也真是不大好处理。

袁志成　（急躁起来）这可都叫个什么事儿哪！行了，方静，你先委屈委屈，还是回避一下吧，我好和老李再商量商量。

袁晓兰　妈，我陪您上里屋去。

〔方静、袁晓兰、林彤进里屋。

袁志成　老李，你说该怎么办？

李主任　您看是不是得先摸清楚倪科长要什么供啊？供不对路，神就不灵。

袁志成　可到底上什么供，那位神仙才显灵呢？

李主任　呢子、毛毯吧，都不要啊！也不是房，他们公司新建了宿舍楼。

袁志成　那可要的是什么呢？

李主任　厂长，我看干脆找他当面摊牌吧！而且是越快越好。

袁志成　嗯，省得老这么吊着更活受罪。再说一句，我算认倒霉啦！谁让咱们一心想干四化哪！就这么定了，马上找倪科长。

李主任　好吧。

〔小闹钟急上。

小闹钟　袁伯伯，晓兰呢？

袁志成　在里屋。

小闹钟 （喊）晓兰，晓兰，快出来！

〔袁晓兰从里屋上。林彤随上。

袁晓兰 （高兴地）小闹钟，家具买回来啦？

小闹钟 都先拉到我们家去啦。这回你跟袁伯伯说吧。

袁晓兰 爸，小闹钟又给我找了家具票，家具也都买了。这回人家就托咱们给办二十米雪花呢。

〔袁志成不语。

袁晓兰 爸，雪花呢可不是国家的计划物资，这回您就答应了吧？啊——？

〔袁志成看了袁晓兰一眼，来回踱着。

李主任 厂长，这好办。您点个头儿，我一个电话就能解决。

〔袁志成仍不语。

小闹钟 晓兰，实话实说吧，这个交换条件可是最低的了，要是还嫌高，那我可就一点儿辙也没有啦！

袁晓兰 爸，您快说话呀！

袁志成 （困难地）孩子，我，我还是不能管。

袁晓兰 （意外）什么？您还不管？

小闹钟 袁伯伯，您可太难啦！

袁晓兰 （急）您什么都能答应，为什么就这二十米的雪花呢答应不了呢？

袁志成 明说了吧，为私事儿就是一根儿布丝儿我也不答应！……

袁晓兰 爸，您不觉得这么做太不通人情了吗？

林　彤 晓兰，别胡说！

小闹钟 晓兰，走！跟我回家去，让我爸给批！我就不信这点儿事儿还能难得住人。

袁晓兰 不，我今天倒要看看我爸管不管，这回反正家具都已经买回来啦！

袁志成 （坚决地）买回来了也不行！

袁晓兰　（气极）好吧，我走！我离开这个家还不行吗？（欲走）

林　彤　（制止）晓兰，不能胡来！

李主任　晓兰，别让厂长为难了。这事儿只当厂长不知道，由我负责了。行了吧？

袁志成　（发火）我不管，谁也不许管！

袁晓兰　（气不可耐）什么？那，那好吧！（拿起外衣和提包冲出门去）

〔小闹钟、林彤追下。方静从里屋急上。

方　静　（弄不清）是晓兰吗？她怎么啦？

袁志成　她愿意走，就让她先走吧！

方　静　（喊着）晓兰，晓兰！（追下）

袁志成　看见没有？连保持自身清白都不那么容易！

〔李主任理解地点着头。

袁志成　这又是第几碗了？

李主任　（想着）三碗半，三碗半。

〔方静上。

方　静　三碗半什么？

袁志成　（怒不可遏地）毒药——！

——幕急落

第四场

〔前场数日后的上午。

〔倪科长的家。这是一个郊区的农村里。新盖的青砖大瓦房，窗明几净。一门通院子，一门通套间。室内的陈设极不谐调，既有古老农村式的，也有相当现代化的。大衣柜、多用柜、酒柜、沙发、电视机、录音机、电冰箱一应俱全。

〔幕启。倪科长正盘着腿坐在沙发上，用扑克牌算命。录音机里播放着时髦的歌星音乐。片刻后，倪妻端着一杯牛奶上。

倪　妻　（把牛奶放在桌上，顺手关上录音机）嘿！啥时候带我进城听《杨三姐告状》去？

〔倪科长理也不理，继续算命。

倪　妻　嘿！跟你说话哪，哑巴啦？

〔倪科长仍旧不理。

倪　妻　（抢过扑克牌）啥时候带我进城听戏去啊？

倪科长　（点着一支香烟）……没票。

倪　妻　啥？没票？剧场经理敢不给你票？那还不得把他们的电给掐喽！说真格的，啥时候去吧？

倪科长　（闭目养神）去也没车。挤公共汽车你能干？

倪　妻　那公司的小车都干啥去了？

倪科长　小车是刘经理坐的，轮得上你？

倪　妻　少给我扯臊！我还不知道，小车班的司机谁能不拍着点儿你"泥鳅"！

倪科长　（把扑克牌夺回来）去，去，去！少给我这儿添乱！

〔电话铃响。

倪科长　（接电话）喂，是我。……我求你那个事儿怎么样啦？……我说，那可是我不出五服的至亲……对，结婚等着用哪！……简短点说吧，这事儿你办也得办，不办也得办！就这么定啦！（放下电话）

倪　妻　是建筑公司的王主任吧？这小子忒不办事儿，弄两间房也至于这么费劲？

倪科长　你少掺和！

〔院子里李主任的声音："倪科长是住在这儿吗？"

倪科长　（赶忙收拾扑克牌，向套间走去）快去瞅瞅！就说我没回来，听见没有？

倪　妻　这可由不得你。要是手儿里拿着东西来的，我就照往屋里让。（下）

倪科长　真他妈财迷转向啦！（躲进套间）

〔片刻后，倪妻引袁志成、李主任上。李主任手里提着一条红色的毛毯。

李主任　我们是新华棉纺织厂的。这是我们袁厂长。

倪　妻　快着，坐。坐沙发上，沙发软和。

〔袁志成环视一周，坐在椅子上，点着一支香烟。

李主任　倪科长在家哪？

倪　妻　（盯着毛毯）在，在。

李主任　听说他身体不大舒服？

倪　妻　嘻！没啥大病。那啥，您这条毛毯可真不离儿，瞧那毛有多老长啊！也不好买吧？

李主任　可不。现在粗纺产品都是短缺货！

袁志成　（不耐烦地）老李，快找倪科长吧！

李主任　对。倪科长……

倪　妻　我这就给你们叫去。那啥，我打早就念叨着买条毛毯，冬天压个脚儿啥的得有多好？可老倪早给忘到脖子后头去啦！

李主任　这就是给倪科长捎来的。

倪　妻　（满脸堆笑地）真的？那敢情好啦！这可咋儿谢谢你们老二位啊？（赶忙接过来）不离儿，真不离儿。这么一条得多少钱哪？

李主任　钱还不好说。这是毛纺厂的展销品，让倪科长先试用着，以后再算，再算。

倪　妻　（双手一拍，眉飞色舞）那敢情忒好啦！你们老二位喝茶、抽烟！（指着桌子上）那有带把儿的好烟，快着！

袁志成　（强忍着火）老李，倪科长到底在是不在？

倪　妻　（没有感觉地）在，在。我给你叫去！瞧这毛毯可有多招人儿稀罕！老倪啊！

〔倪科长迎出。

倪科长　（装作刚刚睡醒）啊，是你们二位来了？嗐，刚才脑袋有点儿晕，说躺会儿吧，还真睡着啦！坐，坐吧！

李主任　我们厂长找你好几天了，后来听公司的人说你病了，这才……

倪科长　看这有多不合适！把厂长也给惊动到乡下来了。其实有什么事来个电话，我上厂子去一趟不就结了。

〔电话铃响。

倪科长　（向倪妻）我说，还不沏茶，拿烟。

倪　妻　（不舍地放下毛毯，向袁志成让烟）厂长，换一支吧？快着！

袁志成　（把烟灭掉）不啦，我抽得少。

倪科长　（接电话）喂，是我。……我说，你们让招待所赶快准备好一个单间，下午再派辆212去车站接个客人。什么？……对，是江南纺织机械厂供销科的赵科长。……对。我说，这可是咱们刘头儿的客人，千万不能误了事儿！（放下电话）袁厂长，抽烟，喝茶，别客气！

〔袁志成和李主任惊讶地对视着。

〔电话铃又响。

倪科长　您瞧瞧，够多烦！我说不安电话，可公司非让安不可，说为了工作上方便！（向倪妻）告诉他，我不在。

〔倪妻接电话。

袁志成　老李，咱们快谈正事儿吧！

倪科长　对，谈谈。（向倪妻）我说，你也该上街转悠点儿菜去啦！

倪　妻　二位坐着。我买点儿菜去！（把毛毯放在箱子上）

倪科长　袁厂长，实在是对不住了。这不，配电系统出了故障，加上一时还查不出毛病在哪儿，您说让人着急不着急？

袁志成　这么说，还是送不了电?

倪科长　是啊，也真够让厂子为难的。我知道，您那儿都快火上房啦，可我这儿也实在是没辙啊!

李主任　（向袁志成使眼色）厂长，您不是还要跟倪科长说点儿别的事儿吗?

袁志成　（极力稳定情绪，不自然地）老倪啊，你到底是要什么就痛痛快快地说了吧!（说完赶忙把头低下）

李主任　（赶忙接上）对了，可千万别客气。咱们都不是外人，只要是我们能使上劲儿的事儿，一定帮助给办!

倪科长　（笑着）这好说，好说。（用圆珠笔在火柴盒上写着什么）虽说咱们不算是一个系统的，可跟一家人一样。袁厂长那话，一个前方，一个后方；你也缺不了我，我也少不了你。对吧?只要有事儿我准说。

李主任　就真没有?不能吧?倪科长，再想想，想想。

倪科长　没有，真没有。现在我们是只要故障一排除，马上就送电!对了，你们先坐会儿，我烧壶开水去。

李主任　不麻烦了吧?

倪科长　嗐，你们二位大老远儿来的，我还能连点儿水也不管够?李主任，（把火柴盒交给李主任）快给厂长点上支烟。得，我去了。（轻声地）使电炉子，快!（提水壶下）

袁志成　（急不可耐地）老李，你在这儿待着就好受?（站起来）

李主任　您先别着急啊，我看今天还真有点儿门啦!

袁志成　我看不出来!

李主任　他最后那句话里头就像是有话。

袁志成　哪句话?

李主任　他不是说“只要故障一排除，马上就送电”吗?这意思是说故障就在咱们这儿哪，得由咱们快点儿排除。

袁志成　（不耐烦）这都是什么乱七八糟的!

李主任　他是要跟咱们露底，您千万不能着急。来，先抽支烟。

袁志成　我不抽他的。（从口袋里取烟）

李主任　（划着火柴，有所发现，把火柴吹灭）厂长，有了，还真有了！就在这火柴盒上。

袁志成　什么？

李主任　这不，刚用圆珠笔写的四个大字——职工大学。

袁志成　这又是什么意思？

李主任　您忘了，咱们棉纺公司不是要办个纺织职工大学吗？他准是有个人想拿咱们厂当跳板进职工大学。

袁志成　（不敢相信）别又是你自作聪明了吧！回头人家眼睛一瞪，你又得臊个大红脸。

李主任　（想着）我看八九不离十。职工大学比正式大学好考，又能带工资，毕了业全都一样的待遇……倪科长准是看上这美事儿啦！

袁志成　真能是这么回事啊？

李主任　要不他写这么四个字干什么？还故意把火柴盒递给我！（学倪科长）"快给厂长点上支烟。"

袁志成　（站起）这可真是缺了大德啦！一个厂子几千名职工才能有几个名额，还愣得让他们给抢去一个！走吧，我得走了。

李主任　（拉住）我看还是再试试吧，反正也就是五十步一百步的事儿啦！

袁志成　（很不情愿地）怎么个试法儿？

李主任　直截了当还不行，得拐个弯儿。（听到了倪科长的声音）您听，他来了！

袁志成　（勉强地）愿意试你就试吧！

〔倪科长上。

倪科长　来，喝热的，喝热的。（倒水）哟，袁厂长是嫌我的烟太次了吧？

李主任　不是。厂长心脏不大好，不怎么抽了。

倪科长　噢，那是得注意点儿，注意点儿。

李主任　倪科长，有这么个事儿你可得帮助给留点儿心。

倪科长　说吧，只要是我能办到的。

李主任　我们棉纺公司要办个职工大学，眼下名额还没招满，你要认识合适的人能不能给推荐推荐？

倪科长　噢，是这么回事。得嘞，我一定给打听着点儿。

李主任　（不放松）你认识的人多，眼下就愣一个合适的也没有？职工大学可就等着招齐了人好开学呢。

倪科长　眼下……眼下……（仿佛是突然想起）嘻，瞧我这个破记性儿。巧了，眼下还真有一个人，可不一定合适。

李主任　你说说。

倪科长　那天我在公司听说，我们有位同志的孩子仿佛想上纺织职工大学，年龄、学历都还差不多。

李主任　那就给介绍介绍吧！

倪科长　哎哟，这孩子是个待业青年，不是你们公司系统的职工啊，这不好办。

李主任　（进一步地）不要紧，要是让他由我们厂子过一下呢？

倪科长　哟，合适吗？那可是明摆着违反劳资政策。袁厂长，这有困难吧？

袁志成　（直接地）这事儿要办成了，你那电怎么说？

倪科长　我的厂长，那还不好说啊？不是吹，咱们一句话的事儿。

袁志成　（忍着）到底是谁的孩子？

倪科长　您要是非问不可，我也用不着再瞒着啦，就是我们刘经理的孩子。

袁志成　（点头）我明白了。

倪科长　（得意地）您明白了就更好。干脆吧，熟人面前不说假话。前一阵子正赶上《准则》贯彻情况的大检查，咱们怎么也得躲过那个枪口去。现在可得来点儿干货儿啦！社会主义经济讲的就是个交换原则。

袁志成　（猛然站起）告诉你，我坚决不能办！说出大天来也不能办！

倪科长　李主任，你看这……

袁志成　这什么？这叫行贿受贿，敲诈勒索！这叫贪赃枉法，破坏四化！

倪科长　我说袁厂长，这可是你们李主任主动提出来的，我没说一个字儿。咱们好说好商量，实在不能办就拉倒，也用不着伤了和气！

袁志成　伤了什么和气？伤了谁的和气？眼瞧着你这么给共产党的脸上抹黑，我受不了！我这心里头扎得慌！

李主任　厂长……

倪科长　（诚恳地）好吧，那咱们就说几句掏心窝子的话吧！我早就想劝您两句了，您的这一套五七年以前许能行得通，现在不灵了！现在不吃透关系学，您就寸步难行！想明白了这一点，您就一通百通！……

李主任　（制止地）倪科长……

袁志成　让他说下去！

倪科长　您也许听说了，大伙儿都叫我“泥鳅”。可我为什么成了“泥鳅”？我就那么愿意当“泥鳅”？不！（拍着毛毯）是有人往我身上一个劲儿地抹润滑油啊。我跟您这么说吧，经过“十年大浩劫”，人人都得学滑，人人都得变“泥鳅”。袁厂长，您，早晚也得变“泥鳅”！

袁志成　（大怒）你胡说！你把咱们国家都看成“泥鳅”窝啦？告诉你，老实人一辈子也成不了“泥鳅”！有了点儿权就私事公办，化公为私，那不光是“泥鳅”，还是专啃社会主义的大耗子！你说，你是多少级的干部？一个月拿多少工资？你敢不敢告诉我，这些东西（指着周围的摆设）都是打哪儿来的？敢不敢？

倪科长　（有些胆怯地）哪儿来的？你说哪儿来的呀！用劳动挣来的！好吧，不听劝是不是？反正低头不见抬头见，咱们走着瞧！你们二位坐着，我得上卫生所打针去了。（急下）

李主任　（喊）倪科长！倪科长！

袁志成　别叫他！（气得来回踱着）

李主任　厂长，您看……

袁志成　（停住）我是一直强忍着哪！（走到酒柜前，拉开布帘，露出各种名酒）这都是什么？这都是谁的血汗？走进这个屋子里来再不动点儿火气，他就不是个共产党员！

李主任　可这事儿……那电……

袁志成　电，我宁肯不要电，也不能跟着他这么损公肥私，违法乱纪！走啊！

〔袁厂长、李主任欲下。马玉秀匆匆上。

马玉秀　倪科长在家吗？

李主任　（奇怪）小马，你怎么也上这儿来啦？

马玉秀　找倪科长有点儿要紧的事儿。

李主任　他上卫生所打针去了。

马玉秀　（犹豫一下）我找他去！今天说什么也得找着他！

李主任　（向袁志成）小马是我们的老街坊，电力公司的工人。

马玉秀　李叔叔，你们怎么也上这儿来啦？

李主任　还不是为了电。

马玉秀　我知道，他们现在可真成了谁也离不开，谁也惹不起的“电衙门”。这个倪科长就是这“电衙门”里头的一霸！

李主任　（发现马玉秀的脸色不对）小马，你找倪科长有什么事儿啊？

〔马玉秀哇的一声哭了起来。

李主任　小马，怎么啦？有什么话你就说，这是我们袁厂长。

马玉秀　李叔叔，我，我上了当啦！

李主任　别着急，有话慢慢说。

马玉秀　为了把我爱人从外地调来，去年我就托了倪科长。他说他认识劳动局那个管盖戳儿的人，一回就要了我三百块钱……

袁志成　现在怎么样了？

马玉秀　到现在事儿没办成不说，连人也见不着面儿啦！李叔叔，袁厂长，你们知道吗？我那三百块钱来得可是不容易啊！我们两口子一个月才拿不到一百块钱的工资，养活着一个孩子、一个老妈。这不，工会扣了一年也没扣完拉下的亏空。李叔叔，不怕您笑话，这都是我们从牙缝儿上刮下来的钱哪！（哭得更厉害）

李主任　你现在打算怎么办呢？

马玉秀　说什么也得找倪科长问出个结果来！（擦着眼泪）我们那拿血汗换来的钱，不能全白喂了狼！（急下）

袁志成　（怒不可遏地）回去老李就写材料告这个姓倪的，明天就交给方静他们！走！（欲下）

李主任　（不动，有所担心地）那么干能行吗？厂长，您是不是再仔细想想？

袁志成　（又走了回来）老李啊老李，你……你怎么对关系学有这么大的兴趣？嗯，整天费着心思琢磨那套破玩意儿，还一个劲儿地顺着他们跑，你心里就那么舒坦？那么过瘾？那么光荣？嗯？

李主任　（十分委屈地）厂长……我……我……我要不是为了电……

袁志成　怎么，说屈了你啦？那么大的人还要哭一鼻子啊？（大声地）快走！再不走我就要骂人啦！

〔袁志成急下。李主任抱着毛毯随下。

〔片刻后，倪科长、倪妻上。

倪　妻　（手里提着韭菜）哟，人真走了？（发现毛毯也不在了）哎哟，可了不得啦！毛毯！毛毯！

倪科长　去，去，去！你懂得个屁！（拿起电话）电力公司吗？我找刘经理……什么？您就是啊……我是老倪。经理，有个紧急的情况得跟您汇报一下……

——幕落

第五场

〔一个月后（三月初）的一天。

〔袁志成的办公室。这是一个极普通的厂长办公室。因为是在二层楼上，所以依然可以看到9000锭车间的厂房。一门通往过道，一门通往隔壁的房间。室内正面墙上挂满了有关八项经济指标的图表，除了办公桌和一组小沙发外，墙角支着一个单人床，床上有简单的被褥，那是袁志成夜里经常睡觉的地方。

〔幕启。袁志成兴奋地来回踱着。方静拿着手提包坐在办公桌前，显然，是刚来到不久。

袁志成　（兴高采烈地）这么说，这个案子就真是处理完了？

方　静　对。

袁志成　我们的官司打赢了？

方　静　也可以这么说吧！

袁志成　（走到日历旁）一个月的时间，速战速决。这回纪委可不是白吃干饭的啦！方静啊，（挑着大拇指）我应该劝大伙儿都娶个纪委的干部做老婆。

方　静　净瞎说。

袁志成　不行，得慰劳慰劳。哎呀，这儿还真是什么也没有呢。干

脆，先来清茶一杯吧！（倒茶）

方　静　别捣乱，快说正事儿。

袁志成　（坐到办公桌的后边）文件下来没有？

方　静　我是特意送文件来的。

袁志成　好，把吴总和老李找来一块听。

方　静　（点头）也好。

袁志成　（打电话）喂，我要总工程师办公室。（对方静）你上隔壁把老李叫来。

方　静　嗯。（走进隔壁的门）

袁志成　喂，吴总吗？我是老袁。……我说，咱们和电力公司的案子市纪委已经处理下来啦！……对，方静把文件都送来了，你马上就过来，咱们一块儿听。……我说，下楼的时候可得注意腿脚儿！哈哈……（放下电话）

〔方静上。

袁志成　老李在吧？

方　静　马上就来。对了，小闹钟刚才给我打了个电话。

袁志成　（关心地）是晓兰的事儿？

方　静　她已经把晓兰说通了，今天就回来。

袁志成　（欣喜地）好，好。这一个多月我实在是顾不过来，全靠你做工作啦。来，再来清茶一杯慰劳慰劳。（倒茶）

方　静　回来以后你可得找晓兰好好谈谈。

袁志成　一定。（又轻松地哼起河北梆子）……

〔吴一倩、李主任上。袁志成招呼他们坐。方静取出文件来。

袁志成　（极为兴奋地）等等。我说老伴儿，今天可是情况太特殊，咱抽上根儿烟听你念怎么样？

吴一倩　（笑着）方静同志，宽大一次吧！

方　静　好吧。可就是一支！

袁志成　没错儿。（挤挤眼）老李，来一支吧！

李主任　（一怔）您……（马上明白）噢，好，好。（给烟）

袁志成　（点着烟，吸了一口）方静，开说！

方　静　说实话，这个案子我们抓得紧，市纪委也重视，所以处理得比较快。（打开文件）我先念念市委张书记的批语："电力公司这位刘大老爷，胆大包天，目无党纪国法，大搞不正之风……"

袁志成　再念一遍，这可得听真着点儿。

方　静　"电力公司这位刘大老爷，胆大包天，目无党纪国法，大搞不正之风，已经发展到了直接破坏四化建设的程度，不严肃处理不足以平民愤……"

吴一倩　喏，讲得好，讲得蛮好！

方　静　（继续念）"这个案子再次证实了小平同志的话——'我们搞四化一天也不能耽搁，我们搞纪律检查工作要为四化服务，同样是一天也不能耽搁。'"

吴一倩　深刻，蛮深刻。完全讲出了我的心里话。

袁志成　吴总，听她说。

方　静　经过市纪委的慎重研究，并报请市委批准，决定这个案子在全市范围内进行通报批评，并且给予刘经理党内警告的处分。

吴一倩　（站起来激动地与方静握手）方静同志，衷心地感谢！喏，这才是公理战胜，正气凛然啊！

李主任　厂长啊，真可惜，春节怎么也没留下几个二踢脚呢！

袁志成　干什么？

李主任　这会儿才应该好好地放他一家伙！也出出咱们心里这口憋闷气！

吴一倩　对的，对的。

袁志成　不，这些年国民经济失调，从总的方面来看电力是增长了，可还是供不应求。人家电力部门也有困难。老李，特别是咱们俩，以后见了人家可不能跟打了胜仗似的！

李主任　（点头）……对。

袁志成　闲言少叙，书归正传。说说咱们该怎么办吧，吴总。

吴一倩　喏，我计划在来电以后，搞个三组同时试车，二十四小时三班不停。这样在五月一日投产是完全可能的。

袁志成　（果断地）好，就这么拍板了！老李，你全力以赴协助吴总，要什么给什么，不惜血本。五月一日零点以前再投不了产，咱们仨一块儿找棵歪脖树上吊去！吴总，同意不？

吴一倩　同意。

袁志成　老实说，人家纪委这么支持咱们，咱们还不得争口气？人总得讲点儿良心嘛！方静，你就等着五月一号参加新车间的开工典礼吧！还是那句老话：道路曲折，前途光明！

吴一倩　（站起来）你们三位都是党员，我现在心里非常激动。……老袁，我今朝就像是亲人相逢一样，再一次看到了党的光荣传统。我，我想交给你一样东西，这是想了多年的一件事情。

袁志成　好啊，吴总。

吴一倩　我马上去取好啦！

袁志成　这么着急？

吴一倩　喏，我要尽快交给你呀，尽快！（欲下）

〔窗外传来小轿车的停车声。

李主任　（向窗外看着）厂长，有客人来啦！像是电力公司的小车。

袁志成　老李，快给 9000 锭打个电话，说电马上就来，让他们集合好人等着吴总去布置新的试车方案。

李主任　好吧！（打电话）

〔刘经理和倪科长上。

倪科长　袁厂长，这是我们公司的刘经理。

刘经理　（上前主动与袁志成握手）老袁同志，我今天是负荆请罪来啦！

袁志成　来，我介绍一下。这位是吴总。

刘经理　（与吴一倩握手）吴总，非常惭愧啊！

袁志成　这位是办公室李主任。

刘经理　（与李主任握手）让你们为难啦！

袁志成　这是我们局纪委的副书记方静同志。

刘经理　噢，久闻大名。（与方静握手）非常感谢你对我们的揭发、批评、教育。

袁志成　坐，都坐吧！

刘经理　（坐下）老袁哪，你这一猛掌击得好啊！使我们能够及时地迷途知返，悬崖勒马。方静同志，我刚在供电局纪委表了一个态，现在再表一次：一定要接受教训，痛改前非！

倪科长　对。我也一定接受教训，痛改前非！

刘经理　老倪的错误是相当严重的喽，两次断电都是他自作主张，太不像话了嘛！

倪科长　我要负主要的责任。

刘经理　当然，根子还是在我这里了，经理兼党委书记，名副其实的一把手嘛。老袁同志啊，我已经跟工会主任打了招呼，要组织全公司的职工观摩电影《法庭内外》，好好地接受一次关于党风的教育！

袁志成　老刘啊，老实说，你这个跟头栽得是不轻。可用老农民的话说，摔了个跟头拾了个明白。只要记住教训，就是浪子回头金不换！说说以后的事儿吧，你们的电已经有了安排，（向倪科长）对吧？

倪科长　是，是。

刘经理　本来我想亲自和你们交换一下意见，可是下边还有两个重要的会，所以，具体的问题是不是请老倪同志来谈？

袁志成　谁谈都一样啊！

刘经理　实在对不起。老倪谈完了有什么意见，咱们还可以再交换嘛！（站起来）老袁，方静同志，咱们来个君子协定好不好啊？从今天起，凡是电力公司的人，谁搞了不正之风都欢迎你们揭发、纠正。当面批评也可以，越级上告也可以，我们都热烈欢迎！咱们就这么说定了。再见！（与众人握手）再一次表示检讨、感谢！都不要动，你们谈，你们继续谈嘛。（下）

袁志成　倪科长，谈谈吧。

倪科长　（取文件）我这儿有两份文件，请你们几位先过过目。这是旅游局关于提前接待外宾的，这是旅游大楼关于提前开业的。

袁志成　（莫名其妙）这是什么意思？

倪科长　您先看了文件，咱们再慢慢谈。

〔袁志成、吴一倩翻看文件。

倪科长　不用多说，你们几位也知道，这都是属于外交用电，也叫政治用电。不用说电力不足，就是眨巴眨巴眼儿也得作检查，受处分。

袁志成　这跟我们有什么关系？

倪科长　不，这里边儿可都连着哪！你们是在一条线路上哪，一紧着他们用电，你们这儿可就不太好保证啦！

李主任　那我们怎么办？

倪科长　我们已经组织了解决增压问题的专门小组，只要电压一增加上去，头一份就给你们送电。

袁志成　（耐着性子）这得等多长时间？

倪科长　这，这可就不大好说啦。要快，一半天就可以；要慢哪，仨月半年也说不定。可咱们不都得服从外事任务吗？袁厂长，没别的事儿我可就告辞了。

李主任　（急）你这是……

倪科长　（无可奈何）李主任，咱们都得有个全局观点不是？旅游事业的重要性眼下可也不含糊啊！

李主任　厂长……

袁志成　（摆摆手）……让他走吧！

倪科长　袁厂长，那你们就静候佳音吧！（下）

〔停顿。织布车间的机器声音仿佛增大起来，吵得人心烦意乱。电话铃响。

李主任　（接电话）喂，是。您是哪位？……赵科长？您好！我是老李。……什么？粗纱机暂时不能交货了？……为什么？……喂，喂。（放下电话）

吴一倩　（关心地）怎么，粗纱机也来不了啦？

李主任　赵科长光说电话里不好细讲。

袁志成　越渴越吃盐！

〔林彤急上。

林彤　袁伯伯，也不知道为什么，工区王主任今天一大早就找我去了。他说得一手交房，一手交空调室。还死活也不说是为什么又变了卦。

李主任　（不解地）今天这是怎么啦？全都赶到一块儿啦！

〔电话铃响。

李主任　（接电话）喂，我是。……你等等。（向袁志成）厂长，9000锭来电话，说人都集合好了，问吴总什么时候去布置？

袁志成　解散！

李主任　喂，先解散吧！（放下电话）

袁志成　（拍案而起）方静，我再告他去！（来回踱着）我就不信真告不倒他！

方　静　我也担心过管不好别再帮了倒忙，可是完全想不到后果会这么严重。（难过地低下头）

吴一倩　（走过去）方静同志……

方　静　一个纪委干部，眼看着十二条《准则》就这么成了纸上谈兵，我，我于心有愧啊。（掉下眼泪）

袁志成　（停住）我真不明白，为什么明明是错误的玩意儿，可就能这么大摇大摆地通行无阻？连纪委刚刚处理的案子也说翻就翻，还能再报复你一家伙！这还有没有王法？有没有？嗯？！

吴一倩　（激动不已）老袁！喏，我现在很想回上海去！非常之想！

袁志成　吴总，你把话说完。

吴一倩　（停了一下）坦率地讲，我失去了信心。不必讳言，我确实失去了信心。我不晓得，党的文件到底还算不算数？党的纪律究竟还管不管用？这样的纠正不正之风，难道不是会越纠越不正吗？

方　静　吴总，你批评得对，可信心不能丢。

吴一倩　老方，老袁，我跟着共产党三十年了，可以讲还很少这样缺乏过信心。你们晓得，这也是很不情愿、很不情愿的呀！

袁志成　（也越发激动）不行！我说什么也得给刘经理打个电话！（走到电话机旁）

李主任　厂长……

袁志成　（按着电话）党瘫痪了十来年，传统作风、传统政策都叫人家批了个精光，别人忘了不奇怪，他一个老党员不能忘！党风不正、社会风气坏，别人看不出来，他也看不出来？姓倪的那个小子，纯粹是那些年冒出来的一个暴发户。聋了？瞎了？离开他电力公司就开不了张啦？嗯？这回我不通过任何一级组织，就用一个老党员的名义问问他，还讲不讲一点儿党性原则？

方　静　（激动地）老袁，我支持你打这个电话！应当问一问！

李主任　厂长，就怕问也没多少用了。

袁志成　一点儿用处没有我也得问。我有这个义务！我不发脾气不冒火儿，不管他接受不接受，反正得把话都说出来，要不憋在肚子里头是块病！（打电话）电力公司！

〔暗转。

〔灯光复明。次日清晨。

〔袁志成披着一件棉大衣，趴在办公桌上睡着了。显然，他又在厂子里操劳了整整一夜。片刻后，吴一倩兴冲冲地上。

吴一倩　（大声地）老袁，厂长，喏，快起来！快起来呀！

袁志成　（惊醒）什么，吴总？出什么事儿啦？（站起来就向外走）

吴一倩　（笑着摇头）不是的，不是的，是好消息，天大的好消息！

袁志成　（不懂）好消息？

吴一倩　喏，这一回你又该唱什么“金枝玉叶”啦！

袁志成　哎呀，你快点儿说出来行不行？

吴一倩　自己来看嘛！（走到窗前拉开窗帘）

袁志成　（一眼看到了灯光明亮的新车间）好！好！新车间来电啦！走，咱们看看去！

吴一倩　好的，好的。

〔李主任急上。

李主任　厂长，好消息，好消息。

袁志成　（笑着）伙计，这回你可是起了个大早赶了个晚集。吴总走在你的头里啦！（指窗外）对不？

李主任　（兴奋地）还有哪！赵科长来了电话，粗纱机今天一准送到。

袁志成　好，这叫双喜临门。

李主任　还有！

袁志成　还有？

李主任　林彤也来了电话，王主任同意先把空调室给盖起来。

袁志成　好，这叫三喜临门。（高兴地点着一支烟）我说，吴总，老李，咱们都掐掐自个儿的手指头，看看疼不疼，这不至于是大白天做梦吧？

吴一倩　哪里会是做梦嘛！你真会讲笑话！

李主任　可我也真琢磨不透，这里边儿……

袁志成　（笑着）嘿嘿！我一个电话打了四十五分钟，耐心细致，不喊不叫，还真是见效啦！

吴一倩　喏，你说的是刘经理……

袁志成　吴总啊，老同志还就是老同志，没白吃几十年党的饭！咱们党有条儿老规矩——有错就改，改了就好！我真想再给他打个电话，不，得抓空儿去一趟！好好跟他谈谈心。人非圣贤，孰能无过嘛！

吴一倩　对的，对的。

袁志成　（忽然想到，从抽屉里取出笔记本）老李，这是你昨天开会落在这儿的吧？

李主任　（接过笔记本）是，我正找哪！

袁志成　别见怪，我随便翻了翻。

李主任　没什么，不保密。

袁志成　（懊悔地）老李啊，实在是错怪你喽。我在倪科长家跟你发了那么大的火……

李主任　（自然地）您当时又着急又生气，那没什么。

袁志成　吴总，这么一个表面上看是积极搞关系学的人，可在笔记本上把电力公司搞的鬼一笔一笔地写得清清楚楚。你能想得到吗？嗯？

〔吴一倩理解地点着头。

袁志成　（深情地拍着李主任的肩膀）老李啊……

李主任　（停了一下，举举笔记本）我想早晚有一天能用得着！……现在大概像我这样的人还不少！

袁志成　（想着）现在好像是大伙儿都骂着关系学，可大伙儿又都离不开关系学。嗯？

吴一倩　我看问题的深刻性就在这个地方。

李主任　也许问题的光明前途也就在这儿！

袁志成　（点头）说得好！这话有辩证法！走，咱们快到车间布置试车去，能抢一分钟是一分钟！

吴一倩　好的。

李主任　走！

袁志成　（又唱起来）“金枝玉叶少训教，来在开封搅老包……”

〔小闹钟上。

袁志成　小闹钟？

小闹钟　（噘着嘴）本来人家倒休想看内部电影去，可我爸非让给您送封信来不可！

袁志成　为这也至于噘嘴啊？信哪？

小闹钟　（取信）给。对了，还说是个好事儿。

袁志成　看看，好事儿今儿都跑到我们厂集合来啦！（看信）

小闹钟　袁伯伯，信算送到了，我走了！

袁志成　（严肃起来）等等。你爸什么时候给你的？

小闹钟　刚才啊，还让我快送，说让您看了信心里好踏实。

吴一倩　（有预感地）老袁，出了什么事情？

袁志成　（摇头）没想到，真没想到！

李主任　（担心地）是不是电又……

袁志成　（气愤地）比那还要坏得多！（把信给了李主任）

李主任　（看信）什么？上边有人单批了名额，刘经理的孩子已经拿北方厂当跳板，进了纺织职工大学！……

吴一倩　（意外）真会有这样的事情？

李主任　厂长的电话还是白打啦。

袁志成　（突然）上边有人单批了名额，上边是谁？（向小闹钟）你爸说了没有？

小闹钟　哟，那我哪儿知道啊。得，我还是看我的电影去吧！（看表）哟，快开演啦！（急下）

〔袁志成又点着一支香烟，习惯地来回走着。

吴一倩　（恼怒地）难道我们大家的极力抵制，纪委的严肃处理和你电话的好心相劝，通通都抵不过上边一个什么人的签字吗？喏，是不是这个样子的呀？

袁志成　（极力控制着自己）你们都看见了吧？干四化光认倒霉都不行，还得迷上那倒霉！就跟那谈恋爱搞对象似的，你得爱上那个倒霉！一天见不着就得想着那个倒霉！吴总，这可真是活儿好干气难生啊！（含着泪水）说句不吉利的话吧，搞四化要是真得气死一批人的话，我就等着开追悼会啦！

李主任　厂长……

袁志成　（苦笑着）放心吧，早晚我都得问出来是谁批的名额！（抹掉眼泪）走，先试车去！

——幕急落

第六场

〔一九八〇年七月一日，9000锭车间开工典礼的日子。

〔袁志成的家。

〔幕启。袁志成已经病倒数日，正在里屋休息。袁晓兰打扮成新娘准备出嫁。小闹钟急着在给林彤打电话。

小闹钟　……喂，小林子吗？我是谁听出来了没有？我是袁晓兰。（学袁晓兰的声音）你什么时候来啊？哈哈哈……嘿，人家新娘子可都准备好了，你们的汽车得快点来！可不能老让我们这么干等着。……对，好嘞！……告诉你，来晚了待会儿轻饶不了你！（放下电话，对袁晓兰）都说好了，汽车再过一刻钟准到。

袁晓兰　（看了里屋一眼）嘘——小声点儿！

小闹钟　（也看了里屋一眼）你爸……

袁晓兰　（点点头）……

小闹钟　哎呀，咱们快点儿抓紧时间准备吧！（突然想到）哎，小红花儿。那个小红花儿可千万不能忘了戴上！（从桌子上拿起小红花儿给袁晓兰戴在胸前）看，这多来劲儿！这就是新娘子的……商标！

〔电话铃响，小闹钟接电话。

〔吴一倩上。

袁晓兰　吴阿姨。

吴一倩　喏，新娘子，准备得怎么样啊？

袁晓兰　差不多了。您坐。

吴一倩　（拉着袁晓兰的手）阿姨考虑了好久，我没有买什么时髦的东西，就送给你一张条幅留作纪念吧！（取出条幅）

袁晓兰　谢谢您。

〔小闹钟放下电话。

小闹钟　哟，这是什么呀？快打开瞅瞅。

袁晓兰　（打开条幅，念）“咬定青山不放松，立根原在破岩中，千磨万击还坚劲，任尔东西南北风。”

吴一倩　喜欢吗？

袁晓兰　（点头）这是说竹子的吧？

吴一倩　对的。

小闹钟　哟，这还是一首诗啊？吴阿姨，您可真有两下子，我听都听不懂。

吴一倩　字是我写的，诗是人家郑板桥作的。

小闹钟　（岔开）对了，晓兰，局里来了电话，说请你爸在家等着，一会儿郑局长有要紧的事儿来找他。

袁晓兰　嗯，我这就告诉他去。

吴一倩　晓兰，你爸爸的身体怎么样了？

袁晓兰　不太好。

小闹钟　也不知道为什么，整天都没个笑脸，还净发脾气。对了，说连晓兰的婚礼也不去参加了。

吴一倩　（理解地点点头）晓兰，你妈妈没有回来？

袁晓兰　到市纪委开会去了，好几天都没回来。

〔赵科长上。

赵科长　吴总，你好！

吴一倩　（意外地）赵科长，你还没有回厂？

赵科长　对的。我的火车票已经买好了。

吴一倩　有什么事吗？

赵科长　我想再找袁厂长说几句话。

吴一倩　晓兰，你看……

袁晓兰　（向赵科长）我爸的身体不大好……

赵科长　没有关系的。只有几句话，说完了我就去火车站。

袁晓兰　那好吧，请您等一下。（进里屋）

吴一倩　赵科长，坐吧！

〔小闹钟给赵科长倒茶。

赵科长　（客气地）好的，好的。

〔袁志成上。袁晓兰随上。

袁志成　赵科长，你找我？

赵科长　哎呀，袁厂长，我有几句话无论如何要讲给你们听，不讲心里就不安宁。

袁志成　坐，坐吧。有什么话慢慢说。

〔袁晓兰和小闹钟进里屋。

赵科长　（突然地）袁厂长，你们还都被蒙在鼓里边哪！你们晓得走后门上职工大学的人是哪一个吗？

袁志成　不就是电力公司刘经理的儿子吗？

赵科长　（用力摇头）不是的！不是的！

袁志放　那是谁哪?

赵科长　是我们江南纺织机械厂厂长未来的女婿。

袁志成　怎么，是你们厂长未来的女婿?

赵科长　对的，对的。

袁志成　（不懂）难道刘经理也能和你们厂长有什么关系吗?

吴一倩　风马牛不相及嘛!

赵科长　是这个样子的，你们听我慢慢讲。（吸足了一口气）刘经理的家乡和我们厂是在同一个县城里，懂吗?刘经理家乡还有两个挣工分吃饭的侄儿，懂吗?刘经理一心想把侄儿送进我们厂来当工人，懂吗?我们厂长不肯轻易给掉两个招工的指标，懂吗?我们厂长有个未来的女婿是此地的待业青年，懂吗?我们厂长也一心想让未来的女婿上大学，懂吗?于是，就用两个侄儿进工厂和一个未来的女婿上大学做了交换条件。最后落了个刘经理和两个侄儿、我们厂长和未来的女婿大家都欢喜，大家都满意!

吴一倩　哎呀，复杂，复杂，复杂得要命呀!

袁志成　（倒茶）快喝口水吧!

赵科长　（喝了一口茶，痛苦地）袁厂长，吴总，你们整天心里想的是什么，手上干的是什么?他们整天心里想的是什么，手上干的又是什么?真是没有办法好比啊!我来这里以前，心里也叨念：你可有多大的本领?你能管得了许多?还是不要多此一举好啦!可是又一想，自己无论如何……也是个跟了党多年的干部啊!（忽然地）袁厂长，吴总，你们千万不要再对旁人讲，弄不好我穿上小鞋，也是紧绷绷的!我走了，再会!

袁志成　（紧紧地握着赵科长的手）老赵同志，我打心眼儿里头谢谢你!

吴一倩　赵科长，你走好。

赵科长　再会！再会！（下）

〔停顿。

袁志成　（深沉地）吴总，伍子胥过昭关一夜白了头，大概不是假的。这种事听多了，多硬的汉子也得短命。

〔郑局长上。袁志成、吴一倩相迎。

袁志成　老郑，你找我？

郑局长　啊，对。（岔开）晓兰呢？还没走吧？

袁志成　还没走。

〔袁晓兰、小闹钟上。

郑局长　好，我总算没有来晚。（取出一对水笔）来，来，来。这是我从国外带来的一对水笔，也算表示那么一点儿意思吧！

袁志成　晓兰，快谢谢郑伯伯。

袁晓兰　（接过水笔）谢谢郑伯伯。

郑局长　（摆手）不要谢，不要谢。今天早晨才听说，也来不及买什么喽！

袁志成　老郑，坐，坐吧。不是有要紧的事儿谈吗？

郑局长　不忙，不忙。（坐下）

小闹钟　郑伯伯，我结婚的时候您也是送的一对这样的笔。

郑局长　对。那是我第一次去国外考察带回来的。

小闹钟　（调皮地）您准是怕我们都不好好学习吧？

郑局长　小鬼，都结婚了还这么调皮？（笑着）老袁，身体怎么样啊？

袁志成　还好。你找我有什么要紧的事？

郑局长　不忙。我今天是贺完了小喜贺大喜。9000锭儿经周折总算是开工了，很不容易啊！对了，我要告诉你们一个好消息——市委的张书记今天要亲自参加你们的开工典礼，盛况空前哪！（取简报）局里也出了简报，要好好地吹一吹！

袁志成　老郑啊，还有一位应当上简报的有功之臣，我一直想打听打听。

郑局长　噢？

袁志成　就是那位单批名额的同志。

郑局长　干什么呀？

袁志成　事到如今，我还不得好好感谢感谢人家！

郑局长　（大笑）老伙计，算了吧！

袁志成　不，我一定得知道！

郑局长　（得意地）老袁，你要是非问不可，那我就告诉你，批名额的就是我。

袁志成　（一怔）是你？

吴一倩　真的会是你？

郑局长　一点儿误差也没有，就是我。要说有功还得有尊夫人一份，是她请我拿的主意哩！

袁志成　她？（忍不住地）老郑，你们这可不是支持下边的工作，是拆下边的台呀！

郑局长　老伙计，我这是给你补台哪！当时我要是不当机立断地批个名额，你那 9000 锭到年底也投不了产，今天的开工典礼也得告吹！就这样，我还是说了不少的好话，人家刘经理才把你们厂和旅游大楼勉强安排在一起给的电！这一层你们大概还都不够了解吧？

袁志成　（有些木然地）今天本当高兴，可我也真想大哭一场！

吴一倩　我也有同感哪！

小闹钟　袁伯伯，大喜的日子您干吗老这么不高兴啊？弄得晓兰心里也挺那个的。犯得着吗？您不就那么点儿事儿吗？那压根儿就不叫个事儿！

郑局长　看看，孩子在宽你的心哪！还是不要把问题看得那么严重吧！要算算大账嘛。你充其量不也就是积压了一万块钱的备件，还送了两个单元的宿舍楼，就说再加上那个走后门儿上大学的……这两万块钱也能打住了吧？可 9000 锭投产以后，一天的产值就全找回来了！老伙计，你可没有亏，你赚了。走吧，开会去！

吴一倩　（直率地）我实在感觉自己老朽了，跟不上潮流了！

袁志成　（突然地）老郑，我也算了一笔账！

郑局长　（有些意外）噢？（看表）听听，也听听。

袁志成　我的脑瓜子笨，我是算了一笔笨账！（尽量使自己平静一些）积压一万块钱备件，送了两个单元的宿舍楼，就说再加上你批的那个走后门儿上大学的，我都没算。

郑局长　（奇怪）为什么？

袁志成　因为比起后头我要算的来，这纯粹是小巫见大巫！

郑局长　噢？

袁志成　（激动起来）这 9000 锭车间光为了来来回回上供拉关系，就整整推迟了一个季度的开工时间。一个季度是多少？三三见九，九十天。一寸光阴一寸金，九十天又是个什么经济概念呢？先说三个月的银行罚款——三三得九，三九二十七；再说三个月的产值——二三得六，三六一十八；还有施工，安装和生产人员的时间浪费呢？这加在一块儿，就足够再扩建一个 9000 锭车间的啦！

〔众人一惊。郑局长点燃一颗香烟慢慢地吸着。

吴一倩　这种算法就对格。（向郑局长）我也是这样子看的！

袁志成　我算了不是一遍了，都有数字说话，不带水分。吴总，就是这么一个有 9000 锭细纱的纺部大车间，在咱们的手里就跟那变戏法儿的似的，说没就没啦！可哪儿去了呢？是敌人扔炸弹给炸了，还是反革命放火给烧了？都不是！连块炸弹皮，连点儿火苗儿都没见着。就是在咱们一些亲爱的同志们的手里，在一些整天嘻嘻哈哈、晃晃悠悠、你好我好、没心没肺的败家子的手里给弄丢了，放跑了！咱们的国家够穷的啦，还经得起这么糟蹋吗？

〔静场。

袁志成　（越说越气）这还是能算出来的，那些算不出来的呢？（指着脑袋）这儿，这儿受了多少腐蚀，你就是用电子计算机也没法儿给算出来！照这么下去，根本不是四化建设快慢的问题，也不是四化成得了成不了的问题，而是党的生死存亡的大问题！这不是我说的，这是陈云说的！

袁晓兰　（激动地）爸，您别说了。

袁志成　（亲切地）晓兰，还有小闹钟，我是真不愿意看着这种毛病再传染给你们这一代啊！

袁晓兰　（有话要说）爸，我……

袁志成　老郑，我这话也许不好听，可它实实在在……

郑局长　（点头）嗯，你这也是一种算法，也是一种算法嘛！

吴一倩　（感动地）老袁，你讲得好，想得深。嗯，是的。

袁志成　不说了！（岔开）汽车还没来啊？

袁晓兰　（内疚地）爸，我……我……

袁志成　（奇怪地）你怎么啦？今天可是真的要离开家了，有什么话还要和爸爸说的吗？

〔林彤上。

林　彤　汽车来啦！

小闹钟　晓兰，咱们走吧，啊？

袁志成　晓兰，没有就走吧。

小闹钟　来，我拿东西。（拿东西）

袁晓兰　（仍然犹豫地）……

林　彤　我们走了。

郑局长　晓兰，林彤，我祝贺你们！祝你们和和美美，白头偕老！（与袁晓兰、林彤握手）

林　彤　谢谢。

袁晓兰　谢谢您。（忍住泪水）爸……

袁志成　孩子，你……

袁晓兰　（走到门口又停下来）爸，我不走了！我背着您做了一件不好的事儿，我，我得说了再走！

袁志成　你说吧。

小闹钟　哎呀，有什么话过两天再说就不行啊？那边儿可还有好些个客人等着哪！

袁晓兰　（坚决地）不，我非说出来不可！爸，您不知道，我结婚用的家具还是打着您的旗号走后门儿买来的。

林　彤　我，我也同意了。

小闹钟　袁伯伯，都是我给办的，要打要罚就冲着我来吧！

袁晓兰　不，爸。您骂我吧，使劲儿骂我吧！……您打我吧，我从小还没挨过您的打哪！……（哭起来）

袁志成　（忍着泪水）爸怎么下得去手哪？……晓兰长大了，爸为你高兴，高兴！（停顿）走吧，都走吧！

袁晓兰　爸，我走了。您千万别忘了按时吃药。

袁志成　忘不了，孩子。

郑局长　晓兰，打起精神来！哪有大喜事儿还哭鼻子的？

〔袁晓兰、林彤、小闹钟和吴一倩下。

郑局长　（走到桌前写字）老袁，我通知你一件事。

袁志成　什么事？

郑局长　局里决定把你提到棉纺公司当副经理。

袁志成　（完全没有想到）这可真是刨白薯挖出一窝土豆来！

郑局长　老伙计，年岁不饶人哪！你身体又不怎么好，还能老在第一线上蹦跶？新华厂从建厂到这次扩厂，你辛辛苦苦地滚了二十五年的棉花毛儿，厂史上少不了袁志成这一笔！

袁志成　用不着绕弯子了。是不是因为我太不识时务，有点碍手碍脚的啦？

郑局长　千万不能把好事给想坏了欧！光荣让贤嘛！你就放心吧，我什么都替你安排好了。一句话，绝不会亏待了你，一定让你过一个幸福的晚年！

袁志成　我还不到安度晚年的时候。你放心，到了六十岁，我决不占着茅坑不拉屎。可对这个不正之风我得斗到死！

郑局长　（把自己写的纸条拿过来）老伙计，扬州八怪郑板桥有句名言，你知道吗？

袁志成　不知道。我就知道他画的竹子带劲、提精神！

郑局长　（指着纸条）“难得糊涂。”老伙计，在有些事情上你还就是得学会点儿糊涂嘞。明白难，糊涂难，由明白变糊涂就更难。

袁志成　（把“难得糊涂”放在茶几上）共产党员就没有这条儿修养！老郑，想想你办的事吧。方静他们把电力公司的事告上去，得到了市委张书记那么大的支持，可你这一局之长为什么还不敢坚持？为什么哪？

郑局长　（摇着头）谈何容易啊。

袁志成　（不放松地）你知道不？你那笔尖儿一转悠批个名额，它伤了多少好同志的心，又长了刘经理、倪科长多大的邪气？打开天窗说亮话吧，你老兄比“泥鳅”让人头疼得多，也难办得多！

郑局长　（不快地）照你这么一说，我倒成了罪魁祸首啦？

袁志成　上梁不正下梁歪！老郑，有没有决心从现在起把咱们系统办得干干净净的，一尘不染？走到哪儿也敢拍胸脯说，对歪风邪气我们这儿就是针插不进，水泼不进！敢不敢？

郑局长　你的心情我理解，你的意见甚至我也能同意……

袁志成　那好！9000锭里头咱们俩都沾上了不正之风，能不能就从这件事的检讨做起？能不能？啊？

郑局长　可是年底市经委来收银子找谁？不找别人，还是找我嘛。你们拼死拼活地保住1800万的利润，难道我就不得拼死拼活地保住全局两亿五的利润？

袁志成　要保！可靠什么保？老郑，你说，咱们党有史以来，有哪一件事不是由领导干部带头才办成的？……

郑局长　用不着跟我说官话。

袁志成　我知道现在坚持原则不那么容易，可也决不能随波逐流！要不，党风到哪一天才能搞好？社会风气到哪一天才能搞好？中央的决议三令五申，可为什么咱们轻工局老是执行不下去？！

郑局长　你说为什么呢？

袁志成　就是因为你这个局长的头皮太软，顶不住。

郑局长　你……（看表）时间快到了，不谈了吧。走嘛，开工典礼总不能不举行啊！

袁志成　（爆发地）这开工典礼我不能参加。现在我就去市委告状去！

郑局长　告状？告谁？

袁志成　（直截了当）告你，也告我自己！

郑局长　（稍顿）可以，可以嘛。这是你的权利。不过，我还是希望你三思而后行。

袁志成　我已经思了半年了！千里之行，始于足下。不然，高调唱得越多越是"假大空"！我打算好了，市委告不下来，就上省委、中央！一年告不下来，就告他两年、三年！我就不信，三年能打垮老蒋的八百万人马，可愣刹不住这个不正之风？（欲下）

〔方静、李主任急上。

方　静　老郑，我找你。

郑局长　什么事？

方　静　我在市纪委座谈会上，把9000锭不正之风问题全部作了汇报。

袁志成　（不懂）你？

郑局长　（一怔）噢？

方　静　市委张书记不来参加开工典礼了，还通知你和老袁马上到市委去！（取出便条给郑局长）

郑局长　（随便看了两眼，把便条放在茶几上，极不满地）好吧，那我就先行一步了！（下）

〔袁志成拿起便条看了看，也向外走。

方　静　老袁，我跟你说说！

袁志成　还有什么好说的！（继续向外走）

方　静　（拉住袁志成）就听我说一句也不行吗？

〔袁志成停住，仍不看方静。

方　静　市委张书记要我停职检查了！

〔袁志成注意听着。

方　静　我执法犯法，对不起党，也对不起你！

袁志成　（看着方静）就处理了你一个？

方　静　（点头，坦然地）我是纪委书记。

袁志成　（突然地）这不公平，我找张书记说去！

方　静　等等！（走到柜前倒了两杯葡萄酒，递给袁志成一杯）来，为从我这儿开刀干一杯！

〔袁志成不完全懂地接过酒来。

方　静　老袁，个人算得了什么？可我看见了咱们党的希望啊！（眼睛里闪着喜泪，一饮而尽）

袁志成　（停了一下，点着头，一饮而尽。突然，双手紧紧拉住方静的手，声泪俱下）我的好老伴儿啊！

吴一倩　（擦着眼泪）老袁同志，今天是党的生日，我想了许久，还是决定把它交给你！（取出入党申请书）

袁志成　（接过，看着）吴总，太好了！

吴一倩 （深情地看了看袁志成和方静）今天发生的一切都使我深深地感到，共产党毕竟是共产党！我知道党现在很困难，很需要战斗力，那就请收下我这个白了头发的小兵吧！尽管我的力量是微乎其微的！

袁志成 （与吴一倩握手）吴一倩同志，党组织会欢迎你的！

李主任 （取出笔记本）厂长，这回该用着它了！带上吧。

袁志成 （接过笔记本，点着头）……快去礼堂告诉大伙儿，开工典礼不举行了。9000锭准时开车，正常运转。

李主任 大伙儿都知道了，可人们又都拥到下边儿大门口来，等着送你哪，拉也拉不住。

袁志成 （极为兴奋地）好！走，到市委去！

〔室外传来了人们的嘈杂声，众人向外走着。

——幕落·剧终

原载《剧本》1982年1月号

荣获文化部、中国戏剧家协会1980—1981年全国话剧优秀剧本奖

婆婆妈妈

（独幕话剧）

史美俊　张志成

人物表

杜　磊　辅助工

贺金莲　纺织女工

白　玲　纺织女工

崔大姐　组长

阿　芳　纺织女工

丁小兰　纺织女工

梁玉梅　纺织女工

〔下班后。某纺织厂托儿所的小院。院内陈设着木马、“小猫打水”等玩具。台右露出小白屋的一角，小白屋的窗旁，有一架白色的电话机。台左是花圃。中间是爬满青藤的过道。过道上悬着一根铁丝，上面晾着小衣服和尿片。

〔幕启。刚洗过头，披着长发的杜磊上。她掏出手绢，把头发扎了起来，然后把晾干的小衣服和尿片收下。收着收着，她若有所思地停了下来。

〔贺金莲上。

贺金莲　瞧你，一下班，就上这儿来了。告诉你，咱们组今天又得了流动红旗。

杜　磊　（赶紧掩饰地折叠着衣服、尿片）那太好了！

贺金莲　小组得红旗，你杜磊该记头功。

杜　磊　我？嗨，我只不过是个辅助工。

贺金莲　辅助工又怎么样！谁待我们好，我们几个小妈妈的心里最有数。

杜　磊　瞧你说的……我帮你去抱小毛毛。（欲走）

贺金莲　哎，我儿子怎么样？

杜　磊　你儿子睡得好好的。

贺金莲　谢天谢地！今天，他一天没好好吃奶，我心里老是在嘀咕。

杜　磊　是得当心点。（欲走）

贺金莲　（拦住）不，你歇会儿。回头，我自己去抱。（发觉杜磊精神忧闷）怎么，你又在犯愁了？

杜　磊　（掩饰地）没有……

贺金莲　光急有什么用！得找医生看看。

杜　磊　我到医院里去检查过了。

贺金莲　（关切地）怎么说？

杜　磊　说是……今天听回音……（岔开）小贺师傅，不是说，待会儿要开班组会吗？

贺金莲　小事！改选车间女工委员。

杜　磊　时间快到了吧？

贺金莲　（看表）早哩，还有十分钟。待会儿，咱们一起去。

杜　磊　不。我去开会，谁帮你们看孩子？

贺金莲　让托儿所阿姨多看一会儿嘛。

杜　磊　阿姨她们也在开会。再说，她们也忙不过来。走，抱孩子去。

〔两人欲进屋。白玲上。

白　玲　贺金莲！

贺金莲　（回头一看，不理）……

〔杜磊笑笑，进屋。

白　玲　（改口）小贺师傅。

贺金莲　（冷冷地）什么事？

白　玲　（带笑地）就要开班组会了。

贺金莲　（不耐烦地）我这不是去抱孩子了嘛！马上就来。

白　玲　别又迟到了。

贺金莲　别又迟到？怎么，我是老迟到？

白　玲　（尴尬地笑了笑，抽出一份材料）我希望你早点来，看看这份材料，给提提意见。

贺金莲　嘿，干吗要让我看？

白　玲　你是质量标兵，也是班组骨干嘛。

贺金莲　（看材料，念）当好女工委员，更上一层楼……（笑）

白　玲　怎么样？

贺金莲　就凭这份材料，这回改选，你照样还是女工委员。（随手把材料一放）

白　玲　你……

〔杜磊推童车上。

贺金莲　（赶忙迎过去）喔——我的小毛毛！

杜　磊　轻点！他睡着了。

贺金莲　噢，轻点轻点。唷，睡着了还不老实。我的小宝贝，妈妈替你把小脚摆摆好。（突然又不安地）杜磊，你快来看看。小毛毛的脸色……

杜　磊　好像白了一点。

贺金莲　不，有点发黄。

杜　磊　穿得太多了吧？头上有点汗。

贺金莲　那是虚汗，准是着凉了。

白　玲　（不耐烦地）好了，好了，快走吧。

贺金莲　他睡着了。

白　玲　睡着了更好，可以开个太平会了。

贺金莲　他着凉了！

杜　磊　你们先去吧。孩子交给我。

贺金莲　那，又得麻烦你了。

白　玲　今天是改选女工委员。杜磊，你也去。

贺金莲　她也去，那孩子呢！

白　玲　克服一下吧，今天的改选会很重要。杜磊虽说是辅助工，可也是咱们组的成员。总不能剥夺她的民主权利吧！

贺金莲　你说什么，剥夺她的民主权利？那，以前评先进，分房子，为什么不叫她参加？

杜　磊　你们俩别争了。不管选谁，我都没意见。只要符合条件，大家同意。

贺金莲　就是。你当不当女工委员，怕也不在乎她那一票吧。

白　玲　你也别欺负杜磊老实。她每天要换那么多褯子，还要做清洁工作，还要顶班生产。这会儿下班了，你还要让她给你抱孩子，当托儿所的辅助工？

贺金莲　亏你说得出口！她三天两头地顶班是给哪个大忙人顶的？

杜　磊　小贺师傅，别说了……

白　玲　（怔了半晌）好吧，你说，今天的会，你去不去参加？

贺金莲　别的会，本人从来不缺席。今天改选女工委员，对不起，我弃权！

白　玲　好，我请不动你。我找崔大姐去！（欲下）

贺金莲　哎——材料在这儿。别忘了把当好女工委员，更上一层楼的典型材料带走。

〔白玲拿了材料，气呼呼地下。贺金莲学着她生气的样子，大笑起来。

杜　磊　小贺，你真的不去开会了？

贺金莲　哪里，我是故意气气她的。

杜　磊　都是一个班组的，何必呢？

贺金莲　她知道咱们小妈妈的烦恼吗？她根本不知道，就知道教训人！（说着，坐在木马上）

杜　磊　白玲还是干了些工作的。

贺金莲　哼，自己没生过孩子，就是没体会！

〔杜磊敏感地、默默地低下了头。

贺金莲　（发觉说走了嘴）杜磊，结婚多年没生孩子的人有的是。我家有个邻居，结婚后第八年才生了个儿子。放心吧，你会有孩子的。

杜　磊　你在安慰我。

贺金莲　你不信？我敢打包票，你准会生个白白胖胖的儿子。将来去当运动员，说不定还是个世界冠军哩！

杜　磊　（向往地）能生个女儿，将来让她当个纺织女工，也就不错了。

贺金莲　当纺织女工太苦了，还是当世界冠军好！到时候，你送她出国参加比赛，我可要嫉妒死了。哈……

杜　磊　（终于露出笑容）瞧你说的。当纺织女工，你就不嫉妒？说不定到那时候，她们都是坐在电视屏幕前，进行遥控操作哩。

贺金莲　对，我们现在得使劲干，给她们打基础。（忘情地大笑，木马一摇晃，差点摔倒）这死木马，把我儿子吓了一跳。

（哄着儿子）

〔阿芳捧着茶杯上。

阿　芳　金莲姐，听说你不去开会啦？

贺金莲　（故意板着脸）谁说的？

阿　芳　这……你就别问了。我反正跟着你，你去，我也去，你不去，我也不去。

贺金莲　别往我身上扯。要不是等着你来抱孩子，我和杜磊早就开会去了。快抱你的女儿走吧。

杜　磊　阿芳，我替你去抱。

阿　芳　等等。杜磊，今天的菜钱是多少？

杜　磊　一块五毛六。

阿　芳　（掏出皮夹子）给。真不好意思，天天麻烦你帮我买菜。

杜　磊　说哪儿去了，我不过是顺便……

阿　芳　可我每天早上省下来的时间，能洗一大盆衣服哩！

杜　磊　你们带孩子的人，每天早上都忙得像打仗一样。这我知道。（走进小白屋）

贺金莲　阿芳，你怎么老捧着个杯子？

阿　芳　你猜，这杯子里是什么？

贺金莲　焦锅巴，冷泡饭，菜帮子，酸黄瓜……反正尽是你们家的处理品。

阿　芳　不对。这是食堂里买的黄花鱼！你闻闻，香不香？

贺金莲　嗯，真香。

阿　芳　我婆婆最爱吃黄花鱼。她瘫在床上不能动，我这个做媳妇的，还能不惦着点？

贺金莲　我们阿芳的心眼就是好，自己净吃剩菜剩饭，把好的都留给婆婆吃。哪天选好媳妇，我准投你一票。说不定还能让你上电视台呢。

阿　芳　我对剩菜剩饭无所谓，只要吃得饱，睡得着。你瞧，这几个月，我又胖了。

贺金莲　唷，你可不能再胖了。再胖下去，上电视台就不好看了。

阿　芳　（捶她）该死的，就你苗条，就你美。

贺金莲　（大笑）喔唷，行了，行了。快抱你的女儿走吧。

阿　芳　哎！你等我。（走向小白屋）

〔杜磊出，把孩子交给阿芳，下。崔大姐上。

崔大姐　金莲，你还磨蹭些什么？

贺金莲　（对阿芳使了个眼色，把孩子放进童车）来了，这不来了嘛！

崔大姐　别以为你今天的产量上了光荣榜，我就会对你客气。告诉你，我这个组长生产要抓，班组学习也要抓。

贺金莲　崔大姐，是不是白玲告了我的状？

崔大姐　全组就这么几个人。这个来了，那个又走了。照这样下去，这女工委员要到哪一天才能选出来。

阿　芳　崔大姐，这女工委员又不是国务委员，你说选谁，就谁呗。

崔大姐　那不行。厂工会强调过，这次改选要认真，不能走过场。

贺金莲　算了吧。去年白玲当上女工委员后，又写总结，又做报告，左一个树典型，右一个谈体会，看起来，红红火火的，蛮像一回事。可到了，全是空的！

阿　芳　崔大姐，你是过来人。带孩子可不是吹洋泡泡。白玲她结过婚，生过孩子吗？她就知道往上爬！

崔大姐　别卖老，你们也只不过是生了一个。我生过四个孩子，没怎么讲究，不也都长得好好的！

贺金莲　崔大姐，你那是从前，现在情况可不一样啊。我们是响应国家号召，只生一个孩子。你那时可是光荣妈妈，生孩子就像下蛋似的。

崔大姐　鬼东西，当心我撕了你这张嘴。（追打贺金莲）

阿　芳　（拦住崔大姐）算了，算了。金莲姐就是这样子，粗纱机纺不出细纱。不过，现在强调晚婚、晚育、少生、优生，不讲究点还行？

崔大姐　是啊，现在的条件是越来越好了。不过，成天瞎叨叨也没有用。老实说，要挑起生产、生活两副担子，还得靠我们自己。

阿　芳　就是。说什么也不能让人家看不起。

崔大姐　（忽然想起）金莲，你的毛衣打好了。来，试试。（从包里拿出毛衣）

贺金莲　嗬，这么快！

崔大姐　这是我女儿给你打的。我哪有时间打毛衣，一天忙下来，回到家里只想睡觉。

贺金莲　（试着衣服）真不好意思。

阿　芳　嗨，粗纱机也知道怕难为情了！

贺金莲　去去去！

崔大姐　我知道，金莲是一年到头难得休息，节假日还常常加班。想打件毛衣，也是今年拖明年，明年拖后年的。这不，让我女儿练练手艺，不也就成了。还合身吗？

贺金莲　好好，太好了！

阿　芳　崔大姐，你要是真关心她，该打件套衫，三翻领的。那才时髦哩！

崔大姐　还是开衫好，钉排揿钮，脱的时候一拉就行了。咱们纺织女工干什么都得讲究个速度。

阿　芳　这倒也是。

崔大姐　好了，开会去吧，全车间就咱们这个组没开会了。早选出候选人，早回家。（欲走）

〔阿芳的女儿哭了。

阿　芳　（看表）三点十五分！啊呀，我得喂奶啦。

贺金莲　唉，瞧你。奶粉呢？我帮你冲。

〔杜磊拿着一瓶冲好的奶粉上。

杜　磊　阿芳，给。

阿　芳　嗬！已经冲好了。你是怎么冲的？

杜　磊　奶粉两勺，蜂蜜半勺，鱼肝油四滴。对不对？

阿　芳　对，太对了。你怎么会知道的？

杜　磊　我在旁边看着你冲的呗。

贺金莲　杜磊这辅助工真是不赖，从车间一直干到托儿所！

阿　芳　崔大姐，干脆把杜磊调到托儿所来怎么样？

崔大姐　说得轻巧！把她调走，我到哪去找这么好的辅助工？

阿　芳　唷！光顾说话，喂奶时间耽搁了三分钟……（把瓶子往脸上贴了贴）

杜　磊　怕烫着孩子是不是？（拿过奶瓶，在阿芳手背上滴了几滴奶）怎么样，烫不烫？

阿　芳　不烫，不烫！（给孩子喂奶）

崔大姐　唉，婆婆妈妈的事儿还真是不少。算了，我去把人找到这儿来，省得你们心挂两头，会也开不好。（轻声地）金莲，跟你说个事儿。这次选女工委员，你看提谁好？

贺金莲　你说呢？

崔大姐　白玲本来就是女工委员，我看……

贺金莲　怎么，这也要搞终身制？听说，这次当上女工委员的，可以到杭州去疗养？

崔大姐　别瞎说，还没定呢。就是去了，也是领导对我们的关心嘛。

贺金莲　唉，这个白玲就是有福气，所有的好事儿全叫她摊上了。说不定还能当个脱产干部，跳出三班呢。

崔大姐　看你，干吗老是跟她过不去？你呀，别总看着别人的缺点。

贺金莲　那你干吗问我，干吗不去问大家？

崔大姐　别人不像你，一根直肚肠，就会乱放炮。

贺金莲　行，你给我找块橡皮膏，让我把嘴封上。

〔丁小兰上。

丁小兰　崔大姐，还开不开会啦？净让人傻等。

崔大姐　开，开，就在这儿开。

贺金莲　还差一个大主角没出场哩！

崔大姐　你们别走开，我去找白玲。

丁小兰　（指着表）都快三点半了，我还有事哩！

崔大姐　让别人捎带办一办，也不行？

丁小兰　行！那就请你代替我……

崔大姐　说吧，什么事？

丁小兰　跟男朋友约会！

〔众笑。

崔大姐　（也乐了）你个死丫头！（笑着下）

丁小兰　笑什么？实事求是嘛。（掏出书来，坐在木马上看书）

贺金莲　阿芳，帮我看看孩子。杜磊，我们去搬凳子。（下）

丁小兰　杜磊姐，警卫室有你一封信，是医院来的。

杜　磊　谢谢你。我等会儿去拿。（下）

阿　芳　丁小兰，你在看什么书？

丁小兰　《少年维特之烦恼》。

阿　芳　烦恼？生活中的烦恼就够多的了，你还要到书里去找？

丁小兰　这是世界名著。

阿　芳　赶明儿，有谁写我，准保也是名著。生炉子，挤车子，挎篮子，抱孩子……难道我的烦恼会比少年维特的少？！

丁小兰　太普遍了，就不能算艺术典型。

阿　芳　还不典型？刚进厂的时候，咱们车间技术练兵，我拿了第一名。可现在……

丁小兰　现在你也不赖。崔大姐能少了你这员干将啊！

阿　芳　反正是不能跟过去比啰。那时候，我跟你一样，一个姑娘家，无牵无挂，不管干什么，浑身是劲……不过，话还得说回来，现在尽管家务事是重了一些，可每个月的产质量指标，我还是照样保证完成……哎，小兰，学过英语吗？

丁小兰　学过一点。

阿　芳　你知道 wife 是什么意思？

丁小兰　wife 就是妻子的意思。

阿　芳　可我那口子上次跟我吵架，说 wife 是锁链，还说我妨碍了他的事业……他好！在外地工作，一年就回来这么几天……真是不讲道理！

丁小兰　在英语字典上，妻子和锁链是归在一起的。

阿　芳　唉，不是我锁住了人家，是我给人家锁住了！（亲着女儿）给我这个宝贝女儿锁住了。可不是？从帽子到鞋子，从奶粉到尿布，哪样不要我操心？还笑，还笑，都是你，都是你。

丁小兰　（放下书）你们有这些困难，就不能给领导说说吗？

阿　芳　说良心话，领导倒是经常说起要关心女工的生活，可没想到，选了个女工委员，倒和我们作起对来了。

丁小兰　你是说白玲？

阿　芳　除了她还有谁！也难怪，你是刚从技校毕业出来的……我上次加工资，就伤在她的手里。因为生孩子，我请了八个月的病假，她硬是抓住这一条，说我病假多，贡献少……结果工资没加上。可这些年，我的生产指标哪个月不比她高？我拖着个孩子，风里来，雨里去的……

〔崔大姐、梁玉梅和白玲上。梁玉梅吃着东西，白玲满脸不快，崔大姐低声劝说着。

白　玲　凳子呢，没凳子坐哪儿？

崔大姐　我去找。

〔贺金莲和杜磊搬凳子、筒子上。

贺金莲　来了，凳子来了！

杜　磊　梁玉梅。你坐这个高椅子，舒服一点。

梁玉梅　谢谢你。（小心翼翼地坐下）

崔大姐　玉梅是该当心点，别又流产了。

梁玉梅　上次是我自己不小心，在公共汽车上给挤了挤。这回，我学乖了。上班早点来，下班晚点走，高峰时间不乘车。

阿　芳　嗨，崔大姐，咱们上次不是给领导提出过，建议让玉梅干几个月轻活吗？

崔大姐　这事儿差点还给忘了。白玲，我让你给领导打一份报告，你写了吗？

白　玲　这事儿……

梁玉梅　崔大姐，白玲和我谈过了。我想想也对，咱们纺织厂女工多，怀孕的都要申请照顾，这生产，怎么安排呢？

崔大姐　唉，白玲，谁让你说这些的？

白　玲　不说这些，她的思想能通吗？

崔大姐　你这个傻姑娘，玉梅三十多岁了，是特殊情况。我不是让你跟领导说清楚，玉梅的生产任务由我们包下来？

白　玲　（为难地）那怎么办？我已经写成报道，送到公司去了。

崔大姐　（惊奇地）又写什么报道了？

白　玲　认真做好怀孕女工的思想工作，坚守生产第一线呀。

贺金莲　伟大，丰功伟绩还真不少！

梁玉梅　算了，金莲。你不是说多跑跑弄堂，活动活动，生的时候还可以快一点！

崔大姐　好吧，这件事明天再说。大家坐好了。

〔各人拿凳子坐下。

白　玲　丁小兰，坐这儿。

丁小兰　（不情愿地走过去）这儿不也挺好？

崔大姐　我们开会吧！

〔阿芳的女儿突然“哇”地哭了，阿芳哄着。

白　玲　这哪像个开会的样子？

〔贺金莲瞪了白玲一眼。崔大姐抱过阿芳的女儿哄着，孩子的哭声低了。杜磊拿了几个塑料玩具逗她，孩子渐渐安静下来，杜磊顺势把孩子抱过来。

白　玲　杜磊，把孩子抱远一点！

阿　芳　（不高兴地）你！

〔杜磊抱着孩子坐下，与贺金莲、阿芳一起轻轻地哼起了《摇篮曲》。

崔大姐　好了，好了，抓紧开会吧。今天改选女工委员，谁想好了，就提名吧。

白　玲　（拿着材料）我的小结还没谈呢。

崔大姐　那，你先给大家念念。

白　玲　小结的题目是，当好女工委员，更上一层楼。我把内容念念……妇女同志们！我们车间百分之八十以上是女同志，在厂党委和车间领导的关怀帮助下，我们车间的妇女工作做出了很大成绩。无论是在生产方面、生活方面，还是在建设社会主义精神文明等方面都做出了巨大的贡献……

〔贺金莲打了个哈欠。梁玉梅帮丁小兰梳理头发。阿芳打着毛衣。

崔大姐　（发现情况不妙）白玲，我看小结就放到大会上去念吧。今天得抓住重点。

贺金莲　崔大姐说得对。少说空话，讲究实效。

崔大姐　这也不是我的发明。工会发了一本书，书上讲得可好呢。（掏出一本书）

丁小兰　（拿过书，看了看）《班组工作一百例》。嗬！崔大姐在研究班组工作。

白　玲　（提醒地）崔大姐……

崔大姐　对对，班组工作靠大家。谁先发言？

〔沉默。

崔大姐　怎么啦？干活的时候，一个个都是眼快、手快、脚快的。怎么现在反倒成了新娘子上轿，忸忸怩怩的啦！

〔仍然沉默。

崔大姐　也好，我先提一个……

贺金莲　（打断）崔大姐，这本书上的这些好经验，你可不能一个人看啊！

崔大姐　行，行。过两天，我再买几本，让大家都看看。

贺金莲　我们组的生产，在全车间名列前茅。要是总结总结，说不定也能编成第一百〇一例哩。

崔大姐　那当然好。工会早就要求我们把班组工作的经验好好总结总结了。

白　玲　（生气地）别人发言的时候，大家最好不要乱插嘴！

崔大姐　（忙收起书）对，对，谁发言？丁小兰，你说。

丁小兰　我，说什么呀？

〔众笑。梁玉梅憋着不敢笑。

白　玲　（生气地把材料往丁小兰空出的椅子上一放）平时叽叽喳喳的都挺会说，这会儿说正经的，倒都成哑巴了？

〔又是沉默。

白　玲　妇女工作的意义，咱们组都学习过了。女工委员会成立以后，咱们组的工作也有了很大的起色。这次改选，主要还是为了促进工作。我希望大家都能严格要求自己，不要老是抹布、尿布、洗脚布的……

贺金莲　（嗅了嗅）哟，哪来的一股酸味儿。

〔大家又笑了，连丁小兰也来了兴趣。

崔大姐　（愠怒地）金莲，你怎么搞的，刚才，我都跟你白说了？

贺金莲　真的，是有一股酸味儿。怎么，你们没闻出来？

白　玲　（一把推开椅子，材料飘落地上）别以为人家不知道你的意思！

〔贺金莲的儿子突然哭起来。

贺金莲　（急忙一看）啊呀，不好！我儿子拉屎了……不对呀，平时拉得像巴拿马香蕉，今儿个怎么成了蛋花汤啦？

崔大姐　我看。

贺金莲　这下好了，我又得上儿童医院熬夜了。明天我还要上早班哩！

阿　芳　我这儿有婴儿素，先给他吃点。

崔大姐　晚上，我陪你去医院。两个人轮流陪夜，多少还能打个盹儿。

贺金莲　（感动地）你这么大年纪……

崔大姐　那有什么。

〔阿芳、梁玉梅凑过来看看。丁小兰捂着鼻子跑开了。白玲心烦意乱。

阿　芳　啊呀，到处都是……

贺金莲　（没了主见）怎么办，怎么办？

阿　芳　（递过尿布）先擦擦。

崔大姐　不行，先用温水洗一洗。

贺金莲　喂，女工委员同志。你也过来帮帮忙，好不好？

白　玲　（不屑地）哼，屎啊尿的，净忙这些婆婆妈妈的……

贺金莲　喃，你就不是你妈一把屎、一把尿拉扯大的？别脸上抹了珍珠霜，就闻不得屎尿臭！

白　玲　（对崔大姐）这样婆婆妈妈下去，还怎么干四化？

贺金莲　（厉声地）没有这些婆婆妈妈的事，你能长大成人，能有这个世界？我们这些小妈妈尽管是挑着两副担子，可谁也没有落在你后面。不要说为党，为社会主义，为四化，就是为了我们的孩子，我们也会拼命干的！

阿　芳　就是。等我女儿再长大一点，不缠着我了，我也争个先进给你看看。

崔大姐　好了好了，先安顿孩子吧。我去倒点水——

贺金莲　别去，让孩子光着屁股得了，反正这儿的臭气就够多的。

〔杜磊打来一盆温水，又从铁丝上拉下自己的毛巾，递给贺金莲。

贺金莲　谢谢你。（忽然发现）这不是我儿子的。

众　啊！

贺金莲　这是杜磊的毛巾。啊呀，你怎么……

杜　磊　放毛巾的小房间锁起来了。用这也一样。（欲上前相帮）

贺金莲　不，我自己来。

崔大姐　（夺过毛巾）我来。杜磊，改天，让贺金莲非给你买一块新的。

杜　磊　不用，不用，擦点香肥皂洗洗就行了。

阿　芳　哈哈，杜磊真有意思。

〔崔大姐和贺金莲忙着。杜磊拾起白玲掉下的那份材料，看了看，放在白玲的包里，然后摸出一张纸，包了一点大便，端着水下。

崔大姐　（忙完了）好了好了，都快坐下吧，选个女工委员这么费事。

白　玲　别的组不到十分钟就选好了。你偏要到这儿来开会，结果，净忙些孩子的事……

贺金莲　看你这辈子不做妈妈！

崔大姐　这样吧，我提一个……

〔阿芳悄悄地捅捅贺金莲。贺金莲沉着脸。

崔大姐　咱们组就这么几个女同志，阿芳和金莲都是有孩子的妈妈。我嘛，也忙不过来，我看，还是选白玲吧。

梁玉梅　我同意。白玲年轻、能干，一看就是当干部的料。她要上去了，我们也沾光。

阿　芳　我说……金莲姐也不差嘛。

梁玉梅　对，对，金莲待人热情，关心同志。去年我流了产，她来看过我四五次，还送来好多鸡蛋哩。

贺金莲　说这些干什么？我声明，我不够格……

崔大姐　这倒也是，金莲是活儿干得多，但牢骚也发得多。出头露面的事儿，她也干不了。白玲要说会说，要写能写，去年也干得不错。我看就选白玲吧。

〔沉默。

白　玲　我做得很不够。

贺金莲　（对阿芳）还挺谦虚的。

崔大姐　别这样，有意见好好提。

贺金莲　她当女工委员都干了些什么？一张独生子女证，还有几片……那药片，还是别人发的。

阿　芳　就是。厂工会发的征求女工工作意见的表格，我们填了以后，她根本没交上去。

贺金莲　（故意地）哟哟哟，别身在福中不知福了。工作搞得不错嘛，还提什么意见！

丁小兰　崔大姐，这马拉松会，什么时候才能开完哪？

崔大姐　那你也说说嘛。

白　玲　你是新来的，没有成见。也不要有顾虑。

丁小兰　好，我说……

〔杜磊上。

白　玲　（对杜磊）你瞎忙些什么！连开个会都不能正经地参加……丁小兰，你说吧。

〔杜磊在一旁坐下。

丁小兰　刚才，崔大姐提名白玲……

〔电话铃响。

白　玲　怎么搞的！都下班了，还打什么电话？别理它，丁小兰接着说。

丁小兰　（接电话）喂……什么事啊……找贺金莲？她在这儿，要不要她听电话……好，我转告她。

贺金莲　什么事？

丁小兰　你爱人在大门口。

贺金莲　（突然想起）哎呀，糟了！晚上我上夜校，说好了让他来接孩子的。（推车）我走了。

白　玲　会还没有开完呢！

贺金莲　厂门口，就这么几步路。快得很！

白　玲　一说起来，还会有个完吗？

贺金莲　那，你叫我怎么办？

阿　芳　（站起身来）家里还等着烧饭呢，明天再选吧。

丁小兰　我也要走了。

崔大姐　都不能走！有些事，我考虑得不周到，我检讨。可咱们也得有个开会的样子，不能随随便便的，说开就开，说不开就不开！这样吧，金莲，让杜磊帮帮忙。

贺金莲　也好。杜磊，请你帮我把小毛毛交给他爸爸。

杜　磊　好的，我也正好要去拿信。

贺金莲　一定是医院里给你送喜讯来了。

崔大姐　好了，金莲，还有个完没有？

〔杜磊推童车下。

崔大姐　（严肃地）我先把话挑明了。今天的会，什么时候选出候选人，什么时候散。

〔众哗然。梁玉梅又吃东西。

白　玲　（提醒地）丁小兰才说了一半。

崔大姐　那好，丁小兰接着说。

丁小兰　我说就我说。我无所谓，选谁，我都不反对。

白　玲　你这不是等于没说。

梁玉梅　要不，这样吧，今年你当，明年她当，大家轮着当。

白　玲　那怎么行！

梁玉梅　（不满地）怎么，我说错啦？

阿　芳　我说……就选金莲姐吧。

白　玲　改选女工委员是件严肃的事，不能搞庸俗的私人感情。

贺金莲　你这话是什么意思？

白　玲　明人不说暗话。我去年批评阿芳不服从生产调配，你贺金莲出头为她开脱，她当然要感激你啰。

贺金莲　（跳起来）你这叫什么话！崔大姐出去学习，让你代管几天生产，你居然派阿芳去搬筒子。她怀孕两个多月，你又不是不知道！连车间主任都打过招呼，说要照顾阿芳。可你还批评阿芳挑肥拣瘦，娇滴滴。还说什么革命先辈在监狱里，在行军路上，也照样生孩子。你还说……

白　玲　怎么，我说错啦！

梁玉梅　算了，你少说两句吧！

贺金莲　话是挑不出毛病，就是不通人情！

阿　芳　金莲姐……（不禁鼻子一酸）

白　玲　你为错误辩护，说明你觉悟不高！

贺金莲　你觉悟高！你像白毛女那样，到山洞里去生个孩子给我看看……

〔崔大姐急忙捂住贺金莲的嘴。

白　玲　崔大姐，你看她说什么！平时她说的那些怪话，大家都听见的。

贺金莲　哼，你想吃辣椒，还得准备出一身汗哩！

崔大姐　（厉声地）别吵了！

阿　芳　都怪我不好……其实，活儿重点、累点倒没什么，只要领导把我们放在心上，就行了。

崔大姐　（竭力缓和气氛）其实，白玲也是表扬过阿芳的……

贺金莲　天晓得！阿芳产后第一天上班，靠老天帮忙，断头少，再加上杜磊带着络纱，得了个流动红旗。可功劳全记到她白玲头上去了。什么敢于和不良现象做斗争呀，变后进为先进呀……笑话，简直是大笑话！

崔大姐　你就少说几句吧！当女工委员也是挺辛苦的。叫你当，你也不一定愿意。

贺金莲　（故意的）那也不一定。我要是也想顺着梯子往上爬，也想跳出三班，也想去疗养院，我为什么不揽这个美差？

白　玲　你有能耐，那就你来当好了！

贺金莲　你以为我不行？老实说，谁当都比你强！

阿　芳　算了，有什么好争的。有本事在生产上争一争！

丁小兰　（站起身）吵吵吵，再吵，我就走了。

崔大姐　（发怒）坐下，都给我坐下！

梁玉梅　啊呀，干什么呢！都是一个组的，低头不见抬头见……丁小兰，来，坐下。（递过杯子）白玲，吃一个……丁小兰，来一个。金莲，你也来一个……

崔大姐　（又好气又好笑）哎呀，留着你自己吃吧。金莲，那本书呢？（从贺金莲手里拿过书）这上面写得清清楚楚，开班组会要抓住中心，不能东扯葫芦西扯瓢的。金莲的话是说得过火一些，不过出发点还是好的嘛。白玲是存在缺点，但是，通过这次改选，也还是可以提高一步的嘛。同志之间只要做到互相取长补短，工作还是可以搞好的嘛。这些，白玲的材料中不也谈到一些吗？来，念给大家听听。

白　玲　（找材料）咦，材料到哪儿去了？丁小兰，你让一让。

丁小兰　哼！（让开）

梁玉梅　（躲闪）别……别，我让，我让。

白　玲　刚才还在这儿的！怎么，一转眼……

崔大姐　你也真是！丢三落四的。大家都帮着找找。

贺金莲　这又不是什么圣经，谁稀罕！

白　玲　这么说，它自己会长腿跑了？

贺金莲　你这是什么意思？难道有谁拿了你的材料了！

白　玲　难说！

贺金莲　你说话要负责任！我要是拿了你的材料，烂手烂脚！

白　玲　激动什么！就这么几个人，一查就清楚了。

阿　芳　（递过自己的包）喏，你查！

崔大姐　闹什么，闹什么，都乱成一团麻了。算了，白玲，你再写一份吧。

白　玲　不行，非查清楚不可！

崔大姐　（笑起来）照你们这些事，真把它写成班组工作第一百〇一例，不怕别人把大牙笑掉？

丁小兰　别找了，我看见是谁拿的。

众　　　噢，谁？

丁小兰　她来了。

〔杜磊神情郁闷地上。

白　玲　杜磊，你拿过一张纸吗？

杜　磊　一张纸？

丁小兰　（提醒地）贺金莲的儿子拉屎以后……

杜　磊　对，我用一张纸包了一点小毛毛的那个……那个……

白　玲　（跺脚）哎呀！你什么东西不能包，偏用我的材料去包……那个！

杜　磊　不，我用的是另外的纸。

白　玲　那，我的材料呢？

杜　磊　我从地上拾起来，放在你包里了。

〔白玲急忙拉开包，拿出材料看了一下。

〔众笑。

崔大姐　你呀，就不在自己包里找一找。

〔众又笑。

杜　磊　（对贺金莲）小毛毛得肠炎了。

贺金莲　啊？

杜　磊　我包了一点大便，送到保健站去化验过了。

贺金莲　要紧不要紧？

杜　磊　不要紧。吃点药就好了。

贺金莲　（感动地）杜磊，你想得真是比我周到！

杜　磊　喏，这是药，每天三次，每次一小格。这是化验单。

贺金莲　（接过那张纸看了看）啊！

〔崔大姐、梁玉梅、阿芳等凑过来一起看。

杜　磊　（发觉自己拿错了）快把信还给我，化验单在这儿。

白　玲　什么事？

崔大姐　医生诊断，杜磊有病，这几年不能怀孩子。

白　玲　我还以为是什么大事哩。你们也真是，有孩子，叫苦连天；没孩子，又愁眉苦脸，谁知道你们是真是假！

贺金莲　住嘴！你懂不懂做妈妈的心呀！

崔大姐　（叹了一口气）白玲，你也真是的。说话也该掂掂分量。

梁玉梅　当个女工委员，总该为我们女工说句话，办点事嘛！

杜　磊　（坦然地）别难为白玲了。其实，我也早有思想准备了。不能怀孩子，我就给大家做做帮手，让你们多纺些纱，多织些布。我呢，也算尽到了辅助工的责任。

阿　芳　太好了！你要是能帮我们解除一些后顾之忧，我们的生产劲头就更足了。

丁小兰　崔大姐。

崔大姐　干吗？

丁小兰　我有个建议。

崔大姐　你说吧。

丁小兰　（激动地）我选杜磊！她思想好，工作好，人又热心，能够为大家服务。她应该当我们的女工委员！

阿　芳　对，太对了！我们为什么不选杜磊呢？

贺金莲　我也选杜磊！

梁玉梅　我也同意。

杜　磊　不不，别开玩笑。我连个辅助工都没当好，怎么能当女工委员？还是选白玲吧！她年轻，有能力，干社会工作也挺热心，比我强多了。

白　玲　别挖苦人了。

杜　磊　（真诚地）我说的是心里话。你能说会写，生产上也不差，就是对大家体谅、关心得不够。这些缺点，我相信你一定会改掉的。

崔大姐　咳，我真是不配做你们的大姐……杜磊因为眼睛不好，主动要求当辅助工。三年来，既不讲空话，也不发牢骚，总是默默无闻地工作。可是我们习以为常了，看不到她的成绩，也没有很好地关心她。这实在是很不应该的。我拥护大家的意见，选杜磊！

杜　磊　崔大姐，这些工作都是我应该做的，我本来就是辅助工嘛！

崔大姐　你说得一点不错，女工委员就是我们生产上、生活上的辅助工。大家既然选你，你就把它当好。白玲，你也表个态吧。

白　玲　我……没意见。

众　　　（鼓掌）好！好！

崔大姐　今天会开得不错，我明天向厂工会汇报。散会！白玲，咱们一起回家。

丁小兰　啃，约会的时间早过了！我得赶快走了。

贺金莲　丁小兰，让崔大姐给代一代吧。

丁小兰　崔大姐代不了，谁也代不了！（笑着跑下）

〔大家收拾东西，准备回家。

白　玲　我的包呢？

〔贺金莲发现自己拿错了白玲的包，正在尴尬。崔大姐向贺金莲示意，贺金莲笑嘻嘻地拉住白玲的手，把包塞在她手里。白玲微微笑了笑，又哭了。

众　　（笑着）好了，好了。

崔大姐　瞧你们这样子，一会儿哭，一会儿笑，真是婆婆妈妈的！

〔众笑。

〔幕闭。

〔剧终。

原载《新剧作》1983 年第 5 期

剧本荣获 1983 年上海职工业余话剧观摩演出一等奖

街上流行红裙子

（二幕话剧）

马中骏　贾鸿源

人　物

陶星儿　大丰织布厂女工。

葛　佳　大丰织布厂女工。

阿　香　大丰织布厂女工。

值班长　大丰织布厂车间值班长。

土　根　某花木公社社员。阿香的哥哥。

土根嫂　某花木公社社员。阿香的嫂子。

陶思铠　外省某研究所建筑工程师。陶星儿的父亲。

董行其　民警。

瞎老头　一个吹箫卖花的瞎老头。

女工、行人若干。

第一幕

1

女工更衣室。

〔一个初夏的早晨，女工更衣室悄无人声，漆黑一片。震耳欲聋的纺织机声猝然消逝。不知哪儿飘来时断时续的箫声。那是一首五十年代风靡的歌曲，弥漫着怀旧的浓郁情调。

〔这是早班和夜班交接班的时刻。女工疲惫的脚步声、匆忙换衣的窸窣声以及哈欠声、咒骂声、碰撞声、叫唤声……此起彼伏。

〔一声女工的惊呼："谁？谁在里边？"

〔一盏灯亮。幽黄的光线延散开去。一排排影影绰绰的更衣箱叠架至天花板。透过更衣箱底部的搁架，是一双双白皙丰满的女工的腿肚，摇曳骚动的花裙裙边。有人在穿裤腿，有人在系鞋带。笑骂和捶打声交错起伏。

女工甲　阿香，你打扮得真漂亮。嘴唇鲜红……是进口的唇膏？

阿　香　不，我今天没抹口红。不信你瞧！困死了。昨晚在人家家里跳舞。柠檬色灯光，打蜡地板锃光溜滑。许多人找我跳舞，都是"上只角"有风度的人。累得我差一点儿上班迟到。

女工丙　当心，还有三天就发奖金了。

阿　香　放心。我屏气功也要屏到发奖金的那一天。决不迟到。谁把门关上，我要换裙子了。

女工乙　喔哟，乡下人这条红裙子真漂亮！是香港的？

阿　香　你懂啥，还叫我"乡下人"！这是美国料。今年街上流行的就是这种红裙子。你去看，每年立夏，不管刮风下雨气温多低，各区最时髦的姑娘都穿上最花哨的连衣裙奔向淮海路“斩裙”。

女工乙　什么“斩裙”？

阿　香　说你不懂就不懂！“斩裙”就是漂亮的裙子把不漂亮的裙子打得落花流水，像刀斩一样。这种红是今年的国际流行色，你瞧，多别致、多鲜艳，中国人就是染不出……哦，对了，告诉你呀，前天我在南京路碰见董行其了！他跟在我屁股后面跑了足有二站路，嘻嘻嘻……他考进公安局了，分在什么经保科，大檐帽扣在头上，可神气了……

女工丙　好了，还有七分钟，你快去接班吧。

阿　香　来得及。哎，厂门口开来一辆蓝颜色的电视转播车，谁又要上电视了？

女工甲　谁？还不是红得发紫的人，陶星儿。

女工乙　乖乖！上次登报她一下子收到一百七十三封求爱信，这一上电视，拆信封都来不及了。

葛　佳　（冷不防从阴影里直起身来）你妒忌？帮她代拆好了。说不定也能挑个好小伙子。

女工甲　（低声地）嘿，你们听说了吗？医务室说，陶星儿已经三个月没领卫生纸了。真的，原来医生当她日期不准，劝她吃中药，可她不肯……

女工丙　替国家节约一点草纸，不是蛮好。

女工乙　我们厂的生育指标已经没有了，她要是……

阿　香　造谣！她连男朋友都没有。再说她是劳模，真要是肚子吹洋泡泡，领导早伤心死了……

女工甲　所以轻伤不下火线。

葛　佳　喂喂喂，你们除了打听人家新婚第一夜过得怎样，就是关心别人肚子疼。不能讲些上台面的话吗？

女工甲　葛佳，我真不明白，你还护着她干吗？

女工丙　人家以前是好朋友，饭菜票放在一起也放了三年了！你没听说过，溜冰场上两枝花嘛！

女工甲　好朋友？哼？葛佳，我真为你抱不平！她那点星跳疵头下班前半分钟要不漏给你，劳模早是你的了……要我是她，不讲明白，也该对你表示表示。

女工乙　瞧她假模假式的。那次她从外地开会回来，我和葛佳冒雨踏着黄鱼车去车站接她，左等右等，衣服全都湿透了……结果怎样？人家和值班长乘党委书记的小车回来啦！过后，她像没事样说她在红绿灯十字路口看到我们了，只是书记亲自上车站接，她中途下车挺为难的……气得葛佳当天就把饭菜票和她分开了。

阿　香　我明白了，原来葛佳姐叫她的高干朋友天天用上海牌小轿车接送，是气气星儿姐……

葛　佳　我喜欢妒忌吗！……咦，我的一双布鞋呢？谁看见我的布鞋了？（寻找，钻到黑暗里）

〔更衣箱另一侧又传出一个女声。

女工丙　快，谁帮我扭钮扣了！快点，我要来不及了……

〔值班长领陶星儿上。陶星儿白帽围单，一身纺织女工打扮。

值班长　还有两分钟，你们都在磨叽什么？还不快去交接班。

女工丙　嗯，我们不会迟到的，你放心。

〔众女工迅速换上工作服。

值班长　不会迟到？你们为什么不学学劳模，陶星儿半小时前就到了……

女工甲　所以我们不是劳模。否则人人都是劳模了……（“砰”地关上箱门，愤愤然下）

值班长　阿香！你里面穿的什么？袒胸露臂的，肉都鼓出来，快像男同志背心了……

阿　香　（小声嘀咕地）贴身穿又看不见……

值班长　不想给人看，你为什么要穿这么考究？外文字母一串串的，有什么好看？

阿　香　这是“中国制造”四个字，出口转内销的。

值班长　你还嘴硬？！全车间就是你，打扮得洋不洋、中不中的。走走走，都快去接班了。快点快点……

〔女工们像被警察训斥的违反交通规则的骑车者一样，相继一个个溜下。黑暗里，只有一个背影继续站着。她是葛佳。

值班长　（打开紧连更衣室的一扇小门）来吧，陶星儿，你就在这里准备。没人干扰你，你还有半小时的时间可以准备。发言稿呢？快拿出来……

陶星儿　（不情愿地）谁写的？这么长，背都背不出……

值班长　你就克服克服嘛。（疼爱地为陶星儿掸掸灰）来，再试一次我听听。

陶星儿　（举起稿子，刚想念，又放下）你叫他们帮我改得再短一点……

值班长　不行，这是宣传科根据我们厂前几代劳模事迹和外单位劳模的先进经验写成，厂部会议通过的，领导也审查了，不能随便改，懂吗？

陶星儿　（把稿纸一甩）那就叫他们自己来念好了，我不念了。

值班长　（捡起）喔哟哟，又要小孩脾气了。好好，我叫他们再删去两句。来来，你先试一遍看看。

陶星儿　嗯。“尊敬的领导同志们——”

值班长　刚接到通知，要突出群众。开头改成“亲爱的观众同志们”。

陶星儿　“亲爱的观众同志们，我是大丰织布厂的青年纺织……”不行不行，我这个样子，人家会以为是播音员……

值班长　不要紧，你慢点，松点，头再抬高一点。你要明白，你在电视上露面，不仅仅代表个人，也是代表厂、公司、局，代表新一代青年，要有朝气一点。对了，顺便告诉你一个消息，局里给我们一个上大学的名额。你这回上电视要讲好了，我就要求厂里保送你去。你不是一直想着上工大吗？

陶星儿　真的？

值班长　（点头）现在培养人都讲个文凭，为了培养一个劳动模范，你看，组织上花了多少心血！唉，你妈妈当年要有张文凭，也不会让你爸甩啰！……

陶星儿　（将信将疑地）我真的能成为大学生？

值班长　我什么时候骗过你！这是内部消息，注意保密。

陶星儿　（情不自禁地）真能成为大学生了，太好了！我总算可以……

值班长　可以什么？

陶星儿　（掩饰）可以……可以成为大学生了。

值班长　可以离开工厂了吧？我们可不是让你当逃兵的。

陶星儿　我……我没有这么想……

值班长　你不能这么想！好吧，你慢慢练，我再到车间转转，看看准备工作做得怎么样了……（下）

〔陶星儿沉思良久，慢慢站起来。

陶星儿　亲爱的观众同志们，（摇摇头，又换个姿势，并放软语调）亲爱的观众同志们，你们好！我是大丰织布厂的……不不，我是未来的大学生……（突然，她咯咯地笑起来，并且依偎在权充“墙”的更衣箱箱背上，手指触到了牵拉在箱盖上的垂下的柔软衣料。她扯下一看，是条火红的裙子）

〔小屋门悄悄地掩上一半，当它再度打开的时候，闪现在观众面前的是旋转着的姑娘身段。火红的裙翼张开，像伞状一样开放在舞台中央。

〔陶星儿发疯似的旋转，像梦幻一样的陶醉。

〔突然一声轻微的响动，陶星儿猝然止步——这是来自隔壁黑暗中的骚动。

陶星儿　谁？谁在隔壁？

葛　佳　我。

〔一束灯光投在更衣箱搁架间晃荡的腿上。她的上半身被箱板遮住了。以后的谈话里，人们只能从腿的晃动中判断她语气中的含意。

陶星儿　葛佳吗？我怎么没听见你进来？

葛　佳　要上电视了，还会留意我们？

陶星儿　（迟疑片刻）我和值班长的谈话……你也听见了？

〔沉默。窸窸窣窣的衣服声。

陶星儿　你……还恨我？

葛　佳　我敢吗？说不定哪天弄双小鞋给我穿穿。

陶星儿　我们是老朋友了……

葛　佳　（走出更衣室，系着最后一个扣子）现在不是了！（发现红裙）哟，我们的劳模原来也想追求时髦……

陶星儿　我是穿着玩玩的，看看合身吗？（欲脱）

葛　佳　（拦住）再合身也没用了。你的腿要长在我的身上就好了。可惜，再漂亮你也不能穿……

陶星儿　为什么？

葛　佳　因为你不敢穿！

陶星儿　（转过身）我爱穿什么就穿什么。

葛　佳　正好，我也想对你说这句话。你爱当劳模就当，没人抢你；可上大学的名额，不是包给你的，谁有本事谁去，大家凭本领考。反正择优录取，谁也不准搞小动作，开后门。怎么样？

陶星儿　如果领导指定我去呢？

葛　佳　那你就坚决抵制。反正你现在已经是劳模了，说话也有点分量。

陶星儿　我这人天生不会抵制……

葛　佳　那你当劳模倒蛮会钻的。

陶星儿　我再说一遍，不是我要，是组织推选的……

葛　佳　（笑）你想推会推不掉？只要承认疵布……你太小儿科了。

陶星儿　（躲避）你何必老盯着我……我们以前，什么事都是可以商量的……（欲出）

葛　佳　（堵住）那好！你到底同意不同意？

陶星儿　同意什么？

葛　佳　上大学的事。一人一半机会。大家凭本事争取。

陶星儿　我……我向领导汇报。作为个人，我愿意和你比个高低；作为朋友，我还可以让你……

葛　佳　呸！你倒真会打官腔，摆出个劳模架子。你要是真正的劳模，就该当众宣布：疵布是你出的，而不是我葛佳！……

陶星儿　不，疵布不是我出的。（斩钉截铁）我从来没有出过疵布。

葛　佳　你——

〔值班长上。

值班长　葛佳，上班时间你躲在更衣室……

葛　佳　这是医务室的证明。低烧三十八度五，医生让我厂内休息……

值班长　（试试葛佳额头）喔哟，不行，烫得厉害。恐怕又上来了。走，我带你去看看。星儿——（顿住，惊诧地）你穿的什么，红裙子？！

葛　佳　这是今年的流行色，值班长。多少人想觅都觅不到呢！

值班长　快脱下！你是劳模，一举一动都有许多眼睛盯着。

葛　佳　怎么，劳模不能穿，有这条规定？

值班长　（瞪一眼葛佳）你穿这条红裙子，别人会以为是我们提倡衣着打扮，丢掉了艰苦朴素的传统。当然，没人的时候在家里穿穿还是可以的，懂吗？

葛　佳　家里没人欣赏。

值班长　你什么意思?

葛　佳　我是说，红裙子的爱好者都在大街上。

值班长　葛佳啊葛佳，你这张嘴，哪一天才能用把锁锁起来。

葛　佳　是嘛，我一直想找根拉练把它拉起来。

值班长　(又瞪一眼，然后撇下对方)星儿，你快去脱了，换上白围裙让导演去看看。

〔陶星儿消失在木板门后。

值班长　(转向葛佳)葛佳，我正想跟你认真谈谈。

葛　佳　我恐怕不能认真。

值班长　为什么?

葛　佳　正在发烧，脑子一塌糊涂。

值班长　你?！……(放软语调)你是个聪明人，又是星儿的好朋友，别人看你有时就跟看星儿一样，所以办事说话，一举一动不光得替自己也得替星儿考虑考虑。

葛　佳　给你这么一说，我们倒像是连体婴儿、双胞胎喽?

值班长　对对，我正是这个意思……

葛　佳　(冷冷地)我可是糊涂了。

〔陶星儿从小屋内出，手里拿着准备换上身的白色围裙。

值班长　(上前，搭住葛佳双肩)一会儿，你也和星儿一起上电视，你就站在她旁边。

葛　佳　(一扭肩膀)我过敏！一看电视就起鸡皮疙瘩。(出屋，快步离去)

〔陶思铠上，与葛佳擦肩而过，惊异地望了她一眼。

值班长　(低声地)怪毛病!

陶思铠　请问，陶星儿在这儿吗?

值班长　你是哪儿的?找她有什么事?

陶思铠　(答非所问地)她们告诉我说她在更衣室准备发言……

值班长　现在不接待！厂部有规定，采访先到宣传科看材料，那儿有她完整的事迹，除非特殊情况才允许找本人面谈……

陶思铠　不不，我不是……

〔一女工慌慌张张上。

女　工　值班长！导演发脾气啦！叫你去！

值班长　哎哎！我马上来。星儿，你还不把裙子脱下，发言稿背得怎么样啦？待会儿公司领导一到就要拍了！（又忽然转身对陶思铠）你快走吧！今天无论公事私事，一律不接待！（和女工下）

陶思铠　你就是陶星儿？长得真像你妈妈……没法再像了……简直一模一样。那时候她也是这样……

陶星儿　（打断）老同志，我不认识你，你找我有什么事？我们这儿是女更衣室，而且我马上要去挡车。

陶思铠　我是……我叫陶思铠，你对这个名字有印象吗？

陶星儿　没有。你是哪个单位的？找我什么事？

陶思铠　我……噢，我在江西省工业厅建筑研究所搞建筑设计。我是上海出去的，我走的时候你还小。二十多年没来了。我在报上看到了你的照片和事迹，正巧遇上出差，我想来看看你……我，（突然地）你一点也想不起我了吗？星儿？！

陶星儿　（疑惑，努力寻找失去了的记忆……一阵压抑着的激动……突然释放的冲动和竭尽全力的控制，两种欲望的冲突、克制和平静，终于冷淡地近乎残酷地）想不起来了。你是谁？

陶思铠　（仍不气馁地）你真认不出我？小时候的印象一点都没有了吗？

陶星儿　很遗憾，一点都没有了。

陶思铠　（长叹一声，失望地）这么说，你都忘记了，根本想不起来了……

陶星儿　对不起，我不懂你的话。

陶思铠　（再次希冀地）还记得小时候的儿童公园……左边有条小路……直接通往一片树林。都是无名小树。你不记得了……每个星期天都有一个人带你去玩，你穿一条红裙子。你忘了……小树林的边上有一座厕所。那时候你已经不习惯在野外拉屎撒尿了。你怕羞……每次你走进厕所……你都要不停地大声叫喊："爸爸，我在这儿；爸爸，你别跑远……"

陶星儿　别说了！我根本不记得我还有小时候……

陶思铠　不，你记得的，一定记得的。我一见到报纸上的消息，就要了个出差机会，决定来看看你……我一直想看看你，我的女儿！女儿……

陶星儿　（突如其来的怨恨，百感交集的辛酸，瞬间变成了一种冷漠）是吗，借出差机会，顺便还可以节省一点旅费！

陶思铠　（一愣）你恨我。……你妈也恨我。大概，是她教会了你恨。

陶星儿　她没空教我。她已经重新嫁人，连爱都来不及，哪有时间来教我？

陶思铠　我懂了，这么说，你更恨我了。

陶星儿　有这个必要吗？我很忙，上班都来不及，一个人要挡三十二台机器，连脚钳起来都不够……

陶思铠　我看了报纸，我全知道，你是先进。（又兴奋起来）报纸上说你创造了快速巡回法，说你改革了操作工艺，还说你连吃饭、睡觉、走路都在练打结……

陶星儿　报纸上这么说你全相信啰！

陶思铠　我当然相信。（掏报纸）你看，我还保存着，这上面还有你的照片"劳动模范陶星儿"——

陶星儿　（挖苦地）她要不是劳动模范，你也许就不会来找她了？

陶思铠　不不，我一直在等待，寻找机会……

陶星儿　（冷冷地）对不起，我没有父亲。工程师同志。

陶思铠　星儿！你——

陶星儿　我要换衣服了。你走吧，这儿是女工更衣室。

〔门砰然关上。陶思铠被拒之门外。他失望地丧魂落魄地站着。片刻，黯然离去。

〔阿香奔上，扑进更衣室一阵翻弄，尖叫起来。

阿　香　谁偷了我的红裙子，我的红裙子不见了……

陶星儿　（打开门）在这儿，我穿着试试看。

阿　香　哟！简直妒忌死我了。这条红裙子就像为你定做的一样。你瞧线条多么维纳斯！为什么好腿都长在你们身上？！要是值班长老太太见你这副样子，一定会晕过去……

值班长　（悄然出现，站在背后）我没晕过去。星儿，把裙子脱下来！

〔陶星儿一动不动站着。

值班长　脱下，听见没有？你看看你那脸一点笑容没有，哪像个新时代的劳模？就这样能上电视吗？

陶星儿　我不拍了……（缓缓解开腰肢上的纽扣，红裙逐渐下滑……）

〔值班长一脸吃惊，灯暗。

〔箫声又起。这是无名者演奏的一首无名的曲子。古老的旋律加之即兴的情绪，形成一种独特的风味。孤独而不忧伤，朦胧却又透露出一点光亮……

2

女工宿舍。

〔夏热早临。酷热的暑气在夜露的发酵下渐渐升腾起来，街上车辆的嘶鸣、工厂机器声、树上夜蝉的聒声、乘凉人竹椅吱吜声仿佛都在雾一般湿温的地气中消融了。最后一声箫声吹过，瞎老头的木屐踢踢踏踏声从街对面逐渐远去。

〔黑黑的长街上又是一片寂静。隔了不久，箫声又在远远的地方响起。

〔当一切完全静寂下来后，黑黑的女工宿舍里便亮起一盏灯，灯光黄黄的。散射出如埃及金字塔般的浑然光状。灯光底下，两张方便桌，两把背靠背的镀锌方便椅，坐着两个复习赶考的姑娘：陶星儿和葛佳。灯光外围是朦胧绰约的双层床，挂着白色蚊帐。蚊帐里的姑娘，有的在听耳机，有的在悄声议论今晚世界女排精英对抗赛中美之战谁输谁赢。有的进入遐思，一声“痴心女子负心汉”的长叹。有的已进入梦乡，一只只白藕般的胳膊露出蚊帐外……

〔两边夹峙的双层床，形成了一条深深的窄窄的甬道。

〔读书声起。

葛　佳　（背）牛顿第一定律：“一切物体如果没有受到外力作用，总是保持静止或匀速直线运动状态，直到有外力迫使它改变这种运动状态为止”，物体的这种保持静止或匀速直线运动状态的性质叫作惯性。所以牛顿第一定律又称惯性定律。

陶星儿　Lesson three.A Letter To Family. Today is Christmas. Father, mother and all the family are very happy. I miss you very much.（第三课，家信。今天是圣诞节，爸爸、妈妈和全家人一定很快乐……我很想你们……）

葛　佳　（翻书）牛顿描述的是一种理想状态，实际上，任何物体和周围物体都有相互作用。不受外力作用的物体是不存在的，物体在几个外力作用下才处于平衡状态，并保持它原有的运动状态。

陶星儿　（打断）Father，mother……

阿　香　（从蚊帐里传出）女排比赛开始了！中国队上场队员郎平、张蓉芳、周晓兰、杨锡兰、姜英、杨晓君……美国队上场队员海曼、格林、克罗克特……

姑娘丁　（蚊帐里发出的声音）阿香，我的录音机你哥哥什么时候才能从香港带来？

葛　佳　我请各位保持安静。牛顿第三定律：F=–F……

陶星儿　father、father、father、father……

〔背书声渐轻，内心声音渐响；父亲，每当心里苦闷的时候我都给你写信，虽然你一封也没收到过。正因为你没有收到，我才不断地天天给你写信。……你听到街上的箫声吗？那样温暖，那样轻柔，那样纯真，那是一个卖花的瞎老人吹的。在没有见到你之前，我常常幻想，也许，你就长得跟他一样，也许，他就是我的父亲……

〔阿香从蚊帐里钻出。

阿　香　中国队又输了三分……完了！完了！天安门城墙拦不住海曼。海曼，你为什么不肚子疼？为什么不生阑尾炎啊？……我的妈！气死我了，气死我了……

姑娘丙　（蚊帐里传出的声音）阿香，我明天早班，困死了，你轻点声好吗？我求求你哝！

阿　香　你是中国人吗？中国人不爱看排球，真是洋奴！怪不得老托我买香港货……

姑娘丙　唉！投胎投错了，我要是身高一米九，死也不当纺织女工……

葛　佳　现在比分多少？

阿　香　铁头一记重扣，十二比十三，棒！追上去了。

〔阿香戴好耳机钻进蚊帐。

〔静悄悄，陶星儿的内心声音又响起：

陶星儿　小时候我多么真诚，相信你不会把我丢在公园的无名小树林里，不会把我丢在厕所里，不会把我丢在车水马龙的大街上，不会让我一个人横穿马路。直到你真的抛弃了我们母女俩，我还躲在托儿所的楼梯角下学着“波波、波波”（爸爸、爸爸），等你接我回家。可是你走了，留下了我。……你尝过当“拖油瓶”的滋味吗？当我随着妈妈进继父家，看着继父搂着妹妹亲、闹，甚至骂、打，我就背过头去……我相信，总有一天你会来搂我亲我，甚至来打我一下也好呵……有一次，我拿着继父的照片在看，妈妈问我：你喜欢继父？我点点头。妈妈的眼睛不好，没有看见继父相片的眼睛上，被我用大头针刺了两个小洞……这是我第一次撒谎。第一次！……有第一次就会有第二次、第三次……

姑娘甲　（蚊帐里的声音）中国队加油！中国队加油！郎平扣，扣死它！

阿　香　我受不了！（穿睡衣撩起蚊帐出）不听了！再听下去不出心脏病才见鬼……

葛　佳　（好奇地）几比几了？

阿　香　第一局输，第二局三比十落后，又要输！破美国队简直神了，一会儿时间差，一会儿短平快……我看要检查检查海曼、克罗克特是男还是女！（欲出）

葛　佳　你去哪儿？

阿　香　屋外走走，散散霉气，形势好转我再听。（走出屋子）

葛　佳　（背）牛顿第一定律……拜拜吧牛顿，我得听听排球赛……（钻入阿香的蚊帐）

〔陶星儿内心声音又起：

陶星儿　……十五岁，我就离家去皖北山区插队。每天从日出干到月升，才拿二毛三分工分，眼巴巴望着别人的父母从邮局捎来的饼干、糖果、奶粉、麦乳精……我已经不会做你突然来看我的梦了，我只有一个小小的愿望：去县城花一毛钱喝碗猪血汤。那香得让人一辈子忘不了的、浮着白色油腻泡沫的血汤！伴随着那一切的还有我的初恋……一个十七岁姑娘的初恋……虽然后来他走了，他的父母用钱买了一张病退通知……可我永远记着离别的晚上。灰蒙蒙的小路，冷冷清清的小站。风吹得我索索发抖，我递给他买火车票的钱，那是我献血的营养费……他不忍心拿，骂了一句“他娘的”，跳上了远去的煤车……“他娘的”，这是我记住的最美好的爱情语言……（蓦地捂住脸）

〔箫声。远远的箫声重复着同一个旋律。

〔陶星儿缓缓地从复习资料底下取出一沓信，愣愣地出神。

葛　佳　（从蚊帐里探出头）星儿，你在复习什么？

陶星儿　（掩饰地）外语……不，常识……我复习政治常识……

葛　佳　（试探）联合国总部设在哪里？

陶星儿　（心不在焉）美国华盛顿。

葛　佳　不，纽约。（狐疑）联合国货币基金组织总部设在哪里？

陶星儿　（心不在焉）纽约。

葛　佳　不，华盛顿。我国现任常驻联合国首席代表是谁？

陶星儿　……

葛　佳　算了！你准备了那么厚厚一沓复习资料，会连这么普通的常识都不知道？你给我看看！

陶星儿　（掩饰）不、不，我还没准备好……

葛　佳　（上前）交流交流嘛！（欲翻）

陶星儿　（慌乱地捂住信）我真的没准备好。

葛　佳　（悻悻地）有什么了不起的！不看就不看！我就不信脑子比你笨，这次就是累得趴下，我也要争这口气！（回到自己的椅子上，认真攻读）牛顿第一定律：一切物体如果没有受到外力作用，总是保持静止或匀速直线运动状态，直到有外力迫使它改变这种运动状态为止。物体的这种保持静止或匀速直线运动状态的性质叫作惯性。所以牛顿第一定律又称为惯性定律。

〔陶星儿点起一根火柴，把信点燃了……

葛　佳　烧吧，烧吧……没什么了不起！

陶星儿　葛佳，我是烧信。我给……别人写的信……

葛　佳　信？！谁知道呢！牛顿第三定律：物体间的作用和反作用力总是大小相等，方向相反的。公式 F=-F。……

姑娘甲　（在蚊帐里）追上来了，追上来了！中国队追上来了！好！

〔阿香进屋。

陶星儿　你怎么又回来了？

阿　香　我人在外头，耳朵在屋里。现在是第五局，十三比十一，中国队反超美国队两分，我要来听啦！

〔陶星儿和阿香一起收听。

阿　香　好球！

姑娘甲　加三！

陶星儿　扣！

阿　香　拦网！周晓兰，绝对天安门城墙！

姑娘甲　郑美珠发上飘球！

阿　香　海曼接球失误！

陶星儿　中国队赢了！

姑娘甲　女排万岁！

众姑娘　万岁！！

葛　佳　（拍桌子）吵什么？！你们发疯了！

〔沉寂。姑娘们伸舌头做鬼脸，纷纷上床。

葛　佳　牛顿第一定律……妈呀！

〔姑娘们纷纷探出头。

陶星儿　葛佳，怎么了？

葛　佳　（惊魂方定）没什么……一只耗子、耗子……

姑娘丙　我一觉都困好了……我梦见了……嘿嘿嘿，咯咯咯，哈哈哈……

阿　香　傻蛋！

姑娘丙　（收住笑）葛佳，快睡觉吧，你明天起不来考试，这些日子就白辛苦了……

葛　佳　放屁！睡你的觉吧！我要熬到天亮……牛顿第一定律：一切物体如果没有受到外力作用，总是保持静止或匀速直线运动状态，直到有外力迫使它改变这种运动状态为止。物体的这种保持静止或匀速直线运动状态的性质叫作惯性。所以牛顿第一定律又称惯性定律……

〔灯光渐渐暗。

〔黑暗中响起播音员声音："中国女排继战胜美国队后，又接连战胜古巴、苏联、日本女排，荣获世界女排精英对抗赛冠军，于今晨六点三十分凯旋……"

3

女工宿舍。

〔数天后的星期天早晨。几张方便桌拼搭起来的长桌上放着丰盛的菜肴、橘子水、蛋糕、水果等。阳光明媚，透过窗棂缝隙，落在随风飘拂的白色蚊帐上，像轻盈的彩蝶一般……有的床帐帷紧掩；有的床钩帘飞卷，显露出挂在衣架上的衬衫、百褶裙、游泳帽、三角裤衩、胸罩，以及一切女人喜欢的小玩意儿，诸如小木偶啦，小肥猪啦，还有点缀床头的风景画、大明星年历……

〔女工阿香坐在床沿上发愁。

〔窗口探进一个脑袋。他是民警董行其。阿香正在端脸盆，转身一惊。

阿　香　我还以为是哪个流氓在女工宿舍窗口东张西望哩，原来是警察。你没看见大门口贴着布告，"女工宿舍，男同志止步！"

董行其　我是常客了，看门的大妈还不让进，我只好绕个弯来看你。（左顾右瞧）只有你一个人？

阿　香　（嘲笑）你不是来看我的吧？

董行其　当然是来看你……（心不死地，又一次四顾屋内）就你一个人？你们的星期天太冷清了……

阿　香　（狡猾地）假如你真来看我，你就会愿意这儿永远冷冷清清……你可以走了！……

董行其　我也这么想……我们聊会儿天……

阿　香　我没工夫陪你。

董行其　别搭架子！我专管这一片工厂发生的案子，说不定哪天你会找我帮忙。

阿　香　我不会进派出所的！

董行其　（死磨硬缠）离厂三个月，你越变越漂亮了。漂亮得简直让人晕过去。可惜啊！

阿　香　可惜什么？

董行其　可惜我没有赶上末班车。

阿　香　你真这么想？那好，今天是星期天，你完全可以邀请我上红房子。

董行其　红房子不是谈情说爱的地方，说句悄悄话，四周邻居都能听见，我喜欢安安静静……我进来啦？

阿　香　你敢？！小气鬼！连个小钱都想捏出一脸盆汗。呸！我去洗头了。你对着墙谈情说爱吧！（下）

董行其　阿香，阿香你等等……哼！难怪人家叫你乡下人！

阿　香　（突然出现在门口）你再说一遍，你想到老虎口里来捉苍蝇……我咬你三大口！去去去！

董行其　算我说错了。不，真诚地向你赔礼道歉……我去买块冰砖给你压压火。

阿　香　哼！

〔董行其从窗口隐去。阿香忍俊不禁“扑哧”一笑，她似乎什么事都没有发生一样哼起歌来。

阿　香　我的卷发器哪儿去了？（翻开枕头，露出几张十元的人民币，大吃一惊）钱？谁的钱放错了地方？（数）三十八元五角。星儿姐，星儿姐……（撩开陶星儿蚊帐，坐下）你醒醒！（推）星儿姐……我枕头底下冒出一大堆钱。

〔陶星儿余梦未消，像触电般坐起。

陶星儿　啊？！（恢复常态）噢……你天天吃五分钱一个菜，身体要垮的……拿着用吧！

阿　香　……我不要。这几个月值班长为了保证你的产量，让你织的确良。你却非要换我的纯棉巴里纱，结果我拿了一等奖，你只拿了三毛三鼓励奖……

陶星儿　谁让我是劳模呢！

阿　香　太不好意思了。星儿姐，这钱就算我借的，等我哥哥从香港寄钱来就还你。星儿姐，你真是劳模，吃苦在前，享乐在后，助人为乐，爱厂如家……可有些人背后还讲你……

陶星儿　（敏感地）讲什么？

阿　香　那个……那个（笑）……我也说不出口，反正是有关计划生育的事……劳模难当呵！……

陶星儿　（付之一笑）噢，上几个月，我确实没领卫生纸，医生说是忙和心理紧张的原因。

阿　香　星儿姐，你要为葛佳考上大学举行庆祝宴会？

陶星儿　我想……好好为她庆贺一下。

阿　香　你心眼真好！你这样的人不是劳模，就没有人是劳模了……可你上次不拍电视，厂里反而传说你挨了批，领导不让你拍，还说你是假的……我想，即使你漏过一匹疵布又有什么了不起！

陶星儿　（神经质地）谁说的？！我没漏过，没有！根本没有！

阿　香　我是说如果有……

陶星儿　如果有，葛佳就是劳模。

阿　香　葛佳心眼真小，她让男朋友用小车接送就是为了气气你。想不到她男朋友根本不是高干子弟，而是给高干开小车的司机，气得她差点吐血，吹了！

陶星儿　（黯然地）女人……命都苦。噢，阿香，你别到处许愿收钱帮人买东西，厂里议论纷纷呢！

阿　香　她们老缠着我，给她买了不给她买又不好。以后我听你的……一个人也不买。我去洗头了。（端脸盆出）

〔陶星儿目送着阿香的背影，拿着梳子愣怔了半天。突然，门被董行其撞开。陶星儿身穿睡衣睡裤，一脸窘态。

董行其　冷冰冰，冰砖来啦！冰冰冷……

陶星儿　哎哟！……

董行其　（赶紧退出带上门）没看见没看见！好了没有？好了没有？……中央领导同志前来慰问战斗在第一线的纺织工人，好了没有？我要进来啦！一、二、三？

〔陶星儿慌忙钻到帐子里换了裙子出来。这条袒胸无袖的红色连衣裙大大改变了模样，加上了白色的领子和袖口，显得很老气。

董行其　是你？……

〔陶星儿既窘迫又可怜地望着他。他笑了起来。然后他像主人般地将冰砖放到碗里，审视着桌上的菜肴。

董行其　你吃冰砖吗？……插队时你对我说过，小时候你最喜欢吃冰砖……

陶星儿　现在我有胃病。

董行其　你干吗站在那儿？坐吧。

〔陶星儿坐在自己床沿上。董行其慢步踱过来，坐在她的身旁。

陶星儿　你坐到椅子上去。

〔董行其起身坐在椅子上。

董行其　怎么样？

陶星儿　什么怎么样？

董行其　各方面。

陶星儿　不……错。

董行其　还是当你的劳模？

陶星儿　能当好工人就不错了。

董行其　今年夏天真热！热得人心痒痒的……你倒好……像一块冰……想得太多，还是什么都不想？何苦呢？像丢了魂似的折磨自己。

陶星儿　……

董行其　你倒真应该离开工厂……你的函授大学读得怎样？前些日子葛佳让我帮她复习功课，考业余大学……结果你没考取，她考取了。我真该拒绝她。

陶星儿　你和她是一个小组的老同事，应该帮助她。

董行其　听说你们这对好朋友分手了？

陶星儿　那是谣传！

董行其　……我们谈点别的吧。

陶星儿　谈什么呢？

董行其　你可以问问我嘛！离开厂到公安局后，搞什么工作，生活好吗，身体好吗？……

陶星儿　你好吗？

董行其　个人生活？

陶星儿　工作。

董行其　工作认真负责，可是遇到熟悉的姑娘超过对工作的热情……

陶星儿　（打断）只要工作愉快就好！

董行其　我本来不会离厂，天天脸对脸，却像什么都没发生，我受不了。

陶星儿　在审讯室里天天和罪犯脸对脸，你还不是习惯了……

董行其　曾经有一个罪犯前来自首。他在农村遇上一个姑娘。姑娘爱他爱得如痴如醉，青春和纯真都托付给了他。他突然遇上上调回城的机会，于是把姑娘抛弃了。为此他良心受着折磨。从此在爱情道路上一蹶不振，用玩世不恭的态度打发日子。他想找到那个姑娘重归于好，偏偏命运之神也让那姑娘回了城，使他永远失去了弥补的机会。世界是如此之小，他们分在一个厂，天天脸对脸。他想过许多办法惩罚自己，折磨自己，他想忘掉那个姑娘！可是，初恋的姑娘是永世难以忘怀的。（停顿）他想找那个姑娘好好谈谈。但姑娘恨他，常常把门关起来赶他走。他只好上公安局自首，请求判五年徒刑……你觉得判得太重吗？

陶星儿　太轻，应该判无期徒刑。

董行其　我已经宣判了……

陶星儿　噢？

董行其　和这个姑娘结婚，或者打一辈子光棍。

陶星儿　你的宣判永远实现不了。

董行其　那么你呢？你为什么要苦自己？！为什么不去路灯下挽着小伙子的手散步？为什么不上公园、不去电影院？为什么不去享受那令人战栗和销魂的拥抱和接吻？……多好的夏天呵！为什么你不去充分享受生活……

陶星儿　你经验太丰富了！我不会。

董行其　那我来教你，现在马上……

陶星儿　请尊重自己。冰砖快化了，你还是快给阿香送去吧。

〔冷场。董行其尴尬地摊开手。门外传来脚步声。葛佳进。

董行其　（夸张地）啊！亲爱的未来的大学生，为了等待向您祝贺，我已经望穿秋水了。请接受我崇高的敬意，这是小小的礼物，留作纪念。

葛　佳　谢谢！

董行其　（故意）我们这种关系难道还用说谢字吗？

葛　佳　你别像花脚蚊子东叮一口、西咬一口，我讨厌。

董行其　人人讨厌我，我却爱人人。我去给乡下人送冰砖，让她开开洋荤。（自我解嘲地下）

葛　佳　你昨晚又加班了？这个月你加了十二个班，平均每星期加三天班。你别为了表现自己，把小命也赔了！

陶星儿　葛佳，我——

葛　佳　以后，这种知心话恐怕你一辈子都听不到了！

陶星儿　你的话我记得很牢……

葛　佳　（得意地）怎么样？我考上了。我说要争这口气，你难过吗？

陶星儿　我确实考得——没你好。

葛　佳　考场上没法投机取巧，更没有人来那种虚假的友谊，竞争得凭真本事。

陶星儿　葛佳……

葛　佳　花了多少钱？

陶星儿　什么？

葛　佳　酒席。

陶星儿　二十三元五毛。

葛　佳　需要我用怎样的方式回报？

陶星儿　葛佳，你别用这样的口气说话好吗？

葛　佳　怎么，不好听？我们之间不是交易？

〔静场。

葛　佳　……你出的价钱太少了，这只是你应该付的利息。

陶星儿　（突然）葛佳，我该怎么办？

〔门被一群姑娘撞开。

姑娘甲　葛佳，听说你考取了，要请客？

葛　佳　这是劳模代我请客，大家就别客气，坐下吧。

姑娘乙　还是星儿心眼好，处处想着别人。

葛　佳　劳模嘛，得到的多，付出的也应该多。（转向陶星儿）你说对吗?

〔阿香刚洗完头，披着湿漉漉的头发进。

阿　香　星儿姐，你坐呀！你们这些吃白食的，怎么不请星儿姐坐。她夜班做出回来，跑东跑西买了这么多东西，你们倒好意思不请她……

陶星儿　请了，请了。

姑娘甲　葛佳，领导让她脱产复习功课，她都没考过你，没说的了！……

葛　佳　我们不是值班长的小宝贝，得花笨功夫嘛！

阿　香　你真骄傲，学学星儿姐吧，多有大将风度！

葛　佳　谦虚使人虚伪，骄傲使人真实。对吗？劳模！

姑娘丙　星儿，那么漂亮的红裙子，你干吗加上领子和袖口，难看死了！

葛　佳　心灵美嘛。

阿　香　哎呀，你不说我还没注意。星儿姐，人家辛辛苦苦搞到这条裙子，你死要活要……我只好让了……好咪，糟蹋了。

姑娘甲　好哇！乡下人，你到上海别的没学会，马屁功夫不教自会，我的裙子等下世你再代买吧。

姑娘丁　乡下人，你香港有没有哥哥？我的录音机……

陶星儿　阿香有名有姓嘛！

姑娘丙　电子表马路上也有了，你还没买到……你实在有困难，我不要了！

阿　香　（缓缓掏出一封保存得很好的信）我哥哥昨天从香港来信了。（念）“亲爱的小妹：你好！我近来生意很忙。……”底下一段是关于买东西的，听听好：“你要的录音机、电子表、衣服之类都已买好，有人回国我就尽快捎回……”下面是要带我出国的事，我就不念了。（发作）你们不想买，我退钱就是了。我警告你们，谁敢再叫我“乡下人”，我就不客气了！

〔董行其上。

董行其　阿香，门外有个乡下人找你。

阿　香　去去去，你挤到姑娘堆里来干什么？

董行其　他说是你哥哥……

阿　香　呸！不知哪个促狭鬼和我捣蛋。我去看看。（急下）

姑娘甲　她上次读的好像也是这几句，信封也这么旧，说不定这封信根本不是香港来的！

姑娘丁　我刚才看见信封上贴的是外国邮票。

姑娘甲　邮戳呢？

董行其　好了，好了，别讨论了！脑子里除了洋货港货，什么也没有。来，为葛佳考取大学干上一杯！

众姑娘　干杯！

〔少顷，陶星儿走向葛佳。

陶星儿　葛佳，你很快就要离开我们了，我为你高兴。说真的，我舍不得你走。几年来……我们……反正不管我们怎样……在我的生活里，你已经留下了……

葛　佳　我走后，过去的一切你都可以忘记了。

陶星儿　能忘记的都忘记了，不能忘记的永远不会忘记。

葛　佳　（忽然动情地）星儿……你真……可怜……（蓦地想起什么事，语气变得冷淡）我天生不会可怜人！

陶星儿　（颓丧地）我该怎么办？你说，我该怎么办？

葛　佳　小时候，我听过一个故事：从前有一个皇帝，到河里游泳把衣服丢了，光着屁股回了城。为了虚荣心，他一定要所有的人都说他穿的是最漂亮的衣裳……从此，他光着屁股在城里走来走去，遇到人就问：“我的新衣服好看吗？”有的老实人回答没看见新衣服，皇帝就把说老实话的人杀了。冬天到了，皇帝继续穿着这件“新衣服”……死了。

〔一阵难堪的困窘。陶星儿低垂着头。阿香进屋不知所云地望着她俩。董行其晃着酒杯过来。

董行其　大学生，你脚还没踏进校门，就摆出一副训小学生的架势。你要明白，这儿的人吃的盐都不比你少。

阿　香　哎哟！就我盐吃得少，你们一会儿皇帝一会儿大臣，谁听得懂呵！（拿半导体）还是听听音乐吧。星期天音乐会的节目……（按一下开关）

〔传来广播声：“纺织局劳动模范陶星儿帮助同班姐妹变后进为先进，宁拿一角三分鼓励奖而不要……”

董行其　（急忙关上）今天快快乐乐喝酒聚会，这种政治报告有什么好听的！

阿　香　（兴奋地）快听听，快听听，又是介绍星儿姐的！星儿姐，这下你可全球闻名了！

董行其　这种广播还是少听为妙。

〔陶星儿脸色苍白，一声不吭。

〔阿香兴奋而着急地夺过半导体，按响开关。众凝神静听，但神情各异。

〔广播声：“……农村来的姑娘阿香反应迟钝，她硬是手把手一遍遍地教。在她耐心细致的帮助下，阿香能独立操作了……”（广播里传出电讯干扰的杂声和噪声，使这篇广播稿听起来断断续续）“……两次放弃奖金……帮助同组姐妹挡机台，产量算别人的，坏布算自己的……”

〔董行其上前关掉半导体。静场。一个姑娘突然哧哧地笑起来，在沉闷的静寂中显得非常刺耳。

陶星儿　（不自信地辩白）不是我！……不是我……

葛　佳　（蓦地对那姑娘发火）你笑什么？又有什么好笑的！

〔沉寂。

阿　香　（突然爆发地）好哇！我崇拜你……你对我好，你对我好得真是一塌糊涂！你少拿奖金，不拿奖金，还送我奖金，是为了捞一顶高帽子！是用奖金为自己吹喇叭抬轿子是踩着别人的肩膀往上爬！我万万没有想到你……你，我脑子真被鸡啄过了！我要找领导评理去！你帮助后进青年转变？我是后进？我是女流氓还是女阿飞？！（从口袋里掏钱往桌上一掷）收起你的臭钱！

〔陶星儿旋即站起欲辩，但她明白申辩是徒劳的，又坐下。仿佛超之度外，漠视着姑娘们把阿香拉开，相继离席而去。董行其悄悄坐下。

陶星儿　你也可以走了。

董行其　这不像你干的，肯定不是你干的！是老太婆……

陶星儿　是我。

董行其　嗨！你呀！……你以后少跟记者打交道。

陶星儿　我喜欢。

董行其　我不明白……

陶星儿　你走！这跟你不搭界！你走，快走吧！

〔陶星儿推董行其出门。她张口想哭，但欲哭无声。泪水渐渐漫上眼眶……门外传来脚步声，她迅速抽下毛巾，将脸伸进脸盆，值班长进屋。

值班长　星儿，你……怎么啦？

陶星儿　（慌乱地）我……没哭。眼睛里落进了一粒沙子，我想……洗个脸。

值班长　来，过来！

〔陶星儿慢慢走到值班长身前。

值班长　（搂住陶星儿）孩子，哭吧，哭出来好！我知道你委屈，憋了一肚子苦水……先进不是好当的……以前我当姑娘时，也只会哭。孩子，要学会忍耐……你的路还很长，我们不仅要培养你当局里的劳模，还要培养你当市里的、部里的、全国的！你要相信自己走的路是正确的，相信组织，没错！这次业余工大上不了，将来保送你上全国重点大学！

陶星儿　（迅速恢复常态，佯笑）我真的没哭，真的！……

值班长　别瞒我……你尝过的这一切，我也尝过。……给——（递过两卷消毒卫生纸）这是上个月和这个月的，以后不管怎样，到时候你就去领。就是这种小事也不能让人落下话柄。

〔陶星儿默默接过。

〔姑娘们一个个踱进屋，悄声无息地注视着，葛佳交叉着胳膊倚在门旁。

值班长　阿香，你们是找我的吧？

〔众沉默。

值班长　电台广播我听了，其中有不少失实之处。主要的责任在我。前些日子群众对陶星儿反映不错，我找人写材料报厂部，碰上电台需要宣传这方面的事迹，就拿去用了，也没向陶星儿核实，征求她的同意。在这里，我向星儿、阿香表示道歉。

葛　佳　就这样？！

值班长　我重新找人写了一篇。宣传劳模更要宣传先进小组，我想着重表扬阿香。

阿　香　（喜出望外地）表扬我？

值班长　（微笑）这是星儿的建议。

阿　香　（迟疑地看着星儿）……

值班长　你错怪她了。

葛　佳　（嘲笑地）握个手吧！握个手皆大欢喜。

〔陶星儿刚伸出手，蓦地停留在半空，显得无所适从……她听到远远地传来了箫声。那箫声令人忧伤，令人沉思……

——幕渐渐落

第二幕

1

女工宿舍。

〔箫声离我们很近，仿佛就在我们耳边响着，幽幽地响着。就像夏夜里的一阵轻风。

〔灯渐渐亮时，我们看见夕阳停在窗棂上，那橘黄色的荧光给远近的景物、吹箫的瞎老人、支着下巴凝神谛听的陶星儿染上了近似的色调。

〔箫声停了。

陶星儿　老爹，您吹得真好！我真喜欢听，我愿意生活在您的箫声里，白天黑夜……老爹，我喜欢极了。

瞎老头　孩子，现在的年轻人都不爱听那时候的歌了。卖花的时候，围着听我吹箫的都是四五十岁的人，他们也都老了……当年，我眼睛没瞎时，我们都年轻呵……

陶星儿　老爹，您的眼睛……

瞎老头　噢，我以前在建筑队当临时工，造房子工伤啦，队里要养活我，年轻轻的白吃饭，心里不受用。我自个儿找个活儿干，靠卖花养活自己。

陶星儿　你没有孩子？

瞎老头　我有……儿子。他……嫌我老，嫌我穷，嫌我在大街吹箫卖花……丢他丑。他自个儿有家了……不常来看我……

陶星儿　（感伤地）现在年轻人都是这样的。

瞎老头　孩子，你成家了吗？

陶星儿　早哪！

瞎老头　怪不得你住集体宿舍。

陶星儿　（突如其来）我有家——

瞎老头　你爸爸妈妈一定很喜欢你。

陶星儿　喜欢极了。

瞎老头　多好。

陶星儿　你不信！小时候，我爸爸就非常喜欢我，天天到托儿所接我，带我上公园玩，从来不离开我！……就是现在……他也天天到工厂门口来接我……

〔她仔细注视着瞎老头，仿佛突然明白他是瞎子，流露出因为欺骗而内疚、忧伤的神色。

瞎老头　当爹的，哪有不喜欢自己儿女的……我在你们厂门口卖花时，有一个外地来的人，天天在厂门口等他女儿……听说，他女儿不愿意认他。

陶星儿　那他一定是坏父亲。

瞎老头　你认识他女儿？

陶星儿　不，我也是听说的。

瞎老头　大树上结的果子，就是掉下来也在树的周围。有机会你也劝劝做女儿的。噢，天色不早了，我要回家做饭去。

陶星儿　（热切地）老爹，你就留下吧，我反正一个人，我……（语塞）我爸爸出差去了……我来做饭，我会做一手好菜……

瞎老头　谢谢，孩子。我儿子……今天厂休……我估摸着，他半年来一趟，今天是第六个月啦……我要去做饭了……你爱听箫，以后我再来吹。

〔窗外传来溜冰鞋滑轮的噪声、喧闹声。陶星儿送瞎老头出门。

〔少顷，值班长和陶星儿进屋。

值班长　你也想溜冰去？这么大热的天，热得狗都直流哈喇子。你别跟这些野姑娘学，她们是哪吒下凡，不怕中暑！你给我好好休息。

陶星儿　我没有……

值班长　瞧你的脸色哟！左眼窝发青，右眼窝发绿。以后不许你加班。你不心疼自己，我还心疼呢！厂里通知了，下星期一上电视……这样吧，这个星期你就脱产好好练习念发言稿……

陶星儿　又要脱产？……

值班长　（递票）今晚青年宫大世界有个青春晚会……

陶星儿　那是给老姑娘、老光棍解决老大难的晚会，我去干什么？

值班长　什么老大难！都是各工厂为了事业、忘了个人的好青年。都是先进模范。一般人根本轮不着去。你去那儿找呵，我还放心哪！

陶星儿　我不去。简直像包办婚姻。

值班长　你可以去挑嘛！你也不小了。

陶星儿　（哭笑不得）我不会嫁不出去的。

值班长　（疑惑地，关切地）你还对他不死心？他在最困难的时候能那样做，良心不会好！

陶星儿　我明白。

值班长　那你？……

陶星儿　值班长，你管头管脚，什么事都要管！难道我连恋爱和不恋爱的自由都没有了？你也太专制了！

〔沉默。

陶星儿　……你生气了？

〔沉默。

陶星儿　……我讲话太没礼貌了。我知道你为我好……

〔沉默。

陶星儿　你就像我妈妈一样……原谅我吧。

值班长　（笑）你呀！

陶星儿　好值班长。我再求你一件事，别让我脱产……

值班长　（打断）什么事都能由你？你给我好好休息。葛佳明天去大学报到，我得去送送她……

〔值班长出屋子，转身把门扣好。少顷，传来一阵轻微的敲门声。

陶星儿　谁？

董行其　我。

陶星儿　我要睡觉了。

董行其　（闯进）嘀，你简直不像纺织姑娘，倒像牧鹅姑娘，一见到我就“嘀去，嘀去！”别把门关得太死，小伙子会进不来的！……（取出一顶红色贝雷帽）你瞧，我给你买了一顶红色贝雷帽，排队抢购的……

陶星儿　一顶帽子有什么可夸耀的？！你不知道我每个月可以收到上百封求爱信！只要我愿意，可以办个帽子公司。

董行其　你太不领市面行情，劳模在跌价。

陶星儿　那你来干什么？

董行其　找我过去认识的姑娘，让她穿上最漂亮的红裙子，带她上大街兜风，数电线杆子，二十四小时不停地转……

陶星儿　那是十七岁的时候。这个姑娘已经老了，不在了，连她自己都找不到了。

董行其　也许我能帮她回忆起来。不光少女时代能记起来，就连童年也能找回来。（转身招呼）喂！你过来。

〔陶思铠提着包走近。

〔陶星儿一下子关上门，并用背堵住了门。

陶星儿　谁叫你带他来的？

董行其　刚才他在宿舍门口东张西望，我盘问了几句，不料他竟说是你的父亲……

陶星儿　他跟我没有一点关系。

董行其　他说“陶星儿”三个字是他起的，他还说他也姓陶……

陶星儿　我可以把姓名改掉。

董行其　他说给你带来了一件东西……

陶星儿　我不需要什么东西，什么都不要！请你叫他马上走！

〔静场。陶思铠在门外深深垂下头。

董行其　（无声地注视着陶星儿）……这么说他确实是你的父亲……

陶星儿　（不由分说地打断）你永远也不会明白！快叫他走！

董行其　我担心你会重犯我所犯过的错误。

〔陶思铠举手敲门。星儿一动不动。沉寂。

董行其　（少顷，在又一次敲门声之后）对不起，请把门打开。我要走了。

〔门外，陶思铠迟疑片刻，从怀里掏出一张纸片塞进门缝。黯然离去。

〔陶星儿捡起欲撕，董行其一把抢过。

董行其　既然你不认识他，这就是给我的。（展开）他想约你……不，约我见面。见面的地点和时间是，东亚饭店507号房间，每天晚上十点之前……每天晚上！你有时间陪我去吗？（把纸条塞进口袋）从现在起，我要天天盯着他，直到真相大白。

陶星儿　你敢！——

董行其　他形迹可疑。这是我公安干警应尽的义务，姑娘。

陶星儿　你给我走开！——

〔一群姑娘疯疯喳喳地进来。阿香拎着一双旱冰鞋。

阿　香　陶星儿！走，溜冰去……

董行其　夏天溜冰？没听说过。

阿　香　让你开开眼界。夏天溜冰，冬天吃火烧冰激凌，这是最高级的玩法。走吧，星儿，我给你留了一张票。

陶星儿　我要准备发言，你们去吧。

女工甲　拍电视要下星期，急什么？

女工丙　今天去波型溜冰场。上海第一次开放。

女工乙　算了，人家今天要个别谈心，放一马。

阿　香　不行！溜冰场小流氓多得很，警察应该去保护我们。

姑娘们　对对对，拖他走……

董行其　哎哎，（抓起红帽子）劳模连帽子都准备好了，你们应该拉她去……

女工甲　真漂亮！借给我戴。

阿　香　（夺回）你羡慕什么，这是给劳模戴的！走，星儿。

陶星儿　这不是我的。

女工甲　不是你的，是谁的？

董行其　也不是我的。

女工乙　那好，交到失物招领处去。

董行其　这个办法好，给我——

女工乙　给你？为什么？

董行其　我分管失物招领处。（将帽子递给星儿）我委托你暂时保管。既然阿香现在要我这个“乡下人”开开眼界，我决定牺牲自己，替劳模出趟公差。走吧，姑娘们！

〔董行其朝陶星儿深深地瞥了一眼，率先出门。

〔脚步声远去，陶星儿捏着那顶红帽子，若有所思。

〔脚步声又转回来，敲门。

陶星儿　你还有完没完！我讨厌！……（猛拉开门）喔，对不起，你找谁？

〔门口站着一个庄稼人装束的青年人，粗眉豹眼，直竖的短发，气质里蕴藏着剽悍的、纯朴的乡土气息。他是阿香的哥哥土根。

土　根　朱……金香住这儿？

陶星儿　你是阿香的哥哥？

土　根　她不在？

陶星儿　你先进来坐吧。她刚去溜冰，我找她去。

土　根　劳你找一下。她嫂子有病，坐在外头手推车上。你要找不到，我们就走……你转告小妹让她到肿瘤医院看看她嫂子。八病区八〇九床。

陶星儿　你等等，她走不远，我一定找她回来。（匆匆出门）

〔土根坐下。他仿佛想起什么事似的，倏地站起朝门口走去。阿香兴冲冲进屋，她那时髦的打扮与土根形成了强烈的反差。

土　根　小妹！

阿　香　（兴奋）哥哥！想死我了！

土　根　小妹，我都快认不出你啦！……

阿　香　（忽然意识到什么，惊惶地环顾四周）没人？……哥，你坐。

土　根　你嫂子还在车上，她可等急了，我去接她。

阿　香　哎哟哥哥，上次你来差点出洋相，我再三关照你，叫你别到厂子里来找我，你偏来，还带她一起来……

土　根　你嫂子想你……

阿　香　要是让厂里人看见了……你怎么一点都不体谅小妹！

土　根　你嫂子明天就要开刀了……

阿　香　真是那病？

土　根　（点头）她明天要……（阴郁地）今儿早上我在医院借了辆手推车，推她逛逛大上海。她呀，非要来看你不可……

阿　香　（牢骚满腹）哥，早几年咱家穷的时候，村里的姑娘哪个不像躲鸡瘟似的躲着你？看咱家发了……哼！你人真好！明晓得她是个折钱的药罐子，还硬和她结婚。别人会以为你脑子被鸡啄过了，口袋里钱多得往外蹦！等她……（叹气）看谁还要你这个二茬子光棍！

土　根　小鸡肠子！我去接你嫂啊……

阿　香　哥，别……趁现在没人，你先把嫂子推走，我随后就来。咱们在外头见面，我陪嫂子各处走走……

土　根　（震惊）小妹！……

阿　香　（生怯转而镇静）这些上海人都以为我哥哥在香港，一个劲儿地巴结我，要是知道你……

土　根　（深感意外）他们就会看不起你？！

阿　香　我不是告诉过你上海人的习惯……

土　根　你，你和他们一样？

阿　香　我才看不起他们哪！有朝一日，我要他们仰头看我。

土　根　（伤心地）你变得太快了！……

阿　香　……哥，妹不是那种心长在肚脐眼上的人。要不是哥怕妹在乡下种田苦，让妹顶替，妹也来不了大上海。……我现在认识了一个真正的……“上克拉”，就是高档子的人，他要带我去一个比上海更高级的地方……哥哥，到时候，我不会忘记你的……

土　根　（怒）你贱！

〔气氛骤冷。静场。

〔陶星儿推着一个乡下姑娘进屋。她脸色苍白，更显得两眼乌黑发亮。她是阿香的嫂子。

土根嫂　（欣喜地）小妹！

阿　香　（神色慌乱）呵……嫂子……柳……嫂。

土根嫂　瞧你们兄妹俩，只顾自个儿说话，把我丢在大街上……

土　根　（掩饰）我正要接你去哪……

阿　香　（介绍）这是我们厂的劳模……

陶星儿　（打断）别提这个。我们已经认识了。我叫陶星儿，我来给你们沏茶……（沏茶）

土根嫂　别忙乎。你出落得越来越漂亮了，小妹。

阿　香　我不知道你来开刀……

土根嫂　（嗔怪地）他也不告诉我你住哪，不然我早来了。你看，我明天都要开刀了。

阿　香　（掩饰）我……忙……哥说了，动个小手术……等开完刀，我来看你。

土根嫂　（笑）他说了，我生的是癌！

阿　香　（一惊）你别听他胡说八道！

陶星儿　你看上去一点没病……（端茶）

土根嫂　（笑，深情地）他说了，我年轻，身体壮，早点知道是癌呵，心里有准备。要是一直瞒着，等那癌把身体折腾垮了，心里再瞎愁胡猜，那就全垮了。瞒才会病上加病！对吗？！

陶星儿　对！上海医疗条件好，你一定能治好的……

土根嫂　癌啊！像山里的狼，你越怕越不好，你不怕，它就怕你……等我好了，（羞涩地一瞥土根）我还要给你添个小侄女儿，像你一样漂亮。

阿　香　（略显愧疚）嫂子，我给你买点补品吧！

土根嫂　别破费……他都买了。要不是你哥……

土　根　（打断）你别说这些。

土根嫂　上海真大呵……早晨我们去了外滩，后来又到了城隍庙……南京路手推车不好进，我望了一眼，满街都是人……（充满渴望地）像过年赶庙会似的……真热闹。

阿　香　等嫂子出院，我一定陪你到南京路……我陪你去。

〔土根嫂脸部一阵抽搐，胸部疼痛异常。

阿　香　嫂子……你……很疼吗？

土根嫂　（笑）不碍事。医生说，拿掉就不疼了……还能干活儿……还能……

阿　香　给我添个白白胖胖的小侄女。

陶星儿　是的，是的，好多人一开刀就好了。

土根嫂　（示意）土根……

土　根　（取出录音机）小妹，这是你嫂子给你买的。

阿　香　哎呀，嫂子，你动手术花销大……

土根嫂　你哥和我说了，你一直想买一个录音机。咱家去年养长毛兔，培养蘑菇……有钱用啦……这电匣子咱也不懂……四个喇叭的和一个喇叭的，放的是一样的歌。咱就买一个喇叭回来，你瞧瞧，中意吗？！

阿　香　中意。谢谢嫂子！

土根嫂　谢你哥吧！（嗔怪地）瞧你哥那样……没见着你时，成天在我耳边小妹长小妹短地念叨你，一见你就不吭气了……你呀，也不给家里写封信，爹妈都想疯了……

阿　香　哥每月寄的钱都收到了……我忙着……

土　根　（对土根嫂）柳子，你累了。今儿跑了一天，咱早点回去，护士肯定要骂我了。

土根嫂　（点头）小妹，你来！（阿香走近）小妹，答应我一件事……以后，常给家里写信……常去看你哥……

阿　香　（点头）我一定常来看你和哥哥……

土根嫂　我等你。

〔土根推手推车出屋，她俩送出。少顷，又回屋。

陶星儿　你哥和你嫂子真好！

阿　香　（感伤地）我哥我嫂真好，天下没有比他们更好的人了。……（忽然醒悟）我香港的哥哥还要好！……保证给我带最新最时髦的四喇叭……

陶星儿　（反感地）你——，他们对你这么好，你还说出这种话！……你怎么能这样？！

阿　香　（心虚地）我，我怎么啦？……

〔静场。陶星儿一眨不眨地盯着阿香。

陶星儿　（一字一顿地）我正想告诉你，你那封香港来信，是你伪造的……你香港根本没有哥哥！

阿　香　（恼羞成怒）你……你偷听别人谈话，你还偷拆……偷拆私信！你是个密探！

陶星儿　我怕……伤了和气……没拆穿你。我晚了一步。早点告诉大家你香港没有哥哥，你的哥哥在乡下，你也就不会为了面子，让你哥哥这样伤心了……不行，应该告诉大家……马上……（欲出）

阿　香　（拦住她的去路，口气变软）你等等！你不能告诉大家真相。你要说了，叫我怎样活下去？

〔静场。

阿　香　哥哥嫂嫂对我这么好，我难道不想对他们好？我的心真被狗吃了？不！我想……我都想抱着哥哥哭！可我现在不能！我不能被人瞧不起。我不能说香港没有哥哥………我只能说乡下没有哥哥。根本没有！

〔静场。

阿　香　这儿你对我最好。你应当理解我……看在我从来都把你当成亲人的面上，不要说出去。我求求你了，星儿姐！前天晚上，我认识了一个港客，他愿意带我出去。真的，总有一天，我要加倍报答哥哥、嫂子。我也不会忘记你的……

〔一阵“咯咯咯”的笑声破门而入。姑娘们冲进屋，扑在床沿上你捶我打，笑得喘不过气来。

陶星儿　怎么啦？

姑娘们　（气喘吁吁）溜冰……水……水沟……（大笑不止）技术……技术……领导……领导溜冰新潮流……

〔门口出现董行其，他全身泥水淋漓，手拿溜冰鞋尴尬地踏在门槛上。脸上像开了颜色铺，黑一块白一片，甚是滑稽。

董行其　（气恼地）你们笑什么？

〔姑娘们笑得直不起腰来，连阿香也“扑哧”一声笑了。唯有星儿用毛巾捂住脸，谁也看不出她是哭是笑。

〔箫声又起，徐缓悠长……

2

女工更衣室。

〔酷暑早降，炎热使蝉也停止鸣叫，路面沥青化成了一团团黑浆。热仿佛渗入了人的骨髓。

〔高温使停止运转的纱机发出嗡嗡嗡的余音。更衣室里传出姑娘们烦躁的叫骂声，扇子扑扇声。不远处的浴室传来哗哗的水声，那清凉的感觉透入人的心扉。

姑娘甲　热！热死了！我恨不得扒一层皮。

姑娘乙　气象预报说今天三十八度。

姑娘丙　我爸我妈的工厂这几天都放假，到底是重工业。

姑娘乙　我们小张是轻工业——皮鞋厂，也放假。

姑娘甲　就我们纺织厂命苦。

〔一姑娘洗完澡披着湿漉漉的头发进。

姑娘丁　啊！泡在水里可舒服啦！还有几分钟？

姑娘丙　三分钟，你可真会算！

〔阿香端冷饮上。

阿　香　让开，让开，冷饮水来啦！

姑娘乙　干死了，给我喝一口。

姑娘丙　我也要喝。

阿　香　排好队，每人喝一口。这是最后一杯，桶底都掏干了。

〔姑娘们依次轮流分着喝。陶星儿神情恍惚地进。

阿　香　喂，别喝干了，留一口给星儿姐喝。

陶星儿　不用，你们喝吧。

阿　香　你找什么？什么东西丢了？

陶星儿　噢，我刚才还记得来找什么东西，走在路上又忘了。

阿　香　是呵，这天热得人昏头昏脑，你喝一口冷饮吧。

姑娘甲　人家劳模根本不愿喝这桶底的“渍渍头”。刚才呵，冷饮间专门给办公室送去两桶新鲜菠萝汁。

〔姑娘甲顺手将杯里的冷饮往地上一泼。

姑娘乙　唉，谁让我们挡车工命苦。我也不想喝高档的菠萝汁、橘子水。能给我五分钟，在水里泡一下，我就满足了。

姑娘甲　陶星儿，你是厂里的劳模，也为我们说几句话嘛！

姑娘丙　你向领导反映一下，让我们多休息半个小时好吗？

姑娘乙　十分钟也行。

姑娘丁　五分钟……

陶星儿　（犹豫）这……

阿　香　星儿姐肯定愿意为大伙儿说话。

姑娘丙　你同意啦？

姑娘甲　同意了！咱们去洗吧。我衣服湿了干、干了湿，全身上下像爬满了小虫子。走哇！

〔姑娘们欢欣雀跃地走向不远处的浴室。哗哗的水声和嬉闹声大作，欢愉的气氛达到了高潮。

〔上班铃声骤响。值班长手捧一堆毛巾盖捂的物品进来。

值班长　上班铃都打了，人都上哪儿去了？星儿，你看见了吗？

陶星儿　刚才……还在。

〔水声倏然消失。寂静中传来水滴声。

值班长　（凝神谛听）浴室里好像有人？

陶星儿　（掩饰）上中班的人先来洗个澡。

值班长　你快帮着找找，我的冰砖都要化了！

陶星儿　（喜出望外地）值班长，你买冰砖啦！值班长买冰砖啦！值班长请客！

〔陶星儿抓起一块冰砖跑向门口大声叫唤着。姑娘们披着毛巾，扣着衣扣，拖着鞋，梳着湿漉漉的头发纷纷拥进。

值班长　还不快来吃！都化啦！

〔姑娘们七手八脚你争我夺，拿起冰砖就往嘴里送，值班长含着慈祥的微笑看着这些生机勃勃的年轻女工。

值班长　慢点，慢点。

姑娘甲　值班长，你是天底下最好的值班长。你买的冰砖是天底下最好吃的冰砖。

值班长　我算什么！今天高温三十八度，这是厂里根据劳动保护条例发的高温补贴。好好干活儿才对得起国家！

〔值班长蓦地发现了姑娘们洗澡的秘密。

值班长　你们洗澡了？

姑娘甲　（不假思索）洗了，可舒服啦，全身上下滑溜溜的。

值班长　星儿，你一定没洗吧？

陶星儿　还没有。

值班长　谁允许你们洗澡的？上班时间不准洗澡，这是工厂的规章制度。你们当了那么多年的工人难道不懂吗？！

陶星儿　这天……确实热。

值班长　我不热？她不热？热就能违反厂规厂纪？劳模和你们思想境界差别就在这里。谁出的主意？

〔姑娘们面面相觑、一声不吭。

陶星儿　（忧虑地注视着这一切）……

值班长　这事情非查个水落石出。要追究责任！

陶星儿　……值班长，是我出的主意。

值班长　（意外地）你？——这是你想出来的？！

陶星儿　值班长，天太热了，别的厂都放假了……

值班长　每个厂都有自己的制度！

陶星儿　……值班长，这天热得人口干舌燥、走路发飘，就用半个小时洗澡休息，产量以后一定补回来，不行吗？真的，其他厂——不光是重工业，就是轻工业单位也有停工休息的，（越来越流利）我们纺织厂本来就比别的厂辛苦，又是翻三班，不要讲群众，就是党员骨干也吃不消了。再强的人也是人，不是机器……

值班长　（震惊）星儿！我不知道挡车工辛苦?！我也是挡车工！制度是厂部制订的，要由厂长决定。怎么可以随随便便自作主张呢！这件事，你要写检查！

姑娘甲　这事不怪她，主意是我出的。

姑娘乙　我们洗澡，扣我们奖金好唻！

阿　香　对！

〔葛佳提着网兜步履沉重地进来。谁也没注意她。

值班长　你们这些小姑奶奶，这不是争当劳模——光荣！这是错误！是事故！谁有多少责任，就得分担多少责任！我现在就去厂部汇报。

〔嘈杂声。一直站在一旁缄默不语的葛佳说话了。

葛　佳　我经过厂门口时看见一张布告，"根据国家劳动人事部劳动保护条例，高温持续三十五度以上，可以停产。厂部决定，中午延长休息至一点半。"……

值班长　我怎么不知道?

葛　佳　刚贴出来。

值班长　我去看看……

〔值班长急下。

阿　香　万岁！

〔姑娘们欢欣雀跃乐成一团，唱着拥到门口："来来来来……我们来到太阳岛上……"值班长返回。

值班长　阿香！你有什么好高兴的?！保卫科要你马上去。从现在起你停职检查。去吧！

阿　香　妈呀！

〔值班长带阿香下。

〔气氛一下子紧张起来，众议论纷纷。

姑娘乙　阿香出什么事了?

葛　佳　不知道。

姑娘丙　葛佳，今天是你开学的第一天，你怎么跑回来了？

〔姑娘们纷纷围住葛佳。

姑娘乙　大学一定很漂亮，出来的人一定很神气吧？

葛　佳　（掩饰）是……很漂亮……

姑娘甲　（忽然发现她手提的网兜）你……怎么……又提了回来？……葛佳！

〔停顿。

葛　佳　把更衣箱的钥匙还给我。

姑娘丙　（着急）出了什么事？

葛　佳　你们快去上班，澡洗了，冰砖也吃了，去吧！

姑娘甲　葛佳！

葛　佳　去吧！去吧！

〔葛佳从姑娘甲手中接过钥匙，默默走到更衣箱前开锁，放网兜。众姑娘默默退出。

陶星儿　（紧紧地盯着她的动作）你……今天没去大学报到？

葛　佳　报到了……

陶星儿　你把东西都放进了更衣箱……你，你不去上大学了？

葛　佳　不去了。

陶星儿　（震惊）葛佳！……

葛　佳　（慢慢停止摆弄东西）我去查了考卷……

陶星儿　（一惊）……分数批错了？

葛　佳　（转过身）没有错……我刚及格……你刚不及格……

陶星儿　你……你也查了我的考卷？……不，老师不会批错的，不会的……

葛　佳　太明显了……明明能答出的题目，偏偏写错了答案……

陶星儿　我这个人向来粗心……

葛　佳　你要粗心就好了……你办什么事都太心细了……一个在读函

授班的人，会连一元一次方程都解不出来？我不相信！小董他……

陶星儿　又是董行其在胡说八道！又是他，多管闲事的警察！你别听他的……

葛　佳　我又不是傻瓜！

陶星儿　葛佳，我没有别的……坏心眼，我真心对你……我真的想让……我一直觉得……我们是好朋友。

葛　佳　我恨你！我就恨你这个真心……（慢慢坐下捂住脸）害得我又一次失去机会……要是你没有这个真心，你也不见得都能答对……可现在……

〔静场。葛佳轻轻抽泣，渐渐放纵自己，大声哭了出来。

陶星儿　你真的不去了？

葛　佳　（噙满泪水）我现在……还怎么去呵？……

陶星儿　你疯了！你会后悔的！快去……没有人知道……我不会对任何人说的。

葛　佳　有人知道！你，我。就是你不知道……还有我知道！我知道！！

〔陶星儿一阵极度的冲动，像被闷雷打了一下，她欲冲上前，反倒后退了几步……

陶星儿　（轻声，感伤地）葛佳……你何必那么认真呢？

葛　佳　你只想你自己……你的痛苦……你的内疚……你的快乐……你太懂得生活了……可别人会怎样，你想过没有？！

〔葛佳慢慢站起，戴上白围兜、工作帽欲出。

陶星儿　葛佳！……

葛　佳　（回头）没什么……我的运气不好。

陶星儿　你等等！……

〔葛佳转过身子。一阵静寂。

陶星儿　（讷讷地）我刚才来找丢了的钥匙……

葛　佳　……钥匙在你手上。

〔静场。

陶星儿　（憋足勇气）明天……你明天能参加班组会吗？

〔葛佳注视着陶星儿，半晌，点点头。悄然退出更衣室。车间里的喇叭突然响起：“陶星儿，陶星儿，门口有人找你……请你出来一下……”陶星儿愣着不动，陷入沉思。

〔值班长进。

值班长　星儿，钥匙找到了吗？

陶星儿　哦，找到了。

值班长　上次那人又来找你了，你快去快回。……你在干什么？

〔陶星儿悄悄打开更衣箱门。戴上白围兜、白工作帽。捋捋鬓发，整整帽檐。欲出。

陶星儿　我离开自己的工作岗位时间太长了。我要回到自己的岗位上去。

〔喇叭里连续叫着：“陶星儿，陶星儿，请到厂门口来一下，有人找你……”

〔箫声倏地吹起。那么悠扬，那么朦胧，似乎什么都没发生过，似乎又发生了许多。

〔灯渐渐暗。

3

女工宿舍

〔阳光像迷人的姑娘，透过玻璃，在白墙上，流溢着七色的光晕。

〔穿着鲜艳衣衫的姑娘们团团围着圆桌。高耸的胸脯、乌黑的秀发，在雪白的纱帐映衬下，显得俊俏动人。折射的阳光，在她们身上，在空气里，仿佛铺上一层犹如轻烟一般随风颤动的颜色。

〔阿香今天穿得特别朴素，和周围的姑娘形成了强烈的反差。她的愁眉苦脸，显然和周围的气氛是不协调的。

〔那箫声又响了。那纯洁的、充满着向往和回忆的音色，在这一刻，越来越清晰地留下它的符号。

陶星儿　姐妹们，很长时间了，我们小组没有开过班组会……

阿　香　批判吧！批判吧！活该我倒霉！

姑娘乙　你欺骗大伙儿，还有理？！

姑娘丁　（模仿阿香腔调）“我哥哥在香港！我帮你们买东西”……哼！别人口袋里的钱就变成她的了。

陶星儿　静一静。今天……请大家主要谈谈我……

〔值班长进屋。

值班长　（微笑）你们在干什么？

陶星儿　（站起）噢……请值班长参加我们班组会。

值班长　（感到气氛异样）星儿，你出来一下。

〔少顷。

陶星儿　好吧！

〔陶星儿随值班长下。董行其身着白色警服，手夹公文包神态严肃地进。

董行其　大家好！（走近阿香）喂，你好！我说过，您会找我帮忙的……这是我的证件。我想找你核实部分材料。

阿　香　（惊骇地）你们要抓我？！

董行其　那要看罪行的程度和坦白交代的表现。

阿　香　（求援地）葛佳姐！……

董行其　我在执行公务，请你们回避……

葛　佳　你……好好谈……

〔葛佳言犹未尽，忧心忡忡地一边望着阿香，一边退出了屋子。众姑娘似乎感到了严重性，默默地随着葛佳退出。

董行其　（坐下，翻开记录本）公民朱金香，有人控告你犯了诈骗罪。

从一九七八年进厂至今，你以代人购买便宜货为名多次向多人骗取钱财……

阿　香　我……

董行其　据不完全统计，一共骗取了一千三百一十元整。（抬头）请坐下说……

〔阿香怯生生坐下，从怀里掏出一小本查看。窗外，露出了几个姑娘的脑袋。

阿　香　（抬头）是的……我总共收过这么多钱。可我帮人买了东西……

董行其　货款两讫除外，你还亏空五百九十八元整。

阿　香　玲娣托我买录音机的五百五十元，昨天我还给她了……

董行其　还欠四十八元钱。

阿　香　我今天准备还的。

董行其　你从哪儿买来的处理品？还是偷来的？一共赚了她们多少钱？

阿　香　国营商店排队买来的……（取出一沓发票）都有发票……

董行其　（接过仔细查看）不对呀，账目不对！你的发票总金额有一千四百九十三元五角三分。可你总共收取别人的钱只有一千三百一十元整。中间相差一百八十三元五角三分，怎么回事？

〔沉默。

董行其　发票的货物总数和你购买的货物总数是一致的。也就是说只有一种可能性，你用国营价格买来的商品低价卖给了你的同伴……你这有什么好处？这难道是学雷锋？简直无法理解？！说呀！

阿　香　……是的。

董行其　为什么？！

阿　香　因为……因为我是……乡下人！

董行其　这和乡下人有什么关系？

阿　香　有关系……都有……关系。五年了，你说谁不叫我乡下人，谁不叫我老土、“阿乡”！……你尝过听小调的滋味吗？“乡下人，到上海，上海话讲勿来，米西米西炒成菜……”就因为我从乡下来，说着一口乡下话，就比上海人天生低一等？！……只有报到那一天，劳资科长叫过我朱金香，厂长到车间来检查叫过我朱金香同志，还有你——现在以公安局民警的身份叫过我朱金香……

董行其　你是乡下出来的，他们开开玩笑嘛！

阿　香　开玩笑？我的户口在上海！……

董行其　你神经过敏了，你的乡下话大家觉得新鲜好玩，我就这样认为的。

阿　香　好玩……我三个月就学会了一口流利的上海话，为什么还叫？我千方百计赶上上海人，我比时髦的上海姑娘更会打扮，他们为什么还要叫？他们认为我外洋内土，骨子里不是上海人！

董行其　这难道是你行骗的原因？

阿　香　上海人瞧不起所有的外地人……只会朝香港人磕头。我吹牛说我的哥哥在香港……瞧！都来巴结我了，再也没人叫我乡下人了……我真恨他们！

董行其　你这样做是为了报复？

阿　香　不，想讨好他们！趁他们真相信我有哥哥在香港时，弄点甜头给他们尝尝，帮他们买些流行的汗衫背心、裤衩、丝袜、梳子、发夹等小零碎，骗他们说是大陆出口到香港的便宜货。我贴点钱可以买来他们对我的尊重和崇拜，我高兴！想不到他们尝到甜头得寸进尺，托买的东西越来越多、越来越大……不帮他们买，买东西时间拖得长一点，难听话就来了……就这样，我湿手捏干面粉，沾上手洗不清……可我哪有多少钱，只好用东家钱买西家东西，漏洞越补越大……

董行其　你也不用脑子想想，拆东墙补西墙，总有一天要穿帮的吗？

阿　香　莲子心中苦，梨子腹中酸，你以为我不晓得？我就怕这一天……玲娣问我讨还买录音机钱时，我就预感到要出事。为了不让他们晓得我是吹牛，我把冬天穿的衣服，所有值钱的、时髦的东西统统卖了……还债！

董行其　（站起）真的？

阿　香　（轻声地）骗你是小狗……你要抓……就抓吧。我认了。

董行其　公民朱金香，对你所述的事实，我要进一步核实……（放低声音）还有四十八元余款有钱还吗？

〔阿香点头。

董行其　赶紧还掉它吧……

〔董行其欲走，陶星儿心急如焚地冲进屋内。

陶星儿　问题严重吗？……董行其！你……能不能帮帮她？

董行其　（一怔，片刻平静地）整整九年，我第一次听见，你又叫我的名字……

陶星儿　（低下头轻声地）帮帮她吧，我求你了，我一辈子都不会忘记你……

董行其　为了别人你才不忘记我？（苦笑一下）好吧，我答应，不过不是为了你，而是为了另一个人。

陶星儿　谁？……

董行其　一个寻找女儿的父亲。我和他谈了六个夜晚，还想为他去求情，可他却阻止我说，不要为过去申辩，而要为将来努力。我想，这不仅适用他，适用你，适用我，也许也适用于阿香。（看了一眼陶星儿，出）

〔葛佳和姑娘们进屋。

葛　佳　班组会还开吗？

陶星儿　开，继续开下去。

姑娘甲　刚才值班长来电话找你，说她向厂长汇报了，叫我们班组会停开，她马上就过来。

陶星儿　班组民主生活，开展批评和自我批评，是厂部决定的……开吧。

〔姑娘们纷纷坐下。

陶星儿　我想这样，现在，请大家把阿香自己的衣服，卖给你们的，冬天的、夏天的……还有鞋子，都拿出来，我来付钱！

葛　佳　不，所有当作便宜货卖给我们的，都按发票的价格，把钱补给阿香。大家付钱！

〔众姑娘站起，整理东西，一件一件扔到阿香铺上。

阿　香　不不！我卖掉了就不能再要……你们拿回去！不要你们来同情我……

女工乙　算了！乡下人别不识抬举。

葛　佳　住口！你说谁是乡下人？！谁？

〔静场。阿香轻轻抽泣起来。

葛　佳　我看你们才是一群“乡下人”。真正的“乡下人”！自己看不起自己，看不起中国人，眼睛里只有洋货港货！你们要是有骨气，阿香会这样吗？！

女工甲　（小声嘀咕地）这关我们什么屁事。

葛　佳　怎么没关系？要不是有些上海人瞧不起乡下人，她会想到冒充香港人？

女工乙　（冷冷地）你也是上海人。

葛　佳　所以，要怪我们自己。

陶星儿　不，葛佳，上海人也并不都是这样的，都是我这个头带得不好！……我早就知道她的哥哥……我没有说出来。因为我和她一样，也一直在欺骗自己，欺骗大家……今天，我要统统说出来……

〔值班长进。

值班长　厂长让我通知你们，停止开班组会。等厂部决定后，你们再开。不然，一切后果由你们负责。

陶星儿　（突然异常严肃，用公事公办的语气，果断地）班组定期过民主生活是厂部规定的，凭什么禁止啊？！

值班长　星儿，你别心血来潮！……你不是在否定你个人！劳模不是你个人的荣誉，更不是我的成绩……如果仅仅是我们两个人的个人小事，你想说什么就可以说什么……她是集体树立起来的旗帜，你不能倒！

陶星儿　我都想过了。我不是一个真正的劳模……

值班长　（打断，着急地）别说了！三十多年来我走过的路不比你少……听我一句话，这个会暂时不要开！好吗？（四处求援）你们……葛佳……你们帮我劝劝她……

葛　佳　今天就别开了……星儿……你的心意……大伙儿明白……组织也知道……你已经尽到责任。

陶星儿　不！我暗暗地改过。暗暗地改，永远改不掉。因为我有劳模这个称号。干得越多，我得到的越比付出的多！我怎么能够心安。你明白吗？

葛　佳　我太不谅解你了。

值班长　孩子，你只想到自己能不能心安，可你为集体想过吗？你这样不负责任地说出去，你的良心安宁了，可厂里就算出了政治事故。合格企业要砸牌，全年的奖金要受影响，工人的经济要受损失，你想过吗？

陶星儿　继续隐瞒下去，用错误纠正错误？我不能这样……老实说，我知道我这样否定自己的劳模形象，还自己的真实面目，许多人会认为我傻、冲动、想出风头；我自己也认为傻，也不是十分想说出来，我知道说出来对自己没有好处，要吃亏的……归根结底，我并不是真诚地相信一切，我并不十分想全部真诚和善良。正因为这样，我才必须当着大家的面，在班组会上说出来。就是为了……强迫自己真实，强迫自己善良，强迫自己真诚！只有每个人对世界真诚，世界才会变得真诚！我要每时每刻强迫自己……强迫自己！

〔静场。

陶星儿　世界上许多人都在为自己的信念而献身。我们的先辈和我们的同时代人也在为自己的信念而献身。我们在世上只活一次，我们活着就要活得像个样子。……

〔姑娘们看着陶星儿，霎时间，好像要走向她。但这短暂的瞬息旋即被门口出现的一个不甚引人注意的来客——土根冲淡了。所有的目光都注视着他。

阿　香　哥！嫂子她……

陶星儿　手术成功了？

土　根　（凄然一笑）她睡着了……睡得很熟很熟。

阿　香　我……我……

土　根　（从怀里掏出钱）别说了，把钱还掉吧……

阿　香　（惊恐，不可置信地）不！……

土　根　拿去吧，你嫂子已经不需要钱了……（指陶星儿）她把你的事和她自己的事都告诉了我们……有她这样的好姐妹在你身边……你嫂子她……她就安心地去了。

阿　香　嫂子！……（疯狂地转向陶星儿）你！你为什么要告诉我哥哥，为什么！你害了我嫂子！……哥，我……我……（蒙脸大哭）

土　根　（柔声地）小妹……你嫂子说，她是乡下人，你哥我也是乡下人，做乡下人不丢脸……拿着吧。（把钱放桌上）

〔沉寂。空气似乎凝固了。阿香木然地走了出去。

土　根　小妹！……

〔土根转身跟了出去。静默笼罩着一切。

〔董行其进屋。

董行其　星儿，门外有人找你……

陶星儿　我们在开会……

董行其　他马上要离开上海了……火车票都买好了。他说，只想见你一面。

陶星儿　请你出去!

葛　佳　星儿，会……还是等明天再说吧……

陶星儿　不，继续开会。葛佳，你作记录。

〔姑娘们团团围坐。值班长尴尬地站着。坐也不是，走也不是。有一张凳空着，倒像是给她准备的。

〔董行其默默注视片刻，退出。

〔灯渐渐暗……那箫声又起了。

4

纺织厂大门口。

〔看上去，这儿是纺织厂门口，也许，它是生活的大门口、人生的十字路口、人生旅途中的一个小站。

〔夏日早晨的音响世界。叫卖声、脚步声、姑娘们的喧笑声，像猝然掠起的鸟群的扑扇声——自行车铃声此起彼伏、喧响不息。和远远传来的车音船笛组成两个声部。几声箫音，几声执着地缅怀那个年代的箫音，复述着一个朦胧的、远逝的、已经破碎了的美丽意象。

〔这是现代世界心灵音响的立体交叉桥。

〔扬声器响了。

〔值班长的声音：

“同志们，陶星儿同志这种严于律己、一丝不苟、襟怀坦白、勇于承认错误的精神，正是八十年代青年劳模的高尚思想品格。我觉得一个人是不是劳模，是否出过次品是其次的，关键是看他有没有劳模的思想境界。陶星儿同志的思想品格就是劳模的思想品格，我要向她学习，每个人都要向她学习……”

〔灯光像一团迷乱的雾，在声音里缓缓弥漫、扩散、澄清，明亮起来。提着旅行袋伫立在厂门口的陶思铠和吹箫的卖花瞎老人犹如一幅剪影。少顷，陶思铠仿佛从梦里猛醒过来，他想悄悄地和这个城市告别。

瞎老头　你真要走？

陶思铠　七点二十分的火车，还有半小时。

瞎老头　再等等吧，兴许她马上就会出来。往常，你一走，我就听到了她的脚步声。

陶思铠　不必了。她已经认我了。如果她不把我当成一个父亲，她就不会痛恨我……走了，该走了……老爹，你能为我吹一首曲子吗？

〔沉默。片刻之后老人缓缓摇头。

陶思铠　为什么？

瞎老头　我的曲子不合时流，已经没人听了，你会失望的。

陶思铠　不会的，这是当年的一个小伙子的请求。

〔箫声起来了。悠悠扬扬、飘飘荡荡，继而节奏轻快如小溪淙淙流淌，然而慢如缠藤，如泣如诉，无限感伤、柔肠寸断……忽而鼓声咚咚，犹如践踏大地的马蹄奔腾远去，只留下蔽天的尘灰渐渐落地……岁月的积尘像初雪，掩盖了往昔的梦，又迎来早春的梦。

〔陶思铠悄悄离去。

〔箫声继续。如醉如痴。陶星儿穿着鲜艳的、恢复原样的红裙子，站在陶思铠站过的位置上，伫立在箫音里。

陶星儿　（片刻，悄悄躬身地）老爹，你哭了。

瞎老头　（突然止住，缓缓落臂，片刻）……我哭了吗？医生说我大概不会流泪了。多少年了，只有你父亲要求我吹一首过去的曲子。别人都要听现在的。刚才，他就站在这儿……就这么说的……

陶星儿　（突然）他在哪儿？

瞎老头　你快找找……他马上要上火车……现在还在……

〔陶星儿寻找，怅然若失地站着，站着……

〔渐渐响起脚步声……

瞎老头　（充满希冀地）你听！你爹的脚步声……

陶星儿　在哪儿，在哪儿……我看不见……

瞎老头　你快喊，你快喊啊……

陶星儿　（犹豫片刻）工程师同志……（寻找）工程师同志……（提高声调）工程师同志……（她四处张望，焦急地）陶………陶思铠同志……（大声）陶思铠同志……（轻声）不，父亲……你……你快来吧……（少顷，大声喊起来）爸爸！爸爸！！……

〔空间充斥着童年的回声。那小树林的回忆，那沾满青草露珠的梦——“爸爸，我在这儿！爸爸，我在这儿！爸爸，你别走远……”

陶星儿　爸爸，爸爸……爸爸……你别走，我一直在等你，我一直在等你……爸爸——爸爸——爸爸——

〔火车的嘶鸣声，车轮有节奏的隆隆声，带走了她的呼唤，她的思念……淹没了她的声音……她捂住脸哇的一声大哭起来……

〔瞎老头又举箫吹奏，仿佛要挽留昔日的年华。箫声荡漾……

〔董行其默默上，望着陶星儿。

〔陶星儿蓦地转身。她看见了董行其，掩饰自己的窘态，擦擦泪痕。董行其打破沉默。

董行其　我刚才去了保卫科。阿香的事没问题了，教育处理。

陶星儿　让你费心了。

董行其　别客气。我刚才……到火车站去了。

陶星儿　火车站？

董行其　对。送爸爸上车。他对我说，退休后他要和你在一起过日子。从今年起，他要向单位提出申请享受探亲假。我请他春节就来。

陶星儿　谁？……

董行其　爸爸。

陶星儿　谁的爸爸？

董行其　你的，也是我的。（停顿）我已经叫他爸爸了……如果不反对的话。给！（递上一朵栀子花）新上市的，刚刚开花……

〔对峙。响起播音员的声音。

播音员　亲爱的听众们，你们好。在今天的时间里，我们将播放劳动模范陶星儿的广播稿，题目是……

〔响起陶星儿的声音。

陶星儿　我不是劳模，我只是一个普通人，一个平平常常的普通人……

〔同时响着纺织厂上班的铃声、嘈杂的织布机声，以及大街上喧响的自行车铃声……各种声响从四周向舞台逼扰，又渐渐漫溢，充斥整个空间。

〔卖花瞎老头拿起箫又吹了几声，似乎觉得不合时宜，又搁回原处……

——幕徐徐落

原载《收获》1984年第3期

大　桥

（多场次话剧）

贺国甫

出场人物

罗大卫　38 岁，工程队长

林　洁　35 岁，罗大卫的妻子，永新工程公司公关部主任

罗小洁　8 岁，罗大卫的女儿

周立敏　27 岁，工程女监理师

陈　辉　26 岁，混凝土工人

宋　丽　22 岁，陈辉的女友，小学教师

陆永发　57 岁，混凝土班班长

永发嫂　55 岁，陆永发的妻子

张土根　30 岁，混凝土工人

许人杰　45 岁，永新工程公司经理

陈总指挥　约六十岁，大桥指挥部总指挥

老　李　播音员

钢琴教师、护士、混凝土班工人、胖女人、瘦女人、高男人、矮男人、女主任、播音员、老李、天津人及市民若干

一

〔九十年代的一个夏日。清晨。

〔上海。黄浦江边。

〔晨雾缭绕，传来江边船舶的汽笛声和海关大楼自鸣钟的钟声。

〔灯亮。江边有人在打太极拳，还有过往行人。传来汽车刹车声。

〔林洁拉着女儿罗小洁的手，上。

林　洁　毛毛，快点，要来不及了！

罗小洁　（揉着睡眼）妈妈，干吗那么早把人家拖起来呀？

林　洁　得来等你爸爸。

〔罗大卫急上，他身穿工作服，手中拎着安全帽。

罗大卫　毛毛！

罗小洁　（高兴地迎上前）爸爸！

罗大卫　（对林洁）什么事？

林　洁　（温文尔雅地）请您来，是为了解决那个至关重要的问题。

罗大卫　（怒气冲冲地）说吧，又有什么折磨人的新点子了？

林　洁　毛毛，到路对面王总经理——王伯伯的车里等我。

罗小洁　妈妈，你们谈话能不能快些？我还想看电视《成长的烦恼》呢。（奔下）

罗大卫　（审视妻子）王总经理——王伯伯？

林　洁　（直皱眉头）你说什么？

罗大卫　如果我身边也出现一位能用“奥迪”送我进出舞厅、酒吧，能让我坐在装有空调的办公室里当当公关主任的异性同胞的话，我也会同你拜拜的，尽管我对你说过无数次的“我爱你”！

林　洁　你就不能有略为文明一些的想法？

罗大卫　也许，我把你想得过于文明了！

林　洁　真得感谢你，这样，离开你，我连说一声“对不起”也用不着了。

罗大卫　（看表）别磨嘴皮了。噢，这段时间别老挂电话约我谈话。

林　洁　可以。你把毛毛留给我，我绝不再来打扰你。（轻轻地叹息）除了毛毛，我已经一无所有了！

罗大卫　别装腔作势，这话该由我来说。我再一次告诉你，离婚，我签字；带走毛毛，绝对办不到！莫名其妙地把我蹬了，还要带走毛毛，活到今天我才明白，女人真是心狠手辣！

林　洁　大卫，即使是到了今天，我也从来没有诋毁过你……

罗大卫　（逼近妻子，近乎咬牙切齿地）可这是实情！

林　洁　（依旧语调平静地）我也告诉你点实情。你确实不具备抚养毛毛的能力，而且，你没有一点做父亲的责任心。你忘了，毛毛十个月的时候，您从工地折腾了两个多月总算回到了家，您到托儿所领全托的女儿，我才发现你领回家的是别人的孩子，我让你快把毛毛换回来……回忆一下，当时，你是怎样说的？

罗大卫　这……记不太清了。

林　洁　不，你很清楚。当时你说：算了，就把这孩子在家里留一夜吧，反正明天一清早就得送回去的。……你想想，世界上有您这样当父亲的吗？

罗大卫　因为、因为当时，我、我忙得……算了，说这些没意思。我同意法院的说法，毛毛十岁了，应该尊重孩子本人的意愿……

林　洁　太好了！现在毛毛放暑假了，我让她一个星期跟我生活，一个星期跟您生活。等下次开庭时，由毛毛比较一下，然后决定选择我，还是你。这个星期，得由您带。

罗大卫　（急得一下跳了起来）我、我现在在南浦大桥工地上！

林　洁　知道。出任大桥浦西工程队队长，而且必须同您的二百多位部下在三个月内拿下浦西的大桥主塔，外加三座桥墩。

罗大卫　明明知道还来这一手，你可真会选择时机呀！不行，我没有时间、精力。简直开玩笑！

林　洁　你承认了？

〔罗大卫眉头紧锁，苦思无语。

林　洁　没有抚养能力。好，再见！

罗大卫　等等！（拦住林洁）就照你说的办！

林　洁　注意，孩子必须由你亲自带。

罗大卫　好的。你看看，我不信我带不好毛毛！（朝路对面高喊）毛毛！

林　洁　等等！（掏出一只微型录音机）还有点注意事项，录在录音机上了，要用科学的方法带孩子……

罗大卫　（夺过录音机）别费心了，我有更科学的方法！（喊）毛毛……

〔罗小洁上。

罗小洁　爸爸！

〔罗大卫拉起罗小洁就走。

罗小洁　（挣脱罗大卫的手，扑到林洁怀里）妈妈！妈妈！我不，我要和妈妈在一起！

林　洁　毛毛，这星期你跟爸爸过，下星期妈妈来接你。听话。（拿出袋面包）毛毛，把面包给爸爸。

〔罗小洁把面包递给罗大卫。

罗大卫 （推开面包）见鬼！别来这一套！

林 洁 毛毛，给爸爸。（对罗大卫）知道你没有吃过饭，你有这个习惯。好，再见！（走出两步复回头）今天是毛毛生日，希望多给她一点爱。孩子是无辜的。

〔罗大卫气得说不出话来。

〔林洁下。

罗小洁 爸爸，王伯伯的公司在宾馆里，可漂亮啦。你们工地有王伯伯那儿好吗？

罗大卫 上海宾馆有多少，可大桥工地就一个，只有一个。懂不懂？

罗小洁 （依旧困惑地望着父亲）爸爸，你会梳头吗？

罗大卫 （伸出手看看）这梳头总不会比造宾馆、造大桥更难吧？

罗小洁 那……你那儿有粒粒橙汁、冰激凌双球、椰丝包、炸猪排、肯德基吗？

罗大卫 （咬咬牙）有的。凡是你那个浑蛋妈妈有的，我全都会替你弄来的。

罗小洁 爸爸，你怎么老说妈妈坏话呀？我说妈妈好，妈妈好，还给你带面包呢。

（自顾自地往前走，下）

罗大卫 毛毛……（追下）

〔灯暗。

〔一束光打在舞台前沿。一群人在等车。罗大卫领着女儿挤在等车的人群里。

〔汽车驶来，人们蜂拥而上，可是车没停住。人们大声喊叫，失望地抱怨。又有一辆车驰来，人们再次涌动、挤拥，车又没停，人们怨声更高。罗大卫蹲下为女儿揉着被踩痛的脚。身旁的候车人议论纷纷。

天津人 你们上海的车怎么空放不停啊？

中年男子　前面等车人多，只好放站。放站你懂不懂？

天津人　这叫嘛事！上海交通还是老样子。不说北京，就我们天津内环路、外环路，交通倍儿方便！

中年男子　上海这几年交通是不如你们天津，基础差，流动人口多……

〔一青年走过来。

一青年　别等了，前面出事故了，交通堵死了！走吧，走吧！

〔人们无奈地离开车站。

罗大卫　（拉拉女儿）咱们也走吧。

〔光圈消失。等车人隐去。

二

〔紧接前场。当天傍晚。

〔桥塔工地旁的生活区。

〔工地生活区，两侧是简易宿舍和食堂。

〔一片嘈杂的人声和机械转动声。

〔灯亮。陈辉、张土根和一伙工人上。

陈　辉　鸡叫忙到鬼叫，比上日本扒洋分还累！

张土根　就是，就是。我说，就在这儿洗澡吧，这儿凉快。

工人甲　好，好，这儿洗，这儿洗。

〔陈辉、张土根一伙就在水龙头周围洗起澡来。

〔罗大卫上。

罗大卫　怎么在这儿洗澡，就不怕曝光？你们的透明度也太高了！

工人甲　这儿凉快。

罗大卫　你们洗完澡、吃过饭，到我这儿来领工资。

张土根　罗队长，上次你开会时说，大桥施工是几个“足”来着？

工人甲　喏，大桥施工是三班制开足，24小时用足……

工人乙　还有，劳动力配足。

张土根　罗队长，那我们能不能来个奖金发足哇？

罗大卫　行啊，只要你们加劲干，我保证你们……

众工人　（欢呼）奖金发足！

罗大卫　哎哎，先别咋呼，要是传出去，最后拿不到手可别怪我。

张土根　拿不到，那、那怎么行！

工人甲　小浦东奖金要是拿少了，他老婆准不让他上床……

张土根　你、你……（和工人甲追打嬉闹）

罗大卫　小青年，别一天到晚钻到钱眼里！（坐下，翻阅手中的生产报表）

张土根　罗队长，我土根可不是那种人。这点奖金算得了什么？我是看在你罗队长为人“上路”的分儿上才这么卖力的！

〔周立敏边听着微型收音机边上。

周立敏　嗨，美国之音宣布多国部队开始“沙漠盾牌”行动……（将耳机塞到罗大卫的耳朵里）

罗大卫　我层次太低，没法同布什讨论“海湾问题”。再说，也没兴趣。

周立敏　罗队长，除了混凝土，你还对什么感兴趣？

〔众人哄笑。

周立敏　喂，小伙子们，要抽烟吗？

众工人　好！好！……

周立敏　（对张土根）等等，叫声大姐，再给你。

陈　辉　你把一包都给他，让他叫妈也行！

周立敏　不，每人一根。

张土根　大姐！（伸手要烟）

〔众人哄笑着从周立敏手中接过烟。

张土根　咦！他们没叫，怎么也有？

周立敏　得，这些全给你！（把剩下的烟全给了张土根）

陈　辉　（上前）周小姐，一个姑娘，几十米高的桥塔爬上爬下，我佩服。不过我告诉你，这很危险，你年轻，又漂亮，当心摔着，弄个蜂窝麻脸……

周立敏　（拍拍陈辉的肩膀）谢谢你，不过，别太操心了，我没打算嫁给你。

〔众人哄笑。

陈　辉　（横了周立敏一眼）……

周立敏　（来到罗大卫跟前）罗队长，这两天干吗老愁眉苦脸的，是不是病了？（伸手去摸摸罗大卫额头）

罗大卫　（躲闪）干什么？我说周监理师，你该下班了。

周立敏　想赶我走，你又可以带着这帮哥儿们大干快上了？

罗大卫　你放心，这儿的施工质量是在严格受控状况下进行的。

周立敏　那好，我现在就去看看你们的施工质量。（下）

陈　辉　罗队长，听说嫂子在杨浦区开了个酒吧，什么时候我们去喝杯咖啡啊？

众工人　对，对，也去享受享受高雅的生活。

张土根　哎，队长，嫂子的酒吧里有没有陪酒女郎？

罗大卫　（激怒了）胡扯些什么？真无聊！（转身走下）

众工人　咦，今天怎么啦？说句笑话嘛……

〔陆永发急上。

陆永发　陈辉，西面那段混凝土，是你浇捣的？

陈　辉　怎么？

陆永发　糟了，有蜂窝麻点。

陈　辉　什么？不可能！

陆永发　不信，你去看看。

陈　辉　（想了一想）哦，永发师傅，是不是就几个麻点？

陆永发　是的。真糟糕！

陈　辉　永发师傅，帮帮忙，别吓人好不好，几个麻点也叫事故？

陆永发　这要在其他工程上，是不算什么毛病，这是在南浦大桥工地上！

〔周立敏上。

周立敏　永发师傅！

陆永发　周监理师，我们班浇捣出了事故，有蜂窝麻点。

周立敏　我知道了。

陈　辉　（抢上前）这不关永发师傅的事，是本人浇的一点小毛病，也能算事故？

周立敏　当然是事故。根据规定必须返工。永发师傅，没有我的签字，不准继续施工。（说完，转身急下）

工人甲　哎，刚才还称兄道弟的，怎么说翻脸就翻脸啊？

张土根　你别说，她那股犟劲儿还真有点味儿呢。

〔罗大卫上。

罗大卫　（严肃地）你们全坐下。陈辉，你是怎么搞的？一再强调，大桥质量，严格苛求。你倒好，出了蜂窝麻点，这七八立方要全部打掉重来！

工人乙　罗队长，咱们比起浦东的桥塔工期已经落下二十多天了，这样一折腾，工期就更落下了。

罗大卫　再落下也得返工。大桥质量，一丝一毫也不能马虎！

陆永发　罗队长已经说了，大家快去！

〔众人欲下。

陈　辉　罗队长，伸头一刀，缩头一刀，你就把处分也一起宣布了，好让我心里有底。

罗大卫　可以。写出检查，扣除三个月奖金。

陈　辉　什么？三个月？你也太辣手了，现在是社会主义，你也不是老板……（怒目相对）

罗大卫　我要是老板的话，马上就炒你的鱿鱼！

陈　辉　你炒，你炒！我倒要看看你的魄力！

陆永发　陈辉，像什么样子，你忘了宋丽是怎么对你说的？（见陈辉被张土根等人拖下，对众人）马上都去吃饭，饭后开班务会。

〔灯暗。

〔一束光打在舞台前沿。光圈中出现罗大卫和陆永发。

陆永发　陈辉这阵子干得不错，我们应该鼓励他，这样处罚太重了。

罗大卫　永发师傅，让我来当队长时，指挥部问过我："你们到底行不行？不行的话，换别的工程队上。"我心里也捏着一把汗，这大桥造不好，就像市里一位领导说的，这个责任谁也负不起呀！

〔陆永发点头，思索着。

罗大卫　得给大家敲敲警钟，开了这个头，就没法收拾！

陆永发　大卫，你就连我也一起处分吧。

罗大卫　处分你？

陆永发　我是班长，我有责任。大卫，陈辉这样的小青年，再处分也不会怎么样；我是老劳模，处分了我，大家才会引起重视。

罗大卫　（不禁有点激动）永发师傅，你……

〔光圈消失。罗大卫、陆永发隐去。

三

〔紧接前场。当天夜晚。

〔罗大卫住的临时宿舍。

〔宿舍里设一铁床、桌子，床边放着电话机。

〔灯亮。罗小洁伏在桌旁睡着了……

〔许人杰拎着一盒蛋糕上。

许人杰　罗队长，罗队长！

罗小洁　（惊醒）……我爸爸不在。

许人杰　咦，你不是毛毛吗？

罗小洁　（疑惑地）你是谁？

许人杰　我就是……你忘啦？介绍你妈妈进永新公司的许经理——许伯伯。

罗小洁　你是许伯伯？

许人杰　是呀。今天是不是你的生日？

罗小洁　你怎么知道的？

许人杰　你看，你妈妈叫我给你送个大蛋糕来了。

罗小洁　（惊喜地）大蛋糕！

许人杰　还有小蜡烛呢。

罗小洁　妈妈真好，妈妈真好！许伯伯，你坐，你坐呀！

许人杰　（悄悄地将一个信封塞进蛋糕底下）毛毛，许伯伯有事，先走了。

罗小洁　许伯伯再见。

许人杰　再见。（下）

〔罗小洁高兴地看看大蛋糕，她想了想，找来张报纸把大蛋糕盖了起来。

〔罗大卫疲惫地上。

罗大卫　毛毛。

罗小洁　爸爸。

罗大卫　毛毛，你先洗澡、睡觉，待会儿爸爸还要上工地，爸爸实在太忙了。

罗小洁　不。今天是我生日，你忘了？

罗大卫　哎，我真忘了。糟糕，蛋糕也没买！

罗小洁　（一下揭开报纸）爸爸，你瞧！

罗大卫　蛋糕！哪来的？

罗小洁　妈妈派人送来的，还有小蜡烛。

罗大卫　哦。毛毛，看来，还是妈妈比爸爸好。嗯？

罗小洁　不，爸爸妈妈一样好！

罗大卫　来，点上蜡烛，咱们过生日！

〔陈辉带着酒意，步履踉跄地上。

陈　辉　罗队长，明天我想请假。

罗大卫　我早就宣布过，上了大桥工地，一律取消节假日。

陈　辉　那，那就请假半天，就半天。

罗大卫　陈辉，到了大桥工地，咱们都应该感到光荣，都应当为大桥多做贡献，没看见这会儿工地上下，多少人正为大桥流汗拼搏，忘我地劳动着……而你……

陈　辉　算了算了，别张口训人，文明点嘛。人家资本主义国家即使是挤牛奶，也要给奶牛来点流行音乐、乡村歌曲，这样出奶率才高。

罗大卫　（沉下脸来）对对对！把你这样的哥儿们全送到美国去，你们准会很快地就把那个超级大国的国民经济搞下来的！

陈　辉　（上前拍拍罗大卫肩膀）注意点，本人绰号“地雷”，你说话别太不看对象！

罗大卫　是不是刚才扣了你的奖金，想找我来出出气？

陈　辉　（直逼罗大卫）你今天是一定要斩我一刀了？

罗大卫　（顺势反手握住陈辉手腕）……

陈　辉　哎哎……想动手打人？

罗大卫　我干吗要打你！不过，要在马路上碰到你这副样子就难说了。不管是谁，不准请假！

〔屋外传来喊声：“罗队长，来一下，有事！”

〔罗大卫应声转身出门，下。

陈　辉　你别走！（回头看见桌上蛋糕）哼，不准请假，不准请假！自己倒在这儿过生日……（走向蛋糕）

罗小洁　（拽住陈辉）不准动我的蛋糕！不准动我的蛋糕！

〔陈辉用力一甩，将罗小洁摔倒在地。

〔罗小洁坐地上哇的一声哭了起来。

陈　辉　（上前欲搀起罗小洁）哭什么？我又没打你！

罗小洁　你打我的，你打我的……

〔陆永发、张土根和几个工人闻声，上。

陆永发　（对陈辉）硬不让你来，偏不听，你看你……

陈　辉　（爆发地）别人请半天假也不准，他呢，却可以让自己千金住在这儿，还要过生日！

罗小洁　（倔强地扬头争辩）谁要上这儿来了？谁要上这儿来过生日了？（委屈地抽泣）我是没有办法……妈妈要跟爸爸闹离婚，妈妈让我在这儿住一星期，然后在她那儿住一星期，然后让我决定跟爸爸过还是跟妈妈过……呜呜……

〔众人惊愕。

〔罗大卫急上。

罗大卫　怎么啦？毛毛，怎么啦？

罗小洁　（指陈辉）他打我！

〔陈辉嗫嚅半晌说不出话来，突然转身跑下。

陆永发　陈辉！……（追喊着出门）

〔众人随下。

罗大卫　（扶起罗小洁）好了好了，别哭了。叔叔他不好，爸爸批评他。来，咱们过生日。

罗小洁　不。爸爸，过生日还要有贺卡呢。

罗大卫　咳，这深更半夜，你叫我上哪儿去弄贺卡呢？

罗小洁　没有贺卡，怎么叫过生日呢？你去买，你去买嘛！（推着罗大卫向门口走去）

〔周立敏上，与罗大卫相遇。

周立敏　哈哈哈哈，毛毛，来，阿姨送你一样好东西。闭上眼睛，

一、二、三！（亮出礼品）

罗小洁　（惊喜地）贺卡！

周立敏　上面的小猫多像毛毛！喜欢吗？

罗小洁　喜欢！

周立敏　（又递上小束鲜花）给，最时髦的生日礼品。

罗小洁　鲜花，真漂亮！谢谢周姨！

周立敏　快去用瓶子装起来，再把脸和手洗洗干净。

〔罗小洁拿着鲜花，下。

罗大卫　（站在一旁静看着周立敏，半晌，才取出酒瓶，斟酒）……唉，四五十米的桥塔整天爬上爬下，这会儿还要给这小东西过生日，真没办法！来，干杯，为了毛毛的生日！（一饮而尽）

周立敏　（举杯）干，为了破碎的生活！（也一饮而尽）

罗大卫　（一愣）嗯？

周立敏　酒真是灵丹妙药，什么忧郁、痛苦和悲伤，喝上几口，药到病除，特别是像你现在这种情况……

罗大卫　你说什么？你是说我现在？……我是为了让毛毛多长点见识，才把她领来工地……

周立敏　别编故事了。今天下午，我在永新公司工地碰到她了。

罗大卫　（又是一愣）谁？你碰到林洁了？

周立敏　确实是个了不起的女人，她什么都对我说了。先是辞职开酒吧，现在是关掉酒吧搞公司……噢，她告诉我今天是毛毛的生日，让我照应一下毛毛。

罗大卫　（摇头感叹）是一个为金钱而堕落的女人。

周立敏　不。我看林洁不像是你说的那种人！

罗大卫　我相信自己的判断。小周，我们还是谈谈工作吧。

周立敏　那好，我通知你，监理组认为在支撑问题上还没有绝对把握的情况下，下横梁不准施工。

罗大卫　你们负责监督质量嘛，至于如何施工，你管得着吗？

周立敏　根据市政技术规范，我们认为应该……

罗大卫　（恼了）根据市政技术规范？你们拿着美国、日本、加拿大的施工规范，哪个国家指标高用哪个的。我觉得你是故意吹毛求疵，甚至……

周立敏　你是这样看我的？

罗大卫　（固执地）我相信自己的判断。

周立敏　（猛地将杯中剩酒泼到罗大卫身上）不知好歹！

罗大卫　（吃惊）你……

周立敏　什么东西都有一定的位置，这泼在你身上的东西现在就不能再叫长城葡萄酒，而是叫脏水。过分的自信，妨碍了你去了解别人，也许还包括你的妻子！（气愤地摔门而下）

罗大卫　（摇头苦笑）太现代化了……

〔罗小洁上。

罗小洁　爸爸，你看，我的手洗得干净吗？

罗大卫　毛毛，来，这下我们真的过生日了！（动手点燃蜡烛，同罗小洁一起唱）“祝你生日快乐，祝你生日快乐……”

〔宋丽上，悄然而入。

宋　丽　罗队长，罗队长……

罗大卫　（抬头）你是……

宋　丽　我叫宋丽，陈辉的女朋友。

罗大卫　陈辉的女朋友……找我有事？

宋　丽　罗队长，刚才……你就原谅陈辉吧，他是为了我才向你请假的。（递上一张病历卡）

罗大卫　（看病历）胃癌！（吃惊地）你得了胃癌？

宋　丽　（惨然一笑，微微点头）……

罗大卫　陈辉知道吗？

宋　丽　知道。所以……可这次复发，他不知道，你也不要告诉他。好多人都奇怪，我怎么会同陈辉好？其实别人都不了解他，真的不了解。陈辉是好人，就是脾气太暴，管不住自己。但他的心肠可软了，只要你对他好，他会把心都挖给你！……（回忆地）三年前，我就得了胃癌，当时，我就让他离开我，他……死活不肯，说要同我结婚。别人恋爱，花前月下……三年来，他一直是在陪着我看病、弄药中度过的。……自从来了大桥工地，陈辉他变了好多，就像不听话的坏学生到了一个优秀班级一样。我想，等大桥造好，陈辉会彻底改变的。他今后的日子还很长很长，请求罗队长，能原谅他……

罗大卫　（心情复杂地）哦，是我不了解情况。

宋　丽　（欣喜）噢，你原谅他了。谢谢罗队长！

罗大卫　你是这儿的职工？

宋　丽　不，小学教师。

〔陈辉上。

陈　辉　（惊愕地）宋丽，你来……干什么？

罗大卫　（对陈辉）是我不了解情况，我向你道歉。明天我准你假。

宋　丽　不不，陈辉不用请假了，你们工地实在太忙……

罗大卫　陈辉，有这样好的姑娘恋着你，真让人羡慕。去送送她。

陈　辉　罗队长，那，我们走了。（挽起宋丽的手，下）

罗大卫　（目送陈辉他们远去，回头）毛毛，毛毛！（发现女儿已经睡着，将女儿抱到床上，然后坐到桌前，摊开图纸，凝视着大桥模型，沉思着）

〔灯暗。

〔一束光打在舞台前沿。光圈中出现等候摆渡过江的人群，其中，有一个孕妇。

〔人们胡乱叫嚷着："别挤了，别挤了！大肚子要挤爆掉了，大肚子要挤爆掉了……"

胖女人　唉，摆渡像打冲锋，天天吃人参也顶不住！

瘦女人　怪不得浦东就是没人想去。你没听人说“宁要浦西一张床，不要浦东一套房”吗！

高男人　算了，你这话过时了，现在是开发浦东，以后浦东像深圳，你想过去都要有“绿卡”。

矮男人　哼，开发浦东，开发浦东，说说的！

高男人　你看看，南浦大桥不是在造了？投资八个亿，吓得死人。这样搞下去，上海有希望了。

〔响起渡轮汽笛声。

胖女人　别有希望没希望了，这班轮渡轧不上，上班迟到，这个月奖金又彻底泡汤！

〔众人挤成一团，向轮渡码头拥去。

〔光圈消失。人群隐去。

四

〔前场数日后。

〔大桥指挥部会议室。

〔墙上挂着一张大桥横跨东西的全景平面图。有张长会议桌，桌上摆着一座下横梁支撑的模型，桌两旁一列十几把空靠椅。

〔灯亮。周立敏站在一把椅子边，注视着罗大卫，罗大卫背对观众坐在她的对面。

周立敏　（走到罗大卫身旁）走吧，别痛苦了！

罗大卫　有些人反对，是意料中的事，可我万万没有想到在关键时刻，偏偏是你，在我背后戳了一刀！

周立敏　罗队长……

罗大卫　（站了起来）简报是你搞的吧？数据是你提供的吧？什么安

全生产啦，保证质量啦……（将简报狠狠摔在桌上）你胡扯些什么？好像我们都是三岁的毛孩子，什么都不懂！

周立敏　（克制地）罗队长，这是我的职责。

罗大卫　可我们也经过了计算，我们也拿出了数据。我们研究所那一拨人日夜三班整整花了一个星期的时间才搞出来的！（口气稍缓）原想你在工地待了那么长时间，你该了解实际情况，再说我们在工作上配合得很不错，以为你会投我一票的……

周立敏　我不能！我不能眼看你冒这样大的风险！你知道加拿大安娜西斯桥施工时出现过裂痕，日本的后羽大桥、菲律宾的……

罗大卫　别说了。这些我全都背得下来！

周立敏　可你知道那些当事人的下场吗？加拿大的那位造桥专家从此离开了工程界，菲律宾的那位进了监狱，日本的那位自杀了，你敢担保你的方案不会有万一？万一出事，你就毁了！

罗大卫　万一出事，我就从桥塔上跳下去！

周立敏　我相信，我相信，我相信你会这样做的。你跳下去了，真痛快，可大桥呢？大桥怎么办？

罗大卫　（长时间的沉默）……可原设计方案，我们没有条件施工，再说工期也不允许，我们怎么办？坐等？

周立敏　原设计方案无法实施，就请设计单位重新设计，这是他们的事。他们设计你施工，各人有各人的岗位，各人有各人的职责。

罗大卫　我看人人都像你这样，这大桥就别造了。原设计施工有困难，我们施工单位就不能想想办法了？

周立敏　问题是你的办法还不完善！刚才会上十个人中只有一个人支持你，那又怎么办呢？罗大卫，说心里话，我一向很崇拜你、尊敬你，甚至……喜欢你。我喜欢你的果断、直率、敢于承担责任。说实话，现在像你这样敢于负责的人太少了。可是在这件事上，我不能同意你的做法……

罗大卫 （激动地）我这是为了大桥，为了我们上海……

周立敏 可我不忍心眼看着你把这样重的担子揽在你一个人的肩上，这不公平，太不公平了。大卫，现代人要懂得怎样保护自己。（扭头跑下）

罗大卫 （怔怔地望着周立敏的背影，喃喃地）……我这是干什么呀？我是在自讨苦吃？……

〔灯暗

〔一束光打在舞台前沿，光圈中出现罗大卫和由两个工人搀扶着的陈辉。

陈　辉 （咧着嘴对罗大卫笑笑）阴沟里翻船……来，来点红药水、紫药水就行了。

罗大卫 （一下火了）肉都翻出来了，开什么玩笑！（对那两个工人）马上送他进医院。

陈　辉 别，别瞎咋呼！陈辉出工伤，传出去名气没了，再说工期又那么紧！

罗大卫 你这脚没十天半月好不了，你不为自己想，也得替宋丽想想！

〔光圈消失。罗大卫、陈辉等人隐去。

五

〔前场次日。

〔医院病房。

〔病房里有病床、茶几、输液架之类。床边地下堆放着书和资料。

〔灯亮。陈总指挥趴在病床上挂电话。

陈总指挥 （对话筒）……马上把队伍开上来！什么？费用？我不跟

你们谈费用，要谈你们找各自的局领导去谈。……我告诉你们，这儿是社会主义，不要搞各自为政。所有单位必须为大桥开绿灯，谁耽误了工期，谁负法律责任！（挂上电话）乱弹琴！……

〔电话铃又响。

陈总指挥 （接电话）我告诉你们不要找我扯皮！……什么？噢，我是陈总，谢谢领导关心。（忽而着急地）你们考虑换人？这不行，不行！老领导啊，说句掏心窝的话，我都快六十了，剩下的日子不多了，哪怕就是死在大桥上，也算给我的一生画上个漂亮的句号。请领导一定考虑我们的意见……（挂上电话）

〔护士端药上。

护　士 陈总，吃药吧。（递药给陈总指挥）刚才您说情愿死在大桥上，可我告诉你，这儿是病房，您要在这儿出点事，不但大桥受影响，就连我小护士的奖金也要敲掉的！（将电话机移开）

陈总指挥 别、别动！（拿出一支笔）哎，这笔怎么样？

护　士 嗯，不错。

陈总指挥 同联邦德国人谈判时，人家送的。你喜欢，就送给你。

护　士 真的？（接过笔）送给我？好，谢谢了！

陈总指挥 （指电话机）那，这……

护　士 真拿你没办法！（将电话机放回原地）陈总，您是病人，不能整天工作呀，今天很晚了，该休息了。

陈总指挥 好，好！

〔护士欲下，罗大卫上。

护　士 哎，哎，不行不行！（拦阻）现在不能再进去了。

罗大卫 我有急事。

陈总指挥 我们只谈五分钟。

护　士　那好，只准五分钟。（下）

罗大卫　陈总。

陈总指挥　大卫呀，快请坐，快请坐！（欲起身又不行）

罗大卫　（赶紧上前）陈总，快别动！

陈总指挥　这讨厌的背，睡觉都得这样趴着。医生说，还得两个疗程。

罗大卫　我给你按摩按摩，以前学过，就是手脚重点。（上前替陈总指挥按摩）

陈总指挥　大卫呀，工地情况怎么样？

罗大卫　还好，还好！

陈总指挥　陈辉怎么样？这个捣蛋鬼！

罗大卫　谈了个对象，是个小学教员，很爱他。他这两天腿受了点伤，住院了。

陈总指挥　要注意安全哪！永发师傅呢，他怎么样？

罗大卫　陈总，你问这问那，为什么就不问问我？

陈总指挥　问你？

罗大卫　对，问我会议的结果。陈总……

陈总指挥　我已经知道了，周立敏全告诉我了。

罗大卫　她也加入了反对派联盟。

陈总指挥　她有权这样做。

罗大卫　陈总，要是你能参加会议，情况就不一样了。

陈总指挥　你就相信我一定会支持你？（挣扎着下了床）

罗大卫　你不是同意我搞出这个方案的吗？而且你……

陈总指挥　刘总他们也有他们的道理，他们的设计可以保证支撑不会下沉，安全可靠。

罗大卫　（着急地）按他们的设计，我们现在确实没有条件施工，再说时间也不允许。

陈总指挥　你的支撑万一下沉，横梁就会发生裂缝，后果……

罗大卫　我们是有科学依据的，而且取得了实验数据。

陈总指挥　（沉吟）要是万一……

罗大卫　（吃惊）陈总，你也这样认为？

陈总指挥　作为一个决策者，不得不多听听各方面的意见呀！

罗大卫　（深深地失望）陈总，我觉得你变了，变得胆小了，怕冒风险了，没有以前的那种魄力了。以前每当遇到问题，你总是说，放手干吧，我作你们坚强的后盾。可是这次你……也许我是多此一举，也许我在瞎起劲！这几天，好多人都劝我，关你罗大卫什么事，大桥修不上去，也轮不上你一个工程队长来负责任。典型的上海人的逻辑！（冲动地）上海人啊上海人！上海这两年落后了，上海人怨气冲天，上海人牢骚满腹，可是作为一个上海人，你想过没有，除了客观原因，你上海人自己有没有责任？是的，上海人聪明，上海人能干，上海人为国家做出过很大的贡献，上海人能把八平方米的房间布置得山青水绿，可是这狭窄的空间使上海人的心胸也变得日益狭窄。上海人把百来元工资精打细算，照样过得有滋有味，可上海人也因此学会了斤斤计较。上海人窝囊，上海人小家子气，上海人缺乏敢冒风险的精神。在广州，歌星唱歌的时候，会对人家说："鼓鼓掌，给我点信心！"你在上海听人说过没有？上海人说得最多的是"上海搞不好了"！可我们上海人最终不得不在上海过。如果这种心态不克服，重振上海雄风将会又是一句空话！

〔护士上。

护　士　嘘，轻点！

罗大卫　对不起，我太激动了。但我没法不激动！陈总，要是你心里也有"上海搞不好了，随它去吧"的想法，那就算了！（转身欲下）

陈总指挥　等等，大卫！你说得对，我是变得胆小了，这么大的工程，谁也没搞过，说一点不怕，那是骗人！当时，考虑到自己的身体，在决定接受这个任务时不是没有犹豫过，我是忘不了市长对我说的话呀！（让罗大卫搀扶着走到窗前）那天晚上，市长突然来找我，用小车把我接到上海大厦，市长陪我走上屋顶，望着下面的万家灯火，他拍着我的肩膀说："老陈，我睡不着觉啊！我给你交个底吧，上海的情况还很严峻，生产滑坡，财政收入减少，市民情绪受挫，上海已经老了，精疲力竭了。如果上海要想尽快地重新崛起的话，就得改革，就得开放，特别是开发黄浦江那边的大片土地！开发浦东，开放浦东，要使外国人、外省人，甚至我们上海人相信我们的诚意，相信我们的决心，那么，我们一定要在黄浦江上架起几座桥来。我们已经让老百姓失望过好多次了。今天，再不能让他们失望了。老陈，我请你出山，拜托了！"

罗大卫　陈总……

陈总指挥　大卫，这副担子确实沉重啊！我多么想让别人、让上级分担一下，可不行，他们身上担子比我们还重。造这座大桥，是我一生中遇到的最难打的一仗，一丝一毫都不能出差错。你说我怎么能不谨慎、不小心翼翼呀！

罗大卫　（低下头去）陈总！

陈总指挥　大卫，把床头柜上的那沓资料拿来。

〔罗大卫拿过资料。

陈总指挥　翻开看看。

罗大卫　（看资料，大吃一惊）刘总他们拿出了改进意见，并且提供了全部实验数据？

陈总指挥　开完论证会，这两天刘总他们谁都没好好睡。他们对你的方案提出了对支撑进行保温的改进意见，并且拿出了全部实验数据。

罗大卫　对对，这样问题就彻底解决了。

陈总指挥　刘总他们担的风险一点不比你小。傻小子，支持不能空喊口号，支持也得实事求是。快把施工报告拿来吧！

罗大卫　噢！（赶紧递上施工报告）

陈总指挥　（潇洒地在报告上签了字）施工要是出了毛病，你会害我陪你一块从桥塔上跳黄浦了！

罗大卫　我们俩一块跳！哈哈哈……

〔灯暗。

〔一束光打在舞台前沿，光圈中出现几个手提鸟笼的老头。

老头甲　这桥塔总有国际饭店那么高了吧？

老头乙　不止，不止，毛估估两个国际饭店还差不多。

老头丙　造大桥难呀，记得民国二十几年，上海滩几个大亨搞“都市建设委员会”，请德国人来造大桥，可是最后，还是没有搞成。

老头甲　上次我堂兄从外地回来，他说上海的马路没有啥变化，就是梧桐树粗了点，人多了点。

老头乙　你看，你看，把上海人的面子全丢光了，惭愧呀！

老头丙　等大桥造好了，叫你堂兄再回来看看，扎扎上海人台型！

〔光圈消失。老头们隐去。

六

〔前场数日后。

〔桥塔工地上。

〔工作平台一角，粗大的料管像条巨龙，从远处盘旋而上，直至平台中央。

〔灯亮。陆永发、张土根和一伙工人守候在浇捣现场。

陆永发 （忧心忡忡地望着细雨蒙蒙的天空）这雨怎么到现在还不停啊！

工人甲 哎，哥儿们，平时不注意，这下雨天看看上海的夜景，还挺美的呢。对吧？

众　人 是的，是的！

工人乙 那边灯亮的地方不是上海商城吧？

张土根 上海商城是我们造的。

工人乙 看，那是上海新客站，那是联谊大厦。

工人甲 看，浦东的高层建筑也不少啊！

工人乙 对了，那儿是土根的家。

众工人 对，对！是土根的家。

张土根 别胡搞！

工人丙 真的，土根！你看，那个穿背心、蓝花裤的女人不就是你的兰花吗？哎，不好，一个男的进去了！

〔张土根似信非信，踮脚眺望。

〔众工人一边窃笑。

张土根 （猛然发觉被捉弄了）嗨！你们瞎说什么呀！

〔众工人笑得东倒西歪。

〔罗大卫同周立敏上。

工人甲 队长，这雨一时半刻还停不了，我看还是先撤下去吧！

罗大卫 现在不能撤，现在撤下去的话，我们精心设计的浇捣计划就会泡汤，而且会影响士气。

周立敏 罗队长，这雨已经下了一整天，而且还没有一点儿想停的意思，你看……

工人乙 队长，这雨要真一直下下去，这一天我们就白挨淋了！

罗大卫 我已经派人到徐家汇去拿气象资料了。不到万不得已，决不半途而废！

〔下面有人喊：“喂，吃饭啦！”

众工人　走，走，吃饭了，吃饭了！（下）

罗大卫　（对周立敏）小周，替我把饭带上来。

〔周立敏点头，下。

〔许人杰西装革履上。

许人杰　罗队长，罗队长，你好难找呀！哈哈哈……

罗大卫　（打量许人杰）嗬，笔挺锃亮！

许人杰　没办法，生意场上混，就得讲究点包装，别说身上穿的，就是你用什么打火机，抽什么牌子香烟，都标志着你的身价。

罗大卫　我明白你的身价了。有什么事，请说吧！

许人杰　林洁是我介绍她到永新公司当公关部主任的，今后咱们可是一家人了。

罗大卫　不！她是她，我是我。许经理，你爬到七八十米的高空，累得呼哧呼哧的，总不会是来找我聊天的吧？

许人杰　噢，哈哈哈，罗队长，那天毛毛的生日一定过得很愉快吧？那个大蛋糕可是我特地到希尔顿饭店去定做的。

罗大卫　噢，你费心了。这是蛋糕钱，够了吧？（递上钱）

许人杰　不不不，罗队长，你这就见外了。罗队长，这件事你能通融通融的话，那么，一个蛋糕的钱算得了什么呀！

罗大卫　通融什么？

许人杰　就是返工的事。

罗大卫　不行，质量不符合要求，必须返工！

许人杰　罗队长，返工难度实在太大，得花多少人工呀！

罗大卫　许经理，现在等着想来大桥工地承包工程的，有的是，你们要是不愿返工，我们立即终止合同，你们马上离开工地。

许人杰　这样吧，我也不让你为难，一定派几个弟兄去修补一下。

罗大卫　不行，大桥质量严格苛求，不准修修补补。

许人杰　这样我可要破产了！

罗大卫　就这点你会破产？破产你跳黄浦，我不拉你。

许人杰　罗队长，别开玩笑了，你可真有点拎不清啊！

罗大卫　什么？

许人杰　我不是这个意思，不是这个意思。我是说，这个……这个……罗队长，大概你没有看过那封信吧？

罗大卫　信？什么信？

许人杰　是啊，放在蛋糕底下的那封信。

罗大卫　蛋糕底下有信？

许人杰　是的，是的，我们公司的信封，牛皮纸的信封。

罗大卫　（摸出只信封，递过去）是这个不是？

许人杰　（接过信封）是的，是的，对对……罗队长，那……这事就这样定了吧？

罗大卫　好吧，就这么定了。明天你派人来返工！

许人杰　什么？还要我返工？

罗大卫　对。必须返工！

许人杰　那，那我放在信封里的……二十张大票子……

罗大卫　两千块钱是吧？我收下了。

许人杰　（松了口气）罗队长，幽默，幽默呀！哈哈哈……

罗大卫　哈哈哈……许经理，收据在信封里，你查看一下。

许人杰　哎呀，这还要什么收据呀？

罗大卫　你们虽然是私营公司，但手续还是必须齐全的。查看一下吧！

许人杰　（取出一张单据，一看大惊）啊，罚款？

罗大卫　对，这就是对你们延误工期、偷工减料的罚款。

许人杰　罗、罗队长，你也做得太绝情了！

罗大卫　什么？是我绝情还是你绝情？你赚了钱，一走了之，将来出了事故，坐牢的是我。我要是真做绝的话，我马上可以去告你！

许人杰　好，好，算我没说，算我没说。（丧然欲下）

罗大卫　等等！（递给钱）蛋糕钱拿去！

许人杰　（接过）咱们……后会有期！（踉跄退下）

〔在罗大卫同许人杰谈话的同时，周立敏早已站一旁听着。

周立敏　（笑得前仰后合）哈哈哈……罗队长，你这一手干得真漂亮！

罗大卫　这就是介绍林洁进永新公司的许经理。

周立敏　噢，原来是这样！

罗大卫　现在，真正勤勤恳恳干社会主义的有几个发了财？可这些一个劲儿奔资本主义的蛀虫却一个个富得流油！

周立敏　私营经济，国家允许的嘛。别老来“造原子弹不如卖茶叶蛋”这一套，你也可以辞职办个公司嘛，想钱又拉不下面子，活该！

罗大卫　穷死，我也不会去干！

〔罗大卫身上的对讲机响了起来：“罗队长，罗队长，气象资料已经取来，雨量不超过10毫米……”

罗大卫　好极了。（招呼）哎，哥儿们，快吃，快吃，马上可以浇捣了！（与周立敏急下）

〔工人甲扶着陈辉上。

工人甲　哎，陈辉回来了！

〔众工人上，围住陈辉。

工人乙　陈辉，你的伤好了？

陈　辉　好了，全好了，诸位参观参观。

工人丙　不是说缝了十几针，起码得在医院躺上一个月吗？

陈　辉　你们不知道，现在医院搞承包，想在我身上多捞点钱，再说，替我换药的那位护士长得一点不漂亮，我还不赶紧溜回来？

〔罗大卫上，不言不语推了陈辉一下。

陈　辉　（一个趔趄，脚痛得站不住，大叫）你什么意思？

罗大卫　出院证明呢？

陈　辉　与你没关系，我自己负责。

罗大卫　马上下去，回医院。

陈　辉　不，我是来参加浇捣的！

张土根　（走近陈辉，劝说）回去吧，没啥大不了的，不就少得点奖金吗？

陈　辉　（勃然变色，一手拨开张土根）你站一边去！为了这点奖金我会上这儿来玩命？罗队长，同你说实话吧，我是从医院里逃出来的。在这风里雨里、白天黑夜几个月了，躺在医院里老忘不了大桥，就像想宋丽一样。罗队长，你不是老咬着牙对我们吼：一定要建一流的大桥，出一流的人才，创出个大桥精神来吗？现在，我想拿出我的大桥精神来了。你说话还算不算数？

陆永发　陈辉，你的脚……

陈　辉　（跺跺脚）罗队长、永发师傅，看在宋丽的分儿上，就让我留下吧！

罗大卫　（动情地拍拍陈辉的肩膀）好，留下。挡挡料斗，少走几步路。

陈　辉　啊，让我留下了！

〔众人为陈辉高兴。

罗大卫　（对着对讲机）浇捣开始！

〔哨声四起，机械声大作。

〔灯暗。

〔一束光打在舞台前沿。光圈里出现几个打麻将的市民。

市民甲　三筒！

市民乙　一万。

市民丙　四索。

市民丁　五筒！

市民甲　好，自摸。来，每人两张！（收钱，看表）哎，不来了，不来了！

市民乙　什么不来，赢了钱想溜脚？

市民丙　三缺一，不来伤阴德！

市民甲　真的不能来了，上班时间到了。

市民丁　什么上班不上班，混两天病假算了！

市民甲　不行，不行，这两天厂里在学习“大桥精神”。

市民乙　什么“大桥精神”，那些人神经有毛病。现在是社会主义大锅饭，吃不饱，饿不死，要你瞎起什么劲！

市民甲　不管大锅饭不大锅饭，这上班还是要上的，对不对？（站起要走）

〔光圈消失。打麻将的人隐去。

七

〔紧接前场。当天晚上。

〔永新工程公司办公室。

〔办公室陈设豪华、典雅，显示出现代物质文明。

〔灯亮。林洁坐在电脑前工作着。一位钢琴教师在教罗小洁练琴。

〔电话铃响。

林　洁　（接电话）喂，我是永新公司，林洁……啊，吴先生，您昨天提出的关于海关免税所需的文件资料基本落实。合同副本、货物订单、装箱发票、质量保证书已用快邮寄给您了……请吴先生查收。还有什么需要我们替您做的，请告诉我，我当尽力为您效劳。……好，谢谢。再见！（放下电话）

钢琴教师　（走到林洁身旁）毛毛妈妈，时间到了，有学生在等着我，我得走了。

林　洁　（拿钱）王教师，这是这个月的。

钢琴教师　咦，怎么多给了？

林　洁　王教师，是这样的，毛毛一个星期不在我这儿，所以想同您商量一下，毛毛在这儿的时候，辛苦您增加点课时，给她补上。

钢琴教师　增加点课时倒是可以的，可毛毛一个星期练琴，一个星期不练，再增加课时也是没用的。毛毛的琴最近退步多了……（犹豫片刻，告辞，下）

〔罗小洁在琴旁委屈地哭泣。

林　洁　毛毛，别哭了。妈妈不怪你，你先做作业。（搀着毛毛到茶几上做作业）

罗小洁　（抬起头来）妈妈，爸爸什么时候来接我？

林　洁　等一会儿就来。

罗小洁　妈妈，我说爸爸挺好的，他会造宾馆，会造大桥，你干吗要同他离婚呢？

林　洁　这事你不懂，长大了会明白的。

罗小洁　你不说我也知道，爸爸没有王伯伯有钱，爸爸没有小轿车，没有空调，没有……

林　洁　（脸色陡变，喝止）毛毛！

罗小洁　（不服气地看着林洁）……

林　洁　（伤感地）你爸爸是这样看我，现在连你也……

罗小洁　大桥工地上的叔叔伯伯，还有看库房的爷爷，都这样说你不该和爸爸闹离婚的。

林　洁　（上前搂住女儿）别人怎样说，妈妈全不管，只要毛毛你、我的女儿，不要这样看妈妈，懂吗？

罗小洁　（点头）懂。妈妈，那你不要跟爸爸离婚，好不好？妈妈，你说呀！

林　洁　（难以对答）……毛毛，快做功课吧！

〔罗小洁依旧期待地望着妈妈。

林　洁　快，做功课！

〔许人杰拎着大包小包闯进。

许人杰　林洁，事情不妙啊，你欠张老板的那笔钱，他紧催着要还！

林　洁　（示意低声）嘘——

许人杰　（看了罗小洁一眼）喔，对不起。

林　洁　毛毛，作业到里边房间去做吧。

罗小洁　（不情愿地走向内室，边走边回头）妈妈，你怎么欠别人许多钱啊？

林　洁　大人的事，你别管！

许人杰　（把大包小包捧到罗小洁面前）毛毛，拿着。全是好东西。

罗小洁　（推开）不，我不要你的东西！（转身下）

许人杰　（叹气）唉，这孩子变得多快，才去了一个星期。

林　洁　（生气地）跟你说了多少遍，别当着孩子的面谈生意上的事！

许人杰　我以后注意就是了。为了桥墩返工的事，我找到你那位了。

林　洁　哦？

许人杰　我想请他通融通融，给了他一笔钱。他收下了。

林　洁　（惊奇）哦，他收下了？

许人杰　他说这笔钱作为延误工期的罚款，返工照样得返。你那位丈夫好厉害呀！

林　洁　（恼火）你真愚蠢，打了那么多次交道，罗大卫是什么样的人，你还不清楚？

许人杰　林洁，我想请你出面。

林　洁　算了，我们做生意的，要讲信誉，彻底返工，打掉重来！

许人杰　你在开玩笑？这得少赚多少钱？

林　洁　大桥工程，全国都睁着眼睛看着，永新能在大桥上做出了名气，钱还怕没人送上门来？这事，你同王总经理商量过吗？

许人杰　没有。这笔生意是我负责联系的，我有权决定。

林　洁　私营公司的声誉硬是给你们这些人弄砸的，许经理，现在正是干事业的时候，应该想到永新公司的明天！

许人杰　好吧，就照你说的办。不过，你欠张老板的钱……

林　洁　替我打个招呼，酒吧还没处理掉，我现在是身无分文。

许人杰　你是够倒霉的，连你丈夫也以为你赚了大钱，没想到你倒欠了一屁股债。嗳，张老板说了，再不还，他要上法院了。

林　洁　（解下项链）给张老板作为利息。

许人杰　（推开项链）利息我已经替你付了。

林　洁　（把项链放在许人杰手中）不，不用你付！

许人杰　啊？哈哈哈……何必当真呢！

〔电话铃响。

林　洁　（接电话）喂，我是林洁。噢，王总经理……今晚我一定请他一起来……谢谢您的好意……再见。（放下话筒）

许人杰　那，我走了。

林　洁　好吧。

〔许人杰下。

〔林洁拿起桌上的一件T恤衫，看着。

〔门铃响声，林洁前去开门。罗大卫上。

罗大卫　（站在门边）毛毛呢？

林　洁　毛毛在里边。你先进来吧。

罗大卫　我是来接毛毛的，你叫她出来。

林　洁　你先进来坐一会儿。

罗大卫　不要说这房间，就是这大楼我都不想进来！

林　洁　你怕什么呢？我这儿又没有老虎。

罗大卫　老虎我倒不怕，我怕的不是老虎。

林　洁　那你怕什么？

罗大卫　好了，别说了，快把毛毛叫出来。

林　洁　你不进来，我是不会把毛毛叫出来的。

〔罗大卫与林洁对峙着。

罗大卫　（僵持半晌）……进来就进来！（走进房间）

林　洁　（从冰箱里取出矿泉水，斟满杯，递给罗大卫）矿泉水。

罗大卫　（一饮而尽）再来一杯。

林　洁　怎么渴成这样？

罗大卫　刚从工地下来，这么个大热天，让我跑这么老远来接毛毛……

林　洁　我能到工地去接毛毛，你就不能上这儿？你也没吃亏呀！

罗大卫　几天不见，你精多了。

林　洁　职业嘛。（审视罗大卫）你怎么穿得这么脏？

罗大卫　没有时间洗。

林　洁　看，这儿还破了呢。

罗大卫　不会缝。

林　洁　那你不会去买件新的？

罗大卫　工期太紧，没时间。

林　洁　看来，还得我费心。（从桌上拿过T恤衫）怎么样，好看吗？

罗大卫　还可以。

林　洁　还可以？这是名牌，“阿迪达斯”。快把脏衣服脱掉。

罗大卫　干吗？

林　洁　换上。

罗大卫　给我的？

林　洁　当然是给你的。（示意让罗大卫脱衣服）

罗大卫　不，不！

林　洁　脱吧，T恤要贴身穿的。（上前动手为罗大卫脱衣）

罗大卫　不，不！

林 洁 （终于把罗大卫衣服换上）看来，我们离婚以后，你还得再找一个，不然你要脏死的！

罗大卫 不，我不会再找了。

林 洁 怎么样，好看不好看？挺帅的。

罗大卫 算了，我穿不了这种名牌。（欲脱新衣）

林 洁 哎，别脱，穿着它，今晚上我们带毛毛一起去吃饭。

罗大卫 吃饭？……（按住林洁肩膀，凝视着）真的？

林 洁 真的。（感情复杂地望着罗大卫）

〔罗小洁从里屋出。

罗小洁 爸爸，今天你好漂亮啊！

罗大卫 爸爸漂亮？

罗小洁 嗯，好看极了。

罗大卫 毛毛，晚上我和妈妈带你一块儿去吃晚饭。

罗小洁 好！

罗大卫 还在老地方，好吗？

罗小洁 不，今天是王伯伯请我们吃饭，妈妈刚才在电话里说的。

罗大卫 什么？

林 洁 是的，今天王总经理请我们全家吃饭。

罗大卫 王总经理？他为什么要请我们吃饭？我们为什么要让他请吃饭？

林 洁 吃顿饭有什么关系？

罗大卫 嘿，今天你要我打扮得山青水绿的，原来是去应酬你那个王总经理？明明是他设好的圈套让我钻嘛！（猛地脱下衣服，掼到一旁）

林 洁 你这个人怎么把人想得那么坏？

罗大卫 我没法把他想得更好些。

林 洁 人家请你吃饭，是为了让你了解我们公司，了解我的工作……

罗大卫　我对你们公司、对你的工作太了解了，了解得太透彻了！

林　洁　你就是这种人，跟你说不清楚！

罗大卫　不管你说得清楚说不清楚，这顿饭，我是不会去吃的。（已经穿上了自己的衣服）林洁，你变了，变得太厉害了！

林　洁　人嘛，总应该有新的追求。

罗大卫　什么追求？开酒吧是你的追求！当公关小姐是你的追求！

林　洁　不错，这不仅仅是开始，我还有更多更高的追求。今后，我还要在浦东开自己的公司。

罗大卫　胃口倒真不小！

林　洁　十多年来，我每天早晨起来取牛奶、烧泡饭，然后急急忙忙挤车上班，乱哄哄一天后，回到家里又是领毛毛，又是做饭、洗衣服，天天这样，重复了十多年……我都腻味透了！

罗大卫　别人不都是这样在生活？

林　洁　这种生活你过一天试试！大卫，你过得有滋有味是因为除了日常这些琐碎的东西，你还有事业！而我呢，除了柴米油盐我还有什么？我辞职，我开酒吧，我进公司，同你一样，我也是为了有属于我自己的事业。

罗大卫　你说，你干的这一切，是为了你的事业？

林　洁　是的。

罗大卫　够了，这些话即使是对毛毛说，她也不会相信。

林　洁　对你说这些有什么用呢！对，我干这一切是为了钱，我现在腰缠万贯，又是某某的情人，你要我承认的，是不是就这些？

罗大卫　是不是这些，你心里明白。

林　洁　跟你说不清楚！

罗大卫　我也跟你说不清楚。毛毛，我们走。

林　洁　（护住罗小洁）不许走！

罗大卫　别忘了在法律上我还是她父亲，我有这个权利。毛毛，走！

罗小洁 （被罗大卫拉着边走边回头）妈妈……下星期你早点来接我……

〔罗大卫领着罗小洁下。

林 洁 ……毛毛！（捧着罗大卫扔下的T恤衫，坐在沙发上抽泣）

〔灯暗。

〔一束光打在舞台前沿。光圈中出现罗大卫和罗小洁。

罗小洁 爸爸，你刚刚不应该瞎说妈妈的。

罗大卫 我瞎说什么啦？

罗小洁 你说妈妈现在光想挣钱，才……

罗大卫 对，因为挣了大钱，你妈妈才变坏的。今后……

罗小洁 不，妈妈没有钱，妈妈还欠别人好多好多钱呢！

罗大卫 （吃惊）什么，什么？你妈妈欠别人钱？你瞎说！

罗小洁 你来之前，我还听见许经理说，张老板让妈妈还债，妈妈把项链都给他们了！

罗大卫 真的？

罗小洁 真的。你不信，自己问妈妈去。

罗大卫 林洁是疯了！

〔光圈消失。罗大卫父女隐去。

八

〔前场次日。傍晚。

〔大桥工地附近的黄浦江边。

〔灯亮。宋丽站在江堤上，用望远镜远眺工地，风拂动着她的白衣裙。

〔周立敏上

周立敏 （步上江堤）宋丽！

宋　丽　小周！

周立敏　陈辉马上就到。

宋　丽　不不，他那么忙，你不该去叫他的。

周立敏　见一面嘛，误不了什么事。宋丽，你经常来看大桥的？

宋　丽　嗯。经常来。我怕陈辉分心，都不告诉他的。

〔周立敏赞赏地点点头。

宋　丽　这桥塔一天比一天高了，快六十多公尺了吧？

周立敏　你怎么知道的？

宋　丽　我记着数呢。陈辉每参加一次浇捣，它就长高四米，陈辉已经浇捣十多次了。

周立敏　（感激地）宋丽！

宋　丽　（黯然地）可惜往后，我不能来了。

周立敏　怎么？

宋　丽　等会儿，我要去医院做手术……所以再上这儿来看看。

周立敏　陈辉知道吗？

宋　丽　不知道。你千万不要告诉他，他会着急的。

周立敏　你们俩太好了！

宋　丽　周监理师，你想求您一件事，不知道您……

周立敏　你说，尽管说。

宋　丽　这段时间我开刀，不能给他寄信了，请您帮忙，给他一天寄一封……（递给周立敏厚厚一沓信）这些信寄完，大桥也该造好了。我答应过他，只要他好好干，我每天给他写信。

周立敏　（接过信，泪水不由夺眶而出）我真羡慕你们，真的羡慕。能被人爱，又爱爱你的人，是一种幸福。宋丽，你的病会好起来的。信，保证按时寄出。

〔传来陈辉的声音："宋丽！……"

宋　丽　陈辉来了。周监理师，请您千万替我保密。拜托了！

周立敏　（握住宋丽的手）你放心。（含泪走下）

〔陈辉匆匆跑上。

陈　辉　宋丽，找我什么事？（摘下安全帽，扇着）

宋　丽　没什么事，顺便来看看你。

陈　辉　不是说好了，等落下的工期补上了再见面的？这回可是你说话不算数了。

宋　丽　谁说话不算数了！又不是我要叫你，是周监理师硬要你下来的。你要是不高兴，我走好了。

陈　辉　咦，咦，我是跟你开玩笑的。你身体怎么样？

宋　丽　没什么。

陈　辉　你别瞒我，你脸色不好。

宋　丽　谁瞒你了？人家只是很想你的。（羞涩地接过他的安全帽，佯看）

陈　辉　现在工地很紧张，浇捣是不能停的。反正快了，最多几天，我们就赶上对面了。到那时候，就再也用不着加夜班了，我可以天天陪着你，如果你身体行的话。

宋　丽　天天陪我？

陈　辉　陪你去舞厅，再为你点首歌。我陪你跳舞跳个通宵……跳到只剩下我们两个人。

宋　丽　跳个通宵，两个人在烛光下？

陈　辉　对。可是现在，我得走了，永发师傅还在顶我干活呢！

宋　丽　你，你要走了？

陈　辉　我会给你挂电话的。（欲下）

宋　丽　（扬手急喊）陈辉！

陈　辉　（止步，回身）宋丽？

宋　丽　（递上安全帽）你的帽子。看，你脸上都弄脏了。

陈　辉　干活嘛，哪有不脏的！

宋　丽　（掏出手绢）来，我给你擦擦。

陈　辉　不，别弄脏了你的手绢。

宋　丽　（执拗地）我要替你擦嘛！

陈　辉　好好好！（凑过脸去）

宋　丽　（擦着擦着，冷不丁在脸上亲了一下）……真想让你多待一会儿。

陈　辉　我也是啊。要不是这样忙，今天晚上吃过晚饭的时候，再见上一面。

宋　丽　不，晚上我不能来了。我决定到外地姨妈家去休养，今天就走，不能来看你了。

陈　辉　好吧，你的身体很虚弱，是该好好休养一段时间。这样吧，等忙完了这阵子，我上你姨妈家接你。

宋　丽　陈辉，你不要牵挂着我，我会每天给你写信的。你要保重自己的身体，三班倒，体力消耗大，你要抓紧时间休息，要听罗队长的话，罗队长是好人。他肩上担子够重的，不要发牛脾气，要发牛脾气的时候，你就想想我对你说的话……（流泪）

陈　辉　（着急地）记住了，记住了……（警觉起来）宋丽，你怎么啦？出什么事了？

宋　丽　没有，（强笑）真的没有，你快走吧！

〔陈辉驯顺地点着头，转身急下。

宋　丽　（望着陈辉的背影，失声）陈辉！（赶紧捂住自己的嘴，举起望远镜对着陈辉远去的方向看着）

〔罗小洁上。

罗小洁　（好奇地站住）宋丽阿姨，你在看什么呀？

宋　丽　（将望远镜递给罗小洁看）……

罗小洁　宋丽阿姨，怎么什么也看不清呀？

宋　丽　看这边……看见没有？陈辉叔叔乘电梯上去了，他在笑，在对我们招手……招手呢！（流泪）

罗小洁　啊，看见了，我看见陈辉叔叔了！

宋 丽 毛毛，望远镜就送给你吧。往后，你就用望远镜看桥塔上的爸爸，也代我看看陈辉叔叔。

罗小洁 好吧，我会的。宋丽阿姨，陈辉叔叔走出电梯了，他在脚手架上走呢……宋丽阿姨，陈辉叔叔拐弯了……宋丽阿姨，陈辉叔叔干活了……

宋 丽 （实在不忍离开，却捂着脸奔下）……

罗小洁 宋丽阿姨，我又看见陈辉叔叔了……（发觉没有反应，回头寻觅）宋丽阿姨，宋丽阿姨！……

〔灯暗。

〔一束光打在舞台前沿。光圈中出现几个换房子的男人。

男人甲 哎，老师傅，你别走，你别走，谈谈嘛！

男人乙 哎呀，没什么好谈的。你这种石库门房子我住过的。什么前厢房、后厢房，连白天也要点日光灯。早上起来拎马桶，晚上下班生煤炉，十几家人家挤一个灶披间，整天吵架也来不及！

男人甲 我说你要是觉得吃亏的话，我可以贴点钱给你。你先告诉我，你的房子在什么地段。

男人乙 潍坊二村新工房。

男人甲 哎哟喂，你要早说是浦东，我谈也不和你谈了！

男人丙 （从一边凑了上来）喂，朋友，慢走慢走，你这种观念过时了。你知道南浦大桥正在造，杨浦大桥也马上动工，内环线、外环线一通车，浦东浦西来去简直方便得邪气！

男人乙 哦，听你这么一说，我也不换了。

男人丙 别走别走。（对男人乙）你是诚心换房吗？

男人乙 当然。

男人丙 （对男人甲）你信得过我吗？

男人甲 那还用说？

男人丙 （一手拽住一个）这样，我替你们搭个桥，咱们约个时间去看看房子，事成之后，我收点介绍费……

〔光圈消失，换房人隐去。

九

〔前场数日后。

〔工地混凝土班的换衣间。

〔换衣间里两排衣箱，一个书桌，几张长凳，到处堆放着铁锹之类的工具和零散的工作服、安全帽、茶缸、碗筷等。

〔灯亮。张土根在挂电话。

张土根　……哎呀，兰花，我哪儿敢不听你的话？实在是太忙了，我走不开呀！

〔电话里兰花的声音："我不管，田里东西要你回来收，你马上回来！"

张土根　……好，好，我去请假，你等一会儿再打电话。

〔周立敏与工人甲扶陆永发上。

张土根　永发师傅，我……

工人甲　你没看见永发师傅累成这样子？有啥事等会儿再说。

〔张土根挠挠头，无奈地下。

周立敏　永发师傅，不是你的班，你上桥塔干什么？

工人甲　就是。

陆永发　工期紧，没办法。

周立敏　（扶陆永发坐到一把竹椅上）这两天持续高温，桥塔内圈有五六十度，放上个鸡蛋几分钟就熟，你一进去几个钟头不出来歇歇气，怎么受得了！（替他脱下防水靴，往下一倒）瞧瞧，汗水都灌满靴子，能往下倒了！

陆永发　上面热是热，省得洗蒸汽浴了。

周立敏 （端过一盆水）永发师傅，先洗洗脚吧。

陆永发 哎哟喂，罪过罪过，我自己来，自己来……

工人甲 （递烟）永发师傅，你抽烟。

陆永发 （点起一支烟，手颤抖得怎么也点不着）……

周立敏 还是我来吧！（划火柴把烟点燃）

陆永发 （猛抽一口）你们有事，先去吧。

周立敏 永发师傅，你可不许再上来了！

陆永发 好好！

〔周立敏和工人甲下。

〔陆永发洗着脚，迷迷糊糊打起盹儿来。

〔永发嫂提着东西上。

永发嫂 永发，永发！哎呀，怎么累成这个样子！（蹲下替陆永发洗脚）

陆永发 我自己来，我自己来……（睁开眼）咦，老太婆，你怎么来了？我不是对你说过，千万别来，给人见了，影响不好！

永发嫂 给你写信，没回信；给你挂电话，没回音。我不来，怎么办？

陆永发 不是早对你说了？工期紧，没办法！

永发嫂 要说平时，我打死也不会扯你后腿，可这次无论如何你也要回家一次！

陆永发 是不是田里东西收不起来？算了，当它没种，掏钱买粮食吃吧。

永发嫂 （摇头）不是……

陆永发 是不是新造的房子窗户没人装，下雨天湿半间屋？（咬咬牙）下雨就打把伞，再熬他几天吧！

永发嫂 不是，不是，家里出事了！

陆永发 又有什么事？

永发嫂 小花的男朋友吹掉了！

陆永发　吹掉就吹掉，当初我就说过，这门亲事不好。

永发嫂　可小花她鬼迷心窍啦，三天没吃饭，早起偷偷喝了敌敌畏了！

陆永发　（一震，在水盆上站起）小花她，她……（晕昏，摇摇欲倒）

永发嫂　（扶住急呼）永发永发……不好了，永发昏倒了！……

〔张土根同几个工人奔上。

工人甲　永发师傅，永发师傅！（对众人）快，送医务室！

〔众工人架起陆永发下。永发嫂跟下。

〔电话铃响。

〔张土根返回接电话。

张土根　……谁？兰花，我是土根……

〔兰花的声音："你怎么到现在还不动身？快请假呀！"

张土根　兰花，工地实在离不开，请不了假；再说，永发师傅都累倒了……

〔兰花的声音："我不管那么多，我只知道田里的粮食，要你回来收。你给我马上回来……"

张土根　兰花，算了，家里的活，你就请几个帮工，我给你寄点钱！

〔兰花的声音："你疯了！你的钱？还不是我的钱？请帮工一天三十元，你忙死忙活一天才挣十元，你白干了，我还要倒贴二十元。不行！你非得回来！"

张土根　兰花，要不，我来给你说说修大桥的伟大意义吧。大桥造好了，我们浦东也会有外滩，也会有南京路，也会有……

〔兰花的声音："也会有你个魂灵头！你不回来，当心剥你的皮！"

张土根　我今天就是不回来了！（决然把电话挂了）哼！从今天开始，我再也不怕你了！（抖抖肩膀，下）

〔灯暗。

〔一束光打在舞台前沿。光圈中出现电视播音员。

〔响起雄壮的乐曲。舞台上展现出热闹的劳动场面。播音员上。

播音员 各位观众，你们好！我现在在浦东大桥桥塔工地向大家播音。亲爱的观众朋友，南浦大桥是一座双塔双索叠合梁斜拉桥，在同类型桥中位于世界第三、中国第一。在大桥工地上，建设者们发扬了“无私奉献，艰苦拼搏，严格苛求，勇于创新，团结协作”的五种精神，奏出了一曲又一曲催人奋进的凯歌。开发浦东，开放浦东，是前景诱人的“跨世纪工程”。大桥建设者们在用自己的双手铺设城市起飞的跑道。观众朋友们，请看，浇捣混凝土又要开始了……

〔雄壮的音乐。

〔各种机械轰鸣与人声汇成一片。

〔光圈消失。众人隐去。

十

〔前场次日。晚上。

〔罗大卫住的临时宿舍。

〔灯亮。传来一片欢呼声，陈辉、陆永发、张土根和一伙工人高举着罗小洁上。他们手上还拿着啤酒、茶缸。罗大卫尾随而上，疲劳地坐在一边。

陈 辉 毛毛，浇捣胜利结束，主塔高度同江对面拉平了！

罗小洁 我也胜利结束了，报纸、信件也分完了。（把一封信交给陈辉）喏，这是宋丽阿姨给你的。陈辉叔叔，怎么每天都有你的信啊？

陈 辉 （接过信，兴奋地）哦，至高无上的爱！（拆信阅）啊，宋丽说感觉好多了，感觉好多了！

〔众人围观。

陈　辉　（挥舞着信纸）我提议，为七十三米成功的浇捣、为我们的小工程队员毛毛——干杯！

罗小洁　（高举起茶缸）为爸爸，为老爷爷，为叔叔阿姨们，为高高的大桥干杯！

众　人　（举杯欢呼）干——杯——

罗小洁　哎，陈辉叔叔，你唱支歌吧！

陈　辉　我不会唱，不会！

工人甲　你一直给宋丽唱，为什么不给我们唱？

陈　辉　唱什么呢？

罗小洁　你就唱你常常给宋丽阿姨唱的那个《我很丑》！

陈　辉　好，我唱。（忘情地唱了起来）每一个晚上……

〔众人轻声地应和着。

〔周立敏上，站到罗大卫不远处。

周立敏　（深沉地）人，实际上是最孤独的，赤条条来，赤条条去，与生俱来的孤独……人，在无助的时候，绝望的时候，最需要的是什么？是理解和信任，哪怕是一点点的关心，一丝丝的微笑，都会给人无穷的力量。而我们……在感情方面太粗糙了……在这点上，我们真不如陈辉和宋丽！

罗大卫　你说得对，我尤其如此！

周立敏　你知道吗？宋丽已经去世了！

罗大卫　什么？

周立敏　今天下午四点三十分。

罗大卫　陈辉还不知道吧？

周立敏　她留下遗书，不让我告诉陈辉。本来我也不想在今天告诉你，因为今天是高兴的日子。

罗大卫　怎么会这么快呢？

周立敏　（掏出一盒磁带递给罗大卫）她让我转交给你一盘磁带，请你在大桥通车时再交给陈辉。宋丽临终时，她紧紧地抓住我的手，她说：“请转告罗队长，陈辉会变好的，你们要相信他，相信他！”

〔罗大卫无言，拿着磁带，深深地低着头。

周立敏　宋丽自始至终信任着陈辉。（转身看看正在唱歌的陈辉）……陈辉真幸福！

陈　辉　（唱完了歌，举起茶缸）我代表宋丽谢谢大家给我的帮助。等大桥造好了，我请大家都来参加我和宋丽的婚礼，来喝我和宋丽的喜酒！

众　人　（举杯，齐声）好！

陈　辉　（端着茶缸，走到罗大卫跟前）来，罗队长，我先敬你一杯！

〔罗大卫不忍地看看陈辉，低头不语。

陈　辉　咦？罗队长，平时你是个爽快人，今天你是怎么啦？

罗大卫　陈辉，好，我干。为了宋丽，这杯酒我非干不可！（端酒杯过去与工人们一一碰杯）为了这座桥，大家流了多少汗，吃了多少苦，只有我们自己心里清楚。多少人放弃了休息，瞒掉了病假，推迟了婚期，牺牲了也许是他们一生中最美好的时光，都是为了这座桥，这座大桥啊！但愿人们，将来走上这座大桥的人们会记得我们，会记得有一群普普通通的造桥工人，曾为此作过无私的奉献。来，为大桥干杯！

众工人　干杯！

〔罗大卫举杯，一饮而尽，

〔周立敏举起杯子，喝了一口，控制不住，转身擦泪。

〔陈辉和几个工人晃动啤酒，啤酒从瓶口喷射出来。众人欢呼，热烈地跳起舞来，一直跳到精疲力竭。

陈　辉　现在，欢迎毛毛给大家唱支歌，怎么样？

罗小洁　陈辉叔叔，我唱什么呀？

陈　辉　就唱叔叔们教你唱的那支——《坐在高高的大桥上》。

罗小洁　（点头，唱了起来）“月亮在白莲花般的云朵里穿行，晚风吹来一阵阵快乐的歌声。我们坐在高高的大桥上面，听爸爸讲那大桥动人的事情。……”

〔一个工人用口琴为罗小洁伴奏着。

〔工人们或坐或躺，他们太疲劳了，慢慢地一个个进入了梦乡，响起了鼾声。

罗小洁　（回头）嗯？他们都睡着了！（从一旁拿起一把扇子，轻轻地挨个为他们扇着扇子）

〔响起电话铃声。

罗小洁　（蹑足走到电话机旁，抓起话筒）喂，轻点，他们都睡着了！他们浇捣了一天一夜啦……你问我是谁？我是毛毛啊……什么？你要我爸爸听电话？那好，不过我只许你讲两句话。（抱起电话机来到罗大卫身边）爸爸……你的电话。

罗大卫　（睡意蒙眬地）喂，我是罗大卫。什么？混凝土级配比搞错了，把425号水泥当作525号水泥送到工地上来了？（霍地坐起）怎么会出这样的事故？我们已经全部浇捣完毕了呀！……是，执行命令！（挂上电话，慢慢地走到屋子中间，环视着那横七竖八地睡在地上的工人，不禁潸然泪下）

罗小洁　（茫然地、低声呼唤）爸爸……

罗大卫　（喃喃自语）……他们一个个已经累成这个模样，我怎么忍心叫醒他们，我怎么忍心叫醒他们啊！（哽咽，渐渐泣不成声）

罗小洁　（走近罗大卫，仰望着）爸爸，你哭了？是不是毛毛不好？毛毛不该让爸爸接电话，都是毛毛不好，毛毛不该让爸爸接电话……（也哭了起来）

〔罗大卫紧紧搂住女儿，苦涩地摇头，让泪水淌满一脸。

〔灯暗。

〔黑暗中，全场响起一片“喂，喂，喂……”呼唤电话的声音。

〔一束光打在搅拌站女主任身上；另一束光打在她的一个工作人员身上，他们正在电话里大声对话。

女主任　这下闯大祸了！他们做混凝土时怎么不校对电脑数据和水泥筒仓运转的情况呢？现在叫我怎么向领导交代……

工作人员　主任，接下来怎么办？

女主任　我马上到大桥指挥部去。你通知其他站领导，做好停产整顿准备……

〔光圈消失。女主任和工作人员隐去。

〔一束光打在陈总指挥身上。

陈总指挥　（对着话筒）请市领导放心，我们立即召开紧急会议处理这一事故……是，是。确保大桥施工质量！（拨电话）……老李吗？

〔老李出现在另一个光圈中，他在接电话。

老　李　我是老李……

陈总指挥　出了重大事故，知道了吗？

老　李　不知道呀！

陈总指挥　大桥工地出现水泥标号错级……

老　李　什么？哎呀陈总，我立即到指挥部来，半小时内一定赶到！

〔光圈消失。陈总指挥和老李隐去。

〔又一束光打在罗大卫身上，另一束光打在林洁身上，他们在通电话。

罗大卫　林洁，如果可能的话，请马上到大桥工地来一趟！

林　洁　怎么啦？

罗大卫　工地出事了。请你来把毛毛接走。

林　洁　好的。等你忙完这一阵，我再把她送回来。

罗大卫　不用了。我被你说中了，我确实不具备抚养毛毛的条件。不用上法庭了，毛毛是你的！

林　洁　（意外地）不用上法庭了？毛毛是我的？为什么？为什么突然……

罗大卫　是很突然，现在不可能对你说清楚……

林　洁　不说清楚，那以后再说。现在不只是你很忙，我也很忙，你不能这样给我下命令……

罗大卫　（暴躁地，大声）马上来！

〔林洁将话筒贴在耳旁，长久不予回话。

罗大卫　（自觉失态，抑制着，缓解地）……是的，林洁，为什么还要上法庭呢？我们彼此伤害得还不够吗？………毛毛对我说了，你欠了别人一大笔钱……为了我的误解，我需要向你道歉。你历尽艰辛，也是为了寻找自身的价值……就像我现在一样！

林　洁　（有所感动）……我还以为这辈子听不到你这几句话了。大卫，谢谢你。

罗大卫　（苦涩地像是自语）真奇怪，我能造这样的一座大桥，却不会在你我之间……也架起一座桥……咳，说不清楚，现在说不清楚！

林　洁　好吧，大卫，我马上来！

〔光圈消失。罗大卫与林洁隐去。

十一

〔紧接前场。

〔大桥工地，桥塔脚下。

〔桥塔脚下，升降电梯前，气氛严峻紧张。

〔灯亮，罗大卫、周立敏、陈辉、陆永发、张土根和一伙工人如同塑像般地站立着。周围鸦雀无声。

〔陈总指挥坐在轮椅上，他的身旁站着护士和一个随行的干部。

〔江上传来寥落的郁闷汽笛声。

陈总指挥 市领导指示，要稳定情绪，制定措施，挽回损失。指挥部认为，大桥工程是一项百年大计，为了对上海人民负责，用错级配比的混凝土必须全部推倒重来！

〔谁也没有作声，依旧是一片沉默。

陈总指挥 时间不等人哪！这近一百立方的混凝土现在强度已达一百多节，明后天将达三四百节，打掉重来的难度就更大。同志们，抓紧时间干吧！

〔人群中还是谁也没有作声。

陈总指挥 （逼视罗大卫）罗大卫，你怎么不说话？

罗大卫 （悲愤地）我能说什么呢？

周立敏 （上前）陈总指挥，经过计算，即使是四百二十五号的水泥强度也能达到原设计的强度，因此，我们监理组认为，不推倒重来也是可以的。

陈总指挥 （疑虑地）小周！

周立敏 陈总指挥，如果您也天天亲眼看着工人们将桥塔一点一点浇捣起来的话，您也会提出这样的建议来的。

陈总指挥 难道我愿意看到工人们把自己亲手辛辛苦苦建造起来的这一百立方米的混凝土推倒重来吗？不，我也不愿意，我也很心疼！可是，这是在造大桥，南浦大桥！你知道不知道这座大桥在上海人的心目中的位置有多重要，分量有多重？即使水泥的强度也能达到设计要求，但是大桥的安全储备度就降低了。也就是说，事故的阴影将永远留在大桥上，留在上海人民的心中！

〔一片寂静。很多人已为陈总指挥的言辞所感动。

陈总指挥 罗大卫，执行命令！

〔罗大卫戴上安全帽，走向电梯。

〔陈辉猛地上前，拦住罗大卫。

罗大卫　（不解）陈辉！

陈　辉　罗队长，为什么要我们来干！这祸又不是我们闯的，谁配错水泥谁来干！

罗大卫　陈辉，你疯了？这是命令，指挥部的命令！

陈　辉　（摊开双手在罗大卫眼前）你看看，你看看我这双手！（又过去把陆永发、张土根等人的手摊开）你看看！你看看他、他、他们的手！（强拽过罗大卫的手）你再看看，再看看你自己的手！为了这七十三米，永发师傅这么大年纪还在工地上拼死拼活地干；为了这七十三米，土根家里的田荒了也没法回去种；为了这七十三米，我……（呜咽）为了这七十三米，你、你、你把家里搅得一团糟。而现在，却要让我们自己动手，把我们浇好的混凝土打掉重来，我……（呜咽）

罗大卫　（过去握住陈辉的手，热泪夺眶而出）……

陈　辉　我，我下不了这个手！

众工人　我们下不了这个手！（一个个低头拭泪）

罗大卫　你们以为我就下得了这个手？我比你们早知道这个决定，指挥部要我做工作，可我实在说不出口。这些日子里，大家拼死拼活白天黑夜地干，才使这座桥塔一点一点地往上升，现在要叫我们把这么高一截亲手打掉，太残酷了，这太残酷了！接到命令，我……大哭了一场，有生以来第一次这么揪心地哭了一场！但是，抹去眼泪……我们还是得干。谁叫我们是造这座大桥的工人呢！大桥，是上海的希望，是上海重新崛起的象征，它向世界表明我们上海人有决心、有信心开发浦东，开放浦东，重新把上海建设成为世界一流的城市！百年大计，要向上海人民负责，这中国第一、世界第三的大桥上，我们不能给它留下半点污点，造成永久的遗憾！

陈　辉　不，我不想听大道理！

罗大卫　我不讲大道理，也不想讲大道理。我只知道有多多少少普普通通的上海人的目光全都望着这座大桥；有多多少少普普通通的上海人把希望与梦想都寄托在这座大桥身上。我们怎么能让走上大桥的人们说，这座大桥中间有一段混凝土是不符合规格的！（取出只微型收录机）我这儿有段录音，是一个姑娘的声音。姑娘癌症复发，她的男朋友在我们大桥上工作，她为了不影响男朋友的情绪，一直把病情隐瞒着，每天给他写一封报平安的信，她离开人世前，一个劲儿地写呀写呀，一直写到大桥合龙的那一天！

〔众人凝神听着，无不动容。

陈　辉　（上前）谁？她是谁？罗队长，快告诉我，她是谁？

罗大卫　（轻轻按按陈辉的双肩，难过地转过脸去）……

陈　辉　（有所预感地）不，我不信，我不信！罗队长，你骗人，骗人！

罗大卫　姑娘要我把她的死讯一直瞒到大桥合龙的那一天，在大桥合龙的时候，她要我站到大桥上，给你播放这一段录音。可是……我没有做到，我违背了她的诺言，我失信于她了……（按下录音机的音键）

〔响起宋丽空灵的声音："陈辉，我的诺言实现了，我的愿望也实现了，我要陪你在这大桥上走一圈。啊，大桥好高啊，船那么小，黄浦江也好像窄了许多，大桥好雄伟啊！让我们的孩子，让小朋友们都走上大桥……"响起千万个儿童拥上大桥由远而近的欢呼声。"陈辉，这是哪儿？外滩。真漂亮！再过去呢？浦东。我看见了，我看见了！那边是东海……陈辉，你说将来浦东会比外滩还要好，是吗？当然，那还用说！这下我们上海人可有了盼头了！陈辉，我们要搬到浦东去，还要买辆小汽车，你带着我，就在这大桥上开。开呀，开呀，快些，快些，再快些！哈哈哈……陈辉，我们飞起来了！哈哈哈……哈哈哈……”

陈　辉　（悲痛欲绝，跪倒在地）宋丽——

罗大卫　（上前扶起陈辉）陈辉，坚强些！

〔陈辉抱住罗大卫，哭倒在他怀里。罗大卫抚摸着陈辉的肩膀，然后戴上安全帽，转身登上电梯，工人们一个个从陈辉身旁走过，有的拍拍陈辉的肩膀，有的握握陈辉的手，有的向陈辉投以抚慰的目光，他们鱼贯登上电梯。

〔陈辉猛一抬头，转身奔向电梯，一跃而上。

陈总指挥　谢谢大家，我代表全上海人民谢谢大家！我替你们开电梯！（转动轮椅，到电闸前，伸手一扳）

〔响起激越的音乐。满台泛起红光。三台升降机载着罗大卫和他的伙伴们徐徐升起。

〔林洁领着罗小洁上。

林　洁　（指示着罗大卫的身影）毛毛，你爸爸！

罗小洁　（扬手高喊）爸爸、爸爸……

〔激越的音乐。满台红光。三台升降机不断上升。罗大卫和他的伙伴们消失在舞台上方。

〔灯暗。

〔幕徐落。

——剧终

原载《剧本》1991 年 12 月号

荣获第六届全国优秀剧本创作奖（1992）

大青山

（四场话剧）

杨宝琛

时　间　1989年夏天。

地　点　靠近中俄边境的一个林场，离江上码头很近。

人　物

吴场长　男，56岁，跃进林场场长，其貌不扬，个子不高，属于“蔫人出豹子”，又有几分幽默。

陈　巍　女，留在东北的老三届北京知青。后来上了林学院，经商三年后又返回林区。

王癞子　男，大名王耀祖，58岁，当年是山东盲流，改革开放后回家乡办酒厂发迹。

于　曼　女，也属于老三届那茬人。“文革”时山东老家闹灾，为活命领着老爹逃荒到林场，嫁给了比她大16岁的吴场长，后跟王癞子回了山东，也算农村中百里挑一的美人。

张海林　男，40来岁，林业局副局长。从小在林区长大，父亲曾是林业局局长。是群众经常议论的那种靠权势爬上领导岗位的干部，陈巍的前夫。

何副场长　跃进林场副场长，男，近60岁。

王调度　跃进林场调度，也到了退休的年龄。

老高太太　中俄混血儿，曾和丈夫谢尔盖在跃进林场创建白熊牌啤酒厂，产品畅销远东。在谢尔盖回国后与贾罗锅子姘居。

贾罗锅子　老林业工人，老跑腿，抬了一辈子木头，积劳成疾。

老穆头儿　老林业工人，善良憨厚。

根　儿　老穆头儿的孙子。13岁。

小　丛　女，23岁，林场招待所所长。

林场工人小林子、小山子、小莲、二愣子等，俄罗斯男、女客商，马医生、胖嫂、群众若干。

〔舞台分前台后台两部分。前台是林场大街十字路口，有理发、裁剪、照相、饭店以及各种摊床。路旁立着公共汽车站站牌、广播喇叭、告示牌，当然更少不了绿化树。远处是江天一色的码头。这里是黑龙江林区常见的沟里小镇子，既是商业文化中心，又是林场和镇子里人买东西聊天的好地方。由于有了中俄民间边贸市场，常有苏联人在此换东西或做生意，因而显得很拥挤。舞台的后半部分像山坡一样渐渐升高，那是林场的招待所。一栋红砖房似用刀切出几间房：中间是餐厅，两旁是客房，其中一间是吴场长的办公室兼卧室。跃进林场多种经营公司及林场招待所的牌子挂在门口。远处是中俄界河的码头，通过青松林可见船只不时驶过。从戏一开始，餐厅里就总有人因公、因私在设宴喝酒。全场只此一景，可根据剧情发展有些增减。

第一场

〔开幕铃声响后，从舞台传出林区号子声，由远及近。喊声在千山万岭中回荡，粗犷质朴，似历史的回声，深沉致远……大幕徐徐升起。一束灯光照亮了正在讲话的吴场长。

吴场长　今个庆祝我们跃进林场多种经营公司成立。为了感谢各级领导和有关方面的支持，按照我们林场的老传统，还在这疙瘩热闹一把。公司刚成立也没啥预备的，大伙儿都不是外人，就实实惠惠的，大碗酒猛劲儿喝、大块肉可劲儿造、林区大秧歌猛劲儿跳！来，第一碗喝白的，都满上。感情深一口闷，干剩一滴罚三碗！（干杯）来，咱们再换换色儿喝啤酒，上啤酒！

〔灯亮。众人在吃着、喝着，工人扛啤酒箱上。

吴场长　（继续讲）我算不上新任命了。“文化大革命”那咱就是场长，后来叫局里那个老登给撸了。在座的都是老人也不见外，再尝尝我们刚刚试制成功的啤酒，味道好极了……我从出生到今天，五十多年没离开过这个山沟。在早，伐木用二人抬大肚子锯，装车用人抬木头，那叫“磨骨头”。我和老穆，抬木头从来是头杠。那时年轻，嗓子也脆，号子喊得来劲儿，上火车跳板的节骨眼儿，那号子喊得瘆人！（情不自禁地喊起了当年的号子）哈腰挂——嘿！挺腰起——嘿！朝前走——嘿……

〔舞台灯光骤亮。就餐的人跟着喊起号子，号子越喊越来劲儿。全场人站起来呼应配合，并模仿抬木头的动作跳了起来，像是在跳迪斯科。餐厅里像是被喊得冒了烟儿、开了锅。

〔号子越喊越邪乎，气氛有些紧张，似一种不满的宣泄。终于有人抑制不住了，借酒浇愁呼喊着：“别喊了！半年没开支了，还穷喊个屁！你看看这片山，看看这片林子，过去咱林场啥样，那满山的树哇，可现在呢……”

〔吴场长给了发牢骚人一耳光。全场情绪冷了下来。

吴场长　（像个家长在训斥发牢骚的工人）那酒喝人肚里了又没喝狗肚里，你胡咧咧啥？

林场工人　咋的，发不下工资还不兴群众说说呀！

〔场内有人响应：“就是嘛！树伐光了，拿啥发工资！”

吴场长　正因为森林资源枯竭，才搞多种经营嘛！正因为林场开不出支才办啤酒厂嘛！小孩子懂个啥，老实听着！

王调度　大伙儿喝点啤酒润润嗓儿，一会儿接着喊，林区号子比那歌星唱歌来劲儿！（小声对吴场长）照稿念！

吴场长　（掏出稿子）老王调度怕我胡咧咧，给我写了份讲话稿，我照稿念吧！（干咳几声，拿腔拿调）“各位首长、革命的同志们、革命的战友们！”（听见有人在笑，自己也觉不对味）“一轮红日普天照，北国边疆红旗飘。在国内外一派大好形势下，跃进林场多种经营公司成立了！”

〔笑声、掌声。

吴场长　我说老王，你这词儿咋跟革委会成立时候的词儿一个味儿呢？

王调度　往下念，前几句是抄《人民日报》社论。

吴场长　啥社论？

王调度　庆祝全国山河一片红！

〔众人大笑。

吴场长　你可真能整！大伙儿别笑，我们老王调度只在光复前念过几天国高，如今写文章跟不上趟了。在早咱林场有北京知青，像总支书陈巍，那是好笔杆子，报纸上常见她的文章。可人家考进林学院调走了。好了，我随便说几句儿吧！（随便惯了，正经不起来）我站着说不出话来，还是坐下跟大伙儿唠吧。六二年，林业生产实现了机械化作业。机械化好是好，可林业资源也完蛋得快了。原始林子不到三十年全都伐光了，就剩下我们林场那片原始林了。就为了保住这点原始林子，我丢了场长这小乌纱帽。

王调度　为了活命，全场工人到职代会上请愿。请吴常福同志承包林场！局党委当即拍板决定了。

吴场长　我和局里签订了十年承包合同。全林场封山育林十年，这十年一棵树也不伐，只许造林，要建立全国最大的苗圃基地！成立多种经营公司广开财路，除了不卖军火大烟，只要合法有利的我们全干！十年二十年之后把这座大青山变成一所绿色银行，传给子孙后代。这叫留得青山在，不怕没柴烧！咱这疙瘩方圆几十里，不光有原始森林，岭东还有几万亩荒地。那黑土地儿可肥啊，旧社会闯关东的，解放后山东盲流子，都抢着到咱这疙瘩落脚，连从俄国逃出来的白俄也到咱这开比瓦斯庄，就是啤酒馆。当年咱们林场的老高太太和她的丈夫谢尔盖就经营这个啤酒厂。那咱，这儿的白熊牌啤酒远销到海参崴，后来小日本一来就全完犊子了。

〔何副场长走到吴场长跟前示意。

吴场长　这位是我们啤酒厂的何厂长！

何副场长　欢迎大家品尝我们林场白熊牌啤酒！这还是老谢尔盖1917年打的那眼老井，那是矿泉水，金贵！我们的啤酒是得天独厚、得水独厚。吴场长已经跟省林业总公司谈了啤酒出口的问题！这可是我们多种经营公司打响的第一炮哇，请大家吃好、喝好，替我们宣传好，干！干！

〔众人一齐举杯。

〔陈巍骑摩托急上。她动作利索，扔下车，头盔也没来得及摘，就像阵风刮进了餐厅。

陈　巍　同志们好！

〔在场人怔住了，议论着。

陈　巍　怎么茬儿！连我也不认识了？（摘去头盔）

〔众人欢呼起来。

吴场长等人　陈巍！

陈　巍　真是来得早不如来得巧，不知这酒有没有我的份？

吴场长　刚才我还念叨你呢！

陈　巍　是吗？

吴场长　不信你问问老王调度！

王调度　是，刚才是念叨你这北京老知青呢！

吴场长　来来，啥啥也别说了，先尝尝咱们自产的啤酒。怎么样，味道不错吧！你林学院毕业留校后，可一封信也没来，是不是把我们给忘了？

陈　巍　林场是我第二故乡，怎么能忘呢！（递名片给吴场长）

吴场长　（接名片，念）“省林业开发公司业务员”，你……你啥时候调回来的？

陈　巍　去年秋天。

吴场长　你就舍得离开北京回黑龙江？

陈　巍　那有啥。在学院我一直蹲办公室，没劲！现在对俄口岸一开放，咱这可是大有前途的地方，再说又能发挥我的专业，这不很好吗？

吴场长　好，我代表林场老少爷们儿欢迎你回来，喝酒！

陈　巍　谢谢吴场长，谢谢大伙儿的盛情，来，干白的！

吴场长　我知道你是帮助我们联系出口啤酒生意的，行，北京知青没忘咱大青山。好样的，为你接风洗尘，干！

〔众人又掀起碰杯的高潮。有人开始捂肚子上厕所，餐厅渐渐乱起来。

吴场长　这是咋的了？这么多人上厕所？

王调度　是不是食物中毒啊？

吴场长　老王，快把卫生所的马大夫请来！（捂肚子）娘的，我这也来了！

何副场长　小丛，是不是肉有问题？

小　丛　不会，新杀的牛，不可能有问题。

〔餐厅乱了营。马医生带药箱急上。

马医生　吴场长，刚才县防疫站打来紧急电话，让我转告你：咱们林场生产的啤酒绿脓杆菌太多，千万不能喝。我估计是大量喝了自产啤酒造成集体食物中毒！（招呼大伙儿）快来打针、吃药！

吴场长　（一惊）原来是啤酒的问题。老何啊，你这啤酒厂厂长咋当的，没有搞好化验就敢叫大伙儿喝？出了人命你负责？快，把啤酒厂给我封了！

何副场长　老吴，万万不能封啊，这啤酒厂可是林场未来的希望啊！

陈　巍　不行！我刚才已经参观了啤酒广，根本不具备生产条件。我同意封！

何副场长　条件差我知道，可是要改革生产工艺，就得进口德国的啤酒生产线，那至少得二百万。你把林场固定资产全卖了也凑不够这个数啊！

陈　巍　不解决啤酒质量问题，怎么能把产品打到远东俄罗斯去呢？

〔小莲急上。

小　莲　吴场长，来了好几个苏联客商，说是要买咱们的白熊牌啤酒！

〔众议论纷纷。

陈　巍　可能是我的贸易伙伴来了。我只是告诉他们要生产白熊牌啤酒，没想到来得这么快。快出去看看！

〔众人出屋来到街上，几位俄罗斯客商在街上参观、换物品。陈巍上前和他们热烈地拥抱接吻。林场人见此礼节吓呆了。

吴场长　我的妈呀！这当年坚强的反修战士，一转眼儿咋跟老毛子啃上了！

何副场长　你懂啥！这叫礼节，交情越深越使劲啃！

吴场长　（小声叮嘱）陈巍，可别叫他们参观啤酒厂！

陈　巍　我知道！（热情地将客商引开）

〔响起公共汽车停车声，售票员高喊："大青山到了！"片刻，身着西装的王癞子和于曼上，正好和吴场长碰在一起。吴场长围着王癞子转了一圈，终于认出是自己的仇人，而且还把自己被撬走的媳妇带来了。他虎视眈眈地瞪着对方，拳头攥得嘎巴嘎巴响。王癞子更不示弱，坦然地点燃烟，吐出个大烟圈，轻蔑地望着对方。何副场长一看不妙，忙上前调解。

何副场长　哟，是王耀祖和于曼啊！这是从山东老家来？一路辛苦了，走，到招待所休息！（向王耀祖、于曼递眼色）走吧走吧！

陈　巍　老王、于曼，你们怎么才到啊？

于　曼　汽车老坏，这不，又修理上了！

陈　巍　（望望怒气冲冲的吴场长，全明白了）走，到招待所休息。（领王癞子、于曼进招待所）

吴场长　（大叱一声）老何！

何副场长　干啥？

吴场长　去把这个癞驴给我撵走，叫他滚出我的林场！

何副场长　你这是干啥，人家从山东回林场探望老战友、老乡，这又不犯法。

吴场长　他不走我就杀了他！（捂肚子）哎哟，我这又来劲儿了，闪开！（跑下）

〔切光。

第二场

〔紧接前场。傍晚。

〔老穆头儿身着水靴、防蚊帽，提旅行袋、水壶、镰刀、饭盒上。后边跟着小孙子根儿。林中的鸟儿在争鸣、雀跃。根儿欲用弹弓打鸟，老穆头儿将鸟儿轰走。

根　儿　（惊奇发现）爷爷，您瞧，河东那儿座荒山全变绿了，飞龙黄雀儿也成群地飞回来了！听说那些树全是您退休后栽的？

老穆头儿　对，栽这些树的时候你还吃奶呢！

根　儿　这回，你欠大青山的债还清了吧？

老穆头儿　早呢，连一半也没还完啊！爷爷从四五年一光复就当上了伐木工，从二人抬大肚子锯到弯把锯、油锯，从每人每年采伐一千来米到万米锯万米车，伐倒的大树加上砸倒的幼树那可老鼻子了，怕是临死前还不完了！

根　儿　咋的？您一辈伐倒砸倒多少树还有数啊？

老穆头儿　有！电子计算机给算的，错不了。（拿出个小本子）瞧，这是爷爷的账本！

根　儿　（看账本）还差50万棵树！那得干多少年啊！爷爷，赶明儿我和爸爸妈妈，还有叔叔大爷姑姑全来帮您干！

老穆头儿　对！以后动员全家十多口子人利用星期天一块上山！（起身欲走，感到腰疼，咬牙）

根　儿　爷爷，您的腰又疼了？

老穆头儿　没——没有。

根　儿　您撒谎！您的腰叫大树砸伤过，差点没砸死！

老穆头儿　没事儿！瞧，爷爷身子骨儿多壮？你再听听爷爷的嗓儿多

脆！（喊起林区号子）哈腰挂，挺腰起……（与根儿喊着号子下场）

〔餐厅左侧的客房——吴场长的办公室兼卧室。王调度、何副场长正在照料卧床的吴场长吃药。吴场长周身无力瘫在床上。

王调度　你可醒了！吓死我了，真怕你……

吴场长　死不了，大伙儿怎么样了？

王调度　都抢救过来了，幸亏县医疗队及时赶到。

吴场长　（一惊）县里咋知道了？你汇报了？

王调度　这么大的事能不汇报？

吴场长　完了完了！县里早就不同意咱们上啤酒厂，不给贷款，这下更让他们抓住了把柄。你呀老何，论辈儿你得管我叫叔，可你还比我大三岁，叫我说你啥好呢，靠你这啤酒厂搞不好！

何副场长　我承认我窝囊，可全场你能找到个能人吗？

吴场长　年初我随省林业参观团到江苏、深圳、广州看了看，我看南蛮子致富经验就是靠人才。咱们山沟里的人，就知道吃大苦、出大力，扭大秧歌、喝大酒，能干大事儿的人我还没发现。

何副场长　（与王调度交换下眼色）我倒是物色了个人才，既懂啤酒生产管理又能投资二百万与咱们联营，就怕你不敢用！

吴场长　（像扎了针吗啡，立刻来了精神）谁？咱们有这能人？神了，你在逗我玩吧？说，是谁？

何副场长　我可不敢说，说了你得骂人！

吴场长　笑话！这样的人才他就是爹、是爷，我得用八抬大轿去抬。快说，是谁？

何副场长　（战战兢兢地）王——耀——祖！

吴场长　（脸色骤变，忽地跳下地揪住何副场长衣领）你……你是看我没拉死，想把我再气死呀！

何副场长　你看你，火了不是！

吴场长　王瘸子把我老婆拐走了，我还没找他算账，你倒叫我找他联营，你嫌我这活王八没当够啊！

何副场长　是你刚刚说的，什么人才都敢用嘛！

吴场长　他算狗屁人才！一个山东盲流子，地主崽子。

王调度　话不能这么说。五年前王瘸子迁回山东老家，办起一家白酒厂、一家啤酒厂，远销五大洲。它们生产的矿泉啤酒敢和青岛啤酒抗衡！

何副场长　人家现在是山东省著名的乡镇企业家，每年创利税一千万元！

吴场长　你少替他吹乎！要说别人我信，就那个长得人不人鬼不鬼的瘸驴？

何副场长　还就是这个瘸驴，把你年轻漂亮的媳妇撬走了！

吴场长　我他妈的扇你！

何副场长　我他妈的扇你！（绕桌子跑）你打死我也救不了林场！（与吴场长撕巴起来）

〔陈巍进屋劝阻。

陈　巍　别打了！要打就打我，主意是我出的！

吴场长　你？

陈　巍　是我参观了你们啤酒厂之后就有了这个想法，引进他的资金技术……

吴场长　你干啥找他来投资？中国的企业家多了！

陈　巍　中国的企业家吃饱撑的？谁拿钱跑到中国最北边的大山沟里来投资办厂？你看看林场这个德行，根本不具备招商引资的环境。

吴场长　不行！我和王瘸子那是夺妻之恨，不共戴天！

陈　巍　妻子也不是丈夫的私有财产，人家有权离婚改嫁，所以谈不上夺妻。况且在商品经济大潮中仇人能变成朋友，朋友也能变成仇人！

吴场长　陈巍，别的事大哥都服你、敬佩你。可这件事你说出大天来也不行。王瘸子敢来我就杀了他！（捂肚子）娘的，又来了！（到处找手纸，拎起张新报纸欲下）老王，去给我买箱卫生纸。老何，你去马大夫那儿给我弄点药！（跑下）

何副场长　怎么样？我说通不过吧！

陈　巍　不讳疾忌医，能积极吃药，我看就有救。我去马大夫那儿吧。（下）

〔暗转。售票员高喊："车修好了，要开车了！有拉屎的、撒尿的、喝水的、吃饭的麻溜儿一点，今个修车晚点了！"王瘸子由于曼扶着走上。年轻漂亮的于曼像是女儿在搀扶着父亲，一身新潮装吸引了不少人围观。

售票员　喂，我说瘸子，车顶上的货是你的吧？麻溜儿卸下来！还等啥？要开车了！

王瘸子　催啥催啥，你以我得意坐这老破车呀？

售票员　嫌车破坐轿车呀，你够级吗？

王瘸子　啥啥？老子在山东有两台"奔驰"车！

售票员　哈！还奔驰呢，我看你奔命吧！

王瘸子　你！老牛破车疙瘩套，经济不落后才他娘的怪呢！

于　曼　算了，在他们眼里只有县太爷才能坐轿车。老王，我看咱们到县城去住吧。然后去口岸到苏联去考察。

王瘸子　忙啥？陈巍刚才还跟我商量给林场啤酒厂投资的事呢。

于　曼　我是怕你和老吴……

王瘸子　没事！他不惹我我决不招他！

〔人群中走出老穆头儿和根儿。

根　儿　爷爷，公共汽车来了。

老穆头儿　这不是王耀祖、于曼吗？

王瘸子　穆大爷！是我呀。

老穆头儿　我都不敢认了！听说你回山东发大财了？

王瘸子　还对付吧。穆大爷，您帮帮忙，把车顶上的货卸下来，先拉回您家去，这是我给林场哥们儿一点见面礼儿！每人一套进口西服。

老穆头儿　好，你还没忘了老山沟穷哥们儿！（喊）孙子，叫你二愣哥帮着把车上东西卸下来！

根　儿　哎！王叔叔、于阿姨到我家吃饭吧！（下）

王瘸子　穆大爷，听说您还坚持上山义务植树护林防火？

于　曼　我们在林场时您就开始干了，到今天有十多年了吧？

老穆头儿　欠子孙的债一辈子也还不清啊！走，到家喝酒去。

王瘸子　改天吧，改天挨家去看看。今个累了，先到招待所住下。

老穆头儿　别住招待所了，还是住我家吧。

于　曼　住招待所咋的了？

老穆头儿　自打于曼走后，老吴就搬进招待所住了，我怕你们……

王瘸子　狭路相逢那才够味呢！

于　曼　看你，邪劲儿又上来了！陈巍大姐不是说好了吗？这次北上主要是看看对俄贸易市场，好确定合资的项目。你可别跟他干仗，叫林场人笑话。再说我户口还在他手里。

王瘸子　他敢不给迁户口！这不是他当年欺负咱们盲流的年月了，走，去招待所！

老穆头儿　（不安地叮嘱）千万别吵架！看在大青山的分儿上，咱不能忘了大青山的养育之恩啊！（下）

王瘸子　你干啥去？

于　曼　给爹上坟去！

王瘸子　忙啥？等明天吧。我明白，你是怕我和吴常福干仗，不会的，走走……

于　曼　敢情不是你爹！

王瘸子　我不是说了吗，这次把老人家骨灰带回老家，买块地和你娘一块建个像样的坟！（劝慰着于曼走进黑乎乎的餐厅，大声问）有人吗？（用手杖敲桌子）啥时候开饭啊！

〔小丛走上。

小　丛　敲啥敲啥！哟，这不是吴场长的夫人吗？这位不就是王耀祖吗？一晃好几年都不敢认了，瞧这身打扮，净是洋货。这是回来过蜜月的，还是回来探亲呀？

于　曼　老王，咱们走。

小　丛　别走，别走哇。不看僧面看佛面，看在吴场长的分儿上也得照顾你们。走，登记吧！

王瘸子　这地方还是这个德行！大锅饭把人吃懒了，吃刁了！

〔吴场长拎着暖水瓶来打开水。

吴场长　这是谁呀，嘴里不干不净的！（一见是王耀祖和于曼，不由大怒）是你们俩？

王瘸子　（分毫不让，与吴场长对视）是我，怎么样？

于　曼　（调解）老王，咱们走……

王瘸子　走啥？哪也不去。

于　曼　那……我去登记房间。

吴场长　回来！

王瘸子　（命令于曼）去，要高间！

于　曼　……

吴场长　我告诉你瘸驴，别以为你有几个臭钱就想压我一头，你神气啥？别忘了你当年饿得两腿打晃，给我跪下求碗饭吃的时候了！

王瘸子　（大度地一笑）改革开放这么多年，我寻思你能有点长进呢，哼，真是江山易改，本性难移！

吴场长　（举起了拳头）你！

王瘸子　你敢撒野？你看看自个那一堆儿，还有啥可神气的？你除了能砍大木头、抬木头、卖苦力，还能干啥？有本事挣钱给工人发工资，发奖金啊！

于　曼　老王，走……

王瘸子　不走！今天是咱们美满婚姻五周年，今天要喝交杯酒！（从于曼的包中拿酒）

于　曼　（反感地把王瘸子推开）别胡闹！

王瘸子　不，一定要喝交杯酒！（强行把酒瓶拿出放在吴场长的面前）

吴场长　（忍无可忍）我和你妈喝交杯酒！（欲掀桌）

小　丛　（急上前制止）吴场长，这是干啥呀？男子汉大丈夫为了女人不值得！快回屋歇着，走啊！

吴场长　（极尴尬，阿Q似的转怒而笑）没……没事！（拍拍于曼的肩膀寻找新的出气口）这不，我儿媳妇走道儿了，今个新姑爷上门儿，我们爷俩喝几盅。小丛添俩菜，我请客！来，我敬二位一杯！（拎过酒瓶为王瘸子、于曼斟酒）

王瘸子　你愿意喝这王八酒？

于　曼　老王，别胡闹！

吴场长　喝！我这辈子连阎王爷的酒都喝过，就是没尝过这王八酒是啥滋味儿，今个补上！

王瘸子　这话可是你说的。来，喝！还要喝醉个一醉方休！

吴场长　（一瓶酒倒满两大碗，自己一口气喝干，用手指着另一碗酒，挑衅地朝王瘸子吼着）喝！

王瘸子　（一口气喝干，借酒浇愁，打开了闸门）吴常福，你别欺人太甚！你摸摸自己良心想想吧。不错，当年我是要饭来到这儿，当时我都饿昏了，你他妈的见死不救……

吴场长　我要不收留你早就喂狼了，忘恩负义的东西！

王瘸子　我没忘。为了报答你，我在你面前活得还像个人样儿吗？我整日给你说小话儿，干小活儿，送小礼儿，装孙子。春天家里种的头道韭菜，开江鱼，头茬鲜鸡蛋，夏天的鲜黄瓜鲜豆角，秋天的小公鸡儿，腊月杀年猪的血肠，后秋刚套下的狍子野鸡，家里有啥好嚼谷不先孝敬你？你家盖房子、修猪圈、垒鸡窝、种自留地、打柴火、劈柈子……我哪回不争着抢着给你干活？过去给地主干也不过如此吧！你他妈的摸摸良心想想吧！（声泪俱下）

〔吴场长有些收敛。

于　曼　行了！男子汉大丈夫，整日价翻小肠儿、算旧账，不嫌砢碜啊！

王瘸子　不，你让我把烂在心里的话全倒出来吧。（转对吴场长）这么多年我像敬爹一样敬着你，也没落着好。你他妈的整天不着家，把于曼一个人扔在家里。一个女人扒炕面子、修大墙、劈柈子，冰天雪地去挑水，这是女人干的活吗？你让我起五更爬半夜地给你家干活，你不但不谢我，反倒怀疑我和于曼……

吴场长　咋的？我是让你帮我干家务活，没让你半夜三更陪我老婆写字，陪我老婆喝酒！

王瘸子　你放屁！大年三十，你把她一个人扔在家里。别人家贴年对子，可你家……没招了，那是于曼找我给你们家写年对子，半夜喝酒，是我给你们家修房子修到半夜。

于　曼　吴常福，时到今天，我俩的事没啥可遮遮盖盖的。就算我们俩过去发生不正当的关系，也是你把我推到他怀里的。

王瘸子　从那以后，你一直找碴儿开除我、轰我走，当着大伙儿的面逼着我给你下跪求饶。

吴场长　我后悔当时心软了，又收留了你！

王瘸子　对，是你发慈悲把我留下。吴常福，每当你端起酒碗想没想到你对我还欠点什么吗？

吴场长　我欠你什么？笑话！我能欠你什么？

王瘸子　我这条残腿！

〔静场。

王瘸子　那年冬运大会战，上边来了个检查组，你场长为了创高产夺红旗，讨好领导，天没亮就命令我去“黑瞎子沟”溜套子。我顶着炮烟雪在“黑瞎子沟”转了一天，溜了一只狍子往回走的时候，碰上了黑瞎子。我扛着狍子绕着树跑，让倒木把我小腿别断了。幸亏老穆大哥赶来，我才捡了一条小命。你们喝着酒吃着山珍野味，可我在工棚子里疼得叫唤了一宿。

吴场长　哼！第二天不是我派人送你去佳木斯，到全省最有名的治红伤老大夫那去扎估，你这条腿就得锯掉喂狗。没良心的盲流子，没想到你知恩不报，今天反来给我一回头棒子。

王瘸子　对！我就是要报复。

吴场长　你敢！

王瘸子　有啥不敢的！（指于曼，又指自己，发出轻蔑的笑声）

吴场长　老子豁出蹲笆篱子了，今个我要打断你另一条腿！（拿起凳子欲打）

〔陈巍、小丛急上劝阻。

于　曼　吴常福，是我勾搭王耀祖的，有气儿冲我来！

王瘸子　我告诉你吴常福，是陈巍同志邀我们参观北方口岸，建议我们给林场啤酒厂投资的。我们是看在林场老少爷们儿的情分才来的，不然，我上你这穷山沟出啥风头，吃饱了撑的！曼儿，咱们走。

吴场长　我也没请你们，给我滚！滚——

陈　巍　别吵了，吴场长，老王是我请来的客人，你总得给我留个面子吧？小丛，你送老王去休息！

〔小丛将王瘸子劝下。

吴场长　我真不明白，你这次回林场，到底干啥来了！

陈　巍　我说过了，是来和你做生意的！

吴场长　那你就别管我个人的事儿！

陈　巍　这可不是你个人的事，是林场的大事！（下）

〔吴场长和于曼无所适从，气氛尴尬，沉闷。于曼见桌上的烟斗欲拿，被吴场长抢在手中。

于　曼　这烟斗，还是我爹留给你的那只吧？

吴场长　我不是那种狼心狗肺、忘恩负义的小人！

于　曼　（沉默，烟斗勾起她痛苦的回忆）后天是爹的五周年忌日吧？……爹的坟上长草了没有？……我已经五年没给爹上坟了……

吴场长　哼！

于　曼　我听说我走后，你把爹的坟加固成水泥墓，还修了排水沟。为了纪念爹活了六十八岁，你还在坟的四周栽了六十八棵树……这是真的吗？（见吴场长默认了，很感动，斟了两碗酒）来吧，常福，我再敬你一杯！（见吴场长不动）这杯酒是代表我爹敬你的！我向你赔礼还不成吗！（哭了）

〔吴场长动情地端起酒，自己干了。

于　曼　……我知道你会恨我的，可是……

吴场长　可是啥，有啥可是的！十八年前你咋不可是？十八年前你和你爹从山东逃荒要饭到这疙瘩，不是我吴常福强迫你和我结婚的。我当时对介绍人和你爹当面锣对面鼓说得明明白白：我老婆刚去世，我大于曼十六岁，实在不般配，可别将来落下话把，说我老吴利用职权……

于　曼　没有强迫，是我自愿的！真的！

吴场长　你撒谎！要是真心嫁给我，今天就不会……

于　曼　不，是真心的！

吴场长　那你跟王瘸子也是真心的？他比我还大一岁！就那个德行……你会？

于　曼　是真心的！

吴场长　你骗人！

于　曼　老吴，别看你人挺精明的，可你对和你一块生活了十几年的老婆却一点也不了解！

吴场长　啥！我不了解你？！你不就是当年从山东逃荒要饭来的小丫蛋吗？

于　曼　（有苦难言）要饭的？哈哈哈，要饭的，在你心目中，我于曼永远是个要饭的丫头！

吴场长　咋的？冤枉你了？

于　曼　没冤枉，是你吴常福救了我们爷俩两条命。你是我们于家的救命恩人，所以我就得报恩，我就得服服帖帖地顺从你，任劳任怨伺候你一辈子！

吴场长　我可没这么想……

于　曼　可你这么做了！在家里你啥时尊重过俺？你一口一个“屋里的”叫着，我就像个长工给你种菜、挑水、劈柈子、养鸡、喂猪，每天做三顿饭。晚上，你就知道干那事儿，完了你就呼噜大睡，你啥时跟我说过知心话儿？

吴场长　（意识到了什么，怔住）这……这有啥？林区的女人不都这样过一辈子吗？

于　曼　可我不想这么过，俺是上过中学、念过书的人！

吴场长　可我也没虐待你啊！结婚十几年我是缺你吃了，还是少你穿了，短你用了？啥事都得凭良心！

于　曼　人活在这个世上就为了吃饭穿衣啊？

吴场长　一个山沟人你还为啥呀？

于　曼　为了让人尊重，让人看得起，其中也包括自己的丈夫！

吴场长　我……我不是忙吗？每年会战一个接一个，冬运，造林抚育，防火……林场上一天也离不开我呀！

于　曼　别的干部都能抽空回家看看，你咋就不能呢？尤其你认为我和王耀祖有事之后，就更甚了。一年你能回几次家？好容易回来一次，就和你那帮人喝大酒，一喝就是大半夜。越是人多的时候，你就越摆架子。你明明知道我不会喝酒，为了当众显示你的威风非逼我喝！

吴场长　我……那不是高兴吗？

于　曼　你是高兴了，可我呢？

吴场长　你？

于　曼　对！我，你知道我为啥跟王耀祖走……

吴场长　我知道，他比我有钱！

于　曼　笑话。我跟他走的时候，他只是你手下的林业工人，而且还瘸着一条腿。

吴场长　……

于　曼　自从他背上那口黑锅后，他在林场活得还像个人样吗？可他没有怨我一句，是我劝他走的，也是我主动跟他走的。我没有看错人，他为了我豁出命去干。一个你看不起的盲流子，今天成了企业家，成了百万富翁！

吴场长　我不能像你们这些盲流子，哪好往哪奔。这里有养我育我的大青山，我得对得起它，我得报答它。

于　曼　你爱大青山不假，可你给了大青山什么呢？我们是盲流子不假，可我们今天回来就是要往大青山投资。

吴场长　（被对方话噎住了，近乎胡搅蛮缠）我就奇怪，你夜里和他一被窝睡觉，不觉得他有味吗？不埋汰恶心吗？

于　曼　长相，他是不如你，可就有一样比你强：他尊重我，他真心地爱我。

吴场长　（吃惊）你？……怪不得你不给我生个孩子，好不容易怀了孕又让你偷偷给打掉了！滚，你给我滚！

〔于曼含泪走到屋外。

吴场长　（捶胸顿足，懊悔地吼着）我也爱你啊！

〔于曼内心痛楚万分。片刻陈巍上。

于　曼　陈姐，我心里挺乱的，你陪我走走，到我过去住过的地方看看。

陈　巍　女人这一生啊比男人活得累，没完没了地去为别人操心！

于　曼　陈姐，我真羡慕你，一个人活得那么自在！

陈　巍　那你太不了解我了！你知道我为什么四十岁的人还独身？

于　曼　真的，你跟张海林为啥吹了？我记得你俩的感情挺好的。

陈　巍　对，我结婚时，也正是我走红的时候。我那时是学习毛著的积极分子、金训华式扎根边疆的标兵、团中央委员，头衔多了。张海林呢，他父亲虽然还关在牛棚里没有解放，他的处境也很艰难，可当时他确实积极、上进、好学，小伙子也挺招人喜欢，我也很喜欢他，所以就顶着压力同他结了婚。

于　曼　当时大家都还不理解你呢，说什么的都有。

陈　巍　后来他父亲平反了，又当了林业局革委会副主任。他也变了，变得势利了。我呢，上山下乡的高潮过去以后，我的地位也一落千丈。他上去了，我下来了。他有点看不起我，我也瞧不起他，两种虚荣碰到一起，你说这日子还能过吗？这时知青开始返城了。我母亲体弱多病，我又是个独生女，再说我也一心想上大学深造，所以我们就分手了。

于　曼　你们这些和当地人结婚的知青，返城后大部分都离了婚，把孩子全给留下了。咳，那年月的事，谁是谁非，说不明白啊！

陈　巍　不！从道义上讲我是错的，我欠了他的人情债，也亏了女儿林林。孩子从懂事之后就一个劲儿地跟我要爸爸！

于　曼　你重返林区是不是想和张海林复婚？

陈　巍　也许是吧。咳，女人的心思说不清……（与于曼边谈边下）

〔老高太太追赶着贾罗锅子上。

老高太太　站住！我可告诉你，我家可没有白熊牌啤酒的商标，你别出去胡说八道。

贾罗锅子　谁胡说八道了。

老高太太　那你为啥刚才到炕头乱翻，翻完了就着急往外跑？

贾罗锅子　谁跑了，我是去找吴场长。

老高太太　这么晚了你找吴场长干啥？

贾罗锅子　找吴场长要房子啊！要间大的房儿咱俩好搬一块过日子啊。

老高太太　想美事吧！（下）

贾罗锅子　咋的，又变卦了？甭你净想着国外的那个老杂毛，他早死个球了！（进屋见吴场长正在喝闷酒）喝，酒菜都准备好了？

吴场长　贾罗锅子，夜里不去守着你那老情人儿，出来瞎逛啥？

贾罗锅子　少废话，还不赶快敬你大哥三杯酒？

吴场长　是没钱犯酒瘾了吧？

贾罗锅子　没钱？哼，咱马上要发大财了！

吴场长　就你那熊样还能发大财？你发棺材吧。

贾罗锅子　你不信？那我告诉你吧，县广播站电视台正在征集1917年白熊牌啤酒的旧商标。

吴场长　我知道。那是县啤酒厂的“东方红”牌啤酒在苏联销不出去，想换个传统名牌商标把销路打开。咋的，你搞到那旧商标了？

贾罗锅子　那还能假！

吴场长　（万分惊喜）快拿出来看看！

贾罗锅子　（端起架子）先敬我三杯酒。

〔吴场长耐着性子敬贾罗锅子酒，由于心情急切，第三杯酒是强给灌下的，呛得他直咳嗽。

吴场长　快说吧您老人家！旧商标在哪？

贾罗锅子　在老高太太家炕头贴着呢。

吴场长　在炕头上贴着？不是洋烟盒吧？

贾罗锅子　不是！上边画着白熊，憨头憨脑傻乎乎地站着，身边有个

啤酒棒子冒着白沫！（学熊的憨样）

吴场长　对，就是它！贾罗锅子……不，贾大哥，这把你可立了大功了。走，领我去看看。

贾罗锅子　不行，老高太太不让看，也不让我告诉你！

吴场长　这有啥不让看的，走走！（推贾罗锅子下）

〔何副场长陪张海林上。

张海林　我和生产科的人到303林班看林子，回来的时候大木桥可坏了。老何，你得马上派人修桥，完成这次采伐任务可离不开这座大桥。

何副场长　一定派人修！（喊）小丛！

〔小丛上。

何副场长　给张副局长沏点好茶。

小　丛（热情极了）张局长，可好长时间不来了！

张海林　太忙了。

小　丛　快请坐吧。（下）

张海林　你看采伐这几个林班还有什么困难？

〔吴场长暗上。

何副场长　困难倒没啥，就怕老吴想不通。“文化大革命”那咱，为了这片林子你爹和他都动了枪。

张海林　那是“文革”无政府主义时期，他和我爹有旧仇。

何副场长　还是慎重点好，老吴已经和局里签了十年承包合同，他准备封山育林十年不伐木。

张海林　胡闹！林业局不卖木头卖啥，去搞服装食品？

何副场长　如果条件具备，发展服装食品也未尝不可嘛！

张海林　你这是指导思想上的错误。俗话说靠山吃山靠海吃海嘛！（制止对方说话）行了！这件事局里已经定了，你们马上做好准备。

吴场长（忍不住）你咋还要走你爹的老路，骑着大木头往上爬呢？

张海林　那能怪我爹吗？上边压下来的采伐计划你敢不完成吗？再说林业局不靠卖木材靠啥？如今一等红松比过去涨三四倍的价，我们不趁这个机会抓笔钱给职工发工资还等待何时呀？老吴，我可告诉你，这三万方红松能收入几千万，我已收了人家的预付款，把合同都签了。咱们局的振兴在此一举，谁阻碍这次任务完成，可别说我张海林不客气！（愤愤下）

〔何副场长追出。

吴场长　（大声吼着）你唬啥！林场我承包了，你动一棵树试试！

〔陈巍上。

陈　巍　干啥生这么大的气？

吴场长　他们又要伐那片原始林子！

陈　巍　谁？

吴场长　——张海林！

陈　巍　是他？

〔切光。

第三场

〔大街上一些职工聚在一起。有几个人穿着统一式样、统一颜色的西装，显得很耀眼，令人羡慕。有人问：“这是王耀祖送的吧？真好，进口货，多少钱一套？”有人答道：“一千块！”众人咋舌：“乖乖，这么贵！真有钱呀！”

〔根儿跑出。二愣跟上。

根　儿　（喊）我王叔来了！

〔众人都用敬佩的眼光看着走出来的王瘸子。

二愣子　喂！咱们让王大哥，给咱们讲讲外边形势好吗。

〔众人鼓掌欢迎。

王瘸子　（眉飞色舞地炫耀）如今山东可是鸟枪换炮喽！（指着老穆头儿）老穆，就连你们最穷的沂蒙山区也都富了。上个月他们还在哈尔滨举办了商品展销会。人家也是山里人，可就敢跟省城的商品比试比试！你们行吗？

老穆头儿　俺们那带人祖祖辈辈靠闯关东活着，电影《苦菜花》就是俺们家乡的故事。俺那儿的人是穷逼出来的。战争年代出将军，改革年代又出企业家。

王瘸子　对，人穷疯了就容易拼出条活路，背水一战，置之死地而后生，这叫哀兵必胜！过去全国哪个省敢和黑龙江比呀。想当年咱们这些山东盲流子回老家探亲，就像今天的归国华侨衣锦还乡一样啊！

二愣子　（附和着）全村人都来巴结咱们呀。村里最漂亮的姑娘尽你挑，娶了姐姐还得把小姨子一块儿带走！

王瘸子　如今东北的国有大中型企业可落后了，计划经济铁饭碗把人都吃懒了。东北虎不假，可都成了关在笼子里的东北虎，当年的威风没有了。我上次从林场回家时，乡亲们把我当成要饭的。我们村如今家家是小洋楼。村里的头头脑脑都坐“奔驰”“皇冠”。每户平均存款十万元以上！

二愣子　（被鼓动起来了）他娘的，不干了！不让停薪留职就退！不让退职就辞职！反正要回山东老家了。王大哥，我们到你的厂子干活！

〔这时又一些要外出谋生的工人缠着吴场长上，与王瘸子谈话的也围了过去。王瘸子望着焦头烂额的吴场长，露出胜利的微笑，迈着方步离去。

一林场工人　场长，您就高抬贵手放我们走吧。你看人家王师傅才几年哪，就发大财了！

〔工人们七嘴八舌围攻吴场长，他已无招架之力。陈巍拎着一张布告上。

吴场长　娘的！我发誓，这辈子养牛养马也不养盲流子！

一林场工人　咋的，林场建设我们少出力了？

二愣子　人吗，谁不想过好日子，谁不想往好处奔呢。

小林子　在这跟你干这么多年啥也没攒下。现在可倒好，连支都开不了了！

〔众人紧紧围住吴场长议论。

吴场长　别吵了！娘的，愿意走的都给我滚、滚！

〔众人被吴场长的吼声镇住，静场。

陈　巍　人走光了，你的承包计划谁来完成？

吴场长　我有啥法儿，天要下雨娘要嫁人，谁也没招儿啊！

陈　巍　我要是能把大伙儿留下，你奖励我什么？

吴场长　都啥时候了，你还开玩笑！

陈　巍　真的！

吴场长　你要能把大伙儿全留下，我今年的奖金全给你！

陈　巍　好！说话算话！（取出布告张贴）

〔众人唰地围了过去。

小山子　贴的啥布告？（念）“赴苏联劳务出口招工启事。”陈巍，这是咋回事？

陈　巍　我们省林业开发公司负责承办赴苏联劳务出口业务工作。第一批劳务出口名额二百名，愿去的请报名！

工人们　到俄罗斯干啥活呀？能挣多少钱？

陈　巍　干你们的老本行——伐木清林集材装车。每年人均收入折合人民币一万元左右。每个职工回国时可以带回一辆“伏尔加”小轿车！

吴场长　小陈，你不是在开玩笑吧？

陈　巍　我刚从苏联签完了劳务出口的合同。（递合同给吴场长）人马二十天后出国。

吴场长　你昨天说的就是这件事？

陈　巍　对，可你连听都不乐意听，今天我再不亮出王牌，林场的人就走光了！

吴场长　小陈，你可把我救了。没人的时候，大哥我给你磕个头！

陈　巍　去你的！（对众人）我说老少爷们儿，劳务出口只是一项脱贫的措施，更主要的是要落实吴场长的承包计划。一方面积极地大面积造林，以老穆大哥为榜样，把三十多年欠下的账还上。年年造林就等于年年到绿色银行去存款，那可是利滚利啊！另一方面要开发岭东的几万亩荒地，要创办中国最大的苗圃基地。同时还可以办农场、猪场、畜牧场、鸡场，建起温室塑料大棚蔬菜基地。

〔众人议论起来。

吴场长　静一下，听小陈讲完！

陈　巍　但光靠森林土地周而复始地产出还难成气候，还必须利用我们边境的地理位置扩大对苏联口岸的开放。两国政府准备建江桥，到那时，林场再也不是憋死牛的小山沟了！

胖　嫂　那我们不就能过去了吗？

〔陈巍精彩的演说激起热烈的掌声，群情激昂。

吴场长　小陈，你咋说的比唱的还好听！大伙儿听着：除了单干职工外，每户给一个指标。一年能挣一万块，足够养活一大家人了！

陈　巍　“伏尔加”小轿车一倒手，又可以赚个万八的！

何副场长　要报名的，明天到场部去！

〔众人拥向何副场长，将他撞趴下，然后抬起他绕场一周，兴高采烈下。

吴场长　小陈，我老吴说个谢字就太轻了。你出国办这些事一定给人家送了不少礼品，我一定加倍偿还！

陈　巍　那你可还不起。

吴场长　咋的，花销再大也得有个数啊！

〔陈巍把一张彩照递给了吴场长。

吴场长　这俩人是谁？老的是你妈？小的……像是……你女儿？

陈　巍　对，就为了林场这份合同，我欠她们太多了。

吴场长　啊！

陈　巍　母亲卧床已经好多年了。女儿是早产儿，体质弱，浑身是病。今年暑假小学毕业考中学，前阵子正是入学考试的节骨眼儿，我去了俄罗斯。在母亲面前，我是个不孝的女儿，在女儿面前我是个不合格的妈妈……

吴场长　小陈，你这份情全场老少爷们儿不会忘记！

陈　巍　吴大哥，在这林区我也只能向你倒倒心里的苦水了。我不是向你表功，一个女人干点事业，真难啊……

吴场长　我向你保证：林场经济不打翻身仗，我就撞死在这疙瘩！

陈　巍　你这话应该对全场职工家属去说。

吴场长　找个适当机会我一定说。

〔王调度兴冲冲跑上。

王调度　吴场长，特大喜讯，县啤酒厂出一万元收买的白熊牌啤酒旧商标找到了！

陈　巍　在哪儿？快给我看看！

王调度　咳，在老高太太炕头上贴着呢。

吴场长　我不是叫你把旧商标揭下来吗，揭不下来就把炕面子扒了！

王调度　我是要扒炕面子，可老高太太不让扒，拿把菜刀站在门口，谁进去就跟谁玩儿命。

吴场长　你告诉她，我给她盖新房，给她一大笔钱！

王调度　你给她金条她也不干啊。

吴场长　怪了，她要那旧商标干啥？

王调度　谁知道她中啥邪了。

吴场长　你马上派两名民兵把住老高太太家门口，白天黑夜不离人儿，决不能让旧商标落到县啤酒厂手里！

〔何副场长上。

何副场长　早就派人看着了。老吴，眼下旧商标也找到了，啤酒生产的卫生问题也找到了原因，主要是设备太陈旧了。咱们没钱，买了人家淘汰的次品。另外啤酒花更糟，进来的都是劣质酒花，一句话，万事齐备只欠东风——钱了。

吴场长　别急，我又托人找县人民银行李行长贷款了，还给他带去一棵六品叶的老山参，净重七两八钱。那是我去年秋天上山踏察时候采的。这玩意儿保管行，李科长刚娶个小老婆……

王调度　吴场长，你当真献宝了？

吴场长　为了和王瘸子较劲儿，小命儿我都豁出去了。

何副场长　（取出人参）是它吧？李行长刚刚派人退回来了。

吴场长　（傻了）咋的？七两为参八两为宝，这比狗头金还金贵，咋还攻不动他们？去问他想要啥？要虎骨我去给他抓活的，要熊胆我现宰，给他鲜胆活胆！……嗨，这是往死路上逼我啊！（大声吼叫着）

何副场长　死倒用不着，只要你低一下头，服 下软儿就全有了。

吴场长　你又在打王瘸子的主意？你就不能长点志气！

何副场长　一分钱难倒英雄汉。自古华山一条路，咱们智取也好，强攻也罢，都得从这条路走。我明告诉你，既然你让我这个副场长承包啤酒厂，那我也要行使我的自主权。我已经和王耀祖进行谈判，他基本答应投资二百万，我们两家联营。

吴场长　不行，我就是要饭也要不到他姓王的头上！

何副场长　咱们已经被逼上梁山了，你还顾啥面子啊！

吴场长　你再提这件事我就撤了你的职！

何副场长　你撤啊，你换谁来干没钱也玩儿不转。当初我为啥应聘跟你干？大伙儿为啥请愿推选你当场长？那是大伙儿把你当成条能干的汉子。今天我是看透了，你是个地道的娘们儿！

吴场长　放屁！我在这大山里活了大半辈子，还没一个人敢说我是娘们儿！

何副场长　你就是个娘们儿，人家王耀祖才是真正的汉子。你……娘们儿！

吴场长　我这当叔叔的不管管你简直反了！（与何副场长大打出手）

〔王调度劝架劝不开。

陈　巍　干什么？领导干部打架，像话吗！

吴场长　（拍拍身上的土又笑了）没事，论辈他管我叫二叔，长辈打晚辈不犯纪律。

何副场长　谁认你这个二叔，不要脸！小陈，这就是谈话的结果。昨天费了多大口舌才说服王耀祖投资，为啥？就因为你是林场的场长，人家死活不干。

陈　巍　我这次重返林场真感到有种说不出的滋味，有一种强烈的失落感。最可怕的还不是资源枯竭了，而是昔日白山黑水的王气、霸气荡然无存了。老吴，这不仅仅是能不能引进二百万的问题啊。

吴场长　这口气，我死也咽不下去！

何副场长　你过去少欺负人家了？他还给你下过脆呢。

〔老高太太揪着一个民兵，后跟着贾罗锅子吵吵巴火地上。

老高太太　吴场长，你管不管你的人了？为了那旧商标，他闯进屋就要扒炕，比造反派抄家还凶！

何副场长　谁让你们扒炕了？我是让你们站岗！

民　兵　为了那张旧商标我站了一天一宿岗，也不给发工资，也不管饭……

吴场长　胡闹！老高太太，对不起您了，我向您赔礼道歉。您要钱我出高价，您要房子我给您盖新的！

老高太太　不稀罕。成口袋的金卢布我花过，海参崴的洋楼我住过。实话告诉你们，这旧商标就是我的陪葬品，谁敢抢走我就死在这十字路口！（大闹起来）

〔众人劝解着下。

吴场长　这事可就怪了！贾罗锅子，你知道咋回事？

贾罗锅子　（一说话先抹把鼻涕口水）这嗑一唠就长了。“文化大革命”那咱，造反派说她是刺杀列宁的特务，打得她死去活来的。他们抄家把带俄文字的书本、信全抄走了，她和谢尔盖的照片一张也没留，全给烧了。折腾了好几天也没找到她当特务的罪证，后来有几个老娘们儿检举，揭发老高太太的尿鳖子里，可能藏着密电码发报机啥的。

何副场长　行了行了！也不嫌埋汰，嘞嘞半天说不明白！

陈　巍　我明白了，这旧商标是老太太的念想儿，她还在怀念着谢尔盖。

贾罗锅子　嗯哪，就是这么回事。这老太太心可花花了。

陈　巍　心病还需心药医，得派人去请回谢尔盖！

贾罗锅子　找啥！多少年没音信了，早就死了。

吴场长　你就盼着人家死，你好和她长期拉帮套。小陈你和苏联人熟，你托人打听打听谢尔盖的下落，有消息我亲自去接他。

吴场长　老何，我问你，303 林班那个大桥，县里是不是想要拆？

何副场长　是，县里要建高速公路，木桥拆了建水泥桥，可能快动工了。

吴场长　咱林场为县里做点贡献。老何，你马上派些人去拆桥，不要报酬，越快越好。

何副场长　那县里得乐坏了。呃？不要报酬，你为啥呀？

吴场长　为啥？为了那片原始森林。你呀，一辈子只能当个二把手。明天我亲自到县银行，找李行长贷款。

何副场长　找也白扯！

〔吴场长听后心情很沉重，转身回自己房间。

陈　巍　我去看看老王。（下）

何副场长　我去场部。（欲下）

〔张海林和一个科长上。

张海林　老何，你马上抽一百人跟我进山建点，再把 303 林班的大木桥维修一下，一共要运下三万方红松，这桥可是关键。（出示文件）这是局里下达的生产计划。

何副场长　哎呀，我正准备跟你汇报呢。林场的职工全报名参加了对苏联劳务出口，去的都是油锯手、拖拉机手、绞盘机手……

张海林　什么，全参加了劳务出口？你们可真造反了，谁批准你们干的？马上停止，谁也不准去！

何副场长　你不让他们走，谁发工资呢？

张海林　我发！这次完成三万方任务每月一结账，发现金！

何副场长　出国挣得可多呀，一年净挣一万块！

张海林　挣八万也不能去！这是谁出的馊主意？敢到我林业局来挖墙脚！你说，谁？

〔陈巍暗上。

陈　巍　我。

张海林　你？（有些紧张）

陈　巍　怎么，不欢迎？

张海林　你来干啥？

陈　巍　（递名片）来谈点儿生意。（对科长）这位在哪个科室呀，能认识一下吗？

科　长　宣传科的，免贵姓牛儿。

张海林　（烦躁地）去去去！

〔科长下。

张海林　怎么！回省林业开发公司当业务员？陈巍，你我虽然离了，可也是夫妻一场。一阵返城风，就把你吹回了北京。你就狠心把我一个人扔在大山沟里，弄得我人不人鬼不鬼的可也好些年了，至今我还孤身一人。

陈　巍　能全怪我吗？

张海林　我也有责任……

陈　巍　你为什么不再找一个？

张海林　找了，可没有相中的……也许这就是命中注定吧。过去的旧账就不要再算了，也算不清。我求你了，咱们各走各的路，你别再来找我的麻烦了好不好！我已被经济大潮冲得焦头烂额了！

〔陈巍找烟时无意中照片落地。

张海林　（捡起照片）你学会抽烟了？（递上烟，为之点燃）

陈　巍　何止学会了抽烟？跳舞、打麻将、喝大酒，五毒俱全！

张海林　（看照片后失态地）你结婚了？还有孩子？还是个女孩？十几了？

陈　巍　十二。

张海林　像……有点儿像你！挺漂亮的。

陈　巍　不像她爸爸吗？

张海林　她爸爸？她爸爸我可没见过啊！

陈　巍　（一阵狂笑，笑出了眼泪）她爸爸你没见过？

张海林　你又重返林区干啥？这可不是当年上山下乡的年月了。

陈　巍　返城大潮已经过去十多年了，我总好像有什么东西丢在了这儿。

张海林　丢下的是你们的狂热和扭曲的青春。

陈　巍　扭曲的时代也有我们的一份真诚。

张海林　真诚？

陈　巍　是真诚。我们青春的热血曾浇洒过大青山，大青山的父老曾滋养过我们青春的热血，当然也包括你及你的全家。

张海林　就在火车即将开出山区小站的时候，我们老张家十几口人站在火车窗口下，求你留下来，可你连头也没有回。

陈　巍　因为我一回头，就再没有勇气走了。

张海林　奶奶望着远去的列车安慰我说：海林哪，这样的狠心女人，就让她走吧。她是城里人，大青山是留不住她的。

陈　巍　没想到我怀着孩子回到北京。别人都劝我把孩子做掉，可我还是把孩子留了下来。

张海林　这事我一点儿也不知道，你咋不早说呢？孩子在哪？

陈　巍　（指照片）这不是你的女儿林林吗？

张海林　（看照片）这是我的女儿？这真是我的女儿？（泪水模糊）我的女儿！……都这么大了？

〔静场，音乐起。

陈　巍　像他爸爸吗？

张海林　像，还他妈真像我！我咋就没看出来呢？上几年级了？

陈　巍　今年小学毕业考中学。

张海林　那你干啥不在家照顾孩子，还出来嘚瑟啥？

陈　巍　我们公司和俄罗斯做成几笔大买卖和两批劳务出口合同。这都是我经手的，我不去不行啊！

张海林　你就不会请几天假，地球离开你还不转了！

陈　巍　不按合同规定的时间过货，一下子就损失几百万呢。林区这么穷，几百万能办多少事呀。

张海林　任性！你还是没改呀。

陈　巍　海林，说真的，在目前林区的危困中搞点劳务出口以解燃眉之急，还算个出路吧。你应该支持老吴，理解我这番苦心。

张海林　好了，看在孩子的情分上，咱们还是以和为贵吧。这三万立方米的红松我也得干，全局职工开不出支，我就像坐在火山口上，我这个小局长也不容易呀。

陈　巍　你同意他们去苏联出劳务？

张海林　这是给你个面儿，我回去重新组织个采伐队。（欲下，扔给陈巍一条烟）这烟就别抽了！（深情地看着陈巍）你这次重返林区是长住还是来……

陈　巍　林区总局的调令随后就到。（把烟还给张海林）

张海林　（惊喜）真的？要继续扎根林区？为什么？

陈　巍　为了林林能天天见到爸爸。

张海林　陈巍，我不是在做梦吧？

陈　巍　海林！（紧紧抱住张海林）我对不起你……

〔传来喊声，二人匆忙分开，岔开了话题。

陈　巍　喂，那片原始森林别伐了，三万方木材我给你想办法。

张海林　你让天上掉三万方木材？你就饶了我吧！（下）

〔远处传来张海林的喊声："我马上给孩子寄钱去！"

〔吴场长办公室灯亮，他躺在床上正心烦呢。于曼上。王瘸子悄悄站在门外。

于　曼　喂，我的户口办好了没有？

吴场长　我真没脸儿进派出所的门儿，明天吧。

于　曼　那好，明天我再来……这是我从山东给你带来的东西。

吴场长　曼儿，听了那天你的一番话，我想来想去，还是我欠你的多。有些事也是我一时糊涂，听信了一些传言也就……

于　曼　当时我太任性、太要强了，尤其看到你那样对待王耀祖，真恨你。可离开你后，心里也不是个滋味。我也知道，你会受不了的。

吴场长　一个场长老婆跟个瘸子跑了真没脸见人呢，我当时连死的心都有。我为啥搬到这来住，真怕看到咱们过去那个家。

于　曼　那个家，还是我走时的样子，一点没动。

吴场长　你去看了？

于　曼　去了。

吴场长　我不想动也不敢动……又怕忘了那段日子，又怕想起那段日子。

于　曼　啥也别想了，想啥也没用了。有适合的赶快成个家，缺钱就吱声，妹子有……噢，我该走了……

吴场长　曼儿，别走……

于　曼　叫外人看见你我关在小屋里那还了得！你赶快把我的户口办好，老家还有一大摊子事儿，我得先走一步。

吴场长　忙啥，来一趟不易，多住些日子。曼儿，回来吧，回来吧！（抱住于曼）

于　曼　别胡闹！（与吴场长撕巴起来）

吴场长　没事，户口本上咱俩还是夫妻。

于　曼　行了，赶快办正事吧。看着林场这穷德行真叫人着急。在我走之前一定帮你把合同签上，也算我偿还了欠你的人情账，说句时髦的离婚词儿：夫妻好合好散！

吴场长　是这话，古人讲合久必分，分久必合嘛。

于　曼　咋的，你还想合？

吴场长　我想合……作！

于　曼　这么说你同意和耀祖联营了？

吴场长　这么多人劝，我只好……答应了。

于　曼　你真的想通了？

吴场长　（激怒地吼了起来）让他小子等着，我将来把啤酒拉到他们县去卖，非把他的酒厂挤黄了不可！我还得叫他给我跪下，下次我可不给他活路了！

于　曼　（欲下，想说些什么又难以启齿）老吴啊，我好像听说，耀祖对合资经营啤酒厂，又提出了个新的条件。

吴场长　什么新条件？

于　曼　我……我也不清楚，你去问陈巍吧。（下）

〔陈巍上，看见站在门后的王瘸子。

陈　巍　我好容易把老吴思想工作做通了，你怎么又提出这么个邪门的要求？

王瘸子　我这是做人的正当要求，让他还我当年的那一跪，我用二百万买个人间的公道！

陈　巍　有志气，但毫无价值。

王瘸子　我的几个哥们儿都支持我这么干。

陈　巍　狭隘的农民意识！

王瘸子　农民咋了？今天的农民顶天立地，我现在吃的穿的用的绝不亚于部长、省长！

陈　巍　可你永远当不了部长、省长！王先生，你这种狭隘的报复心理，在金钱的支撑下会变得更加危险、更加可怕。谁没有坎坷的经历，谁没有辛酸的历史，如果今天有了钱，都像你一样，要找回昔日的所谓公道，我们的这个国家将会是什么样？

王瘸子　我咽不下这口气！

陈　巍　不是一口气，是膨胀的虚荣！我最后忠告你一句，你侮辱了吴场长，就等于侮辱了全场的职工，他们是不会答应的。

〔王瘸子没有说话，转身下。陈巍随下。

〔天色暗，乌云遮月，雷声阵阵。

〔吴场长坐在江边。王瘸子上。

吴场长　来啦！

王瘸子　（已感到气氛不对）吴大场长约我能不来吗？啥事说吧！

吴场长　你来了以后，我一直没腾出工夫招待招待你……（边说边摆弄着两支猎枪）

王瘸子　怎么，还想动手？

吴场长　哈哈，动手？跟你动手是欺侮你。（将两支枪放在石头上）看见没有，你一把，我一把，别动，小心走火！

王瘸子　决斗？

吴场长　对。跟外国电影里的决斗一样，一百米距离同时开枪揭脑壳，打腿打身子那是孬种。

王瘸子　你……你这招想得挺绝呀。

吴场长　是你逼出来的！

王瘸子　我逼出来的？

吴场长　对，老婆让你撬走了不说，还，还他妈的让我跪下签字！今天是有你没我，没你有我！

王瘸子　你想把我置于死地呀？

吴场长　别吵吵，小声点，放心，事后我就去自首。

王瘸子　没人跟你扯淡玩。（转身要走）

吴场长　（拿枪顶住王瘸子）害怕了？想走，没那么容易！

王瘸子　你他妈的疯啦！

吴场长　对，是疯啦。我怕啥，老子一没钱，二没物，三没老婆，光棍一条，不像你王百万，王千万……

王瘸子　你……你想咋的吧！

吴场长　害怕了，不决斗可以。把于曼给我留下，把你那不是人的要求给我撤回，二百万乐意投就投，不投乖乖地给我滚回你们老家去！……

王瘸子　……

吴场长　怎么啦，说话呀！以前的章程呢？（猛地冲王瘸子啐一口）

王瘸子　你……你他妈也欺人太甚了！

吴场长　这叫“以其人之道还治其人之身”。

王瘸子　（急了，一把抓过枪）好，决斗，就决斗！老子走南闯北怕过谁？

吴场长　（一愣）你，你想好了。

王瘸子　想好了，来吧！脑袋掉了碗大个疤。

吴场长　你……你不后悔？

王瘸子　（似乎感到什么）后悔？人活一口气，树活一张皮。想当年我求你落户口，求的是林场党组织，可我不照样得给你下跪！那是因为权在你手里。今天虽然是集体对集体，但投资大权在我手里，我要用二百万买回一个人间公道。于曼以前是你老婆，可现在是我妻子，让我还给你，休想，来吧！

〔静场，雷声。

王瘸子　开枪吧——开枪吧！

吴场长　（一下把枪扔在地上）开个屁，这枪是我从林业文工团借的道具枪！

王瘸子　假的？（一扬手啪的一声，枪落地。瘫坐在地上）

〔吴场长哈哈大笑。

王瘸子　你是想蒙我呀？

吴场长　我从不干那缺德事，我是看你小子跟我斗够不够格。你小子还真有种，但是，你让我跪下签字，没门！（扬长而去）

王瘸子　（点上烟吸了两口，吃力地站起来，不无感叹地）汉子！林区的一条汉子！（下）

〔传来老穆头儿和根儿的号子声，清脆嘹亮，在大山里回荡着。

〔切光。

第四场

〔公共汽车来了，外地的俄罗斯客商赶到了。市场开始热闹。陈巍领着王瘸子、于曼上，三个人穿着一色俄式服装。一个中国小贩向陈巍走来。

小　贩　你们刚从老毛子那边过来吧？肯定带点好货吧？

陈　巍　（想起自己头上的礼帽）对了，这顶礼帽卖给你吧。

小　贩　多少钱？

陈　巍　五十块。

小　贩　三十五！

陈　巍　四十五！

小　贩　我要了。（交钱取货）你这顶帽子用多少钱买的？

陈　巍　明告诉你吧，这礼帽是我用两块钱一瓶的六十五度纯粮白酒换的，我赚你四十三块。你到哈尔滨能卖一百块，咱俩一共赚老外九十八块！这买卖合算吧。（举着手中钱，对王瘸子、于曼）喂，晚间的酒菜钱有了！

王瘸子　小陈，太感谢你了，这次去苏联可大开了眼界。我看苏联的市场比世界各国的潜力都大，他们眼下就是餐桌上缺点儿吃的东西，论人的素质、物产的丰富、科技文化水平，谁也比不过他们。这次北上算是来对了。小陈，晚间我设宴请你！

陈　巍　只要你和老吴别再决斗，我就不虚此行了。

〔于曼、王瘸子下。胖嫂满脸笑容，举着羽绒衣等物品，用生硬的俄语招呼一个老外，她越热情，老外越害怕。胖嫂欲追，被陈巍拉住。

陈　巍　胖嫂，你刚才的俄语咋说的？

胖　嫂　（生硬地重复一遍）咋的，不对呀？

陈　巍　谁教你的？

胖　嫂　老高太太。邪门了，老外一听全吓跑了。

陈　巍　（忍不住笑）你知道这句话是啥意思？

胖　嫂　意思是，同志，我的衣服好，咱俩换吧。不对吗？

陈　巍　全错了！这句话俄语的意思是，同志，我长得漂亮，我嫁给你吧！

胖　嫂　啊？我日她老娘啊！这个老太太坑苦我了！我说咋两天换不来一件大衣呢。

〔老高太太、贾罗锅子、何副场长上。

胖　嫂　（质问地）老高太太，你是咋教我俄语的？你为啥调理我？

老高太太　谁让你“文化大革命”时候抄我的家呢。我也让你领教下我的厉害！

胖　嫂　老破鞋！老绝户！

〔双方争吵，胖嫂被人劝下。

老高太太　你再说遍老何，真的把谢尔盖找到了？

何副场长　找到了。林场已经派车到县海关去接他了，后天就到。

老高太太　上帝保佑！

何副场长　这次我们聘请谢尔盖回来当啤酒厂的技师，你们老两口可以破镜重圆了，正好他老伴儿也刚过世。

老高太太　好！我说话算话，把旧商标给你揭下来。

何副场长　哎哎，您眼神不好可别揭破了。（向远处喊）王调度！

〔王调度上。

何副场长　你跟着老高太太去揭商标，千万别蹭破了皮儿！那可是吴场长的命根子。

王调度　你放心吧！（扶老高太太下）

贾罗锅子　你们是想让老高太太和谢尔盖一块过啊？

何副场长　那还用说，人家是原配夫妻嘛。

贾罗锅子　那我呢，我跟谁过去？

何副场长　你……你回家自个跟自个过呗。

贾罗锅子　没门儿！我侍候她快二十年了，她早就归我了！

何副场长　贾罗锅子，我可警告你，谢尔盖回来可关系着咱们啤酒厂成败的大事，你少在里边搅和！

贾罗锅子　就搅和！看我不把啤酒厂给你搅黄了！

何副场长　你敢！

贾罗锅子　（哭号着）你们这是棒打鸳鸯，缺老德了！

何副场长　你是鸳鸯啊？老泡卵子吧！你把吴场长惹火了，没你好果子！

贾罗锅子　谢尔盖来了我就杀了他！（哭喊着欲下）

〔吴场长上，迎面撞上贾罗锅子。

吴场长　（捂住贾罗锅子的嘴）你要坏我的大事，我饶不了你！

贾罗锅子　她是我老婆，你们为啥拆散我们？

吴场长　你没登记就搬到人家去住，算哪门子夫妻？我还没处分你呢。

贾罗锅子 （委屈而又伤心）是她不愿登记的。老骚货，原来心里一直想着这个老杂毛！（大声吼着）怪不得她光让我干活，不让我上炕呢。这事没完，别以为我好欺负！

吴场长 行了，我叫你爹还不成吗？全林场两千多口子要吃饭，你老人家就忍了吧。

贾罗锅子 我没法忍！“文化大革命”她让造反派斗得就剩一口气儿了，场里没有一个人敢给她送口水喝，是我把她偷偷背进大山救了她一命。天天给她熬人参汤，给她做饭烧水，打柴火、劈柈子、洗衣服，连骚裤衩子也是我给她洗的！

吴场长 场里的人都夸你老贾讲义气。再说了，你也没吃亏啊。你没登记也没过礼就长期霸占人家良家妇女，长达二十年之久。

贾罗锅子 她也算良家妇女？至少跟十个野汉子鬼混过，破鞋！

吴场长 行了，明个我保证给你找个老伴，给你盖间新房，让你到啤酒厂打更，不算退休费每月再给你一百五十块补贴，这个条件可以了吧？

贾罗锅子 你说话算数？

吴场长 算数！只要你不再纠缠她！

贾罗锅子 谁稀得理她？一身毛子娘们儿狐臭味！（欲下，回头）场长，给我找个少兴点的。（哼着二人转得意地下）

吴场长 让谢尔盖当啤酒厂技师，总能维持生产了吧？

何副场长 只是维持，解决不了根本问题。

吴场长 先维持一下，等我再想办法。

何副场长 有办法你早想了，不行，我替你跪着签字！

吴场长 用不着你孝顺。他是在报复我呢。

何副场长 （急得直转圈）这可咋办啊！

吴场长 放心，天塌下来有你二叔我顶着呢！

何副场长 啥时候了你还开玩笑！……娘们儿，娘们儿！（下）

〔吴场长进了卧室。

〔张海林带着采伐队回来了，因为桥被拆了没能进山，憋了一肚子火。

张海林　吴常福，你敢拆我的桥，我就敢逮捕你！

吴场长　啥事呀吵吵巴火的，你们是没吃饭吧？

〔张海林一行列队摆出了打架阵势。

张海林　少来这一套，大木桥是不是你拆的？

吴场长　没错，为县里修高速公路义务献工嘛。

何副场长　这事是经过县里批准的，跟林业局没关系。

张海林　我没问你！（对吴场长）你明明知道局里要去采伐那几个林班，你为啥还把桥拆了？

吴场长　不知道，从来没有人通知我要伐哪几个林班，再说我和局里签的承包合同也没有这一条。

张海林　我命令你赶快把桥给我修好！不然就以破坏罪把你抓起来！

吴场长　你小子在娘胎里受了风，脖子歪了不说，一张口就冒斜（邪）气。

张海林　我看不动真格的你小子不能认罪呀，把他带到局里说清楚！（向随从公安员使眼色）

〔众人上前欲将吴场长抓走。

吴场长　（死活不走，高声呼救）干啥，要绑票啊？大伙儿看看啊，这老张家人多霸道呀！大伙儿来看看啊！我不让他们伐原始林子，他们就抓我！

〔吴场长使劲呼救。工人、家属，纷纷上前抗议局里抓人，抗议局里砍伐原始森林。双方由吵嚷到动手脚，拉开了决斗的阵势。陈巍急上。

张海林　（害怕事情闹大，欲走）姓吴的，你等着，我不信治不服你。（对公安员等）走！

陈　巍　张副局长请等一下！

张海林　这是我们林业局的事，和你业务员没关系！

陈　巍　无论怎样你也不能这么做。快向吴场长道歉！

张海林　他把大木桥拆了，三万方木材运不下山，等于我们单方面撕毁合同，要罚款五百万呢。

陈　巍　如果有个办法既可保住那片原始林子，又可以弄到三万方木材做成这笔生意，岂不两全其美？

张海林　你吹气呢？三万方木材能从天上掉下来？

陈　巍　（把合同书向张海林展开）这是吴场长他们和苏联签订的劳务出口合同。中方在苏联从事伐木清林集材等劳务，为期两年。完成合同规定的指标之后，苏方用红松，以瑞士法郎作价付给中方劳务人员报酬，两年内共付给中方红松三万立方米，交货地点就在县海关火车站。

张海林　（看着合同难以置信）这——

陈　巍　这样干上十年二十年，不但山林可以休养生息，青山常在永续作业，经济效益也成倍翻番。这不是两全其美的最佳选择吗？

张海林　（折服了）陈巍……我算服你了！噢，我还忘了，这有你封信。是从北京寄来的，像是林林写的……

陈　巍　（看信）特快专递？是林林写的。（拆开读信）“妈妈，告诉你个不幸的消息：会考中学的前一天，我的老病又犯了，发高烧，双手抽筋儿，连笔也拿不住，没法写字不能参加考试，老师对姥姥说只好等明年再考了。姥姥叫你快点回来，跟学校求个情，也许能让补考。如果真的不能在北京上学，就让我跟你一块到林区去吧。我想爸爸，我要爸爸，我本来就是大森林里的一粒种子，我爱大森林……就让我和林区的小朋友、小松树、小松鼠一块成长吧。妈妈，你快回来接我来吧！”

张海林　陈巍，你别急，我马上坐飞机去北京接林林。只要你和林林回到我身边，我今后一切都听你的！

吴场长 （激动万分）把孩子接到这儿来念书吧！

王调度 小陈，快点走吧！

何副场长 把孩子接来吧！

小 丛 陈巍姐，你快走吧！

〔陈巍起身疾步欲下。

吴场长 等等，（回屋取出老山参）小陈，把这棵老山参带上吧，或许会有用。

〔陈巍看着众人真诚的目光，转身坐了下来。

何副场长 （对吴场长）小陈不放心这儿的工作！

张海林 陈巍，你放心走吧，我和老吴会合作好的。老吴，为了咱们大青山的下一代，咱们都得向老穆大爷学习，不为名不为利，一切为了大青山！我爹过去有对不住你的地方，我今天替他向你赔礼了！

吴场长 张局长，你这句话真像一把火，林林的信像一桶油，烧得我撕心裂肺的。王调度，你去通知王耀祖，今晚举行签字仪式！

众 人 （关切地望着吴场长）场长！

〔暗转。

〔月色溶溶，于曼在月色中沉思。王瘸子前来送衣服。

王瘸子 曼儿，你站在这干啥呀？

于 曼 我想让山风吹一吹，心里火烧火燎的。

王瘸子 可别凉着。

于 曼 我这次回来，感触太深了！……我忽然在老吴身上发现了以前没有发现的东西，山林里的汉子骨头还是硬啊！

王瘸子 （怔住了）曼儿，你想……

于 曼 老王，你想哪儿去了，能吗？……这二百万一定得投，你让老吴跪下签字有点太过分了。

王瘸子 咱那二百万不是捡来的。（与于曼下）

〔暗转。

〔签字仪式在十字街口举行，双方代表正襟危坐气氛严肃。群众前来围观。

王瘸子 （向吴场长）合同还用再念一遍吗？

吴场长 不用了，就这么点事。你们公司投资二百万与我公司啤酒厂联营。

王瘸子 第一期合同为五年，以后——

吴场长 没有以后，就五年。五年后连本带利一块退给你！签字吧。

王瘸子 （签字）请甲方签字吧。

〔群众关切地注视着吴场长。

吴场长 （拿起笔沉思）你不是让我跪着签字吗？我答应你的条件。

众　人 （激怒）场长，不能答应他的条件！

何副场长 耀祖，让我代表吴场长签字吧？

〔老穆头儿及收过王瘸子西服的人挤到签字桌前，他们当众脱掉西服，摔在王瘸子的面前。

老穆头儿 王耀祖，你侮辱场长就是侮辱全场的老少爷们儿！你送的西服咱们不要，从此不认你这个老乡！

于　曼 耀祖，你赶快收回这个决定！

众　人 场长，不能签！

〔二愣子动手欲揍王瘸子，被陈巍拉住。

王瘸子 老少爷们，也让我说几句。我王耀祖从懂事起就受别人欺负，可从没欺负过别人。从我记事起就怕两件事：一怕挨饿二怕挨打，我是娘用苞米糊糊喂活的。我这腿咋残的，大伙儿都知道，所以我恨那些欺负过我的人。我想用二百万买个人间公道。可是于曼、陈巍苦口婆心劝我，特别陈巍有意让我去苏联考察，使我这个土包子开了洋荤，我感到自己心胸太狭窄了……

于　曼 那你为啥还不收回条件？

王瘸子　签这份合同我不放心啊。这二百万可不是大风刮来的。我是九死一生拿命换来的！办酒厂第一次失败之后，为了还银行贷款，我把我抵押的老娘的房子卖了！八十多岁的老母亲，十冬腊月搬到四面透风的大工棚里去住。……第二次失败之后我被债主逼得喝了敌敌畏！

于　曼　（抽泣着）你说这些干啥？

王瘸子　我真怕这二百万打水漂儿啊。之所以提出跪下的要求，一是想找回当年的那一跪，二是看看吴场长有没有真干的决心。老吴，我今天重新认识你吴常福，你还是大森林里的一条好汉，山里的爷们儿是好汉，我信得过你！特别是有我最崇拜的陈巍帮助建啤酒厂，我更充满信心，那个条件我收回！

〔众人鼓掌。

吴场长　不，不用收回，我吴常福今天不是给王耀祖下跪，我是给全场的老少爷们儿下跪，给咱们大森林下跪！我吴常福当段长、场长三十多年，把林场造得破狼破虎的，大家跟着我吃苦受罪了！我这辈子天生骨头硬，从没服过软儿，可眼下看着那些山东盲流子成了百万富翁，南方一个小屯子，一年的总产值几十亿。我们十多个林业局，几十万人绑一块，干不过人家个小屯子，不服软儿行吗？老祖宗留下的富饶大森林把咱们吃懒了、吃傻了，靠山吃山，坐吃山空，到头来我们倒成了穷光蛋，去找当年的叫花子借钱。这是咱山里人的奇耻大辱！不怪天不怪地，只怪我吴常福无能……

众　人　场长，林场没搞好，咱们人人有分，不能全怪你。

王瘸子　老吴，我也是林场的老职工，我也有责任，大哥我和你一块向大森林请罪。

吴场长　你的祖坟不在这大青山。（庄严地跪下，对天呼唤）大青山，我吴常福向你谢罪了！

众　人　（唰地一齐跪下）场长！

〔静场。忽然在寂静的大森林中传出孩子的喊号子声，歌声清新、甘甜、质朴，充满朝气，众人回首向歌声望去。

〔音乐渐强。

〔切光！

——剧终

原载《剧本》1994年7月号

1993年荣获中宣部“五个一工程”奖

地质师

（四幕话剧）

杨利民

时　间　1961 年至 1994 年。

地　点　北京站前大街 38 号楼的一个单元。

人　物　洛明（绰号骆驼）、罗大生、芦敬、曲丹、刘仁、铁英、送信人。

第一幕

〔1961 年 9 月 4 日傍晚，4 点 10 分。

〔站前大街一幢楼房中的单元。这是一个故去的地质学者的家，透过四楼的窗子可见到北京火车站的大钟，甚至可以听到钟声……客厅的陈设很朴实，重要的是有一张大照片挂在显著的位置——上面一个老者牵着骆驼面对苍凉的大沙漠。一个老式的花架上摆着一截岩心，还有一盆仙人掌之类的东西放在墙角处，客厅有四个门，左侧是进来的门，右侧是通往厨房的门，中间的两个门通往卧室和卫生间。通过卧室的门可以看见室内的床和书架。

〔幕启的时候芦敬刚洗过头，她甩着湿漉漉的长发从厨房出来。芦敬穿着六十年代常见的白衬衣和蓝色的背带裤，别着一枚北京石油学院的校徽。此刻她正抖干头发，编着辫子。

〔洛明悄悄地推开门，露出半个身子。他又瘦又高，还有点驼背，穿着一件褪色的旧学生服，别着两支钢笔，手里拎着一包饼干。他显得极敦厚真诚。

芦　敬　（惊喜地）洛明？——骆驼！

洛　明　（笑笑）正是在下。

芦　敬　干吗站在那儿。快进来快进来！你先坐，我把头发编起来。……哎，你怎么找到我家的？

洛　明　你忘了，三年前咱们班在十三陵水库劳动，你亲口告诉我的。

芦　敬　那你为什么才来？

洛　明　（停了一下）我想……下周一我们就要大学毕业分配了。也许从今后，我们在生活的大海里就要分湾自流了，从此天涯海角……

芦　敬　（笑了）没想到你还那么浪漫。

洛　明　我想，总该来认认门儿。你是咱们班家在北京的女同学，将来路过这里，兴许有个落脚的地方。

芦　敬　看你说的！我们不光是同学，还是好朋友呢。你、我，还有罗大生，咱们三个是班级的课代表啊！你干吗总站着。坐嘛。我给你泡茶。哎，上周咱们三个人在天安门前的合影呢？还没取回来呀？

洛　明　大生说他去取。（递过饼干）这个……

芦　敬　你怎么还买东西呀！骆驼，咱们三个的合影纪念照上，应该写一句话。

洛　明　应该写上——当我们在一起的时候！

芦　敬　对对！太棒了！

〔停顿。

洛　明　本来想多买一点，可我只有半斤粮票。

芦　敬　这就不错了。听外地的同学说，全国许多地方遭受自然灾害，人们在饿肚子。

洛　明　生活在北京总是幸福的。

芦　敬　首都嘛，全国都得保着它。

洛　明　你妈妈呢？

芦　敬　她值夜班。

洛　明　（走到窗前）你们家的位置挺特别。

芦　敬　为什么？

洛　明　从这儿可以看见火车站的大钟。

芦　敬　静的时候，还能听到钟声呢。

洛　明　（朝外望着）钟声……

芦　敬　你看什么呢？

洛　明　看站前广场上的人群。我想起两句诗——“有多少时钟阅尽人间沧桑，茫茫的人海啊你将去向何方？”是啊，多少人从这里出发，多少人又从远方归来……多少人凯旋荣升，多少人又从这里流放他乡……

芦　敬　你今天是怎么了？同学五年也没听你说这么多话，还满嘴的词儿。喝水吧。

洛　明　可能是要分别了吧……（站在那幅在沙漠里拉着骆驼的地质学家的照片前久久地凝视着，透过背影可以看出非常激动）

芦　敬　怎么，你又在……

洛　明　不！我为这幅照片激动。

芦　敬　那个拉着骆驼的人就是我父亲。

洛　明　（自语）太美了！骆驼是沙漠里的船，是有生命的帆……芦敬，你父亲是个了不起的人！

芦　敬　（伤感地）两年前，就是五九年九月，也是北京香山枫叶初红的时节，爸爸永远消失在塔克拉玛干大沙漠里。他是第一位拉着骆驼走进大沙漠寻找石油的人。走时，他对妈妈说，在第一个五年计划里，唯有石油没有完成国家计划，这是搞石油地质的人的耻辱！他走了，再没回来……

洛　明　他会回来的……

芦　敬　在梦里，我常常看见他回来。爸爸背着地质包，大漠的太阳把他晒得黑亮……我就倚在窗口，望着北京火车站上的大钟，看着那指针，等待着南来北往的车辆……

〔芦敬的一只手挡住眼睑，说不下去了。洛明走过去，颤抖着想抚慰她的秀发，但没敢。

芦　敬　（抬头看着洛明那只手）你，你刚才……

洛　明　（慌乱地）我，我是想，想劝劝你。

芦　敬　那为什么不劝劝我呢……

洛　明　我……

〔停顿。

芦　敬　在咱们班，大家都觉得你很神秘，有时也很古怪，总是一个人躲起来看书，从没听你谈起过自己的家庭和亲人。

洛　明　……有什么好谈的，我是孤儿。

芦　敬　（震动）孤儿？真看不出！

洛　明　有一次你在班委会上赞扬我，说我天一亮就起床在操场上读书，其实我是饿得睡不着觉。还有……

芦　敬　什么？

洛　明　能看到你在小树林里梳头。

芦　敬　（笑了）你还干这事儿！

洛　明　反正要毕业分配了，我就都向你交代了吧。你知道，每次在饭堂排队买饭，我为什么总是站在你后面吗？我是……

芦　敬　你是个敦厚的大坏蛋！要是让老师知道，非给你操行打三分。

洛　明　我不在乎了！

芦　敬　是啊，该说再见了……你打算去哪儿？

洛　明　服从分配。

芦　敬　听说，我们可能去大东北的松辽平原。那儿，一过哈尔滨非常寒冷，最冷的时候可达零下四十多度。

洛　明　没关系！

芦　敬　听你宿舍的同学说，你连条棉裤也没有，被子也太薄。

洛　明　（笑着）没关系！我是骆驼。你知道骆驼吗？它除了耐饥渴，耐干旱，有韧劲儿，还有一个特殊的功能，那就是当它死后，它的体内还有一个水囊，拿出来还能救人。……芦敬，我要去远方，去天边外，一直朝下走去！走进土地，走进地层……

芦　敬　（激动地）骆驼……

洛　明　（激动地）芦敬，我喜欢你！真的喜欢你……

芦　敬　……

洛　明　我没勇气说出来。芦敬，我真的……

〔洛明顺势亲了一下芦敬的脸颊。芦敬慌乱地闪开他，这使洛明一下摔倒在地上。两人尴尬地对视着。

〔突然传来敲门声。

芦　敬　你看你呀，真糟糕！快起来吧。

洛　明　不，我要你扶我起来。

芦　敬　（扶洛明起来）你这个坏蛋。请进。（开门）

〔罗大生风风火火地走进来。

罗大生　怎么才开门？（看见洛明）啊，你在这儿？

洛　明　我使你感到吃惊了？

罗大生　没什么。你和她在一起，还是比较安全的。

洛　明　（愤怒地）我不安全！

罗大生　我可不喜欢争先恐后。

洛　明　但也要抓紧时间。

芦　敬　行了！小伙子们，别闹了。

〔停顿。

罗大生　朋友们，我们三个人在一起应该是最快活的，今天是怎么了，突然别扭起来了？

洛　明　我还是先走吧……

罗大生　那我可要荣幸地留一会儿。

洛　明　时间不早了。

罗大生　你不想看看我们三个人的合影吗？（掏出照片）

芦　敬　（夺过）快给我看看！

〔芦敬看照片，洛明、罗大生站在她身边——那正是照片上的画面。

罗大生　我让摄影师写了一句话——未来的地质师！怎么样？

芦　敬　太棒了！这是咱们三个人共同的梦想！

罗大生　来，把手都伸出来，让我们握在一起！到艰苦的地方去，到祖国最需要的地方去，为祖国的石油事业贡献一生，实现我们的梦想！

芦　敬

罗大生　乌拉！

洛　明

罗大生　洛明，你快到学生处去，我跟他们说好了，给你补助二十尺布票、三斤棉花票、十五元钱。快去吧，马干事正等着你。

洛　明　那我先走了。（下）

〔停顿。

罗大生　芦敬，我有一个最重要的消息！

芦　敬　什么重要消息？

罗大生　（跃跃欲试地）在东北的高寒地区，松辽石油大会战已经全面打响了！

芦　敬　这些同学们都知道一些呀。咱们上一届的同学有的已经去那儿了，其中还有我一个不错的朋友呢。

罗大生　具体的是松基三井见到工业油流后，他们甩开勘探，挥师北上，先后在杏南、萨尔图又打了两口探井，都喷出了高产油流。这样，三口井就定了乾坤。中共中央在今年二月二十五日批转了石油部关于组织松辽石油大会战的报告。

芦　敬　要是爸爸还活着多好啊！祖国贫油的日子就要结束了！

罗大生　这是个好机会，你懂吗，芦敬，这是个施展才能和锻炼自己的好机会呀！人生紧要之处就是几步的事儿！你想，陆相沉积大油田，它粉碎了传统的只有海相沉积才能生油的理论，在全世界也是一个崭新的课题。任何一个项目只要搞成了，都是世界级水平的！你明白吗？

芦　敬　我们要服从分配，谁知道自己会分到哪儿去呢？玉门、青海、新疆？谁知道呢……

罗大生　我正是要告诉你这些！我从学院领导那儿透来了消息——我们这届毕业生，可能连锅端！

芦　敬　都去东北？一个不剩？

罗大生　（抓住芦敬的手）是这样！芦敬，我们又在一起了。一起工作，一起生活，一起学习，永不分离，是同学也是战友，这多好啊！

芦　敬　（也很感动）是啊，我们班这个集体，相互帮助，相互支持，为祖国的石油事业奉献青春和生命，无论是吵架还是和好，都说明我们在前进。

罗大生　等有一天，我们老了……我们会对后人说，我们这一

代……（激动地拥抱了芦敬，但这种拥抱完全是同志式的）

〔洛明悄悄地返回来。

洛　明　对不起……和他在一起是有点儿不安全。

罗大生　（惊奇地）哎？你怎么又回来了？

洛　明　看院子的老头把大门锁了，我出不去……没办法，我又不能总待在楼道里。

罗大生　这下好了，看来我们得在这儿住一夜了。

洛　明　正好有点儿头晕。

芦　敬　什么？

罗大生　要不，我们三个聊它一夜。

洛　明　总能找到话题的。

〔罗大生和洛明都坐下来。芦敬睁大了眼睛，看看这个看看那个。

罗大生　走前，学院要举办一次联欢会，咱们班要搞个合唱——《地质队员之歌》。

洛　明　（唱）"是那山谷的风，吹动了我们的红旗。"（声音高起来）"是那狂暴的雨……"

罗大生　对对。

芦　敬　（发火地）行了！你们俩都给我爬出去！

罗大生　爬出去？

洛　明　这可不好，都是亲同学。

芦　敬　妈妈回来怎么说，屋里有两个大小伙子？走吧，我带你们从院墙爬出去。

洛　明　（不情愿地）那好吧……

罗大生　我大小也是个班干部啊。

芦　敬　（笑着）放下架子，请吧。

〔暗转。

〔第三天上午9点30分。

〔室内的阳光很明亮。光线从窗口射进来，一切都显得十分和谐。

〔胖姑娘曲丹戴着高度近视镜在纫针，她与芦敬正往一条新棉裤上缝扣子。

曲　丹　你妈妈可真厉害，一夜缝了一条新棉裤，早晨又匆匆去医院。

芦　敬　给我吧。看你那个费劲劲儿。

曲　丹　我就不相信我穿不上这条线！

芦　敬　我也是多嘴，跟妈妈说了我们一个同学没有棉裤。

曲　丹　可我们缝个扣子还这么困难……芦敬，你妈妈总是那么忙忙碌碌，一辈子为了别人。我在路上碰到她，看她手里端个小饭盒，说一个烧伤的孩子吃不了硬东西，她给熬了面糊糊。她真好。

芦　敬　可妈妈常常独自流泪。

曲　丹　为什么？

芦　敬　她想念爸爸……爸爸常年外出，她一次都没送过。可后来我发现，每次爸爸远行的时候，她都站在窗口望着他的背影，一直等他消失在检票口……

曲　丹　这才是真正的爱情！

芦　敬　而爸爸每次回来，一下火车也总是先望望我家窗口的灯光……

曲　丹　（突然抽泣起来）别说这些了！我受不了……

芦　敬　你怎么了？

曲　丹　我，我昨晚出事了。

芦　敬　你别吓唬我。

曲　丹　真的。你知道刘仁吧，就是那个学储运专业的，全院有名的吹牛大王，他说他爷爷在东北给林彪剃过头。

芦　敬　知道知道。他不是给你写过情书吗？

曲　丹　别提了。昨晚他在学院的小树林里正式提出要跟我谈对象，而且还拥抱了我，吻了我……

芦　敬　你没反抗？

曲　丹　没有……关键是我不想反抗！浑身像触电一样，心跳得不得了，幸福极了。芦敬，我是不是堕落了，想过资产阶级生活了？可他是那么真诚，浑身发抖，流着泪水……他说一辈子都不让我受委屈。

芦　敬　这是不是太快了点儿？

曲　丹　他说，爱情就像北京的水爆肚，得掌握火候，时间短了不熟，时间长了咬不动，一开锅就得下笊篱！你说这理论站得住脚吗？

芦　敬　（大笑起来）我不知道。

曲　丹　像你爸爸妈妈那样多好！默默的、深深的、长久的……

芦　敬　我爸爸妈妈可不是水爆肚，他们是六必居的老咸菜，越老越有味儿。快把这几个扣子缝上吧，一会儿骆驼来取棉裤。

〔曲丹和芦敬缝棉裤上的扣子。

曲　丹　哎，你怎么样？

芦　敬　什么怎么样？

曲　丹　罗大生和骆驼你喜欢哪一个？

芦　敬　都喜欢。

曲　丹　那又不能两个都要。

芦　敬　你说什么呀！

曲　丹　芦敬，你必须选择！他们两个，哪一个最好，你更倾心哪一个。你懂吗？

芦　敬　咱俩最好。

曲　丹　去你的。这可是严肃的问题。

芦　敬　你说呢？

曲　丹　当然是罗大生。他是咱们学院的白马王子，聪明能干，人长得又帅气。你看骆驼那个熊样，怪里怪气，吭哧瘪肚，一副穷酸样。你要是嫁给他，那就是一朵花插在牛粪上了。

芦　敬　（停了一下）……可我更喜欢骆驼。

曲　丹　天哪！爱情是魔鬼。

芦　敬　喜欢是喜欢，爱是爱。我想工作几年再说吧。

〔敲门声。

〔洛明和罗大生进来。罗大生显出一副颓丧的样子。

曲　丹　取条棉裤还要两个人吗？

洛　明　我有什么办法。人家是咱们的班长嘛，说要代表学院找芦敬谈话。

罗大生　（举起拳头）我今天不想说话，可没准拳头会说话。

曲　丹　你疯了？还想动武！芦敬给骆驼做条棉裤就把你难受成这样！啧啧啧，真小气。是啊，嫉妒就是爱，就是动力呀。可我告诉你，这条棉裤，是芦敬的妈妈用一夜时间做的。

洛　明　（拿起棉裤）妈妈！谢谢。

芦　敬　穿上试试吧。

洛　明　还是回宿舍试吧。

芦　敬　不合适，好改。

罗大生　（烦躁地）快脱吧，试完好走！

芦　敬　（制止地）大生！

〔洛明不好意思地脱掉外裤，露出带补丁和大窟窿小洞的旧线裤。他显得很滑稽，抖抖地穿上新裤，感到又温暖又幸福。罗大生不耐烦地看着洛明。

洛　明　（走到罗大生面前）班长，你看，又合身，又暖和。

曲　丹　骆驼，你就别说了。

芦　敬　大生，你找我有什么事儿？

罗大生　哎，怎么说呢……

〔停顿。

〔刘仁出现在门口，他手里拎着一捆口罩。

刘　仁　我能进来吗？

曲　丹　你怎么找到这儿来了？

芦　敬　快请进来。坐，坐嘛。

刘　仁　（进屋）我叫刘仁，咱们虽然不是一个系的，但却常见面。我这次也要去东北，咱们将一路同行。我不知道我是否能成功，但我必须积极努力。请同学们多指教。

曲　丹　你快坐那儿吧！

刘　仁　（看看周围的人）是。

曲　丹　你干吗买这么多口罩？

刘　仁　给同学们一人发一个。你们知道吗？我爷爷在东北抗联打过日本鬼子，曾经在大雪地里冻掉过半口牙。

洛　明　（换好裤子）为什么是牙，而不是别的？

刘　仁　这也是知识！如果在寒冷中待得太久，进屋就喝开水，那牙齿就会立刻炸掉——嘭！

〔大家一愣。

刘　仁　我生在大北方。到了冬天，狂风卷着碎雪，在冻裂了的土地上像跌扑的小银蛇，贴着地皮，嗖嗖地钻来钻去，当地人叫大烟泡！

〔大家战栗了。

刘　仁　所以，同学们得先戴口罩，等习惯了就好了。我爷爷的一个战友，在雪地里待了三天三夜，结果回到屋里，一摸，鼻子掉了，又一摸，耳朵也掉了。所以，冻伤以后不要碰，得用碎雪一点儿一点儿地缓。

曲　丹　这太可怕了。

刘　仁　不过，为了甩掉祖国贫油的帽子，值得！你们知道吗？建国初期我们的石油只有十二万吨，而美国的日产量是一百八十万桶，一天的产量相当于我们两年，到了六十年代，美国的洛克菲勒石油家族，从华尔街到华盛顿，从政治到经济，无不打上这条石油大鳄的烙印，所以他们才这么霸道。

曲　丹　你就白话吧，早晚得犯错误。

刘　仁　这没啥，我根红苗正，苦大仇深。我爷爷给林彪同志剃过头。

曲　丹　又来了。

〔大家都笑了。

刘　仁　昨天我在决心书上写了一首诗。

芦　敬　念给我们听听。

刘　仁　“石油滚滚乘东风，革命青年代代红。社会主义往上升，帝国主义倒栽葱。”

〔大家沉默不语。

刘　仁　不怎么样吧？

〔大家又都笑起来。

曲　丹　快跟我走吧，别在这儿出洋相了。

刘　仁　东北见！

（曲丹拉刘仁下。

芦　敬　小伙子们，都坐下吧。他挺有意思的。

洛　明　曲丹和他好上了。昨天晚上我看见他俩在小树林里……

芦　敬　你干吗跟我说这个？

罗大牛　他离了爱情就没法活了！

洛　明　男子汉没这个也能活！

芦　敬　都给我住嘴吧！要么走，要么在这儿坐一会儿。你们俩是怎么了，平时好得像一个人似的，可这几天见面就吵。

洛　明　（拿上棉裤）看来，还是我走吧。

罗大生　回来！

芦　敬　大生，你今天有点儿不对劲儿。

〔停顿。

罗大生　……芦敬，你可能去不了东北了。

芦　敬　（一惊）为什么？

罗大生　学院教务处让我给你透个信，好让你有个思想准备。

芦　敬　准备什么？

罗大生　准备留校当、教、师！

芦　敬　（不相信地）不，不不！这不是真的。为什么大家都能去，只把我一个人留下来……这不公平！不公平！（扑到桌子上哭起来）

罗大生　（不知如何是好）你看，当教师也很光荣，总得有人去干。祖国的石油事业发展得这么快，培养后备人才，也是件大事嘛！洛明，你说是吗？

洛　明　对对，你在北京，我们会来看你……

罗大生　学院也是好意。觉得你品质好，学习成绩优秀，不是谁都能当教师的。还有，你母亲她一个人，身边也没有……

芦　敬　不！我不是懦夫，我不留恋大都市，贪图安逸，我什么苦都能吃，我不怕死……

〔洛明走过去想安抚芦敬。

芦　敬　你把手拿开！不要你们安慰我。都给我出去！

〔罗大生和洛明默默地站着。

〔有一列客车鸣着笛驶出火车站。

〔暗转。

〔三天以后，下午 4 点 30 分。

〔室内的小桌上摆着一点糖块和瓜子，还有几个苹果和一壶茶水。

〔气氛非常热烈，罗大生、洛明、刘仁、芦敬和曲丹都在场。他们有的手里拿着杯子。有的在嗑瓜子。大家七嘴八舌地谈论着未来的生活。

罗大生　先静一静，静一静。芦敬老师要给大家说几句。

芦　敬　在你们面前我还不敢称老师。……三天前，我还为不能跟你们一起去东北而哭了一鼻子，真不好意思，但这会儿我想通了。不然服从分配就是一句假话。

刘　仁　你是我们的留守大将军。

曲　丹　别插嘴。

芦　敬　明天，当北京火车站的钟声响到六下的时候，我亲爱的同学，就将远离母校，远离北京，去到那遥远的地方了……这会儿，我多想说一句：我舍不得离开你们，我爱你们……（哽咽）现在你们都打好了行装，捆好了书本，整装待发了。但是，我想让你们记住，北京还有你们的一个老同学，这儿就是你们的家！无论走到哪里，无论地老天荒，我们的友谊是长存的！

〔有的人已经流着泪水。

芦　敬　明天，我就不去送你们了……我，我怕挤在人堆里受不了，不愿意说那声“再见”……来吧，妈妈让我把你们请来聚一聚，为你们饯行。咱们以茶代酒，干杯！

〔大家举起了杯子，相互碰了一下，接着便沉默下来，谁也不说一句话。

〔敲门声。芦敬开了门。

〔送信人是位十八岁的女孩。

送信人　401，你家的报纸和信。

芦　敬　谢谢。怎么……

送信人　妈妈退休了，我接了班。

芦　敬　你可真年轻漂亮。

送信人　我这是第一天，还不熟。送晚了请原谅。再见。（下）

芦　敬　（惊喜地）快看！东北来信了！

〔曲丹夺过信，看地址。大家都凑上来。

曲　丹　怎么是安达县农垦302场？

刘　仁　现在松辽大油田对外还是保密的，要防止外来间谍窥探情报。据我爷爷讲，安达县就在松辽大平原的腹地。

曲　丹　快看信上写些什么？（欲撕开信封）

罗大生　慢，这得芦敬同意，或许这封信也是保密的呢？

芦　敬　别酸溜溜的，保什么密！这是上届校友阿南写来的。快拆开看吧，大家也了解一下东北的情况。刘仁，你给大家念念。

刘　仁　（激动地念信）"芦敬，你好！分别已久，然而回信却是迟了一步。如果你能想象出我是在何种艰苦的环境里生活和工作的，那你就一定不会生我的气了。"（停了一下）"去年冬天，随着一声火车汽笛的长鸣，我永远告别了北京。列车掠过一片片田野、一条条河流、一座座城市，把我们带到了一望无际而又无依无托的大荒原上。第一夜，大风雪就撕开了我们的帐篷，卷走了我们的图纸……"（跳过几行）看这儿！"没有经过革命战争洗礼和艰苦岁月考验的年轻人说，到了这里，更懂得了什么叫革命。身经百战的将军们赞誉这里的石油人'是一支穿着蓝制服的解放军'。"

罗大生　下面下面。

刘　仁　（接着念）"芦敬，你知道吗？这儿有一个石油工人，叫王进喜，是从玉门来的，大家都叫他铁人。他身上有一种克服困难的伟大的民族精神和对人的博爱的人格力量。他是1205钻井队的队长。去年三月，钻机运到了，没有起重设备怎么办？他同工人们一起，硬是人拉肩扛，将六十多吨重的钻机，搬到十公里外的井位。绳子拉断了，撬杠撬弯了，肩头、手上流出了血，但没有一个人叫苦……铁人王进喜说：宁肯少活二十年，拼命也要拿下大油田！"

〔停顿。大家沉默不语。

〔刘仁擦了一下眼泪，把信递给芦敬。

罗大生　太伟大了！我们知识分子要好好学习铁人，努力改造世界，勇往直前，天天向上。

洛　明　我看，搞油田地质的，最好天天向下。

芦　敬　好了。不管向上向下，我们都是一个目标！再过二十年、三十年，会是什么样子呢？我想起了保尔说过一段话："当回首往事的时候，不因碌碌无为而羞愧，也不因虚度年华而悔恨。"我提议，在这即将离别之际，咱们一同唱首《地质队员之歌》吧。曲丹，你起个头。

曲　丹　（唱）"是那山谷的风"，唱！

（一同唱起歌，这歌声充满着激情，有的人眼里涌满泪水）

是那山谷的风，

吹动了我们的红旗。

是那狂暴的雨，

洗刷了我们的帐篷。

我们有火焰般的热情，

……

〔火车站的钟声响起。

〔灯光暗转。

〔幕落。

第二幕

〔1964年1月6日下午3时。

〔仍是那间房子，但有了些变化——因为近三年的时间过去了。

〔天空在飘雪，北京火车站的时钟响了三下。芦敬显得成熟了，她梳着齐耳短发，出落得亭亭玉立，文静而又漂亮。此刻，她正在批改学生作业，身旁放了许多教科书和笔记本。

〔送信人上。

送信人　401，报纸和信。

芦　敬　（开门）谢谢。

送信人　今天的报纸上有好消息。（掏出几块糖来）吃几块喜糖吧。

芦　敬　为什么？

送信人　我昨天结的婚。

芦　敬　祝你们幸福！怎么，结婚也没休几天？

送信人　不行啊，一个萝卜一个坑。再说别人对用户也不熟。明天见。（下）

芦　敬　（翻开报纸，被头版的消息震惊了，立刻欣喜若狂，下意识地读起报纸）“我国石油基本自给，《第二届全国人民代表大会第四次会议新闻公报》宣布：我国需要的石油，过去绝大部分依靠进口，现在已经基本自给了，中国人民使用洋油的时代一去不复返了！”（跳起来）太棒了！

〔电话铃响。

芦　敬　（接电话）是我，是我……（停顿）怎么不说话？别沉默了，请讲话呀……（惊叫一声）什么……是你吗？天哪！真的是你吗？终于回来了……你现在在哪儿？楼下？那你为什么还不立刻上来，让我在电话里跟你说废话！快上来，我等你！当然……我还是一个人。（放下电话，有点慌乱，突然笑了，接着又有些伤心，照了照镜子，试着把屋子整理一下）

〔传来敲门声。芦敬快步走到门边，但又返回原处，稍平静了一下。

芦　敬　请进。

〔罗大生推开门。他穿着旧军大衣，围着围巾，肩头洒满雪花，黑了，还隐隐地生出了胡子。他手里拎着旅行袋，默默地站在那里。

芦　敬　干吗站那儿？快进呀！

罗大生　我，我真想拥抱你。

芦　敬　还是握握手吧……勇士。（主动走过去）

罗大生　我梦想着我们重逢的这一天。

芦　敬　我也是……

〔罗大生和芦敬紧紧握手。芦敬帮罗大生脱下大衣，挂好。

罗大生　（兴奋地）你看报纸了吗？

芦　敬　看了，中国人民用洋油的时代一去不复返了！这是个伟大的创举。

罗大生　（炫耀地）我们把石油的年产量，一下子搞到一千多万吨，是建国初期的一百多倍！

芦　敬　快把大衣脱下来吧。外面下雪了？

罗大生　下雪了。今天下午，一走出北京车站，看到宽阔的站前广场，还有那飘飘洒洒的雪花，抬头望着这世界上唯一的北京的天空，我就觉得像做梦一样——难道我真的回来了吗？（笑了）一下子就回来了？

芦　敬　（也笑了）你回来了——真的……

罗大生　我怕我这副尊容吓着你，就先打个电话。

芦　敬　你黑了，瘦了，还长了胡子。你们一定吃了很多苦。

〔停顿。芦敬为罗大生倒了一杯茶。

罗大生　……怎么说呢？那种艰苦是超出人们想象的，甚至超出人的承受能力。（自豪地）可我们是男子汉，真正的男子汉！你相信吗？我曾三个月没脱衣服睡觉，浑身长了虱子，头发长得像囚犯。冬天，手脚都生了冻疮；夏天的雨季，打着雨伞在帐篷里画地层图，脸被蚊虫咬得像馒头……你吃过黄花菜吗？

芦　敬　就是那种叫金针的干菜吗？它可以炒肉。

罗大生　肉？（笑了）要是只放点儿盐，让你拿它当饭吃，你就会觉得自己是食草动物。有的人当了逃兵，有的人生病死在那里……可我闯过来了，连续三年被评为会战红旗手。

芦　敬　这真像一场战争！

罗大生　（从大衣兜里掏出一包东西）路过哈尔滨的时候，我给你买了一条围巾。

芦　敬　（接过围巾围在脖子上，走到镜子前）怎么样？

罗大生　你真漂亮，像林道静。

芦　敬　你呀，真是个会讨好女人的家伙！生活那么艰苦，也没忘记给女同胞捎点东西。饿了吧？

罗大生　有点儿。（还想说）我一到那儿，就成了临时负责人，搞分层对比，开发方案——

芦　敬　（打断）等一会儿，我去弄饭。

罗大生　你妈妈呢？

芦　敬　她当了医院的副院长，更忙了。

罗大生　是啊，你在信中说，家里装了电话。

芦　敬　我是怕失去联系。哎，你这次是来北京开会，还是路过？

罗大生　不是开会，也不是路过，我是调回北京工作了，三天后报到。

芦　敬　（惊喜地）真的？

罗大生　调我去开发研究院工作。当接到通知的时候，我自己都不相信。

芦　敬　真该好好庆贺一下。

罗大生　领导特别看重我！（发现芦敬有点异样）这些年你生活得怎么样？……有没有什么变化？

芦　敬　我在咱们学院地质系，教大学一年级。

罗大生　挺好吧？

芦　敬　生活中不能应有尽有，一切如意——至少我没能像你们一样，悲壮一次。

罗大生　（动情地）别这么想。我回来了……这不是我的错。要是……我们能在一起……你知道，我爱你……（抚摸着芦敬的手，比常礼略显久了一点）

芦　敬　（抽回手）我得去做饭了。

罗大生　好。

芦　敬　什么好？

罗大生　去做饭的时间选得好。

〔两个人对望着，突然沉默了。

芦　敬　你住哪儿？

罗大生　（有点烦躁）还没报到，谁知道住哪儿？我这个傻瓜，头不梳、脸不洗就闯来了。

芦　敬　（抱歉地）别这么说……

罗大生　（发火地）行了！你想知道骆驼的情况就直说！

芦　敬　至少你该跟我提到他，还有曲丹和刘仁……

罗大生　那你为什么不问？

芦　敬　还用我问吗？三年前的秋天，你和骆驼，还有曲丹、刘仁和我，咱们在这间屋子，唱着歌儿一起分手……大生，那是永远也忘不了的，对吗？

罗大生　他没给你写信吗？

芦　敬　没有。这个该死的家伙，见到他，我非踢他两脚！

罗大生　刚一到油田的时候，我和骆驼一起分到地质指挥所，共同参加油田开发项目。不到两年，我们就取得了重大成果。就在准备向油田开发技术座谈会汇报的时候，他突然出了问题……

芦　敬　什么问题？

罗大生　四清中查出，他父亲 1947 年逃到香港，后来去了印度尼西亚……

芦　敬　这跟他有什么关系？

罗大生　你该去问四清工作组！……那次油田开发技术座谈会，我的开发报告引起了极大震动。接着，地质指挥所升为油田研究院，搬进了新房子，我被提升为开发室主任，而他却去了基层——北区东部试验区……别生我的气。我从石油大会战的前线调回来，而他没有，这不是我的错。真的，我和骆驼是最好的朋友，这你知道。

芦　敬　（停了一下）你认为他不可能回来了，是吗？

〔罗大生没回答。

芦　敬　你干吗这样认为？……你要他骆驼怎么样？

罗大生　你，你想说什么？

芦　敬　你心里明白。

罗大生　（大叫一声）别说了！

芦　敬　（跌坐在椅子上）你看，这，这是怎么搞的……

罗大生　（慢慢地走到衣架前，取下大衣，拎起旅行袋）我，我还是走吧……到石油招待所去。

芦　敬　（突然从后面抱住罗大生）别走！听见了吗？……你这样走了，我会很难过的……

罗大生　你需要我吗？

芦　敬　……今天，要不是见到你，我几乎把他给忘了……

罗大生　我真想喝些酒，大哭一场……

〔火车站的时钟响了四下。

〔暗转。

〔三天后，晚 9 点 20 分。

〔室内无人，十分安静。

〔敲门声。过了一会儿，铁英慢慢地推开门走进来。她头戴狗皮帽子，身穿四十八道杠的棉工服，前后搭着两包东西。

铁　英　人呢？……门也没锁。

〔芦敬抱着几本厚厚的书，头也不抬地进门。

芦　敬　（一愣）你是——

铁　英　这是芦敬老师的家吗？

芦　敬　我就是。

铁　英　我从东北来，是油田试验区的采油工，我叫铁英。（放下背着的包）

芦　敬　（放下书）快请坐吧。

铁　英　这是地质员洛明给你捎的东西。没啥好玩意儿——都是东北特产，黄豆、瓜子儿，还有安达产的铁罐奶粉。

芦　敬　这么远的路，还背这些东西，真辛苦你了。

铁　英　没啥！

芦　敬　那你来北京是……

铁　英　我是来部里参加劳模大会的。

芦　敬　祝贺你呀！

〔两人相互端详着对方。

铁　英　你这儿挺好找的，离火车站不远。其实，洛地质员不告诉我，我也能找到。

芦　敬　那为什么呢？

铁　英　（憨厚地笑了）……有一次，我给他拆洗被褥，发现他枕头底下有一大堆信，都是写给你的！邮寄地点——站前大街38号——芦敬。没错吧？

芦　敬　没错……来，喝水吧。

铁　英　（端起水杯）我就纳闷儿，他写了信，为什么不发出去呢？……还有，这个叫芦敬的女同胞长得什么样呢？

芦　敬　（笑了）不就这样嘛。

铁　英　你长得可真文静，一看就像有文化的人。

芦　敬　他怎么样？

铁　英　（泼辣地）别提了，这人太窝囊。我给他洗衣服，就没发现两只一样色的袜子，那些脏衣服全塞在床底下。不过，这人可好了，啥事也不争！试验区好多科技成果都是他挑头搞出来的，可都是别人拿去汇报。像什么注水采油，分层开发，这可都是国际水平的呀！

芦　敬　为什么？

铁　英　他有海外关系，不能出头。有一次可逗了，汇报的人是个外行，于是就把他藏隔壁，不懂的地方打发人来现问。就这样，他也不争。你说这人……

芦　敬　其实，他是个孤儿……

铁　英　我们工人都对他挺好，油田领导对他也有话。

芦　敬　什么话？

铁　英　此人可以使用。

芦　敬　就这些？

铁　英　哎呀，你没看，就这个批示都把他乐坏了。他说，可以使用就行了，这说明我有用，还要求什么呢？

芦　敬　（突然流出泪水）是啊，还要求什么呢……

铁　英　你，你怎么了……我哪儿说错了吗？

芦　敬　没有。他怎么不来北京？

铁　英　来北京？他连节假日都不休，上厕所都小跑。今年过元旦，我们试验区食堂给每个人半斤面、六两肉馅。你猜怎么样？这老兄一共包了两个大饺子，一煮成了一锅粥。（大笑起来）这人可太滑稽了！（停顿）可我喜欢他，我就崇拜有文化的人。都说石油工人一声吼，那石油是吼出来的？那是科学，这个大油田没有秀才们能行？石油工人一声吼，这口号也就是表表我们的豪情壮志。

芦　敬　油田试验区条件怎么样？

铁　英　（站起身）那还用说，苦呗！人家研究院都搬进新楼了。不过，你别小瞧试验区，将来油田长期高产稳产，得靠它拿出方案来！在那个 2.6 平方公里的区域内，洛明带着大家搞了各种试验，分层开采，酸化、压裂……说要超过美国。

芦　敬　（忘情地）骆驼……

铁　英　（看了一眼墙上的照片）对。我们也叫他骆驼！……好了，我得去报到了。

芦　敬　等等。你走时，能再来我这儿一趟吗？我给他捎点儿东西。

铁　英　没问题！咱们也算认识了，交个朋友。

芦　敬　那……再见！

〔暗转。

〔五天后的傍晚，5 点 10 分。

〔芦敬紧张地收拾屋子，像是要迎接什么贵客。透过窗户可见北京火车站的灯光。

〔收音机里播放着《地质队员之歌》："是那山谷的风，吹动着我们的红旗……"

芦　敬　（将收音机音量扭小，拨起电话）大生吗？你快来一下……找领导谈话可以改个时间！你知道吗？我接到了曲丹的电报。她和刘仁今天到北京！……说是旅行结婚，顺便看看母校，看看老师和同学……对了，你在路上买瓶酒吧！（又收拾屋子，还把一瓶花摆到桌子中间）

〔楼道里传来杂沓的脚步声。

〔芦敬赶紧梳了几下头发，这时传来敲门声。芦敬快步去开门，但当她把门打开的时候，她惊呆了，因为刘仁是坐着轮椅被曲丹推进来的。

刘　仁　对不起，学生不能站起来给芦老师敬礼了。

芦　敬　（不知如何是好）……怎么……这是……（帮助推轮椅）……这边，这边……这是怎么了？你刚才说什么？

刘　仁　我是个淘气的学生，总给你们添麻烦。

曲　丹　别理他！他就那个德行，天塌了也不知愁。

芦　敬　（帮助曲丹把轮椅推到合适的地方，然后长出一口气，深情地拉住曲丹的手）非常想念你们。

曲　丹　真像在梦里……

刘　仁　别煽情了。给我弄点儿水喝。

〔芦敬立刻去倒茶水。

〔曲丹从随身带的旅行包里拿出湿毛巾给刘仁擦脸。

刘　仁　我一再和曲丹阐明，我成了残废，不能连累她一辈子。如果一个男人不能给女人带来快乐，那他就应该走开。

曲　丹　你又来了！

刘　仁　我的全部财富，就是我今后的孤独。世界上最可怜的人，就是让人同情和怜悯。

芦　敬　你真有个性。

刘　仁　培尔说：如果你获得了整个世界，但要失去自我，那就等于将一顶王冠扣到苦笑的骷髅上。

曲　丹　（发火地）行了！别白话了！

〔停顿。

芦　敬　你的脚到底是怎么搞的？

曲　丹　你记得当初我们要去东北的时候，他给同学们买了一打口罩吧？

芦　敬　记得。

曲　丹　他说怕同学冻掉鼻子。

芦　敬　当然记得。

曲　丹　他这人就是穷白话！大家鼻子没冻掉，他却把双脚冻掉了。

刘　仁　（纠正）不是冻掉了，是冻伤了。

曲　丹　冻伤了截肢，不跟冻掉了一样吗？

刘　仁　当然不一样。截肢了，将来我还可以装假肢，重新站起来。

曲　丹　你知道他为什么冻伤的吗？

刘　仁　别说了！那只是一个小小的疏忽。

芦　敬　我想知道……

〔罗大生拿着一瓶酒进来。

罗大生　我来告诉你。

曲　丹　大生?

刘　仁　应该是上级领导!

罗大生　芦敬，你不知道吧?刘仁是油田上有名的英雄!

刘　仁　可别拿我当下酒菜。

罗大生　六一年冬天，油田的产量迅速增加，原油外运就成了关键问题。美国情报部门发出这样一条消息:“红色中国在东北高寒地区，发现高产工业油流。但由于不能解决石油在长途运输中的散热系数，他们将一筹莫展。”

刘　仁　于是……

罗大生　对。于是，刘仁接受了这个挑战。他带着两个同志，选择在零下 45 度的最低点出发，站在油罐车的尾部，拿着测温仪，随时观察气温，每隔一小时记录一次。他像哨兵一样，迎着凛冽的风雪，坚守岗位，行程万里，终于攻克了石油外输的难题。

刘　仁　你几乎把那篇报道背下来了……别总说这些了，我自己都不好意思了。(苦笑)像哨兵，我可没说。其实，当时冻得我差点儿没跳车自杀。

芦　敬　曲丹，我想跟妈妈说一下，让刘仁在北京装上假肢。

曲　丹　那可太好了!谢谢……

芦　敬　今晚，你们俩就住这儿吧。来，帮我把刘仁推卧室去，让他躺一会儿，总坐着太累。(和曲丹推刘仁下)

罗大生　我去洗菜。(进厨房)

〔芦敬和曲丹从卧室出来。

芦　敬　你很幸福……

曲　丹　他能干这样一件事，就值得我爱他一辈子。不管今后怎样，我都不离开他……现在我在资料室工作，不下现场，剩下的时间都照顾刘仁。

〔刘仁从卧室向外喊着："大生，你们怎么样？什么时候把行李搬过来？"

〔罗大生手里拿着芹菜从厨房走出。

罗大生　有关这方面的资料，还得芦敬提供。

芦　敬　这一点儿也不幽默。

罗大生　（失色）对不起。好了好了，我去弄菜。（赶紧又进厨房）

芦　敬　熟食都准备好了。

曲　丹　简单点儿。

芦　敬　曲丹，那个叫阿南的校友怎么样了？他再也没给我来过信。

曲　丹　他当了逃兵，听说从广州逃到了香港。

芦　敬　当年他那封信真叫人激动，没想到他会那样……（拉曲丹坐下）

曲　丹　芦敬，我要告诉你好多事情。真正到生活里去，就跟在学校不一样了……

芦　敬　今晚，咱们聊它一夜！

曲　丹　我会告诉你骆驼的事。

芦　敬　骆驼……

〔停顿。

〔暗转。

〔两个月以后，星期六傍晚5点30分。

〔室内充满着春天的气息，透过窗可见吐绿的柳枝。

〔罗大生像主人一样，舒适地靠在窗台旁翻书。

芦　敬　（进屋放下讲义）嘿，你来得真早！

罗大生　还早？你整整迟到了二十分钟。

芦　敬　我们开了一个教学会。（奇怪，但很快活）你怎么进来的？

罗大生　这两个月，我成了这儿的常客，连看门的老头儿都混熟了，他把你家的钥匙给了我。

芦　敬　那是我告诉他的。

罗大生　那老大爷甚至问我——咱俩什么时候结婚。

芦　敬　（猛抬头）那你是怎么回答的？

罗大生　我说，在这方面可不敢乱开玩笑。

芦　敬　（笑了）这次回答得还算及格。

〔停顿。

罗大生　（恳求地望着芦敬）……今天的天气真好。阳春三月，柳绿含情，碧桃如火……

芦　敬　晚风徐徐，令人惬意。

罗大生　我建议，咱们到北海公园去坐坐，然后到后门桥去吃炒疙瘩，再来上两杯啤酒。

芦　敬　非常好。不过，你一喝酒，胆子总是大起来。

罗大生　你要是以为我是借酒壮胆，那就大错特错了。

芦　敬　你又来了……

罗大生　（沉默片刻）……我是个令人讨厌的家伙吗？

芦　敬　有点儿，但我喜欢……

罗大生　（坚决地）那就该定下来！

芦　敬　我又飞不了。

罗大生　你影响我正常工作，你让我神魂颠倒！

芦　敬　嗬？我有那么厉害？走吧，兴许还能赶上场电影。

罗大生　你等等。你今天就得回答我！

〔敲门声，响了两下。

芦　敬　有人敲门。

罗大生　我不管！今天咱们得好好谈谈，一定要取得突破性进展。

〔芦敬去开门，但人已经不见了。她发现地上有张纸条。

罗大生　（夺过纸条，扔在一边）见鬼！先别看这个。

芦　敬　（拿起纸条）是他写的！

罗大生　谁？

芦　敬　骆驼。

罗大生　（夺过纸条看着）这个家伙，他是从天上掉下来的吗？

芦　敬　写的什么……（几乎屏住呼吸）

罗大生　（念）“我是路过这里，非常想见到你们。我怕突然出现会弄得尴尬，就写了这个条子。我这就上楼去。你们的老同学，骆驼。”

芦　敬　（一动不动）他回来了……

罗大生　（高兴地）真是时候！

芦　敬　（急切地）他怎么还不上来？不行，得下去迎他一下……（惊叫着）他不会走了吧？（冲出屋子）

罗大生　（笑了）……骆驼！（对着镜子捋捋自己的头发）

芦　敬　（返回）找个手电吧，走廊里太黑……

罗大生　你干吗这么激动？

芦　敬　（扶住罗大生）是啊，没什么……他应该来看看我们……

罗大生　你怎么了？

芦　敬　头有点儿晕。（朝门走去）我去迎迎他。

罗大生　把衣服披上。

〔门开了，洛明穿着杠杠棉工服，脚穿大头鞋，手里拿着狗皮帽子，提着旅行袋满头大汗地进来。他显得粗糙而老相。

〔三人对望了一下，罗大生与洛明突然抱在一起。

罗大生　（惊喜地）骆驼！……（流下泪水）

芦　敬　不跟我握握手吗？

洛　明　（紧紧地握住芦敬的手）你好……

芦　敬　怎么还穿着棉衣？看把你热的。

洛　明　我来时，东北正下着大雪。千里油田一片洁白，天空蓝得几乎能醉人。（突然伤感地）是啊，我几乎把北京的气候温度给忘了……走在街上，人们像看怪物似的看着我。

芦　敬　北京的树枝都吐绿了。谁像你，到现在还不脱棉衣。快脱下来吧，又不是租的。

〔芦敬帮洛明脱棉衣，罗大生在一旁看着。洛明习惯地走到那幅拉骆驼的照片前。

〔楼上传来长笛的演奏声。

洛　明　谁在吹长笛？

芦　敬　楼上新搬来一位中央乐团的长笛手。

〔三人都坐下来沉默片刻。

罗大生　（关切地）油田形势怎么样？

洛　明　日新月异！用诗人的话说：炼塔烧温银河水，雁过井架碰着腿。到处是沸腾的生活、可歌可泣的英雄人物，但也存在着严重的难题。

罗大生　什么难题。

洛　明　原油含水上升。

芦　敬　你怎么样？

洛　明　我？没什么可说的，挺快活。

芦　敬　就这些？

洛　明　对。就这些！能从事自己喜欢的工作，这就是幸运。咱们搞石油地质的，能摊上世界一流大油田，这是多少代人的梦想。哎，对了，你们结婚了吗？

罗大生　用外交辞令——无可奉告。

芦　敬　听说你也与世无争？

洛　明　（猛地站起来）谁说的？那要看什么事儿。追求幸福，那是人生的天性。为了爱情，我愿献出生命。

罗大生　看来你不安全。（笑着）是最危险的对手！

洛　明　失去对手，比失去朋友更悲哀。等等……她说过她爱你吗？

罗大生　没有。

芦　敬　（发火地）可我对你也没说过！

罗大生　（争论）幸福有多重含义，首先是为别人！

洛　明　但也不能排除自我！

罗大生　自我有自私的意味！

洛　明　别人是个不确定的概念！

芦　敬　（大声地）行了！你们还想像三年前一样，都从这儿爬出去吗？

〔三个人都沉默了。

〔长笛声更悠扬了。

洛　明　大生，请原谅……

罗大生　你刚回来我就……太不应该了。

芦　敬　（放松地）行了，勇士们！还是那句话：无论是吵架还是和好，都说明我们在前进！今晚，咱们得好好喝一杯，聊它个通宵。

洛　明　（从提包里摸出一瓶酒）我这儿带着一瓶呢！

芦　敬　我去烫烫，再弄两个菜，

洛　明　对。凉酒伤肝。

罗大生　热酒伤肺。

洛　明　没有酒伤心……

〔北京火车站的钟声响了六下。

〔暗转。

〔接前场，午夜12点10分。

〔室内显得很安静，整个城市都进入睡梦中。只有在空旷中传来的火车汽笛声，提醒着长途远行的人们。

〔餐桌上残留着一点吃剩下的食品，酒瓶早已空空。洛明、罗大生都有些疲惫，看来他们已经聊了很久。

罗大生　骆驼，有件事我心里很不安……那次引起轰动的开发报告，主要是你……

洛　明　打住打住！把它忘了吧，什么你的我的？咱俩合作的！

罗大生　可命运对你不公平！我想把真实的情况告诉芦敬。

洛　明　（火了）你要是这样，我就永远不见你们！……这不怪你，当时我是那么个情况，你不去做报告，谁去做！

罗大生　可我心里……

洛　明　（闭着眼睛，靠在椅子上）……在平原上，一切都是那么渺小——小房子，小树趟子，人群像蚂蚁……哎，大生，你记得 3214 钻井队吗？

罗大生　当然记得。咱俩在那个队实习三个月，他们一次取岩心九十米，打破了世界纪录！

洛　明　（来了精神）今年春节，他们出了一点儿事故。

罗大生　什么事故？

洛　明　把取到的岩心掉到井底一截。就为打捞这截岩心，他们全队在钻台工作了三天三夜……大家表示，不打捞上岩心，不吃年饭！……炊事员和老部长都端着饭碗在旁边等着，他们流着泪……科技成果，不是一个人的……它有感情……

罗大生　当然……

洛　明　我今天说得太多了吧？你怎么样，回北京这几个月还顺利吗？

〔芦敬从厨房擦着手上。

芦　敬　他在步步高升，马上就要提处长了。

洛　明　行！又进步了。

芦　敬　他都快飘起来了。到处做报告，谈体会，找领导谈话。这几天正闹心呢。

罗大生　我不过是说说。

芦　敬　说说？我看你是动心思了。他在领导那儿看到了提干名单，上面画着各种符号。他就反复琢磨，到底是画圈的提呢，还是画对号的提。

洛　明　当领导，就得心细。

罗大生　还是骆驼通情达理。唉，在科研单位当个小头头，太不容易了。你不管大家的事，大家对你有意见；你自己没成果，大家又瞧不起你……我这也是牺牲！

〔停顿。

芦　敬　（拿起茶壶）我再泡点儿浓茶。（下）

罗大生　（望着芦敬的背影）骆驼，你就要走了，有什么忠告吗？

洛　明　让我说真话？

罗大生　对。一定说真话。

洛　明　她不爱你。

罗大生　也许是这样。可我没有她就打不起精神，一切都得垮下来。

洛　明　我看没那么严重。

罗大生　也许，一个人东西越少，越怕别人拿走。

洛　明　我懂了。大生，你不是要写《陆相沉积油田》这部专著吗？

罗大生　我现在还坐不下来。等有时间，我一定完成它……

洛　明　人的一生好像很长，其实只有几天，一会儿……三年前的事儿，不就像昨天吗……

罗大生　（动情地）骆驼，我真的喜欢你……

洛　明　我也是。

〔芦敬端茶上。

芦　敬　（看墙上的挂钟）天哪，都快后半夜一点了。大生，你快去把车票取回来，还有两个小时就开车了。

罗大生　是啊，我总得给你们留一点儿时间，让你们单独在一起。

洛　明　（发火地）我已经讨厌开玩笑了！

罗大生　你不能在北京多待几天吗？

洛　明　我得赶回油田去。

罗大生　那好吧。我得翻院墙爬出去，一会儿还得翻院墙爬回来，为一张车票。

洛　明　为基层服务嘛。

〔罗大生走后，洛明和芦敬对视了一下。

洛　明　（站起身）我帮你把餐桌拾掇一下。

芦　敬　（按住洛明的手）你放这儿，别动。

〔停顿。

芦　敬　我问你，你给我写了那么多信，为什么不寄给我?

洛　明　……我拿不定主意。

芦　敬　为什么?

洛　明　怕你跟了我吃苦……

芦　敬　你怎么知道我能跟你……

洛　明　别欺骗自己了。你爱我，从你的眼睛里我看到了这些。

芦　敬　（笑）你这个自信的家伙！（伤感地）……是啊……我一直犹豫不决，迟疑不前，或许是真的爱上你了……（哭了）骆驼，你使我想起了父亲……我总是站在窗口，望着北京车站上的时钟，等待你回来……

洛　明　还有两个小时，我就要回油田去了……在繁华的大街上找不到石油，我的生命在远方，在土地里……

芦　敬　骆驼，别忘记我……（哭起来）

洛　明　芦敬，你知道我为什么来北京吗?我那个没见面的父亲，从印尼派来了他的私人律师，要我回去接收他的财产——一座岛屿，两千公顷的橡胶园，亿万家产……可这些都不重要——我是来看你的呀！芦敬，我非常爱你，可是……

芦　敬　我要跟你去油田。

洛　明　别傻了。大生还不错，他不能没有你……真的。他会让你幸福，而我不能。

芦　敬　为什么?

洛　明　我是个没有爱情也能活的傻瓜……也许到我老的那一天，我会悔恨自己……

芦　敬　看来你已经决定了……

洛　明　还能怎么样呢?我说过，我要做一个你父亲那样的人，永远在艰苦中跋涉，为了能在你的梦中出现！芦敬，再见了……

芦　敬　骆驼……（激动地拥抱住骆驼）

〔远处的钟声又响了两下。

〔罗大生拿着火车票上。

罗大生　车票到手了，还是下铺呢。

芦　敬　还有一个多小时，都睡一会儿吧。

洛　明　我还是去火车站吧。

芦　敬　别。书房有一张床，你们俩去躺一下。我去卧室眯会儿，到点了我叫你们。

罗大生　（打哈欠）真是有点儿困了。

洛　明　我就在长椅上躺一会儿吧，习惯了。大生，你去书房。

罗大生　随便吧，我可得睡一会儿。

洛　明　要不，你们就别送了。

罗大生　（朝书房走去）还是送送吧，说不上何年何月君再来。

〔芦敬朝卧室走去，她突然回了一下头。

〔相连的几个门都没关，三个人分三处睡下。洛明躺在长椅上，用棉衣盖着身子。

〔芦敬随手关了大灯，但室内依然很明亮。

〔停顿片刻，似乎罗大生和芦敬都睡熟了。

〔一声空旷的火车汽笛声过后，接着仿佛传来长笛手晨练的声音。

〔洛明悄悄起来，拎起他的旅行袋，轻手轻脚地退到门边，停了一下，然后离去。

〔画外音："再见了北京，再见了老同学。祝你们幸福！我永远爱你们——骆驼。"

〔钟声响起。

〔芦敬并没有睡，她似乎知道会发生这种结局。她没有喊住洛明，也没有惊动罗大生，而是独自一人朝窗口走去，靠在那里，望着北京火车站的时钟。

〔灯光全暗。

〔幕落。

第三幕

〔1977年11月6日，下午3点40分。

〔这间屋子显得很凌乱，但充满生气，因为有一个小生命在这里诞生了。到处是婴儿的用具：宝宝车、奶瓶子、彩色的气球。

〔阳光柔和暗淡，收音机里正播送着一首激昂的歌曲：

“美酒飘香歌声飞，朋友啊请你干一杯。胜利的十月永难忘，杯中洒满幸福泪。”

〔罗大生戴着眼镜在看报纸，芦敬埋在教科书里紧张地工作着。

罗大生　（读报）“北京冬储大白菜降价，服务周到，送货上门。”……“拨乱反正，加快落实知识分子政策，积极准备明年三月全国科技大会。”……“解放思想，实事求是……”……“青年剧院上演《于无声处》”……“地安门副食店取消票证”……

芦　敬　这回可以随便买了。大生，你应该在全国科技大会前，把专著写出来。

罗大生　我？还是先等等吧。我十二年前就是正处级干部，总不能降职使用吧？（念报纸）“晚7点新闻，7点35分天气预报，8点零5电视剧……”

芦　敬　当初，你我，还有骆驼，咱们三个不是梦想当地质师吗？

罗大生　这十年浩劫，我什么都看透了。地质师？那也就是一场梦吧。

芦　敬　有一位作家说过：无论堕落到何种地步，总要保持一种梦想，最后的梦想。牛奶凉了吧？

〔卧室里传来婴儿的啼哭声。

芦　敬　去看看孩子。

罗大生　你就不能去吗？

芦　敬　明年恢复高考，我得准备教材。

罗大生　（朝卧室走去）我就不明白，这有妻子和没妻子有什么区别？

芦　敬　（吻罗大生一下）算你帮我了。

罗大生　（从卧室抱出婴儿）我为所有的人奉献热情，可“文化大革命”中还是把我打成黑典型，人们全都疯了……芦敬，要是咱们十年前就要个孩子，这会儿能怎么样？

芦　敬　那我可能成为寡妇，孩子成为孤儿。

罗大生　有那么严重吗？（对婴儿）饿了吧，来，吃点儿。（喂奶）

芦　敬　我母亲是一个多好的人，生被折磨死了。结果，我就成了个大孤儿……

罗大生　你还有我呢！

芦　敬　是啊……现在人民胜利了，到处是欢乐的节日。北京，是世界上最幸福的城市！

〔芦敬站起身走到罗大生身旁，他们幸福地望着自己的女儿。

罗大生　想想也挺悲哀，四十多岁了，女儿还不满一百天。（望着婴儿）这都怨你妈妈呀。

芦　敬　怨我？

罗大生　要不是你拖来拖去，何必等到“文化大革命”前夕才结婚。

芦　敬　行了，别翻旧账了。

罗大生　这小家伙又睡了。（进卧室）

〔敲门声。芦敬开门，送信人站在门口。

送信人　芦老师，你的这封信退回来了，查无此人。

芦　敬　怎么会呢？

罗大生　（从卧室返回）写给谁的信？

芦　敬　骆驼。

罗大生　现在落实知识分子政策，他可能提升了吧？

芦　敬　你就知道提升！

送信人　楼下有个人打听你家。

芦　敬　什么样个人？

送信人　像是外地人，问完就走了。

芦　敬　谢谢你。

送信人　明天见。（下）

芦　敬　外地人，是谁呢？会是骆驼吗？

罗大生　你想骆驼都想疯了吧。

芦　敬　（生气地）我不许你开这种玩笑！

罗大生　不会是他。要是骆驼到北京，不来看我们，我得臭骂他一顿！！

芦　敬　这个古怪的家伙，连封信也不写。

罗大生　你呀……总是……

芦　敬　（有点火）我不过是为他担心！

〔停顿。

罗大生　可能是我把骆驼得罪了。

芦　敬　别胡思乱想了。我去准备饭。（收拾餐桌）

罗大生　七四年六月二日，骆驼给我寄来一份有关油田形势的报告，要我转交给石油部或国务院。

芦　敬　什么内容？

罗大生　说"文化大革命"中油田遭到严重破坏，地下情况恶化，整个管理混乱，油田的命运……

芦　敬　你害怕了？

罗大生　（发火地）我不是害怕！我是自身难保！老部长们都被打倒了，关在哪儿的都有。国务院大了，我找谁去？要是这份报告落到别人手里，他们就得把骆驼整死！

芦　敬　别发火了。谁也没说是你的错。

罗大生　我当时，真的怕出事。可骆驼会怎么想，他会认为我怯懦、自私，没有正义感。

芦　敬　骆驼不是那种人。（端上一盘凉菜）

〔罗大生伸手去抓。

芦　敬　（打了一下）一会儿让你喝一杯，顺顺气。

罗大生　这才像个好妻子。

〔敲门声。罗大生去开门。

〔刘仁出现在门口。他穿着一身不合时宜的新衣服，背了个黄书包，旁边还系了个茶缸子，两条新换的假肢走起路来很别扭。

罗大生　（吃惊地）刘仁？

刘　仁　（胆小地）没外人吧？

芦　敬　你怎么一个人跑到北京来了？曲丹呢？

刘　仁　（高兴地）我……落实……政策了！还新换了……假肢……你们看，我……站起来了，能走了……我是偷着跑出来的……我有十几年没来北京了……我要看看，看看……在北京走一圈儿！

芦　敬　快坐这儿。你偷着跑出来，曲丹多着急呀。

刘　仁　我给她发电报了，过两天就回去。

罗大生　你这些年怎么样？

刘　仁　我犯错误了。本来要劳改的，后来说我是残废，就在家里写检查，写了半麻袋。

罗大生　为什么呢？

刘　仁　我说我爷爷给林彪剃过头，可惹了大祸了！他们说这是污蔑副统帅。后来林彪死了，又查我祖宗三代与林彪的关系……

芦　敬　真荒唐。

刘　仁　（哭起来）我想死来着，钻了汽车，结果把假肢压碎了。（又笑起来）……司机吓坏了，抱着我的脚直喊。我说，别喊了，那是假的……没事儿……

芦　敬　你跟曲丹怎么样？

刘　仁　（又哭起来）没，没有曲丹，我活不到今天。她对我太好了，为了我，她、她牺牲了自己的事业……

芦　敬　把外衣脱下来吧。我去弄菜，你跟大生喝一杯。

刘　仁　是，是该喝一杯。生活在北京，多幸福啊。天安门、北海、颐和园，咱们学院，我都去了。（从书包里掏出资料）看，这些书又出版了！明年春天，要修通往港口的输油管线，我要主持高精流量计的研制项目。芦敬，你能帮我找些资料吗？

芦　敬　完全可以！

罗大生　（看了一眼芦敬）骆驼在干什么？他怎么样？

刘　仁　他在试验区监控使用，工作了十二年。听说身体垮了……骨关节强直症，人废了……前些时候，铁英送他到汤岗子，也没治好，又抬回来了……

罗大生　（急切地）他为什么不来北京治病？

刘　仁　我不知道……

罗大生　（非常冲动地）我在北京可以找到最好的医生！我一定要让他站起来！铁英的地址你知道吗？

刘　仁　采油厂试验大队。

罗大生　（穿衣服）刘仁，你先坐，我出去一下。

芦　敬　你去哪儿？

罗大生　我去邮局给铁英拍电报，要她马上送骆驼来北京治病！

芦　敬　（感动地）大生。我们等你回来吃饭……

刘　仁　还是……老同学呀……

〔暗转。

〔七天以后，午夜12点30分。

〔室内很暗，只有窗户透出一片都市的灯光，一切物品都如同油画一般。

〔罗大生和芦敬都在卧室里睡下了，场上无人。

〔少顷。突然传来敲门声，一次比一次重。

〔罗大生穿睡衣从卧室走出，他打开室内的灯。

罗大生　谁呀？

〔铁英的声音："是我呀！我从东北来。"

罗大生　芦敬芦敬，快起来！可能是骆驼他们到了！

〔芦敬慌乱地一边穿着衣服一边走出来。

罗大生　（对门外）你稍等，我这就开门。（对芦敬）哎呀，别穿那么整齐了，这又不是迎接总统。

芦　敬　你看我这头发……（赶紧用手梳了几下）我的鞋……

〔罗大生去开门。铁英扶着身体僵硬的洛明进来，肩上背着挂着许多东西。罗大生和芦敬赶紧迎上去，将洛明搀扶到一张藤椅上。

〔洛明十分消瘦，目光似乎都有些呆滞。

芦　敬　快坐下，快坐下。

洛　明　（坐下）呃……呃……大生，芦敬……你们好……

芦　敬　骆驼，你……

罗大生　（对铁英）就你一个人送他来的？

铁　英　单位还有两个人，一直送到楼下，我让他们找旅店去了。

芦　敬　怎么不到家里来呢？吃点儿东西再走……

铁　英　这就够麻烦的了！现在能办入院手续吗？

罗大生　明天吧，他这不是急诊。

铁　英　那……

芦　敬　卧室我都准备好了。我去煮点儿热汤面。（下）

铁　英　真不知该咋感谢你们两口子。（哽咽了）

罗大生　不是晚上八点的火车吗？我和芦敬都去接了呀！

铁　英　那趟特快没买上票。

〔洛明呆呆地瞅着四周，他回头望向墙上那幅拉骆驼的照片。罗大生看着他。

洛　明　（抖抖地）大生……很想念你们……

罗大生　（难过地）骆驼……你怎么成了这样？（找拖鞋）快把外衣脱下来，换上拖鞋，外边那么冷……

〔铁英接过拖鞋，跪在地上帮洛明换拖鞋，又帮他换衣服，给他擦脸。

〔芦敬从厨房出来，看着这一切很感动。

洛　明　（努力地笑笑）芦敬，你还那么漂亮……

芦　敬　（不让泪水掉下来）骆驼，你早就该来北京治病了，把身体都拖垮了……

洛　明　事情太多……走不开……

罗大生　你感觉怎么样？

洛　明　（活动手指）关节……不灵活……疼痛……躺下，起不来；起来，躺不下……真糟糕……

芦　敬　这是怎么搞的？

铁　英　你问问他自己吧！（泪下）在油田试验区前线一蹲就是十几年，整天跑资料，不好好吃饭，熬夜、住板房，那床底下长草跳蛤蟆。冬天，外头刮大风，里面刮小风，啥身板能抗住这么糟害……

罗大生　水开了吧？把面下了。

〔芦敬下。

罗大生　铁英，别说了……这种生活我经过。

铁　英　“文化大革命”开始了，造反派又到处追他，有一次，他躲进了我的油井房，我说，你别怕，谁要敢动你一根汗毛，我就叫他跪着扶起来！我举着大管钳对他们那些人吼着，我说，不看在毛主席的面子上，我就打得你们满地找牙！滚！

〔芦敬返回听着，笑了。

罗大生　你可真厉害！骆驼，你找了个好媳妇。

洛　明　她……傻……

铁　英　你不傻！有一次下大暴雨，他去一口试验井取资料，掉进泥浆坑里。我正好路过……冷不丁一看，这是什么？……狗，不对；人，不像。结果细一瞅，是他，像个泥猴子似的，还往上爬呢——爬上来，出溜下去；又爬上来，又出溜下去……不是我，他就得死在坑里……

芦　敬　骆驼多亏遇到你了，虽然苦点儿，但你们一定很幸福。

铁　英　幸福……我怀孕九个月，他还关在板房里写地质报告。结果，我把孩子生在回家的路上。

芦　敬　（扭头离开）面好了。你们俩吃点儿东西吧。

〔铁英将洛明座椅朝餐桌前移了移。

铁　英　来，往前点儿。（像对待婴儿一样，给洛明围上围嘴）

〔芦敬将面条端上来。

罗大生　给你筷子。

铁　英　他的手拿不住筷子。

芦　敬　吃吧。等你病好了，咱们喝一杯。

〔铁英喂着洛明。

洛　明　太烫。等一会儿吧。

罗大生　试验区吃得怎么样？

洛　明　还行。

罗大生　你那儿的供应条件怎么样？

洛　明　还行。

罗大生　你在那儿能看到报纸文件吧？

洛　明　能。

〔罗大生与芦敬相互看了一眼。

罗大生　油田形势怎么样?

洛　明　出现一些麻烦。（突然精神起来）地层压力下降，原油含水上升。不过，你放心，我们有能力解决好，一定让油田长期高产稳产!

罗大生　（笑了）你这个家伙头脑很清醒!

芦　敬　（松一口气）骆驼，你都把我吓坏了，还以为你痴呆了呢。快吃吧，吃完睡一会儿。

洛　明　（从铁英手里夺过筷子）我，自己吃。（吃了一口）大生，芦敬，你们结婚，我应该赶来。

罗大生　你不是寄来贺卡了吗?还写一句莫名其妙的话——“别忘了我，牵着骆驼走向太阳!”

洛　明　你母亲好吗?

〔停顿。

芦　敬　她去世了，没能逃过……

洛　明　（放下筷子）扶我去躺一会儿，我太累了……芦敬，母亲那条棉裤，帮我度过了最寒冷的冬天……她，她怎么会……

〔铁英和芦敬扶洛明进另一间卧室。罗大生坐着没动。

芦　敬　铁英，你也睡一会儿吧，明天还要办住院手续。

〔罗大生关掉室内的大灯，打开台灯，独自倒了一杯酒。芦敬从卧室走出。

芦　敬　大生，快去睡吧。

罗大生　我不想睡……

芦　敬　怎么还喝起酒来了?

罗大生　芦敬，你坐这儿。我问你，假如六四年一月从油田调回北京的不是我，是骆驼，那会是什么情况呢?

芦　敬　生活，没有假如。你就是你，他就是他。生命，就像画图——不!画图还可以修改，而一次性的生活，没有任何涂改的机会。

罗大生　是啊……

芦　敬　你怎么想起问这个？

罗大生　（自语着）那个冬天，真冷啊……我们地质所的人，坐着卡车去参加大会战，修输油管线，十字镐刨下去就是一串火星，一个白点……冻得尿尿都系不上裤子……（停了一下）人们很容易遗忘，过些年，谁会相信呢……没人相信！

芦　敬　你是个幸运儿……

罗大生　我欠骆驼的。

芦　敬　为什么这样想？

罗大生　（烦躁地）别问了！难道这一切都是我的错吗？

〔停顿。

芦　敬　大生……原谅我。（吻着罗大生的头发）

〔洛明在暗淡的灯光中，扶墙艰难地走出来。

洛　明　我，我能坐一会儿吗？

芦　敬　天哪！你怎么起来了？（扶）快坐这儿吧。

洛　明　我，我只想，在你们中间坐一会儿，什么都不要说……

罗大生　是啊，说什么呢……

〔停顿。

〔罗大生为洛明倒了一点儿酒。洛明突然捂住脸哭起来。虽然没声音，但整个身体都在颤动。

〔北京火车站的钟声响起。

〔灯光渐暗。

〔幕落。

第四幕

〔1994 年 10 月 9 日，早晨 7 点 15 分。

〔还是那座房屋，但又过了十七年。在这段岁月里，一切都在悄悄地改变着，旧东西不止一次地更换——大屏幕彩电、电冰箱、华丽的家具、真皮沙发，几乎应有尽有。墙壁似乎也重新装修过，茂盛的透叶莲和各种花卉摆在适当的位置，室内显得十分温馨和宁静。

〔这天早晨刚下过雨，北京的天空格外清新，透过窗可见到北京火车站周围增加了许多高层建筑，但车站的时钟还看得见。

〔罗大生晨练回来，远处还淡淡地响着迪斯科音乐。他手里拿着一柄宝剑，进屋后又比画了两下。他保养得很好，也很富态，但毕竟老了，头发也白了。罗大生开始给花卉浇水，十分细心。

〔芦敬端一杯热牛奶放到桌子上。

芦　敬　把热牛奶喝了吧。我加了“钙天力”，说能防止老年骨质疏松症。

罗大生　谢谢夫人……我说老太婆，你每天是不是早起一会儿，跟我去练练太极拳？

芦　敬　我每天晚上用电脑写教案，你不是没看见。

罗大生　还差几天就退休了，折腾什么呀。

芦　敬　（照镜子，眨眨眼睛）那我也不能误人子弟呀。

罗大生　我说，昨儿晚上兰兰从学校回来，絮叨些什么呀？

芦　敬　说她要考重点大学，还要读研究生。（长叹一口气）哎，一晃兰兰都十八岁了。

罗大生　十八岁？哼，要不是我们结婚晚，现在我都该抱外孙了！

芦　敬　……我突然想起当年骆驼说过的一句话：人的一生好像很长，但又很短，好像只有几天，甚至一会儿。

罗大生　这个该死的家伙，从七七年来北京治了一回病，再就没露过面儿！真有点儿想他……

芦　敬　（梳头，照镜子）你昨天回来很晚，怎么，又有吃请？

罗大生　你做梦都想不到，我碰见谁了？

芦　敬　（一愣）碰见谁了？

罗大生　就是上届的校友——阿南！

芦　敬　他？……他不是当了逃兵吗？

罗大生　可别这么说。他现在是港澳的金融巨头，这次是回大陆投资。听说还要重返油田，旧地重游，搞点儿石油生意。

芦　敬　真不能想象……

罗大生　是啊。他昨天还问起你，想来看看。

芦　敬　你该替我谢绝。

罗大生　干吗那样？你还是太保守了。今天晨练，我碰到一个老芭蕾舞演员……

芦　敬　你不是要找情人吧？（进卫生间）

罗大生　这老太婆，开不得玩笑。（看时钟）哎呀，《东方时空》到点了。（打开电视）

〔电视里正播广告："千万里，千万里我一定要回到我的家——孔府家酒叫人想家。"

〔《东方时空》片头音乐。紧接着出现《东方之子》栏目。主持人："各位观众，早晨好。今天我们《东方之子》栏目向您介绍著名的油田地质专家——洛明副总地质师。"

〔罗大生愣愣地站在那里。

〔主持人："目前，我们终于在油田上追踪到了这位地质师，因为他从不接受任何人的采访。"

〔图像出现洛明，背景是磕头抽油机。

〔主持人："洛总，您好。"

〔洛明："你好。"

〔主持人："听说，您在油田试验区工作了十四年？"

〔洛明："是的，这是我的项目……"

芦　敬　（从卫生间出来）今天《东方之子》介绍什么人？

罗大生　（突然激动起来）芦敬，你快来看哪！快看哪！看看这是谁？

芦　敬　（戴上眼镜）这人咋这么眼熟？……（惊喜地）是骆驼！（将音量放大）

〔电视中主持人："听说您有二十多部专著，有四十八项科技成果奖项，其中有两项获国家科技进步奖，有一项获世界石油组织奖？"

〔洛明："这不是我一个人的，是整整一代人的！"

〔主持人："您很客气。"

〔洛明有点火："这不是客气！当年有三万大学生到这里，华罗庚的弟子在这儿用优选法喂猪。"

〔主持人："全国人民都很关心这个大油田，它到底还能高产稳产多少年？会不会像苏联的巴库油田，成为一个废都？"

〔洛明："这要看我们的工作。但我想决不会的！"

〔主持人："据介绍，您在研究表外储层的开发，而有十九口油井获得成功。仅这一项就为油田增加十一亿吨的储量。"

〔洛明："是的。这是我们共同搞的。"

〔主持人："有人说，您不能成为科学巨人，就因为您太正统。"

〔洛明："我是共和国培养的，也许改变不了。"

〔主持人："北京方面和国外都邀请您，您为什么不去？还听说您夫人是个普通工人……"

〔芦敬将电视音量扭小，因为她发现罗大生像是突然衰老了。

罗大生　（笑得很不自然）骆驼，这家伙……不紧不慢地，总能达到目的……

芦　敬　你还吃点儿点心吗？

罗大生　不用了。我得上班去。芦敬，什么时候，把你的情人接家来聚一聚。

芦　敬　你觉得他安全吗？

罗大生　这家伙，确实不安全。（停了一下）我不是他的对手。他有点儿……像中国的老酒……后反劲儿。

芦　敬　（真诚地）别这么想……

〔敲门声，芦敬开门。那个送信人已经成了老女人，但她仍然认真地把每一封信送到人们手里。

送信人　芦教授，你的信。

芦　敬　谢谢。哎，孩子的工作解决了吗？

送信人　解决了，接我的班。芦教授，你能给我签个字吗？

芦　敬　当然可以。不过，这是……

送信人　（眼里突然涌出泪水）这是我最后一次送信了，明天我就退休了。我想让所有我送过信的人家，给我签个字。想你们的时候，拿出来看看。

芦　敬　（在小本子上签字）你这一辈子，认认真真、实实在在干好一件事儿，很了不起，也很伟大。

送信人　伟大？谢谢……（转身下）

〔罗大生若有所思地站在那里。

〔暗转。

〔当天午夜 12 点 40 分。

〔透过窗口可以看见远处高层建筑上的霓虹灯，隐约还可以听到现代爵士乐曲的声音。

〔罗大生想写点儿东西，完成那部《陆相沉积油田》的专著，但却一个字也写不出来。他非常痛苦，从书房走到客厅，翻翻这个，看看那个。他第一次点燃了烟，抽起来……

〔芦敬披着睡衣走出卧室。

芦　敬　怎么啦？还不睡，都后半夜了。

罗大生　你别管。

芦　敬　怎么还抽起烟来了?

罗大生　……我在思考问题。

芦　敬　(爱抚地)把烟掐了吧。我去给你煮杯浓咖啡。

罗大生　你快去睡吧,让我一个人……

〔芦敬朝厨房走去。

〔罗大生走到窗前,望着远处的灯火。他转过身,拿起酒瓶倒了半杯酒,独自饮起来。

〔芦敬端热咖啡从厨房里出来。

芦　敬　(发火地)怎么又喝起酒了?

罗大生　(猛地站起)请你走开!别烦我!(不小心将热咖啡碰翻在地)

芦　敬　(赶紧擦地)你看看,你看看……

罗大生　都是我不好,算了吧……

芦　敬　我知道你想什么……

罗大生　(痛苦地)知道就好……去睡吧,别管我!让我一个人待一会儿……

芦　敬　你想写那部《陆相沉积油田》的专著,是吗?

罗大生　我逃不过你的眼睛。

芦　敬　可那不是一天的事啊!

罗大生　(大声地)可我总得开始呀!

芦　敬　(绝望地)你算了吧……你这人,就是这样……生活在热情的泡沫里。

罗大生　今晚,你总算把这句话说出来了。是啊,骆驼又从远处……

芦　敬　(发火地)你别提他!(跌坐沙发上)

〔长久的停顿。

罗大生　(走到芦敬身旁,像孩子似的把头依偎到她的怀里,流着泪)……都是你把我惯坏了。你总是那么善解人意,怕伤害我,像哄孩子似的顺着我。甚至,不提起我学过的地质专业。可我看得出你心里不快活……

芦　敬　都快六十岁了，还能怎么样呢？

罗大生　（几乎是绝望地）……芦敬，我完了……今天我想写点儿东西，可一个字也写不出来。翻翻这个，看看那个，但都是别人的专著，一个字也抄不得。（哭着）……我已经停不下来了，我已经不会用自己的头脑思考问题了……我不知道死亡哪一天降临到我头上，但觉得它在悄悄地走近……可我回头看看，却觉得……

芦　敬　不，不不，别都说出来！

罗大生　（激动地）我得说，不然错过这个机会，我就更没勇气了。

芦　敬　别把自己打碎……

罗大生　……我每天夜里都在想，第二天重新开始生活，撕去虚伪的面纱，老老实实地做事！可到了第二天，生活还是老样子。我总能找到理由，这个集会得到场，那个领导得拜访。到了晚上，新闻要看，《焦点访谈》不能落下，接着就是疲惫……生活，也许生活太优越了……可我又害怕，时光就这样一天天过去。有时，我真想让死亡早一点到来，不至于拖得太久……

芦　敬　（哭着）这不是你的错……

罗大生　别打断我！还有比这更严重的呢。你记得我说过，几十年前，我的一次引起轰动的开发报告吗？那不是我一个人搞的，主要是骆驼。还有，应该调回来的是他，而不是我。可命运就这样安排了我们两个人……芦敬，你惩罚我吧！

芦　敬　（突然抱住罗大生）大生，我等着你自己说出这些，已经等了许多年了……大生，我爱你。从现在开始，我真的爱你了……

罗大生　可是太晚了……

芦　敬　不晚！临死前一天重新开始生活也不晚……

〔火车站响起了晨钟。

〔暗转。

〔六天以后，秋雨绵绵的下午，3 点 20 分。

〔室内的光线有点儿暗，秋雨把一切空间都弄得潮湿、清冷。

〔录放机里正播着肯尼基的萨克斯管独奏曲《回家》，声音深邃而凄婉。

〔室内无人。有人在敲门。隔一会儿又敲一次。门轻轻地开了——洛明走进来。他环视着屋子，朝窗口走去，站在那幅照片前。洛明显得比相同年龄的人要苍老些，他很瘦，而且有点儿驼背。

〔芦敬从卧室走出来。她想去厨房，但突然感到室内有人。

芦　敬　（转身）你是谁？……怎么闯到别人家里来了……

〔洛明仍背着身站着。

芦　敬　要是走错了门儿，就赶紧出去吧。……真是怪人，还站着不动。（停了一下）你到底是谁？

洛　明　（转过身来）……你看我是谁？

芦　敬　（眯起眼睛端详着）天啊！是骆驼！

洛　明　（不好意思地）正是在下……

〔停顿。

〔那首《回家》的曲子很有穿透力，突然高亢起来。

芦　敬　……你总算来看我们了……

洛　明　我来过。每次到北京，一下火车我总是朝这窗口望一望……我想象着你们在干什么……

芦　敬　那为什么不上来，看看我们？

洛　明　我怕打扰你们。许多年过去了。我们的生活发生了多大的变化呀！（朝芦敬走过来）在大学的时候……

芦　敬　别走过来！

洛　明　为什么？

芦　敬　别动。就站在窗口那儿别动……再站一会儿。（*欣赏着*）你还是当年的那个样子。只是老了点儿……我真想大哭一场……（*走过去帮洛明脱大衣*）把风衣脱下来吧。外面的雨下得大吗？

洛　明　我真喜欢北京的秋雨，它使我想起许多往事。……还，还带着那么一点点的忧伤。

芦　敬　喝点儿什么？

洛　明　这可是现代语言。从前，你总是肯定地说——我去泡茶。

芦　敬　是啊，现在什么都有了——饮料、咖啡、长城干白，还有……

洛　明　可我喝遍所有的饮料，最后觉得什么也不如一杯清茶。

芦　敬　（*边泡茶边说*）上周，大生在电视里看到了你。我们的骆驼上《东方之子》了。

洛　明　我更适合上《讲述老百姓自己的故事》。

芦　敬　你妻子怎么样？铁英她好吗？

洛　明　她退休快八年了。

芦　敬　怎么那样早？

洛　明　女职工五十岁就退。

芦　敬　你不会是喜新厌旧了吧？

洛　明　到了这种年龄，谁还能离开谁而独自生活呢。“文化大革命”中，她保护过我，不嫌我是臭老九，咱得知恩图报哇。

芦　敬　看来，你很爱她……

洛　明　过日子呗。

〔*停顿。*

〔*那首《回家》的曲子很悠扬。*

芦　敬　你这次来北京，又要领什么大奖？

洛　明　你在讽刺我。

芦　敬　那你是来看我的？

洛　明　准确地说，是看你们两个的。

〔芦敬突然转过身去。

洛　明　你，你怎么了？

芦　敬　你把大生……

洛　明　我？这怎么可能，他是个强者。在大学是我的班长，现在依然是我的领导。我们所有的人，都是北京的下级呀！

芦　敬　骆驼，我求你，别在大生面前炫耀你的成就，也别提地质专业。

洛　明　（站起身）看来，我还是走吧……

芦　敬　你要不怕挨骂，你就走吧。

洛　明　谁会骂我？

芦　敬　大生……大生一直在骂你，说你一走许多年，连封信也不写。说你确实把我们给忘了……骆驼，大生很想念你，他是个有感情的人……

洛　明　（眼里含着泪）我怎么能忘呢……七七年冬天，我在油田试验区患了骨关节强直症，被抬到北京，许多人认为我再也站不起来了……是大生东奔西跑地给我联系医院，找那些权威中医给我开药方……还有你妈妈……（大声地说）难道一个人做了一点事，就可以忘记别人吗？（悲哀地）芦敬，我一直觉得你是了解我的呀……

芦　敬　（拍了洛明一下）是啊……是啊……

洛　明　……不瞒你说，我这次来北京……

〔门开了，罗大生进来。

罗大生　（一直盯着洛明）——骆驼！

〔两人紧紧地拥抱着。

洛　明　要骂我吗？

罗大生　（高兴地）算啦！见到你我的气就消了一半。真想你呀，想在一起聊聊，像从前那样……芦敬，是不是该开怀畅饮呢？

来点儿烈性的。

芦　敬　来点儿啤酒吧，免得喝多了又要胡说八道。

罗大生　你看你看，这个老太婆她虐待我，用爱的方式虐待我。（停了一下）许多年了……我们也老了……可我觉得你像是从来也没离开过！

洛　明　我们有许多东西，都留在这座房子里。

罗大生　（把茶杯换成酒杯）这个时候，怎么能喝茶呢。（启开一罐啤酒，倒进三个杯子）来，咱们三个干一杯。

洛　明　为什么呢？

罗大生　为你的成功——东方之子！

洛　明　算了吧，还是喝杯闷酒吧。

〔停顿。

洛　明　（有些忧伤，低头望着杯子里的酒）是啊，这回我真的成名成家了。许多人向我祝贺，记者围着采访，大会小会必到场，每次都把那些过了时的成果提上几句，还有那些耀眼的头衔，这个协会的理事、那个学会的会长……我真的要飘起来了，悬浮在空中。（激动地）可我是地质师！我得走进地层深处，朝下，一直朝下……走到一个沉甸甸的世界里。

芦　敬　（制止地）骆驼！

洛　明　芦敬不让我说，可我不会撒谎。（苦笑）成功？我能跟谁说呢？老婆，还是儿子？……也许，人的任何一点点成功，都是以时光和岁月为代价的……（含着泪）我只有你们两个，我是求你们帮助我的……

罗大生　我？帮助你？

洛　明　正是！我们三个不是同做一个地质师的梦吗？我是请你们跟我合作的！

罗大生　合作？

洛　明　我接受了“九五”期间的重大攻关项目，整个大油田的二次勘探，三次采油。这可是跨世纪的工程！难道你们不想参加吗？

芦　敬　可我们……

洛　明　你们俩可是我们班的高才生啊！你们又在北京，信息灵通，情报及时。

罗大生　唉，要是年轻些该多好。

洛　明　现在也不老啊！

芦　敬　对！临死前一天开始生活也不晚！

罗大生　我的专著一定要完成！

芦　敬　把铁英接家里来住吧。兰兰又不在家——（立刻停住）对了，上午曲丹来电话，说她陪刘仁去桂林，路过北京。

罗大生　咱们聚一聚吧。你来吗？

洛　明　当然！

〔暗转。

〔两天以后，晚 7 点 40 分。

〔室内的气氛很热烈，当年的老同学在这里聚会。他们都是年近六旬的老者了。

〔饭已吃了一个多小时，还在继续着。此刻吃饭已不重要，人们在兴致勃勃地聊天，在追忆往事。

〔场上是三对夫妻，罗大生与芦敬，洛明与铁英，曲丹与刘仁。但刘仁又坐在了轮椅上。

〔一阵大笑过后，灯光复明。

铁　英　别笑了。真的，当时老洛瘦得像只鸡似的，叫我一把抓过来，就塞进油井房里了。我说：咱们结婚吧……

〔大家又一阵大笑。

罗大生　铁英，我们当年住的地窨子，现在还有吗？

铁　英　早没了！那儿建了儿童公园，可漂亮了！现在是高楼大厦，舞厅酒吧，美容桑拿，高速公路，四通八达。整个油城二百多万人口。

芦　敬　发展真快！

洛　明　可到底有多少人为油田的命运操心呢？

铁　英　就你，一脑门子官司！什么长期稳定繁荣，搞好二次创业，为子孙负责。你累不累呀？离了你地球就不转了？

洛　明　你别总说我。你也一样！

曲　丹　是啊，在火车上，有个人说油快采完了，结果铁英跟人家打起来了。还骂人家：你懂个屁！

〔大家都笑了。

铁　英　谁让我是地质师的夫人呢！

〔大家又是一阵笑声。

洛　明　行了行了……（点燃烟）帮着芦敬收拾一下吧。

芦　敬　都别动。

铁　英　（有点儿粗鲁地夺过洛明手上的烟）谁让你抽烟了？不要命了，你身上有八种病。

洛　明　我都快蹬腿儿了。（又端起酒杯）

铁　英　（夺下酒杯）别喝了！快吃口饭吧。

〔停顿。几个人的目光都看着洛明，洛明无奈地笑笑。

罗大生　生活整个变了个样。想都不敢想……

铁　英　有一年……（突然沉下来）不说了，……我还是去商场吧。给朋友捎东西，真烦死人了。

洛　明　我陪你去吧。

铁　英　你？待着吧你！（转笑）……好了，你们坐，谁也别动，我走了。（下）

〔大家望着铁英的背影，有说不出的滋味，突然一阵冷场。

〔刘仁中风以后，嘴角总是流口水，曲丹不住地给他擦着。

罗大生　刘仁，你这个吹牛大王，今天怎么一声不吭？

刘　仁　（勉强地笑笑）我，我我……我前半生说，说得太多了。

曲　丹　刘仁那年装了假肢，一直工作来着，搞了精密流量计，还写了几本专著，直到去年中风……

〔停顿。

芦　敬　曲丹，你的职称怎么样？

曲　丹　说我没有论文，没有成果……

洛　明　（气愤地）他们要什么成果？你给一个油田英雄当了近三十年的保姆和妻子，你管的资料，齐全准确，百万个数据无差错，这就是最好的论文！

曲　丹　我不在乎。这一切都是我自愿的。……尽管医生说刘仁没有多少时间了，可我还是要陪他到最后，让他看看祖国的好风景。

罗大生　明天，我陪你们一起走。我争取到了一个差事，到新疆塔里木油田工作一年。（走向窗口，望着那幅拉骆驼的照片）生活，就像时钟的指针，过去的一刻，永远不会再回转，只有抓住此时此刻，抓住明天！有人说，临死前一天重新开始生活也不晚。这话虽然有点儿夸张，但它有道理！（望着芦敬）

〔静夜里传来北京火车站的钟声。

〔这些三十年前的老同学沉默着。

芦　敬　又要分手了……不知何年何月再相见，但愿……这是暂时的……（停顿）来，再唱一回那首《地质队员之歌》吧。曲丹，你起个头。

曲　丹　（哼唱）“是那山谷的风……”

〔先是罗大生、芦敬跟着唱，接着是洛明，最后是刘仁哭泣着唱起来。一个唱不下去了，另一个接上来，不会词的就哼着曲儿。

众　人　（合唱）是那山谷的风，
吹动了我们的红旗。

是那狂暴的雨，
洗刷了我们的帐篷。
我们有火焰般的热情……

〔灯光渐渐地暗下来。

〔幕落。

——剧终

初载《剧作家》1996年第5期
选自《剧本》1997年2月号（系大庆市话剧团演出本修改稿）
1997年荣获文化部文华大奖
1997年荣获中宣部“五个一工程”奖

父　亲

李宝群

此剧献给艰难前行的工人们

——题记

时　间　现代。

地　点　北方，居住着许许多多工人的工人村，杨家。

人　物　父亲、母亲、大哥、大姐、二弟、小妹、姐夫、小钱、小方、莹莹。

第一幕

〔秋。杨家，北方底层工人住的老平房，有客厅、卧室等。厨房内，母亲忙着做菜备席，又切又剁。炊烟游动。

〔厅里，二弟穿背心衬裤伴音乐折腾着。小妹向空中扔一枚硬币，又接住。

二　弟　（唱）“啊唻嗷唻，啦嗷唻……”

小　妹　（捂着耳朵，大声喊）二哥，别嚎了行不行？妈，你管不管他？

〔小妹跑入厨房拉母亲出。母亲手里择着菜，上前关了录音机。

母　亲　小玲，你咋还没去呀？一会儿你爸出院，说好了，你把对象领回家来给他看看，让他高兴高兴。我还寻思你走了呢。

小　妹　爸不是还没回来嘛，着什么急？

母　亲　你不急我急，麻溜给我请去！

二　弟　妈，你等着吧，她那对象倒是早生下来了，就是没和她见面呢。

母　亲　小玲，你这回是不是又要忽悠妈？

小　妹　妈，别听他瞎说。他是下岗了憋的，没事闲的！就本小姐的条件，名牌大学毕业生，回头率百分之百的模样，不是谁找我的问题，而是我想找不想找的问题。追我的老了，都不知道该叫谁来。妈，要不你帮我挑一个，这个硬币你挑一面——

二　弟　你呀，能领回个胳膊腿齐全会喘气的大活人就行！

母　亲　小玲，你有点儿正形行不？昨天在医院你爸可挺高兴，还让我多预备几样好菜，把家里人都叫来一起见见面，还说有啥话要说。你大嫂扔下孩子跑了；你二哥下岗小半年整天在家趴窝；你念完大学又老是挑工作，动不动就在家闲着。你爸就是为你们天天着急上火才得的病……这回也是你俩的事，急着闹着要出院的。我可告诉你们，今儿谁要惹他生气，我可不给他好脸！

二　弟　听见没，说你哪！

小　妹　行了行了。这就给你把人领来行不行？（扔硬币，看）得，就他了！

母 亲 这哪儿像个大学生，赶快穿衣服去。（对二弟）你给我洗脸去！

小 妹 妈，他没脸，有脸也不要脸。

二 弟 没错儿，这两天我正想把我这脸卖点儿钱。你们谁买？小玲你要不？

小 妹 二驴子！

二 弟 你再说一遍！二驴子就我爸说行，你叫我可捶你，你信不信？

小 妹 二驴子！二驴子！

〔二弟追打小妹。

母 亲 行了，穿衣服去，洗脸去！（入内）

二 弟 （见小妹穿衣服）哎，这是去魔术团吧？要大变活人哪？

小 妹 等着瞧，说变就变一个。哎二哥，你那个美发小姐怎么样了？

二 弟 你……你别哪壶不开提哪壶行不？

小 妹 咋了，她是不也下岗了？

二 弟 她一个个体户，下什么岗。

小 妹 是从你对象的岗位上下岗了。

二 弟 那是不可能的！（唱）“她的脸蛋像弯月，她的腰身像细柳……”

小 妹 大疯子！你这样没脸没皮的，有人会跟你好？肯定是个丑八怪！

〔二弟做了个吓人鬼脸。小妹跑下。母亲端菜从厨房出。

二 弟 喔，这么多好吃的。（抓起就吃）哇，真香！

母 亲 一会儿桌上吃！真是闲饥难忍——看看你，往哪儿一站三道弯，往哪儿一躺一摊肉，整个一个大懒虫！怪你爸说你，你和你大哥比比！

二 弟 妈，你说我是不是你们从别人家抱养来的？我爸咋像跟我有血海深仇似的，这些年要不是你护着我，我早让他迫害死了！

母　亲　这些话呀，一会儿见着你爸你和他说。

〔大姐拎着装着菜、调料的筐从外边上。

二　弟　妈，你的心肝宝贝回来了——看看看看，皱纹都乐开花了。

母　亲　（快步迎出）大玲，都买来了？

大　姐　嗯。（往外拿东西）肉还没切吧？我来。（动手切肉）

母　亲　玲啊，你是厂先进，这两天老换班，旁人不会有啥说法呀？

大　姐　没事……（切着手）哎哟——

母　亲　切着手了？都出血了！二强子，快来，给你姐包上！

二　弟　（跑过来）没事，离心远着哪！来，我当把白求恩……（为大姐包伤口）

母　亲　……这两天也不知咋了，扫帚顶门，净出岔。（入厨房）

二　弟　姐，你这两天老出事，要不就把你下岗的事交代了吧。

大　姐　（望望厨房）小强，我下岗的事不许你在妈爸面前提一个字！

二　弟　这种事瞒得了今天，能瞒得了明天吗？

大　姐　我在厂劳服公司登记了，等找到工作再告诉他们。姐求你了！爸妈为你和小玲的事操透了心，要是再知道我下岗了……

二　弟　好吧，我不说。

大　姐　……小强，你大哥这几天回家没说什么？

二　弟　没有。咋了？

大　姐　我才听说，厂部也要下岗一批干部，已经开会研究了。

二　弟　真的？那我大哥……不会，大哥这些年干得不错，又当主任又当科长的。再说上头有规定，一家人不能都下岗。

大　姐　这我也知道。可牛嫂说看见大强今早上去厂办公室了，不知是什么事？唉，我这心七上八下的。昨晚上他去找你姐夫，两人在外头说了半天话，大强好像挺激动……他可别再出什么事。

二　弟　得，咱家是越来越热闹了。我哥再出事，可真够喝一壶的喽！

〔母亲拎着装空酒瓶的筐出。二人不说了。

母　亲　干点儿活！去把啤酒换了，再上学校接接莹莹。（拿出钱）

二　弟　（接钱）多给点儿。看看，这就是咱家下岗人员的待遇。（抢大票）就它吧！现在咱家就两样东西最亲：一个是我老妈，再就是这上边四位老人家。（吻钱起舞，唱）“老妈最好，毛主席最亲……”

〔小弟拎筐歌舞下。母亲、大姐干活。姐夫打着手机、拎酒上。

姐　夫　告诉你刘万山，我姓秦的眼里不揉沙子。你往货里掺假还想让我给你钱，门儿都没有。货我全扣下了！爱咋的咋的！（关机后手机又响，打手机）孙胖子，咱俩合作这么些年，你那钱我会还你的，我这儿正想办法哪。（关机后踱步，想着什么，迈步走入杨家）妈，爸还没回来？要不我去接一下？

母　亲　大强说十点钟到医院接他。又买酒了，医生说不让你爸喝酒了。

姐　夫　先留着，等爸身体好再喝。妈，爸病没全好，啥事急着就出院？

母　亲　还不是为这俩小的，死活也要回家——呀，这啥肚子喝这么好的酒？

姐　夫　孝敬咱爸，花多少钱我都舍得。妈，我去迎迎爸。

〔母亲拿酒入里屋。姐夫欲出门。大姐放下活儿走出屋门。

大　姐　……儿子从大学来信说生活费不够了。

姐　夫　寄钱哪！儿子可不能亏着了！（取钱）以后我每月给你生活费，小亮我也包了。不过我的事你也别管。昨晚上半夜三更的，你跑阳台上干啥去了？活不起了？当先进当惯了，下岗受不了了？告诉你，这是才开始！老爷子有病你不是不知道，你想要他的命？

大　姐　你要真有良心，我下岗的事先别跟爸妈说。你放心，只要我爸有那一天，我给你自由！（欲入又止）昨天大强到底和你说啥了？

姐　夫　你是这家老大，他是你大弟弟，你应该知道他在想啥。

大　姐　我知道还问你？

姐　夫　那你今天就能知道了。

〔大姐转身入内。姐夫下。少顷父亲领莹莹笑着上，姐夫拎包跟上。

父　亲　莹莹，看，这是什么？（举着小食品逗着莹莹进屋）不给不给……

母　亲　（迎上）老头子，你咋自己回来了——大强呢？

父　亲　等他半天也没来，可能有啥事了。（四处环视，舒心地）还是家里好啊！一到家啥病都没了！

大　姐　爸，你回来了？（接过父亲帽子入内）

姐　夫　莹，跟姑父去小卖店，要啥随便挑。（领莹莹下）

母　亲　（扶父亲坐下）你呀，犯病那天可把我吓坏了。

父　亲　你这老婆子，怕什么？都奔七十的人了，走就走了嘛。

母　亲　不行，我不让你先走，要走你得走我后头。不然，把四个崽子扔给我，我咋弄啊？

父　亲　唉，我十六岁进厂当学徒，二十岁跟你结婚。生大玲那年你才十九，可现在，小玲都二十六了，你还像个抱窝的老母鸡似的，顾着这个护着那个。

母　亲　说我？你呢，挺着个病身子还去卖羊肉串儿，不就为这四个小的？

〔二人都笑了，相互拍打着对方，平淡而真切。

母 亲 哎，厂子把医药费给你报了？

父 亲 报了，不报能让出院吗？厂子真不错，那么多人下岗开不出支，特批一笔钱报了我的住院费。我全身都热乎呀！

母 亲 那还不是看你是厂子元老，得过工伤。

父 亲 说了归齐，还得是咱机床厂啊！我真有那天，骨灰就埋到厂里老槐树底下。

母 亲 你说啥哪？这好好说着话，咋又说晦气话……

〔父亲站起身，走到放烤肉串家什的地方，开始修理车子、签子。母亲看着他。

父 亲 嘿，干点儿活儿。这院住得我手直痒痒。（干活）

母 亲 一会儿小玲对象就来了，翻腾它干啥？不许你再上街了。

父 亲 这回我不去。听说没，冯大个子冶炼厂那俩小子全下岗了，两家人排着号上他家蹭饭吃；厕所都在他那儿上，说是要省水费。

〔二弟拎筐上。

二 弟 爸回来了。这不算啥，现在下岗是不怕一个两个，就怕一家一户；不怕一家一户，就怕一大片厂子趴窝黄铺！

父 亲 你小子这又是从哪儿贩腾来的屁嗑？

二 弟 屁嗑？工人村多少人下岗放长假了，外头都叫咱这儿是“度假村”。还有个顺口溜：“工人村的太阳就要落山了，工人村里静悄悄。十个有九个把岗下，还有一个放长假。明天日子怎么过？大家都往海里扎。能捞鱼捞鱼，能捞虾捞虾，捞不着的靠爹妈。”

父 亲 放屁！（把手中东西扔下）这是埋汰咱工人村。我他妈削你！

二 弟 咋了咋了，你一回家我连说话都不行了？

父 亲 就是不行！跟你说这些天在医院我都想好了，你和小玲不能老闲着。明天给你们补手续，我和你妈在家串，你俩上街卖肉串儿去！

二　弟　啥，那一天能挣多少钱？再者说，小玲是大学生，去上街卖肉串儿，要呢吗？

父　亲　你说啥？

二　弟　反正我不去！我是正经工人，厂子复工我还上班呢。

父　亲　你他妈也配叫工人！成天在家不干活儿，叫啥工人？

二　弟　是我不想干活儿？那是厂子定的，国务院定的，和我来什么劲？

母　亲　才回来就吵，麻溜进屋去。咋说打就打？

〔大姐走出。

大　姐　（推二弟进屋）听妈话，快进屋去。爸，这事回头再商量。

〔母女劝着父亲。屋外，小妹上。小钱拎礼品兴致勃勃地跟上。

小　钱　你放心，我保证让你爸你妈你们全家都满意。可我还是没明白，咱们干吗要演戏呀？我对你的感情你也知道，我可一直在等你。

小　妹　这事以后再说，先帮我演好这出戏。大姐、二哥都下岗了，这时候我不想让他们再为我操心。你得让我先感觉感觉。看你的了！

〔小钱点头整装。二人进门。姐夫领莹莹随后上。

小　妹　爸，妈，来了！（介绍）这是我爸、我妈、大姐、大姐夫、二哥、莹莹。

小　钱　（一一行礼）大叔、大姨好，大姐、大姐夫好！二哥好！莹莹好！（送上礼品）小玲说大叔身体不好，这是我给您老买的补品。

小　妹　爸，你就拿着吧，他又不是外人。

小　钱　这个给小莹莹学英语。这是我的名片，以后大家有事只要能办的我一定尽力去办，不能办到的我也一定想法办。

〔众人笑。

父　亲　……老太婆，上菜开席吧。大成，你帮着张罗。

〔大姐等上菜，姐夫张罗。全体围坐。大哥上，莹莹扑上去。

大　哥　好女儿……（对大家）对不起，我来晚了……（对小钱）你好，杨大强。（握手）

二　弟　——哎哎，回来晚了得罚酒三杯！

母　亲　哎呀慢慢喝，罚什么？二强子，一喝酒你就来神。

大　哥　我认罚。（喝酒）今天喝多少我都不会醉。老弟，别看咱是工人家庭，这些人都不白给：姐夫挣钱能手，我姐年年上厂光荣榜，我爸，当年机床厂有号的老劳模、老工长，为厂子手都干残了。

二　弟　英雄啊老杨！天车咔嚓一声，眼瞅着要从上边掉下来了，底下一堆人全得完，我姐夫也在里头。老爸看见了大喊一声——

父　亲　行了。你看见了？还他妈“大喊一声”——知道的是你说我，不知道的还以为你说王成、董存瑞哪！

姐　夫　要不是爸推我一把，死的头一个就是我。爸，我敬你一杯，祝你老身体健康！

小　钱　大叔，小玲以前没少和我说你。我挺佩服你，我也敬你老一杯。

大　哥　好，痛快！咱老杨家人不欺生，你整一个，我整俩。

母　亲　老头子，你累了，扶你去歇会儿。今天他们都高兴，让他们乐吧。

〔父亲离席，到一边默默鼓捣他的卖肉串家什。

大　哥　来呀，喝！今天我特高兴，我要当着大家宣布一件大喜事：各位，从今天起我解放了，彻底地解放了！（唱，扭起大秧歌）

母　亲　大强，你今儿个有点儿不对呀，到底出了啥事了？

大　哥　妈，我把厂子给炒了！再不侍候他们了！那压得人喘不过气的大黄楼，看人脸色活着的日子，全拜拜了！

〔众人惊望大哥。父亲停住手。

父　亲　你、你小子耍酒疯哪？不许说酒话！

大　哥　不，是真的。爸，今天我主动下岗了。我写了辞职报告放到彭主任桌上，头也没回一直走出厂部大楼，走出了厂子。爸，我要下海！我要和李工去大王镇干一个彩色不锈钢厂，我要飞了！

二　弟　（鼓掌）好，你下岗，大姐也下岗了，这下大家都平等了！

大　姐　小强，你——

父　亲
母　亲　大玲，这是真的？

姐　夫　爸，妈，大玲车间没活儿，四十岁以上全下岗，每月开八十块钱。

二　弟　这就叫青春献给党，老了离工厂；想要儿女养，儿女下了岗。

父　亲　（怒冲向二弟）你——（欲打，手中签子落地，向后倒去）

母　亲　老头子！

小　妹　救心丹！

〔众人一片忙乱，呼叫、找药、喂药。收光。

第二幕

〔次日。乌云低垂，天阴欲雨。杨家。大哥埋头而坐。小妹背包出，递给大哥一份材料。

小　妹　哥，这件事你做得对！不用犹豫了！爸妈都老了，我用实际行动支持你。这份国外彩钢资料我和小钱连夜帮你翻译出来了，还有啥需要本小姐做吱声。我就是你们厂驻工人村“办事处主任”了。哥，这种时候你可不能让爸妈拖住后腿！要说过去咱中国人都像是一根根火柴放在又老又旧的火柴盒里，什么时候划都要等着别人来，要是火柴盒潮了湿了你就废在里头了。现在的改革就是让每根火柴都划亮，充分地着起来——要是你心里堆满了柴就能着场火；要是所有的火拢一块儿，咱国家就有希望了……我上外语课去了。哥，你得顶住。

〔小妹向大哥挥挥拳头，背书包下。姐夫上。

姐　夫　大强，酒醒了？你要的白钢有眉目了，哈尔滨孙胖子那儿有。

大　哥　（站起身）真的？太好了，厂里到处买也没买到……

姐　夫　撒尿和泥时咱俩就在一起，你这头三脚姐夫我一定得帮你。为这事我把所有关系都用上了，一会儿电话就打过来。爸还没回来？

大　哥　一早就和妈去厂里了，怎么拦也拦不住，还让我不许动地方等他回来。唉，我辞职最受不了的就是他。昨天酒喝高了……

姐　夫　想不想再听我一句话？师傅是个好工人，可你这步绝对没错，这点你得自信。我当初辞职他们不也拦着，不也说一堆他们的道理？现在我啥样儿你不也看到了？对老人有些事你得先斩后奏，斩了也不奏。（听手机响，接电话）胖子吗？那事咋样？我内弟就在这儿——（对大哥）拿准主意没？他说进口白钢现在特别抢手，客户上门抢着要买。

大　哥　跟他说，我要。爸那儿回头我再和他说。

姐　夫　（打电话）胖子，你都给我留着。什么没意向书没合同，你跟我还扯这套？上来人咋的，挡回去不就完了？

大　哥　（下决心地）让他留好。我就去买火车票，回厂取钱去他那儿。

姐　夫　（打电话）胖子，我内弟马上就过去。货你无论如何不能出手。我说胖子，太阳不能今天落下去，明天就不出来了，你想想将来你还用我不？哎，货绝对不许卖给别人，价钱也不许涨！得，就这样了。（关手机）大强，你还愣着干什么？

大　哥　姐夫，啥也别说了，你够意思！我这就去！（欲走，又止步）

姐　夫　你等等。大强，我有事不能和你一块儿去了，回头你到我那儿，我给你带上两条好烟、两瓶好酒：孙胖子和你一样爱喝酒。我再给孙胖子写封信你带上。事办到这个份儿上了，下一步全看你的了，煮熟的鸭子别再飞了！

大　哥　我走了，我就是不放心爸……算了，管不了那么多，先斩后奏。（下）

〔姐夫目送大哥下，欲打电话。小方扶哎哟直叫的二弟上。

姐　夫　（迎出）哟，小强，这是怎么了？

二　弟　啊，让一帮小子打了。介绍一下：这我姐夫。小方，我铁子。

小　方　姐夫，你好。

二　弟　（拉姐夫小声地）姐夫，我没事。你快撤，“倒地儿”。

姐　夫　啊，你……好，那我先走了。（下）

二　弟　哎哟哎哟，疼死我了！……小方，快扶我进去！

〔小方手忙脚乱扶二弟进屋，靠到沙发上。

二　弟　……哎哟哎哟——放心，没人来了。昨天咱家出点儿事，我爸我妈一早就去厂里找头儿了。小妹有外语课。哪天我让你见见他们。

小　方　再说吧，我还是心里没底。我一个南方乡下来的打工妹，又开了个什么人都去的发廊……虽说那是正派发廊，可你们城里人怎么看我们这些人，我都知道。

二　弟　咱家人和他们不一样。我不管别人怎么说，反正我是非你不娶；你也非我不嫁，就这么定了——行吗？

小　方　……你还疼吗……吓死人了，以后再想跳舞就在我那发廊里关上门跳，不许去舞厅了。

二　弟　怕啥？谁敢打你主意，我还跟他干！为你死了，我都不带眨眼的。哎，你这一揉好多了。小方，这就是我家三室大套。那房间是我的，将来就是咱俩的新房。哎，你看这儿（取出许多奖状、证书），这些都是我老爸的，四九年到现在都有。不吹牛，我老爸见过毛主席，和刘少奇、邓小平握过手，电视上见过江泽民、朱镕基，基本上接见了三代领导人……工人村里无人不知、无人不晓，八级大工匠！哪年都哗哗地往家挣钱！

小　方　是吗？那你跳舞还净买早场五块钱的票？

二　弟　啊，那……我那是保持工人本色，艰苦朴素、吃苦耐劳，嘿嘿……再说，早场人少清静，那舞厅就像是咱俩的似的。小方，你说我老想你咋办？夜里老梦见你，白天也惦着你，老抓心挠肝的。

小　方　我也挺想你的……到城里打工这么些年，你对我最好。

〔二弟猛地上去亲了小方。二人接吻。半天，小方推开二弟。

小　方　哎，我可还没答应你哪，和不和你好我还得看一看。

二　弟　哎呀还看？都认识小半年了，我咋样你还没看清楚？来吧，这舞没跳好，咱俩接着跳！（蹦跳起来）

小　方　（看二弟）——哎，我说，你怎么一点儿不疼了？你在骗我？

二　弟　疼，什么疼？啊，哎哟……

小　方　——好啊，你是故意装疼得厉害，哄我到这儿来……我最不喜欢人撒谎，可你老是骗我。告诉你，山子全都告诉我了：你爸早退休了，你也是下岗的，在家里只有八平方米的地儿。他还说你是个无业游民，花一分钱都得管你爸你妈要。

二　弟　这小子真欠揍！小方，我是编了瞎话，可对天发誓我喜欢你才——

小　方　谁知道你是不是真心？你这人天天都撒谎，刚才又骗了我一次。

〔小方推开二弟跑出门，下。二弟追出。

二　弟　小方，我是不愿让你知道——唉，真他妈的，狗才不想上班呢！

〔大姐领着背书包的莹莹上。

二　弟　姐，借我点儿钱，请我铁子吃顿饭。面子事，就算“扶贫”了。

大　姐　你呀。（掏钱包取出钱）只有这些了……

二　弟　我忘了，你也和我一样了。（接过钱，还回一张）得，回头我熊我姐夫。姐，你就靠住我姐夫，没钱就管他要！

大　姐　姐是那种人吗？姐长了一双手，干吗非跟他要？

二　弟　……我说姐，你和我姐夫在一块儿怎么老木得慌的，是不他……

大　姐　瞎说啥！我们挺好的，这钱还是他给我的呢。

二　弟　看着倒是挺好，可……姐，他要趁你下岗对你有外心，你告诉我，我现在浑身憋得直胀。有情况吱声，我走了。

〔二弟下。大姐无言默立。莹莹一直在边上玩，此刻走过来。

莹　莹　姑，你怎么了？……今天怎么又是你来接我，我爸呢？

大　姐　没什么。以后姑姑天天接你，好吗？

莹　莹　好。最好你们都下岗，都可以接我陪我，我爱和谁玩就和谁玩。

大　姐　好孩子，以后你就会知道……这一段家里事多，一定多听大人话。（抱住莹莹）亮亮要在我身边就好了，有啥话能有个人说说。

莹 莹 姑，有话你就和我说吧。

大 姐 乖莹莹，走，跟姑进屋写作业去。

〔大姐领莹莹进屋。父亲由母亲搀扶着上。

父 亲 唉，这人说老咋这么快？就这么几步路，走得我脚脖子都软了。

母 亲 你呀，是病刚好，身子虚。

父 亲 可不，这两条腿，跟豆腐渣做的似的！（坐到门口）

〔大姐迎出。

大 姐 爸，你回来了。

父 亲 大玲啊，让大强出来。

大 姐 他不在家。

父 亲 不是让他在家等着吗？真是皇上不急急太监！

母 亲 老头子，你别急。大玲，妈问你，人厂领导说考虑咱家的情况，加上你是厂里的先进，安排你去看收发室，你咋没去呢？

大 姐 爸，妈，我……好几个姐妹都要求去看收发室，陶小芬还有肾病，孩子还小。一起工作多少年的姐妹，我怎么好和她们争？好赖我还是个健康的人……还能找到工作。

父 亲 唉……大玲，一早上小琴拉你去找工作，找着没？

大 姐 我们去中心路市场了，小琴说是有个俏活儿让我们干。

母 亲 啥活儿？

大 姐 “牵驴”：几个老板雇下岗的女工去帮着当托儿卖假货，一天能挣三五十。可我就是挪不开步、张不开这嘴……

父 亲 缺德！

大 姐 小金子在那儿卖鞋，我帮她卖了一会儿。人太多，我，我给卖丢了一双。我会给机床上油，把机床擦得亮亮的，会车出别人车不出来的活儿，可我就是干不了这些事！爸，我是不是成了废人了？

母 亲 ……大玲，你去把大强找回来。

〔大姐下。

母　亲　你累了，我扶你进屋吧。大玲这么一让，她的工作就没指望了。

父　亲　倒像是我的闺女。这事大玲没错，你不许怪她。

母　亲　可惜了了……大玲的工作是你那年救大成伤了手，让大玲顶替的。唉，大强回来也不知能不能听你的话？

父　亲　什么听不听的！就照我跟厂头儿说的，收回那屁辞职书，明儿一早回去上班。厂子一天不黄，他就得给我在厂子干一天！

〔大哥上。

大　哥　爸，我不回去！

父　亲　（霍地站起来）你敢！你活着是厂子人，死也是厂子鬼！我和你妈都是建厂时候的老工人，机床厂就是咱的家。兴厂子不要咱们，不兴咱自己跳槽！你给我死了这条心！

母　亲　大强，你就听你爸的吧！

大　哥　爸，这些年我什么都听你的，可这件事我铁了心了！

父　亲　你再给我说一遍！说呀！……你小子真混哪！我老了干不动了，指望谁？二驴子那个样儿，小玲没个着落，你姐……你是这家的顶梁柱啊！我就巴望你能接我的班，在厂子里干出点儿模样。这些年你当车间主任、升科长，大伙儿夸你，厂里栽培你，你有屁丁点儿的好事爸都在背后偷着乐呀，走在这工人村里我腰板比别人都直！我做梦都没想到你会……大玲他们下岗是厂子定的我没法子，可你他妈这么做是干啥呀？……这是摘我的心哪，你知道吗？

大　哥　爸，怎么和你说呢，你们这辈人的脊梁撑起咱这国家的天，可今天我看明白了，国家是要我们这辈工人再做一次贡献，这也许是历史上最残酷、最大的一次，那就是下岗。咱的企业好比条大船，老化了，要大修，船上又那么多人，再不下来人它就要沉了，只有下来一部分人才能修好它，让它重新开起来。我不想在这条船上挤了……

父　亲　少他妈给我咧咧！这船上就剩一个人，他也应该是咱老杨家的人！

大　哥　爸，你不知道，我上的是条有希望的船。这条船上我有事可做，我能看到我的价值。我们商量了，来年挣钱了要成立个北方彩钢公司，还要建一座彩色不锈钢大厦。一想到这个，我浑身都发烫啊！

父　亲　说出龙叫唤也不行！彩钢啊、公司啊，你吹气哪？你爸是工人，看实的，信真的。

大　哥　爸，现在不光是工人要下岗，国家机关干部也下岗分流了。我主动选择这一步，没有错。

父　亲　你还说！你在工厂行，到外头重打鼓另开张，谁知道会咋样？

大　哥　你咋就知道不行？姐夫下海不干得挺好吗？挺多人下海都——

父　亲　你就看好的，栽跟头的少吗？被人骗得掉海里淹死的少吗？

大　哥　可那也不能等着，试一试总比这么活着强！

父　亲　你他妈主意咋这么正！明告诉你吧，这事没商量。两条道，走哪条你自个儿挑：一个明儿早上给我回厂子上班，还得交份检讨给厂里，老老实实承认错误；一一条你走，爱上哪儿上哪儿！不过你敢迈出咱家这个门槛儿，老杨家就再没你这儿子！老伴儿，跟我进屋，该咋走，走哪步，让他自个儿掂对！（扯母亲入里屋）

大　哥　（动感情地）爸！我从小是在机床厂里长大的，对厂子我的感情不比谁差！可这几年事你又不是不知道，厂子困难国家着急工人着急，可厂里领导除了向国家喊困难、哭穷、要钱就不会别的，不改革厂子哪有出路？眼睛不看着市场，产品生产再多有什么用？爸，这些年我玩命不？学电大、钻技术、钻管理，我真想好好干哪，可我干着急使不上劲呀……这腔血憋得直胀啊，你知道吗？

〔父亲返身冲出，母亲也追出。

父　亲　那也不能走！给我等着，等着厂子好那一天！你想气死我呀？你要敢明天不去上班，我就和你断绝父子关系！

母　亲　你俩这是干啥呀，有话不会好好说呀？（将父亲推进屋）

大　哥　等等等，要等到什么时候啊？我都四十三了……小强下岗了，大姐下岗了，眼瞅着咱们这个家就要……要等到我也下岗吗？这几年挣钱越来越少，莹莹妈就因为我穷才跟人跑的！爸，我再也不想等了！等不起了！我不要退休金、不要公费医疗、不要档案，就要下半辈子换个活法。这么混吃等死过一辈子，我不甘心哪！爸——错过这个机会我会后悔一辈子呀！

〔屋外雷声滚过。大哥向里屋深鞠一躬。莹莹偷上。大姐自外上。

大　哥　对不起了，爸……我走了。

莹　莹　爸，你走吧，回头我和爷爷说。爷爷喜欢我，我一说他就没气了。

大　哥　好莹莹，你只能待在爷爷这儿了。

莹　莹　行，我就愿意在爷爷家待着……

大　哥　（取出口琴）爸爸的口琴留给你，以后想爸爸时就吹它。要是爷爷奶奶心情不好了，也吹给他们听。记住，听爷爷奶奶话！

大　姐　大强，听姐话，别走了！你那工作多好啊！要是我，撵我都不走。

大　哥　不，姐，这回谁也拦不住我。车票都买好了，我这就走……姐，替我照看莹莹……爸妈老了，你代我在他们跟前尽尽孝吧！

〔雷声。大哥抓起背包走入雨中。急雨吹掠工人村。母亲奔出。

母　亲　大强，外头下着雨哪，你带上伞！

〔大姐接过雨伞，追下。

莹　莹　（追出，站在雨中）爸——爸——早点儿回来！

〔父亲冲出。

父　亲　走吧，走你就别回来！从今天起，我再没你这儿子了！

母　亲　（慌乱地）老头子，你这是干啥呀？你有病啊……快，吃点儿药。

父　亲　还吃什么药？完了、完了，这个家完了！都走吧，全都走——我也进太平房上火葬场，眼不见心不烦……（摔二胡，失声痛哭）

母　亲　你说啥话！你个老东西，这家咋完了？——老东西，你这是作死呀！你个糊涂蛋！你有病呀，经不起这么闹腾啊，你这样我害怕。大强他是一时糊涂，想开了兴许就会回头了……

莹　莹　爷爷，你别哭了！奶……（哭起来）我肚子疼，哎呀哎呀……

母　亲　哪儿疼？奶给你揉揉！

父　亲　揉啥揉，赶快爷背着上医院。（欲背莹莹）

莹　莹　我好了！嘿嘿，我好了……

〔莹莹入内。二人长立无言。雨声阵阵。

母　亲　你好点儿了，老头子……唉，这是咋了呀！昨儿个还好好的，一家人乐乐呵呵的……咱这一辈子都给了工厂，末了咋闹成这个样儿啊！

父　亲　我这是咋了？这会儿眼泪巴嚓的有啥用？老伴，我闹腾完了，没事了。你也别哭了，把眼泪擦了，我让你把眼泪擦了。老婆子，咱们是老人，在党多少年的人，这些年比这难的坎儿咱也遇上过，不也过来了吗？老婆子，你得应我件

事：以后就是再难咱也不哭。咱是老的，得做出个样儿给那些孩崽子们看看！（收拾工具）

母　亲　你这是……要干啥？

父　亲　他们下岗，我他妈上岗！二驴子不去我去！明儿一早补手续，上肉！

母　亲　你那身体……哪儿行啊！

父　亲　放心吧！活动活动对心脏有好处。我是担心你呀，你也老了。

母　亲　（握住父亲的手）我倒没啥，咋也比你强多了。可你……

父　亲　那咱这老牛老马再拉它一段路。不是叫下岗的自谋生路吗？他们没谋着生路前，咱先帮他们谋着。这也算是国家难时帮咱国家一把。（高声叫卖）羊肉串儿，羊肉串儿！都来吃我老杨头儿的羊肉串儿！

〔收光。

第三幕

〔夜色笼罩工人村。雨声不息。口琴声轻轻飘响。

〔灯下，老两口在一张张数着发皱的毛票。莹莹孤坐门前望着雨夜。

母　亲　去了羊肉钱、炭火钱和摊位钱，今天净赚三十二块五毛，比昨天少卖三十来块。（在纸头上记着账）

父　亲　都是下雨闹的，明天天放晴多卖会儿。唉，连老天爷也来添乱，下下下，下个没完。钱放到老地方，别让二驴子踅摸着。

〔母亲点头，包钱进屋，少顷出。

父　亲　（活动着残手）不是说有人看见大强回来了吗，咋到现在也不露个面？

母 亲 必是新厂子事忙；再说你不是不让他进门了吗，他还敢回来？（接着记账）小玲学外语交了一百，下半晌又给小强二十。

父 亲 又给他钱干啥？惯吧，你就惯吧！看他那身懒肉就来气，不定哪天我好好归拢归拢他。这么晚了又死哪儿去了？小玲也没影了……有能耐都别回来！这家成大车店了，往后过点儿不管饭，到点儿就关门！（来回走）

母 亲 瞅瞅你这些天一劲儿闹腾——你想大强就直说。

父 亲 说啥哪？我想他，想他个鬼！我早跟他断绝关系了！（穿衣）我得去看看冯大个子，他们厂俩月没开支了，他病倒了。这老伙计最爱听我拉二胡，妈巴子我还把二胡给摔坏了。（入里屋）

母 亲 我就知道你在家待不住。你带点儿钱，到小卖店给他买点儿罐头。

〔母亲叹气，串肉串。二弟从雨中走来，心情不佳。

莹 莹 二叔，看见我爸没？

〔二弟不理莹莹，进屋。

母 亲 回来了，锅里有饭……你爸才还问你呢。

二 弟 （不爱说话）不吃。别告诉他我回来了。

母 亲 你咋了……像个瘟鸡似的，耷拉个脑袋。

〔二弟不答，进卧室躺到床上。母亲不安地望着。父亲出屋。

父 亲 （拨听半导体）这里头说，国营厂还要裁人。哎，谁回来了？

母 亲 没，没人回来。外头拉拉雨哪，一跳一滑的，小心摔着。（递伞）

父 亲 你这两天脸色不好，该吃啥药麻溜吃，病了别说我没给提过醒儿。

母　亲　知道了。我好好的有啥病？净咒我。

父　亲　让你吃你就吃。

母　亲　吃，吃。

父　亲　（出门见莹莹）莹莹？不在屋里写作业，坐这儿干啥？

莹　莹　我要在这儿等我爸爸。

父　亲　你这个破爸爸等不等能咋的。（也向雨夜中伸脖望）

莹　莹　其实你比我还想他，对不？爸都疼孩子，越吵吵越疼。我全懂。

父　亲　小毛孩懂啥？他回来门我都不让他进。老婆子，把莹莹领进去！

〔母亲领莹莹进屋，继续串肉串。大姐雨中疲惫地上，呆立不动。

父　亲　大玲？是大玲吧……你咋不进家？……这几天跑得咋样？

大　姐　跑了几家职业介绍所，都登了记。我把这些年得的奖状、证书都带去了……他们让我填了表，说有信儿就告诉我。

父　亲　好啊，快进屋吧，看都累成啥样儿了。

大　姐　（苦笑）在厂里那么多年也没这几天累。到了晚上还老是做梦，总梦见厂子又好了，又让我回去了，机器响起来，都有活儿干了。

父　亲　要实在找不着，跟着一块儿卖肉串儿吧。

大　姐　我还是想在工厂找份工作，我不能一辈子卖肉串儿……再说天天看别人上下班，我受不了。

父　亲　……进屋吧，锅里热着饭哪。大玲，大强到你那儿去了吗？

大　姐　没，就打过个电话要找大成。大成出门了，没在家。

〔父亲挥挥手，大姐进屋。

母　亲　没吃吧？快点儿，热乎哪。（端来饭）

〔大姐忍不住扑到母亲怀中哭出声来。屋外父亲止步。

大　姐　你打我一顿吧妈！咱家我最大，可我最没能耐……想不到四十多岁就没人要了。他们就招三十岁往下的，还要有中专文凭……这些年没想到拿文凭更没想过学别的，爸老说那是不务正业，现在咋又管我要这些呀？妈，我真不知道现在该怎么办！一个人活到四十多岁，难道还要重活一次吗？

〔屋外。父亲站在雨中痛楚地听着，强忍住泪，忘了拿雨伞，下。

大 姐 妈，我在找工作，小玲也在找，你们俩就不要去卖肉串儿了！

母 亲 你爸要干，谁能拧过他？这些天他老气不顺，我都不敢多说话。妈看你就别到处跑了，叫大成在他那儿给你安排个闲差事。

大 姐 不，我不想让他施舍，花自己挣的钱心里舒坦。

母 亲 玲，是不是你和大成有啥事？我老觉着你俩不大对劲儿……

大 姐 没，没事，挺好的。昨天他还说，等生意好了要给我买几件像样儿衣服，问我要啥样儿的……还说将来要领我去新、马、泰旅游哪，真的，妈。他总说咱家对他好，说他刚进厂那会儿没吃没穿全靠咱家。

母 亲 没事就好。妈这段心里空落落的，这段有空常回来和妈说说话。妈没啥能耐，可妈在一天，这个家就是你们遮风避雨舔伤口的地儿，到啥时妈都给你们亮着灯留着门。

〔母女相依。雨声。莹莹又走出屋。

莹 莹 奶奶，我去迎迎爸爸，爸也许已经到路口了……（跑下）

母 亲 莹莹，你回来——玲，你快去看看！

〔大姐抓起伞下。二弟弹响吉他。吉他声乱响。母亲走进去。

母 亲 ——你今晚上是吃错药了咋的？穷闹腾啥？

二 弟 我闷得慌！妈，我想去挣笔大钱，你给我贷点儿款，几千块就行。

母 亲 几、几千？你想把你妈剥皮儿吃了？你以为你妈是开银行的？

二　弟　妈，咱家不是有老箱底儿吗？

母　亲　那钱你爸发话了，谁都不许乱动，特别是不能给你。

二　弟　先别告诉他。我挣了钱你俩啥都不用干了，给你俩开双份工资。妈，你老嫌我不能挣钱，可挣钱得有本钱哪！你舍不得孩子我套不住狼啊！妈，最后赞助我一把，我一辈子都忘不了你！看着你和爸这么冷的天在外头连喊带叫的，比骂我打我还……

母　亲　二强……可你、你要那么多钱到底想干啥呀？

二　弟　这你先别问了，将来就知道了。妈，钱放哪儿了？我知道在家里。

母　亲　不行。那都是头些年你爸卖肉串儿一点点儿攒下的。眼下家里这样，万一谁出点儿啥事……再说就你这号的能干啥呀？干啥不得赔个底朝天！老实待在家里，妈能蹦跶就饿不死你。

二　弟　妈——你、你也这么看我……你要真不借，我可去偷去抢了！

母　亲　敢！反了你了！你让妈省会儿心行不？

〔二弟无奈，入厨房取根肉串吃，想着办法，随即偷偷翻找藏钱处。母亲干活，头晕，找药，吃下。小妹上，径向屋里走。小钱跟上。

母　亲　小钱呀……这是怎么了，气哄哄的？

小　钱　唉……我介绍小玲去一家合资公司当经理助理，月工资八百——

母　亲　哎呀，这么多呀！好啊！

小　钱　这还不算奖金哪！小玲口试、笔试都过了关，人家决定马上用她，可……也不知为什么她又不去了——你老别急，我去劝劝。

〔小钱进内。母亲心慌意乱，在门外听。

小　钱　小玲，到底是怎么回事？你说呀！

小　妹　怎么回事？他们是家假合资企业，账户上根本就没有外资注入，是用合资招牌偷税逃税。那个刘总素质更差，当着挺多人用脏话骂一清洁工，还打得她满嘴血。我看不过去，和他干了一架！

小　钱　你、你可真行。头天试用，你管那种事干什么？

小　妹　看不过去我就管！我和那女的说了，她想起诉我帮她找律师。

小　钱　你……我算服了你了！他是我们刘主任的亲哥，你还要告他，刘主任那儿我咋交代？

小　妹　该怎么交代怎么交代，我发现你是越来越有出息了！你还给他们点头哈腰地上烟——没劲透了！在单位你是不也这样？

小　钱　你……和领导处理好关系让领导满意有什么亏吃？现在谁不知道这道理？你要在机关工作也得这样。看我干什么？我说错了吗？

小　妹　你——我的男朋友可以没钱、可以没权，但不能一身奴气！怎么是这种人……算了，你走吧！别再来了！

小　钱　你——你不是要找个挣钱多的工作吗？玩什么个性？

小　妹　我就这个性，咋的？

小　钱　就这个性就不行！你以为你是谁？人到社会上就得学会适应！

小　妹　我就不适应，就不！还管起我来，你以为你是谁？别忘了你不过是我拉来帮我演戏的，扔硬币扔出来的！

小　钱　你——怪不得你找不着工作，找不着朋友，让人帮着演戏！

小　妹　你、你走，快点儿走！哎哎哎，带上你这些东西！拜拜了！（将一些礼物扔给小钱，将其推出卧室，关上门）

母　亲　这……小玲，开门，开开门！小钱啊，你看在大姨面子……

小　钱　大姨，没什么，工作没成她心里有火。其实小玲挺出色的，可有些事她不明白……（欲下）对了大姨，我找了管再就业的小刘，他说市里正下大力气搞几个再就业工程安排下岗人员。大姐、二哥的情况我让他们登了记，他们说抓紧给安排。（下）

母　亲　谢谢你了！（急得乱转）唉，这可咋整啊？小祖宗，你开开门！

〔小妹开门……父亲自外边上，看着这场面。

母　亲　玲啊，一时找不到工作妈不怪你，你这么对小钱，黄了咋办哪？小钱工作好，人也好，你要跟了他一辈子都不用愁了。

小　妹　妈你不知道，他这人就得骂。你别管了，这是我的事！（向外走）

父　亲　行啊大学士，工作没成气你妈的能耐见长。你还有别的本事没？真整不明白你有啥资本挑这挑那，上个大学不知道北了！过去找工作讲究做块砖，东南西北任党搬；做片瓦，让你盖哪儿就盖哪儿。

小　妹　可我不是块砖，不是片瓦！我是人！是人！

父　亲　呀呀呀呀，我还不知道你是人？是我把你养大成人的。

小　妹　爸，妈，对不起，我真不想让你们伤心……可我就是不想对付，不想凑合，我要找最适合我、最能发挥我自己的地方。这错了吗？你们把我养大，培养我大学毕业，我不想就当块砖——就算是当砖，我也不去垫鸡窝，我要放在天安门上，放在长城上！（下）

父　亲　你给我回来！小丫头片子，这世界还装不下你了哪！

〔二弟从里屋出来，见状不好，蹑手蹑脚欲向外走。

父　亲　站下！你小子鬼鬼祟祟哪儿去？

二　弟　我、我出去一会儿，有点儿事。

父　亲　天大的事你给我待一会儿！有事？你给我说说，除了要钱花钱——

二　弟　我又没惹你生气，你拿我扎什么筏子？（欲下）

父　亲　我话没说完哪：我问你，这段天天回家晚，在外头干啥了？

二　弟　没干啥。

父　亲　没干啥？冯叔家老二说，你搞了个发廊里的女的，有这事没？

二　弟　有。咋了？

父　亲　怨不得你脑袋一天一变样儿：一会儿像鸡窝，一会儿像刺猬。真他妈有出息！你弄什么不好，弄个三陪女郎？

母　亲　（跟出屋外）这，这是真的吗，小强？

二　弟　妈，她不是那种女人！你别听我爸胡说！

父　亲　我胡说？那里头有几个好东西！——你给我趁早断了，再跟她打连连我打折你腿！今晚上就给我站这儿，哪儿也不许去。站好了，好好想想你以后咋办？啥时想好，啥时进屋睡觉！

二　弟　爸，你这也太不人道了……下着雨哪，你让我……

父　亲　就站雨里，让雨浇浇你！给我立正！我不说话不许你动地方！

二　弟　你怎么不说说你自己？你要是那种有能耐的爸爸，给我弄个好工作，我至于这样吗？

父　亲　你说啥？

二　弟　你知道现在外头怎么说你这种爸爸？　等爸爸没牵挂，儿女想啥就干啥；二等爸爸打电话，儿女工作也不差；三等爸爸跑上又跑下，送点儿礼也能安排下；四等爸爸没能耐，只会待在家里骂！你也就会在家里骂骂我——

父　亲　好你个浑小子！我这回不光骂了，（抓起雨伞就打）今儿个我这个四等爸爸要教训你怎么做个工人！——我没能耐，是四等爸爸！你是几等儿子？三十来岁了靠你四等爸爸养活，纯粹是等外品！

〔父亲打二弟。母亲拼命抢雨伞，护着二弟。雨渐大。大姐领莹莹奔上。

大　姐　爸，你这是干啥呀？（让莹莹拿着伞，欲上前）

父　亲　都一边儿待着去，谁吧吧我揍谁！我没能耐，我没能耐，我一天到晚这是为谁呀？老了老了，我成了四等爸爸了！四等爸爸！

母　亲　这么大的雨淋出病了可咋办……强，别伤你爸心了，你就站会儿吧……妈求你了！

〔父亲眼含热泪进屋，走入内室。母亲拉着莹莹跟入。

大　姐　小强，你懂点儿事行不？爸他有病啊！去，给爸认个错。去呀！

二　弟　不，我就不！（雨中向天叫）下吧下吧，你他妈把我浇透吧！

〔大姐入内，拿把雨伞欲出。小方出现在雨中，为二弟撑起伞。

二　弟　小方……我撒谎骗了你，你还理我干啥？

小　方　我想不理你，可我没法不想你……还疼吗？

二　弟　你都看见了……我他妈没出息，我不够个男子汉！

小　方　小强，没地位、没文凭、没钱我都不在乎。我是个乡下女孩打工妹，有啥地位？干了这些年，我除了帮家里自己也攒了不少钱，不用靠谁养活。我就缺一样：爱。我要你句真话：你真心爱我吗？

二　弟　小方，和你在一起我就高兴，就有劲，什么烦心事都忘了。

小　方　那，你能为我改改自己身上的坏毛病吗？我们村里不到十岁的孩子就能上山打草，挣钱养家。你这么大男人真不如孩子吗？听人家老人那么说你，我都——

二　弟　别说了！（紧紧抱住小方）从现在起玩把命给他们看看！我要让你站在人前把头抬得高高的，不价我就不够一撇一捺！

相信吗?

小 方 你要真能这么做，小方刮风下雨下刀子都跟着你，跟你一辈子!

〔雨中二人紧紧相抱。大哥心事重重挎包上，进屋。二弟、小方下。

大 哥 姐，姐夫没来过?

大 姐 没有，他出门了。大强，你咋一直不回家，是不是生意出啥事了?

大 哥 没……事多，一直没跑完，还要找大姐夫帮忙……

莹 莹 (出门看见爸爸，扑过来)爸爸! 爷爷奶奶，我爸回来了——

〔母亲急出内室。

母 亲 大强，你可回来了……快去见见你爸!

〔父亲在里屋:“你站那儿! 我不认识你。你是谁? 这儿谁是你爸?”

母 亲 老头子，你这是干啥呀? 孩子回来了! (进屋推父亲出来)

莹 莹 爷爷，你这些天不一直想我爸吗?

父 亲 我啥时想过他? 我他妈早就没儿子了，一个都没有了，没了。

大 哥 爸，这些天你老的火还没下去呀? 你要生气就打我几下出出气。

父 亲 你别叫我爸，给我出去，也到外边站着去! 听见没你，出去!

莹 莹 得了爷爷，我爸回来了，你心里肯定特别高兴。爸，你赶快给爷认个错! 爷，我代我爸给你认错。(鞠躬)

父 亲 唉，养了一堆都不如一个孩子呀!

母 亲 (拿着一布包奔出里屋)老头子，这包里的三千块钱没了!

〔收光。雨一阵比一阵急，淋着这个家、这片工人村，冲刷着这世界。

第四幕

〔北风吹掠工人村。小妹在串羊肉串，大姐背着一包报纸念叨着上。

大　姐　晚报、日报、体育报、广播电视报……

小　妹　大姐，你这是干啥哪？

大　姐　玲，市再就业中心真挺办事，联系了挺多家单位安排我们，小琴、王丽都找着活儿了，他们安排我去卖报纸。

小　妹　是吗？得，咱家出了个报嫂。

大　姐　这活儿不像卖鞋、卖服装，赔了也没多少钱。马路牙子蹲着就能卖，就是得连喊带叫的。你帮姐练练。（穿坎肩、戴口罩）

小　妹　你呀，闹心不闹心？这有什么好练的，又不是让你去比赛唱歌——哎，你还弄个口罩干什么？

大　姐　嘿嘿，我磨不开。

小　妹　你偷了还是抢了，有啥怕见人的？你上去卖不就得了。

大　姐　我又不是你，我得试着来呀……真没想到，我干上这个了……从报社取报纸时，我这心一劲儿乱跳。跑了这么多天，我总算有工作了，总算……（又喜又忐忑地）还不知道我能不能干好。

小　妹　姐……你肯定行，明早上我给你站脚助威！你们都有事做了，我也该……哎，大姐，你说说，我大哥这次在外边出啥事了，一天到晚没话就喝酒，问他也不说，总打听姐夫回来没……

大　姐　是呀，我也问了大强几次，什么也不说。真让人担心！

小 妹 爸天天晚上睡不着，有时半夜还起来，再加上二哥走了一直没信……姐夫临走啥也没和你说啥？这段也没来电话？

大 姐 没有。生意上的事他不爱和我说，他出门也不爱给家打电话。

小 妹 你和姐夫到底怎么回事？我总觉得不太对劲，你跟我说实话。

大 姐 小玲，你的对象一定要好好找。挺多事，以后和你说。

〔大姐无言，小妹还要问。小钱上。大姐看到小钱，忙收起报衣。

大 姐 小钱，你坐，我给莹莹热饭去。（示意小妹热情，入厨房）

小 妹 怎么又来了？我不说黄了吗？

小 钱 我托小刘给大姐联系工作，再就业办公室有回音了，这张表格让她填一下……他们说先进生产者可以优先，哪天我陪大姐去。（把表格放桌上）

小 妹 谢谢你的好心。晚了，我姐已经找着工作了。（不理小钱）

小 钱 ……我真让你那么讨厌？在你眼里我就那么配不上你？

小 妹 是我配不上你，爱玩个性，不懂人情世故，幼稚可笑——你太完美了，工作、收入哪哪都好。你走吧，咱俩没戏了。咋还不走？

小 钱 我就不走！小玲，我还真就迷上你这个性了，以后我天天来！

小 妹 我说你是不发烧了，又想挨骂呀？

小 钱 烧得还不轻。这回，我要好好发把烧。我发现……我已经爱上你了！我爱听你骂我——以前还没人骂过我。这几年我各方面都算不错，领导也挺满意，可有时就觉着没劲，看书没劲吃请没劲干什么都没劲。你活得比我强……这得怪你，你让我来的。

小 妹 你还没完了哪，让我说你什么好呢？你是高才生，学的是企业管理，现在学这种专业的人正是干事的时候，可你一天天活得这么没劲！告诉你钱峰，本小姐不会爱上你这种男人的，我那个硬币扔错了！

小　钱　你又来了，一提这事我就来气。我在你心里就那么没地位？

小　妹　我瞧不起你！我学历没你高，可我敢做的你不敢，将来我也不见得干得比你差。你去找没个性顺着你说话的人去吧，我已经决定了，外语考完级就去深圳找工作。

小　钱　那我也跟你去，你上哪儿我就上哪儿。深圳中软公司早就想要我了。

小　妹　你……还甩不掉你了哪？那我就不去深圳，我卖肉串儿去。（下）

小　钱　那我也跟你去。

〔小钱追下。二弟背着包、手上缠着绷带上，进屋。大姐从内出。

大　姐　小强？

二　弟　姐！

大　姐　你、你这些天跑哪儿去了，不知道爸妈惦着你呀？

二　弟　我看见爸妈在那儿卖肉串儿哪——不用问，身体肯定没啥事。（藏手）

大　姐　你这手咋了？哎呀血乎拉的！你在外头干啥活儿，危险不？快说呀！

二　弟　嘿，姐，我和二铁、小六子几个人合伙包了个活儿，就是给高层建筑……就是粉刷外墙面。姐，老好玩了，爬上爬下的，挺适合我们的。不少南蛮子都想包，让我们硬给抢过来了。

大　姐　妈呀，就是吊在楼外面拿刷子刷大楼？那是玩命的活儿呀！

二　弟　挣钱也多呀！姐，我发现哪，只要你拉下脸想挣钱，有的是活儿可干。每天早上我随着初升的太阳升上高楼，那感觉老牛了，蓝天白云都在我身边……姐，这段我比啥时活得都踏实。

大　姐　你们都比姐强啊……

二　弟　姐，我是回来取点儿棉衣服，把妈给我做的棉手闷子找出来。

大　姐　哎。（入内，取出手套，帮着二弟收拾东西，看见包）这是……

二　弟　都是小方给我买的。姐，她对我没说的！

大　姐　一个人在外边不比家里，妈不在身边，得学会自己心疼自己，知道吗？你走那天没把爸气死，说要打折你腿哪！

二　弟　准是暴跳如雷的。你告诉他们，我会带着钱回来见他们的。

大　姐　你、你不见他们哪？他们一会儿就回来……

二　弟　姐，你还是给我留条腿吧，我还得干活哪！我得走了——

大　姐　小强！

二　弟　姐，也不知咋的，往常在家没觉着咋的，老爸动不动就骂我打我，有时我挺恨他的；可真一离开家，还挺惦着他们的……以后要想妈了，就把手放手闷子里暖暖，就当小时候妈给我焐手了……

大　姐　小强，懂事了。

二　弟　走了，姐，现在时间就是嘎嘎响的老头票。（下）

大　姐　（望着二弟背影）年轻多好呀！要是倒退十年，哪怕五年也好啊！可惜呀……球报一块八，晚报三毛……

〔父亲、母亲和小妹推着车从风中走上。

大　姐　妈，小强回来了，又走了。

母　亲　啊？老头子，小强刚才回家了。

父　亲　啊，在哪儿呢？

大　姐　爸，他怕你打他不敢见你。

父　亲　他敢见我！见着他我打折他腿！偷我钱，我没他这个儿子！

母　亲　你不要他我要，再不好他也是我身上掉下来的肉。小强啊，你就这么就走了，连妈的面都不见……大玲，跟妈去找找他！

〔母亲、大姐跑下。

父　亲　贱！你找他干啥，让他路死路倒，沟死沟埋！

〔大哥和莹莹上。大哥手中拎着酒。

莹　莹　爸，别喝了，昨天你喝得可吓人了！

大　哥　莹莹，爸真想大醉一场呀！爸没用，让人家打败了，败得真惨！

莹　莹　那也不要再喝了，求你了！自从妈走了以后，你老是喝酒。

大　哥　莹莹，爸要是做了什么对不起你的事，你会原谅爸爸吗？

莹　莹　爸，不论你做什么，我都不会怪你的。

〔父亲出来张望，看见二人。大哥低下头。

父　亲　大强，你进来，陪我坐一会儿。

大　哥　（入屋）爸，姐夫再不回来，明天我就走了。

父　亲　你这次回来酒量见长啊！你坐，坐一会儿，我让你坐。连着几天没话，要走了，不想说一说？（坐在桌旁）

大　哥　爸，其实也没有什么。（坐下）

父　亲　我可是一直想听你白乎白乎。（指酒、菜）来，花生米，老白干，你不称职的四等爸爸陪你喝点儿，天大的事边喝边说。

大　哥　爸，生意上那些乱事你知道不知道也没啥用。唉，现在的人咋连笑都是假的，敬酒敬烟称兄道弟，可桌子底下埋着地雷，椅子下边尽是坑啊！

父　亲　过去有个把诈骗的就是大案，可现在打开报纸尽是这路事。这帮东西都是从哪儿变出来的？大强，甭瞒了，这些天我也看出个大概其了，别忘了我是你爸——小时候你和小二一道蒙我钢镚儿，哪回蒙成了？到底出啥事了，竹筒倒豆子，痛快的！

大　哥　我对不起厂子，对不起大家……真想揍我自己一顿哪！一路上我吃在货车、住在货车上，连撒尿都跑着去，就怕出事。可货到了厂里，李工说就一部分是进口的，剩下的都是冒牌货、劣次品。

父　亲　咋整的，你没看货呀？

大　哥　他们把进口的给我看了，就拉我去喝酒，让我在验收单上签字——那些钱是大伙儿的集资钱，大伙儿信任我才……我寻思货样看了，车也装了，又是姐夫介绍的，还能蒙我吗？我没想到啊……

〔姐夫拎礼品上，大哥急迎上去。

姐　夫　我一下火车就赶来了，给莹莹买的少儿百科全书，答应她挺长时间了……事我知道了，刚跟孙胖子通了电话，把他骂了一顿，这家伙我也没看透他。

父　亲　大成，坐，刚下火车先垫垫。

〔大哥忙取杯。母亲和大姐归来。

父　亲　老婆子，快张罗几个酒菜。（对姐夫）骂不骂的不算啥，能把事办了就成。

姐　夫　爸，这事难办了，人家孙胖子不承认发来的一半货是假的。

大　哥　货都在那儿，你让他来看哪！

姐　夫　可人家说你亲眼看的货，在验收单上签了字、付了款。是假的你当初为什么签字付款？

大　哥　我……我就看了一半，我寻思孙胖子是你介绍的……

姐　夫　谁介绍的也得看好货再交钱，这是做生意的常识啊！现在人家说是你把进口钢转手了，弄了批劣次品回去，从中赚了一笔——

大　哥　他那是血口喷人！

姐　夫　我也知道他是胡说八道，可你怎么也得把货仔仔细细看一遍哪！

大　哥　姐夫，无论如何你得帮帮我！

父　亲　大成，你和那帮人熟，认识的人也多，帮大强想想辙。

大　姐　别喝了，马上和大强上哈尔滨找那姓孙的，啥法道上想。

姐　夫　你知道咋回事就跟着瞎掺和？他把字签了、钱付了，货都拉回来了，那边硬不认账我有啥办法！爸，我也遇上过这路事，只能吃哑巴亏。大强，不是我说你，你没看好货交什么钱、验什么收，你当是过去在机床厂办事吧？你下海了，吃归吃喝归喝交情归交情，办事时得六亲不认。市场经济了，睡觉做梦都得算账啊，不然扔的是你自己的钱！（听手机响，接）喂，等会儿再打来，我眼下走不开。（关机）我和孙胖子交情也一般，只能打打电话，不过希望不大。

大　姐　孙胖子？是不是来过咱家的那矮胖子？你是不是和他搞什么鬼了？

父　亲　大玲，没边没沿的，别瞎说！

大　姐　好，我不说我不说。可货是你给联系的，这事你得负责。

姐　夫　说啥哪？我负责，我咋负责？今天我说一句重话，你们一个个都靠别人靠惯了，让我说你们什么好呢，整个儿一个惯出来的！这些年你们除了学会靠别人，还学会别的没？

母　亲　大成，你就别火上浇油了。

父　亲　别插嘴，让他说完。

姐　夫　爸，我看见他们就来气。我也是从机床厂上下来的，一天没闲着玩命地干才干到今天。你们哪，你杨大玲下来这些天找工作这个费劲！二强更完犊子，饭来张嘴花钱伸手，这个家真不知他是爹还是爸是爹！怨这个骂那个，找这个求那个，就不知那工夫钱都跑别人腰包里去了。靠靠靠，靠完国家靠厂子，靠完厂子靠父母，靠完父母靠朋友，靠到什么时候是个头！不稀说你们……就这样，你们不受穷谁受穷？行了，我那边还一大堆事，这年头自己的梦自己圆！（打手

机，下）

母 亲 大成，大成！

父 亲 （拍案而起）叫个屁！

母 亲 这可咋整！这些天我就觉着要出事——强，要不咱和厂头儿说说还回厂子吧，受点儿穷挨点儿憋可没这路事——明天妈替你去求赵厂长。

父 亲 好啊，好！想不到他秦大成还有这么一出！绝，真他妈绝！一字字一句句我都听清了，记下了，你们也都听清了吧？大强你咋了？还神气不吹牛不？高科技呀、子公司呀，吹的是鸣哇山响！现在咋的了？霜打的茄子蔫了，属瘟鸡的耷拉脑袋了，低头了服输了——哎你们看哪，这就是我惯出来的儿子！

小 妹 哥，这时候你不能倒下。在咱家我最服的就是你，一跤跌倒了再也爬不起来了那是你吗？你要是那样，我一辈子都瞧不起你！

大 哥 （将酒浇在头上）原来我还想指望指望姐夫，现在我才明白，啥都不能靠任何人，只能靠自己！爸，我已经把我那套房子卖了，把所有值钱的东西都卖了，还管朋友借了一笔钱——

母 亲 大强，这是真的？这么说你连家都没了？

大 哥 明天我就走，先去给厂子买新的原材料，然后上北边找孙胖子！妈，我也不愿意这样。家没了以后我置，钱没了将来我挣，我杨大强就是不想这么倒下！这些天我和彩钢厂已经连在一起了，那是真正的生活、真正的活着！下辈子我还愿这么活，用火车拉也不能把我拉回去！就觉着对不起莹莹，她没家了，只能在这儿……

莹 莹 爸，我不怪你。你别再喝酒了！

大 哥 好莹莹，爸答应你，从现在起我滴酒不沾！（用力摔碎酒瓶）

父　亲　……行，行啊，是条汉子！刚解放上夜校那会儿，军代表讲过，说是毛主席说的，工人的“工”字儿，上边一横是天，下边一横是地，工人就是顶天立地的人。咋的了？下了岗，工人就不顶天立地了吗？天没塌，地没裂，是沟咱跳是坎儿咱爬……这一阵我天天睡不着觉，一直在琢磨：从解放到现在，咱国家遇上多少坎儿，咱工人都跟着国家一块儿挺过来了；现在又遇到一个大坎儿了——孩子们，这下岗也好，咱家遇上的这一档档子事也好，这都是命，是咱工人的命！命中注定咱要遇上这个时候这些事，命中注定得由咱工人挑起这副担子，过这个关口！那咱就啥也别说了，咬牙挑起来，绝了后路往前冲！国家遇上地雷阵了，咱工人跟国家绑在一起往前！老太婆，去把咱家攒的钱取出来！

〔母亲取出藏钱包袱，慢慢捧到父亲面前。

父　亲　（解下腰里收款的袋子）这是今儿个挣的，钱不多，都给你！

大　哥　爸，我不能要……

父　亲　拿着！要是不够，咱家砸锅卖铁，卖东西、卖这老房子！咱老杨家人不能做对不起厂子、对不起人的事！这是咱杨家的门风啊！

大　哥　（一步步走上前，捧着一张张毛票）爸——（给父亲跪下）

父　亲　起来，男人膝下有黄金！（扶起大哥）

母　亲　大强，妈跟你爸一辈子，他一辈子都是穷工人，可有一样他让妈心服，就是做人的骨气、志气。

大　姐　（无言地摘下戒指）姐没什么可以帮你的，这个戒指你拿去吧。

莹　莹　（抱储蓄罐出，将钱倒出，用手捧着）爸，这是我攒的，都给你！

〔父亲接过母亲手中的两只镯子，手抖抖地把看。

大　姐　爸，这是你和妈结婚时的信物呀！

父　亲　啥信物不信物？都白头到老了不在物件。都拿去，强，照着你的心劲儿干吧，别给你爸丢脸，别给咱工人村丢脸！

大　哥　——爸，豁出命我也要爬过这个坎儿！你儿子，倒不了！

大　姐　（慢慢将报纸包挎到胸前，将口罩、帽子扔开）明天开始，我去上街卖报。我能喊出来了，我能让所有的人都听见：卖——卖报、卖报——日报、晚报、文摘报，球报、广播电视报——

〔音乐中，一场大雪纷纷扬扬从天而降，极其壮观。

〔收光。

第五幕

〔初春。杨家。客厅多了台电话。电话铃响。父亲听，母亲、大姐出。

父　亲　闹人不闹人！二驴子这鳖犊子影不见家不回，打发人来安个这破玩意儿！都不许接，我个卖肉串儿的安这玩意儿干啥？等人订货呀？

母　亲　你不接我接。（接电话）电话局？哎！（放下话筒）咱家电话通了！大玲啊，快给大成和小钱打电话，让他们都来给你爸过六十六大寿。

大　姐　妈，你忘了，你不打发小玲去叫他们了吗？（与母亲对笑）

父　亲　你说这二强子我是不是白养活了？回来几趟也不跟我照个面，今天他要是不回来，以后你也不许认他！

母　亲　又来了！为今天你这生日，我和大玲、小玲可张罗好几天了，厂子还特意给你送来了祝寿的大蛋糕。你要给搅和了我可不答应，咱说好不兴你再和谁发火了，跟我乐呵呵地好好过过这个生日。

〔父亲走出屋，在雪地上伫望远路，有汽车声就定睛看。

母　亲　（见大姐在出神）大玲，怎么的大成也是小亮他爸，又是你爸的徒弟，反正大强在法院告下了孙胖子……一会儿爷几个喝顿酒事就算了，听见没？哎大玲，你见过二强的对象？

〔大姐点头。母亲与大姐低语。大姐穿衣出门，看见雪中的父亲。

大　姐　爸，你干啥哪？

父　亲　啊，没干啥，看看雪景。（跺脚，看天）

大　姐　爸，想大强了？他说要稍晚点儿到家。放心，这回他会把事办好。（取出一新围巾为父亲围上）给你的生日礼物，这是用我卖报挣的钱买的。我真高兴，我又挣钱了，昨天还给小亮邮去一笔钱……出了邮局不知怎么我哭了，流了不少眼泪，挺多人看我……

父　亲　哦，别说，真暖和。大风小号的到处卖报，不易呀！

〔大姐下。父亲无言目送。小玲领背书包的莹莹上。

莹　莹　我回来了。爷爷，生日快乐！（唱）“祝你生日快乐，祝你……”

小　妹　妈，姐夫和小钱在后边呢。

〔父亲、莹莹、小妹进屋。屋外，姐夫、小钱拎礼品上，相让入。

姐　夫　爸，给您老拜寿了！

小　钱　大叔，祝您老身体健康！

母　亲　（迎出）老头子，孩子给你做寿来了。（小声地）老东西，不说好了吗？

小　妹　（拉小钱）钱峰，帮把手。（与小钱入内）

姐　夫　（展示蛋糕、酒）师傅，三层的“好利来”，张裕、XO！我爸走得早，这些年师傅对我比亲儿子还亲，六十六大寿我尽尽孝心！爸，还生我气？大强那事实在是……那段乱事太多，别人逼债，我管别人要债，急得火上房。现在好了，我那生意又开始挣钱了，过一段我安排你二老一块儿到南边好好旅游一把。

母　亲　大成，有你这句话事就过去了。是不是，老头子？你说句话！

姐　夫　……一会儿给爸敬杯酒，我还得走，那边还有客户等着我。

母　亲　那哪儿成！今儿个你得跟你师傅俩好好喝点儿，你要走，我可生气了！

父　亲　来了就待着，假模假式的干什么？这不差你一双筷子……

〔电话铃响。

姐　夫　妈，家里安电话了？

母　亲　二强给安的。（接电话）哎、哎，对……

姐　夫　爸，二强有钱了？

父　亲　他一个刷大楼的，卖苦力的，能有多少钱？

母　亲　（接电话）小方？谁叫小方？

〔小妹奔出。

小　妹　是我二哥对象。（打电话）哎哎……（对父亲）爸，二哥想回来给你做寿，可又怕大喜日子惹你生气。

父　亲　妈个巴子！他还回来？

母　亲　（抢过电话）二强，你在哪儿？妈想你呀！

小　妹　——让他快回来！爸闹腾半天了！他们就在外边，大姐也在那儿。

父　亲　妈巴子，回就回来，还来个“火力侦察”，把我当日本鬼子了。

〔母亲、小妹等都迎出门。父亲也出。小方扶着架着双拐的二弟上。

母　亲　啊，二强子？你这腿咋的？你快说呀！

二　弟　爸，不用你费事打了，我的腿折了。爸，不孝儿子给你赔不

是了！给你祝寿了！（费劲地跪下磕头）

父　亲　起来，还不快给我起来！（扶起二弟）你，打架了咋的？

二　弟　没，从架子上摔下来了。医生给接好了，说肯定能好。真的，妈！

母　亲　（抱住二弟）小强，你……你受苦了！（流泪不止）

二　弟　妈，你看你……来，小方，这是老爸，老妈。

小　方　大叔，大妈。（行礼）小强，我走了。（欲走）

父　亲　走啥？看不起我这个当工人的爹？

小　方　不是，大叔，我是怕惹你老生气。

父　亲　生气？我咋那么好生气？就冲你在二强子架双拐的时候还能在身边扶他一把，我认下你了。都给我进屋，别在外头立规矩了！

〔众人欢笑进门，各忙各的。大姐和姐夫走在最后。

大　姐　你怎么来了？你好意思进这个门？

姐　夫　我咋不能来，这是我师傅家。

〔二人进屋。人们忙着。二弟、父亲对坐，父亲手颤抖地抚摸二弟腿。

二　弟　爸，你的手咋抖得这么厉害？（握住父亲的手）

父　亲　没事。二强，你这腿真没事吗？

二　弟　没事。（拉开钱包）看，这是我挣的，六千块！给你，收起来。

父　亲　不，你留着娶媳妇吧。

二　弟　别，我得先奉养老人，结婚钱我再挣。我们又揽了几份新活儿，我腿好了接着干。你放心，中国这么多楼够我刷一阵子的。折腾这一阵我知道一条：人咋活着才有意思，钱从哪儿来才有分量。

父　亲　二驴子，你懂事了……

二　弟　爸，我得谢谢你，你那顿骂骂得好，那顿打打得好。在外边最累的时候，累得像死狗似的时候，一想起那天雨地里那一幕，我就咬紧牙挺住了。过去我没少气你……我做梦都想和你说，你是世界最佳爸爸！这钱你一定收下，要不我还到外头站着去。

父　亲　……小子，我收下。这不光是钱，我儿子长大成人了！往后我可以挺着胸脯吹吹了……妈巴子，知道这样，早打你顿就好了。

〔二人笑。母亲端肉、菜出来。

二　弟　妈，我又饿了，有肉菜吗？

母　亲　有，都做好了就等你回来。今天哪，让你吃个够！

父　亲　干脆，老婆子，上菜开席！一边吃一边等着大强。

〔众人一片响应之声，搬椅子、上菜，围坐一团。大姐远离开姐夫。

小　妹　（倒酒）爸，我先敬您一杯。过完您的生日，我就要走了。

母　亲　走？小玲，你要去哪儿？

小　妹　渤海开发区一家大型国营企业，产值在全省居前列的现代集团。那儿特重视人才，鼓励竞争，一百多人中选五个，我面试、笔试都过了。一直想说怕你们伤心，趁今天这日子说了你们也不好生气。

母　亲　玲啊，你打小儿没一个人离开过家，人生地不熟的，你个女孩了……

小　妹　怕你们拦着，车票我都买好了，后天就走。爸，这段我试了挺多地方，合资的、个体的、外资的。我看明白了，实力最雄厚的还是国有大企业。船大掉头难，可它真掉转头开足了马力谁都追不上。爸，咱家还是应该有人在这条船上。我不会给你、给咱工人村丢脸的。我这根火柴不着则已，着就要着场大火！干我就要做最好的！过十年，说不定本小姐就是这家集团的老总！

二　弟　行啊小玲，咱家有个女大侠。来杨总，哥陪你一杯。

小　方　也算我一个。

父　亲　长大了，妈巴子真长大了……老伴，我批准了，别拦着，让她去。咱俩活了一辈子不就盼着他们长大这天吗？小玲，这酒我喝了。（干杯）

小　妹　（含泪举杯）爸，妈，我就是不放心你们。你们都老了，爸的身体……以后该我惦着你们了，你们多保重！（饮下酒）

母　亲　……小玲，那你和小钱俩咋办哪？你俩一块儿走吗？

小　钱　大叔，这杯酒我和小玲一块儿敬。让小玲骂了这么长时间，我已经离不开她了……可这回我也玩把个性：我要留在这儿。市里组织一批干部到大中型企业调查研究，帮助厂子深化改革走出困境，我报名去了咱们机床厂。到机关这些年，学的东西总算能用上了，我要干出个样儿来！让小玲看看，让所有的人都看看，钱峰也是个男子汉！

〔众人拍手相庆。

〔小妹、小钱走进另一房间。

小　妹　你不跟我去就不怕我飞了，跟别人了……

小　钱　小玲，我会天天给你写信的……想挨你骂，我就给你打电话。（取出一枚硬币）看我弄个两面一样的硬币，你带着，今后不管你咋扔我都不怕。

小　妹　你这家伙……你这一整，我还有点儿舍不得你了……

〔小钱、小妹紧紧拥抱。姐夫笑着一一倒酒。大姐不让他为自己倒。

姐　夫　你……妈，这段大玲脾气特大，怎么说她不也不行。大玲，来，咱俩一块儿敬爸一杯。（见大姐不动）妈，你看她，这么大了还像孩子……

大　姐　……秦大成，你这么演戏，累不累？

母　亲　大玲，你今儿个是咋了？

〔大姐不语。一片沉默。

姐 夫 ……那事我说多少遍了，和我没关系。

大 姐 你、你敢当着大家面说，对着你自己的良心说？

姐 夫 你……你有完没完？咱俩已经……

父 亲 我说你们两个，这又唱的是哪一出？

姐 夫 爸，其实没什么事。是吧大玲？大玲，你和爸说，你说呀！

大 姐 你……你以为我不敢吗？这是我自己的家！爸，妈，大强给我来信了，他查出来了，就是你徒弟给孙胖子出的主意灌醉他，让他先签字交款——那些钱，大头都给他了！

〔众人惊。父亲将筷子拍在桌上。

姐 夫 你……这不是胡说吗？我……我会干这种事吗？

大 姐 妈，大强知道这事，没敢告诉家里，怕你们伤心，可他又担心我……

〔大哥上。莹莹惊喜地扑去。大哥举起她，取出不少礼物和一把新二胡。

大 哥 莹莹，这是给你的。爸，我给你买把新二胡——你们这是怎么了？

父 亲 大强，你说，到底是咋回事？

大 哥 说什么？哦，姐，那事我弄错了。爸，那事和姐夫没关系，后来我又问了下，孙胖子是瞎编的。姐夫是和我一起长大的，怎么会——

大 姐 大强，你不用瞒了，我知道他干得出这种事。秦大成，你要还是个男子汉，就当着大家说：你敢说不是你做的扣、下的套？

大 哥 姐，你这是干啥呀？

大 姐 大强，姐知道你是为我和亮亮……可这些年我忍够了让够了。你们知道他都干了些什么？他为什么欠了那么多债？他在外边打麻将把什么都输了，是靠借高利贷维持着生意，就这样还天天花天酒地……这些年我是怎么过来的，在家我要瞒着小亮，回到这儿要对每个人说他的好，可就这样他还骗大强——

母　亲　这都是真的吗？大玲，这些事你咋一直瞒着妈不和妈说呀？

大　姐　爸，妈，我要和他离婚。我谁也不靠，一个人领小亮过。我要重新开始，拼了命我也要供小亮大学毕业，我要把他培养成才！

二　弟　（愤怒地爆发）姓秦的！（操起拐杖欲砸，被小方等死死拦住）

父　亲　给我放下！你们全都进去，我有话和他说。

〔众人入内。死一样的沉默。

父　亲　怎么不说话？你自己说，这些事全都是真的吗？是啥你就说啥！

姐　夫　是我干的，我欠了不少债。干了这么多年，眼瞅着就要变成个空架子了，我需要一笔钱帮我喘口气——我必须弄到这笔钱！

父　亲　那你就看准了大强——

姐　夫　他撞我枪口上了。别人我还不敢这么干，我顾不了那么多了。爸，这些年我玩命扑腾，喝了多少苦水，我不能就这么沉下去！快淹死时我得抓住点儿什么浮上来，不管是什么我都得抓住！别这么看我，你别这么看我！生意好了有钱了，周围的人才会围着你转，你才有一切，这才是真格的。我知道你要骂我。你骂我我听着，你打我我受着……你、你这样比杀了我还难受啊……

父　亲　……这、这还是过去那个大成吗？

姐　夫　那个大成已经死了。经得太多了，我全都看透了，看破了！当工人那会儿讲感情讲交情，可到外边还那样活不了啊！现在不唬不骗不蒙不诈能发财吗？我知道到了这一步，我和这个家的缘分就尽了，但我必须那么做！现在谁是爹？钱就是爹！人民币就是爹！

父 亲 行了，你好像越活越明白了。我只问你一句："人"字要是倒过来写，那是个啥？把酒倒上，我让你把酒倒上！

〔姐夫倒酒。

父 亲 我和你爸从小一块儿长大，一块儿喝的拜师酒，又一块儿喝了他的我的成亲酒。他走了，我大醉一场。后来我喝了你的拜师酒，你和大玲的喜酒。你没挣钱时没少上我这儿蹭酒，我也喝过你不少酒。咱们就像爷儿俩，喝了多少酒……今天最后一杯……喝了它！

姐 夫 （无言喝下，跪下磕头）你老的好我忘不了，来世再报！

〔姐夫无言苦笑，走下。父亲用力将杯子握得粉碎，身体摇晃。

〔众人陆续走出。

父 亲 师兄，我对不起你呀！大玲，爸也对不起你……

大 姐 爸，你别说了！

母 亲 老头子，你……你得挺住，不能倒下！

父 亲 放心，我倒不了。孩子们，说实话，爸做梦都梦见咱家过上好日子，你们都出息了。眼下虽说你们都有了着落，可往后道上沟沟坎坎少不了，不会顺顺当当啊，我为你们担心哪！就算是将来你们一个个都好了挣钱了，会不会也变成秦大成这个样儿？

母 亲 他们谁那样儿，我先拿棒子削他！

大 哥 爸，最难的时候我们都过来了，下边的路我们知道该怎么走。我是来告别的，给爸过完生日就走。（倒酒）爸，我给你倒杯酒，祝寿酒也是告别酒。来，一块儿敬爸一杯，祝老爸生日愉快、健康长寿！

〔众人举杯。父亲捧住儿女们的一双双手，挨个看看，抚摸着。

父　亲　多好啊，年轻的手，干活的手！爸老了，这手一天天不听使唤，抡不动大锤握不了焊把了，最多也就支个小亭子再拼一把。我给这世界留下的就是你们这些手，攒足劲儿一步一个脚印往前走吧：记住咱是工人，身上流着工人的血，到啥时都别脏了“工人”这俩字，到啥时都别丢了咱工人的精气神！爸今天倒过来，敬你们一杯！这杯酒是拜托酒，送行酒！孩崽子们，别忘了你们的老爸、老妈，到啥时老爸、老妈都给你们亮着灯、留着门！

众　人　爸——（干杯）

——剧终

原载《剧本》1999年10月号

2000年荣获中国艺术节大奖

2001年荣获中宣部“五个一工程”奖

中国制造

（无场次话剧）

贾鸿源

出场人物

刘子义　中外合资联合花宝公司原中方副总经理
梦　倩　中外合资联合花宝公司外方助理　原白妻
白少杰　加美丽化妆品厂工程师　科研人员
耿健康　国企加美丽化妆品厂副厂长
赵大龙　加美丽化妆品厂员工
朴雄一　花宝公司外方管理员　韩国人
张小妹　加美丽化妆品厂女工　赵妻
黄阿根　私营厂厂长
哈　奇　联合花宝（中国）公司董事长　亚洲执行总裁
姚小丽　加美丽化妆品厂女技术员
雅　妹　三十年代广告招贴画之女模特
其他人员

一

〔幕启。

〔眼花缭乱的“E-mail”信息。

〔一条流水线横穿整个舞台。上面坐满了手脚不停、训练有素的女工。

信息一　致联合花宝中国公司：董事局成员兼亚洲执行总裁哈奇先生将乘坐泛美航空公司CT6782航班于北京时间17日14点35分抵达中国上海国际机场……

信息二　致计划部和销售部：销售商要求下季度增加发货量如下：350克花宝沐浴露四百五十箱；花宝香皂二百箱；50克花宝俏丽嫩肤霜一百箱……

信息三　市场部、销售部及各区域经理和媒体执行速于15点40分到比尔先生办公室碰头。议题：A.哈奇总裁及总部客人对各营销点视察方案和路线确认；B.近期内媒体投放和广告执行加强力度的计划书审议……

信息四　重复：注意！人事部通知：下列人员聘用合同已到期。凡未签订新的合同一律作辞退处理。请各部门通知到人事部办理辞退手续。生产一部：刘宝妹　陆新瑾　张秋芳　沈戈　居有林；生产二部：胡铭刚　单天林　辛莲花；销售部：胡蓓莉　林秋根　欧阳小妹……

〔朴雄一　在流水线上逡巡。

〔舞台左前侧。一位办公室小姐在操作电脑。她身后，外方助理梦倩正用无绳电话通话。

梦　倩　……希尔顿大酒店。我想明天下午租用礼宾车到飞机场接客。不不，我只要“劳斯莱斯”或者“凯迪拉克”，请马上确认。OK！（她又揿一个按键）喂，刘总飞机的航班号搞清楚了没有？安排接车了没有？……好，谢谢。我可能去。

〔她放下电话，略一思索，快步向工作演区朴雄一走去。

〔工作演区。

梦　倩　辛苦了，雄一。听说这条流水线撤下加美丽，改上花宝产品后，你有二十四小时没合眼了。

朴雄一　这是我应该做的。（突然发现什么）嘿，——你，站住！（快步走向一名刚上完厕所的女工）为什么不把长头发完全藏到工作帽里？

张小妹　对不起，我刚刚上完厕所……

朴雄一　如果有头皮屑掉到产品上，是非常令人厌恶和糟糕的事情。还有，这样潮湿的手，万一在包装盒上留下了水印，也会让人产生不愉快的感觉。

张小妹　（手拼命往工作围裙上擦）对不起。

朴雄一　工作围裙也不是用来擦手的。你应该回厕所用热风机把手吹干了，再回来工作。

张小妹　是，谢谢。（点头返下）

梦　倩　（欣赏地）雄一，知道为什么要特地把你从日本公司调到大陆来吗？

朴雄一　日本不景气，大陆有发展，我是韩国人，会说汉语。

梦　倩　（摇头）不，市场。因为中国有世界上潜力最大的一块市场。谁在中国站住脚就等于在世界上站住脚。拿这条流水线来说，过去一直生产中方的老产品，可市场销路一直不好。所以老板的意思，立即改上外方的产品来扩大国内市场。请你来，就是要严加管理。

朴雄一　我明白了。

梦　倩　（一转身，捡起一张纸片）这是什么？加美丽的包装？！（对众工人）都停下来！我已经说了，不允许有一点中方产品的痕迹留下，为什么还有这张瓶贴纸？！

朴雄一　这是谁丢的？谁？！

一女工　（吓傻了）对不起，大概是昨天流水线更换产品时，我随手把剩下的瓶贴纸往兜里一塞，掉、掉下来了！……

朴雄一　每个人再检查一遍工作衣口袋、工作台和抽屉！

梦　倩　绝不允许留下任何一点中方产品的痕迹！哈奇先生明天要来工厂视察，不希望看到还有一点中方加美丽产品的存在！明白吗！

〔寂静中，有人突然："× 哪！连师父都不认了！""介凶！像拿摩温！"

梦　倩　（霍然回首）谁？谁在说拿摩温？！（稍顿，加重语气地）不错，在老厂你们都是我的师父。可你们知道为什么国企老是搞不好？就因为人人都把自己当老师傅。可是在这儿，每个人都要学习新东西，包括我。谁不愿干，可以回国营老厂去。

〔众不吭声。

朴雄一　大家抓紧干活，干活！

梦　倩　（对朴雄一）对工人，不管是谁，该管就管，该严就严，决不能手软。

朴雄一　我一定照办。

梦　倩　拜托你，辛苦了。雄一。（手机响，梦倩边接电话边下）

〔朴雄一巡视流水线，又来到张小妹面前，发现张小妹将手上的瓶贴贴倒了。

〔朴雄一猛地把张小妹拉起来。

朴雄一　你站起来！睁大眼睛看看！所有瓶贴全贴倒了！立即停下，马上返工！

张小妹　……对不起，这些商标图案上、下都差不多，我一时看花眼了……

朴雄一　（吼）上班时候不专心，这是无法接受的事情！马上点数，把错的全部找出来，一张都不许少！

一工人　可有几箱早进了仓库……

朴雄一　那就翻箱倒库，全部找出来。出现这种事，太不负责任了！

一工人　（嘀咕）商标贴倒，又不影响质量……

朴雄一　你说什么？！不查出来，所有人，包括仓库的工人，一个不能下班。（对张小妹）你还站在这儿干什么？！

张小妹　雄一先生，我不是故意的……

朴雄一　这跟故意的没有区别！我只看结果！懂吗？结果！！

〔张小妹“哼”一声，擅自走下，被朴雄一又唤住。

朴雄一　你去哪里？

张小妹　衣服破了，我想去换一件衣服。

朴雄一　什么？在这种时候你还只想着自己？

张小妹　（忍不住火气）雄一先生，我已经道过歉了！这也不能全怪我，我们已经工作了十多个小时了！再说衣服总是要换的。

朴雄一　你，还顶嘴！这种态度是绝对不能原谅的！（吼，扬手一记耳光）

张小妹　（一下愣住，捂住脸）

众　韩国人打人了！韩国人打人了！

〔人群开始混乱。

〔赵大龙在与两名保安在拉扯中冲上。

赵大龙　谁打我老婆？！谁？！（对朴雄一）好啊，我老婆我自己都舍不得打，让你们外国人打，老子和你拼了！

一保安　赵大龙！这是合资企业，别乱来！

一保安　有话好好说，可以明天找领导，大家别动手！

赵大龙　合资企业怎么，就可以随便打人？！只许外国人打人，不许中国人打他？今天我绝不会放他过门！

朴雄一　对不起，她做错了事，还拒不认错。打她耳光是想让她吸取教训。

〔众哗然。

一工人　什么合资企业，钞票不多，气倒不少，还不如回娘家厂混混舒服。

一工人　外国人什么了不起？！喉咙介凶，走走，不干了！不干了！

〔现场一派混乱。

〔梦倩上。

梦　倩　你们干什么？

赵大龙　外国人打人！

梦　倩　朴管理，你怎么能打员工呢？！

朴雄一　我是在……

梦　倩　下去！

朴雄一　是！（下）

梦　倩　（对群情激愤的工人）你们刚才谁说要走？（众鸦雀无声，稍顿）想当初办合资，你们许多人还是通路子、开后门，到处托人托进来的！现在突然受不了了，说走就要走了？

〔众不语。

赵大龙　姓朴的以为他是老外就有权欺负中国人？！不就是贴反几张商标吗？他凭什么动手打人？！

梦　倩　动手当然不应该。我先代表管理方向你道歉。但质量问题，也不是小问题。我希望大家也要有一个清醒的认识。

赵大龙　我不要你道歉！如果外国人打的是你，我也代他们向你道歉，是吗？！

梦　倩　如果挨打的是我，我会首先思考为什么打我耳光？我能否做到不让人打耳光？

〔众骚动："这是什么话？！"

赵大龙　你梦小姐是外方助理，拿的是高工资，住的是高档楼房，上下班轿车接送，你当然帮外国人讲话。跟你没道理可讲，我要去市政府告他！到报社去投诉！

〔有人蠢蠢欲动："走，去投诉去投诉……"

梦　倩　——站住！我重申一遍，动手固然不对，但工作时间擅离岗位和停工是绝不容许的。谁走出车间一步，我宣布立即除名！

赵大龙　姓梦的，不要以为你是高级打工，我们就怕你！今天你们要不给我老婆一个说法，我就把事情闹大，让你们曝光、登报、收不了场！

梦　倩　赵大龙，影响厂里生产你是要负责的！

赵大龙　你吓唬我，我胆小！

〔人群后一阵骚动："刘总！——""刘总来了……"

〔刘子义上。众一拥而上七嘴八舌纷纷向刘子义诉苦。

刘子义　（上前来，问梦倩）这条流水线变成了外方产品，是谁下的命令？

梦　倩　是董事会的决定。（稍顿）现在不是谈论流水线和上谁的产品的时候。

刘子义　打人的事，我会向董事会报告并备案，不管是中方员工还是外方员工，人格上应该是一律平等的。打人者应该受到处罚。

赵大龙　刘老板，不能让外国人爬到我们中国人工人头上拉屎拉尿！不就是贴反几张商标吗……

刘子义　赵大龙！……她挨了记耳光，我也挨了一耳光！（众人不解地看着他）你们都看见了，合资公司最后一条生产中方产品的流水线换上了外方产品，也就是说，加美丽将在中国人的生活中消失了！这记耳光，不光是打在我一个的脸上，也是打在全体中方员工的脸上！（稍顿）就拿你赵大龙来讲，口口声声一张商标粘倒了，有什么了不起。难怪外国人说我们永远生产不出世界一流产品，也不配享用世界一流产品！难道这就是中国员工应该有的素质？

赵大龙　想当初是谁把我们厂老祖宗的牌子卖给外国人的？现在想叫外国人出钱买炮仗给中国人放，做梦！（下）

〔下班铃声突起。众员工拾掇完流水线纷纷下。

〔场上只剩下刘子义孤零零的身影和静寂的流水线。

〔梦倩走到刘子义面前上。

梦　倩　你本来不是说搭最晚一班飞机回来吗？

刘子义　我想提前回来。我有一种预感，最后一条生产加美丽的流水线会被撤换。我还是回来晚了。花宝公司有好几条外方产品生产线，难道连一条中方产品生产线都不能容忍吗？

梦　倩　（委婉地）同样生产一瓶润肤霜，加美丽只能卖 16 元，打花宝牌子就能卖 36 元，利润翻了三倍都不止。

刘子义　这次出差我带回来几样东西。（打开公文包，倒出零零落落几件加美丽化妆品）这是我在当地最大一座商厦的化妆品柜台所能找到的全部加美丽产品，一共只有十几件，我把它全买下来了。十二亿中国人，至少有一亿人用过它！我不知道，这是加美丽的悲哀，还是我们的悲哀。

梦　倩　外方赚得越多，中方也就分得越多，这笔账你应该会算吧？

刘子义　这不光是赚多赚少的问题。加美丽是多少人花了多少心血创出来的品牌，中国第一代发蜡，第一种洗发水，第一瓶定型摩丝，都出自加美丽之手。

梦　倩　（打断）还有，这是国内唯一送给英女王伊丽莎白访华的化妆礼品。进厂第一天我就听你讲过了，但这一切都过时了。要早就像今天这样开放，中国的化妆品排行榜上还轮得到它坐头一把交椅吗？！

刘子义　听你这样口气，我真怀疑——

梦　倩　怀疑什么？（调皮地）我血管里流的是不是中国血？优胜劣汰，质量无国界，是不讲究血型和血亲的。（稍顿，在他面前蹲下，轻抚着对方的脸）你看上去有些疲劳，今天我请客，去夜巴黎做做脸，保养一下。明天，哈奇先生就要到了。我喜欢看到你在他面前精神焕发的样子……

刘子义　（突兀地）……我有一个想法，要是我把加美丽再赎回来自己生产，你觉得会怎样？

梦　倩　（不以为然）你是不是头脑发烧？！想当初积极合资是你；跑东跑西到处评估出让品牌也是你；现在突然提出要赎回品牌又是你。再说，就是赎回来你拿什么和人家竞争？就凭你那合资后剩下的半个破厂，几百口人，不说 P&G 和联合花宝，就是日本资生堂、德国汉高、英国旁氏，哪一家不是航空母舰？你算什么？最多是小舢板。跟你合资，是人家送你一个皮夹子，想不到你还想凭这点钱开银行，还是趁早 STOP！

刘子义　（笑笑）……如果我真的辞了这儿的副总经理，你愿意跟我一起回去吗？

梦　倩　我？！（不以为然，开玩笑地）你打算出多少底薪？我在梅美买一双皮鞋也要几千块钱。再加上你那每个月最多两三千块国企老总的工资，还不够我一个月做美容和瘦身的。

刘子义　外国名牌穿不起，你可以穿国产牌……

梦　倩　我的脚穿惯了进口鞋。再穿国产货，就好比外资待过了，再回到国企，浑身不舒服。

刘子义　（稍顿）看来，你是不愿跟我回去了。

梦　倩　（再次在刘子义面前蹲下）你累了，有点情绪反常……

刘子义　（突然站起）我想这件事已经不是一天两天了。今天赵大龙的一句话，使我更清醒了。

梦　倩　什么话？

刘子义　指望外国人买炮仗给中国人放，那是做梦。

梦　倩　这也算至理名言？你不会是一个狭隘的民族资本家吧？

刘子义　我希望自己不是。

梦　倩　（注视对方，关切地）你瘦多了。知道你要回来，我特意让保姆做了几个菜放着，还准备了一瓶法国红酒。我们回家吧。（稍顿，见刘子义依然神情恍惚，安慰地）如果你真的想让外方多生产一点加美丽，我可以建议哈奇考虑一下。

刘子义　我不是想多生产一点加美丽，而是想让加美丽也能成为花宝一样的国际品牌。

梦　倩　这恐怕是做梦。

刘子义　就怕我们连做梦都不会。

〔暗转。

〔第二天白天，满头银发、气宇轩昂的哈奇先生在梦倩的陪同下巡视流水线。

梦　倩　（向张小妹介绍）这是联合花宝亚洲地区执行总裁，中国公司董事长哈奇先生。

哈　奇　对不起女士，我谨代表联合花宝，向您表示真诚的道歉，并向你保证：联合花宝决不允许外籍员工做出任何有损中方员工人格和国格的事情。希望你接受我们的歉意，也接受朴雄一先生的道歉和悔过！

朴雄一　（向张小妹鞠躬）对不起，我错了。请务必原谅一次。

张小妹　不不，其实，我也有错……

朴雄一　（再次鞠躬）请再次接受我的道歉，我向您保证，此后永远不会再发生了，我一定努力改过……

哈　奇　（走到张小妹的面前）你愿意接受雄一先生的道歉吗？

张小妹　接受，我已经接受了……

哈　奇　你还有什么要求？

张小妹　没什么要求，我只希望在今后的工作中，我尊重朴先生，朴先生也尊重我。

哈　奇　很好！我现在宣布对朴雄一打人事件的处理决定。（转向朴雄一）朴先生，你已经被联合花宝开除了，请你马上去财务部门结账。他们会给你安排一下回汉城的机票。现在，你可以走了。

〔朴雄一一愣，深深鞠躬，低头退下。

张小妹　哈奇先生，这个处理太重了，再说我也有错，不能全怪朴先生，他也是为我好……

哈　奇　你能认识到自己的错误这很好，但朴先生是不可原谅的！尊重所在国每一位员工的人格和国格，这是联合花宝在全世界的规定。任何人都无权破坏这个规定，包括我。

梦　倩　哈奇先生，朴雄一刚来中国不久，考虑到他对中国国情还不熟悉……

哈　奇　你不用再替他说情了。我明确表示过，和中国做生意，可以赚中国人的钱，但绝对不可以伤害中国人的感情。因为中国人把感情看得比金钱更值钱！

〔暗转。

〔机场候机厅。

〔朴雄一领着女儿，女儿抱着一个韩国小布头娃娃来到机场购物商店。女服务员拿出一个又一个玩具，女孩相继摇头。

女服务员　（依次拿出欧洲娃娃、中国玩具熊等各式各样玩具）这个好吗？……这个呢？这是中国熊猫，还有芭比娃娃……恐龙呢？或者这个，好不好？

〔女孩依然摇头，固执地不开口。

服务员　（耐心地）那么小朋友，告诉我你想要什么玩具？

朴雄一　对不起，小姐，有没有韩国生产的玩具？（见对方摇头）那就太不好意思了。谢谢小姐。（拖女儿离开，就在这时，刘子义急匆匆赶来）

刘子义　对不起，来晚了，我是特意赶来为你送行的。

朴雄一　（又鞠躬）麻烦您要赶这么远的路。谢谢了……太费心了。

刘子义　（见玩具柜台）怎么，想给女儿买玩具？来，我来替她挑一个，留作一点小小的纪念。

朴雄一　不，刚才已经问过了，这儿没有韩国玩具。

刘子义　为什么非买韩国玩具？到中国应该买中国玩具嘛，要不就买日本、美国的。

朴雄一　她只玩韩国生产的玩具。

刘子义　为什么？

小女孩　（突然开口）我是韩国人，我的钱应该给韩国工厂赚！

〔刘子义愕然，看着女孩手中典型的韩国娃娃，动情地搂住女孩。

朴雄一　对不起，在韩国，孩子们都这样的。

刘子义　（对雄一）能问你一个私人问题吗？

朴雄一　请吧。

刘子义　你在韩国、在日本当了十几年工人，挨过上级的耳光吗？

朴雄一　嗯。（点头）挨耳光的不止我一个。

刘子义　还能记得，总共挨过多少次耳光吗？

朴雄一　（苦笑）那真是数不清了。

刘子义　恨过打你耳光的人吗？

朴雄一　起先也恨，特别是在日本。但后来明白了，挨了耳光就会把教训记得更牢，就不会犯第二次错误，也就习惯了。

刘子义　这么说，你是被打出来的？

朴雄一　可以这么说吧。

刘子义　谢谢。（稍顿）你用你的方式，表现了做人的尊严……（掏出礼物）朴先生，这里有一件小礼物，是张小妹送给你的。请收下吧。

朴雄一　张小妹？

刘子义　就是挨了你耳光的那个女工。她让我转告你，中国人把挨耳光视为莫大的耻辱，但她不会忘记你曾给过她的帮助。

朴雄一　（感动）请转告张小姐，无论走到哪里，我都不会忘记，在中国我打过一位善良女工的耳光……

刘子义　我们中国有句古话，相逢一笑泯恩仇。如果你还爱中国，请与我保持联系。也许有一天，我会请你重新回来。

朴雄一　多谢前辈！

〔朴雄一深深鞠躬。突然双手捂眼，不让夺眶而出的泪水让对方看见。抱起女孩匆匆下场。

〔音乐起。舞台后方出现雅妹当年拍摄广告照片的情景。

〔暗转。

梦　倩　今天是我们花宝中国公司成立二周年志庆，哈奇董事长专程来到中国，他要授予中方合作者一枚纯金勋章，这勋章上的花宝图案已经有一百五十年的历史，标志着花宝产品在全世界生根开花。

哈　奇　女士们，先生们，对于花宝中国公司的表现，我只有三句话：在全球经济震荡的今天，中国的表现是最出色的！在国际花宝集团对亚洲的投资中，中国的回报是最出色的！在花宝亚洲各分公司中，中方的管理人员和员工的工作是最出色的！

梦　倩　现在请中方总经理刘子义先生上台领取勋章！

刘子义　哈奇先生，我想先对大家说几句话，可以吗？

哈　奇　当然可以，请吧！

刘子义　三年前我们搞中外合资的目的，是希望彼此携起手来，将更好的化妆品奉献给消费者。为此，我们把加美丽品牌注入了合资公司，希望借助合资公司的资金、技术和管理水平，使加美丽能够更好地发展起来。现在，花宝中国公司创造了亚洲子公司最好的业绩，提出了亚洲销量第一的口号，但我们的加美丽呢？这个曾是中国内地化妆品第一品牌的加美丽，它现在在哪里？请诸位有空到大商厦和小商店的化妆品柜台去……帮我找一找。就在今天，我接到正式通知，加美丽将无限期全线停产……（转向哈奇）请原谅，哈奇先生，我可以代表子公司接受勋章，因为这是中国子公司包括外方人员共同努力的结果。但是作为个人我无法接受，因为我不是一个成功者，我不能接受中国人创造的加美丽在历经一个世纪以后在我手里消亡的事实。（稍顿）我决定辞去花宝公司中方总经理的职务，我要回到加美丽老厂去，我要重新开始……

〔音乐起。暗转。

二

〔加美丽化妆品厂。一群男女工人正围着赵大龙议论纷纷。

一工人　赵大龙！外资企业混不下，又回来了？

一工人　听说你这次结棍，外国大老板亲自到你面前赔礼道歉。

一工人　开除了韩国人不算，还开给你一张支票，赔偿了一万美金。

一工人　乖乖！一万美金相当于八万人民币。

一工人　我情愿挨十个耳光，那就有 80 万人民币了！

赵大龙　这是造谣！告诉你们，我是争气不争财。打我老婆就是打工人阶级！我争的是中国人的人格，懂不懂？

一工人　喂喂，听说没有？刘子义为了流水线已经跟老外闹翻，重新回来当厂长来了……

赵大龙　瞎讲！世界上没这么傻的人放着美金不拿，情愿拿人民币。

一工人　喏，说曹操曹操就来了……

〔众人赶紧干活，耿健康陪刘子义上。

耿健康　老刘，回娘家，先各处看看吧。（召唤流水线上工人）小李，你过来！交给你个任务，去对面花宝公司刘总的办公室跑一趟，把刘总用的那张大板桌量一下，长多少，宽多少，高多少，什么款式，统统记下来。不要给别人看见，知道吗？

工人甲　放心吧！（下）

刘子义　老耿，你这是要干什么呀？

耿健康　我要搞一张比你在花宝气派再大的大板桌！我想过了，你回来，总经理办公室按五星级装修。老外让你坐进口车，我也马上替你买辆进口车……

刘子义　车子你不用考虑，骑自行车我也照样上班……

耿健康　你开玩笑，堂堂一厂之长骑自行车上下班？国营企业再穷，这点钱总还是拿得出的，最重要的是面子上绝不能输给外国人。

刘子义　可惜，我们输给老外的地方已经太多了……

〔刘子义走近工作台，拿起一盒产品用手掂掂，突然问赵大龙。

刘子义　这些都是你检验的？怎么分量都不一样？

赵大龙　（没好气地）差不多吧？反正不进我腰包。

刘子义　什么叫差不多？它们到底算是合格还是不合格？

赵大龙　一等品算不上，就算二等品；二等品算不上就算等外品。这些都是给乡下人用的，蛤蜊油的档次。

众　　　（异口同声）就是，蛤蜊油的档次！

耿健康　赵大龙，你这种工作态度就不怕砸了我们厂的牌子？

赵大龙　砸牌子？你这是抬举我。砸牌子我还不够级别。加美丽的牌子不是早就卖给外国人了吗？我们厂还有什么牌子好砸的？！

众　　　就是，我们厂还有什么牌子好砸？！（赵大龙和众工人下）

耿健康　老刘你看到了吧？国企最大的问题就是素质跟不上！（突然

发现谁，低声对刘子义）你想见的人来了！

〔白少杰提着一架手提电脑上。见刘子义，突兀止步，扭头便走。

耿健康　白工，白工！老刘等你半天了。

姚小丽　（跑上）白老师，白老师，你别走啊，（见到刘子义和耿健康）刘……刘厂长……耿厂长……

耿健康　（发现神态迥异的姚小丽手上藏掖的纸，狐疑地）你拿的什么东西？我看看。（姚小丽不情愿地递上）“辞职书”？怎么？你想辞职？

白少杰　跟她没关系。是我想辞职。

耿健康　到底怎么回事？

姚小丽　（在耿目光逼视下，吞吞吐吐）……白老师中午在食堂不知听到些什么，午饭后回办公室收拾起东西，带着自己的电脑就气冲冲走了，我进去一看留着这份辞职书，就……追来了。

刘子义　大概那是冲着我来的。

白少杰　（冷冷地）你太抬举自己了。

〔耿健康招呼姚小丽悄悄下。场上两人对峙。

刘子义　有一件事，我一直想对你说。我不知道梦倩是否跟你提起过，我和她之间……

白少杰　对不起，我对别人的私事不感兴趣。

刘子义　当然，我妻子在三年前就病故了，你大概也知道……

白少杰　她如果在，也很正常。一般讲，头头胃口比群众要好一点。

刘子义　我不知道你们感情破裂是不是因为——

白少杰　（很干脆地打断）没什么，就是第三者插足也很正常。现在流行的。

刘子义　（突然加快语调）我不想跟你说她爱我、我爱她之类。我只希望不要影响你我之间正常的工作关系。当初搞合资的时候，你不愿和我合作，坚持留在了老厂。现在我回来了，坦率地说，我比以往任何时候都需要你，需要你的本事，需要你的才干，需要你的鼎力支持。

白少杰　我也坦率地告诉你，本事，我不小；才干，也很多。但鼎力支持，恐怕现在缺货。

刘子义　能不能给我一点时间，让我们再好好谈谈？

白少杰　时间对我来说更是短缺资源。（大步欲下）

刘子义　白工程师！——难道我们之间就没有一点商量合作的余地？

白少杰　余地当然有。就看你有没有这个本事！（把手提电脑往对方面前一搁，打开盖）你不是号称要赎回品牌吗？你知道高科技的导入使第四代化妆品发生了什么革命性的变化？你知道全世界开发中草药最成功的是哪些国家？哪些公司？和哪些机构？（掏出手机）你知道国际十大化妆品公司的网址是什么？怎么从网上查阅最新、最快、最多的化妆品资讯？你可以用全球通连接国际互联网，我里面应有尽有，只要你给我演示一遍，我就心服口服。相信你回来是想搞事业。——请，请吧！

〔他挑衅地看着。刘子义不动。

白少杰　（冷笑一声）哼，一个连电脑和网络都一窍不通的老总，还想去和外国人竞争？！真是异想天开！（收拾起电脑，下）

〔梦倩迎面走上。双方一怔，梦倩刚欲招呼，白少杰擦肩而过。

梦　倩　你为什么不表现一番给他看看，至少，现在的你不是他想象中的电脑盲。

刘子义　我欣赏他的就是这点锋芒毕露。再说我总得给你的前夫留点面子吧？

梦　倩　你少来！在这方面，你们有时是一丘之貉。

刘子义　找我有什么事吧？

梦　倩　我带来了董事会和哈奇先生的口信。只要你答应回花宝，不论中方给你什么条件，花宝都答应加倍给你。只要你不再提辞职。马上让你去世界各地的子公司考察，然后去美国总部受训半年。一旦受聘子公司经理，年薪二十五万美金……

刘子义　哈奇越是不惜重金挽留我，就越说明我回来是做对了。

梦　倩　刘子义，别忘了你已经是四十多岁的人，没有多少机会去折腾了！

刘子义　所以我更要抓住最后的机会搏一下。

梦　倩　搏什么？宁当鸡头不当凤尾？国营厂厂长你还没当够吗？！（话锋一转）刚才，我去老厂房转了转，顺便还考察了一下女厕所。这使我想起了一个故事。一位外国老板参观一家中国工厂。刚踏进厂，他就打断陪同的介绍，说你们是国营还是合资企业，我不用听介绍，只要闻闻厕所的气味就知道了。

刘子义　……有意思，以后考察企业只要带鼻子就行了。

梦　倩　有时候厕所就是一家化妆品厂最好的形象说明。一个连厕所都不干净的化妆品厂，我想是出不了一流化妆品的。刚才逃出厕所时，我就在想，为什么同是这批中国员工，在一墙之隔的花宝，创下了亚洲销量第一的奇迹，在这里人均创利却只有花宝的十分之一，甚至百分之一？

刘子义　问得好，你是怎么想的？

梦　倩　用你的话说，叫管理机制不同。用外商的话说，叫利益驱动。一辆汽车跑得快，靠的是发动机和燃料，利益就是世界上最好、马力最强劲的燃料。阿基米德说过：给我一个支点，我可以撬动地球。（突然转向刘子义）你的支点不在这里。只有花宝，才是你功成名就的支点。

刘子义　你我理解的支点恐怕不在一个点上。

梦　倩　你自己也很清楚，在这里不可能生产出真正的世界级名牌。

刘子义　我不这么看！现在不可能，并不意味着永远不可能！

梦　倩　你知道我当初喜欢你什么？

刘子义　我的优点实在太多了，我怎么知道你喜欢什么？

梦　倩　当初为了促成合资，你在上下一片反对声中，坚持要将加美丽品牌卖给外方，据说创下了当时的天价。我欣赏你的就是那种敢为天下先的男人气魄和远见卓识。想不到，像你这样的男人现在也会犯判断失误的低级错误，我很失望。

刘子义　你知道全世界哪个国家柯达和富士彩卷卖得最便宜？

梦　倩　对不起，从来都是别人给我拍照。我不清楚。

刘子义　是我们大陆。在全世界每一处都要卖到四五美元的柯达和富士，在中国内地只能卖到二十元人民币，为什么？因为中国有个乐凯，乐凯的存在，决定了柯达和富士只能压价出售。换句话说，使中国老百姓成了最大的受益者。

梦　倩　你是想用加美丽向花宝叫板？你回来就是为了拖住花宝的价格后腿？

刘子义　这不是我的目标，但却是我的起点。我做过分析研究，中国化妆品市场还远没有饱和，近几年的增长率将会达到 30 %。通过努力我相信，一定能从花宝手里抢下市场份额！而且这块蛋糕会越切越大。我想让加美丽也能成为像花宝那样的国际品牌，这才是我的目标！我的梦想！！

梦　倩　（取出一份文件）本来我以为这不用再拿出来了——

刘子义　（接过文件，阅）这是什么——（蓦然发火）什么意思？要我们再花六百万把合资时带过去的设备买回来？当初合同上没有这一条……

梦　倩　当初合同上也没有赎回这一条。加美丽品牌写明租用三十年，可不到三年你就想赎回去了。

刘子义　你们居然还要把二百多工人再统统踢回来——

梦　倩　联合花宝当初是因为看你们人员包袱太重，才同意接受的，现在你要收回品牌，当然要把这些包袱也一起带回去。

刘子义　别忘了，你当初也是这些包袱中的一员！

梦　倩　谢谢你的提醒。可是我靠自己的努力改变了一切！谁叫他们不抓住机遇，这就叫优胜劣汰！

刘子义　难道你就不能帮他们一把？

梦　倩　能帮他们的只有你！哈奇先生说了，如果你坚持收回加美丽，就让他们走人，没有商量余地！

刘子义　知道你现在的语气让我想起什么？

梦　倩　不知道。

刘子义　有一次你过生日，带我去高档商厦的妇女用品专柜，说是做好男人的第一课就是要学会给女人买内衣。你问我给妻子买过内衣吗？我无言以对。你责备我不是个好丈夫、好男人。

梦　倩　这跟今天的话题——有关系吗？

刘子义　有！（走到梦倩面前）我想知道，这个教会我温柔的女人……是你吗？

〔梦倩与刘子义相对无言。少顷，梦倩快步走下。

〔台上是沉寂的刘子义。耿健康引四个干部上。

耿健康　老刘，你要找的干部都来了。

刘子义　大家坐，坐。

〔干部们鱼贯而入，团团坐定，互不吭声。

刘子义　找你们来，是想听听对厂里收回加美丽品牌有什么想法？

〔干部们或踢皮球，或顾左右而言他。

干部甲　老王，你先谈……

干部乙　老葛是老法师，最有发言权了，老葛谈。

干部丙　小吴谈谈，你年轻，观念新……

干部丁　还是老周先发言……

〔相互推诿后，又异口同声。

众　　　耿厂长先谈，耿厂长先谈。

耿健康　请你们来，主要是听你们的。（闷头抽烟）

〔再次沉默。

刘子义　（稍顿）既然大伙儿都不说，我说两句。我在花宝两年多，如果说学到了一点什么的话，那就是两条：一是品牌意识，二是管理机制。外资企业对外打品牌，对内抓管理，就是靠着这两条压倒了我们，抢占了市场。我现在要把这两条带回咱们老厂来……

耿健康　（打断）不管你学到了什么，我们心里都要有群众！老刘，你是不是一心想跟外国人赌气？我也想跟外国人斗一斗啊，争一争。但赌气也不能拿着全厂几百名职工的命运开玩笑！你想想，现在外国人每年要付给我们厂一千五百万的品牌使用费，要连续付三十年，我们的机器才能转，工人的碗里才有肉！现在你要收回加美丽，每年的一千五百万没了，就是我答应，在座的各位答应，全厂职工也不答应！

干部甲　是啊，看看周围那些厂，还剩几家有效益？有多少是开不出工资的？

干部乙　有的厂医疗费报销从 1998 年一直排队排到 2002 年。

干部丙　你不懂，这叫“跨世纪的医疗费”。

干部丁　相比之下我们厂的日子就好过多了。

耿健康　现在的化妆品行业，能活下来已经是很不容易了！

众　　（同声）是啊！

耿健康　更不用说能做到像我们这样，每年笃笃定定一千五百万，没有任何风险，这种旱涝保收的好事到哪里去找？

众　　（同声）就是嘛！

干部甲　我们不是朱镕基，国家我们管不上，能管好几百名职工，已经很不错了。

干部乙　就是，太平日子过过蛮好了……

干部丙　不要再翻什么花头了……

干部丁　弄不好做了亏本生意，哭都来不及……

〔众人议论纷纷，声音越来越大，越说越兴奋，纷纷站起。

耿健康　好了好了！一个一个说，像什么样子！

〔秘书托着一件牛皮纸封着的长东西进来。

秘　书　刘厂长，耿书记……

耿健康　你拿着什么？

秘　书　这是刚才有人放在厂办门口的，上面写着“请速交，给刘厂长的见面礼”……

耿健康　见面礼？打开看看。

〔牛皮纸包打开，露出一把脏扫帚。

干部甲　这是扫厕所的扫帚！

干部乙　谁恶作剧！？

干部丙　一定是有人不怀好意。

干部丁　这有点过分了吧。

耿健康　（发火）这是干什么！什么意思！！

刘子义　这意思很清楚，就是扫地出门，请君滚蛋！

耿健康　（猛地一拍桌子）不像话？素质到哪里去了？查！——查出是谁干的，开除！

刘子义　我看不用查了。就是查出来，能说这样的职工就是不受欢迎的职工？！现在不受欢迎的是我。

耿健康　我看是好日子过惯了，有的人头皮痒痒。说到底，还是素质太差！

〔秘书赶紧收拾起脏扫帚走向门口。

刘子义　（稍顿）我去年到美国考察，听了麻省理工学院一位教授讲的“青蛙理论”。他说：当你把一只活青蛙扔进烫水中，它会受刺激而立刻蹦出来；而当你把活青蛙扔进凉水中，然后开始给水加热，青蛙会因为水变得温暖而惬意，当它发觉水热得无法承受时，已经无力再跳了。

〔众莫衷一是，不约而同看着刘子义……

刘子义　咱们这么大的一个百年老厂，上上下下几百号人，都躺在这一千五百万身上，准备坐吃三十年，什么也不想干，这和三十亩地一头牛，老婆孩子热炕头的农民意识有什么两样？是啊，旱涝保收，可你们想过三十年以后吗？三十年以后外商返利的钱一分也没有了，加美丽也完蛋了！其实根本不用三十年，等到中国正式加入WTO那天，像我们这样小富即安、求稳怕变、不思进取的企业，就只有死路一条！你们真想变成被慢慢煮死的青蛙吗！难道各位还不明白，我们现在真正的对手，不是花宝，不是哈奇，而是我们自己！

〔张小妹及众工人上，群情激愤。

张小妹　刘总！听说你回来了，外国老板成心刁难，收回加美丽一定要搭走二百名中国工人！太气人！……

工人甲　他以为中国工人是什么？垃圾货？买紧俏商品搭垃圾？！……

张小妹　刘总！你一定要收下我们！同样两只手、两只脚，我们就不信做不过花宝！

工人乙　工资待遇我们全不计较！苦一点也没关系！

工人丙　就冲着外国人这句话，我们也要争口气！

工人丁　刘总！你一定要收下我们！

众　收下我们吧！刘总，收下我们吧！

刘子义　（看看不悦的耿健康，又看看张小妹）好，我欢迎大家回来！但有一句话要记住，你们回来，会比在合资厂更苦、更累！

张小妹　刘总，我们跟着你好好干！

众　对！我们一定好好干！！

〔张小妹和刘子义握手。面露愧色的干部们一个个相继站起，注视着一边闷闷不乐的耿健康。

〔暗转。

〔宾馆。音乐徜徉。

〔刘子义和耿健康步入咖啡厅。

耿健康　到底是五星级，素质就是不一样！老刘啊，合资厂待两年，你眼界高多啰。私人请客，都敢上五星级。我就是拿公款请客，也没这个胆。

刘子义　你以为我钱多得没地方花？告诉你，我这是投资，要讲收益的！

耿健康　这个我懂。和这班干部搞好关系是对的，这叫感情投资。

刘子义　这可不光是感情投资。我是想让大家体会一下，在当今社会，什么叫高档消费，什么叫星级服务，如果我们对高品质的要领连一点感性认识都没有，什么美化人生，开发一流产品，都是一句空话。

耿健康　我就知道你不会白花这个钱的！

〔几个模特在做时装表演。刘子义看着她们若有所思。

耿健康　老刘，你又在想什么？

刘子义　我忽然有个想法，什么时候我们也要培养自己的美容模特，建立自己的连锁美容店。有可能的话，还要把在中国举办的最高档次的模特大赛的冠名权拿下来，聘请大赛冠军为加美丽的形象代理或者就叫“加美丽大使”。

耿健康　我真服了你了老刘，你的这些想法我连做梦都想不出来。

刘子义　我们一起干长了，你的梦想也会越来越多！

耿健康　哎，干部们大概已经来了，我们进去吧。

〔两人下。白少杰和姚小丽上。

姚小丽　白老师。

白少杰　我说过了，在外面不要叫我老师。

姚小丽　那叫什么？

白少杰　白少杰！老白！——都可以。

姚小丽　老白？嘻嘻。

姚小丽　你觉得我这个人怎么样？人品还算老实吧？

白少杰　老实是看不出来的。事实证明，长相越老实的人欺骗性越大。

姚小丽　精辟！知道我今天骗了你什么？

白少杰　不是你生日？

姚小丽　不，是我生日。不过请客的不是我，是刘子义。

〔白少杰欲走。

姚小丽　（拽住）你说过，我生日无论提出什么条件你都答应的。

白少杰　（皱眉）刘子义什么时候找的你？

姚小丽　昨天，我没想到他会找上门来。说今天他要请厂里的骨干吃饭，一定请你参加。他还说他的面子没我的大，要我一定把你请来，我可是答应人家了。

白少杰　他可真是费尽了心机！

姚小丽　走吧……（撒娇地拖着对方）

〔白少杰收住脚步。看见梦倩和哈奇迎面而来。

姚小丽　那……我先进去了。（下）

梦　倩　我来给你们介绍，这位是哈奇先生，这是白先生。中国化妆品行业有许多第一都出自他之手。目前，他正在进行中草药利用和开发的研究。可以说，是国内圈子中我们最厉害的对手！

白少杰　你太抬举我了。

哈　奇　如果您不介意的话，我想请教一下白先生，中国是中草药的故乡，可是为什么在化妆品方面的研究开发却落在世界后面？

白少杰　我想这个问题不应该由我来回答。但最主要的是，我们不会永远落后。

哈　奇　据你所知，当今国际上研究开发中草药走在最前列的是哪个国家？

白少杰　英国。

哈　奇　那从中取得商业价值最成功的又是哪个国家？

白少杰　日本。

哈　奇　（再次欣赏地点头，转向梦倩）如果不是保密的话，我很想知道他的底薪是多少？

梦　倩　据我所知，最多不会超过每个月两千人民币，合二百五十美元。

哈　奇　太便宜了。

白少杰　（皱眉）哈奇先生有什么问题，可以直接问我！

哈　奇　OK！我有个建议你想听听吗？

白少杰　请赐教。

哈　奇　你知道，我在全世界有多少别墅？（做了个中国式的手势）六套！而据我所知，你很可能只有一套住房。为什么不来花宝试试呢？这样，你也可以在全世界任何一个地方拥有自己的别墅。

白少杰　恕我直言，哈奇先生，你虽然有六套别墅，但每天晚上只能睡一张床。

哈　奇　（大笑）Very good！我知道中国有一俗话叫……树挪……

梦　倩　树挪死，人挪活。

哈　奇　对对，树挪死，人挪活。人往高处走哟。哈哈哈哈……对不起，失陪了。

〔哈奇做了个“你们谈”的手势，离开。

〔沉默。白少杰突然绕梦倩转了一圈，用鼻子嗅着什么。

梦　倩　你又在闻我身上的香水，做你的香味测试了。不过这一次你很可能要失误，它不属于你当年能闻出的十七种香型范围。

白少杰　噢，你那么肯定？

梦　倩　这是上星期巴黎才刚刚对外发布的名牌货。它的名字叫“毒药”，你不觉得很特别吗？

白少杰　我虽然没见过真正的“毒药”，但我知道它的数据。你涂了约有多长时间？

梦　倩　（看表）两小时。

白少杰　两小时后它的挥发范围仍应该保持在一点五米内。当你走过，香味应该在空气中滞留五到六秒，可现在在一米范围内不到一秒就消失了。很可能，它不是“毒药”，而是一贴假药。

梦　倩　这不可能，这是我昨天才请人从香港带过来的。

白少杰　你不知道？报纸上说，香港也在打假。

梦　倩　你怎么忽然成了打假能手了？

白少杰　你不也成了跳高高手？

梦　倩　什么意思？

白少杰　水往低处流，人往高处走。你不是走，而是跳！（与梦倩擦身而过）

梦　倩　等等少杰，这个星期我想回去一趟，把我余下的东西取走。

白少杰　请便。你的房门钥匙还属于有效期。

〔白少杰下。音乐徜徉。一场小规格的时装表演开始。三人组合的女模特款步轻移，为首的正是着旗袍装的雅妹。

〔刘子义上，他似乎想与雅妹交流，而雅妹却从他身边飘然而过。一女服务员上，为独坐一隅的梦倩送上一杯红酒。刘子义发现了梦倩，悄悄走到她身后。

梦　倩　（感到身后有人）是你，吓了我一跳。

刘子义　这几天过得好吗？

梦　倩　（苦笑）不错啊。怎么，又是哪个客户请你吃饭？

刘子义　这次是我请客。请厂里的骨干来开开眼界。

梦　倩　你以为把那帮人弄到这里来坐一坐，看一看，就能提升他们的档次，跟着你的思路干？有时候我真佩服你的想象力。

刘子义　能得到你的夸奖，简直比拿老板的红包还高兴。

梦　倩　你对所有的事都敢作敢为，为什么偏偏在我们俩的关系上你总是躲躲闪闪，装腔作势？

刘子义　你是否认为在办公室里像克林顿那样就是勇敢？说实话我没那份胆量……

梦　倩　怕什么？怕影响你的光辉形象？女人最痛恨的就是这种偷偷摸摸、关系暧昧的偷情！

刘子义　别说得那么严重。这两天我一直在想，我大概应该跟你结婚……

梦　倩　哦，什么时候？

刘子义　等加美丽有了起色……

梦　倩　到那个时候，恐怕我的女儿都已经到该出嫁的年龄了！

刘子义　看来你对我还是缺乏信心。

梦　倩　这不是有没有信心的问题。你应该清楚国际大公司都有一条不成文的规定，不能和竞争对手联姻。既然你已经选择了回厂，就意味着我们之间的关系不得不终止……

刘子义　为什么非得是终止呢？我不是提出过希望你跟我一起回厂吗？

梦　倩　我的位置在花宝，只有在这里才能体现我的价值，实现我的理想！

刘子义　难道在加美丽就不能体现你的价值？就不能实现我们共同的理想？！

梦　倩　你我之间最大的差别，就在于你的理想都是用嘴描绘的，而我的理想必须是看得见摸得着的。我不想用自己的生命去为虚幻的理想殉葬！

刘子义　如果这就是你的选择，我可以接受；如果这就是你的理想，我宣布放弃！

梦　倩　刘子义！如果你爱我，如果你心疼你爱的女人，为什么你就不能跟我走，为我牺牲一次？！

刘子义　你心里很清楚，我不是一个不肯牺牲自己的人！！

〔沉默。梦倩痛苦地将杯中红酒一饮而尽，下。

〔刘子义颓然坐下。众干部们上。

干部甲　刘厂长，你的意思我们全明白了——

干部乙　如果在厂会议室里，你就是讲得嘴皮冒烟，我们也提不起劲来——

干部丙　今天至少我是拎清了，再这样下去，我们真的离农民不远了——

干部丁　看看人家五星级的服务，这才叫高档次——

干部戊　外国人赚中国人的钱，靠的就是质量——

干部己　不对，应该说靠的是品牌——

众　（附和）对——

刘子义　（突然从深思中挣出来）来！为了我们自己的品牌——加美丽——有朝一日也能打进国际市场，干杯！

众　干杯！！

〔刘子义一口喝干了手中的红酒，蓦然回首雅妹在舞台深处缓缓走过。

〔暗转。

〔刘子义办公室。

刘子义　（打电话）周科长，我是刘子义，请你在这几年的档案中找一找，把白工程师送上来的新产品开发报告送到我这里来，投产的没投产的都要，一份也不能少。

〔赵大龙气呼呼闯入。身后是厂办秘书。

赵大龙　（气势汹汹）不要拉，拉什么拉！工人就不能提意见？！我要见老板！

刘子义　赵大龙，以后进我的办公室要得到我的允许，不管是什么事。像这样硬闯是最后一次了。（示意秘书下）好，你有什么意见，现在可以说了。

赵大龙　你们当领导的给我一个说法，凭什么把我一脚踢到大西北去？！

刘子义　凭什么你就不能去大西北？

赵大龙　你这是打击报复！你怀疑上次的扫帚是我送的，现在故意给我颜色看。

刘子义　如果真是你送的，我要好好感谢你！

赵大龙　感谢我？把我踢到大西北去那叫感谢我？

刘子义　来，你先坐，坐下谈。

赵大龙　坐就坐。（一屁股坐在厂长的椅子上）

刘子义　嗬，你倒挺会挑地方。这是厂长的座位，既然你坐上去了，我就问你一个问题。面对厂里生产和经营的现状，你认为应该采取一些什么措施？

赵大龙　你用不着考我，那是你厂长的事，我就是一个普通的小工人，不操那份闲心！

〔赵大龙起身拉了一把椅子重又坐下。

刘子义　看来你也知道厂长这个位置不是谁都能坐的。我坐在厂长的位置上，我就有责任安排全厂的生产，你现在坐在工人的位置上，就有义务服从安排。当然你不愿意也可以，那就请你把位置让出来！总而言之，你不能占着茅坑不拉屎。等着天上掉下钱来给你发工资！

赵大龙　厂里混日子的人多了，为什么非要我去讨债？

刘子义　派你去为厂里讨债，是因为在这个位置上我认为你是个人才，就像在厂长位置上我认为我是个人才一样，每个人只有找准了自己的位置，工厂才能运转起来。

〔秘书上。

秘　书　刘厂长，到全国各地去讨债和做市场调查的人员都安排好了，有两个科室人员还是不愿意去西南边远地区。

刘子义　那好办，凡不愿意服从工作安排的，给三天时间，自找出路。

〔秘书下。

刘子义　赵大龙，要不要我也给你三天时间？

赵大龙　不，不用了——

刘子义　那好，希望你能为厂里讨回钱来，如果能出色完成任务，我会给你重奖。

赵大龙　真的？

刘子义　我从来都是说话算话的！（赵大龙欲下）等等！（拿出两件新衬衫递给赵大龙）这是两件名牌衬衫，你穿着它到西北去，别忘了，咱们厂的人走到哪里都代表着加美丽的品牌形象。

赵大龙　……刘厂长，你刚才说如果是我给你送的扫帚你要感谢我，是什么意思？

刘子义　（笑笑）因为我喜欢“扫地出门”的含义！每次踏进办公室，我都会问自己：我还能在这个位置上坐多久？如果我干不好，如果因为我的失职搞垮了企业，我们就要被化妆品市场“扫地出门”，到那时候，我从这里被“扫地出门”已经是最好的下场了。

赵大龙　……我今天晚上就动身去西北！（下）

〔刘子义缓缓坐下回头看着自己的厂长座椅……

〔暗转。

三

〔白少杰家。

〔白少杰目睹梦倩将私人用品锁进一个大皮箱，然后直起身。

梦　倩　该带走的我都带走了，留下的你随便怎么处理。

〔白少杰沉默。

梦　倩　这是钥匙，我留下了。如果需要，你可以换一把锁。

〔白少杰依然沉默。

梦　倩　（直视对方）怎么，到已经彻底分手的时候，你都不愿意说几句客气点的话，哪怕两个字“再见”？！

白少杰　（突然掏出一小瓶香水）这是我托人从巴黎捎来的真正的“毒药”。你喜欢的话，可以拿去。

梦　倩　在我们关系彻底结束的时候，你送我一瓶“毒药”？不知道是香水的人，还以为你有杀人动机。（稍顿）为什么即使是像你这样优秀的男人，最终还是留不住我？

白少杰　听说过一句广告语吗？“没有最好，只有更好。”你生来是为了追逐更好而准备的。

梦　倩　你知道你们男人常犯的一个错误是什么？总是自以为只要男人事业有成女人也就有了一切。殊不知，女人也是分类型的……

白少杰　结婚前你可没告诉我你属于哪种类型？

梦　倩　你知道你曾经说过的最使我感动的是哪句话？不是无数次失约后你为了讨好我说的甜言蜜语；也不是你一头扎进试验室几天后出来时哄我的花言巧语。而是在我们最穷的时候，有一天你突然拿出一瓶赤膊包装的化妆品，对我说，这是你专为我一个人调制的抗衰老的爱情精华素……（稍顿）里面的东西我早用完了，但瓶子我还藏着。（又稍稍沉默）这次我把它也带走了。

〔白少杰沉默。梦倩拎起皮箱转身欲下。

白少杰　（突然地）你今天的香味很好闻。很适合你的气质。

梦　倩　（突然放下皮箱）我已经很久没听到你赞美我的话了。有时候，男人一句好听的话可以使女人高兴好几天，甚至温暖一辈子。（稍顿）少杰，如果我曾经伤害了你的话，我想对你说一声“对不起”。（稍顿）对不起。

白少杰　想说声“对不起”的还有我。

〔黄阿根上。

黄阿根　白工，打搅打搅，今朝特地是向你报喜来了！梦小姐也在？

〔梦倩放下皮箱，斟茶。

黄阿根　（喜滋滋地）白工，告诉你个好消息，我们“彩云飞”换肤霜，现在连外地也买得飞起来，生产多少拉走多少，十足吃热炒！许多大百货公司抢着要货！

梦　倩　（送上茶）你们乡镇企业手段活络，又做广告又送回扣，一般企业谁做得过你们呀！

黄阿根　听梦小姐口气，好像乡镇企业生产的都是滑头货，靠促销手段发财。告诉你，这次我们“彩云飞”绝对是以质取胜。这个配方不是别人，正是你老公的得意之作。

梦　倩　提醒你一句，科研人员为企业开发的产品，一般讲属于职务发明，个人无权转让。

黄阿根　（拉开大哥大包，提出一厚沓钱）我懂我懂，我不会无偿使用你的脑细胞。这里是十万块钱，作为“彩云飞”销售利润的第一笔技术费提成。白工，你这一辈子，恐怕还没有一次拿过这么多的钱吧？我是体现知识产权的价值来了。

白少杰　你黄老板不说这句话，我本可以谦让点。你黄老板既然这么说，我就不客气了。我要二百万！你可以按销售额分期付，但第一笔不得少于五十万！

黄阿根　（跳起）哎哟，白工，讲你是知识分子真是看花眼！

白少杰　我们有过协议。技术费按利润 15 %提成。你刚才说各大百货公司抢着要货，一个新产品兴衰期起码可以维持一年半，总利润至少在 2000 万。我要 200 万不算多。

黄阿根　好！我总算弄清爽你为什么从加美丽厂辞职了——

梦　倩　（皱眉）你什么时候从厂里辞职了？！

黄阿根　连梦小姐也不知道？我今天就是冲着白工的魄力来找他——（取出粗制名片盒打开。分别递上名片）

梦　倩　“彩云飞”化妆品公司？——

黄阿根　见笑见笑，这是全国化妆品行业乡镇企业中第一家称集团公司的。我再给你们看一件宝。

〔打开公文包，小心翼翼取出一份烫金获奖证书。

黄阿根　彩云飞，被评为全国十大驰名商标之一——化妆品行业独此一家，连你们加美丽都榜上无名。不瞒你们讲，这张证书花了我一千万！红印章还滚烫滚烫的。

梦　倩　黄老板不愧大手笔，这一点，连外商都望尘莫及。

黄阿根　接下去我要做的第二件大手笔，就是要把你们加美丽厂几年销不出去的库存1000多万的垃圾货和退货一枪买断，统统吃下来。

白少杰　一千多万存货，你有办法推销？！

黄阿根　对！所以今天我是三请诸葛亮，请你到我集团公司当总工。年薪五十万。另加分红。你的技术费提成全部作为股本入股。目前你只需要做一件事——

白少杰　什么事？

黄阿根　我要推出一套“彩云飞”系列化妆品。讲穿了，就是利用你们的库存，在其中增加一点保湿成分，变成保湿霜；增加一点抗皱因子，变成抗皱霜；再增加一点增白剂，变成美白露。一句话，我要形成男女两大系列各六个品种共十二个新产品。隆重推出，重磅轰炸，地毯式宣传。一个城市一个城市滚动式营销，（突然住口）水有吗？给我们来点水——估计光广告费就要在八千万到一个亿之间。至于利润么……（笑笑）到时候白工你就不是工薪阶层，而是股东老板了。

白少杰　你想得过于简单了。再说，我恐怕不是你那种增加一点保湿成分就变成“保湿霜”的专家。

黄阿根　卖化妆品就是卖概念。就拿你那个配方来讲，我不过在上面加了三个字：“换、肤、霜”。就一下子红遍大江南北。知识经济嘛，有时候一个点子就可以吃一辈子！

白少杰　我担心这样一来，你在这个行当中也快完了。

黄阿根　做生意一靠资金二靠人才三靠大脑。我跟你合作，就是知识和资金的最佳结合。（再次掏钱）这十万元，你先收下，算我个人对你的奖励。至于技术费提成，我答应一笔头先给二十万，余下的再商量。保证不让你白工吃亏。想通了给我电话。好，告辞。（下）

〔沉寂。桌上搁着十万块。

梦　倩　你什么时候也吃里爬外，开始挖社会主义墙脚了？

白少杰　这些年我最受不了的就是你这种好为人师，什么都想教育我的态度……你放心，这笔钱不是为自己拿，我是为厂里挣！我要让当头头的看到，科技和知识是可以转化为财富的！

梦　倩　（稍顿）你辞职，为什么不告诉我？我们花宝正缺少你这样的对中草药有研究的专家……

白少杰　你想替老外挖我？

梦　倩　你既然离开了加美丽，又不想为私营老板打工，也不想去外资、合资，究竟想去哪里？……（稍顿，突然明了地）是不是英国剑桥的研究所又来信邀请你了？（从对方脸上完全看明白了）大概什么时候走？

白少杰　今天。

梦　倩　（大吃一惊）什么时候的班机？

白少杰　晚上九点。

梦　情　（伤感）……我们可以一起吃晚饭，然后我送你去机场。

白少杰　谢了，我不想在离开中国的时候，最后一眼看到的还是你。

梦　倩　（难过）如果有什么需要我帮忙，请告诉我一声。（稍顿）不管你信不信，这个世界上我给你的感情曾经是最纯真的……（突然掩脸，提皮箱下）

〔暗转。

〔航空港。来往的过客匆匆而行的脚步。

〔广播声。请乘坐国际1024航班飞往法兰克福的旅客注意了，现在开始登机。请从3号登机口登机……

〔带着出国行装，踏上自动运送带的白少杰突然撞上眼泪汪汪疯狂找寻的姚小丽。对峙。

姚小丽　（噙着泪水）姓白的！你看着我！……你看呀，为什么不敢看？！

白少杰　（面带微笑，故作平静地）这是公众场合，……你这是……何必呢？

姚小丽　你以为你是什么人？了不起死了，所有的人都要巴结你，求你，跪在你脚下，哀求你别走……

白少杰　……我这样说过吗？我好像……从没说过。

姚小丽　一个女人就把你打击得七荤八素！你要有种，也去找个女人，比她更好的女人，气气她！跑到国外算什么本事……

白少杰　你误解了……

姚小丽　我没误解！你要是男人，就应该有骨气。天下女人多的是，难道就没有一个比她好？！她有什么好？什么好？……值得你这样偷偷溜走，连招呼都不打？！（顿感委屈，眼泪唰唰下来）

白少杰　（惊惶）你哭什么？……这是机场。瞧，人家都在看我们了……

姚小丽　我不管！让他们看好了，我偏哭！呜……（干脆哭起来）

白少杰　（更加慌张）你轻点！轻点……我的小姐……有话好说，我求你了……

姚小丽　（抽泣）有本事你就走……走呀！再也不要回来，一辈子都不要回来！……（打他，又用脚拼命去踢行李）走呀！我也不想再看见你，反正我在你眼里什么都不是。你走得越远越好！走呀，走呀！……（突然响亮地呜呜哭起来）

白少杰　（丢下行李，搂住对方）小丽，你还小，你不懂什么叫大人的感情。

姚小丽　我小？！我早就超过法定结婚年龄了。

白少杰　你知道，我要比你大十几岁！……

姚小丽　我不管！我喜欢！

白少杰　傻瓜，你知道我为什么走？我不是逃避她，我是逃避你！逃避……感情。

〔静场。姚小丽破涕为笑。

姚小丽　说得好听，谁相信你的话！刚才谁想偷偷溜走的？现在又说好话了……骗我？！……

白少杰　我已经伤了一个女人，我不想再害一个女人。

姚小丽　我不管，我情愿……（扑向对方）最好你能把我害死。

〔他们紧紧相拥。广播声。“请乘坐 4316 航班飞往东京的旅客注意了，请从 6 号门开始登机……”（英语重复）

〔气喘吁吁登场，已目睹了一会儿的刘子义看看手表，不得不上前打断。

刘子义　对不起，我大概来得不是时候。

白少杰　（松开姚小丽）是你告诉他，我要出国？

刘子义　是我打听出来的。（稍顿）冤家宜解不宜结。你这样一走了之，让我们彼此都留下遗憾，是不是有点不近情理啊。

白少杰　让我遗憾，你还没有这种水平。对不起，我该走了……

刘子义　（看表）时间还来得及。（稍顿）我是专程来送你的。但同时，也想跟你算几笔账，了断我们彼此的恩怨情仇。

白少杰　我和你之间没什么账可算了。

刘子义　你没有，我有。

〔刘子义郑重其事打开公文包，小心翼翼捧出几份写满字迹的报告。

刘子义　我要跟你算三笔账。第一笔——这是你十年来为工厂开发的中国第一代洗发精、第一瓶定型摩丝、第一款变形香水和变色口红的原始报告。复印下来是想让你带在身边，说不定哪天你会突然想看看。直到今天我都不会忘记，那两个一红一绿塑料瓶装的洗发精和护发素，全国差不多都卖疯了！

姚小丽　我嫂子当时送了两瓶讨好我爸爸、妈妈，就把我哥骗走了。……我去给你们买点饮料。（下）

刘子义　厂里为了生产和在市场上推广这些产品，十年来共投了二千多万元，相当于今天的几个亿。今后不管你走到哪里，也不管你有多大出息，请别忘了与你休戚与共的工厂和那些同样做出贡献却默默无闻的工人师傅们。

白少杰　放心，就是你忘了，我也不会忘的。

刘子义　第二笔账——这两年，在一无资金、二无支持的情况下，你还是利用现有设备，开发出了不少新产品，可惜大多被打入了冷宫，这是工厂欠你的。这次，厂里做了研究决定：无论你辞职与否，全部承担你往返英国和在英国的生活费用，以表示工厂对你多年来所做贡献的一点点感激之情。厂里希望你学成之后还能回来，当然，我想即使没有这笔钱你也会回来的。

白少杰　你怎么知道我一定会回来?

刘子义　你出国进修主攻的是中草药，它们的根都在中国，你怎么会不回来呢?

白少杰　（冷笑了一下）说你的第三笔账吧。

刘子义　（倏地严肃）你我之间的私人账。

白少杰　对不起，你我之间没什么私人账。

刘子义　当然有！从你的眼睛里我能看出，你恨我——不光是因为我在你眼里当初出卖品牌无异于出卖色相，今天收回加美丽又是沽名钓誉，炒新闻，捞取政治资本，也不光是因为你认为我刘子义从生活到事业上都是心术不正、不择手段、唯利是图的小人！你这么容不得我所做的一切，根子只有一个，那就是梦倩，我没说错吧?

白少杰　你夸大了女人的作用！

刘子义　你可以回避，但不能否认！你以为我喜欢和你谈那些男男女女风花雪月不上台面的个人隐私？我的第三笔账要跟你算的不是在这件事情上的谁对谁错！我想说的是，男人的伤痛大多是因为女人造成的，但如果一个男人因为这伤痛就放弃自己追求的事业，那他就不是一个男人！

白少杰　你以为你的所作所为就是一个堂堂正正的男人？

刘子义　我是什么人，我不想解释。我爱炒新闻——这是事实。因为在中国，你想做成一件事，不借助媒体的力量不行。我还爱权，因为有权才能做成事。在合资企业，董事会三名成员我是小三子，没有决策权。只能眼睁睁看着他们一点点封杀加美丽，就像用塑料袋套住一个人的脑袋，让他慢慢憋死。（稍顿）我这辈子想做成的唯一一件事，就是绝不让活了一百年的加美丽死在我手上，死在改革开放的今天！少杰，其实你心里很清楚，我要做成这件事，不能没有你！你说我动机不纯也行，说我想利用你也行，说我势利、钻营都行，但有一点我不明白，你在加美丽身上倾注了那么多心血，怎么能对它的生死存亡无动于衷，一走了之，一点都不在乎呢？！

白少杰　你这是激将法！你激不了我！我离开加美丽厂不等于离开这一行；我出国，不等于放弃中国！告诉你，我回来照样要打中国牌。不过，不想和你一起干！

〔姚小丽端着两杯饮料上，见气氛紧张，劝阻白少杰。

刘子义　是啊，你有很多选择，你可以和我一起干，也可以不和我一起干，你可以搞加美丽，也可以搞别的品牌，你可以回中国，也可以留在国外发展，但是我只有一个选择，我离不开加美丽……

姚小丽　刘厂长，您先喝点水……（拉双方坐下）

刘子义　小丽，你知道加美丽名字的由来吗？

姚小丽　知道，是解放前，加美丽厂的前身丽生行老板起的。

刘子义　起这个名字是为了纪念一个美丽的女人。她就是丽生行化妆品招贴画上的姑娘。丽生行靠她的形象打开了市场，声誉鹊起，名扬海外。她本人却在拍双妹广告时心脏病突发猝死在现场，死的时候才二十二岁。

姚小丽　太可惜了。

刘子义　她把自己的青春、美丽和生命都永久留给了丽生行。丽生行老板立下了规矩，从此永不再请其他人拍广告。并把自己的化妆品品牌改名为加美丽，所以直到今天，海外的丽生行都以双妹作为自己唯一的广告形象。

姚小丽　她叫什么名字，那个拍广告的姑娘？

刘子义　她叫雅妹。

姚小丽　雅妹……哎，你怎么知道得这么清楚？

刘子义　这是丽生行新老板告诉我的。他还告诉我，因为大陆最早注册，世界上只有一个加美丽。

姚小丽　（惊讶）这是真的？！

刘子义　（转向白少杰）如果有一天，我身败名裂，加美丽没有搞上去，不管你在哪里，也不管你在忙什么，请务必回来再接再厉，一定要把加美丽的品牌打出去。拜托了！

〔广播声又起。

刘子义　对不起，你走吧，再晚就来不及了。

〔再次响起的广播声。白少杰提起行李，欲言又止，猛地扭头向候机厅入口处走去。

刘子义　（对姚小丽）去吧，快去送他。这是个好男人，错过，就没有机会了。

〔姚小丽追去。刘子义一直目睹她的背影离开，缓缓坐下。

〔雅妹再次出现。

刘子义　（心声）为什么你总是在我最需要你的时候突然出现？

雅　妹　（心声）我从来就没有离开过你，我一直藏在你的心灵里。

刘子义　（心声）一百年过去了，是什么使你保持着永恒的魅力？

雅　妹　（心声）我对公众是个谜。我所有的魅力就在于我始终保持着谜底。

刘子义　（心声）我想让你的生命在加美丽身上延续，可是……

雅　妹　（心声）美丽可以仿造，但活力无法复制。能给加美丽生命的，只有你自己。

〔雅妹消失，机场广播声。

〔白少杰和姚小丽重又返上。远远地站着。

姚小丽　刘厂长，他答应暂时不走了！

白少杰　我可以和你合作，但永远不会成为你的朋友！

〔白少杰下，姚小丽追下。

〔刘子义泪眼蒙眬，心绪激荡。

〔暗转。

四

〔工厂。朴雄一在给员工上课。

朴雄一　（对员工）如果说品牌是一家企业的灵魂，那质量就是品牌的生命。产品质量只有两个概念：合格与不合格，没有二等品、三等品、等外品之分，请记住今天的质量就是明天的饭碗。现在休息十分钟。

〔众休息，赵大龙风尘仆仆上。看上去衣冠不整，胡子拉碴，手里提着沉甸甸的蛇皮袋。

工人甲　嘿！你们看谁来了？

工人乙　哟，是赵大龙！怎么弄得像个大西北逃犯呢！

〔工人们开玩笑地将张小妹推出队列。

工人丙　你老公胆子不小，回上海居然不先去家里报到，简直是目无领导！

张小妹　（不好意思地）去去去！……

工人丁　你这次出去半个月多，第一眼看到老婆居然一点反应都没有。老实交代，是不是外面搞花头？

赵大龙　反应就反应。告诉你们，我这个人的一贯政策：外面花头再浓，老婆总是第一位的！（走到老婆身边，猛地亲了一口，众鼓掌叫好）怎么样？过瘾了伐？

一工人　（踢踢蛇皮袋）这是什么？

一工人　看样子是孝敬老婆的！

赵大龙　——当心！踢散了你赔不起，这可是银行。

一工人　银行？什么意思？

赵大龙　全是人民币，四十多万呐！

一工人　瞎讲，人民币用蛇皮袋装？骗谁？——我看看。（打开蛇皮袋，大吃一惊）真是钱！

一工人　你疯了，这么多现金随身带，胆子不小。

赵大龙　这是对付车匪路霸最安全的办法。上了火车，往行李架上一扔，假装蒙头大睡，眼睛可一刻不放松。到站拎了就走。谁也不会想到破蛇皮袋里装的是人民币。要偷、要抢，也没人会动你蛇皮袋的主意。

众　　　（哄堂大笑）这个办法真是绝了——

赵大龙　为了装得像点，我还特意把刘老板给我的名牌衬衫找西北老乡换了这身衣服。

一工人　赵大龙，你给厂里要回了四十万，得拿多少奖金啊，这下你可发财了！

赵大龙　刘老板说了，我在讨债这个位置上是个人才。以后各位这方面有用得着我的，尽管吩咐，随叫随到，内部优惠，只收百分之一的手续费。（掏烟给大家）来来来，尝尝西北烟，味道不错！（到朴雄一面前）你也来一根！

朴雄一　谢谢，上班的时候我不抽烟。

赵大龙　（愣住了）是你？

朴雄一　你好，赵先生，辛苦了！

赵大龙　（问众人）怎么回事？韩国人怎么又回来了？

张小妹　他是刘总专门请来当厂里质量总监的。朴先生现在对大家的态度跟以前不一样了！

赵大龙　哦——（想让朴雄一难堪）哎，你们知道吗？现在韩国可惨了，连大公司的总裁都到餐馆端盘子洗碗去了，日子不要太难过！

一工人　为什么？

赵大龙　亚洲金融风暴呗！韩国钱不值钱了！

一工人　听说亚洲那些小龙小虎的都趴下了，货币跌得一塌糊涂！

一工人　只有中国最结棍，亚洲全靠中国在撑台面了！

一工人　现在人民币最值钱了，听说到泰国走一趟只要两三千块。

赵大龙　所以咱们刘老板发慈悲了，弄个韩国下岗工人到中国来扒分！

〔众乐。

〔朴雄一在议论声中突然站起，向众人深深鞠躬。

朴雄一　（表情严肃地）对不起，韩国拖累了东南亚经济，也给贵国增加了麻烦！亚洲的压力都落到了中国身上，真是——太抱歉了！

〔众愕然。稍稍静场。赵大龙突然咯咯笑起来。

赵大龙　听见吧听见吧，人家代表韩国总理，向东南亚人民谢罪啦……

〔有人跟着哄堂大笑。

张小妹　（愤怒地将水杯中的水泼向赵大龙）你笑什么？你觉得很好

笑吗？！还是笑笑你自己吧！你还算个男人吗？你要是有这点自尊心，今天也不会混成今天这个样子！

〔张小妹跑下，众人愕然。

〔朴雄一掏出自己的手绢递到赵大龙面前，赵大龙不屑。朴雄一看到地上的水迹，跪下用手绢仔细地擦干净。众人静静地看着，内心激荡，若有所悟。

〔耿健康上。

耿健康　赵大龙，听说你回来了，收获不小吧？

赵大龙　（示意地上的蛇皮袋）喏，这些都是要回来的钱，四十多万！

耿健康　这回你可给厂里立了大功了！赶快把钱送到财务科去吧！

赵大龙　耿厂长，厂里还有什么要不回的债，派我去吧，我可以明天就出发。

耿健康　好你个赵大龙，以后有你忙的！

〔赵大龙下。黄阿根上。

黄阿根　耿书记，那批货我就拉出去装车了？

耿健康　手续都办齐了吗？

黄阿根　都办齐了。

耿健康　办齐了就装车吧！

黄阿根　（指挥铲车）往这儿——这儿……（给耿健康递烟）耿书记，你看是不是请些工人帮忙搬到卡车上？

耿健康　（招呼工人）来来，都帮忙搬一搬！

朴雄一　（发现了什么，将铲车上货箱的生产日期审视一遍，突然挥手）等一等！耿厂长，这批货不能出厂！

黄阿根　为什么？

朴雄一　这批货库存时间太长，保质期马上就要过了，属于不合格产品。

耿健康　我知道。所以，我们按处理品的价格给客户打了折扣……

朴雄一　对不起，工厂只有两种产品，要么合格，要么不合格。不合格的产品不能出厂。

耿健康　你的质量意识是好的，以后新产品可以没有处理品、等外品，但这批货是存货，它们是老产品，你明白吗？

朴雄一　不管新产品老产品，不合格就不能出厂，这是规定。

黄阿根　（挤到前面，拍拍皮包）哎哎哎——你是什么人啊？告诉你，我就是这批货的买主，我知道它是处理品，我买的就是处理品！懂吗？

〔众议论纷纷。

朴雄一　（走到耿健康面前）厂方可以给价格打折扣，但是不能给质量打折扣。

黄阿根　（对耿健康）这就是你们新引进的白领？！你们厂到底是老板讲了算，还是打工仔讲了算？我看不懂，实在看不懂！

耿健康　（稍稍恼火）这件事情就这样了，有什么问题我承担责任！你们继续搬！

〔朴雄一突然双膝跪地，挡住去路。

朴雄一　对不起，不能让这样的产品出厂！这是我的职责。要出厂，请从我身上碾过去。

〔众愕然。

耿健康　你、你……太过分！你给我起来，起来！你还当我是厂领导吗？你眼里还有我这个上司吗？

朴雄一　（继续跪着）你是我的上司，但最大的上司是产品质量和工厂的信誉，今天这件事请原谅，只要这批货还想出厂，雄一不能服从你。

耿健康　你别忘了，你是我们花钱雇来的，不是外方股东，这儿也不是合资厂！

朴雄一　可我也是加美丽厂的一员，请允许我履行我的职责！

耿健康　你——

〔朴雄一跪着不动，静场。

〔刘子义、白少杰不知什么时候来到人群中。

刘子义　朴先生，有些问题不是靠跪能解决的，请起来吧。

朴雄一　（仍没动）雄一又给你添麻烦了！

白少杰　（快步走到朴雄一面前，大吼一声）你站起来！（将朴雄一拉起来）不要说今天你没有失职，就是你失职了，让这批货出了厂，该向消费者道歉下跪的也不是你！

耿健康　白工程师，你这是什么意思？

白少杰　我的意思很清楚，这批货不应该出厂。

耿健康　你说得轻巧，不能出厂，你知道这批货价值多少？两百多万！仓库里还有一千多万的存货，也都不能出厂？现在管销售的是我！厂里现在是最缺资金的时候，设备要更新，新产品要上马，大楼要改建，职工生活要改善，可是钱呢？现在摆在我们面前的只有一条路——出清库存，回笼资金！只有这样才能全盘搞活！这也是刘厂长的思路——

白少杰　谁的思路我不管，让这些过时货摆在低档小商店里长期卖不出，蒙上厚厚一层灰，那是在替我们做反宣传，如果再因为过了保质期而对消费者造成伤害，那更是直接砸加美丽的牌子！

黄阿根　白工你放心，这批货我打的是彩云飞的牌子，跟你们加美丽没关系，再说你也知道，我拿回去还要加工的，我要加一点抗皱因子——

白少杰　黄老板，你那些所谓的“加工”全是坑人的把戏！这些积压产品都是我多年前的老产品，我绝不允许你利用它们去欺骗消费者！

黄阿根　耿厂长，我们可是签了合同的。

耿健康　你先等一等，我们再商量一下——

黄阿根　（厉声）我没有那么多时间等。违约赔钱！（下）

耿健康　黄老板！——（回身对刘子义）老刘，你看看，到了嘴边的大肥肉没了，你是厂长，你决定吧！

刘子义　我支持朴先生的做法，同意白工程师的意见，这批产品不能出厂。

耿健康　你也说不能出厂，那一千万的存货怎么办？

刘子义　销毁。

耿健康　——销毁？

众　　　——销毁？

刘子义　对，公开销毁！而且是在全国所有大中城市，同时公开销毁！

〔众人隐去。台上只留刘子义、耿健康、白少杰。

刘子义　（对白少杰）我的这个决定，又要受到你的什么抨击啊？

白少杰　这些产品，有我的心血和恶愤，要付之一炬，说不心疼那是假的。可是现在，它们既然已经不能保证原有的质量，当众销毁，可以说是给它们找到了最好的归宿。我佩服这种胆识和魄力！（下）

〔刘子义走向一边沉默不语的耿健康。

刘子义　老耿，你有什么想法？

耿健康　我能有什么想法，你是厂长，有权决定一切。

刘子义　这几天我一直想跟你商量这件事，我想把所有加美丽到期、过期的库存产品一把火统统烧掉。同时开展大规模的宣传攻势，重塑加美丽品牌形象，赢得消费者信任，为推出新产品提供新的营销契机。

耿健康　推出新产品的办法多的是，为什么非要把老产品烧掉呢？这都是我们一点一点生产出来的，是能换回来钱的，这可是我们的辛苦钱、血汗钱！一千多万啊！

刘子义　是的，这些积压产品有的是能给我们换回些钱来，可这些都是过时、低档的产品，卖出去越多，对加美丽品牌形象的损害就越大！从长远看，这种短期行为给我们带来的损失将远远不止几千万，而是几个亿、几十个亿！

耿健康　一把火烧掉几千万，名声是有了，气魄也不少，可账面上留下的大窟窿今年就是赤了脚也追不回来，加美丽就变成亏损企业了！中央国企扭亏工作的会议有精神，谁亏损谁下台！

刘子义　老耿——

耿健康　（打断）老刘，你当初回厂的时候，我心甘情愿当副手，把厂长的位置让给你，是相信你能把加美丽厂搞上去，你现在非要烧这把火干什么？！把加美丽烧得焦头烂额，把领导放在火上烤，最后连你自己也要葬身火海！我担心，这把火一烧，谁也没有本事把它扑灭，想帮你也帮不了！

刘子义　我早就想过了，如果重塑加美丽，注定要有人牺牲作代价的话，那就让我来吧。

耿健康　……既然这样，我也不便再多说什么了。（欲下又止）老刘，我和你共事这么多年，别人最恨你的就是你做事从不留后路，不给自己留后路也不给别人留后路，我佩服你这一点，可这样行不通啊！

〔耿健康下，刘子义沉思。

〔梦倩上。

梦　倩　听说你挨批了，上面有些领导对你爱出风头不满意？

刘子义　听谁说的？没有的事。

梦　倩　这个行业圈子并不大。能有所作为的人更少。你一有风吹草动。幸灾乐祸的人真不少。

刘子义　这是好事。在联合花宝，还从来没有这么多人关心过我。

梦　倩　国企之所以搞不好，就因为经营者做好做坏一个样。有谁会真正关心企业的命运？偶尔有几个像你这样出类拔萃的，辛辛苦苦把企业搞上去，什么时候一纸调令，你又会变成两手空空。

刘子义　你讲得很在理。可惜没有新意。

梦　倩　我们分手不过短短数月，就变成了话不投机半句多了。说些你爱听的吧，本周最新的销售数据，你们赎回加美丽后开发的第一个新产品沐浴露抢走了我们花宝沐浴露 80 %的市场，成了销量排行榜的龙头老大。

刘子义　我们不过是一个品牌稍稍领先。你们有三大品牌七个品种在市场上都占有绝对优势，我们比你们差得很远，距离打入国际市场的目标就差得更远了。

梦　倩　为了夺回被你抢走的市场份额，花宝准备从下个星期开始降价，这是新来的老板做出的决定。

刘子义　哈奇先生呢？

梦　倩　他被公司总部解雇了。

刘子义　为什么？

梦　倩　因为他在大陆丢失了一块花宝最引以为荣的市场。

刘子义　就为了这一个原因？

梦　倩　这一个原因还不够吗？

刘子义　（沉思）……

梦　倩　这一次给你说准了，你不光成了哈奇的对手，还是一名赢家。也许……我们以后见面的日子不多了，哈奇先生邀请我和他一起去美国发展。

刘子义　你接受了？

梦　倩　我正在考虑。（突然地）如果今天是情人节，你会送我玫瑰花吗？

刘子义　对不起，我不清楚情人节是哪一天。

梦　倩　（打断他）如果今天是，你会吗？

刘子义　我——不知道。

梦　倩　我们相恋了两年，你从来没有给我送过花，——除了有一次你以领导的身份来看望我这个病人——如果我真的要走，你会挽留我吗？

刘子义　你不是那种想挽留就能留下的人。不过我会祝福你，但愿这是你一生中最佳的一次选择。

梦　倩　你放心，如果错了，我不会把它作为最后的选择。（欲走）

刘子义　……刚才你向我透露花宝要降价的信息，是站在花宝的立场还是站在加美丽的立场？

梦　倩　你可以自由想象，但有一点是肯定的，我爱美元，也爱中国强大。

〔梦倩下，众人上场。

张小妹　刘厂长，这火还点不点？

赵大龙　刘厂长，这火还点不点？

众　　（大声）刘厂长，这火还点不点？

刘子义　为什么不点？点，一定要点！！

刘子义　（走向观众）多少年来，我就是想放一把火，让加美丽燃烧起来，让更多的国企熊熊燃烧起来！看看周围的生活：我们的孩子一生下来就吃“强生”奶粉，用“强生”润肤霜；稍大一点他们吃“麦当劳”，喝“可口可乐”，穿的是“苹果”牛仔裤、“耐克”运动鞋，洗头发用“力士”“花宝”“海飞丝”……而所有这一切几乎都是在中国的土地上、中国的工厂里、靠中国工人的双手做出来的。为什么同是这双手，能生产出外国名牌，却不能创造自己的名牌？为什么？！不要以为光靠民族情感民族自尊心就能回答这个问题。也许在我们的观念意识里，有些东西是需要反省、需要批判、需要抛弃的！多年积累下来的库存有时可能恰恰成了我们的包袱、累赘、绊脚石！开放的中国要想挺直腰杆与世界对话，必须先敢于对自己说“不”！鉴于加美丽今年的亏损，我谨向董事会提出引咎辞职。我只有一个请求，请让我继续留在厂里，哪怕当一名普通工人。我要亲眼看着我们的新产品，打上“中国制造”的印记！这是我最大的梦想……

〔将一根划燃的火柴扔进乐池，火光熊熊燃起。

〔火光中，一个崭新的“雅妹”向我们走来。

——剧终

2000 年 3 月演出本

选自《于无声处——上海市宫剧作家群话剧剧本精选》，

上海文艺出版社，2005 年 6 月版

钢的琴

（根据张猛编剧的电影《钢的琴》改编）

喻荣军

时　间　当代。

地　点　中国北方某工业城市。

人　物　陈桂林　男，三十四岁左右，钢铁厂的下岗工人。

淑　娴　三十岁左右，钢铁厂的下岗工人，陈桂林的女朋友。

王抗美　男，三十多岁，钢铁厂的下岗工人。

小　菊　三十二岁左右，钢铁厂的下岗工人，陈桂林的前妻。

大　刘　男，四十岁左右，钢铁厂的下岗工人，屠夫。

胖　头　男，四十五岁左右，钢铁厂的下岗工人，职业混混。

快　手　男，三十多岁，钢铁厂的下岗工人，修锁匠，曾是职业小偷。

季　哥　四十多岁，钢铁厂的下岗工人，落魄大哥，卖废钢为生。

汪　工　男，六十岁左右，钢铁厂的退休工程师。

陈　父　七十岁左右，钢铁厂的退休老职工，陈桂林的父亲。

小　元　十岁左右，陈桂林与小菊的女儿。

警察、姐夫、青年、死者家属等。

〔音乐是这个戏的灵魂，所有配乐都是具有苏联风格的音乐，一种既熟悉又间离的效果。音乐曲调欢快，却又在不经意间流露出几许忧伤。一种集团式大规模工业生产基地破落后的失落与无奈。

〔舞台，总体的凝重结合局部的明快。总体上是旧时代工业化的写实风格，远远的挺直的高大的烟囱，歪斜的电线杆上面电线乱作一团，整排的锈旧钢丝栅栏。大块面的工厂结构，钢铁的柱、梁、门、窗和各种破旧的机床、吊车龙门、锅炉等组成舞台的基调，无处不体现出一种厚重的压抑感，令人透不过气来。局部的写实场景，家、学校、工厂甚至外面的演出场景都在工业的基调上局部地凸显。一段废弃的旧铁轨斜铺在舞台的中央，向远方的烟囱延伸去，却又在靠近台口的地方无端地被生生地断开。

第一场

〔光启。

〔远远的烟囱冒出几缕白烟，随即消逝在零散的雪花中。

〔音乐渐起，俄罗斯歌曲《三套车》。

〔废弃的钢铁厂前，红得发黑的楼群里，小乐队正对着侧台吹奏着。乐队成员各个情绪饱满，陈桂林夹在乐队中间抱着手风琴忘情地拉着。乐队是西洋乐器及民乐乐器混搭组合，奏出的乐曲虽有些奇异，但很和谐。

淑　娴　（站在乐队前，对着侧台，深情地唱着）

“冰雪遮盖着伏尔加河，

冰河上跑着三套车，
有人在唱着那忧郁的歌，
唱歌的是那赶车的人。
你为什么这样忧伤，
为什么低着你的头，
是什么让你这样地悲伤，
问他的是那乘车的人。
你看这匹可怜的老马，
它陪我走遍天涯，
……”

〔侧台死者家属内声：“停、停、停……”

陈桂林　停停停，停啦！

〔死者家属冲出来，很悲伤。小乐队停止演奏。淑娴的演唱被打断，她无奈地站着，脸色难看。

陈桂林　（冲着死者家属）怎么的，哥？怎么的？

死者家属　这曲子听着太痛苦了。

陈桂林　（赔着笑）不是……俄罗斯送葬一般都兴吹这个，主题就是表现痛苦与悲伤。

死者家属　那不行，那老人听着这曲子步伐得多沉重啊……

淑　娴　行，行，行，知道了！

陈桂林　是，是是！

胖　头　要不，整一个《其实不想走》？

王抗美　《潇洒走一回》？

淑　娴　那啥！让老人加快离去的脚步吧。

陈桂林　走这么快，这是去哪儿呀？

淑　娴　（小声地）你管他去哪儿呢。

陈桂林　来！那就换个轻松点儿的曲子……咱来个《步步高》啊？

王抗美　降B调啊？

陈桂林　对，一、二、三，走——

〔《步步高》欢快的旋律起，小乐队演奏得热火朝天。淑娴赔着笑，跟着颠起来。

死者家属　（听着，感受着）……成！爸——（随即大哭着下）

〔淑娴突然看见舞台一角穿着风衣的小菊，她脸上的笑容立刻消失掉，冲着陈桂林努努嘴。

〔陈桂林示意小乐队继续。他抱着手风琴向小菊走过去，边走还边演奏着。淑娴看着陈桂林。

陈桂林　这不……上班哪！

小　菊　这也叫班啊！

陈桂林　对我，是！啥事儿？我忙着呢！

小　菊　（笑）是够忙的。

陈桂林　快说，啥事儿！离婚那事儿……我不是同意了！

小　菊　我知道。

陈桂林　那抽空儿办了吧……找我干吗？

小　菊　还有点事儿。

陈桂林　肉啥，啥事儿？

小　菊　离婚，就是相互成全，你放我一马我放你一马的事儿……

陈桂林　离婚就是离婚，别扯那些没用的！（欲下）

小　菊　（拽住陈桂林）急啥呀？我还没说完呢！

陈桂林　哦，对了……银行还有点儿钱，得留着给我爹吃药呢；房子属我爹名下，不离你有继承权，离了就等于自动放弃……家里的冰箱、彩电、洗衣机……你看着搬吧！

小　菊　你是不是把我当收废品的呢？

陈桂林　哎呀，我差一点儿忘了，你现在是富裕了……

小　菊　我什么都不要……

陈桂林　好，这个咱俩想一块儿了。

小　菊　但是……小元我要带走……

陈桂林　（火了，盯着小菊）你说什么？小元你带走，你想什么呢，做梦了吧，还是脑袋进水了？

小　菊　陈桂林，我告诉你，孩子跟着你是不会幸福的。

陈桂林　小元很幸福。你少拿幸福吓唬人，我劝你这事儿想都别想，不可能！

小　菊　我不是来跟你吵架的……

陈桂林　那就别提小元的事儿……我还是那句话，离婚，同意，要小元，没门儿！（转身就走）

小　菊　（叫着）陈桂林，你给我站住！

〔陈桂林走了几步，站住。

小　菊　（走过去瞪着陈桂林）那小元学琴的事儿咋办？孩子要是被耽搁了，咋办？陈桂林，你别尽跟我来狠的，我们走着瞧，我不怕你。（一甩手，径直从小乐队面前趾高气扬地走过，下）

〔小乐队的队员边看着小菊，边演奏着。曲毕。陈桂林走过去，闷声地给大家发钱。大家知趣地离开。淑娴疼爱地看着陈桂林。

陈桂林　（冲着大家离去的方向）都点清楚了，别老合计管钱的就一定会黑钱，贪污这帽子可不是随便扣的，啊！

淑　娴　怎么了？

陈桂林　没怎么，离了。

淑　娴　（脸上掠过一丝笑容，又赶快憋回去）离了好。

陈桂林　有你这么说的吗？

淑　娴　离就离了呗！

陈桂林　是挺好。（把钱给淑娴）

淑　娴　（接过钱，数都没数便直接揣进衣兜，抬头瞟了陈桂林一眼）陪我走一段儿啊？

陈桂林　你不嫌累得慌！

淑　娴　捎一程不行啊！

陈桂林　不行，找别人捎吧。

淑　娴　你！

〔陈桂林刚要离开，淑娴一把拉住他。

淑　娴　你等会儿，我有话跟你说。

陈桂林　说什么啊？

淑　娴　你怎么老是躲着我呢？

陈桂林　没有啊，我躲你干什么啊！

淑　娴　你就装呗……小菊回来了，请原来车间的所有女工吃四川火锅，就没请我……

陈桂林　太辣了，有啥吃头……

淑　娴　你别打岔，宁落一圈，不落一人，她是不是知道我俩的事儿啦？

陈桂林　咱俩的事儿？

淑　娴　啊。

陈桂林　咱俩啥事儿啊？（装糊涂）

淑　娴　（气愤）行，陈桂林你有种。（转身气嘟嘟地下）

〔陈桂林看着淑娴离开。然后，他怅然地走到舞台的另一侧，放下手风琴，脱去外套，走到桌前，翻出白卡纸、黑墨汁、木工铅笔、刀等东西，裁剪着、画着、描着。

〔小元上。她靠在门框上，一直莫名地看着陈桂林折腾。最终，陈桂林将一个标准的88键钢琴纸键盘绘制完成。

陈桂林　（笑）看什么？

小　元　爸，你在画什么呀？

陈桂林　等一会儿，你就知道了。豆浆喝过了？

小　元　我不爱喝。

陈桂林　喝了，不喝手指头能长长嘛！

小　元　喝过了。

陈桂林　你！

小　元　可我就是不爱喝……我妈今天来看我了。

陈桂林　……

小　元　她给我买了高钙奶。

陈桂林　都是假的，没有豆浆实在。

小　元　我妈说喝高钙奶手指头长得更长。

陈桂林　以后少见她……

〔陈桂林将做好的键盘放到了写字台上，摆上书，蒙上床单，远看如一架真钢琴。

小　元　（疑惑地看着这架纸钢琴，又看看陈桂林）爸，这能弹吗？

陈桂林　当然可以弹了……

小　元　可听不见声音啊。

陈桂林　爸爸不是给你讲过贝多芬大爷的故事吗？贝大爷他耳朵就背，他的耳朵就听不见……

小　元　他听不见……可是别人能听见。

陈桂林　是吗？……那，爸爸给你弹，你就能听得见了！不信？我给你试试！来，爸爸教你弹！（坐在假钢琴面前，吹了吹琴键上根本不存在的灰尘，放松自己，做出非常庄严的样子）来！（把手放在嘴上）嘘，安静！要仔细听！要用心，用心来听，好吧！（把双手放在假的琴键上，闭上眼）……哆、来、咪！……嗦……

〔小元配合地摁上一个键。陈桂林很开心，他有些忘情地弹着，嘴里哼唱着一首欢快的俄罗斯民歌。

〔小元看着，慢慢地由快乐变成了沉默。

陈桂林　（停了下来）咋的了？

小　元　老师劝我别学了……

陈桂林　不学了，这是她说了算的事儿吗？

小　元　你总是欠学费！

陈桂林　我昨天不是缴了嘛！

小　元　可你总是晚缴！我不想学了……

陈桂林　晚缴总是缴了嘛！学钢琴是要有悟性的……

小　元　老师说我没有……

陈桂林　她懂个屁，她只要有钱赚就行了……你知道吗，你有悟性，还有韧性，你的手指头长得和爸爸一样长，条件多优越，天生的钢琴手指，那就是给钢琴长的，你看哪个小孩有你的手指头长……

小　元　（叫嚷起来）爸，我想要一架钢琴。（转身跑下）

〔陈桂林默默地看着小元跑下的方向，良久，他回转身，双手砸在假的钢琴上。

〔钢琴被砸的巨大的轰鸣声突然响起，久久不绝。

〔切光。

第二场

〔光启。

〔小元坐在假的钢琴前，有节奏地弹着。她的手指敲打在纸键盘上，发出嘣嘣的响声，嘴里不停地嘟哝着什么。

〔陈桂林坐在沙发上和父亲缠着毛线，听着小元空弹着纸钢琴。陈父身体有些僵直，不停地打着呵欠。

陈桂林　（缠着毛线，抬头看着小元）哎，体态啊，姿势，别老佝偻着……对，姿势很重要啊！哎，你就想啊，这是一首非常美妙的曲子，非常抒情的，慢慢地……很多人听着呢！你那手，手，手爪子咋回事儿！不跟你说了吗，像握鸡蛋一样的嘛！手里握着两只鸡蛋，一手一个，知道吗？手形，手形很重要啊！手落下去要轻，但是要有力……

〔陈父打着盹，陈桂林拉了拉他。

陈桂林　你这手形也很重要啊，说你呢！拉直了，你看这线弄的，都要乱了！

〔陈桂林看看小元，小元弹完，生气地起身下。

陈桂林　弹完了？再……这孩子！（缠着毛线，看看父亲）今天又去小土岗了？几个？

〔陈父怔怔地望着陈桂林。他把毛线扔到地上，伸出五个手指头。

陈桂林　五个？

陈　父　啊！

陈桂林　六个？

陈　父　啊！

陈桂林　四个？

陈　父　啊！

陈桂林　烧了，就没了，你总看那玩意儿干啥？

陈　父　啊？

〔沉默。

陈桂林　（走过去，从地上捡回毛线，又绕回父亲的手上）小菊回来了！

陈　父　啊！

陈桂林　要跟我离婚，我同意了！她跟的是个卖假药的！挺幸福的，她终于算过上那梦寐以求的不劳而获的日子了。你知道那个假药是怎么做的吗？

陈　父　啊？

陈桂林　就把那炉果儿用擀面杖给碾碎了，然后再把扑热息痛也给碾碎了，买点儿那个破胶囊壳子装在一起。二斤炉果呢兑一片扑热息痛，撑不死人，也药不死人，钱也不少赚。

〔陈父手中的毛线又掉了下来。

陈桂林　（有些紧张地站起来）爹！

陈　父　（如梦初醒）啊！

陈桂林　爹！（把地上的毛线重又缠回父亲的手上，自己坐下，又开始缠毛线）

陈桂林　爹，小菊回来了！

陈　父　啊！

陈桂林　我们谈过了，离婚！（看着父亲，突然不想说了，默默地缠

着毛线）

〔王抗美上。

陈桂林　来啦！

王抗美　大伯！（见陈父不理，大声地）大伯，是我，抗美！

陈桂林　没用，抗日也不认识了！

陈　父　（突然地）抗美！

王抗美　是，大伯，是我。这不，认出来了！

陈桂林　认出？他只是去过朝鲜战场而已！

〔王抗美自己弄了一听啤酒自顾自地喝起来。

陈桂林　更夫做得怎么样？

王抗美　保安！

陈桂林　就一更夫！别嘚瑟了！更夫这职业，是那些能力减退、鳏寡孤独、丧失激情的人干的……工作性质决定了你和广大妇女们有时差，妇女们睡了你上班，妇女们上班你却睡了，所以你连妇女们的边儿都摸不着……

王抗美　对，得换！我他妈必须得换份有激情的工作！

陈桂林　跟你讨论激情的问题，又没让你换工作！

王抗美　我白天觉也不多啊……激情着啊，可妇女呢？

陈桂林　那你就适合干这个！

王抗美　再不适合也不换！

陈桂林　咋了？

王抗美　我发现学校里有一架钢琴，白天教学生还弹着呢，晚上……我有钥匙。

陈桂林　真的？

王抗美　我来就是告诉你的，晚上你带上小元去我那里，一个大教室，就让她一个练。

陈桂林　那你可不要丢了工作。

王抗美　那激情呢？

陈桂林　激情个屁！（站起来）我现在就带小元去！

王抗美　别急啊，明天，明天啊，我今天刚调了班。（喝了一口啤酒，莫名地笑起来）

陈桂林　又咋了？

王抗美　听说小菊回来了。

陈桂林　大刘跟你说的吧？

王抗美　啊！

陈桂林　碎嘴子！

王抗美　说她请她们车间所有女工吃饭，排场弄得挺大，混得有成绩啊……能过就过吧！孩子都这么大了。

陈桂林　把你自己过好得了，操哪门子心啊你。

王抗美　一个人的日子不好过啊……你要是真离了，那咱们哥俩儿就一样了。

陈桂林　咱们俩怎么能一样呢？咱们俩不一样，我是离异，你是丧偶。对不对？

王抗美　……

陈　父　（突然地）对！

陈桂林　爹！

〔切光。

第三场

〔鞭炮噼里啪啦地炸响，光渐起。

〔舞台一角，小乐队奏起《婚礼进行曲》。

〔陈桂林和淑娴穿着职业主持服装，手持麦克风，非常夸张地解说着。

淑　娴　女士们，乡亲们！

陈桂林　父老爷儿们！

淑　娴　风雨送春归——

陈桂林　大雪哗哗下。

淑　娴　数九寒天来出嫁——

陈桂林　爱情能把雪融化……看，新娘身披着洁白的婚纱……

淑　娴　看，新郎衣着笔挺的西服……

陈桂林　他们伴着庄严而幸福的婚礼进行曲……

淑　娴　手拉着手，肩并着肩，面带笑容，心怀理想——

陈桂林
淑　娴　踩着红红的地毯，大踏步地向我们走来……

淑　娴　这笑容带着幸福，这幸福带着微笑。

陈桂林　这红红的地毯象征着他们纯洁的爱情……

淑　娴　象征着他们的生活红红火火、和和美美！

陈桂林　让我们祝福两位新人红红火火、和和美美！

淑　娴　让我们祝福两位新人永结同心、白头偕老。下面我给大家献上一首《好日子》，祝他们生活美满，早生贵子。好日子，开心的锣鼓敲起来。

〔淑娴开始演唱《好日子》，陈桂林立在一旁看着。

淑　娴　（唱）“哎——

开心的锣鼓敲出年年的喜庆，

好看的舞蹈送来天天的欢腾。

阳光的油彩涂红了今天的日子哟，

生活的花朵是我们的笑容。

哎——

今天是个好日子，

心想的事儿都能成。

明天是个好日子，

打开了家门咱迎春风。

……”

〔小菊上，朝陈桂林走去，陈桂林立即上前拉她到一边。

陈桂林　你上这儿干啥啊？

〔小菊不理陈桂林，打量着不远处身着演出服装浓妆艳抹的淑娴。

陈桂林　人家办婚礼呢，完了再说吧。

小　菊　我去学校看过小元了，顺便和老师聊了一下小元的教育……

陈桂林　教育？你教育过吗？

小　菊　你别一说话就抬杠行不？

陈桂林　你行了吧，啊！咱俩谁不知道谁啊，你认识几个字啊，一天到晚穿得溜光水滑的，你就敢在这里跟我谈教育啊！

小　菊　你少说我啊，你拿着破纸壳子画钢琴，你这叫给孩子良好教育啊？上坟烧报纸你糊弄鬼呢吧！

陈桂林　你整根破铅笔吸牛奶，你忽悠我女儿呢，搞感情投资啊，我告诉你，晚了！

小　菊　小元不是属于你一个人的。

陈桂林　别跟我说没用的，我现在已经从德国给小元订了一架最好的钢琴，货还没到，在海上呢……

小　菊　海上，还天上呢！

陈桂林　我估计要是没什么风浪的话，这两天就该上岸了！

小　菊　我说你不吹牛能死啊！陈桂林，我就是想给孩子一个好的环境……

陈桂林　啥叫好环境啊？噢，跟着那个后爹卖假药，那叫好环境啊？

小　菊　（回头指了指台上正在演唱的淑娴）卖假药咋的了，总比跟着后妈上街卖唱强！

陈桂林　你别老说那些没用的，我不可能让小元跟你在一起。

小　菊　这个咱俩说了都不算，得看孩子自己的意愿！

〔陈桂林愣在那里。淑娴唱完歌立在那里等陈桂林。小菊走过去。

〔小乐队开始演奏《喜洋洋》。

淑　娴　（笑）小菊，回来了啊！

小　菊　我回来不回来，你能不知道啊？

淑　娴　（挂下脸）是啊，听说了！

小　菊　在哪儿淘弄的衣服，挺好看的啊。

淑　娴　演出服。啊……你挺好的吧？

小　菊　还行，比你强点儿不多。（转身离开）

〔淑娴有些尴尬地立在那儿。

〔小乐队演奏着乐曲，走上前。他们对着陈桂林吹奏着。陈桂林开始拉手风琴，人们莫名地欢乐，非常喜悦地跳着。

〔陈桂林走到大刘面前，拉着手风琴，看着他，大刘有些紧张地停了下来。

陈桂林　朋友里有产业的就你一个，一头猪赚好几百，日进斗金，你说我不找你找谁？

大　刘　找我干吗？

陈桂林　你说呢？

大　刘　肉铺也算产业啊？你可别忽悠我了。

陈桂林　小元钢琴学得好，老师都说她的未来一片光明，菜市场后身有家乐器店我去看了，就是太贵，但为了孩子那也得买呀，你看，你不能眼看着我有困难不帮我吧……

〔大刘神情无奈，他想吹小号，又不得不停下来。

陈桂林　你不是有私房钱嘛。

大　刘　别提了，我媳妇老贼了，钱藏在厕所水箱里都被她发现了……

陈桂林　毒品一般都藏那儿，你不知道换个地方啊。

大　刘　你以为我跟你编故事呢……

陈桂林　说。

大　刘　起获的赃款全部上缴了。

陈桂林　早点儿跟你借好了！

大　刘　现在财政大权完全她一个人掌控，我一天能抠盒烟钱就不错了！

陈桂林　（拍了拍大刘肩膀）娶了个好媳妇啊。

〔大刘继续吹奏，陈桂林又走到姐夫面前。他边拉着手风琴，边盯着姐夫。姐夫停止了演奏。

陈桂林　姐夫！

姐　夫　看来我一辈子都要跟你上街卖唱了。

陈桂林　怎么了？

姐　夫　工厂不行了。

陈桂林　那除了卖唱，就没琢磨再干点儿啥啊？

姐　夫　面子薄，撕不下脸来。跟着你，还行。

陈桂林　对，只有解放思想，才能解放自己……你可是木工大拿啊！……装修啊！装修对你来说不就是小菜一碟儿嘛！

姐　夫　现在装修都找南方木匠，东北木匠都做小工，我气不过。

陈桂林　你还生气？我现在看谁都不再生气了。

姐　夫　也是……可我就是气不过！

陈桂林　啊，那个……

姐　夫　遇到难处了？

陈桂林　你想哪儿去了，我们最近小乐队生意不错，就是问问你。

姐　夫　还行。（继续吹奏）

〔陈桂林又走到胖头面前，边拉着手风琴，边盯着胖头。

胖　头　（被盯得有些发麻，索性停止了演奏）干什么？

陈桂林　你怎么还赌？昨天那几个女人闹到演出现场来了。

胖　头　别，我可不领你的情啊。

陈桂林　我替你还了 30 元。

胖　头　我没听见。

陈桂林　你欠几个老娘儿们的钱。

胖　头　我没有。

陈桂林　你……过来！

胖　头　不。

陈桂林　你过来不过来？

胖　头　不。

陈桂林　我跟你说两句话。

胖　头　说吧。

陈桂林　不好说。

胖　头　有啥不好说的，不就借钱吗？

陈桂林　你咋知道我借钱？

胖　头　王抗美听说你这两天到处借钱都躲乡下避难去了，我刚得到通知，还没来得及躲呢，你就来了，你整得挺快呀你……我心想这工作时间，你该不会开口吧！没想到，你竟然……

陈桂林　我不跟你借了行不？

胖　头　行……要钱没有，要命有一条！

陈桂林　那你把我昨天给的 30 元给我……

胖　头　没零钱哪！

陈桂林　你咋这么赖呀你，一帮什么东西，我告诉你啊，碰见你们这帮玩意儿我倒血霉了我！

胖　头　对，太对了。

陈桂林　麻烦你通知一下孙大脑袋和王连生，让他俩赶紧藏好，我这就找他俩借钱去了！你最好连老婆孩子都藏起来！

胖　头　走走走，你赶紧走吧你！

〔胖头继续吹奏，却跑了调，陈桂林把他纠正过来。陈桂林边拉着手风琴，边看着大家。众人都扭过头去，没人理他。

〔淑娴有些怜爱地看着陈桂林。

〔小乐队演奏完毕。众人看着陈桂林。陈桂林从口袋里掏出一沓钱，他看着大家，一张一张地抽出钱，递到每个队员手里，众人有些迟疑地接过，一个个地转身下。

〔最终，只剩下淑娴。

〔陈桂林默默地走过去，从手上的钱中抽出几张递给淑娴，却被她挡了回来。

淑　娴　（从披着的衣服口袋里掏出一沓钱给陈桂林）我知道不够，但多少是这么点儿意思。

陈桂林　这事儿你别管。

淑　娴　不管，那我也不能在边儿上看着啊。（往陈桂林兜里揣钱）

给，揣兜吧！

陈桂林　（从兜里掏出来钱还给淑娴）拿回去，干啥呀你。

淑　娴　行了，你别跟我嘚瑟了！还有谁能给你钱啊？想不明白！（把钱又塞回陈桂林兜里）

〔陈桂林苦笑了一下。

淑　娴　下一步……你是怎么考虑的？

陈桂林　啥下一步，走一步看一步呗！

淑　娴　那小元呢？

陈桂林　小元说了，谁能给她买钢琴她就跟谁。

淑　娴　真是她妈生的。

陈桂林　一群白眼狼。

〔淑娴、陈桂林默默地立着。

〔沉默。

陈桂林　总弹那个破纸壳子还真不行，得给小元买架钢琴，要不手指头都弹得长不长了，豆浆也白喝了……

淑　娴　你看我给孩子选择的方向，书法！拿根笔找片儿纸就学了，不费钱就费点儿纸，多好。

陈桂林　我爸给我起名叫陈桂林，就是希望我能像桂林山水一样，甲天下。可我没有做到啊，所以，我必须让小元学钢琴……

淑　娴　圆梦啊？

陈桂林　小菊她把孩子整走了，我还圆什么啊？

淑　娴　先让小元在抗美的学校里偷偷地弹，这偷学往往都……（发现陈桂林异样）怎么了？

陈桂林　抗美的工作丢了！更夫做不成了！

淑　娴　为什么？

陈桂林　小元总是半夜去学校的琴室偷偷地弹，学校的女老师以为是闹鬼，半夜连厕所都不敢上，学校认为抗美是内鬼，就把他给辞了！真对不住他，刚刚找到工作，却……

淑　娴　别灰心，总归有办法的！

陈桂林　当然。

淑　娴　去我那儿吧，孩子去他奶奶家了。

陈桂林　不了，小元的毛裤还没织完呢。

淑　娴　……（快步离开）

陈桂林　（跟上）我要离了，你嫁给我吧。

淑　娴　（听到此不由一愣，有些兴奋，但表现得很矜持）我们这样不是很好吗？各取所需。（伸手拉陈桂林）

陈桂林　（一把把淑娴拽到怀里）我爹最近老往外瞎跑，白天家里没个人看他，还真不行。

淑　娴　你是娶我呀，还是想让我看着你爹别到处乱跑？

陈桂林　那叫照顾老人，尽义务。

淑　娴　那我爹妈的义务，谁尽呢？

陈桂林　我啊。

〔淑娴看着陈桂林，他们相拥在一起。

〔切光。

第四场

〔光启。

〔昏暗的灯光下。淑娴忙里忙外地端着啤酒、菜和碗筷。陈桂林闷闷地坐在小桌前，他的面前摆着几个啤酒瓶。

陈桂林　你都叫了？

淑　娴　都叫了，这儿能坐得下吗？

陈桂林　别耍贫了，你知道我说谁……（喝了一口酒）他们会来吗？

淑　娴　都是兄弟……

陈桂林　你信吗？

淑　娴　我不重要，重要的是你信不信。

陈桂林　我不知道。

淑　娴　人情纸薄。

陈桂林　我们俩呢？

淑　娴　（看着陈桂林，突然提着个啤酒瓶冲着他过来）陈桂林，你还算是个男人吗？别提了裤子就不认账，你要是无情，就休怪我无义。

陈桂林　咋的了，一个玩笑都开不起了。

淑　娴　以前开得起，现在，没门儿。

陈桂林　现在咋的了？

淑　娴　你说咋的了。（把手中的啤酒瓶重重地放在陈桂林的面前）喝死你！咋的了！

陈桂林　哟，这话听着顺耳。

淑　娴　你呀，就是一个字：贱！

陈桂林　你喜欢，那是不是更贱！

淑　娴　谁喜欢，领走！反正不是我。

陈桂林　真的？

淑　娴　（嗔怪地）烦死了！

〔陈桂林看着淑娴，把手中的啤酒瓶递给她。她很有兴趣地接过来，喝了一口。

陈桂林　（看了看表）真的到点了，咋一个都不出现？

淑　娴　就你那帮兄弟？以前在厂里开会就没一个准时的，打个电话呗！

陈桂林　不。

淑　娴　还硬挺着？

陈桂林　这搞得像鸿门宴了。

淑　娴　喏，又软了。

陈桂林　一个大娘儿们，什么硬了软了的。

淑　娴　你呀！一会儿死撑着，一会儿又装㞞了！

〔王抗美笑着上。

王抗美　怎么了，小两口打情骂俏啊？

陈桂林　骂俏，骂你呢！终于过鸭绿江了啊！

王抗美　我晚了吗？（意识到什么）不会又是我第一个吧！操，还打扰了人家小两口的好事儿！

淑　娴　（拿过一瓶啤酒，打开，递给王抗美）没你的事儿！

王抗美　没我的事儿？至少照得亮啊！

淑　娴　什么啊？

王抗美　灯泡啊。

淑　娴　少无聊。就你嘴贫。来，堵上，喝！

陈桂林　来，抗美，喝。

〔三个人碰杯。

陈桂林　不好意思，你让小元半夜去学校偷着练琴，却让你丢了饭碗。

王抗美　什么饭碗，一个更夫，这也不是一个大老爷们儿该干的事儿。再说，白天黑夜颠倒，就像你说的，离广大妇女同志们远了。

陈桂林　欢迎归队。

王抗美　就是！否则，这淑娴哪有你的份儿？

淑　娴　王抗美，你没喝，就多啦？即便你全是白天，也没有你的份儿。

陈桂林　（白了淑娴一眼）上菜了……那可是一架好琴啊！

王抗美　的确，放着教学生真是浪费了，晚上也没人弹，小元弹起来正好。

陈桂林　这阵子小元的琴艺长进不少。

淑　娴　那当然，毕竟比在你的纸钢琴上练要好得多，至少能听得见。

陈桂林　那架纸钢琴再弹下去的话，就成了气功表演了。

王抗美　他妈的，就那两个女教师虚张声势，硬说我是内鬼，利用工作之便……他奶奶的，这也叫工作。不谈了，桂林，但至少你得给小元想个法子啊。

陈桂林　法子？有啊，这商场里钢琴多了去了，没钱，咋整？

〔三人闷声喝酒。

陈桂林　前两天我带着小元去商场里看琴，小元趁着机会弹了会儿，舍不得走，营业员不让，说我们占便宜！

王抗美　就练会儿琴，占啥便宜，这世道。

〔胖头和大刘上。

大　刘　都喝上了？

陈桂林　请你还得三请四邀啊？

大　刘　（一抬手中提着的一刀猪肉）喏，淑娴，烧个菜！我那儿还带着一点儿，桂林，你带回去给小元吃。

淑　娴　噢，谢谢。（接过肉，下）

〔淑娴端菜上。

陈桂林　又让你破费了！

大　刘　哪里，反正也卖不掉！要钱没有，肉还是有的。

陈桂林　大刘，我借钱的事儿，是不是你说出去的？

大　刘　对啊！

陈桂林　你这嘴……

大　刘　我让他们都准备好钱，等着你去借嘛！省得大家临时又凑不齐！

陈桂林　谢谢你替我操心啊。

大　刘　应该做的。钱这事儿，还是提前准备的好！

胖　头　（把手里的一沓钱放在小桌上）桂林，我欠你的30元，还有几百块，算是我对小元的一片心意。只有这么多了。

陈桂林　（看着桌上的钱，突然把手中的啤酒瓶重重地砸在桌上）胖头，我跟你说明了，少来！我陈桂林是缺钱买钢琴，可这点儿钱够吗？今天我请大家来就是要说个明白，咱兄弟们一起，可别让这钱把我们的兄弟情谊给毁了。今天，你们能来，心里也都打着小九九，这我难道不知道？小元的钢琴总归是有办法的。今天晚上，我们只喝酒，不谈钱，谁要是再谈钱，我就跟谁急。胖头，把钱收回去。

胖　头　桂林……

陈桂林　我谢了，行吗？

〔胖头把钱收了回去。大家开始喝酒，气氛有些压抑。

胖　头　听说了吗？铸造厂的两根大烟囱要炸了……

淑　娴　定向爆破！让往哪儿倒就往哪儿倒！

王抗美　没事儿炸它干什么，在那儿戳着呗，又不占地方。

大　刘　那两根烟囱比我年龄还大哈！

陈桂林　可不，比你大，比我爹还大两岁呢。

淑　娴　那不好多人不是写信呼吁不让炸呢，又写联名信，又按手印干啥的，很多老工人都签字按手印了！把我妈也给忽悠去给按了一个手印！

胖　头　写信按手印，有用啊？这烟囱比楼多啊，炸就炸呗！反正闲着也是闲着！闲着不整点事儿来，蛋疼！

王抗美　就你，一天到晚跟一帮老娘儿们打打小麻将，憋得蛋疼了吧！

大　刘　胖头，那天要不是桂林去帮你还钱，给你解了围，那几个老娘儿们非得把你的蛋给扯下来不可。还蛋疼呢，你有蛋吗？

王抗美　谁提钱了？

大　刘　错了，喝酒。

陈桂林　（举起杯）来，把酒都满上，哥儿几个有日子没在一起喝酒了……我陈桂林呢，是真心的。

〔大家把啤酒倒进杯子，都端了起来。

陈桂林　都端起来，一醉方休，不醉不归。还是那句话，能喝多少酒，就能干多大事儿！咱们今儿喝完以后呢，争取咱们都干一番大事业……怎么样，胖头？……来，给大刘满上！

淑　娴　满上，大刘你必须得满上。

陈桂林　大刘，你媳妇儿不是说了，要让你解放思想，只有解放思想才能解放自己。淑娴，你今儿个把大刘给我解放了！

淑　娴　那你这事儿应该找胖头啊！

胖　头　他我可解放不了！

王抗美　胖头你尽让那帮老娘儿们给解放了。

淑　娴　大刘，来，走一个！

大　刘　干杯！

〔众人一同举杯，喝酒。

王抗美　淑娴，太闷了，唱一个吧！

淑　娴　（站起来，端着酒杯，唱俄罗斯民歌《山楂树》）

“歌声轻轻荡漾在黄昏水面上，
暮色中的工厂在远处闪着光，
列车飞快地奔驰车窗的灯火辉煌。
在山楂树下两个青年在等我，
……”

王抗美　铁轨废了，火车停了，工厂也没了，我们的山楂树在哪儿呀！

陈桂林　山楂树死了！

淑　娴　（冲着王抗美，大声地）到你了！

王抗美　好，我跟着淑娴来个般配的。（站起来，端着酒杯，深情地演唱俄罗斯民歌《小路》）

“一条小路弯弯曲曲细又长，
一直通向迷雾的远方，
我要沿着这条细长的小路，
跟着我的爱人上战场。
……”

胖　头　这也太悲伤了，来个给劲的！

陈桂林　（放下酒瓶，背起手风琴，大声地唱）

“我曾经问个不休，
你何时跟我走，
可你却总是笑我，

一无所有。

噢……”

淑　娴　桂林，咱不唱这丧气的，来首欢快的。

王抗美　对，为我们的集体下岗，就来首——《甜蜜的事业》，一、二、三，走起来！

〔陈桂林拉起手风琴，大家都站起来，端着酒杯，引吭高歌《我们的明天比蜜甜》，欢快的旋律被唱得激情澎湃。

众　人　（唱）“甜蜜的工作，

甜蜜的工作无限好哕喂！

甜蜜的歌儿，

甜蜜的歌儿飞满天哕喂！

工业农业手挽手齐向前哕喂！

我们的明天，

我们的明天比呀比蜜甜哕！

甜蜜的工作，

甜蜜的工作无限好哕喂！

甜蜜的歌儿，

甜蜜的歌儿飞满天哕喂！

树立起那革命的新风尚哕喂！

我们的明天，

我们的明天比呀比蜜甜哕！

甜蜜的工作，

甜蜜的工作无限好哕喂！

甜蜜的歌儿，

甜蜜的歌儿飞满天哕喂！

努力奋斗实现四个现代化哕喂！

我们的明天，

我们的明天比呀比蜜甜！

明天，明天，明天比蜜甜！

……”

〔歌声中，光渐亮。

〔漫天的大雪飞飞扬扬。

〔大雪中，人们快乐地唱着歌，无限的快乐当中忧伤油然而起。

〔歌声结束。

〔陈桂林用手风琴奏起《命运》的前奏。

〔光束下，舞台中央的天幕下，一架崭新的钢琴突然呈现，闪着梦幻般摄人心魄的魅力。

〔随即，钢琴曲《命运》的旋律骤然响起，在舞台空间里扬起，激荡在每个人的心里。众人长久地沉默。他们轻轻地碰着酒杯。大雪在他们心底扬起，无边的失落。

〔王抗美突然把杯中酒喝完，他显得很兴奋，众人都看着他。

王抗美　桂林，你的难处就是我们的难处。小元有弹钢琴的天赋，咱兄弟们就不能光看着不管。大刘，你的货车开来没有？

大　刘　（满是疑惑）开来了……

王抗美　好。我有个好主意。现在就可以帮小元搞到钢琴。

〔众人看着王抗美，沉默而不解。

王抗美　别都这么看着我，好不好。我没醉。我的意思是，现在外面下着大雪，学校里又没有人，他们还没找到更夫呢！那里的情况我熟，我们现在就去，把那架钢琴给借出来。

胖　头　偷钢琴。

王抗美　借。鲁迅不是说过吗，窃书不为偷，这窃钢琴当然就是借钢琴了。

胖　头　……

王抗美　等以后小元学会了，我们再还给他们呗！他们有好几架琴，又不缺这一架了。

〔众人都看着陈桂林。

陈桂林　（也看了看大家，端起酒杯）好，走一个。

〔众人喝酒，充满着豪情。

〔光急暗。

〔舞台中央天幕下的光同时亮起，那架崭新的钢琴依旧闪着梦幻般摄人心魄的魅力。

〔陈桂林、淑娴、王抗美、胖头和大刘悄悄地出现在舞台的前方，他们走起路来都有些歪歪斜斜。

王抗美　没人！

胖　头　有灯光！

淑　娴　嘘！轻点儿……

〔几个人悄悄地接近钢琴，淑娴在后面放着风，四个男人围着钢琴。陈桂林怜爱地摸着钢琴。

胖　头　这台不错。

大　刘　你懂个屁。

王抗美　就这架！这琴凳也不错，一并借了。（把琴凳放在钢琴上）桂林，寻思啥呢！快啊！

淑　娴　快点儿啊，别磨蹭了！

〔陈桂林这才缓过神，四个男人很费力地慢慢把钢琴往台口处搬。

胖　头　真够沉的啊！

大　刘　沉，才是好琴啊！

王抗美　胖头，轻点儿，当心琴！

〔钢琴被一点儿一点儿地往舞台中央移动着。

〔突然，舞台后方亮起了手电筒，随即传来几声狗叫及奔跑的脚步声。

淑　娴　有人来了，被发现了！

王抗美　抬不动了，怎么办？抬回去？

陈桂林　不行。

〔手电光远远地晃着。

大　刘　来不及了，快走！

淑　娴　快，快跑！（招呼着大家跑）

〔四个男人惊慌失措地跟着跑，陈桂林突然停了下来，回头看着那架钢琴。钢琴闪着诱人的光泽。

淑　娴　桂林，跑呀！

王抗美　走啊！

〔陈桂林像是没有听见，他看着舞台中央的钢琴，慢慢地走过去。

〔脚步声、狗叫声越来越近。

〔大家拼命招呼着陈桂林跑。

〔陈桂林走到钢琴前，抚摸着钢琴，然后，他把琴凳拿下，放好，自己端坐在钢琴前，挺直了腰背，摆好了架势，像是在对待一场盛大的演奏会。他高举起双手，轻轻地落在琴键上。

〔贝多芬钢琴曲《致爱丽丝》的旋律随即轻快地响起，一切喧闹瞬间消失，只有钢琴曲在舞台空间里恣意地精灵般地流淌着。

〔漫天的大雪从舞台中央洒落下来，落在陈桂林的身上、钢琴上。

〔陈桂林飞快地演奏，像是把他的一生都融在这支曲子里耗尽。

〔几道手电筒光在陈桂林的身上晃动着。陈桂林忘情地演奏着。

〔钢琴曲中，光渐暗。

第五场

〔光启。

〔陈桂林、淑娴、王抗美与大刘默默地坐在长椅上，他们显得有些沮丧。王抗美仰着头睡得直打呼噜。

〔一个警察上。陈桂林等人立刻都站了起来。

警　察　学校领导说不追究责任了，为了孩子，也不容易，但是你们得把钢琴给人家抬回去！

〔大伙儿相互看了看，陈桂林耷拉着脑袋。

警　察　以后，都少喝些酒。这次啊，有人保你们……（下）

〔小菊上。

〔大伙儿尴尬地看着小菊。

陈桂林　你怎么知道的？

小　菊　胖头告诉我的。

〔胖头上。

陈桂林　我一合计就他溜了！（看到胖头）你，还好意思来！

小　菊　胖头要是不告诉我，你们几个还不知道要待到什么时候呢！（看到大刘）大刘，你那么有觉悟的人……你咋也跟他干这事儿呢？

大　刘　喝了嘛……

小　菊　看看你们一群什么人啊，长那个本事了吗？盗窃，连琴都抬不动，还盗窃……

淑　娴　抬不动跑了就完了，回去弹啥琴呢，那不等着挨抓嘛！

陈桂林　行了！我自我满足一次不行啊！

淑　娴　你是满足了，凭啥让大伙儿都跟着遭罪？

〔小菊走到淑娴跟前看着她，淑娴被看得直躲。

小　菊　你老跟着这帮老爷儿们混啥呀，你看看他们哪有一个着调的，你属穆桂英的啊，怎么阵阵少不下你呢？帮人家把风，也不知道砢碜！

淑　娴　你才不知道砢碜！

小　菊　谁砢碜谁知道！

淑　娴　你再说一遍！

小　菊　就你不知道砢碜怎么的！

〔陈桂林在一旁不好说话，王抗美挺身而出。

王抗美　小菊，咋能这么说话呢?

小　菊　怎么说话啊?

王抗美　都不容易，这不都是为了孩子吗?

小　菊　少拿孩子说事儿，我交罚款，捞你们捞错了是不?一人500块钱，都给我!

陈桂林　行了，都别说了!

〔王抗美不吱声，大伙儿也退到一旁。

小　菊　早知道你们这德行，我根本就不该来捞你们!你看你找的那几个人，哪个是能成事儿的……没本事就别吹牛，还钢琴在海上呢，马上就靠岸了，没我，你们全靠墙!

陈桂林　这事儿，别跟小元说，影响我形象。

小　菊　形象?就你这形象，我都说完了!(转身，在众人的目光中款款离开)

淑　娴　(生气地盯着小菊的背影，猛地从口袋里掏出几百块，向小菊下去的方向扔砸过去)谁让你他妈的保了，几个臭钱，了不起了!呸!

〔众人看着落在地上的钱，默默地坐下。

王抗美　(走过去，把钱一张张地捡起来，转身走到淑娴面前，把钱递给她)再怎么着，也不能冲着钱呸!人家也是好意。

淑　娴　(接过钱，揣回口袋里)不需要。

王抗美　需要。别跟钱过不去，啊!

〔众人坐在长椅上，看着不远处的钢琴，像是一种对峙。

〔沉默。

〔最终，王抗美站起来，走过去，轻轻地拂去钢琴上的雪。众人都走过去。

〔众人费尽力气把钢琴往舞台纵深处搬，最终，搬到原处。

王抗美　(好奇地打开钢琴盖，观察着内部结构)我说这东西这么重，这里边有块钢板……

〔胖头和大刘也凑过去。

王抗美　怪不得这东西叫钢琴。

胖　头　铸铁翻砂，钢板就是绷这钢丝绳用的。

王抗美　这叫琴弦。

胖　头　这榉木贴面，大刘，你的手艺到得了吗？

大　刘　（看了看）只要材料到位，没问题。这本来就是手艺活儿，人工做的。

〔胖头、小刘、王抗美饶有兴趣地聊着钢琴的结构。

〔淑娴在琴键上弹了几个单音。

〔陈桂林一言不发原地看着他们。

〔淑娴随即坐下来，弹起轻快的练习曲。

〔音乐声中，暗转。

〔淑娴家的小桌旁，陈桂林拿着一本老俄文版的《钢琴制造》，但他不懂俄语，正用放大镜看着书上的图。

淑　娴　（一把把书抢过来看）都几点了，还研究！

陈桂林　别闹，都是俄文，你看得明白吗？就抢。

淑　娴　我怎么能看不明白呢？（拿着书，看了眼陈桂林，瞎念了段俄语，唱了几句俄文歌曲《芦苇沙沙响》）你想知道啥意思吗？

陈桂林　想。

淑　娴　一个女孩和男友约会，一个晚上都没回来。她妈就问她，你上哪儿去了，她就说她在花园里迷路了……

陈桂林　你净扯那没用的！可不迷路嘛！

淑　娴　我昨晚失眠了……

陈桂林　迷路了？白天抽空补一觉……

淑　娴　你傻啊！

陈桂林　怎么了？

淑　娴　你真没劲。

陈桂林　什么啊？

淑　娴　算了……过去咱厂里有个留苏的工程师，你还记得吗？

陈桂林　知道啊，汪工，老有派了，我还跟他请教过手风琴呢……

淑　娴　就是请不来！过去啊，我们这些女工就喜欢在厂门口儿看他下班，他穿衣服都跟你们不一样，他喜欢穿米色风衣，还戴了个前进帽，就那皮鞋吧老是擦得不干净，但是走起路来特别儒雅，我就喜欢这样的知识分子。听说他吧，为了一个俄罗斯女孩一辈子都没结婚，后来我每次见到他的时候，就觉得他的身上吧，有种酸酸的、看着特别让人伤心的感觉……

陈桂林　是够酸的……我听着牙都倒了。

〔淑娴继续哼着《芦苇沙沙响》。

淑　娴　哎，那倒牙的爱情都是忠贞不渝的……

陈桂林　行，那你接着倒牙吧，我回去了。

淑　娴　你干啥去呀？不是孩子都上他奶家去了。

陈桂林　那我也得回去。

淑　娴　我发现你最近怎么那么能装呢！不装你活不下去啊！

陈桂林　不是我能装，这不，最近是非常时期嘛。

淑　娴　死样儿，啥非常时期，你还不方便上了！走吧，快走吧！

陈桂林　你看你！

淑　娴　（疼爱地打了陈桂林一巴掌）快走啊！

陈桂林　（笑）你别闹了你！

淑　娴　德行！

陈桂林　我得赶紧回去了，给小元还有我爹做饭呢。

淑　娴　你那天说的话算数吗？

陈桂林　当然，头拱地我也得给小元买架钢琴。

淑　娴　我问你跟我说的话！

陈桂林　我说什么了？

淑　娴　你怎么又提上裤子就不认账了呢！

陈桂林　什么账？

淑　娴　行了，赶紧回去看你爹去吧，要不，又要跑丢了。

陈桂林　那，那天是哪天啊？说话，什么话啊？

淑　娴　滚！

〔切光。

第六场

〔光启。

〔陈桂林家里。茶几上，放着一只空空的鸟笼，陈父围着茶几焦急地来回走动着。小元站在一边看着爷爷。

陈　父　都走了，走了！都走了！

小　元　爷爷，我爸一会儿就回来了。

〔陈桂林捧着一个盒子上。

小　元　爸，爷爷又把鸟放了。

陈桂林　知道。（走到茶几前，放下盒子，从里面掏出一只鸟放进笼子里）

陈　父　不好看。

陈桂林　就这只了，漂亮点儿的鸟儿留不住，都去南方了，等春天才能回来呢。

〔陈父坐在椅子上，看着鸟，终于平静了下来。

〔陈桂林又从随身的包里拿出两袋豆浆，倒进碗里端着，向小元走过来。

小　元　（很不情愿地接过豆浆）又是豆浆。

陈桂林　喝豆浆能让手指变长。

小　元　我知道。（喝着豆浆，却从碗的上方直瞪瞪地看着陈桂林）

陈桂林　你又怎么了？

小　元　我有话跟你说……

陈桂林　说吧！

小　元　昨天，我妈来看我了。

陈桂林　我知道。

小　元　她也去看你了吧。

陈桂林　是的。

〔沉默。

小　元　我妈又给我买了很多东西。

陈桂林　我看见了。

小　元　你是怎么想的？

陈桂林　什么怎么想的？（站起来，生气地）我告诉你我是怎么想的，我告诉你我是怎么想的，我告诉你，啊！你妈好你就找你妈去！你不是喜欢她给你买东西吗，去啊，现在就去！找你妈去，你少在这里气我。（收拾小元的东西，装到新书包里）

〔小元委屈地站在一旁，眼泪在眼眶里含着。

陈桂林　（把书包往外一扔，把外套塞到小元手里，气急败坏地把小元推下）去吧，去找你妈去吧！

〔陈桂林生气地来回走动着。他一眼看见面前的那架纸钢琴，走上前看着它，突然，他把它上面的书推倒，把纸钢琴撕得粉碎。

〔陈父被发怒的陈桂林吓得呆立在茶几旁，万分地惊恐。

陈桂林　（从桌上端起豆浆，走过去安抚父亲）爹，这……这，我们不要了，我要给小元做架真的钢琴。来，喝豆浆。

陈　父　我不喝。

陈桂林　好，那我们等会儿再喝。

陈　父　（看着儿子，伸出右手，张开五指，又伸出左手，张开两指）八个！

陈桂林　七……爸，我知道，是八个。今天走了八个。爸，还是喝点儿豆浆吧！（扶着父亲喝豆浆）

〔小元复上，她看到父亲撕的纸钢琴，委屈的眼泪终于流了出来。

〔小元静静地站着，陈桂林走过去，蹲下来，看着女儿，把她手中的外套拿下来。

〔小元默默地走过去，从地上把书包捡起来，坐在桌边，边哭着边从书包里拿出崭新的文具盒、作业本。

〔陈桂林愣愣地看着小元做这一切。

〔汪工上。陈桂林急忙站起来。

汪　工　这是怎么了？

陈桂林　你是……

汪　工　你是陈桂林吧。

陈桂林　（恍惚了，但一下认出眼前这个人就是汪工）哎呀，你看我这啥眼神，差点儿没认出来……汪工！请进，请坐。不好意思，孩子不懂事儿，被我说了几句，正闹着呢！（冲着小元）来，小元，叫汪伯伯。

小　元　（哭着）汪伯伯！

汪　工　乖，不哭，啊！

陈桂林　汪工，不好意思，你看这里乱的。我让她去里屋学去。

〔小元点着头，陈桂林急忙搀着小元下去。

〔汪工四下里看着，注意到地上的纸钢琴，拿起来看着。一直坐在沙发里的陈父突然说话了，汪工被吓了一跳。

陈　父　（一伸手）八个。

汪　工　大爷？

陈　父　（点点头）八个。

汪　工　七个，不是八个。

陈　父　（看着自己的手）八个。

〔汪工觉得纳闷儿。陈桂林上。

陈桂林　汪工，不好意思，我父亲，他患了老年痴呆，不认识人的！

汪　工　（叹了一口气，同情地）唉，人哪！大爷身体还挺好的？

陈桂林　还行吧！

汪　工　以前大爷可是咱们厂最有技术的出钢工人啊。那五块钱……

陈桂林　是的，都说他长得像那个五块钱上的钢铁工人。

汪　工　对。唉，人哪！

陈桂林　（冲着父亲大声地）爹，是八个，对，八个。

〔陈父点点头，又转身看鸟笼子，安静下来。

陈桂林　汪工，我正寻思着要去找您呢，您就来了。

汪　工　淑娴跟我说，你有事儿找我，我现在正好没事儿，就过来了。

陈桂林　哎哟哟，真不敢当，应该是我去找您的。

汪　工　一样。退了就一直没空儿找你，还想向你讨教讨教手风琴呢。

陈桂林　（给汪工倒水）跟您比，我是外行，瞎玩儿。

汪　工　好久不拉了，都快忘了。

陈桂林　等哪天我把琴背上，咱整个手风琴二重奏。

汪　工　好啊。

陈桂林　退了没研究点儿啥？

汪　工　这不帮着研究铸造厂那两根烟囱的事儿嘛！

陈桂林　就炸烟囱那事儿，就我爹那样的还跟着签名了呢！

汪　工　一旦炸倒了，情感上受不了……

陈桂林　烟囱有啥情感，赶紧炸了，腾地方！

汪　工　有些事儿不好说啊。

陈桂林　联名写信有用吗？不可能听你们这几个老职工的。要想那两根烟囱不被炸，就得让他们觉得这两根烟囱不是两根烟囱，这是两根金条，对不对？

汪　工　怎么说？

陈桂林　您比如说啊，汪工，您把俩烟囱改俩导弹戳在那儿，或者您改成两个长征一号火箭放在那儿，哪怕是弄成抽象的两根筷子呢，那也是一道亮丽的风景啊。它有价值，就不能被炸！

汪　工　价值？你别说，你这个主意真不错，我研究研究……（突然想起什么）你看，你找我啥事儿，咱把正事儿给忘了！

陈桂林　实不相瞒，我有个事儿求您……

汪　工　什么求不求啊，你说吧。

陈桂林　我想做一架钢琴……

汪　工　做什么？

陈桂林　做钢琴。

汪　工　做钢琴？噢……是模型啊。

陈桂林　啊，不不不，不是模型，是做一架真的钢琴……小菊回来了，跟我离婚，这不我俩都想要孩子，孩子就说了，我和她妈谁能给她钢琴她就跟谁。事儿到这儿了，我就想到您，您画一辈子图纸，技术啊……

汪　工　为什么要离婚啊？不离婚孩子不就在你们身边了嘛！要不要我去劝劝小菊……

陈桂林　（一愣）离婚……离婚已经是板上钉钉、雷打不动的事儿了，现在是钢琴的问题……

汪　工　哦……（指了指地上的纸钢琴）这是你画的？

陈桂林　是的，我想让孩子在这上面练。

汪　工　在这上面练琴？

陈桂林　是的。也没办法，孩子有这个天赋，我不想放弃，所以……

汪　工　（摇着头）难以想象。

〔陈桂林拿出《钢琴制造》一书，汪工接过，看书的名字。

陈桂林　喏，这是我从厂里图书馆拿的一本书。

汪　工　（说俄语）《钢琴制造》。（看看陈桂林，又看看书，然后翻开书读，说俄语）"钢琴，简称 piano，是一种键盘乐器，用键拉动琴槌以敲打琴弦。它发源于欧洲，17 世纪末，意大利人克里斯多佛利发明的一种类似现代钢琴的键盘式乐器，至今已有三百多年的历史……"

陈桂林　（虽不懂但认真地听着）您是不是觉得我在做白日梦？

汪　工　书上说是可以做得出的。不过，这绝对不是一件简单的事情。

陈桂林　我真怕做不出来啊……

汪　工　这不用担心，工人不懂得钢琴，但他们能看懂图纸！

〔陈桂林愣愣地看着汪工。

汪　工　没有敢想敢干敢拼的精神那哪是我们干的事儿。钢琴是什么啊，不就是一个能发声的机器嘛，做不出来我跳烟囱！

陈桂林　真的？

汪　工　跳烟囱。桂林，其实真没什么能难倒我们工人的，你看看，这偌大的钢厂就竖在那里，没有做不成的。这钢琴要是做不成，我就跳烟囱。

陈桂林　好，那我……我跳高炉！

汪　工　想当年在厂里，这样的技术难关经常会有，可我们总能克服，没问题的。只是这做钢琴可不能只有我们两个人，要有人画图，有钳工，有木工，有车床，还要烧煅……

陈桂林　我有以前工厂里的一帮兄弟，应该没有问题。

汪　工　再就是原料，钢材与木料。

陈桂林　这我就去找季哥。

汪　工　季哥？就是把工厂盘下来当废铁卖的家伙？

陈桂林　是。

汪　工　（沉思着）好吧！那这书我这就带回去研究研究，尽早绘出图来。你负责找人和做的地方。

陈桂林　就在以前的车间。反正那里也没人用，空着也是空着。

汪　工　好。感觉又要回去上班，浑身是劲。

陈桂林　说不定我们以后还真的可以生产钢琴，让工厂起死回生呢！

汪　工　我真的好像又看到烟囱冒烟了。我们一定成。（准备离开，看到陈父，走过去道别）大爷，我走了。

陈　父　（抬起头，茫然地看着汪工，伸出手）八个。

汪　工　（点点头）是的，八个。

〔陈父开心地转过身，又盯着小鸟看。

汪　工　什么意思？

陈桂林　父亲每天都会去山林那边，看殡葬场的烟囱，冒一阵烟，他就画一笔，每天烧几个人，他就记住了。昨天，烧了八个，冒过八次烟……以前，我妈走的时候，父亲就在山林那边看过，也许他的印象太深了，所以……对不起。

〔汪工看着陈桂林。沉默。

汪　工　唉，这人哪！（转身对陈父）大爷，再见！（下）

〔陈桂林走过去，给父亲捋了捋头发。

〔鸟鸣声。

〔切光。

第七场

〔光启。

〔舞台的左边，破旧厂房里的一切都显得斑驳不堪。季哥躺在一张破旧的有些粗俗的躺椅上，戴着墨镜，油头粉面，身着一套白西装，正装模作样意气风发地打着手机。

〔陈桂林上，悄悄地立在一边。

季　哥　怎么回事儿啊？哟，打起来了……死人了没……没你急啥？谁先动的手？……同时，你们倒挺一致的啊！慢慢说……就为一块废铁，值吗？废铁才多少钱一斤，人要打废了挖再多铁有啥用啊？你们有事儿没……迷糊？那就好，把那块废铁给他们……慢着，但医药费得他们出……怎么了……同意了？那还愣着干啥呀，赶快上医院缝针啊！（挂上电话）靠，这点儿破事儿！（用手捻着烟卷）

陈桂林　季哥！

季　哥　哟，桂林啊，好久不见！

陈桂林　出了什么事儿啊？季哥！

季　哥　没啥，我的工人在咱们的地盘上出了块铁，但有一半在分界线那边，但是是咱们先发现的，就给吊出来了，对方不干，完就打起来了……这帮子人，完全小农意识，动不动就打起来。打能解决问题啊？现在国家要的是什么，稳定！（手里一直捻着烟卷，抬起头看着陈桂林）

陈桂林　听说你在这儿，过来看看。咋样，挺好的？

季　哥　还行。你小乐队咋样啊？

陈桂林　还凑合，也就那么回事儿吧。

季　哥　淑娴咋样？

陈桂林　……

〔沉默。

陈桂林　季哥，这是咋回事儿？

季　哥　钢铁厂给卖了，你不知道咋的？

陈桂林　不知道啊，搞开发啊？

季　哥　那谁知道啊！当年咱炼的那些废钢废铁不都就地给掩埋了吗？

陈桂林　对啊！

季　哥　现在分块承包给个人了，我干的事儿就是掘地三尺找废铁，把找出来的废铁卖给收购站，要不就卖给小型钢厂。好多人干这个都发家致富了，连周边卖盒饭的都跟着发了。

陈桂林　季哥，我也可以卖盒饭啊。

季　哥　净扯，那是老爷儿们干的事儿吗？砢碜。

〔沉默。少许的尴尬。

季　哥　对了，你找我，到底有啥事儿？

陈桂林　是这样，季哥，我媳妇要和我离婚，要把孩子整走，我要是给孩子做一架钢琴呢，就能把她留在我身边，不走了……

季　哥　（摘下眼镜，打量着陈桂林）做钢琴你找我干啥呀，我又不会做钢琴……小菊？

陈桂林　是的。季哥见笑了！

季　哥　笑？咋笑得出来！

陈桂林　那，季哥，是这样！

季　哥　有什么需要我做的，你说话呗。

陈桂林　我呢想借助你这块宝地，浇注一块钢板。

季　哥　那行，我这儿啥都有，你就过来整吧。

陈桂林　谢季哥。

季　哥　都是兄弟，谢啥！你，人都找齐了？

陈桂林　凑合着吧！有汪工制图，你季哥给材料与地方，就差不多了。

季　哥　有一个人是关键。

陈桂林　谁？

季　哥　快手。

陈桂林　快手？

季　哥　快手回来了，在从德街配钥匙呢。

陈桂林　他能行吗？

季　哥　他能把财务科保险柜钥匙配出来，车俩钢琴钉不是分分钟的事儿嘛！

陈桂林　是啊，时间过得太快了，他走的时候厂子还没黄呢。

季　哥　留不住人才啊，厂子迟早要黄的。

陈桂林　那小子脾气太暴，说打就打，手太黑，五六个啤酒瓶子都摅人脑袋上了，还找瓶子呢……

季　哥　打的就是我。

〔陈桂林听了很尴尬。

季　哥　其实我一直很感谢他以前给我那几啤酒瓶，否则，我也不会这么清醒。

陈桂林　他肯吗？

季　哥　试试呗！

陈桂林　谢季哥。

季　哥　又谢，谁让我们以前是一个厂里的兄弟呢！现在这时期，谁都需要拉一把。

〔打在季哥身上的光暗。陈桂林转身，走在舞台中央的铁轨上。远处，几根高大的烟囱黑黪黪地立着。

〔陈桂林感觉有些冷，他收紧身体，蜷缩在衣服里。几片雪花飘过。

〔舞台的右边，一张小桌边，台灯下，快手正用力地锉着钥匙。一块写着“配钥匙”的牌子放在桌子的前面。

〔快手正在配钥匙，技术娴熟。

〔陈桂林走过去，快手抬头看看他，又专心修配自己的钥匙。

陈桂林　回来了，怎么没个动静？

快　手　都忙嘛。

陈桂林　这地方不错啊，挺好的。

快　手　自给自足吧。

陈桂林　你说，这玩意儿，真的是一把钥匙开一把锁啊？

快　手　（微微一笑）别绕了，说事儿吧。

陈桂林　（笑）我还真有个事儿想让你给帮个忙。（掏出香烟）

快　手　犯法不？

陈桂林　不犯法。那犯法的事儿谁能干啊！

快　手　我是靠手艺吃饭的，钱咋算啊？

陈桂林　现在都讲按劳取酬了……你这一天能配多少把钥匙啊？30把？

快　手　也就那样吧。

陈桂林　这一把钥匙算一块钱，30把就30块钱，是吧……打个八折，三八二十四，咱们咋也是熟人，都是一个工厂的，哥儿们也不能让你亏了，四舍五入一下……20块，一天20咋样？

快　手　（看了眼陈桂林）一天25，能行我就过去！

陈桂林　（思考片刻）25，25就25，那咋就不行了呢，对吧！不过，有个条件，你得答应我！

快　手　说。

陈桂林　这事儿你谁都不能跟谁说！保密。

〔陈桂林给快手递了根烟，快手接住。陈桂林给他把烟点上。

〔照着快手的光渐暗。

〔陈桂林抽着烟，默默地走在铁轨上，记忆中，仿佛有列火车驶过来，声音越来越大，像是从陈桂林的身上碾了过去。

〔铁轨的尽头，陈父坐在地上，看着远方，他不时地用树枝在地上画着“正”字，画完一个“正”字，又画上一横。

〔陈桂林陪着父亲坐着，抽着烟。

陈　父　（一伸手，张开五指）七个！

陈桂林　（点点头）是的，七个！爹！

〔陈父又安静下来，愣愣地看着远方。

陈桂林　（又像对着父亲，又像是自言自语地）我要给小元做一架钢琴，图纸是汪工帮着画的，地方是季哥提供的，人聚齐了就开始做了。胖头车钳铣非常精通，大刘是木型大拿，还有车，到时候我让淑娴过来帮着做个饭……我虽不会啥，但也算样样通吧……爹，我也就这点儿能耐了，算是最后一搏吧，如果留不住小元你不要怪我……

〔陈父不懂陈桂林的想法，陈桂林如对空交流。

〔陈桂林站起来，看着父亲，默默地转身，从铁轨的远处向舞台口走过来。打在陈父身上的光渐暗。

〔胖头急急地走过。

陈桂林　（转身，看见胖头）胖头，站住。

〔胖头撒腿就跑。陈桂林追起来。俩人满台地跑，直到都累得站着喘气。

陈桂林　胖头，你想累死我啊！

胖　头　是你在追我。

陈桂林　我只是想跟你说句话。

胖　头　咱俩没啥好说的。

陈桂林　我就说。

胖　头　说吧！借钱、偷钢琴就不要提了。

陈桂林　谁要借你的钱！再说你也没有。

胖　头　好，你咋不早说？

陈桂林　你不是不让说吗？

胖　头　说。

陈桂林　你，有什么为难的事儿说说，或许我能帮上忙呢？

胖　头　得，咱别说谁帮谁的话，听着都有压力，自己把自己管好就不错了。我觉得我活得正好，打打麻将，骗点儿小钱儿，够过；跳跳舞骗骗色，舒筋活血预防老年痴呆，省得到老了没人管！

陈桂林　你这想法太消极了，人还是得有责任感。

胖　头　你有你就去扛，我扛不起。

〔沉默。

陈桂林　大伙儿聚在一起干件事儿，缺你可惜了……

胖　头　从厂子出来那天起，我就没打算再回去。

〔陈桂林脸上流露出无奈。

〔胖头突然转身，没命地跑下。

〔陈桂林抬头看着胖头跑下的方向，有些气馁，喘着气，咳嗽着。终于，他直起腰，慢慢地走到淑娴家的小桌子面前，坐下抽烟。桌子上摆了很多副碗筷。

淑　娴　别等了，咱们吃吧。

陈桂林　好，可能他们都有事儿。

淑　娴　自从偷琴之后，已经没朋友再相信你了。

陈桂林　钱，钱借不着，偷琴又抬不动，找朋友做个钢琴，信誉还给整没了……

淑　娴　（打开一瓶酒给陈桂林倒上）活该，这是你自找的！造钢琴，那得是多大的一番事业啊！那钢铁厂与钢琴厂看着是只差一个字，那差老鼻子去了，你不知道吗？你以为就你有孩子呢！啊，你记住了，这事儿你有多难，那些人就得有多难！这没啥指望又没啥好处的事儿，你叫谁？谁能老跟你瞎折腾啊？看不明白呢！也就是我吧，二了吧唧的，你干啥我跟你干啥！

陈桂林　你二吗？

淑　娴　就你看我不二呗！（端起酒杯）整一个呗！

〔陈桂林不语，一仰脖，喝干了杯中酒。

〔王抗美来了，站在一旁看着。

淑　娴　你这一来，他还算有点儿面子……

陈桂林　（瞄了一眼王抗美）我没叫你，你来这儿干啥啊！

淑　娴　你没叫他啊！

王抗美　（笑着坐下）你看，这孩子学琴你找我吧，偷琴你还找我吧，现在造钢琴这么有激情的事儿，我不来那能行吗？

陈桂林　来的都是不要好处的，都不要钱的。

淑　娴　可能还垫钱呢！

陈桂林　而且都是最优秀的，你知道吗！

王抗美　啥最优秀的，在哪儿呢？我咋一个都没看着呢。

淑　娴　啥眼神儿，你这！

王抗美　是啊，我跟你说，当年我那是不愿意干！是吧，我当年要干，现在啥不是我的！

陈桂林　那行，那你就干力工吧，欢迎加入。淑娴，你给他拿个杯子！

王抗美　小瞧人，是吧！我学徒那会儿是油工，正经八百的油工，我嫌那玩意儿对身体有伤害，我不愿意干！

陈桂林　行了，坐下吃吧。

王抗美　哎，淑娴，到时候你干啥啊？

淑　娴　（看了眼王抗美）你干啥我干啥呗！行不？

〔大刘上，手里又提着一刀猪肉。

陈桂林　你咋还敢来呢？胖头呢？

大　刘　谁还敢吃你饭啊！

陈桂林　（沉默片刻）我不是跟你开玩笑啊，这次做琴是个很大的工程，图纸是汪工参考俄国文献画的，季哥无偿提供场地和材料，对不对？淑娴，她已经完全放弃了她的歌唱事业。你说就王抗美那样的吧，他也要主动请缨，要求做饭，为的是什么，就为了能让我们家小元有一架钢琴，能一辈子不离开我。他们这样做让我很感动，你知道吗？我非常感动，你以为没有你们这几块料，我就弄不成这事儿，是不！

大　刘　看你说的。

淑　娴　大刘不是来了吗？

大　刘　就是，你看你还生气了！

陈桂林　我当然生气了，那谁让我们是朋友呢！

大　刘　那……

陈桂林　那啥啊！噢，你还很为难，是吧！

大　刘　那……

陈桂林　那你把胖头叫来，让他明天报到。

大　刘　啊，我能叫动胖头吗？上次他溜得叫一个快！我进过派出所，现在满世界的人都知道这事儿了，让你整得连公园都不敢去了！你又不是不知道我这个人，上一辈子班了，都没迟到过，却被你们给整局子里去了……

陈桂林　去啥公园啊，我们这回去的是工厂。胖头总装得像有修养的人，跟他说话要有品位！啥叫有品位的啊？

大　刘　不知道啊！

陈桂林　忽悠他！

大　刘　那我知道，我尽量！

陈桂林　对了，你这辆车被征用了。

大　刘　你、你惦记着我的车干啥玩意儿？

陈桂林　你有产业啊……

大　刘　你不是也有车的吗？

陈桂林　当然，我的那辆破助动车也能派上用场。

大　刘　你是不也忽悠我呢？

〔众人笑。陈桂林笑着给大刘倒了杯酒。

〔汪工上。

汪　工　都喝上了啊！

淑　娴　来，汪工。

汪　工　有酒无歌可不行，要对酒当歌啊！

王抗美　对，唱一个。

淑　娴　就是，总给别人唱，咋不给咱自己一曲呢？

陈桂林　那，小乐队奏起来。

〔众人各持乐器，演奏起来。陈桂林开始唱歌，是电影《怀念战友》的歌曲，大刘、王抗美也跟着唱了起来。

陈桂林
大　刘　（唱）“天山脚下是我可爱的故乡，
王抗美　当我离开它的时候，
就像那哈密瓜断了瓜秧。
白杨树下住着我心上的姑娘，
当我和她分别后，
就像那都达尔闲挂在墙上。
瓜秧断了哈密瓜依然香甜，
琴师回来都达尔还会再响。
当我永别了战友的时候，
好像那雪崩飞滚万丈。
啊亲爱的战友，
我再不能看到你雄伟的身影和和蔼的脸庞。
啊亲爱的战友，
你也再不能听我弹琴听我歌唱。
天山脚下是我可爱的故乡，
当我离开它的时候，
就像那哈密瓜断了瓜秧。

白杨树下住着我心上的姑娘，
当我和她分别后，
就像那都达尔闲挂在墙上。
瓜秧断了哈密瓜依然香甜，
琴师回来都达尔还会再响。
当我永别了战友的时候，
好像那雪崩飞滚万丈。
啊亲爱的战友，
我再不能看到你雄伟的身影和和蔼的脸庞。
啊亲爱的战友，
你也再不能听我弹琴听我歌唱。
……”

〔淑娴在陈桂林旁边伴舞，跳着不伦不类的新疆舞蹈。

〔季哥从远处的铁轨上走过来，陈桂林招呼他一起加入演唱。

〔快手从远处的铁轨上走过来，他有些犹豫，最终也加入到演唱中来。

〔工友们跳着唱着喝着，兴奋中带着伤感。

〔一曲唱毕，众人举杯。突然，胖头出现在铁轨上，他的头上和手上都缠着绷带，看着大家。大家都停下来看着他。

陈桂林　胖头……几天不见咋换这造型了呢？是不是打麻将偷牌让人把手给干折了啊！

淑　娴　真的假的啊！

胖　头　我现在加入还来得及吗？

王抗美　来不及了！都残疾了你咋能干活呢！

陈桂林　你这舞也跳不了，这麻将也打不了，你说你伤成这样能干啥啊……

胖　头　我胳膊废了人没废啊，我能当场外指导啊。

众　人　你指导谁呀！

陈桂林　你这不是来疗养的吧，你？

胖　头　大伙儿都来了，那我也不能干看着啊，对不对！

淑　娴　来，对，坐下吧！快！欢迎加入啊！

胖　头　（往大刘那里蹭）起来，让一让！

大　刘　别闹了，别闹了！

汪　工　行，行，别闹！人聚齐了好，人多力量大。桂林啊，其他的也没什么可讲的了，咱们就冲图纸说话吧……

陈桂林　以后有什么不明白的咱就问汪工，啊……

胖　头　（从口袋里掏出一挂鞭炮和一捆二踢脚）咱们把这个放了，整点儿动静吧……好不好！

众　人　好！

〔小乐队欢快地演奏起来。众人跳着唱着喝着。

〔鞭炮声四起。

〔表演区光渐暗。歌声与鞭炮声一下子弱了许多，有些空灵，像是飘在过去的记忆中。

〔打在铁轨上的光越来越强。几片雪花无声飘落。铁轨的尽头，陈父仰着头看着远方，高大的烟囱上又飘出几缕青烟。

陈　父　（低头在地上用树枝画着，喃喃地）八个……

〔切光。

第八场

〔光启。

〔大伙儿围坐在一起，陈桂林给大家发放着图纸。

〔王抗美与淑娴小声地嘀咕着。

陈桂林　别说了，啧，别说了！请汪工说话！

汪　工　（站在中间）钢琴呢，起源于法兰西路易十四时代，是能发出优美声音的乐器，是乐器之王。钢琴有八千多个零件，由几部分组成，琴弦、钢板、琴箱、共鸣板，还有琴键联动装置……

大　刘　（看着图纸）我的妈呀，这大方子、小方子，还有胶合板，这可需要老多木头了……

陈桂林　你先听着，完事儿我给你找去啊……

王抗美　我和淑娴咋不发图纸呢？

陈桂林　你俩做饭要啥图纸！起啥哄啊！

大　刘　（把饭盒递给王抗美）抗美，饭盒在哪儿热啊？

王抗美　咱自己起火，你带饭盒干啥呀？

淑　娴　（接过饭盒）你媳妇给你整啥好吃的了？

大　刘　烧茄子……

陈桂林　怎么，怎么的，没完了是不！淑娴，你把那给我收起来！

〔淑娴白了陈桂林一眼。王抗美看在眼里，笑着。

汪　工　都听明白了吗？

王抗美　听明白了。

淑　娴　（扑哧一声笑出来）你听了吗？

王抗美　烧饭又不需要汪工画图纸的了。

陈桂林　（瞪了淑娴一眼）那就开工吧，仰仗大伙儿了。谢谢。

〔众人散去。光暗。只留着一束光照着陈桂林。

〔陈桂林从地上捡了几根破木条。

〔又一束追光起。木工案子前，大刘在吱吱地锯着木材，又在木板上用铅笔放着线。

陈桂林　（走过来）那么大的工厂，现在空空荡荡的了，屋子都拆了，你看现在啥都缺，就这木条不缺。

大　刘　（看了一眼陈桂林手中的木条，抽出一根）都烂了，烧火还可以，做琴槌肯定不行。汪工说这琴槌得是云杉木做的，这桦木太软，不行的。

陈桂林　那先将就着吧，我再找。

大　刘　不可以。桂林，你可别把我们以前在工厂里的习惯又整回来了，凡事儿都将就，你看，这厂就给我们将就没了。

陈桂林　哟，真没看出啊，上纲上线了。可大刘我告诉你，这工厂没了，是时代造成的、历史造成的，跟咱还真没关系。

大　刘　好吧，我就在这废堆里捡捡看吧。

陈桂林　你看，这是啥态度！别磨蹭，得加快生产啊！

大　刘　急啥，再怎么也不能降低质量啊！（把没用的木材扔到一旁）

陈桂林　（随手捡起一根木料看了看）这都不要了？

大　刘　杂木、松木、云杉留下，没用的烧火！抗美，这些烂木头你就和淑娴烧饭用吧。

陈桂林　可惜了！

〔另一束光下，淑娴正择着菜与王抗美有说有笑。陈桂林拿着几根木料走过去，远远地看着他们。

王抗美　我再给你讲一个……

〔淑娴大笑着。

王抗美　你别光顾着乐，听不听啊？

淑　娴　我听！

王抗美　说吧，有家人啊喜得贵子，这孩子呢生下来就会说话，这孩子就叫："姥爷。"他姥爷一听见，啊了一声就死了。

淑　娴　为啥呢？

王抗美　你听啊！然后，这孩子又叫："姥姥。"孩子的姥姥一听见，啊了一声也死了。这孩子又叫："爸爸！"他爸……

淑　娴　他爸啊了一声就死了！

王抗美　哪能啊，隔壁老王，啊了一声就死了……

淑　娴　（一愣，随即开心地大笑起来，嗔怪地打了王抗美一下）这啥玩意儿，你讲的！

王抗美　（笑着，美滋滋地从锅里夹起一块肉冲着淑娴）尝尝……

〔淑娴凑过去，王抗美直接把肉送到她嘴里。

王抗美　味儿还行吗？

淑　娴　不错。

王抗美　我就是不爱干，其实，我是正经过日子的人！

淑　娴　看得出来。

王抗美　是吗？

〔王抗美看着淑娴，淑娴有些意外地看着他。

〔陈桂林走过去，把手中的烂木条扔到地上。

王抗美　桂林，又给我们找柴火啦？

陈桂林　今天吃啥？

淑　娴　萝卜烧肉。

陈桂林　我得跟大刘说说，可不能天天给我们带吃的。

〔汪工一个人蹲在一堆破旧零件里踅摸着，翻腾着，不时从里面捡起一些小部件，装到袋子里。

〔一束光下，快手的破旧工作台前，摆放着各种螺丝杆及小金属物件。快手用游标卡尺量着螺丝杆，用锉刀锉一些小的零件，技术娴熟。

〔又一束光下，胖头在一个自行车轮子上卸钢丝条。

〔汪工把捡到的铁零件分类交给了胖头和快手。

〔陈桂林提着水壶走过去。

汪　工　弦轴按照规格做176个，胖头这50个你来，剩下的归快手……

胖　头　咋的，咋就分这几个呢？别看我一个手干活，不比他差啥。

陈桂林　俩人儿摽上了，有时间喝水没？（给胖头把水杯倒满）

汪　工　也不知道差哪个小环节，不联动啊，严格按照书上来的啊。

陈桂林　这是连着琴键的，不动琴槌就碰不着弦，就不出声……

汪　工　现在最大的问题是琴键，我们得找一个来，研究一下那个具体的工艺。

陈桂林　我们去学校看看？

汪　工　得拆一个下来，研究完再给送回去。

陈桂林　哟，这人家肯定不让，现在不但换了更夫，连锁也换了。

胖　头　那没问题，快手来吧，你能打开财务科保险柜的锁头，这算啥呀。

〔快手回头看了看胖头没言语。

胖　头　（没深没浅地）撬门压锁这是门儿手艺，不是谁都会的，表演一下见识见识也好……

快　手　（一把抓住了胖头的脖领子）不许再提这事儿！

〔陈桂林立刻把两人分开。

〔又一束光下，季哥正在用尺量着一段钢铁。

陈桂林　季哥，工地那边没人看着行吗？

季　哥　遥控呗，要不咋整！

陈桂林　谢谢季哥啊。

季　哥　你要是再说谢，我就不来了。

〔几束光下，众人各自干着手中的活。一派热闹的工作场景。

〔陈桂林提着水壶走到舞台的尽头，他放下水壶，看着大家，用两根木条敲着案台，唱起《新长征路上的摇滚》。众人跟着他唱，边唱边敲击着。

〔这是一个热闹的劳动场面，每个人都奋发图强，激情万丈。

众　人　（唱）“听说过，没见过，两万五千里。

有的说，没的做，怎知不容易。

埋着头，向前走，寻找我自己，

走过来，走过去，没有根据地。

想什么，做什么，是步枪和小米，

道理多，总是说，是大炮轰炸机。

汗也流，泪也落，心中不服气，

藏一藏，躲一躲，心说别着急。

噢，噢，一二三四五六七！

问问天，问问地，还有多少里？

求求风，求求雨，快离我远去。

山也多，水也多，分不清东西，

人也多，嘴也多，讲不清道理。

怎样说，怎样做，才真正是自己，
怎样歌，怎样唱，这心中才得意。
一边走，一边想，雪山和草地，
一边走，一边唱，领袖毛主席。
噢，噢，一二三四五六七！
……”

〔这是快乐的舞蹈，开心的抒发，一种男人的自在与自信。歌曲在最为高潮的时候结束。光急暗。

〔只剩下陈桂林依旧在舞台的最尽头，淑娴站立在舞台的前沿。

〔大喇叭正在放着商品促销的广告。

〔淑娴看着前方，酝酿着感情，陈桂林背起手风琴，开始演奏。小乐队也跟着演奏起来，是歌曲《滚滚红尘》的前奏。

淑　娴　（无比深情、非常做作地朗诵）来易来，去难去，这里的价格很公道。分易分，聚难聚，这里的商品真是好！走过，没关系！路过，没关系！看一看，更没关系！可是千万不要错过啊，一失足成千古恨！下面，我给大家带来歌曲《滚滚红尘》。（开始演唱《滚滚红尘》）

“起初不经意的你，
和少年不经事的我，
红尘中的情缘，
只因那生命匆匆不语的胶着。
想是人世间的错，
或前世流传的因果，
终生的所有，
也不惜换取刹那阴阳的交流。
来易来去难去，
数十载的人世游；
分易分聚难聚，

爱与恨的千古愁。
……”
〔光渐暗。
〔陈桂林拉着手风琴，走到淑娴身边停了下来，淑娴也停止了演唱。
陈桂林　小菊那边已经正式起诉我了。
淑　娴　是吗？
陈桂林　你怎么想的？
淑　娴　我想不想有用吗？
陈桂林　我知道事情弄到这个程度，谁心里都不好受。
淑　娴　你还知道难受啊。
陈桂林　时间不多了，必须在开庭之前把钢琴造出来。
淑　娴　琴造出来又怎么样？你就敢说小元不跟她妈走吗？
陈桂林　你什么意思？
淑　娴　我觉得小元跟着她妈会幸福的，比跟着你强。
陈桂林　我明白了，你怕我留住小元将来给你添累赘。
淑　娴　（愣了）原来你是这么想我的。
陈桂林　你们都一样，太现实！
淑　娴　对，我他妈是现实——放着工作不干，耽误着工夫陪你在破工厂里做钢琴，我现实？我他妈现实——我什么事儿不能干，非得跟着你陈桂林出来卖唱？陈桂林，我把话放这儿，就是你钢琴造出来，小元你也留不住！（转身离开）
〔陈桂林一个人孤独地立在台口。
〔汪工上。
汪　工　桂林，我觉得这钢琴是做不出来了，木头的工艺与结构我们达不到，而且连木料也找不到！
〔陈桂林听着，感到吃惊、绝望。他慢慢地转过头，看着汪工。
〔切光。

第九场

〔光启。

〔几块钢板放在舞台中央，众人围着，独缺少淑娴。

陈桂林　（指着钢板）既然这木结构的钢琴工艺达不到，材料也没有，那改钢结构，我看也不是不可以，啊。

大　刘　结实。

胖　头　容易上锈！

王抗美　那木头可不能浪费，正好烧火做饭。

陈桂林　对，毕竟我们对钢铁比对木头更熟悉。这样啊，咱们决定改成钢骨架结构，同意的举手表个态，好不好？（把手举起来）

王抗美　走这形式干啥呀……做什么样的就什么样的呗，我们不管它是钢的还是纸糊的，你自己能说得过去就行！

陈桂林　那你技术得过关啊！

王抗美　你问汪工呀！

陈桂林　汪工啊，你觉咋样？

汪　工　我还是那句话，没有敢想敢干敢拼的精神那不是我们工人干的事儿。

陈桂林　没错。（用勺子敲着桌子）钢琴是个什么东西啊，不就是一个发声的机器嘛，我们有困难要上，没困难，我们创造困难也要上！我就不信了，要是我们不能把那钢琴给整出来，我就跳烟囱！有人跟我跳吗？

〔大伙儿都不言语，自顾自地吃着饭。陈桂林看着大家，有些无趣。

季　哥　方钢、螺纹、冷轧板都是现成的，随便用吧。

大　刘　电焊圈里头我有的是人……

胖　头　拆电机拉钢丝我是能手。

陈桂林　那就决定了！

〔淑娴上。她一改往日的装束，显得分外的光彩。

〔大伙儿看着淑娴。

陈桂林　（快步迎上前去）你咋才来呢？

淑　娴　是啊！

陈桂林　是啊？

淑　娴　是啊！

陈桂林　你穿成这样能干活吗？

淑　娴　不能啊！

陈桂林　那不能你来干啥呀！

淑　娴　你管得也太宽了吧。你是车间主任啊，那扣我奖金得了！（直奔做饭的地方）

王抗美　咋的了，闹矛盾了？

淑　娴　没有啊。

王抗美　（打趣地）哎呀，淑娴，你今天的着装让我对你有个新的认识，你穿得太漂亮了，这点儿活你就甭管了，你就在这儿坐着看就行，我都包圆儿了……

淑　娴　赶快做饭去吧，我饿了！

王抗美　唉，我这就去，今天吃炖肉！

陈桂林　（看着王抗美，一挥手）开工！

〔众人忙碌着。大刘戴着电焊的帽子，正焊钢琴骨架。

〔淑娴站在一边冷冷地看着大伙儿。

〔陈桂林走过来，淑娴转身走开，坐在王抗美的身边。

〔电话铃声。

胖　头　（接电话）怎么了？说啊！——哭，你哭啥……说啊！……多长时间了？说啊！……（大声地）那小子叫什么名？你现在在什么地方啊？文化馆？白衬衫，对吧！那小子叫安昌业，好，我马上过去……（挂上电话，从地上捡起一根铁棍，急

急地往外走）

快　手　（拦住胖头）胖头，你这是干啥？

胖　头　你别拦我，让开。

〔快手抓住胖头，胖头挣扎着往外走。

快　手　你这是干啥去啊？

胖　头　别拦我！别拦我。

陈桂林　（冲过去）这是怎么回事儿啊？怎么了啊这是！

快　手　你说清楚啊！

胖　头　松手啊你！你放开！

陈桂林　咋的了，咋的了啊！

胖　头　（挣脱开）别拦我。

陈桂林　（推开胖头）这是干什么啊，胖头，你这是去哪儿呀！

胖　头　（冲上来）别拦我。

陈桂林　（再次推开胖头）我怎么不拦你啊！胖头，你今天要是不说清楚，你哪儿也别想去。

胖　头　（走上来）我女儿让别人欺负了，怀孕了！都他妈好几个月了。到现在那小子也不承认。他办完事儿跑了，叫我这个当爸的咋办啊！就你他妈的你心疼孩子，我能在一边儿看着吗？

〔静场。

快　手　我跟你去！

陈桂林　好，走。

〔众人都拾起家伙围在胖头身边。

〔光渐暗。在舞台的天幕下，众人回转身，如雕塑一般。他们慢慢地往舞台的前方走过来。突然，他们狂奔起来，一个穿着白衬衫的瘦高青年没命地跑起来。众人追着他，满台地跑着。

〔最终，众人把青年逼到了舞台的角。众人喘着气，恶狠狠地看着青年。胖头扒开众人走到青年面前，盯着青年，青年有些害怕地看着他。

胖　头　你……你叫安昌业？

青　年　（低着头）我……是……我叫安昌业。

〔胖头盯着青年，突然感到很悲哀。静场。

胖　头　（轻声地）滚蛋！

〔青年将信将疑地看着胖头，突然转身逃也似的跑下。

胖　头　（突然声嘶力竭地大叫着）滚！滚！滚——

〔丧家之犬似的耷拉着脑袋，蹲下身，抱着头号啕大哭起来。

〔众人无奈地看着胖头。

〔光渐暗。

〔陈桂林走到舞台的尽头，陈父正在那里抬着头看着天空。

〔两根巨大的烟囱矗立在那里。几缕青烟飘过。

〔舞台的一侧，汪工衣着整洁，慷慨陈词。在他的对面，清冷的光下，陈父坐在一只小板凳上，茫然地听着。

汪　工　……在有的人眼里啊，这些烟、烟囱是成长的记忆，在有的人眼里这些烟囱是回家的坐标，在有的人眼里它就是几根烟囱，可是它在我的眼里，就像是一个被我遗忘了许久的老朋友。当有一天听说他要走的时候，我才意识到原来他一直在我身边……我不知道是该竭力地挽留，还是该默默地看着他离去，突然有种莫名的忧伤，似乎觉得有话要说，可又不知道说些什么……时光荏苒，社会变革，如今为了时代发展的进程，要求它离开，我们总要试着做点儿什么……如果我们成功，它将会是一道亮丽的风景；失败，它将会成为我们一段美好的记忆……

〔陈父拍了拍手，甚至没有发出声音。照着汪工的光暗。

〔陈桂林走到父亲跟前，蹲下来，看着父亲。

陈　父　（向陈桂林伸出一只手）五个！

陈桂林　是的，爹！五个！（从口袋里掏出一张纸——法院的传票，看看传票上的日期，神情沮丧）爹，我收到法院的离婚传票了，小菊要带小元走，可我的钢琴也快做好了。

陈　父　（看着儿子，用手抚摸着儿子的头，随即又伸开手掌）五个！

陈桂林　（站起来）是的，爹，五个！（走到台口，看了看手中的离婚传票）

〔照着陈父的光暗。

〔陈桂林静静地伫立着，像根烟囱。

〔舞台的前区，小菊上。

小　菊　（看着陈桂林）传票收到了？

陈桂林　是的。

小　菊　听说你在给小元做钢琴？

陈桂林　快做好了。

小　菊　没用的。

陈桂林　也许。

小　菊　那你干啥做？

陈桂林　为我自己。

小　菊　你自己？

陈桂林　还有一帮子人。

小　菊　谁？

陈桂林　以前在我们这样的厂里，所有的人，包括你！

小　菊　我？

陈桂林　是的。

小　菊　你真的以为能弹？

陈桂林　这不重要。

〔沉默。

陈桂林　小元还是跟你走吧……

小　菊　（愣住）为什么？

陈桂林　我说不好……

〔小菊走到陈桂林跟前。两人并排站着看着远方。

〔雪，静静地落下。

小　菊　你会怪我吗？

陈桂林　……生小元那年就是下这么大的雪。

小　菊　是，多少年不遇的大雪。

陈桂林　时间过得太快了，一晃小元都长这么大了……

小　菊　像昨天的事儿似的。

陈桂林　想一想小元刚生下来的时候才六斤多……

小　菊　六斤四两八……

陈桂林　不对，六斤四两六……

小　菊　就是，六斤四两八！

陈桂林　你记错了。

小　菊　我怎么能记错呢？我生的我能记错吗？

陈桂林　绝对六斤四两六，我去称的我能不知道吗？

小　菊　六斤四两八！

陈桂林　是的，六斤四两八！我想起来了！

小　菊　你？

陈桂林　我给小元织了件毛裤，过两天就织好了，等织好了，你就带小元走吧！

小　菊　……

陈桂林　……

小　菊　谢谢。

陈桂林　你倒是客气了。

小　菊　那……我们法庭上见？

陈桂林　是，法庭上见。

〔小菊下。

〔陈桂林拿着传票，向淑娴家走过去。

〔淑娴上，她穿得很少。

淑　娴　你半夜跑来干什么？

陈桂林　我……

淑　娴　不行。

陈桂林　什么意思？

〔淑娴有些尴尬，没有回答。

陈桂林　你儿子回来了啊？

淑　娴　有事儿明天说吧。

陈桂林　屋里有人咋的？

〔淑娴的脸腾地红了。

陈桂林　我还非今天说不可！

淑　娴　（被激怒）你想怎么的啊！你以为你是谁，你想来就来，想走就走，你什么时候考虑过我的感受啊……

陈桂林　（微微一笑）隔壁老王吧！

〔淑娴看着陈桂林。

陈桂林　王抗美，你给我出来。信不信，我揪你出来！

〔王抗美有些胆怯地上。

〔陈桂林冲上去，把王抗美掀翻在地。王抗美爬起来，与陈桂林厮打在一起。

〔淑娴站着看着他们，目光坚毅。

〔陈桂林、王抗美像两只斗鸡一样打着，直到没有了力气才停下。

淑　娴　（上前给了王抗美和陈桂林一人好几个耳光，突然，哇的一声哭了起来）你们男人没他妈一个好东西！（转身跑下）

〔王抗美起来整理了一下，指了指陈桂林，没说话，从另外一个方向下。

〔陈桂林看着淑娴下去的方向，手中的传票无声地飘落下来。

〔陈桂林走在铁轨上，快手迎面从舞台的尽头走出来，他交给陈桂林一包用报纸包着的东西，神情显得有些神秘。

陈桂林　（接过）什么？

快　手　琴键！

陈桂林　（吃惊地）琴键？你？

快　手　你和汪工用完后，我就还回去！（急急地下）

〔陈桂林拿着那包琴键，呆呆地站立着。

〔切光。

第十场

〔光启。

〔陈桂林抱着一个骨灰盒慢慢地走到舞台的尽头，在他父亲经常蹲着的地方蹲下来，像他父亲一样看着天空。

陈桂林　（放下骨灰盒）爹，今天你是第九个！第九个！（看着天空）

〔烟囱上飘过几缕青烟。

〔突然，随着一声巨大的爆破声，舞台后方的两根烟囱慢慢地消逝掉，灰飞烟灭。

〔烟雾散尽。陈桂林、胖头、大刘、快手、汪工和季哥站在舞台的中央。季哥手里拿着一个遥控器。陈桂林和其他人手里拿着各种乐器。

〔王抗美跑上。众人很吃惊地看着他，又看着陈桂林。

〔王抗美显得有些尴尬，他走向陈桂林，从口袋里掏一包烟，抽出一支，递给陈桂林。陈桂林看着他，眼神很复杂，最终还是接了过去。众人松了一口气，开始点烟。

王抗美　今……今天校琴，我也是一分子。

〔一个警察上，他走向季哥。

季　哥　有事儿啊？

警　察　是，有人把你给告了，说你销赃，你得跟我们走一趟。

季　哥　是吗？这儿还有点活儿没干完，完了就跟你走。

警　察　成，我等你。

〔季哥抬头看着上方，操作着手中的遥控器。

〔随着机器的轰鸣声，一台巨大的钢制的钢琴从舞台的中央，靠近舞台尽头的地方慢慢地给吊下来，缓缓地落在地上。

〔季哥走过去，看了看钢琴，用手敲了敲，钢琴发出嗡嗡的声响。

季　哥　不错，就是重了点儿。（走到陈桂林面前）桂林啊，我的活儿完了，接下来，就是你们要弹出音来了……

陈桂林　季哥……

季　哥　没事儿的！迟早的！我心里有数。

〔陈桂林陪着季哥走到台口，季哥回头看了一眼钢琴，然后跟着警察下。

〔警笛声响起，越来越远。

〔陈桂林默默地站着。淑娴上。他们静静地站着，对视着。

淑　娴　校音，怎么能少得了我？

陈桂林　……

淑　娴　（笑）我是不是很贱？

陈桂林　（笑）知道就好，人贵在有自知之明。

淑　娴　那也是因为你。

陈桂林　我现在可以娶你了。

淑　娴　别，刚卸下一个包袱，紧接着又背上另一个，歇歇吧。

陈桂林　（笑）早就背上了，歇不下来！

〔在众人的注视下，陈桂林走过去支起钢琴架，放好琴凳，又吹了吹琴上的灰尘。他的样子庄重而严肃。

〔陈桂林看着淑娴，淑娴慢慢地走向钢琴。

〔淑娴坐在琴凳上，逐个按着琴键，钢琴发出清脆的琴音。

〔陈桂林胸前挂着手风琴，闭上眼睛听着。

〔沉默。良久，

胖　头　是这动静吗？

陈桂林　（拉了一下手风琴）是！

〔淑娴又按了一下钢琴键，陈桂林又拉了一下手风琴。

〔淑娴连着按了几下钢琴键，显然，琴声并不着调。

〔陈桂林拉着手风琴，配合着钢琴声。

〔小乐队有些犹豫地开始跟上。

〔淑娴弹着钢琴，陈桂林拉着手风琴配合，小乐队的演奏也和了进来。从一开始间杂着杂音，慢慢地变成了一种和谐的合奏，欢快的乐曲《喀秋莎》慢慢地显现出来。

淑　娴（坐在钢琴前，深情地唱着）

“正当梨花开遍了天涯，
河上飘着柔曼的轻纱，
喀秋莎站在峻峭的岸上，
歌声好像明媚的春光。
姑娘唱着美妙的歌曲，
她在歌唱草原的雄鹰，
她在歌唱心爱的人儿，
她还藏着爱人的书信。
啊这歌声姑娘的歌声，
跟着光明的太阳飞去吧！
去向远方边疆的战士，
把喀秋莎的问候传达。
驻守边疆年轻的战士，
心中怀念遥远的姑娘，
勇敢战斗保卫祖国，
喀秋莎爱情永远属于他！
……”

〔歌声欢快，喜悦中带着几丝忧伤。

〔众人忘情地演奏着，身体也跟着音乐的节奏而摇摆起来。那是一种快乐的忧伤，夹杂着对过去美好的回忆与无限的向往，却透着一种无奈。

〔远远地，小菊带着小元站着看着。

〔光静静地照着这帮快乐的人们，渐暗。

〔切光。音乐继续。

原载《剧本》2012年12月号

格桑花

梁秉堃

时　间　当代。

地　点　青藏高原上。

人　物　陈　坚　48 岁，大风山隧道工程指挥长。

于红格　女，50 岁，工地医务部主任。

石　磊　28 岁，大学副教授，于红格之子。

李队长　30 岁，施工队长。

王淑英　女，35 岁，医生。

美　梅　女，25 岁，护士。

李家驹　27 岁，技术员。

强　巴　60 岁，藏族牧民，志愿者。

央　金　20 岁，强巴之孙女，志愿者。

老　张　48 岁，陈坚老战友。

刘师傅　30 岁，卡车司机。

书　生　26 岁，工地工人。

小　王　25 岁，工地工人。

小　宝　25岁，工地工人。
技术员、工人若干。

〔幕启。
〔大屏幕上出现字幕：多幕话剧《格桑花》——谨以本剧献给所有参加修建青藏铁路的英雄们，以及所有支持修建青藏铁路的同志们！
〔字幕隐去，音乐起。大屏幕随即出现苍劲的雪域高原，荒凉的可可西里无人区以及当年修建铁路时的壮观场面。
〔画外音："青藏铁路历经了半个世纪，穿越了地球上海拔最高的高原。今天，这条一千多公里的铁路，已经铺展在世界屋脊。在坚硬的钢轨上，深深地镌刻着无数建设者们生命的印记。修建青藏铁路是党中央、国务院进入新世纪做出的重大战略决策，是实施西部大开发的标志性工程，是中国新世纪的四大工程之一。青藏铁路的建设者们，展现出了'挑战生命极限，创造人间奇迹'的光辉形象。青藏铁路建设者们，以他们的行动，破解了多年冻土、高寒缺氧、生态脆弱三大世界难题。广大职工不畏艰险、无私奉献，以他们的行动，谱写了一曲战天斗地、高原病零死亡率的英雄颂歌……"
〔大屏幕出现一列雄伟的火车，鸣着长笛，从青藏线上奔驰而过。
〔画外音："我们要讲述的，就是这个跨世纪伟大工程中一段动人的故事……"
〔切光。

序　幕

〔音乐起。

〔大风山隧道口。风雪交加。

〔纱幕后光启，人影攒动，人声嘈杂。

工人甲　队长，又有两个晕倒的。

李队长　送到医务部，把这儿的情况告诉于主任，我们急需氧气！

工人甲　是！

李队长　小王，通知二班，做好准备，随时给我上！

书　生　这是什么天儿呀？刚还下雨，现在又下上雪了。

工人乙　书生，你那么喜欢文学，你形容形容这是什么天儿？

书　生　（没好气儿地）什么天儿？抽风的天儿？

李队长　行了！抓紧时间干活儿。隧洞越往里氧气越少，我们氧气瓶有限，先紧着风枪手用。

〔纱幕起，光渐亮，书生从山洞内跌跌撞撞地上，抄起一水杯就喝。

小　王　哎哎……你怎么用我的杯子喝水呀？

书　生　我都渴成这样了，你怎么一点儿阶级感情都没有啊！

小　王　行行……我说，咱们在山下两个人抱一风枪干活儿，那跟玩儿似的。这儿倒好，四个人抱着都喘不过气儿来，咋干呀？

书　生　氧气也供不上，天天胸闷气短，头疼腰酸的，这么下去……

〔李队长带领众工人上。

李队长　（听到书生的牢骚）让你出来喝点儿水，发什么牢骚呢？赶紧干活儿去！（摊开图纸）弟兄们，看好图纸，这是整个大风山隧道的范围……这是掌子面的范围……冻土的含冰量技术人员正在核实，但我们看也能看出来含冰量不低。这是个前所未有的困难，稍不注意就有塌滑的危险。可为了完成大会上指挥长定的工期，大家一定要啃下这块硬骨头！听明白了吗？

众工人　明白！

李队长　小王，催氧气瓶的人回来没有？

小　王　还没回来。

李队长　不等了！现在一班正在隧洞作业，大家检查装备，跟我上！

〔于红格上。

于红格　李队长，你们不能去。

小　王　于主任。

李队长　于主任，您来得正好，氧气呢？

于红格　什么氧气？根据定量，氧气都已经发给你们了。

李队长　你看见了，我的工人连气都喘不过来了，怎么干活儿？完不成工期，我就得吃不了兜着走。

于红格　那你也不能为了抢工期就这样大量增加人员，这是违反规定，会出事儿的！

李队长　你不给我增加氧气，我只能增加人，我得完成上级给我规定的任务。

于红格　我也是按上级给我的规定办事。

李队长　（对众工人）你们先去。

于红格　你！

〔陈坚上，美梅随后跟上。

陈　坚　李队长，老远就听你喊，你喊什么喊？

美　梅　指挥长，快回去吧，您的病还没好呢。

陈　坚　美梅，你都快成了我的跟屁虫儿了……

于红格　指挥长，你怎么又到工地来了？你现在是个病人啊！

陈　坚　于大姐，你看，我都好了，放心吧！

于红格　美梅，这儿有我，你回去把备用的氧气瓶都拿到现场来。

美　梅　是！（下）

陈　坚　现在情况怎么样？

于红格　由于施工人员的大量增加，氧气用量比以前增加了好几倍。现在氧气快用完了，根本就供不应求。

陈　坚　从格尔木调来的那批氧气瓶呢？

于红格　也都用上了。陈指挥长，我知道工期紧。可要是像他们这么干，那是很危险的！

李队长　于主任，你太小看我了。我和我带的兵个个都是好样儿的。“要奋斗，就会有牺牲……”

陈　坚　行了！总指挥部给我们的指示是“环保施工”，是“高原病零死亡率”！你说的那是战争年代。我问你，今年是哪年啊？

李队长　2001 年啊。

陈　坚　对呀，21 世纪了，和平年代，要奋斗，但不能有牺牲。我跟你说了多少回了，干活儿光有冲劲儿不行，要多动脑子！青藏二期采取的是全线控制工程。每个标段的工期都是总指挥部统一制定的。如果我们的标段不能按期完工，将影响全线贯通……

〔电话铃响。

李队长　（接电话）喂……指挥长，找您的。

陈　坚　（接过电话）喂……总指挥，我……困难肯定有，不过您放心，我您还不了解吗？嘿嘿……谢谢总部领导的关心，就是有再大的困难，我们也会想办法克服，绝不影响全线贯通……如果我们这个标段不能按期完工，我陈坚就从这青藏高原上跳下去……是！（挂断电话）

李队长　指挥长，我第一个跳……

〔李家驹急上。

李家驹　陈指挥长……

李队长　李工程师。

陈　坚　家驹，什么情况？

李家驹　检验结果和勘探的结果一样，冻土的含冰量达到 50%。

陈　坚　含冰量这么高……那冻土层有多厚？

李家驹　从 8 米到 150 米，反复不断出现。

陈　坚　这就是说，我们遇到了世界上最高、最长的冻土隧道？

李家驹　世界罕见！

李队长　（急切地）指挥长……

陈　坚　（坚定地）天塌不了！李队长，先把一班撤下来，让他们休息、调整。要二班的师傅们合理安排体力，小心施工。

李队长　是！（急进山洞）

陈　坚　家驹，召集有关人员马上研究应急方案，尽快向我汇报！

李家驹　是。（急下）

于红格　指挥长，也不能全怪李队长，这氧气供应不上……

陈　坚　氧气，又是氧气！冻土是摆在我们面前的一块硬骨头。但是氧气的问题不解决，我们就没有战斗力，其他的问题也就无从谈起呀。

于红格　是啊！

陈　坚　看来我们当前的重中之重，是要先解决氧气的问题呀！

于红格　你看你，千万别着急，先吸点儿氧。（递氧气瓶给陈坚）

陈　坚　（并没有接氧气瓶）于主任，你是高原病的专家，你有没有具体的解决办法呀？

于红格　我？……根据我的经验和现在的实际情况，至少需要一台制氧量达到每小时 20 立方米，氧气纯度达 90% 以上的制氧机。

陈　坚　我们上哪找这样的制氧机啊？关于缺氧的事我在上来之前还真考虑过，但没想到会这么严重。还别说，我曾与有关科研单位接触过，特别是……燕京科技大学。

于红格　燕京科技大学？

陈　坚　怎么？你很熟悉？

于红格　啊……这是一所很有名的大学。

陈　坚　那这任务就交给你了。

于红格　我？

陈　坚　你可以先了解、沟通一下，把我们的具体情况和详细需求向他们做个介绍……

〔李队长架着小宝上。

李队长　指挥长……

陈　坚　快，于大姐！小宝，你感觉怎么样？

小　宝　指挥长，头疼、没劲儿，一天了，连一口饭都吃不下。

〔美梅带氧气瓶上，强巴和央金跟上。

美　梅　指挥长，强巴大叔来了。

陈　坚　强巴大叔，您怎么到工地来了？

央　金　指挥长，我爷爷听说工人由于缺氧晕倒了，特地送来藏药。这是祖传的秘方藏药，可以起到缓解作用。

陈　坚　这让我们怎么感谢您呢……

〔小王搀扶俩工人从山洞出。

小　王　队长，又有两个缺氧晕倒了。

李队长　去，通知三班，给我上！

陈　坚　（制止）不能用工人兄弟的生命去蛮干。把氧气瓶给我！

于红格　陈指挥长……

陈　坚　给我！（抢过氧气瓶，佩戴好）传达我的命令——医务人员到各个办公室去收集氧气瓶，全部送到隧洞现场，一只也不能留！

〔陈坚冲进隧洞，李队长等紧随。

于红格　陈指挥长！……小宝，你现在需要输氧、休息。

小　宝　指挥长都进去了，我哪能……

于红格　小宝，你这样进去只能给指挥长添乱。美梅，你在这做好看护，我进去。

美　梅　于主任，我腿脚好，还是我去吧！

于红格　不行！里边情况复杂，越往里氧气越稀薄，还是我去……没有时间了，咱们就别争了！

〔书生从隧洞跑出。

书　生　于主任，指挥长晕倒了！

于红格　怎么回事？

书　生　指挥长把氧气瓶给了晕倒的工人，自己抱着风枪……

于红格　你们呀……快，跟我进去！

〔众人冲进隧洞。

〔切光。

第一幕

〔光启。工地医院的病房内外。

〔天上下着瓢泼大雨。

〔陈坚闭着眼，躺在病床上，吸着氧气，输着液。美梅坐在桌前发呆。

王淑英　美梅，美梅，注意一下吊瓶。

美　梅　哦。

王淑英　美梅，这花浇水了吗？这可是陈指挥长最喜欢的格桑花……怎么了？身体不舒服？（见美梅不语）那是又和家驹吵架了？（见美梅依然不语）为什么啊？

美　梅　王大夫，当初家驹刚上来的时候，高原反应特别严重。我报名上来也是想要多照顾照顾他。本来都说好了春节结婚的，可是都拖到现在了。我刚才就和他提了一下，可他说等青藏铁路修完了再娶我。

王淑英　啊？那哪行啊，这得等多少年啊！这女孩子的好时光就那么几年，要是等成了老太婆……

美　梅　他就不要我了。

王淑英　他不是平常挺听你的吗？

美　梅　你别看他平时听我的，可一提起这事儿啊，他就和我跺脚，还和我急眼。

王淑英　这小子，他还挺横啊。去，跟他吹！

美　梅　啊？

王淑英　这男人的毛病都是女人惯出来的。跟他吹，看他怎么办！

美　梅　我妈也是这么说的。

王淑英　是吧，你妈跟我说的一样吧。这男怕入错行，女怕嫁错郎。这婚姻对女人来说是一辈子的大事。

美　梅　对，您是不知道，我表妹表姐都嫁人了，家里就剩我一个了……

王淑英　你条件这么好，长得那么漂亮，什么样儿的找不着啊！没事儿，不怕。

美　梅　对！我不怕，大不了回家再找一个。

王淑英　对……啊？美梅，你还真要再找一个啊！我刚才都是胡说八道的啊……

美　梅　王大夫，你到底要咋样啊？

王淑英　嗐，我就是那么一说……

陈　坚　（睁开眼）你们嘀咕什么呢？

王淑英　哟，陈指挥长，把您给吵醒了吧？

陈　坚　那倒没有。

王淑英　我们没嘀咕什么，您什么都没听到吧？

陈　坚　啊……我都听见了。

美　梅　啊？您都听见了？

陈　坚　美梅，你能跟家驹上青藏线，我很感谢你。

美　梅　指挥长……

陈　坚　美梅，你听我说。你是个好姑娘，你跟家驹为了青藏铁路建设推迟了婚期，我真的觉得你们很了不起。

美　梅　没有，没有……

陈　坚　我保证，你们的婚事我不但要管，还要管到底，怎么样？

美　梅　（感动地）谢谢指挥长！

陈　坚　王大夫，咱们这屋很热吗？

王淑英　不热啊。

陈　坚　那美梅的眼睛怎么出汗了呢？

美　梅　（擦泪，不好意思地）哪有……

陈　坚　好了，王大夫你们去忙吧，我好多了。

王淑英　好的。指挥长，您可得躺着休息啊。（对美梅）点滴可以拔掉了。（走出病房）

美　梅　哎。（拔掉陈坚手上的针头，走出病房）

〔于红格上，在病房外碰到王淑英、美梅。

王淑英　于主任回来了。

于红格　陈指挥长的身体怎么样了？

王淑英　好多了，正在休息呢。

于红格　王大夫，10 号帐篷，怎么没有备用氧气瓶啊？

王淑英　不会呀，每个帐篷的氧气瓶都是我们亲自送去的，怎么就没有了呢？

于红格　我刚才路过工人宿舍时，到各个帐篷里巡视了一下，里边根本没有备用氧气瓶。这可是人命关天的大事啊！说明工人师傅们没有重视起来。从另一个角度讲，我们的工作做得还不够细。小册子虽然发到每位工人手里，但我们还要讲解它的重要性。要让他们知道，不照此做会出现多么严重的后果。

王淑英　好，我这就去落实。

〔王淑英、美梅下。李队长匆匆上。

李队长　于主任，您找我？

于红格　李队长，10 号帐篷是怎么回事？

李队长　我知道了，不就是两个氧气瓶借出去没还上嘛。

于红格　你说得轻松，这说明思想上根本不重视。

李队长　好，好……是我工作上的失误。

于红格　你打算怎么办？

李队长　把氧气瓶找回来补上。

于红格　什么时候？

李队长　尽快。

于红格　不行，马上！你知道为什么高原被称为生命禁区吗？

李队长　因为这儿空气中氧的含量只有内地的 50%……

于红格　一旦出了事情，那是要人命的！

李队长　可是完不成工期，我一样是死，这责任您负得了吗？

于红格　现在最重要的是人！为了这次工程，铁道部和卫生部联合下发了《青藏铁路卫生保证若干规定》和《青藏铁路卫生保证措施》。针对同一个工程，两部委联合下发文件，这在建国以来还是第一次，可见中央对工人生命安全的重视。作为施工队长，你不能光顾干活，你要对他们的生命负责！

李队长　啊？我？……好好，我这就去找氧气瓶。

于红格　行，回头我还要再过去检查。（下）

〔书生、小宝上，见到李队长欲躲。

李队长　哎？站住！躲什么啊？

<table><tr><td>书　生
小　宝</td><td>没躲……</td></tr></table>

李队长　今天你们不是公休吗，怎么跑这来了？

<table><tr><td>书　生
小　宝</td><td>我们</td><td>躲雨
找人</td><td>……</td><td>找人
躲雨</td><td>……</td></tr></table>

李队长　编，接着编！

小　宝　队长，我头特别疼。

书　生　我腿软……

李队长　今天早上不好好儿的吗？我看看你头哪儿疼，你腿哪儿软了？

书　生　队长……我们来找陈指挥长。

李队长　找陈指挥长？有什么事不能跟我说，非要找指挥长！

书　生　这事儿跟你说你也解决不了。

李队长　我解决不了？

书　生　我们想让陈指挥长……派车把我们送下山去。

李队长　你再说一遍？

书　生　这鬼地方不是人待的。再待下去，小命儿都要保不住了。

小　宝　好家伙，在山下两个人就能抱着风枪打钻，这高原上四个人抱着风枪都喘不过气，真没法儿干了。

李队长　你们刚才的话我就当没听见，现在跟我走。

书　生
小　宝　不走！

李队长　要反是吧，我告诉你们，我的队伍里从来没出过逃兵，你们今天要是想下山，除非踩着我的脑袋过去！

书　生　反正今天你不让我们下这山，我们也得下！

小　宝　没错！

〔争执中，书生、李队长扭成一团。

小　宝　（大喊）来人呀，队长打人了！

〔于红格闻声上。

于红格　（拉开书生和李队长）干什么呢！这是医院，这里有病人！走走……

小　宝　于主任，我们要找陈指挥长。

于红格　找陈指挥长？干什么？

书　生　派车把我们送下山。

于红格　什么？你们不干了？

书　生　我和女朋友订好日子要结婚，再推人家非吹灯不可。

小　宝　我是独生子，三门单传！要是得了什么肺气肿，脑水肿什么的，小命儿没了，我们家香火就断了！我现在还头晕眼花呢，您能负得起这责任吗？

于红格　小师傅们，谁家没点儿情况啊，你们能不能再坚持坚持。

书　生　于主任，还是派车把我们送下山去吧。

小　宝　对，现在就走！

于红格　陈指挥长……是不会同意你们下山的。

小　宝　我们就是用两条腿走，也得下山！

于红格　你们不要命了！

小　宝
书　生　走！（欲下）

李队长　你们敢！

陈　坚　（走出病房）你们等一下。

于红格　指挥长……

李队长　指挥长……

陈　坚　小伙子们，你们有什么意见就冲我说吧。

书　生　说真话？

陈　坚　假话我不听。

小　宝　陈指挥长，我整天头疼得像斧子劈，胸闷得像石头压，腿软得像大蟒蛇缠，您说这日子还有法儿过吗？

陈　坚　是啊，我们目前是遇到了前所未有的困难。隧道工地几千号人都这样咬牙扛着呢。你们想怎么解决？

小　宝　走，不干了！

陈　坚　那工地的活儿呢？

小　宝　也管不了了。

陈　坚　看来你们是真的想走啊……好吧。

于红格　陈指挥长……

陈　坚　人各有志，强扭的瓜不甜。李队，派车。

李队长　指挥长……

陈　坚　派！

李队长　今天您要是这么轻易让这俩人下山，那剩下的人都要走怎么办！

陈　坚　我相信不会。于大姐，给他们带上两只氧气袋……

于红格　咱们现在的氧气……

陈　坚　带上……

于红格　好吧……

陈　坚　年轻人，咱们握握手吧。我相信，咱们一定会再见面。（与

小宝、书生一一握手）

〔小宝、书生下。

李队长　您这么轻易就放他们下山了？

陈　坚　怎么，不该放他们下山吗？

李队长　反正，我是为了队里的荣誉，我觉得我做得没错。

陈　坚　那我应该表扬你两句了？

李队长　那倒不用，我应该做的……

陈　坚　你以为你是谁啊，工头儿、老板？

李队长　我……

陈　坚　你，你还动手打人！

李队长　他们……

陈　坚　他们是谁？他们是你的兄弟，是你的战友……你的出发点可能是好的，可是你想没想过，现在不是那个苦干、傻干、拼命干的年代了。人是有尊严的，只有你为他们着想，他们才会尊重你、信服你……

李队长　他们倒是尊重您、信服您了。可人呢？跑了！

陈　坚　不才两个人吗？

李队长　今天是两个人。可往后呢？人心散了，这队伍怎么带啊！

陈　坚　你就这么不相信我，不相信你自己？

李队长　我相信，但现在氧气供应不上，施工条件也得不到改善，我看这工程就咱俩干吧。

陈　坚　（生气地）你……你给我……滚！

〔李队长下。

〔暴雨停了，又下起大雪。

陈　坚　（吃力地走到窗前，俯瞰整个大风山）是啊，如果再没有大量充足的氧气供应，我和我的施工队伍就一定会寸步难行。大风山海拔 5010 米，全年平均气温 –7℃，极端最低气温达到 –40℃。因空气稀薄缺氧严重，被称为生命禁区。要是在这儿看风景，那真是经幡猎猎，雪落大荒，让我领略到这座神山的威严。可我们是在这儿搞工程、在这儿生活，就必须克服这一系列的困难。否则，我和我的施工队伍，将会全军覆没。

〔于红格走到陈坚身边。

陈　坚　于大姐……

于红格　我知道你在想什么。

陈　坚　解决供氧的事有消息了？

于红格　就是你提到的那个燕京科技大学，根据我们的实际需要，已经动手研制大型制氧机。我估计，这一两天他们就会到我们工地进行现场试验。

陈　坚　（兴奋地）我的好大姐呀，你可是搬掉了我心头的一块大石头啊！

于红格　还没到最后的成功呢。

陈　坚　不，你已经让我看到了希望。大姐，我给你敬个军礼吧。

于红格　看出来了，你是当过兵的。

陈　坚　于大姐，听说你的父辈也是军人，曾在这青藏高原上修过公路？

于红格　对，有什么事儿吗？

陈　坚　想打听一个人。

于红格　谁呀？

陈　坚　一位老政委。听说当年在这儿先后牺牲了256位战友，都埋在这高原上了。

于红格　想起先烈们我就想掉眼泪。

陈　坚　据说这个部队的老政委在下山的时候，恭恭敬敬地亲笔抄录了一份牺牲人员的名单，当作宝贝一样给带走了。

于红格　他说："什么时候谁能够把100个人带上山来，再把100个人都带下山去……"

陈　坚　"那该有多么圆满啊！"

〔于红格激动地看了一眼陈坚，转身下。

〔陈坚若有所思地望着远去的于红格。

〔切光。

第二幕

〔光启。

〔清晨，晴空万里。职工宿舍门外。

〔李家驹和众工人一起上班，追赶着上。

工人甲　你跑什么呀，来，快化妆。

李家驹　你别娘们儿叽叽的，老爷们儿化哪门子妆啊。

工人乙　你就是不认真学习《预防手册》。“涂防晒霜，抹唇膏，戴墨镜”，这是高原施工三大特色。你忘了，这是怕咱们晒黑了。

〔于红格、美梅上。

李家驹　黑怎么了？黑，说明咱们健康。戴墨镜，还是可以的嘛。大老爷们儿化什么妆啊！我一个纯爷们儿……

美　梅　李家驹，你说什么呢？

工人甲　美梅姐，你来得正好……

美　梅　（制止工人甲）李家驹，你刚才说什么？

李家驹　我……没说什么呀。

美　梅　没说？老娘们儿，你指谁呀？

工人乙　还能说谁啊？

美　梅　这事儿归我管，那就是指我啦？

李家驹　（连忙摇头）不是，你怎么能是老娘们儿呢？

美　梅　那是于主任？

李家驹　（急忙解释）于主任，我也不是说您。美梅，你别胡说八道……都是那个什么霜啊、膏啊给闹的……

工人甲　于主任，您看，他说是您这膏给闹的。

李家驹　不是……我们一个大老爷们儿……

美　梅　李家驹！

李家驹　我……我一个男同志，干吗非要涂胭脂抹粉……

于红格　好了，家驹，让你们抹防晒霜、唇膏不是怕把你们晒黑了，也不是什么臭美。我们在海拔5000米以上的高原上施工，阳光直晒，会灼伤皮肤。风大干燥，会吹裂嘴唇。气温变化快，突然变冷，会引发一系列并发症。不光影响我们的施工任务，还会危及生命。

李家驹　有这么严重吗？

于红格　美梅你看你看，连你这个家驹都没有读懂《预防手册》，怎么预防高原病啊？

美　梅　我和他都三天没见了。

工人甲　小别赛新婚呀！

李家驹　起什么哄！来，美梅，咱们亲一个，让他们看看。

〔王淑英上。

王淑英　于主任……

于红格　怎么了？

王淑英　有一北京来的客人找你。

于红格　好，咱们过去。（跟王淑英下）

〔强巴抱着受伤的小鹰上，众工人、刘师傅、央金跟上。

刘师傅　老爷子……波拉，你就别掺和了，这事儿不能说！

央　金　（拉住刘师傅）刘师傅，你就别管了。我爷爷要给你们领导提意见。

李家驹　民族问题！美梅，你去找一下陈指挥长。

〔美梅下。

李家驹　刘师傅，怎么回事呀？

刘师傅　是这么回事儿，我刚才开车为躲避一只受伤的小鹰，轧坏了路边的一块草地，队长说我破坏了环境，要罚款，还要处分我。

李家驹　那……（指强巴）这是怎么回事呀？

刘师傅　嚯！路上遇见老爷子了，我就跟他念叨念叨这事儿，老爷子一听要罚款就翻儿了，非要找领导提意见，我怎么劝都劝不住啊。

李家驹　行啊，刘师傅，你跟老爷子关系够铁的呀。

工人甲　一藏族老头儿居然为你来打抱不平，还有个藏族小妞儿……

刘师傅　哎……这就扯远了啊。老爷子经常搭我车，我跟老爷子之间叫缘分。

李家驹　我说刘师傅，你什么时候会说藏语了？

刘师傅　我哪会说藏语呀，老爷子听得懂汉语，就是不会说。

〔陈坚、美梅上。

陈　坚　家驹，什么情况？

李家驹　老爷子好像是有什么误会，来找领导提意见。

陈　坚　扎西得勒！强巴大叔，您对我们的工作有什么意见，就跟我说吧。

强　巴　（藏语）雄鹰是西藏人心中的天神……

央　金　（翻译）爷爷说，雄鹰是西藏人心中的天神，爱护天神的人是不应该受到惩罚的。

刘师傅　波拉，我保护了雄鹰，可是破坏了草地。就好比……我爱护了神的翅膀，破坏了神的腿，我应该受到惩罚。

陈　坚　我明白了。（对强巴）强巴大叔，青藏铁路是全世界关注的工程，环境保护也是国外视线的焦点。如果工程给西藏的生态环境带来灾难，我们就背离了建设的原则，也会成为人类的污点。刘师傅，检查是一定要写的，而且要深刻！至于罚款嘛……看在强巴大叔的分儿上，就免了。

刘师傅　谢谢指挥长，也谢谢老爷子，波拉，扎西得勒！

央　金　指挥长，爷爷说他也要为青藏铁路建设，为汉族兄弟们做一些贡献。他要做一名志愿者。

陈　坚　美梅，强巴大叔懂藏药，跟于主任说一下，就安排在你们医院吧。央金姑娘，你汉语说得不错嘛，跟谁学的？

央　金　我在北京中央民族学院上大二，学校放假，我是专程回来看爷爷，看青藏铁路建设的。

陈　坚　强巴大叔，我们不会辜负藏族兄弟的厚爱，再苦、再累、再难也要把铁路建好。等火车通车的那一天，我一定邀请您坐火车去北京。

强　巴　扎西得勒！（拿鹰给陈坚看）

陈　坚　（以为强巴要送给自己）强巴大叔，这可不行！

央　金　（解释）这就是那只受伤的小鹰。

陈　坚　哦！美梅，去和炊事班说一下……

众　人　（惊讶地）啊？

陈　坚　啊？嗐！告诉炊事班的师傅，每天把新鲜的肉切成碎块儿，喂给小鹰，等小家伙儿养好了，再抱回原地去放生。让于主任给这个小鹰救治一下。

央　金　我爷爷要亲自送去。

〔众人下。于红格、石磊上。

于红格　陈指挥长，我来给你引荐。这位是燕京科技大学的石磊副教授。

陈　坚　（和石磊握手）我们现在最需要的就是氧气……来坐……坐下谈……

于红格　他带来了最新研制的高原制氧机项目。

陈　坚　那是让人能待下来工作，能睡得着觉的氧气。

于红格　科技大学知道我们急需高原制氧机，派石副教授专程从北京赶来。

陈　坚　好啊，雷厉风行！这是我喜欢的办事风格。哎，于大姐……你对他很了解吗？

于红格　啊？不，刚刚听他介绍的。

陈　坚　年轻的副教授，快把你的宝贝拿出来让我们见识见识吧。

石　磊　陈指挥长，我知道现在找你们推销制氧机的厂家很多，但依我所见，这些制氧机在平原上都没有问题，但在大风山上，能大容量稳定制氧的寥寥无几。

陈　坚　是啊，前些天有一厂家送上来一台，那机器咔嚓咔嚓地响，可制氧量根本无法满足需要。怎么，你有解决的良方？

石　磊　我们已经研究了好多年，设计思路独成一家。（摊开图纸向陈坚介绍）

陈　坚　有样机吗？

石　磊　有，经过试制，制氧样机的制氧效果都达到设计标准。

陈　坚　那在高原上试验过吗？

石　磊　没有。所以必须在高海拔的情况下再进行试制，才能最后看是不是禁得住考验。

陈　坚　好，就冲燕京科技大学的牌子和你这个年轻人的务实精神，我个人同意与你们合作。于大姐，你的意见呢？

于红格　我……还是领导决定吧。

陈　坚　这可不像你的一贯作风。这样吧，我们班子已经讨论过这个问题。我们会对高原制氧机项目投入它所需要的财力、物力；我们的科技人员也会全力配合，咱们共同完成好这个合作项目。

石　磊　谢谢领导的厚爱，我们燕京科技大学绝不会让你们失望。

陈　坚　好！咱们谈谈合同的细节。你什么时间把机器设备运上山来？

石　磊　三个月后。

陈　坚　三个月太久了！我们的工程不等人啊……30天如何？

石　磊　（看了一眼于红格）好！就30天！

陈　坚　拉钩。（伸出小手指）

石　磊　（一愣，笑笑，也伸出小手指，钩住陈坚的小手指）拉钩！

〔切光。

第三幕

〔光启。深夜，医院的院子里。

〔一座保温大棚被突然而至的大风彻底吹倒。

〔美梅等李家驹等得很不耐烦。

〔李家驹跑上。

〔美梅气愤地转身。

李家驹　（看到美梅要走，故意摔倒）哎哟……我的腿……骨折了……

美　梅　（急忙跑到李家驹身边）怎么那么不小心啊……（仔细查看李家驹腿上的伤势）不像骨折，好像是骨裂……

李家驹　骨裂？那咋办？

美　梅　你站起来试试。

李家驹　我要是骨裂了，你还要我不？

美　梅　说什么呢！

李家驹　那我就放心了……（起身，正常地走了几步）

〔美梅恼怒地欲走。

李家驹　（连忙拉住美梅）哎呀，别走，我跟你开玩笑的！

美　梅　你看看都几点了！

李家驹　你听我解释……是这么回事儿。下午，我陪陈指挥长去石磊那儿了解制氧机安装情况，看到进展顺利，指挥长特别高兴。吃完晚饭，又让我陪他去工人宿舍转转……

美　梅　那也不能转这么长时间吧？

李家驹　你听我讲啊。我们到了工人宿舍，正赶上李队长和几个工人打牌。指挥长也来兴致啦，非拉着我一块玩儿。

美　梅　那你们谁打得过指挥长啊！

李家驹　那可不见得。我们是谁输了，就往谁脸上贴纸条儿。你猜怎么着？陈指挥长脸上的纸条儿最多。

美　梅　是你的最多吧！

李家驹　怎么是我？我最多像个关公，指挥长的脸啊，贴得像墩布一样！

美　梅　哈哈哈……

李家驹　就这样，指挥长还要赖呢！他趁出牌的时候，把一张小牌插到牌堆里，让李队长看见了。为拿到证据，李队长和其他几个工人跟指挥长抢起来了，我是趁乱才跑出来的。

美　梅　哈哈哈……指挥长太逗了。工作起来，他就是个将军。可玩儿起来，指挥长怎么跟小孩儿似的。好，算你迟到的理由成立！

李家驹　那是当然了。别看指挥长工作上认真、严厉，可在下边儿，跟我们就像亲兄弟一样，所以大家都信服他。

美　梅　这还用你告诉我呀。行了，说说咱们的事儿吧。

李家驹　咱们……什么事儿呀？

美　梅　什么时候结婚呀？

李家驹　啊？……随时都可以啊。

美　梅　那你明天就去请假，下山结婚。

李家驹　明天？

美　梅　对！

李家驹　下山……这……我们真是想到一块儿了。

美　梅　那就这么定了。

李家驹　但是……你看……大型制氧机的项目刚刚启动……我是工程师，那么多兄弟都看着呢，你说我能走吗？换成是你，你也不能答应，对不？你再给我两天时间。

美　梅　我就知道，这两天之后还有两天，然后就是一个月。我都等一年多了，都是借口！

李家驹　这怎么是借口呢？这都是事实啊。

美　梅　我问你，你到底想不想和我结婚？

李家驹　我想，我做梦都想……

美　梅　我们在一起已经那么多年了，多么辛苦我也没有抱怨过，我就是想让我妈看见我能风风光光地嫁给你。你真的爱我吗？（生气，欲下）

李家驹　美梅，你说什么呢！……下山真的不行……美梅，你别走！要不这样，我们在工地上办？

美　梅　（停下脚步）工地？你知道婚姻对于女人来说意味着什么吗？

李家驹　那你说……要我怎么办！

〔于红格上。

于红格　谁啊？家驹，这是怎么了？

〔美梅生气地跑下。

于红格　美梅，美梅……（不解地）家驹，怎么回事儿啊？

〔李家驹一言不发，沮丧地下，留下于红格满头雾水地站在那儿。

〔王淑英上。

于红格　（由于天黑，努力辨认）是王医生吗？

王淑英　是我，于主任，这么晚了，您怎么还不睡啊？

于红格　睡不着，出来走走。你怎么了？

王淑英　我没事儿。

于红格　那咱们就聊聊？

王淑英　好。

于红格　（感慨地指着周围）看看，好好的一座新保温大棚，一眨眼的工夫就让狂风给掀掉了。

王淑英　"一年四季风，从春刮到冬。"这就是风雪高原的怪脾气。

于红格　（看到王淑英手里拿着一个装满幸运星的玻璃瓶子）又想宝贝女儿了吧？

王淑英　（默默地点头）是啊。

于红格　（看着满满一瓶子幸运星）想她就拿出来看看，那可是孩子的一片心啊。

王淑英　（回忆）我怎么也忘不了，那天要出发的时候，孩子们到火车站来送咱们。在家的时候我们就约定好了，谁都不能掉眼泪。可是，火车刚刚一启动，谁都憋不住了。我的眼泪一个劲儿地往下掉，我女儿更是号啕大哭起来……

于红格　（连连点头）我都看见了。

王淑英　女儿赶快把这玻璃瓶子塞到我手里说：“妈妈，你好好数数幸运星是多少颗。”后来我一数，99 颗，这就是让我“久久”地想着她；她也“久久”地想着我啊……玻璃瓶子里还有张小纸条，上边写着“女儿是妈妈的贴心小棉袄，妈妈走到哪儿，女儿的心就跟你到哪儿”。

于红格　王医生，是不是刚才女儿又来电话了？

〔王淑英点点头。

于红格　（关心地）孩子说什么了？

王淑英　电话刚接通，里面没有声音。我刚要放下电话，从电话那头传来了哭声，是我的女儿。我当时一句话也说不出来，女儿突然对我说：“妈妈，我真是太想你了，你能回家吗？你能不能现在就从电话线里过来啊，妈妈！”

于红格　（搂住王淑英）淑英，我理解你。我们都是做母亲的，我懂……一切都会好起来的。等工程结束以后，你会觉得一切都是值得的。等女儿长大了，她也会为你骄傲的。

王淑英　（不好意思地）丁主任，您看我……我没事的。

〔工人甲、乙抬担架上，强巴、央金跟上。

于红格　强巴大叔。

工人甲　于主任！

于红格　这是谁啊？

工人乙　这是我们施工队的李队长啊。

于红格　李队长？（仔细辨认）小李，小李……

工人甲　刚才在现场，队长突然晕倒了，心跳不稳，还有点儿说胡话，多亏了老爷子的藏药，这才好多了。

于红格　怎么回事？

工人甲　为了抢进度，他顶替两个病了的工友，已经连续加两个班了。

于红格　胡闹！这是违反劳动纪律的，吃的是什么药？

央　金　爷爷给他吃的是红景天，还有一些爷爷的秘方藏药。

于红格　要是把病人从小路送下山需要多久？

〔强巴说藏语。

央　金　（翻译）爷爷说天黑不好走，开车也要一个半小时。

于红格　时间太长了，这是典型的高原病症状。王医生，你赶快把病人送到急诊室，立即进行高浓度加压吸氧，同时量血压、测心电。注意观察，我去向指挥长汇报一下。

王淑英　好，你们跟我来。（下）

〔工人甲、乙抬李队长跟王淑英下。

于红格　强巴大叔，谢谢您啊。

强　巴　（蹩脚的汉语）我是……志愿者……

〔石磊上。强巴、央金下。

石　磊　妈。

于红格　又有人晕倒了，你们那个大型制氧机安装得怎么样了？

石　磊　我就知道您准为这事儿吃不下、睡不着的，所以我赶紧过来告诉您，大型制氧机已经安装完毕，正在调试，很快就要开机制氧了。

于红格　（高兴地）好儿子，这是一个比什么都重要的好消息呀！

石　磊　这下您能睡着觉了吧。

于红格　儿子，我再问你一件事，你们的合同是怎么谈的？

石　磊　噢，单位做生意当然要赚钱啊。

于红格　那你的呢？

石　磊　我的个人利益当然包含在里面了。

于红格　我想，个人利益方面……你最好不要提。

石　磊　（有些意外地）为什么？

于红格　这个工程倾注了妈妈和所有人的心血，首要任务是保证它的顺利完成，不要因为个人利益影响它，明白吗？这很重要！

石　磊　您有时间多注意注意自己的身体……有空多给老爸打打电话。（下）

〔于红格呆立在台上。

〔切光。

第四幕

〔光启。陈坚办公室。

〔李队长抱着氧气袋吸着氧上，李家驹追上。

李家驹　你怎么跑这来了？

李队长　我来找指挥长。

李家驹　指挥长正派人找你，他在气头上，你可小心点儿……（看见陈坚走过来）来了。

〔陈坚上。

陈　坚　我还派人到处找你，你倒自己送上门来了。好，坐。

李队长　（站着）指挥长……

陈　坚　怎么，我还得请你坐呀？

李队长　（坐下）指挥长，我……

陈　坚　我上次怎么跟你说的，要奋斗但不能有牺牲！可你呢，完全不顾高原《预防手册》和《工作守则》的规定，不仅要求你的队友加班，而且你还连续加两个班，你带了个什么头！

李队长　不是，指挥长，您动员大会上定的工期已经没有多久了，整休通车的期限也逼近了。按照现在的施工效率，不加班、不玩儿命根本不可能完成。

陈　坚　你差点儿丢了小命儿，还在强词夺理！于主任救了你，批评你几句，你还跟人家吵，你不配合治疗，偷偷溜回施工现场，有这事儿吧？你不要命了！

李家驹　指挥长，你看，没有出现重大后果，您不要生气。（对李队长使眼色）

陈　坚　（更急了）怎么没有后果！那天不是于主任救治及时，不是强巴大叔的藏药，你小子还能在这儿跟我谈工期？是呀，工期没有退路，我们也绝对不能影响全路的通车。但无论如何也不能以牺牲工人的性命来赶工期、抢进度！

李家驹　（打圆场）石磊的大型制氧机已经试制成功，每小时可产氧气 20 立方米，氧气纯度达到 95%，这样今后的工程进度肯定能够加速。

陈　坚　你听听、你听听！

李队长　指挥长，可我们是隧道两头同时施工，恐怕只有一台大型制氧机是不够的。

陈　坚　有了第一台，咱们还怕没有第二台、第三台吗？家驹，你说呢？

李家驹　我看没问题。

李队长　可是，这第一台主要零部件都是石磊从山下带上来的，继续制造第二台制氧机所需的材料和设备呢？

陈　坚　你怎么总爱操我该操的心呀。我已经跟总部和科技大学提出书面材料的申请了。家驹，都好几天了，总部应该有回复了吧？

李家驹　对了，总指挥部来过电话，询问设备详单。他们说，已经和燕京科技大学做了周密安排，材料、设备这几天就送上来。

陈　坚　好！我们啃下一块骨头，接下来还有一块更硬的骨头，那就是全力攻克冻土层。来，关于解决热融的方案我看了，你们有几分把握？

李队长　还是让李工程师说吧。

李家驹　方案是在铁道科学院、中科院冻土研究所和西南交大共同支持帮助下确定的，并很快得到了初步论证。

陈　坚　好！时不我待呀！家驹，我先给你记上一功！

李队长　我呢？

陈　坚　你？记一个过！

〔电话铃响。

陈　坚　（接电话）喂……什么？猜猜你是谁？……哎呀，老战友吧……怎么会忘记你老张呀……真是你呀……啊？我们需要的材料、设备明天就能送到？太感谢了，我的老战友……你还亲自送？没有想到这么快，真是急我们之所急呀。好，好！（放下电话）你们这下放心了吧！

李家驹　（比画胜利的手势）耶！

〔石磊上。

石　磊　指挥长，制氧机运行稳定，完全达到设计要求。谢谢您，还有家驹他们，对我工作的支持和帮助。

陈　坚　你给我们帮了大忙，怎么反过来谢……你这是……

石　磊　我的任务完成了，是来辞行的。这些日子也给您添了不少麻烦，我想明天就走。

陈　坚　哎呀，这怎么说走就走啊？石磊啊，你要走我真有点儿舍不得呀。

李队长　陈指挥长还希望你继续制造第二台、第三台制氧机呢。

陈　坚　（瞪了一眼李队长）就是、就是。

石　磊　继续制造的事情，我想家驹已经完全掌握基本工艺，应该没有问题。我们学校那边接手了一个新项目，让我这边的工作一完成，就赶紧回去。

李家驹　我们真舍不得你走。

陈　坚　就是，好小伙子，到哪儿都受欢迎。这样吧，今天晚上，我们为你饯行。

〔于红格急上。

于红格　石磊！哦，石副教授，制氧机刚刚成功，听说你怎么马上要走？

石　磊　我想跟陈指挥长打完招呼，再告诉你……

陈　坚　李队长，你还不赶紧跟于主任道歉，感谢于主任的救命之恩呀。

于红格　他还要跟我理论呢，只要工期不要命！现在有新制氧机了，氧气管够，你可再不能玩儿命了！

李队长　看您说的，好像我真的不知好歹。于主任，我无论如何要感谢您救了我。

于红格　你这个话我怎么听着有点儿勉强呀？

李队长　（玩笑地）你救人救到底，背一个氧气罐，气倒有了，可是干活还是不得劲儿呀。于主任，你能不能想个办法，让我们都能钻进这个大氧气罐儿里头，那喘气儿、干活儿该有多美啊，也省得跑来跑去换氧气瓶。

陈　坚　你说什么？

李队长　（害怕地）我是跟于主任开玩笑。

陈　坚　这个玩笑……开得好啊！

于红格　想象力倒挺丰富，怎么可能啊。

陈　坚　听着挺天真，但有点儿意思。

李队长　我就是缺氧缺怕了，白日做梦。

石　磊　科学发明在成功之前都是梦，有时还是荒唐的梦。

陈　坚　说得好！如果我们从科学的角度出发……石磊，你有什么具体的想法吗？

石　磊　具体的还不敢说，但从道理上，我觉得不是不可能的。

于红格　石磊，你就直说吧，别卖关子啦。

石　磊　指挥长，现在不是有了大型制氧机了吗？如果我们接上管道，一直延伸到隧道里，在管道终端装上一个类似喷头的装置，让氧气充满隧道，是不是就有可能解决问题了呢？

陈　坚　高！越来越有意思了。

李家驹　（点头）还真是的……

于红格　可氧气瓶是密封的，我们能把隧道也密封起来吗？

李队长　对呀，那么大的洞，怎么密封？即使能密封，那得需要多少氧气呀？咱们的制氧机能产出那么多氧气吗？肯定达不到吧！

石　磊　这倒是个实际的问题。

陈　坚　大家说得有道理，你们看这样行不行？我们可以根据制氧站供氧量可达到的面积，把这个大氧气瓶缩小。

于红格　怎么个缩小法？

陈　坚　我们可以把管道直接伸到掌子面，增加喷头的数量并布局在不同的角度，这样就可形成弥漫式供氧。

李家驹　对呀！这样就简单多了。既降低了风枪手背氧气瓶的劳动强度，也减少了换氧气瓶的时间。

石　磊　可行。我们还可以在隧道中安置氧吧车，供其他人员随时补充氧气。

李队长　这样一来，供氧的问题在隧道里就全部解决了，我们也不用跑来跑去了。

陈　坚　李队长。

李队长　到！

陈　坚　哈哈……知道用脑子了。好，将功补过，也给你记一功！

李队长　谢谢指挥长！

陈　坚　我们一定要紧紧抓住这个奇思妙想不放手，继续深入地开掘下去。石磊，你觉着呢？

石　磊　我觉得可行，但还需具体的测算、研究和反复试验。

陈　坚　石磊啊，我想对你……提点儿希望。

石　磊　指挥长，您有什么需要我做的就直说吧。

陈　坚　好，你能不能多留下几天，等完成这个共同的梦想以后再走？

李家驹　答应了吧？

石　磊　这……

于红格　石磊……

陈　坚　说实话，我们这工程是国务院和铁道部抓的国家重点工程，技术人员我们不缺。只要需要，什么样的专家我们都能调来。但这个弥漫式供氧，是在你们研制的大型制氧机的基础上我们共同设想的，你能更快地进入情况。我现在需要抢时间啊。学校那边我们可以说明情况。

石　磊　我想想……

于红格　你还想什么？

李家驹　指挥长……（指指手表）

陈　坚　你不必马上回答，考虑一下。我先去施工现场，马上回来，你可要等我哟。（与李家驹、李队长下）

于红格　石磊，陈指挥长说的你明白吗？

石　磊　（点头）我当然明白。

于红格　看得出来，他很看重你，也很需要你。你是怎么想的？

石　磊　陈指挥长是位好领导，很有人情味儿，跟他干活儿放心、痛快……可……

于红格　难道你还有什么不能和妈说的话吗？

石　磊　（为难地）那我就真说了。

于红格　说嘛。

石　磊　来以前，校长已经找我谈过话……

于红格　说什么？

石　磊　让我这边制氧站安装成功后马上回去上任，并接手一项新的重要项目。

于红格　上任？

石　磊　就是提升我当研发部副主任。

于红格　傻孩子，这不是好事吗？还瞒着妈。……可这跟让你多留下几天有什么关系呢？

石　磊　这次新合作项目一旦完成，我们学校不仅扩展了研发领域，还能带来可观的经济效益。而且，我们个人的收入也不菲呀！

于红格　是吗？

石　磊　可我要是不及时赶回去，新项目也许就交给别人……您明白了吧？

于红格　你来这里，也看见了，这里施工困难，工期紧迫，施工队长小李加了两个班的工作，差一点儿丢了性命，就仅仅为了完成工期。这里需要你，需要你这样的技术人才，也许你一个人在这里的努力，就可以在技术层面上解决供氧关键困难，避免高原病，按时完成工期。

石　磊　是的，我明白。这里的工作是您现在的一切。可是外面社会，不是你认识的样子。除了工程工期，生活还有许许多多内容。

于红格　（想着）你就这么需要钱？

石　磊　是的。

于红格　你再说一遍。

石　磊　老实说，我还就是为了挣钱才这么拼命干的。

于红格　你……你怎么会这样呢？

石　磊　妈，这样怎么了？我一不偷、二不抢、三不骗，我是靠自己的本事挣钱，这有什么不对、不好的吗？

于红格　你脑子里除了钱，还有什么？陈指挥长、淑英阿姨，还有那么多技术人员、工人师傅，他们放弃大城市的生活，来到这高寒缺氧的青藏高原是为了什么？美梅、家驹，为了参加青藏铁路建设不断推迟婚期，他们又是为了什么？

石　磊　妈，说实话，我很敬佩他们，也包括您，但这是两回事儿。我必须要把到手的机会把握住，到手的钱拿到。

于红格　你再说一次！

石　磊　（坚持地）怎么了？再说也是这话！

〔于红格一时怒起，打了石磊一个嘴巴子。

石　磊　（惊愕地捂着脸）妈，从小到大，您可是从来没打过我……自从参加青藏铁路建设来到高原后，您什么时候真正关心过我的生活、我的事业。

于红格　（愧疚地）儿子……

石　磊　妈，我刚才说的一切，其实不是我急着回去的真正理由。我是怕……那我就说实话吧。您知道我爸现在病情如何吗？

于红格　你爸怎么了？他的老毛病是不是又犯了？

石　磊　每周必须透析三次，每次透析费用就要三百多块钱，这一个月下来要多少钱？一年又要多少钱？这还没算上其他的住院费、护理费、营养费和日常开销。我现在的收入，加上您和爸爸的工资能够维持多久？

于红格　（连连摇头）不可能……这绝不可能！我每次打电话的时候，你爸都说挺好的，你不是也这么告诉我的吗？

石　磊　我们……那不是怕您着急嘛！我爸说，你妈在青藏线修铁路，环境艰苦，工作又忙，咱爷俩可不能扯她的后腿呀！

于红格　（流眼泪，痛苦地）……我不是一个称职的妻子，不是一个好妈妈……石磊，是吗？

〔石磊停了一下，痛苦地转身，下。

〔陈坚上。

陈　坚　石磊，石磊！于大姐，你哭了？家里出事了？

于红格　还是实话实说吧，我那老头子是得了病，还是有生命危险的大病，所以……

陈　坚　（连连点头）所以让石磊回去照顾老爸，对吗？

于红格　（惊讶地）你……你怎么知道我们……

陈　坚　我早就猜到了。

于红格　陈指挥长，事已至此，我也就什么都不瞒你了，石磊是我儿子。

陈　坚　石磊他们学校之所以这么快就研制出大型制氧机，也是你事先通的风、报的信吧？

于红格　有这事。我当初担心，因为有我这层关系，你们的合作关系不好处理，还被人说闲话。

陈　坚　我的好大姐呀，举贤不避亲嘛，你是帮了大忙了。为了咱们的青藏铁路，不光大姐你自己，这回连儿子都搭上了。

于红格　（为难地）现在家里有困难，我们两个人不能都在高原啊……可是这里……我真不知道该怎么办……

陈　坚　（果断地）没有什么可犹豫的。于大姐，性命攸关，这可是不能含糊！

于红格　陈指挥长……

陈　坚　不必说了。石磊必须回家。

于红格　可弥漫式供氧……

〔李家驹上。

李家驹　（听到了刚才的谈话）于主任，您放心，还有我们呢。

陈　坚　家驹，你过来，马上接替石磊的工作。

李家驹　我？

陈　坚　你不是刚表完态吗？

李家驹　我是……

陈　坚　你尽快掌握所有技术资料，马上投入弥漫式供氧的开发。

李家驹　指挥长……

陈　坚　就这样决定了！明天早晨，咱们一起去送石磊。于大姐，你立即安排石磊下山。

〔切光。

第五幕

〔光启。清晨，大风山垭口，一个公路的交叉口。

〔于红格在王淑英的陪同下来到垭口。

于红格　就是这里，我们就在这里等他们。

王淑英　一会儿石磊到了，你就什么都别说，好好告个别，你们就算和解了。让他痛痛快快下山，好安心照顾你老伴儿。

于红格　我也没有想到，昨天一气之下就动了手……嗨，从小到大就没打过他，不过这孩子也倔强，居然他就再也不理我了。这要走也……

王淑英　说他是孩子，人家已经是副教授了，在学生面前也是一呼百应，不能老当他是孩子。

于红格　我知道。（看表）他肯定会从这儿过吧。

王淑英　放心，我让李家驹告诉石磊，陈指挥长会在这里派车等他。我还偷偷告诉家驹，你也在这里。

于红格　你知道我为什么选在这里跟他见面吗？这里呀……

〔李家驹上，后面跟着石磊。

李家驹　磊哥，快走啊……

石　磊　来了。（看到于红格，转身要走）

王淑英　石磊，别走呀，我和你妈在这儿等你们好久了。

李家驹　（故意地）哎呀，于主任，你们在这里呀，石磊刚才还说怎么没有看见您呢。

石　磊　我没有说过。李家驹你不要掺和好吗？

于红格　儿子，你还在生妈妈的气？妈妈今天向你道歉。（见石磊不作声）一定要和你告个别，也希望你不要再误会妈妈。

李家驹　（故意不听，不看母子的对话，拉王淑英到一边聊天）王大夫，陈指挥长要派的车怎么还没来呀？

王淑英　（心领神会地）他接完老战友，就派车过来了。（边聊边关注着于红格那边）

于红格　石磊，你已经是大人了，我就把你当成一个有阅历的人看待。

石　磊　妈，您有话就直说吧。

于红格　你知道你的姥爷是怎么死的吗？

石　磊　你说过了，牺牲了。

于红格　是的，他牺牲的地方就在这里。这里当年是青藏公路线的一个露天仓库。

石　磊　（打量四周）这里？

于红格　早晚也要告诉你。可是，我今天跟你说这些不一样，我要你理解妈妈为什么会对这里的一切那么有感情。

石　磊　您说，我听着。

〔李家驹、王淑英在远处静静地听着。慢慢地靠近于红格、石磊。

于红格　（想了一下）那要从上个世纪五十年代说起。当时，在这儿正修建青藏公路。有一位老政委带领一支由解放军和民工组成的队伍，艰苦地施工。由于那个年代各方面条件都非常差，加上高寒、缺氧，很多人得了高原病，人心不稳，队伍很不好带。老政委不得不花大力气做好“拴心留人”的工作。

李家驹　拴心留人？

王淑英　就是让队伍安心在这里工作。

于红格　那是最重要的工作。他第一个动员的就是我爸，也就是你姥爷。等到我爸把我妈从陕西乡下接到格尔木来以后，很快就生下了我……

李家驹　（感兴趣地）这里面有故事啊！

于红格　可是我刚刚出生不久，我妈就因一场急病离开了我们。

李家驹　对不起！我不知道会是……

于红格　没关系！

石　磊　那……后来呢？

于红格　自从你姥姥去世以后，你姥爷是又当爹又当娘。你想，一个大男人，为了早日建成青藏公路，没白天没黑夜地奋战在工地上，还要养着一个不满周岁的我……

王淑英　真是太难了！

〔陈坚与老张上，听见于红格在说话，制止了李家驹招呼他们。

于红格　有好心人劝我爸把我送人，可他说什么也不干。他说：“我已经失去了一个亲人，不能再失去第二个了。”老政委抱着我说：“这是我们解放军的后代，我们一定要把她养大成人。她就是我们青藏公路建设的见证人！”

王淑英　（动容地）于主任……你那么小……太不容易了……

于红格　就在我刚刚学会走路的时候，我爸也得了高原病。那时工期紧人员缺乏，我爸拖着带病的身体，不顾劝阻坚持施工。就在这里，这个露天仓库。那天原本晴朗的天空，突然乌云翻滚。老政委赶紧指挥施工的战士们，把工地的器材设备集中到地势高的地方去。当我爸把最后一箱设备搬起时，大雨随着狂风劈头盖脸地砸了下来，他脱下雨衣盖在箱子上，自己紧紧地压在上面……我爸终因体力不支就再也没起来……临死前他把我托付给了老政委。

石　磊　妈……

陈　坚　（连连摇头）于大姐……

〔大家站起来，低头默哀。

王淑英　于主任，我今天才明白，您为什么要从事高原病的医学研究，还主动参加青藏铁路的建设。

于红格　是的。

陈　坚　（激动地）你们一家三代都奉献给了青藏高原，你们用理想和生命……给我上了生动的一课。老张，你今天来对了。你看看，这就是那位老政委的孙女呀！

老　张　您好，敬佩啊！老伙计，我今天感觉又回到了那个年轻的时代，那个用生命和理想书写历史的年代。

于红格　这位是？

陈　坚　啊，我的老战友。我跟总部申请的物资刚刚答复马上送，这声还没落他这人就到了，神兵天降啊！

老　张　哈哈哈……一听说是给你这老小子送物资，我恨不能一步就迈过来呀！

陈　坚　我跟我这位老搭档，虽然没在老政委手下当过兵，但是他当年的事迹在全军树为楷模啊。他说过，“我们不仅要修青藏公路，将来还要修青藏铁路……”

老　张　我们就是在老政委精神的鼓舞下，修建青藏一期……

陈　坚　扯远了，扯远了。你这老小子，人家要送孩子走呢。于大姐，咱们说完了，不要耽误孩子的行程。

于红格　孩子，我希望你能够真正地理解你的妈妈。

石　磊　妈，您啥也不用说了，我懂。陈指挥长，你们在工期那么紧张的时刻还来送我，我心领了。后会有期！

陈　坚　应该的，应该的。家驹，车和司机在前面等着呢，你去送送石磊。石磊，我们还是期待你在弥漫供氧项目上能够贡献你的才智。

石　磊　后会有期。

陈　坚　后会有期！

于红格　儿子……

石　磊　（想上前拥抱于红格，但是不好意思，又退了回来）妈妈，保重！

〔石磊、李家驹下。

〔王淑英示意陈坚去安慰安慰于红格。

陈　坚　于大姐你就放宽心吧，石磊是个能干的孩子，而且挺懂事的，他会处理好家庭和工作的关系。我们在这里就要把这里工作搞好，还是老政委那句话，拴心留人！当务之急，一是安定人心，二是攻克弥漫式供氧。我们必须有措施，调动大家的热情。

老　张　哎呀！老伙计，我一看你现在这样，就想起当年咱们一起干活的时候。每到工期最要紧的时候，他都能用最大热情调动每名战士的干劲儿啊。

陈　坚　大风山隧道工程马上就要进入攻坚阶段了，你老小子来得正是时候啊！你既然来了，别白来，得助我一臂之力。

老　张　我做梦都想着咱们什么时候还能再在一起干。

陈　坚　当年，青藏一期工程，从西宁到格尔木全长 814 公里。我们广大铁道兵指战员面对的是高寒、缺氧、风沙和盐湖筑路等恶劣的自然条件……

老　张　那时的苦，才叫真正的苦。老伙计，你还记得吗？有一次隧道里放完炮，没有通风设备，咱们都脱下衣服当扇子来排烟，一个个给呛的……哎，那次塌方，要不是你把我挖出来，现在上哪儿吃那个手抓羊肉啊。

陈　坚　可是，我们还是有很多战友就是牺牲在塌方中……我们完全靠的是一不怕苦、二不怕死的精神，用了整整10年的时间，终于把钢铁长龙牵上了高原。

老　张　在这之后不久，铁道兵集体改编并入铁道部。当我们向八一军旗敬最后一个军礼时，我这心里真不是滋味。舍不得呀！

陈　坚　（情不自禁地哼唱起《铁道兵志在四方》）“背起那个行装，扛起那个枪，雄壮的那个队伍浩浩荡荡。同志呀你要问我们哪里去呀，我们要到祖国最需要的地方……”

王淑英　这是什么歌？

于红格　《铁道兵志在四方》。

王淑英　你怎么会唱这首歌啊？

于红格　我就是听着这首歌长大的。指挥长，我今天还有一个不情之请，希望您能收下一样东西。（拿出烈士名单）

陈　坚　这是？

于红格　这就是老政委留下的256位烈士的名单。本来我是想给石磊看的，让他知道自己肩负着什么样的重托，可我现在要把它交给你了！

陈　坚　为什么呢？

于红格　因为只有你还记得老政委说过的话，“什么时候谁能够把100个人带上山来，再把100个人都带下山去……”

陈　坚　“那该有多么圆满啊！”

于红格　只有你才能完成先烈们的遗愿。

陈　坚　（双手接过名单）谢谢！这真是太珍贵了。于大姐，我向你保证。我要带着这份名单和先烈们的重托，去拉萨。老张啊，我们应该想想，用个什么办法，鼓舞鼓舞今天的年轻人。

王淑英　要不，我们换个思路，给美梅、家驹搞一个盛大的高原婚礼，让大家换换心情，鼓鼓劲儿！

老　张　哎，这个思路不错啊。

于红格　王大夫，要不你和美梅商量一下，选一个结婚的好日子，然后向陈指挥长……

陈　坚　我心里有数，就这么定了。

〔歌曲《铁道兵志在四方》响起。

〔切光。

第六幕

〔光启。职工宿舍大门前，人头攒动，喜庆洋溢。

〔喜庆的音乐起。

老　张　干吗呢？都快着点儿……那灯再高点儿，不对，低了低了，再升高点儿。哎哟，我说你们怎么那么笨呢！

〔小王拿着卫星电话上。

小　王　这儿谁负责啊？

老　张　找谁？

小　王　老爷子，这个放哪儿啊？

老　张　送错了。

小　王　哎？是这儿啊。老爷子，我们指挥长就是让我把这个送到这儿啊。

老　张　这是什么啊？

小　王　卫星电话。

老　张　卫星电话？

小　王　指挥长说啊，新郎新娘的父母身体不允许上高原，用这个，不用去综合办，现场就能通话，就跟那个“春晚直播”似的。

老　张　嘿，这陈二愣子心还挺细啊。

小　王　老爷子，你咋说我们指挥长呢？

老　张　你别一嘴一个老爷子的，你看清楚点儿，我老吗，我老吗？叫首长！

小　王　首……哎？您不是当兵的，又不是我领导，我凭啥叫你首长啊。

老　张　凭什么？我……

〔于红格上。

于红格　就凭他修铁路的时候，还没你呢！

小　王　于主任。

老　张　听见没小子，当年你们指挥长娶媳妇都是我帮着操办的。

小　王　是吗？（嘟囔）那还不老……

于红格　行了，小王赶紧忙你的吧。

小　王　是。（放置卫星电话）

老　张　于主任，今天我是真高兴啊！一上山就赶上喜事，更重要的，老陈的弥漫式供氧今天就能完工。这叫什么？这叫双喜临门！新娘子打扮得怎么样了？

于红格　嗨，还高兴呢，这人不见了。

老　张　哟！

于红格　王大夫原本跟她在一起，现在俩人都不见了，我这不出来找她的嘛。

老　张　你说，这人上哪儿去了啊？

〔美梅被王淑英拉上。

于红格　美梅，你跑哪儿去了？

老　张　哎哟，哪有这新娘子眼看要入洞房了还满街跑的。

美　梅　于主任，这婚我不结了！

众　人　啊？

美　梅　有他李家驹这样的嘛！上次因为下山的事，刚和我认完错。要不是看在他鼻涕一把、眼泪一把都快跪下了，要不是指挥长帮他说情，鬼才原谅他呢！

于红格　那现在这又怎么了？

美　梅　人又没了，我就让他换个衣服的工夫，人又没影了！

王淑英　这小姑奶奶刚才自己要去隧道现场呢。

于红格　这个家驹，今天是什么日子他不知道啊！但是美梅，你去也不对，你叫王大夫去不就完了。王大夫，你把她拉回来就对了。

王淑英　哪是我拉的啊，半路遇到陈指挥长了，他叫美梅先回来，自己抓李家驹去了。

老　张　哎哟，行了，行了。伯伯给你做主，一会儿咱不能轻饶他。但是他要没点儿这轴劲儿你不也不喜欢他嘛。大姑娘上轿哪有往回退的？行了行了，赶紧穿衣打扮去，一会儿人就都来了……

〔王淑英、美梅下。强巴、央金带着礼物上。

于红格　强巴大叔。

〔强巴说藏语。

央　金　（翻译）我和爷爷是来给家驹哥哥和美梅姐姐随喜的。

强　巴　扎西德勒！

于红格
老　张　扎西德勒！

于红格　央金，你今天可真漂亮啊。

央　金　这些是我送给美梅姐的。我爷爷刚刚在垭口竖起了经幡，还放生了两尾鱼和一对白鸽。这是我们藏族的传统，祝福新人。

于红格　谢谢你们啊！来，咱们里面歇会儿。（把央金、强巴送下）

〔李家驹一个趔趄冲上。

李家驹　哎哟，（冲后边）真踹呀！

于红格　家驹，你跑哪去了？

〔陈坚上。

陈　坚　你给我站住！（看到于红格站住了）我说家驹呢。你，过来！

〔于红格莫名其妙地走向陈坚。

陈　坚　嗨！于大姐，我是让家驹过来。（冲李家驹）你说，你小子是不是成心想气死我呀？

李家驹　指挥长、指挥长你听我说。

陈　坚　我听什么听！这么多人在这儿忙乎为谁呀，啊！人家美梅能同意在工地办婚礼多不容易啊，我怎么叮嘱你的，你是不是想让新娘子求你呀？

李家驹　指挥长，今天是弥漫式供氧成败的关键一战，作为负责人，不能少了我啊。

陈　坚　哦，没了你地球还不转了？我告诉你今天那边儿用不着你。你今天的任务就是踏踏实实地娶媳妇儿！

李家驹　我踏实得了吗？就刚才，三号制氧机出氧异常。咱们这弥漫式供氧是在石磊他们的大型制氧机的基础上设计的，我又是唯一全程参与的人，在今天这么关键的时刻，要是……

陈　坚　行，我看出来了，这儿又一个爱操我该操的心的人。我已经派李队长带着技术人员在现场盯着了，用不着你管！来人！

〔几个工人上。

工人甲　指挥长，什么事？

陈　坚　把他这身皮给我扒了。

工人乙　真扒呀？

陈　坚　给他披红、戴花！

〔李家驹被众工人带下。

老　张　老伙计，真有你的。来，看看我布置得怎么样？

陈　坚　（看新房的布置）行啊老张！（对于红格）多亏了咱们的司仪老张啊！

于红格　是啊。

老　张　嗨，老张，老张，怎么讲？就是老爱张罗！

陈　坚　你个老小子！（晕）

〔众人扶陈坚坐下。

陈　坚　都是这家驹给我急的。我没事儿，再怎么说，也得把咱这大日子扛过去啊！我这口气还顶得住。

老　张　你先歇口气，我下去看看，咱们就准备开始。（下）

〔书生、小宝上，两人探头往新房里看。

〔画外音："看什么，换衣服呢！"

书　生
小　宝　（连忙缩回来）没看没看，我们找指挥长，我们什么也没看见啊。

陈　坚　你们……

书　生
小　宝　指挥长，是我们。

陈　坚　（笑）我就说嘛，我们还会再见的。怎么样？家里边都挺好的吧？

书　生　我们是来……

小　宝　指挥长，我们是来……

陈　坚　（马上打断）是来道喜的，对不对？

书　生　啊……对对！

小　宝　指挥长，我们当时觉乎，这儿整天缺氧真是受不了，我连记性都越来越不灵了。可是走了以后，一下山就后悔了。

书　生　这是实话，又加上看不见有什么奔头。

小　宝　那天临走的时候，您掏心窝子的几句话，让我们真是无地自容了。

书　生　下山以后，我真感觉自己像个逃兵。

小　宝　当时氧气供不应求，可于主任还是拿来两个氧气袋让我们带在路上……

书　生　这下了山喘气倒是匀乎了，可这心里却疙疙瘩瘩的。

小　宝　我们两个人不吃也不喝，整整坐了一宿，一句话都没有。

书　生　第二天一大早，我们就给于主任打了电话，我们想回到山上来了，我们想和兄弟们，想和指挥长在一起。

小　宝　是啊、是啊，我们……

陈　坚　好好，我知道……那你们现在……

小　宝　我们想明白了，不到完工那天，您就是赶，我们也不走！

陈　坚　说得好呀，年轻人。人就是在这磕磕绊绊中长大的。天行健，君子以自强不息啊！

〔老张和众人上。

老　张　老伙计，都准备好了。

陈　坚　好！咱们开始！

〔喜庆的音乐起。

老　张　来，有请新人。

〔众人推李家驹、美梅上。

陈　坚　好！今天，咱们在高原上举行这特殊婚礼。要特殊就特殊到家，不允许我们喝酒，我们就以水代酒。老张，开始吧。

老　张　好！大家把酒满上。（端起酒杯）一敬天地！

〔强巴说藏语。

央　金　（向强巴解释）工地上不让喝酒，这是水。

〔卫星电话铃响。

王淑英　美梅，你妈！

美　梅　（兴奋地接起电话）妈，婚礼都已经开始了……妈……不是？你是谁呀……找陈指挥长……（扫兴地将电话递给陈坚）

陈　坚（接电话）喂，什么……这点儿事你们按程序办嘛……就自己处理吧……好了就这样。（挂断电话）

李家驹　指挥长，是不是我得过去一趟？

陈　坚　过哪儿去？什么事都没有啊……哎，李家驹，刚才我忘了个事儿啊。你小子刚才是不是惹新娘子了？这么便宜就娶媳妇，大伙儿说能答应吗？

小　宝　不能！让新人交代恋爱经过！

〔众人起哄。

小　宝　（冲到高台上）你们不说，我可说了啊！

美　梅　不许胡说！

众　人　快说，快说。

小　宝　我说、我说。（越发得意地）想当初，我跟家驹哥是形影不离的哥儿们。有一天，我陪家驹哥去职工医院看病。挂完号，我们在诊室门口等着叫号。这时候，只见一位天仙般的女护士走出诊室。哇塞！这姑娘长得……你们想听不想听……（听到众人回应，满意地）这姑娘一亮相，再看家驹哥呀，那脖子就跟落了枕似的，目不转睛，嘴上哈喇子都快流出来了。只见这位女护士又叫了几个病人以后，再次出来叫了个病人的名字，我和家驹哥一听全乐了。你们猜，她叫了个什么名字。

美　梅　（害羞地）不许瞎说！

书　生　快说吧！

小　宝　她叫的是李——家——狗！家驹哥说："嘿，我叫李家驹，这儿还有个叫李家狗的，我们是兄弟呀！"说完，我们就四处看，没人答应。我和家驹哥觉得不对呀。这时美梅姐又一次叫"李家——"，这狗字还没叫出来，家驹哥说时迟那时快，大喊了一声："驹，马驹的驹"。原来是这字写得太潦草，美梅姐把那个驹字的马字旁看成犬字旁了……

于红格　（趁大家不注意，将陈坚拉到一边，小声地）陈指挥长，刚才电话说什么啦？

陈　坚　李队长打来的，出了点儿小问题，想让我过去一趟。

于红格　那你快去吧，这儿有我和老张呢。

陈　坚　婚礼还没结束，我哪能走啊！

〔小王急上。

小　王　三号制氧机停机啦！

陈　坚　你说什么？

小　王　三号制氧机停机了。

陈　坚　紧张地看了下手表。

李家驹　指挥长，我过去一趟吧？

陈　坚　（坦然地）我都不用去，你去干吗？

老　张　老伙计……

陈　坚　没问题，我心里有数。大家放心吧，来，咱们继续。

老　张　来，婚礼继续进行。

〔强巴给李家驹、美梅戴哈达，说藏语。

央　金　（翻译）爷爷说，天上的百灵双双飞，地上的小羊成一对。

〔众人欢跃。

老　张　有请新人敬酒！

李家驹　（举杯）这杯酒，祝我们的弥漫式供氧成功，干！

众　人　干！

〔李队长气喘吁吁跑上。

李队长　指挥长，指挥长！

陈　坚　你不在试验现场，怎么跑这儿来了？

李队长　问题解决啦！

陈　坚　什么？你要是敢在这儿胡说，我撤你职！

李队长　你们不信？看，谁来了！

〔石磊上。

石　磊　指挥长，按您的指示，我按时归队！

于红格　石磊，你回来怎么事先不跟我说一声呢？

石　磊　妈，这是我和指挥长的秘密。

李家驹　指挥长，你事先知道石磊要回来呀？

陈　坚　要不然，我敢让你踏踏实实地在这儿娶媳妇吗？（握着石磊的手，耳语）

石　磊　我还得感谢指挥长和组织上的照顾，派了专人去照顾我爸爸，让我们家渡过了难关。还和我们单位协调，我也没有了后顾之忧。我这次回来就是为了攻克弥漫式供氧的。

李家驹　磊哥……

石　磊　兄弟，恭喜你了！

陈　坚　年轻人，未来是你们的，你们都是好样的！

〔于红格转过身去，按捺不住激动心情。

石　磊　妈，我们的梦想成真了，您怎么哭了？

于红格　（激动地拥抱石磊）儿子！妈这是高兴的眼泪，妈真为你骄傲……

老　张　请证婚人讲话！

于红格　今天真是一个值得庆贺的好日子。当初，家驹、美梅为了青藏铁路的建设推迟了婚期。今天，我在这儿宣布他们是合法夫妻了，这是他们的结婚证书。（递上结婚证书）

〔李家驹、美梅接过结婚证书，众人鼓掌。

老　张　下面请主婚人陈指挥长讲话。

〔众人鼓掌。

陈　坚　能够在高原上举行婚礼，对我们来说，是一件新鲜事。能够在高原上当主婚人，对我来说，这辈子都是一件荣幸的事。家驹和美梅是优秀的青年，也是我们学习的榜样。还有你们大家，你们每一个人，都在青藏铁路建设中做出了个人利益的牺牲，我敬佩你们。但这不是我们的目的，我们要把每个人的努力，转化为青藏铁路建设的成果。我说过，今天是喜上加喜。有人问我，结婚是一喜，还有一喜是什么呢……答案由石磊揭晓！

石　磊　（激动地）各位师傅，在上级领导的关心下，在我们大家共同的努力下，弥漫式供氧试验成功啦——

〔众人欢呼。

陈　坚　今天可谓双喜临门！弥漫式供氧的成功，意味着我们就要向隧道贯通打响最后攻坚战。我们要借着婚礼的喜气儿，借助大家的热情，一举拿下大风山隧道这个举世瞩目的工程。

众　人　好！

陈　坚　同志们，全国人民都在看着我们，全世界都在关注中国。我们肩负着民族的使命、历史的重托。为实现我们的梦想，我们一定会创造奇迹，大家有没有信心？

众　人　（热情高涨地）有！

〔切光。

〔音乐中纱幕落下，大屏幕出现攻坚战、贯通后庆祝等画面。

尾　声

〔光启。风和日丽，蓝天白云，远处是白皑皑雪山，近处是盛开的格桑花。

陈　坚　再次远眺漫山盛开的格桑花，已经是三年以后的事了，大风山隧道工程早已胜利竣工。今天，青藏铁路已是全线贯通。

〔音乐渐起。

陈　坚　我可以骄傲地告慰老政委，我不仅做到把100个人带下山、做到高原病零死亡、圆满地实现了您的梦想，我还将工程人员的生命尊严，融入了青藏铁路精神，那就是挑战极限，勇创一流。我们每一位青藏铁路建设者，就像那一朵朵盛开的格桑花，以顽强的生命力，面对高寒和极度缺氧仍然灿烂地绽放。我已经修了二十多年的铁路，将来还要修下去。但青藏铁路在我的记忆中，是永远抹不去的骄傲！今天，我和工程人员的代表，就要登上开往格尔木的列车，去参加有党和国家领导人、铁道部和地方政府领导出席的庆功大会。在这里，我深深地感受到我们自身奋斗的价值；深深地感受到藏语中格桑花的含义，那就是幸福。

众　人　那就是幸福！

〔音乐渐强，火车头灯光直射观众席，汽笛响亮的呼啸声……

——剧终

原载《剧本》2013年7月号

2014年荣获文化部全国优秀话剧奖

铁血道钉

李新华

有一种钉子，它既不是钉在墙上，也不是揳在木头里，而是被人用大锤重重地打进大地。这种钉子，就是道钉，铁道线上的钢钉。

——题记

人物表

詹天佑　出场时44岁，广东南海人，号眷诚，京张铁路总工程师。清廷首批官派留美幼童，毕业于美国耶鲁大学铁路工程专业，回国后多次出任中国自建铁路总工程师，被誉为“中国铁路之父”。

林竞明　字德宏，詹天佑留美同学，京张铁路副总工程师。

袁世凯　曾任直隶总督、北洋大臣兼督办铁路大臣，后被解职。

杨新泰　大英铁路公司驻华代表处帮办。

金　达　大英铁路公司驻华代表，铁路工程师，杨新泰的雇主。

宋老五　京张铁路筑路工。

宋耀庭　出场时19岁，宋老五的儿子，原系京张铁路筑路工，后入读山海关铁路学堂。

马　贵　京张铁路工程段段长。

筑路工、兵丁、随员、机修工若干。

序　幕

〔光渐起。远山如黛。

〔天际间传来孩子们琅琅的读书声："第五课——《詹天佑》：詹天佑是我国杰出的爱国工程师。从北京到张家口这一段铁路，最早是在他的主持下修筑成功的。这是第一条完全由我国的工程技术人员设计施工的铁路干线。从北京到张家口的铁路长200公里，是联结华北和西北的交通要道。当时，清政府刚提出修筑的计划，一些帝国主义国家就出来阻挠，他们都要争夺这条铁路的修筑权……"

〔跨越时空的宋老五扛着把大锤上。他仰望着蓝天，似乎在寻找这来自天际如同天籁般的声音。

宋老五　（喃喃自语）谁来阻挠？谁来争夺？（举起大锤，声音渐大）谁敢来阻挠？谁敢来争夺？（挥舞大锤，咆哮）我砸死他——砸死他——

〔宋老五手中的大锤呼呼生风。突然，他一个趔趄摔倒在地。

〔粗犷的号子声骤然响起："嗨——嗨——嗨哟嗨——嗨——嗨——嗨哟嗨——"

宋老五　（爬起）我不是詹天佑……我不是詹天佑……我只是一名筑路工，一名每天都在抬铁轨、扛枕木、打道钉的筑路工。我把那一枚枚七寸长、八两重的道钉，一锤一锤地、一锤一锤地砸进黄色的、黑色的、沙土的、岩石的大地……我不是詹天佑……

〔光渐收。

第一场　相约

〔光起。

〔光绪三十一年，公元 1905 年初。保定直隶总督府。

〔詹天佑站在袁世凯面前。

袁世凯　（手拿一张名帖）你——就是詹天佑?

詹天佑　回大人话，在下就是詹天佑。

袁世凯　（看了看名帖）“五品选用道员，关外铁路驻段工程师。”（把名帖往桌子上一扔）是你跟胡燏棻胡老头说，要自建京张铁路?

詹天佑　是的，大人。

袁世凯　那些洋人早盯上了，你跟他说有屁用!

詹天佑　所以天佑才来拜见大人。

袁世凯　找我也没用。这是联结京师与张家口之间的干线铁路，全长 200 公里，你要是玩砸了呢?

詹天佑　天佑以人头谢国人!

袁世凯　（愕然，继而又不以为然）算了吧，别以为在花旗国喝了两年洋墨水，你这颗脑袋就有多值钱。

詹天佑　（赔笑）大人，是喝了十年。

袁世凯　喝一百年也没用!你玩砸了，我袁世凯的这颗脑袋也保不住。詹先生，请便。（端起茶杯，意欲送客）

詹天佑　（急了）大人，您可是当今的铁路大臣，难道就愿意中国路权永久被洋人霸占?

袁世凯　（放下茶杯）别提这铁路大臣!去年在关外听了你们胡老头的几句胡言，我袁某人就向朝廷上奏，提议动用关内外铁路盈余修建京张铁路。没想我这么随便一提，朝廷就给我加了这顶“督办铁路大臣”的帽子。我他妈这不是自找苦吃嘛！

詹天佑　大人，您这可是高升了呀！

袁世凯　升个屁！我袁某人都直隶总督兼北洋大臣了，还稀罕这个吃力不讨好的铁路大臣？

詹天佑　天佑以为：唯有实业才可以救国，唯有铁路才可以兴邦！可眼下全国数千公里铁路，全是借洋款、用洋员建起来的，路权、路产要三五十年后政府才可以高价赎回。身为中国工程师，天佑深感不安……

袁世凯　（有点儿轻蔑地）行了！你詹天佑头上戴的不过是顶“五品选用道员”的虚衔，国家的事情，还轮不上你来操这份心！如今是百姓怕官府，官府怕洋人。

詹天佑　大人，天佑头上戴的虽然是个虚衔，但一颗为国为民的心，却是实实在在的。

〔兵丁上。

兵　丁　报大帅，大英铁路公司驻华代表处的金达先生求见。

詹天佑　（若有所思）金达？

袁世凯　这些洋鬼子，走马灯似的，把我这总督府当他们的洋餐厅了。（厌烦地）见谁不见谁，都他妈得罪人。不见不见！

兵　丁　喳。（欲下）

詹天佑　等等！大人，这英国人，可以一见。

袁世凯　可以一见？

詹天佑　今天不见，明天他再来。明天不见，后天他还会来。

袁世凯　那你说……

詹天佑　让他死了这条心，就不会再来了。

袁世凯　就凭你？

詹天佑　（奉承）这不还有大人您吗？

袁世凯　（对兵丁）那就让他们进来吧。

兵　丁　喳。（下）

袁世凯　詹先生，我可警告你：你可别这边让洋人死了心，回头又叫我死掉人！

詹天佑　（胸有成竹）大人，您就放心吧。

〔金达和杨新泰上。

袁世凯　（笑脸相迎）哟，金达先生，您来了？

金　达　怎么？不欢迎？

袁世凯　岂敢岂敢！请坐。

金　达　（质问）总督大人，贵国的京张铁路，到底是给谁来修呀？

袁世凯　（一时犹豫）欸……这个嘛……朝廷还没最后定论。

杨新泰　那袁大人您的意思是……

詹天佑　（上前）袁大人的意思是，这筑路权俄国人也在争。

杨新泰　（发现詹天佑）你谁呀？

詹天佑　那您又是谁呢？

杨新泰　（狐假虎威）我是谁并不重要，重要的是这位主子是谁！（指向金达）

金　达　杨新泰先生是我的帮办。

袁世凯　这位嘛……是同治年间朝廷官派的留美幼童，从花旗国学铁路回来的詹天佑詹先生。

金　达　（略惊讶）哦？詹先生是从美国学铁路回来的？

詹天佑　是的。

金　达　请问詹先生毕业于什么学校？

詹天佑　（不露锋芒地）耶鲁大学。

金　达　（略意外）啊？！不知道詹先生有没有兴趣，来我的大英铁路公司驻华代表处做事？

袁世凯　（不快地）詹先生如今是、是本督请来的铁路顾问！

杨新泰　（对詹天佑）原来，你就是那个从花旗国回来的詹天佑？

詹天佑　正是詹某。

杨新泰　门外边站的那个林竞明，就是你的同学？

詹天佑　是的，都是一同留美十年的同学。

杨新泰　那我来请教詹先生，俄国人凭什么跟英国人来争京张铁路的筑路权？

詹天佑　詹某也请教杨先生，那英国人又凭什么呢？

杨新泰　京张铁路，所用资金，是关内外铁路的运行盈余，难道你们都不知道吗？

詹天佑　（不慌不乱）那又如何？

杨新泰　那詹先生你就应该知道：当年为了兴建关内外铁路，朝廷借的是英国政府的银子。换句话说，眼下京张铁路所用的银子，本质上也还是英国的银子。

金　达　（夸张地）Money——钞票！大英帝国的钞票！

杨新泰　使用英国资金建造的铁路，不得聘用第三国工程师。这，写入了两国政府条约！

金　达　（得意地）总督大人，你听明白了吗？

袁世凯　（略显慌乱）好像是、是有这么回事……

杨新泰　（挑衅地）袁大人，您的这位铁路顾问，还是叫他回家种地去吧。

詹天佑　（挖苦）杨先生，为了洋主子，您也算是煞费了一番苦心。

杨新泰　各为其主！

詹天佑　只怕杨先生的一番苦心，到头来把洋主子给害了。

杨新泰　（一怔）害了？怎么害了？

詹天佑　是这样的，杨先生，中日甲午年海战后，大清国与俄国签订了一份《防御同盟条约》，条约约定，长城以北为俄罗斯帝国的势力范围。京张铁路跨过八达岭，穿越长城到达蒙古高原。如果俄国人没意见，京张铁路当然可以让英国人来修。

杨新泰　（始料不及）啊？！

詹天佑　（故作惊讶）难道杨先生不知道这份条约吗？

金　达　（有点儿急）杨先生，是这样的吗？

杨新泰　听、听说过有这份密约，但都有十来年了吧……

袁世凯　（放下心来，气定神闲）条约至今有效。

詹天佑　大人，这边是大英帝国，那边是俄罗斯帝国，咱可都得罪不起呀。

袁世凯　（作苦状）是呀，可不能为了一条铁路，让人家打起来吧？

詹天佑　这要是真打起来，大清国都不知道该帮谁才好。

〔袁世凯与詹天佑一唱一和，把金达和杨新泰急得团团转。

金　达　你们……哼！那京张铁路，难道就不修了吗？

袁世凯　如此看来，只好我们自己来修了。

金　达　你们自己来修？（轻蔑地）能修京张铁路的中国人，恐怕还在娘胎里呢！

詹天佑　（走到金达面前，掸了掸衣服的前襟）金达先生，您见过娘胎里长这么大的人吗？

杨新泰　（不屑）就你？

詹天佑　对，就我，詹某人！

金　达　（冷笑）那好，詹先生！我相信，会有那么一天，你们将为今天的决定而感到后悔。

杨新泰　而且这一天很快就会到来，你们等着吧。

詹天佑　（不卑不亢）詹某愿意奉陪。

金　达　杨先生，我们走！

袁世凯　不送。

〔金达与杨新泰气呼呼地下。

袁世凯　（望着金达背影，痛骂）我呸！就这么个红毛洋鬼，居然敢在我的总督府颐指气使、耀武扬威！大清颜面何存？我袁某人颜面何存？！

詹天佑　大人，中国自建铁路，就从京张开始吧！

袁世凯　看来，你詹天佑是有备而来。

詹天佑　天佑当然是有备而来。天佑还想告诉大人，当年李鸿章李大人花了那么多的银子，从德国买回来的那些铁甲兵舰，甲午一战，灰飞烟灭。可见，银子买得来铁甲兵舰，买不来国家尊严。

袁世凯　（叹气）是啊！甲午战后，朝廷派我在天津小站编练新军，前两年又令我筹建北洋常备军。这前后十年时间，我袁世凯发了狠地练兵，要练成一支能熟练使用火炮枪械的、中国自己的新式军队。

詹天佑　大人！依天佑看来，中国军队缺的不仅仅是火炮枪械。

袁世凯　军饷粮草？

詹天佑　也不是。

袁世凯　那又是什么？

詹天佑　我们眼下最缺的，是能够用于运兵的铁路。

袁世凯　能够用于运兵的铁路？

詹天佑　孙子有云："兵之情主速。"再好的军队，如果出不了窝，或者出了窝如鹅行鸭步，也不过是笼中之虎、潭中之蛟。

袁世凯　眼下中国的铁路，不是也不少了吗？

詹天佑　可这些全都是借洋款、用洋人建起来的铁路，一旦与外国发生战事，那些洋人会让我们用来运兵吗？

袁世凯　（点头）这倒也是呀。

詹天佑　大人已经身居直隶总督、北洋大臣高位，将来如果又能够操控了全国铁路，就等于操控了国家命脉。

袁世凯　（心领神会，笑骂）好你个詹天佑，这话要是传到朝廷，不砍了你的脑袋才怪！

詹天佑　（昂然）要是中国能够建成自己的铁路，砍掉詹天佑这颗脑袋，又有何妨？

袁世凯　（沉吟）那好！我再来问你，京张全路200公里，建成需时多长？

詹天佑　只要财物充足，四年足矣。

袁世凯　朝廷打算六年建成，你只要四年？

詹天佑　（肯定地）是的，天佑已经在全线做过勘察，建成京张，只要四年。

袁世凯　（逼问）要是四年造不出来呢？
詹天佑　（慷慨）詹天佑以人头谢国人！
袁世凯　好！四年建成之日，我亲自去给你贺礼。
詹天佑　（抱拳致礼）天佑感谢大人！
袁世凯　你先回去吧，我这就上奏朝廷：京张铁路，国人自建。
詹天佑　谢大人！
袁世凯　但你也得给我记住了：四年时间，这路要是建不起来，（一字一句地）我派兵——去拿你人头！
詹天佑　天佑记住了！（从总督府走出）
〔林竞明迎上。
林竞明　（急切地）怎么样，眷诚？袁世凯他答应了吗？
詹天佑　答应了。
林竞明　（惊喜）袁世凯答应了？太好了！
詹天佑　但这路如果四年建不成，他要派兵来拿我的人头。
林竞明　啊？
詹天佑　怎么，怕了？
林竞明　（拍胸脯）不怕！要砍脑袋的话，我林竞明陪你去！
詹天佑　（感动）好兄弟，谢谢你！咱们一起干！
林竞明　对，咱们一起干！
〔詹天佑郑重地伸出右拳，林竞明也伸出右拳，两人郑重地碰拳为誓。
〔收光。

第二场　开工

〔孩子们琅琅的读书声又从天际传来：“1905 年，清政府任命詹天佑为总工程师，修筑从北京到张家口的铁路。消息一传出来，全国轰动，大家说这一回咱们可争了一口气，帝国主义者却认为这是个笑话……”

〔光渐起。京张铁路山口工地，一个有淡雾的早晨。不远处矗立着一个为开工典礼而搭建的牌楼，一段铺满砟石的路基，路基两边放着几段铁轨。

〔金达和杨新泰身穿猎装、手持猎枪上。

金　达　四年建成京张铁路？这是个笑话，天大的笑话！

杨新泰　金达先生，您说，那些工人会相信我们的话吗？

金　达　（反问）那你觉得，他詹天佑能修成京张铁路吗？

杨新泰　（摇头）不能。

金　达　这就对了！没有一个人会相信，他詹天佑可以建成京张铁路。

杨新泰　迟早，他们会上门来求我们的。

金　达　是的！上帝会惩罚那些不听劝告的人。我们走。（欲下）

〔林竞明带着马贵和两名筑路工上。两名筑路工抬着一张长方形香案，走到牌楼前放下，摆上香炉、果品等祭品。马贵把三个海碗排开，把酒坛里的酒往碗里倒。

杨新泰　（大呼小叫）哟，这不德宏兄吗？

林竞明　杨兄？

金　达　他是……

杨新泰　他就是前些日子在总督府大门外见过的、和詹天佑一同留美十年的同学林竞明林德宏先生。

金　达　哦！想起来了，我们是见过一面。你好林先生。（欠身致礼）

林竞明　你好，金达先生！（对杨新泰，讥讽）祝贺杨兄，看来洋主子对你还不错。

杨新泰　托您的福！都是在铁路线上在做事的人，德宏兄要是哪天混不下去了，（拍胸脯）来找我，就像前两年在关外铁路一样，我们继续合作。

林竞明　（踌躇满志）中国自建京张铁路，我林竞明全力辅助詹天佑，出任副总工程师。往后的日子嘛，只会越混越好。

杨新泰　（不以为然）那可不一定。听人说，前些日子詹天佑在袁总督面前押了脑袋，袁总督在金銮殿上又被老佛爷押了脑袋……

林竞明　杨兄消息灵通，连袁总督押脑袋的事，你也知道了。

杨新泰　（得意地）那当然！只怕在四年时间里，京张铁路建不起来，这脑袋呀，怕是要叭叭叭地往下掉……

马　贵　（正在倒酒，听到杨新泰的话，把酒坛砰地放在香案上，对杨新泰）闭了你的乌鸦嘴！

杨新泰　德宏兄，这哪来的野蛮人？

林竞明　他是工段长马贵。

杨新泰　哦！今天这铺轨开工的大典礼，就您这个副总工程师，还有这个马段长，怎么去祭天祭地祭鬼神呢？他詹天佑别是怕了不敢来吧？！

〔幕后传来脚踏车的铃声，詹天佑骑着脚踏车上。

林竞明　这不来了吗？

詹天佑　（下车，见到金达、杨新泰，惊讶）哎哟！怎么在这儿又见到了二位？

金　达　Good morning，詹！

詹天佑　您好，金达先生。

金　达　噢！原来詹先生也喜欢踩脚踏车？

詹天佑　在花旗国的时候就学会了。（支起车子，蹲下摇了摇脚踏板）今天是什么风，把二位给吹来了？

金　达　当然是贵国的春风。

詹天佑　但春天并不是打猎的季节。

金　达　春天也不是适合开工的季节。

詹天佑　哦？是吗？（揶揄）难道是让我们后悔的那一天，这么快就来临了吗？

杨新泰　（笑了笑）是的，詹先生。你现在后悔还来得及，晚了，怕就身败名裂了。

林竞明　（欲发火）说什么哪，你——

詹天佑　（劝阻）德宏呀，你和马贵去营地那边，看看筑路工们都准备好了没有。这开工大典礼，可不能少了他们。

〔林竞明狠狠地瞪了金达和杨新泰一眼，与马贵及两个筑路工下。

詹天佑　金达先生、杨先生，我詹某人后悔也好，身败名裂也罢，今天是京张铁路铺轨开工的日子，有事请讲，没事的话，那就请便——

金　达　詹先生，看在上帝的分儿上，请允许我向你提个忠告：以贵国目前的实力来看，京张铁路你们建不了。

詹天佑　那么谁才建得了呢？

金　达　当然是我们英国人。

詹天佑　詹某愿意听听，金达先生打算怎么来建这条铁路？

金　达　京张铁路，南起北京丰台，北至张家口。京张之难，难就难在要打通居庸关天险。而居庸关天险，险就险在关沟地段。

詹天佑　詹某当然知道。

金　达　本人在中国修了二十多年的铁路，如此险峻之地，也是第一次遇到。请问詹先生，你准备如何把铁路修上去？

詹天佑　（不卑不亢）金达先生，您如果有什么指教，詹某愿闻其详。如果是来打探情报的，对不起，恕不奉陪。

金　达　（讪笑）那好、那好。在轨距的问题上，不知詹先生有什么想法？

詹天佑　这个问题嘛，倒是可以拿出来讨论讨论。我们要采用的，是1435毫米的标准轨距。

金　达　在我看来，标准轨距并不适合京张的地形地貌。

詹天佑　标准轨距来源于贵国，可眼下中国铁路的轨距，五花八门，关外俄国人采用的是1520毫米宽轨距，日本人采用的是1067毫米窄轨距。关内铁路，大都是你们英国人修的，除了标准轨距，也有宽轨距和窄轨距。好端端的中华大地，愣是让你们这些外国工程师弄成了“万国铁路”。

杨新泰　（嘲笑）那是因为朝廷聘用了万国工程师。

詹天佑　中国迟早要融入世界潮流中去，早一天“接轨”总比晚一天的好。

杨新泰　你想多了，詹先生。

詹天佑　早在两千多年前，我们的老祖宗就提出“车同轨，书同文”。如果到了今天，我们的铁路轨距还五花八门，这岂不上愧对了祖宗、下贻害于子孙了嘛！

〔林竞明神色慌张地跑上。

林竞明　眷诚，不好了……不好了……

詹天佑　我的林副总师，什么事情让你如此慌张？

林竞明　（发现金达他们还没走，强压怒火）你们两个，刚才是从营地下来的？

金　达　是的。

林竞明　（骂）王八蛋！（从地上抄起一把铁铲，吼）我他妈拍死你——（追打金达）

〔金达躲到杨新泰身后。

杨新泰　（把猎枪的枪口一抬，顶住了林竞明的下巴，板着脸）德宏兄，得罪了！

詹天佑　（急）杨先生，请放下你的枪。

金　达　詹先生，你的朋友很不友好。

林竞明　姓杨的，有种你开枪呀！

杨新泰　（冷笑）你以为我不敢？

詹天佑　（急）金达先生，我代表我的朋友，向您致歉。

金　达　我接受你的道歉，我们都是上帝的孩子。杨先生，放下枪吧。

杨新泰　哼！连老佛爷都不敢得罪洋人。（放下枪）

金　达　告辞了。

〔金达与杨新泰欲下。幕后传来马贵的喊叫：“大家听我说，别走，都别走——”

金　达　（闻言大惊，抢过脚踏车，跳上去踏着就跑）詹，Good bye——（下）

杨新泰　唉，金达先生，等我，等我——（追下）

林竟明　（大叫）都给我站住——（拿着铁铲要追）

詹天佑　（喝止）回来！到底发生什么事了？

林竟明　（扔下铁铲）今天一大早，金达和那个姓杨的，跑到营地上散布谣言，说四年建不成京张铁路，所有人都要砍脑袋！筑路工听了他们的话，都要卷铺盖回家，罢工不干了！

詹天佑　（大惊）什么？罢工？！

〔正在这时，宋老五带着一大群筑路工背着、挟着铺盖蜂拥而上。马贵在后面追着跑上。

马　贵　（拦在前面）大家都别走，有话好好说……

宋老五　（大声地）走开，让我们回家！

马　贵　（指着香案，愤怒地）马上就要办典礼了，这个时候你宋老五却说要回家！

宋老五　办？！我叫你办！（走近香案，一脚踢翻）

〔香案上的海碗以及祭品散落一地。众人没想到宋老五会来这么一出，都愣住了。

马　贵　（哀号）老五，算我求你了——（下跪）要是大家都走了，这铁路真的就建不成了。

宋老五　建成了，他詹天佑升官发财。建不成，所有人都要掉脑袋。这活儿，咱不干了，走！

众筑路工　对，不干了！走！（又要走）

〔詹天佑走前几步，挡在众筑路工的前面。双方对峙。

詹天佑　（抱拳向众人）这么说来，是我詹天佑连累了大家……

宋老五　（愤怒地）你他妈正在把大伙儿往死路上赶，你知道吗？

詹天佑　我把大伙儿往死路上赶？

宋老五　没了洋人工程师，这路还怎么修呀？

詹天佑　中国修铁路，非得要请洋人工程师吗？

宋老五　（被问住）反正、反正这碗饭咱不吃了。（冷冷地）詹总师，请你把路让开——

詹天佑　既然都要赶着回家，当初何苦又要出来？

宋老五　前几年闹八国，老家全村的房子都给烧了，要出来挣钱，给儿子盖房子、娶媳妇。

詹天佑　你的儿子好福气！

宋老五　（啐了一下）福气个屁！（把宋耀庭推上前）这就是我的儿子，十四岁那年就从学堂出来，跟着他爹在关外修铁路当牛做马的儿子！

宋耀庭　（哭丧着脸）爸——

詹天佑　小伙子，你叫什么名字？

宋耀庭　（小声地）宋耀庭。

詹天佑　大声点儿！

宋耀庭　（大声地）宋耀庭！光耀的耀，门庭的庭！

詹天佑　好，很好，光耀门庭！不管今天早上谁跟你们说了些什么，我要告诉你们的是，四年建不成京张，要被砍脑袋的，不是你宋老五，也不是他陈老三，而是我詹天佑！（大声地）把大伙儿往死路赶的，不是我詹天佑，也不是他袁世凯，而是那些开着铁甲船、拿着毛瑟枪的洋鬼子！是今天早上在营地怂恿你们罢工的洋鬼子！（沉痛地）五年前的庚子之乱，十年前的甲午海战，四十五年前的英法联军火烧皇家三山五园，山河破碎，亡国灭种……中国必须要有自己建造的铁路，否则，我们的子孙将永远忍受被人开着铁甲船、拿着毛瑟枪追着屁股往死里打的耻辱！（捡起地上一个摔崩了角的海碗）永远生活在这种山河破碎、亡国灭种的恐惧之中……

〔人群没有动，静静地倾听詹天佑的痛说。

詹天佑　（无力地）我说完了，你们可以走了。

〔沉寂。没有人挪动脚步。

詹天佑　（咆哮）走呀——怎么都不走啦？！（把手中的海碗啪的一声摔在地上）

〔众人被震住了。

宋耀庭　（手中的铺盖落地，跪在宋老五面前）爸，我不走了。

詹天佑　（走过去，扶起宋耀庭）好样的！詹叔叔谢谢你！（对众人）要走的可以走，不走的，都给我留下来！

宋老五　我……我也不走了。（把手中的铺盖狠狠地掷在地上）

众筑路工　（呐喊）不走了，我们都不走了！（把铺盖掷落在地上）

詹天佑　（拿起一枚七寸道钉，跑上了铺满了砟石的路基，大声地）宋耀庭，拿起那把十八磅大锤——

宋耀庭　哦。（提着大锤跑过去）

詹天佑　这是京张铁路的第一枚道钉，也是中国人自建干线铁路的第一枚道钉。你过来，给我砸！砸下去！（俯下身子，半蹲着把道钉按在铁轨和枕木的接口处）

宋耀庭　（两脚哆嗦，十八磅的大锤举了几次都没有举起来，哭腔）詹总师，我……

詹天佑　（大声地）你是好样的！砸，给我砸！

〔宋耀庭一咬牙、一闭眼，抡起大锤一锤砸下去。然而这一锤却没砸准，重重地砸在了詹天佑的肩上，把詹天佑整个人砸趴在地。

林竞明　（冲过去，扶起詹天佑）眷诚，你流血了……

詹天佑　（捂着流血的肩膀，对宋耀庭）咳、咳……好小子，你这一锤忒狠……

林竞明　（一掌把宋耀庭推倒在地，大骂）王八蛋，你想把他砸死呀？！

宋耀庭　（申辩）我、我没有……没有呀……（大哭）

詹天佑　（用沾满鲜血的手又抓过那枚道钉）四十多年前，我们的先辈漂洋过海，为花旗国筑建了一条横跨北美东西海岸的太平洋铁路，在每一根枕木下面，都埋着一名华工的遗骨。（悲壮地）如果今天谁把我詹天佑砸死在这里，我谢谢他！至少，我没有被当成“猪崽”，卖到太平洋彼岸的花旗国。至少，我的骨头留在了自己的国家，埋在了我亲手筑建的铁路线上！（动情地）如果我死了，请用我的骨头，做成一根枕木，一根永远匍匐在华夏大地上的枕木！

宋老五　（抓过一把大锤，大声地）儿子，来，今天我们就为京张铁路、为中国人自己建造的铁路打下第一枚道钉，铺下第一条铁轨！

〔宋耀庭如有神助，挺起腰杆，抡起大锤，与宋老五一锤一锤地砸下去，锤锤精准。

〔林竞明和众筑路工迅速聚拢上来，扶钉的扶钉，抡锤的抡锤，一锤一锤地打下去，叮当叮当之声随之响起，气氛肃穆而悲壮。开山号子声夹杂其中，粗犷雄浑，此起彼伏。

〔渐收光。

第三场　试探

〔光起。

〔两年后。路边小酒馆，摆着两张小桌。杨新泰、林竞明两人在喝酒，一边停着那辆脚踏车。

林竞明　（拿起酒杯看了看）杨兄，这算是敬酒呢还是算罚酒？

杨新泰　今天兄弟我专门过来，是替金达先生归还车子，（指了指脚踏车）别无他意。

林竞明　归还？那你叫他把抢去的中国土地也归还了吧。

杨新泰　（讪笑）看您说的，金达先生他不过是个修铁路的。

林竞明　整整两年过去了，他还在惦记着京张铁路？

杨新泰　念念不忘。

林竞明　我算是看明白了，你今天不是来还脚踏车的。

杨新泰　（笑）既然大家都是明白人，兄弟我也就不绕圈子了。两年后，京张铁路要是如期贯通，加官晋禄的，恐怕不会是您吧，德宏兄。

林竞明　你到底想说些什么？

杨新泰　（压低嗓门儿）我们继续合作！

林竞明　在这两年里，我们修通了丰台到南口的路段，火车头已经开到了长城脚下。再有两年，京张铁路就可以全线贯通。（反问）你我之间，还需要合作吗？

杨新泰　（冷笑）那您，不还是个带“副”字的官吗？（信誓旦旦）只要京张铁路让英国人来建，我可以保证，把您前面的那个“副”字拿掉。

林竞明　杨兄抬举了。这事，恐怕我帮不上你的忙。

杨新泰　（试探）那最近京张线上，有什么动静？

林竞明　（警觉）没动静！按部就班，一切正常。

杨新泰　（打哈哈）那是，有动静，我能不知道吗？来来来，别看这路边小店，卖的可都是从蒙古高原上来的老羊肉，香着呢！（把羊肉夹给林竞明，放下筷子）听说，德宏兄老家那边去年发了大水。

林竞明　百年一遇。

杨新泰　老家的人还好？

林竞明　谢谢！还好。

杨新泰　我觉得您还是回去看看为好，顺便也买他几亩地，正所谓丰年买粮，饥年买地。

林竞明　我得有这个银子，还得有那个闲工夫！

杨新泰　（激将）您不过是个带“副”字的官，大小事情，还不都是他詹天佑定夺？

林竞明　你错了杨兄，最近负责跟日本工程商雨宫敬次郎谈租用凿岩设备的，就是本人。

杨新泰　（漫不经心地）哦，租设备？怎么不来找大英公司呢？

林竞明　杨兄以为，我们会去找你的大英公司吗？

杨新泰　货比三家，价低者得嘛。

林竞明　没有三家了，按照合约，日本人明天一大早就会把设备送过来。

杨新泰　你们开始挖隧道了？

林竞明　正开挖居庸关隧道，这条隧道不好挖。

杨新泰　（大笑）他詹天佑不是把牛皮吹上了天，说四年建成京张铁路的吗？那就让他慢慢挖，慢慢地挖。来来来！兄弟我再敬您一杯！

〔两人举杯，一饮而尽。

杨新泰　德宏兄回老家买地需要银子，尽管开口。

林竞明　（警惕地）杨兄，你不会是想贿赂我吧？

杨新泰　您说呢？

林竞明　我们是不会向大英公司租用设备的。

杨新泰　那不就结了吗？贿赂个屁呀！（意味深长地笑了笑）想好了，今天晚上过来找我。

〔宋老五和几个筑路工扛着大锤、铁镐上，看样子是刚收工。

宋老五　（看见了林竞明）林副总师？您也来这儿喝酒？

林竞明　哦……路过。

杨新泰　（起身）德宏兄，我还有点儿别的事，告辞了！（欲下）

宋老五　（看了看杨新泰）这位……怎么瞅着有点儿眼熟？

杨新泰　我不认识你……

宋老五　想起来了！两年前，开工的那天，你带了个洋人过来……

筑路工甲　对！就是他，那个给英国公司做事的姓杨的帮办。

筑路工乙　我也想起来了，那天是他跟大伙儿说，四年建不成京张，所有人都要被砍脑袋。

宋老五　姓杨的，睁开你的狗眼看看，这路，我们不是已经修到长城脚下了吗？

杨新泰　后面的路，还长着呢！

宋老五　再长也能把它修完！（转而对林竞明）我说林副总师，您怎么跟这鸟人一起喝酒？

林竞明　我……

杨新泰　（嘟囔）一群野蛮人！（推起车子要走）

宋老五　（看了看脚踏车，疑惑）咦？这不是詹总师的脚踏车吗？怎么会在你手上？

杨新泰　关你屁事！它现在是我的车。

林竞明　（叫住）哎……你今天不是……

杨新泰　（窝火）老子今天不还了！

宋老五　你还敢明抢了是吧？把车子留下，滚！

众筑路工　滚！

宋老五　再不滚，信不信老子就地挖个坑，把你活埋啰！

众筑路工　对！把他活埋啰！

杨新泰　（狠狠地咒骂）你们自己挖隧洞，把自己活埋了！

宋老五　（火了）弟兄们，操家伙，把这狗东西活埋了！

〔众筑路工操起工具围了上来，杨新泰见势不对，跳上脚踏车飞驰而下。

宋老五　（大叫）弟兄们，给我追！

众筑路工　追！

〔宋老五带着众筑路工，抡锤举镐追下。

林竞明　哎……你们……

〔收光。

第四场　克难

〔光起。

〔次日早上。京张铁路工程部，屋两边堆放了一些工程仪器和工具，小餐桌放着吃剩下的早餐。工程部正中央的墙上挂了张大型地形图，上标有“居庸关”“八达岭”“青龙桥”等字样，各种红色、黑色、虚线、实线的线路图分布其中。

〔詹天佑拿着标尺在地形图上反复测算，不时把所得的数据记在册子上。此时的詹天佑已经四十六岁，有时需要戴老花镜了。

〔宋老五推着那辆脚踏车上。

宋老五 （右脚挽起半条裤腿，走起路来有点儿一瘸一拐，小心地）詹总师……

詹天佑 （出门来）宋老五？你……

宋老五 我、我给您送脚踏车来了。

詹天佑 （惊喜地）脚踏车？我的脚踏车？（走过去蹲下，摇了摇脚蹬，站起来拍了拍车子的坐垫，开心地）哎呀，我说老五，这两年来你总在躲着我，今天又是从哪儿把这宝贝给我找了回来？

宋老五 （嗫嚅）是、是抢回来的。

詹天佑 （愕然）抢回来的？

宋老五 昨天收工回来，我见到那个姓杨的帮办……

詹天佑 你见到杨帮办了？

宋老五 这个狗东西一来，我就知道准没啥好事情。

詹天佑 他又怎么啦？

宋老五 他……他骑着这车子到处瞎转悠。我认得这是您的脚踏车，所以，就追了他八里地，把车子给抢了回来。

詹天佑 （不敢相信）你追了他八里地？

宋老五 足足八里！要不是这到处是烂路，我还真撵不上他，还把腿给摔了一下……

詹天佑 （急）啊？！要紧吗？要不，叫马段长放你两天假？（走过去要拉宋老五的裤管看）

宋老五 （躲避着）不要紧，真的不要紧！就擦破点儿皮。

詹天佑 老五，来来！今天咱俩坐下来好好聊聊。

〔两人席地而坐，推心置腹地谈话。

詹天佑　老五呀！这脚踏车虽说是我花了一百多两银子，从上海洋行买回来的宝贝，但你实在不值得为了它，把自己的腿给摔了。

宋老五　詹总师，那天我不该听信洋鬼子的蛊惑，挑头闹罢工，还把开工典礼给搅了。这两年我一直想在您面前赔个罪，说一声对不起……

詹天佑　这不能怪你，要怪就怪那些洋人。

宋老五　刚开始的时候，谁相信咱自己能建铁路呢？但那天听了您说的那番话，看着您把海碗往地上啪地那么一摔，我就知道，我走不了，也不能走了。

詹天佑　为什么？

宋老五　因为我宋老五也是个有血性的男人。

詹天佑　（真诚地）谢谢你，老五！（手拍在宋老五的膝盖上）

宋老五　（痛）哎呀——

詹天佑　（歉意地）对不起，对不起！弄到你伤口了吧？

宋老五　不要紧的，詹总师。

詹天佑　这脚踏车曾经是我的宝贝，但现在看来，你宋老五，还有京张工地上成千上万的筑路工，才是我詹天佑真真正正的宝贝。

宋老五　我们才是您真正的宝贝？

詹天佑　（感慨）是呀！你想想，这铁路是它自己长出来的吗？不是！是我詹天佑一个人做出来的吗？也不是！它必须依靠成千上万像你宋老五一样的筑路工人，一锤一锤地打出来、一镐一镐地挖出来。正是有了大伙儿的辛劳付出，我们才能把这些自己建造的铁路，铺向大江南北，铺到雪域高原，铺到白山黑水。

宋老五　詹总师，我都年过半百了，恐怕……也干不了几年了。

詹天佑　（颇失望）哦……

宋老五　等把这京张铁路建成了，我就回去了。

詹天佑　（意外）你要回去？

宋老五　回老家去，给耀庭他盖房子、娶媳妇。（憧憬着）但我要他留在您身边，跟着您把我们自己建造的铁路，铺向大江南北。

詹天佑　（笑）好！等建成了京张，你就安安心心地回去给儿子盖房子、娶媳妇。到时候，我一定随一份大礼。

宋老五　（小心地）詹总师，您也要给儿子盖房子、娶媳妇吧？

詹天佑　要，那当然要！我那几个毛头也不小了，等建成京张，我也回老家去，盖几间房子，将来给他们娶媳妇。

宋老五　听说您老家在广东那边，好远是吧。

詹天佑　是啊，在广东南海，好远好远。十岁那年，我就离开了老家到花旗国去，回国后又一直在铁路线上东奔西跑。（无限怀念）这些年，我也想我的家呀！我的家就在珠江边上，一涨潮，水就淹到我们家的脚楼底下，一退潮，就可以看见活蹦乱跳的小鱼小虾。每天晚上，都能听见珠江上的小艇在叫卖（用粤语）："状元及第艇仔粥——"只要花上两个铜板，就能买到一砂锅装满了蚬肉鲜鱼的艇仔粥。

宋老五　（咽了咽口水）那一定是很鲜很甜的。

詹天佑　（肯定地）那是当然的。等将来京汉线、粤汉线修通，我们在这里坐着火车，就可以回到我的南海老家，到时候，我请你喝艇仔粥，怎么样？

宋老五　那敢情好啊！

詹天佑　老五你说得没错，等我们老了以后这铁路还得靠耀庭他们来建。山海关铁路学堂校长上个月还给我来信，说耀庭他可出息了，都当上了优等生。

宋老五　要不是您把他送去官学堂，他怎么会有这个出息！您让我怎么感谢您才好？

詹天佑　不用感谢我！长江后浪推前浪，一代新人胜旧人。他们这些后来人呀，一定会比我们有出息，一定能够建造出更好的铁路。

宋老五　（感动）詹总师，就凭您这番话，我宋老五就算豁出这条老命，也要跟着您把这京张铁路建成！

詹天佑　一言为定？

宋老五　一言为定！

〔詹天佑伸出右拳，宋老五也学着伸出右拳，两人碰拳为誓。

〔马贵上。

马　贵　（见到宋老五气不打一处来，吼）宋老五，你跑来这里干吗？

宋老五　（如老鼠见猫）我这就上工去，这就上工去。（瘸着腿急下）

詹天佑　马贵，你怎么对工人那么凶？

马　贵　不凶怎么管他们，要是成天跟他们婆婆妈妈，我早被他们吃掉了！

詹天佑　叫你去找林副总师，人呢？

〔林竞明伸着懒腰上。

林竞明　一大早就被人拍门，扰人清梦！

马　贵　林副总师，昨天晚上又去喝酒了吧？

林竞明　（不高兴）别瞎说！

詹天佑　马段长，居庸关隧道的开挖进度可不太理想呀。

马　贵　我有什么办法？（埋怨）那些凿岩机左等不来右等不来，逼得我每天像赶牲口一样，叫他们抡着大锤去砸石块，挖炮眼。

林竞明　有没有机器，这活儿不得一样干呀！

马　贵　那可不一样！以前在关外铁路，用的是英国人的凿岩机，打个炮眼跟抽袋旱烟般轻松。现在用大锤去砸，累死不说，还把头顶上的小石块震得像冰雹一样往下掉，前几天就把两个工人的腿给砸伤了。

詹天佑　你这个当段长的，可要注意施工安全。

马　贵　工期摆在那儿，作业面就那么点儿大，全靠人挖手扒。我除了把他们当牲口赶，还能怎么着？

林竞明 你就放心吧马段长，我已经跟日本人谈好了，凿岩机今天上午必须送到工地。

马　贵 今天说明天来，明天说后天来，鬼才知道到底来还是不来！

林竞明 （恼）我再说一遍：凿岩机今天上午送到！说不定，现在已经到工地上了。

马　贵 （半信半疑地）那就好！否则，累死了我也保证不了工期。（嘟囔着收拾餐盘）

詹天佑 马贵，你把脚踏车推出去，给链条上点儿油，下午我还要上工地。

马　贵 唉！（把餐盘放在脚踏车后架上，推着下）

林竞明 眷诚，一大早把我叫来，有急事吗？

詹天佑 （看见马贵还没走远，小声地）你呀，把事情办砸了，你知道吗？

林竞明 办砸了？什么事？

詹天佑 昨天半夜，日本人雨宫敬次郎派人来，说凿岩设备不租给我们了。

林竞明 （大感意外）什么？我跟那个雨宫敬次郎前几天才签好合约，设备今天早上到位。

詹大佑 可人家如今毁约了，还愿意赔付毁约金。

林竞明 那……那我们赶紧找别的公司。

詹天佑 （摇头）都不愿意租。

林竞明 啊？都不愿意？！

詹天佑 有凿岩设备的外国公司，也就那么几家。看样子，他们已经结成了联盟，故意不把设备租给我们。（不无忧虑地）这事一定是有人在背后捣鬼。

林竞明 （骂）王八蛋！

詹天佑 这确实让我们措手不及，但骂人显然是没有用的，必须马上想办法解决这个问题，要不然的话，全路段的进度就被耽误在这里。

林竞明 （急）那怎么解决？

詹天佑 我们的同学杰克森你还记得吗？

林竞明 就是那个长了一头红色卷毛的家伙？

詹天佑 就是他。他现在是纽约贝迪公司的经理，他们公司倒是有凿岩机。我已经给他发去了电报，但第一批设备，最快也要三个月后才可以到埠。

林竞明 哦，这是个好办法。但在贝迪公司的凿岩机到来之前，我们还得把工期往前赶，一天也耽误不得。

詹天佑 是的！四年工期，是袁大人向朝廷作了保的，耽误不得。

林竞明 哪怕是用手去扒，也要把这几条隧道给扒出来。

詹天佑 （苦笑）用手扒出来？亏你想得出！（拉着林竞明走到地形图前）来，昨天我又熬个通宵，找到了一个突破八达岭天堑的最新方案！

林竞明 我也正想跟你谈个事。

詹天佑 哦？那你先说。

林竞明 明天我想告个假，回一趟老家。

詹天佑 现在大伙儿都在赶工期，你要告假回去？

林竞明 我老家去年不是遭大灾了嘛……

詹大佑 （释然）哦！是得回去看看。

林竞明 我二弟来信，说今年地价都很低，叫我带点儿钱回去，趁这个机会买他两亩。

詹天佑 原来是回去买地，你呀……（摇头）

林竞明 我的事说完了，说你的最新方案。

詹天佑 其实两年前金达说得没错，京张之难，难在居庸关天险。而居庸关天险的核心部位，就在这八达岭。（在地形图上比画）

林竞明 必须得挖隧道。

詹天佑 问题是如何挖、怎么挖。我们正在开挖的居庸关隧道，长度为 367 米，而准备开挖的八达岭隧道，按照此前我们勘定的路线，却是长达 1812 米。

林竞明　在凿岩机没到位的情况下，这 1812 米的隧道，没有两三年时间，恐怕拿不下来。

詹天佑　所以说我们原来的方案必须调整。如果把八达岭隧道的开挖点放在青龙桥西北角这里，可以缩减为 1091 米左右。

林竞明　1091 米？（点头）这个长度可以接受，但问题是在这么短的距离里，火车如何才能安全顺利地爬升到这里？

詹天佑　在青龙桥这里，我准备设一个车站。

林竞明　京张线是往西北走，青龙桥却是在东北方向，这岂不是南辕而北辙？

詹天佑　不不！这只是个车站。火车进了青龙桥站，然后再向西北折返，在折返的过程中实现爬升。

林竞明　唔，有点儿意思。

詹天佑　这两段铁路连在一起，就是一个向右侧放的“人”字形，而青龙桥车站就在“人”字的交合点。

林竞明　“人”字形结构？

詹天佑　是的。先向东北延伸，然后再向西北折返爬升，这样就可以大大降低线路的坡度。

林竞明　青龙桥的地面并不开阔，火车开进去，如何才能掉头转出来？

詹天佑　不用掉头。将来进南口的火车，在它的后面加挂一台机车，进了青龙桥车站，就把前车改作后车，后车改作前车，这样就可以完成向西北折返爬升的过程。

林竞明　绝了！

詹天佑　两个机车，前面拉，后面推，还可以解决爬升过程中动力不足的问题。

林竞明　（赞叹）太好了，连洋鬼子都没想到的办法，让你给想到了！

〔宋耀庭身穿学生装、拿着简单的行李上。

宋耀庭　（致礼）詹总师好！林副总师好！

詹天佑　（没反应过来）你是……

宋耀庭　我是宋耀庭。

詹天佑　宋老五的儿子——宋耀庭？

宋耀庭　是的，詹总师。

林竞明　咳！前阵子还像个穷要饭的，现在倒成个洋学生了。你不是在山海关铁路学堂上学吗？

宋耀庭　林副总师，我去山海关学堂都两年了，现在已经学成肄业。

詹天佑　（感叹）德宏啊，我们整天沉在这京张线上，一晃两年过去了，人家已经从一个筑路工变成了一名官学堂的肄业生了。

宋耀庭　（自谦）耀庭学到的不过是些皮毛而已，怎及詹总师、林副总师留美十年？

詹天佑　下来有什么打算？

林竞明　（揶揄）你小子不会是打算回老家盖房子、娶媳妇吧。

宋耀庭　不，林副总师，我要留在京张，修铁路。

詹天佑　（赞赏）好，年轻人有志气！你就给林副总师当个助手，边干边学。

林竞明　行呀！我就收下这个徒弟吧。

宋耀庭　谢谢詹总师！谢谢林副总师！

詹天佑　你先回营地吧，你老爹才上工不久呢。

宋耀庭　詹总师、林副总师，我回营地了。（下）

詹天佑　（看着宋耀庭背影，感慨）一晃两年，都变成大小伙子了。德宏啊，还有一个关键问题必须解决……

林竞明　什么问题？

詹天佑　眼下连接车厢的都是老式链子车钩，这种车钩在平原地区使用还可以，但在京张线上却是用不得。

林竞明　为什么？

詹天佑　上行时容易造成断裂，更可怕的是，当车子下行的时候，由于车体强大的惯性，整列火车就有可能往前挤在一起，造成事故。

林竞明　这个问题又如何解决？

詹天佑　前几年，美国发明家伊利·汉密尔顿·姜尼发明了一种新式自动车钩。这种车钩采用“握臂”式结构（用手比画），能够很好地解决列车下行时车厢前拥的问题。我已经向朝廷建议，京张铁路首先使用“姜尼车钩”，以及今后推行至全国。

林竞明　这是个好主意。

〔马贵失魂落魄地跑上。

马　贵　不好了，詹总师……出、出事了……

詹天佑　出什么事了马贵？

马　贵　宋老五他们正在隧道打炮眼，作业面上的岩石突然坍塌，他们几个走避不及，被砸了……（失声痛哭）

林竞明　（大惊）啊？坍塌……被砸……

马　贵　（指着林竞明痛骂）你说日本人已经把设备送到工地上，现在设备在哪儿？你说——

詹天佑　马贵，走！（与马贵急下）

〔收光。一束追光打在林竞明的身上。

林竞明　（惊慌失措地跪在地上，忏悔）对不起，老五兄弟……对不起呀老五兄弟。

〔另一演区追光起，一身血水的宋老五飘飘走来。

宋老五　（茫然四顾）这是在哪儿？我到了哪儿？

〔詹天佑上，迎面走向宋老五，在相隔很远处停下。

詹天佑　（伤心）居庸关隧道塌方，你……已经遇难了……

宋老五　我好像听见了一种声音，一种像仙乐般的声音……

詹天佑　那是隧道里岩石滚落的声音。

朱老五　我还听见泉水的叮咚……

詹天佑　那是地下水流出来的声音。

宋老五　还有山间松涛的呼啸……

詹天佑　那是工友们在呼唤你的名字！老五，老五兄弟——你听见了吗老五兄弟？

宋老五　好像有人在叫我，是詹总师……是詹总师！詹总师是您吗？

詹天佑　是我！是我……

宋老五　詹总师，对不起……这回，我真的要走了……

詹天佑　（痛心疾首）是我詹天佑对不起你们！

宋老五　您不是说过，要把我们自己建造的铁路，铺向大江南北，铺到雪域高原，铺到白山黑水吗？但所有的这些，我怕是看不到了，我要走了詹总师……

詹天佑　不！不！你刚才还答应了我，要跟着我把京张铁路建成的呀老五兄弟！我们一起发过誓的……（痛苦地举起右拳头）

宋老五　（也举起了右拳头）是的，我们一起发过誓……

詹天佑　可这路才修到一半，这路才修到一半你知道吗？！你怎么说话不算话了呀！

宋老五　对不起，詹总师，我要走了，但耀庭他可以跟着您，（憧憬着）跟着您把我们自己建造的铁路，铺向大江南北，铺到雪域高原，铺到白山黑水……

詹天佑　但你已经看不到了……

宋老五　詹总师，我还有一个请求，您能答应我吗？

詹天佑　你说。

宋老五　请把我埋在长城脚下，我要看着京张铁路建成……

詹天佑　（泣不成声）我答应你，我都答应你！

宋老五　谢谢……谢谢……我走了……走了……（飘然而去）

詹天佑　老五兄弟！（哭倒）

〔收光。

〔另一演区光起。宋耀庭拿着孝子棒上。

宋耀庭　（哀伤地）爸，我回来了。爸，您走好啊！爸，我回来了——（下）

〔宋耀庭的声声呼唤，苍凉哀伤，摄人心魄。

〔追光中，詹天佑手中拿着宋老五的那件血衣上。

詹天佑　（一脸疲惫）一场事故，刹那间就夺去了六七条生命，可怜的宋老五，就这样死了……（哭）老五兄弟，我詹天佑对不起你，对不起那些殉难的兄弟呀！（深深自责）或许，从一开始我就不该在袁世凯面前提出自建京张铁路，不该和那些洋人争夺这京张铁路的筑路权，我也不该、不该在开工的那天，把你们给拦了下来……我不该，不该呀！（无力地）四年建不成京张，如果有人要来砍我詹天佑的脑袋，那就让他们来砍、来砍吧，我累了、累了……（瘫坐地上，拿着宋老五的那件血衣端详，站起）不……不……不！宋老五他不能白白去死，那些在居庸关隧道遇难的弟兄不能白白地死去！我詹天佑宁可让隧道里的土块砸死，让山上滚落的巨石压死，也不能等朝廷送来的鬼头刀砍死！不——

〔收光。

第五场　化险

〔光起。

〔保定总督府，袁世凯在胡乱地翻看着堆在桌上的报章，一脸的怒气。

〔兵丁上。

兵　丁　报大帅，京张铁路的詹天佑詹先生来了。

袁世凯　放他进来！

兵　丁　喳！（向外）詹先生，请进。

〔詹天佑上。兵丁下。

詹天佑　（行礼）天佑见过大人。

袁世凯　免了。

詹天佑　大人把天佑召来，不知有何吩咐？

袁世凯　不敢吩咐。袁某就是想请教詹先生，你们学铁路的，是不是也要学地理堪舆？

詹天佑　（摸不着头脑）地质地理，那是要学的。至于风水，民间之说，姑且听之……

袁世凯　那你会算卦吧？

詹天佑　这个……

袁世凯　（一本正经）詹先生你给我算算，看袁某能不能活到后年？

詹天佑　大人洪福齐天，一定是长命百岁。

袁世凯　可有人说呀，我袁某人的阳寿最多不过还有两年。（拿起一份份报章）你看看——京城的《新闻报》《京报》，上海的《申报》，还有日本人办的《亚东时报》，都把这事闹翻了天，说什么“京张铁路军都山遇阻，袁世凯脑袋暂存两年”“居庸关隧道死伤无数，四年完工遥遥无期”……

詹天佑　（额头冒汗）大人，这都是社会上的谬传。

袁世凯　居庸关隧道出事故没有？死了人没有？

詹天佑　是，是有人员的死伤，我们感到十分痛心……

袁世凯　（一拍桌子）那你还说是人家谬传？！袁某人可不管你是不是死了人，也不管你出了几次事故，（强调）但我要工期，四年的工期！你明白吗？！

詹天佑　天佑明白。

袁世凯　你明白个屁！（不满地）开工都两年了，你连条居庸关隧道还没打通！（话中有话）你要是不能保全袁某的这颗脑袋，我就不得不另想办法。

詹天佑　大人请放心，再有五个月，居庸关隧道就可以打通。

袁世凯　五个月？为什么是五个月？

詹天佑　因为三个月之内，我们在纽约贝迪公司订购的那批凿岩机就会到埠，再用两个月，居庸关隧道就可以打通。

袁世凯　如果我没有记错的话，除了这条367米的居庸关隧道，还有一条更长、更险的八达岭隧道。

詹天佑　原来大人对京张了如指掌。

袁世凯　（指着自己的脑袋）脑袋！

詹天佑　八达岭隧道我们已经定线。

袁世凯　（怒）开工都两年多了，你现在告诉我，八达岭隧道已经定线？

詹天佑　这条隧道的设计一直在修改，我们在寻找最佳的路线走向，以及最好的施工方案。

袁世凯　找到了吗？

詹天佑　找到了，我们已经把隧道的长度从最初的 1812 米，缩减为 1091 米。

袁世凯　（大失所望）全长只有 367 米的居庸关隧道，你整整要挖半年，还死了那么多的人。（质问）这长度为 1091 米的八达岭隧道，你打算要挖它几年？又死他几个人？

詹天佑　大人，可不能这么比。

袁世凯　我在想呀，最后死的那个人，一定是袁某。

詹天佑　不不！大人。这八达岭隧道，只要半年时间，我们就可以把它打通。

袁世凯　蒙我？还是骗我？

詹天佑　天佑怎敢蒙骗大人？

袁世凯　367 米的居庸关隧道你用了半年，1091 米的八达岭隧道，你也用半年，这不是蒙骗，又是什么？

詹天佑　因为我们已经找到了更好的施工方案。

袁世凯　更好的施工方案？说来——

詹天佑　（发现案桌上有一个“山”字形笔架，拿起来看了看，比画）大人您看，如果把这笔架比作八达岭，隧道就要从这山底下通过。

袁世凯　废话！从山顶上爬过去的，那叫长城。

詹天佑　如果在这搁笔的位置，我们打两个竖井下去，到了隧道线的位置上，然后同时朝着南北两个方向开挖。

袁世凯　（琢磨，点头）唔！有点儿意思。

詹天佑　加上原有的南北两个作业面，那么在八达岭隧道，就一共有了六个作业面。

袁世凯　你的意思是说，开挖进度可以提高三倍？

詹天佑　是这样的，大人。

袁世凯　如果这个方法可行，为什么不在居庸关隧道施行，白白浪费了半年时间？

詹天佑　还是因为我们没有凿岩机，这种大深度的竖井，甚至比隧道还难打。只要贝迪公司的凿岩机如期运到，八达岭隧道就会快速掘进。

袁世凯　把你我二人的脑袋，都押在了那个远隔重洋的什么迪公司身上，你不觉得，这太可怕了吗？

詹天佑　大人放心，纽约贝迪公司的经理，是我当年在耶鲁的同窗好友，是一个稳重靠谱的人。

袁世凯　（仍疑虑）那万一呢？

詹天佑　其实这种凿岩机，在国外是个最普通不过的工程设备，万一花旗国那边不能运到，我们还可以向德国、比利时等国的公司购买。此前我们是想节省银子，所以才向外国驻华公司提出租用。

袁世凯　那现在怎么又不租了呢？

詹天佑　因为现在所有的驻华公司已经联合起来，不向我们租借这样的设备。

袁世凯　（叹息）原来如此！照你这么说，八达岭隧道也没有问题了？

詹天佑　一定没有问题，大人放心好了。

袁世凯　不用砍我的脑袋了？啊哈——

〔两人同笑。兵丁上。

兵　丁　报大帅，金达先生到了。

袁世凯　哦，到了？（征询地望向詹天佑）詹先生，你说这个金达，我见呢还是不见？

詹天佑　天佑怎敢替大人做主。

袁世凯　（笑）两年前，我不想见他，是你非要我见，今儿却又不敢替我做主，这到底又是为何呀？

詹天佑　因为两年前我知道他是为何而来的。

袁世凯　今儿就不知道了吗？

詹天佑　还真不知道。

袁世凯　那我就告诉你吧，今天是我把他请来，想跟他谈接手京张的事。

詹天佑　（大感意外）接手京张？！

袁世凯　（戏谑般）你说这洋鬼子嘛，运气怎么总是那么的差，每次都跑在你詹天佑的后面，也不知道他上辈子欠了你些啥。

詹天佑　大人是说，如果天佑晚来一步，这京张铁路就要易手了吗？

袁世凯　（不置可否）你说呢？

詹大佑　看来天佑今天不虚此行。

袁世凯　那就让洋鬼子再“虚行”一回吧。（对兵丁）你去告诉那个金达，就说本督今天身体欠安，改日我再登门拜访。

兵　丁　喳！（下）

袁世凯　詹先生，袁某人下半辈子的荣华富贵，以及这颗项上人头，全在你手上了，你可不能玩砸咯！

詹天佑　（郑重地）天佑定然不辱使命！

〔收光。

第六场　路成

〔如幻梦般的空旷舞台。

〔追光起。跨越时空的宋老五扛着把大锤随追光上。

〔天际间又传来孩子们朗读课文的声音：“过青龙桥，列车向东北前进，过了‘人’字形线路的岔道口就倒过来，原先推的火车头拉，原先拉的火车头推，使列车折向西北前进。这样一来，火车上山就容易得多了……”

宋老五　（喃喃自语）两年了，我已经死去两年了。我就像是一枚七寸长、八两重的道钉，被永远地打进了军都山，打进了八达岭，打进了京张铁路……

〔另一束追光起。林竞明出现。

林竞明　（痛苦，沮丧）两年了……他已经死去两年了。七百多个日夜，我都在一种无名的惶恐之中，我成刽子手了？我杀人了？我怎么就杀人了呀？！

宋老五　架桥修路，哪能不死几个人呢？死了就死了吧，不怨天，不怨地，怨命！但我还有个儿子，他从铁路官学堂出米，（欣慰）他读书了，长出息了。

林竞明　我读了十年的洋书，都读进狗肚子里了吗？

宋老五　两年了，一直在陪着我的，是这把大锤，它陪着我已经两年了……（随追光消失）

林竞明　人不是我杀的！（大声地）不是我杀的！

〔另一束追光起，杨新泰出现。

杨新泰　就是你杀的！

林竞明　你滚，滚！

杨新泰　（笑）德宏兄，不是说好了，咱们继续合作的吗？

林竞明　我明天就回老家去卖地，把那些钱通通还给你！

杨新泰　哈哈！那点儿小钱，不值一提。只要我们继续合作，再多的银子都可以给你。

林竞明　我不会再跟你们合作，你滚！

杨新泰　（冷笑）你的把柄落在我手里。这，恐怕已经由不得你了。

林竞明　你——

杨新泰　（正色地）是你给我们送来了情报，所有的在华外国公司因此结成同盟，不向京张铁路出租任何凿岩设备。所以说，宋老五以及那些遇难的筑路工，都是被你杀死的！

林竞明　（气愤）原来、原来你们一直在算计我。

杨新泰　（摇头）不不不！我们是在算计他詹天佑，算计京张铁路。

林竞明　但你们失败了。

杨新泰　言之过早！但留给我们的时间，确实已经不多了。你看那边，人家都已经加官晋爵了——

〔追光暗。

〔光起。工程部。

〔詹天佑身穿崭新的二品官服，踱着方步上。马贵迎上。

马　贵　（惊喜地）哎呀詹总师，您穿上这新官服，可威风了！

詹天佑　（笑了笑）明天是通车大典，今天朝廷就派人把新朝服给送来了。怎么样，还合身吧？（伸伸袖子，左右摆摆）

马　贵　袁大人来了。

詹天佑　（意外）谁？

马　贵　袁世凯，袁大人。

詹天佑　他来了？快快有请！

马　贵　有请袁大人。

〔袁世凯身着布衣，和一个随员上。

詹天佑　（行礼相迎）袁大人驾临，有失远迎。

袁世凯　免了免了！如今你才是大人。

詹天佑　（不解）大人，这……

袁世凯　（上下打量詹天佑）唔，不错！这大清文二品官服，穿在你詹天佑身上，还像那么回事。看看——这锦鸡绣的补子，镂花红珊瑚的顶子。

詹天佑　天佑感谢大人当初的举荐，以及四年来的鼎力支持，修成了京张铁路，得任邮传部二等顾问官，领二品衔。

袁世凯　不不不，是我袁某人要感谢你。

詹天佑　感谢我？

袁世凯　感谢你没让我这颗脑袋搬家呀。

〔两人会心地一笑。

袁世凯　（慨叹）这些年来，想砍我袁某人脑袋的人多了去了，可就是无处下手呀！

詹天佑　京张铁路明天举行全线通车大典礼，大人今天提前过来……

随　员　老爷明天就要回河南老家，今天特地来看一看京张铁路。

詹天佑　（意外）大人要回老家？

袁世凯　（颇失落地叹气）回去了！去年光绪爷驾崩，太后驾鹤西归，新主登基之际，逼着我交出北洋六镇，撸去我军机大臣、外务部尚书等本兼各职。（愤愤地）本以为建成京张，朝廷还会给我加官晋爵，没想到等来的却是这个一撸到底！

詹天佑　（愕然）朝廷把大人一撸到底……

袁世凯　（阴沉地）由他去吧！我袁世凯不当这官，京张铁路它还是京张铁路，北洋六镇它还是北洋六镇，（话里有话）我袁某人的话，人家该听的还得听！（换上一副谦卑的口吻）您说对吗？詹大人——

詹天佑　大人说得不无道理。

袁世凯　今天我提前过来，是因为四年前我有一诺，建成京张，袁世凯要亲自来给你贺礼。

詹天佑　大人今天的驾临，就是对天佑最大的褒奖。

袁世凯　还记得四年前你说过的那句话吗？

詹天佑　还请大人明示。

袁世凯　你说："操控了全国铁路，就等于操控了国家命脉。"袁某一直在琢磨，这全国铁路也好，国家命脉也罢，必须操控在自己的手里！（捏紧了拳头）

詹天佑　大人说得对，仅有京张这200公里是不够的，我们还要建两千公里、两万公里的铁路。中国有多大，铁路就该有多长！

袁世凯　好了好了，如今人也见了，路也看了，礼数也还清了。（意犹未尽）将来还有很多事情，需要你我去做。你明白我的意思吗，詹先生？

詹天佑　（郑重地）天佑愿意为国效力！

袁世凯　为国效力？（摇头苦笑）你詹天佑呀，到底还是个书呆子！我走了，保重！（施礼，与随员下）

詹天佑　（相送）大人保重！

〔收光。詹天佑等人隐去。

〔追光起。林竞明、杨新泰出现。

杨新泰　德宏兄，看明白了吗？人家都二品了，可你呢？

林竞明　我……

杨新泰　袁世凯已经倒了台，“请”走了詹天佑，下一个二品，就是你！

林竞明　如果我不呢？

杨新泰　（狠狠地）我再说一遍，你的把柄落我手里了！

林竞明　（泄气）那、那怎么“请”？

杨新泰　德宏兄是个聪明人，怎么请，你会有办法的！（下）

林竞明　（犹豫）办法？

〔收光。

第七场　惊变

〔孩子们琅琅读书声又从天际传来：“京张铁路不满四年就全线竣工了，比计划提早两年。这件事给了藐视中国的帝国主义者一个有力的回击。”

〔光起。上场次日。

〔京张铁路全线通车典礼现场——一段已经建成的铁路，1∶1的铁轨上停放了一辆硕大无朋、霸气十足的蒸汽机车，车头大灯的位置上挂了个红绸做成的巨大的红花，格外夺目。两个机修工拿着工具正在为机车做维修保养。

〔马贵抱着一个酒坛和三个海碗上，后面跟着两名抬着香案的筑路工，香案上放着香炉、果品。

马　贵　（放下酒坛）你们都给我听着，今天谁再敢踢这香案，我保准打瘸他的腿！

筑路工甲　（伤感地）马头，老五叔都死两年了，你还说他……

马　贵　（把海碗放在香案上依次排开）这老五……不说他了！（对机修工叫嚷）哎——你们俩，活儿给我干仔细点儿！这可是刚从英国运回来的大家伙。

机修工甲　放心吧马头。（继续干活）

马　贵　光船费就花了上万两银子。（骂）该死的英国佬！大强，大强你听到了没有？鸣个笛。

机修工甲　好咧！

〔一声短笛响过。

马　贵　（高声）长笛，给我来个长笛！咱今天办通车大典礼，就是要告诉山神爷爷，京张铁路，从今天起，就要建成通车了！

机修工甲　明白了马头儿！

〔一声长笛响起。

马　贵　（陶醉）什么叫惊天地、泣鬼神？这才叫惊天地、泣鬼神！

〔詹天佑着官服上。

詹天佑　马贵你在说什么呢？“敬天地与鬼神”？

马　贵　詹总师，我是说……

詹天佑　天地是要敬的，至于鬼神嘛，孔老夫子说了：远之！

马　贵　您说得对！（指着香案）东西都准备好了。

詹天佑　林副总师呢？

马　贵　朝廷官员、各国使节，还有外国公司的驻华代表陆续到来，林副总师在下面迎候呢。

詹天佑　邮传部的那班老爷，看来都是吃饱了给撑的！

马　贵　这不是给詹总师您长脸了嘛！

詹天佑　是给他们自个儿长脸。京张这边还没最后完工，那边又说要把我派遣回我的老家广东。

马　贵　回广东？

詹天佑　回去主持修建粤汉铁路。

马　贵　詹总师您不乐意？

詹天佑　我当然乐意。光绪三十二年，京汉线全线通车，粤汉线早几年也已经开工，两湖段进展还算顺利，粤北南岭段却是打打停停。

马　贵　军都山、八达岭都不在您话下，南岭算个啥？

詹天佑　逶迤八百里的南岭，不会因为我詹天佑的到来而消失。（充满期待）等将来打通了南岭，再修一座横跨长江天堑的铁路大桥，京汉线与粤汉线正式连通接轨的时候，你再给我说几句好话也不晚。

马　贵　只怕詹总师又高升了，我马贵这个小段长，在您面前都说不上话了。

詹天佑　（淡然一笑）我詹天佑这辈子也就是个修铁路的。四十年前，花旗国的联合太平洋线和中央太平洋线两线接轨，横跨北美东西海岸的铁路大动脉由此诞生。（憧憬着）京汉线粤汉线两线连通，堪比花旗国的“两洋”线接轨。到那时，一条延绵 2500 公里，发轫于蒙古高原、贯穿中原腹地直至南海之滨的南北大动脉，将会呈现于世人面前！

马　贵　（由衷地赞叹）就像一条腾飞的巨龙！

詹天佑　你这个比喻不错。此路贯通之时，便是我中华大国腾飞之日！实业救国，铁路兴邦，是我詹天佑毕生的追求与梦想。总有一天，咱们要修成全世界最好的铁路，造出最好的机车。（看了看天色）都这个时候了，那帮看热闹的人也该来了吧？

〔金达和杨新泰上。

金　达　（老远就叫）你好呀，詹先生！

詹天佑　（迎上）哦？金达先生，您也来了。

金　达　今天是京张铁路全线通车的大典礼，作为大英铁路公司的驻华代表，我怎能不来？

詹天佑　不会是来看我们出洋相的吧？

金　达　詹先生你真会开玩笑，我是来向你表示最诚挚的祝福！

杨新泰　朝廷官员和各国使节，都在下面的凉棚喝茶，金达先生说必须上来见一见詹先生。

金　达　老朋友了嘛！

詹天佑　谢谢！

金　达　作为一名专业的铁路工程师，我不得不承认，你在京张铁路的建造过程中，创造了一个世界铁路史上的奇迹，我为你感到高兴。

詹天佑　（不卑不亢）过奖了。

金　达　你们有灿烂的文明，有丰富的资源，还有辽阔的国土，谁也不敢保证，在将来的哪一天，你们就会成为大英帝国的对手。对此，我又感到深深的忧虑。

詹天佑　所以，您就一直在阻挠中国人自主建造铁路！

金　达　（坦率地）是的，你们在损害我们的利益。

詹天佑　那请金达先生告诉我，我们损害了你们的什么利益？

金　达　大英铁路公司的利益，以及大英帝国的利益！

詹天佑　这就奇怪了，我们在自己的国家，建造自己的铁路，怎么就损害了你们大英铁路公司的利益，以及大英帝国的利益了呢？！

金　达　（一时语塞）这……

詹天佑　这，未免有点儿霸道了吧？！

杨新泰　（上前）詹先生，你是留过洋的人，就别揣着明白装糊涂了，这天底之下，哪儿不是大英帝国的利益呢？！

詹天佑　（软中带硬）起码京张不是！

杨新泰　（一笑）话可不能说绝了！

〔宋耀庭急上。

宋耀庭　不好了，詹总师，从八达岭下来的工程通勤车，在下行时发生脱轨，两节车厢翻车！

詹天佑　（大惊）你说什么？脱轨？翻车？

宋耀庭　那些前来参加大典礼的宾客都跑了过去，议论纷纷。

詹天佑　（疑惑地望了一眼金达，然后对众人）我们走。（奔下）

〔宋耀庭、马贵等人随下。

杨新泰　（对金达笑了笑，悄声地）金达先生，好戏上演了。

金　达　杨先生，作为大英铁路公司的驻华代表，我很欣赏你。但作为一名铁路工程师，我讨厌你！

杨新泰　（始料不及）这……

金　达　我们还是赶紧走吧，再不走，人家就会拿大锤来砸我们了。

〔杨新泰随金达急下。詹天佑怒气冲冲地上。

詹天佑　都给我上来！

〔林竟明、宋耀庭、马贵等人上，一众筑路工随上。

詹天佑　（质问）宋耀庭，你是负责技术的，你告诉我，京张铁路的列车应当用什么车钩？

宋耀庭　总师您吩咐过，一定要用姜尼车钩。

詹天佑　那今天的通勤车，用的又是什么车钩？

宋耀庭　是、是链子车钩。

詹天佑　八节车厢，像块柿饼一样，全挤在了一起。（咆哮）是谁给了你这个胆子？！是谁叫你们换了链子车钩？！

〔众人面面相觑，不敢作声。

马　贵　（走到詹天佑面前）詹总师，是林副总师昨天吩咐我，今天通勤车要全部换上链子车钩。他还说了，今天是大典礼，用新式车钩怕不保险。

林竟明　（欲阻拦）马贵，你……

马　贵　林副总师，请您原谅！我马贵虽然是个粗人，但不敢出卖了自己的良心。

詹天佑　（叹息）明白了……（斩钉截铁地）马贵，你马上带人去把姜尼车钩换上，同时告诉所有观礼的宾客：这次翻车事故，原因在于错用了链子车钩，不是道路设计的问题，京张铁路，将如期通车！

马　贵　是！都跟我来。（招呼众人急下）

〔林竞明欲随众人下。

詹天佑　德宏，你留下。

〔林竞明只好留下。

詹天佑　现在，这里只剩下你我二人，有话，你就敞开说吧。

林竞明　这又从何说起……

詹天佑　就从该说起的地方说。（疲惫地在铁轨边坐下）

〔林竞明也在铁轨旁坐下。

〔两人背向而坐。林竞明依旧无语。

詹天佑　既然你不说，那就我来说吧。记得那年在康州的海滨男校，负责管理我们的陈兰彬，在每个学员身上克扣了五美元，你纠集了几个同学，把他狠狠地揍了一顿。

林竞明　那时候穷……

詹天佑　刚进耶鲁那年，全班到海边游玩，有个美国学生揪着我的小辫子，骂我们是猪……

林竞明　我把那个坏小子扔进海里了。

詹天佑　从那时候开始，我就认准了你林竞明，认准了你这个兄弟！

林竞明　（愧疚地）我让你失望了。

詹天佑　那时，你说的一句话，至今我还记得。

林竞明　哪句？

詹天佑　你说："敢他妈再欺负中国人，叫你去死！"从那以后呀，那个美国小子见了我，总是"哈罗哈罗"地叫个不停。（笑了笑）可见，尊严是要靠实力来保证的。

林竞明　（苦笑）我都记不起来了……

詹天佑　（轻描淡写地）其实在去年，就有人告诉我，说你在老家买了地。我说呀，谁在老家没两亩地呢？可那人又说，你在老家买的地不是两亩，而是两百多亩。

林竞明　（如坐针毡）原来，你都是知道的……

詹天佑　我宁肯相信，你买地的那些钱，都是借来的。

林竞明　（若有所指）迟早都是要还的！

詹天佑　我知道你会去还，但我没有想到，你会以这样的方式去还。

林竞明　让你更没有想到的是我会在今天去还！

詹天佑　是的。四年前，当我决定去找袁世凯的时候，我原以为，自建京张最大的阻碍会来自朝廷、来自袁世凯。但很快我就发现，更大的阻碍是来自洋人。直到今天，直到现在，我才明白，原来……

林竞明　原来我才是你最大的阻碍！

詹天佑　（痛心）难道，这就是四年前你说“咱们一起干”的结果？

林竞明　（恼羞成怒）所有的这些，不都是你詹天佑逼的嘛！

詹天佑　我逼的？

林竞明　都是同批官派留美十年，又是一同回国做事的人，你都当上京张铁路总办兼总工程师了，都二品衔了，可我呢？（几乎咆哮）凭什么我永远都在你的手底下干活？！永远都活在你的影子里？！永远都当这个不入流的小工程师？！凭什么呀！（无力地）你得到了二品衔，我拿到了二百亩地，这……也不算过分吧？！

詹天佑　你以为我在袁世凯面前装孙子，就是为了得到这个官？你以为我在邮传部那班老爷面前赔笑脸，就是为了这个二品衔？但如果不当这个官、不领这个衔，我詹天佑什么事也办不成！（脱下官帽，双手递向林竞明）如果可以，我把它送给你！

〔林竞明不接，官帽掉在地上。

詹天佑　（叹息）三十多年了，你林竞明终究还是不了解我！

林竞明　（摇头）很多时候，我连自己都不了解自己！

詹天佑　现在这个结果，会对谁有好处呢？

林竞明　对谁都没有好处了，除了那些英国人。

詹大佑　英国人？

林竞明　他们会向朝廷说：中国人是建不好铁路的，中国铁路，还得让英国人来建。

詹天佑　那你认为呢？

林竞明　一个昏聩如斯的老太婆，竟然统治了近半个世纪的中国；一个未满三岁的黄毛小儿，居然登上了大统来让万民膜拜。国已至此，邦已至此，（大声地）你以为是办几个实业就可以挽救的吗？你以为是建一条铁路就能够振兴的吗？

詹天佑　那你愿意看着它永远这么沉沦下去？

林竞明　当初，我跟你一样，总以为可以改变这个世界。但到了后来才发现，改变的，却总是自己。

詹天佑　（痛惜）志已不同，道已不合，（决绝地）你可以走了。

林竞明　（羞惭）眷诚，对不起！

詹天佑　（痛苦地）回你的老家，做你的庄园主去吧！

林竞明　（行礼）保重！（下）

〔马贵、宋耀庭以及众筑路工急上。

马　贵　詹总师，姜尼车钩已经全部换好了。

詹天佑　通车典礼，马上开始！

〔众筑路工两边八字排开，肃立。

〔詹天佑走近香案，提起酒坛，把三个海碗全部倒满酒。

詹天佑　（拿起一碗酒，激动地）三十八年前，当我穿越了浩瀚的太平洋，踏上了北美西海岸的那片土地，爬上了那个叫火车的庞然大物的时候，我就梦想着，我的祖国也要有属于自己的、如巨龙般驰骋于天地间的火车。今天，在这个京张铁路建成的日子里，在这个全线通车的大典礼上，我詹天佑，以及一起筑建这条铁路的所有弟兄，终于梦想成真！这第一碗酒，敬天地（单膝下跪，庄重地把酒酹向大地）

众筑路工　（齐刷刷地单膝跪下，如山呼般）敬天地！

詹天佑　（起身，拿起第二碗酒）在花旗国的十年，是我负笈游学的十年，也是我忍辱负重的十年。我从来不敢忘记身上流淌的炎黄血脉，也从来没有忘记忧患深重的中华家邦，我知道我詹天佑为何而来，我也知道我终将为何而去！于是，我选择了铁路专业，选择了这个可以报效国家、可以告慰祖宗的专业！这第二碗酒，敬祖宗——（单膝下跪，把酒酹向大地）

众筑路工 （又如山呼般响应）敬祖宗！

詹天佑 （起身，拿起第三碗酒）当我们打通了居庸关天险所有隧道的时候，当我们成功设计了青龙桥“人”字形路线的时候，当我们贯通了北京到张家口全路段的时候，我们怎能忘记，那个再也不能回去给儿子盖房子、娶媳妇的宋老五，还有那些永远躺在了这条铁路线上的诸位兄弟！这第三碗酒，敬英魂——（单膝下跪，把酒酹向大地）

众筑路工 （又如山呼般响应）敬英魂！

詹天佑 （起身，越发激昂地）“实业救国，铁路兴邦”是我的追求和梦想，直到今天，直到现在，我还坚定地认为，这是我詹天佑曾经的，并将是永远的追求和梦想，是任何人也无法阻挠、无法改变的追求和梦想！我们也许看不到梦想实现的那一天，但我们相信梦想一定会实现！

〔众筑路工已缓缓站起，在詹天佑身后如群雕般凝重，如洪流般涌动。

众筑路工 我们相信梦想一定会实现！

詹天佑 我们也许不知道这列火车开往何方，但我们是一枚道钉，一枚被深深打入中华大地的道钉。

众筑路工 我们是一枚道钉，一枚被深深打入中华大地的道钉。

詹天佑 我坚信，我们所承载的这列火车，一定会沿着这条道路，这条钢铁做成的道路，开向光明的灿烂的未来！

众筑路工 我们所承载的这列火车，一定会沿着这条道路，这条钢铁做成的道路，开向光明的灿烂的未来！

〔话音落时，蒸汽机车冒出一团团的、浓浓的白烟，缓缓起动。随之而来的，是阵阵重金属摩擦、滚动的声音。

詹天佑 （跳上火车头，呐喊）京张铁路——全线通车啰！

〔天幕上，伴随着一声撕裂的汽笛，一辆老式蒸汽机车，烟囱喷着黑烟，车底冒着白汽，拖着长长的车厢，轰鸣着、缓缓地向着前方驶去。

〔又一声汽笛，一列内燃式火车向前方驶去。

〔又一声汽笛，一列电气式火车快速向前方驶去。

〔又一声汽笛，一列列和谐号高速列车风驰电掣般向前方驶去。

〔伴随轰鸣的列车声和撕裂的汽笛声，天幕上徐徐出现字幕："1876 年英国商人在上海擅自修建了中国第一条铁路——淞沪铁路，全长 15 公里。1905 年，清政府决定独立自建第一条干线铁路——京张铁路，全长 200 公里。2008 年 8 月 1 日，中国第一条高速铁路——京津城际高速铁路运营，运营时速达 350 公里。至 2016 年 9 月 10 日，随着郑徐高铁的开通，中国铁路总运营里程已突破 12 万公里，位居世界第二。同时，中国高速铁路运营里程突破 2 万公里，位居世界第一，占全球高铁运营里程 55% 以上。随着'一带一路'战略的实施，中国高铁正在走出国门。"

〔收光。

——剧终

原载《剧本》2017 年 4 月号

秦岭深处

（五幕话剧）

阿　莹

谨以此剧献给为祖国的国防事业默默奉献的人们！

人物表

周大军　37岁，秦岭机械厂总工程师，秦岭飞狐总设计师

罗安丽　35岁，罗天柱的女儿，原秦岭机械厂科研所工程师，后停薪留职，是民营企业的董事长

刘　娟　36岁，秦岭机械厂工程师，周大军的妻子，在试验中牺牲

罗天柱　65岁，秦岭机械厂厂长

罗安平　28岁，罗天柱的儿子，秦岭机械厂靶场试验组组长

刘　媛　25岁，周大军的妻妹，秦岭机械厂科研所质检员

黄半仙　30岁，秦岭机械厂司机班班长，喜欢替人算命卜卦

王国章　62岁，秦岭机械厂科研所所长，聘用的归国技术人员

张茂林　45岁，驻秦岭机械厂大校军代表

辫子雷　16岁，红军时期兵工厂的工人

老班长　27岁，抗战时期国民革命军的班长

歌手、烈士、男女工程技术人员若干

第一幕

〔字幕　一九九八年春，乍暖还寒。

〔在群山环绕的秦岭山下，坐落着一个以生产反坦克武器为主的工厂，一栋栋厂房依山而建，掩映在绿荫中的有灰色屋顶和一大片盛开的黄山菊，从山上一直到山腰。隐约可见一条水泥路穿过厂房、绿林、花丛，急急地伸向群山深处。在路的尽头，竖着一排巨大的标语牌，上书“军工产品，质量第一”。下面是平坦的山坳，几个水泥掩体，犹如切开的半个碉堡，醒目地横卧其中，也昭示着这里承担的军事使命。

〔在最大的掩体旁边，停放着一辆迷彩导弹发射车，一群参试人员在那里忙碌着。他们有的穿着迷彩服，有的穿着蓝色工装，有的穿着白大褂，动作和语气都小心翼翼，唯恐自己的什么失误影响了试验的进程。几位解放军校官严肃关注着这里正在发生的事情，越发显出这里的神秘和严峻势态。

〔靶场对面山坡，秦岭歌手唱着一首悲凉的歌……光影晃动，一束强烈的光罩住一个人影，刘娟悄然出现。

刘　娟　朋友们，今天我本来想给大家讲述一段发生在秦岭深处的真实故事，但是就在今天我牺牲了……我叫刘娟，死于自己研制的导弹……我不认为我会轻易死去，因为我的爱人，我的同事，都还在秦岭厂，我熟悉他们的气息，熟悉这里的味道，所以，我会永远活在秦岭深处！试验那天本来轮到我休息，可那天是一个特殊的日子，我来到了靶场，来到了我爱人周大军身边。尽管他主持过多次导弹试验，但今天的任务还是让他感到了压力，甚至嗓音都莫名其妙地有些发颤。看见罗安丽走进试验区，他居然还不依不饶。

〔全场转亮，只见周大军与罗安丽在争执。

周大军　你今天就是说破天，也必须马上离开靶场试验区。

罗安丽　哎，你还这么凶？我有蓝色通行证，凭什么让我走？

周大军　就凭你已经离厂四年了。

罗安丽　亏你说得出来，周大军，我为什么要停薪留职，你难道不知道？

周大军　我不管那么多，你那蓝证，一定是人事部门的疏忽，要么……就是因为你是厂长的千金。

罗安丽　总设计师同志，你别忘了，我也是秦岭飞狐的结构设计师，那导弹的每一个部件我都清清楚楚。

〔罗安平和刘媛上来拉住罗安丽。

罗安平　姐，咱不斗气了，不进他那试验区了，你到招待所等一会儿，试验一完，我开车接你，回家跟老爸好好吃一顿，香椿炒鸡蛋、鸡汤粉丝。

罗安丽　咱爸？咱爸什么时候真正关心过我……（转而瞪向周大军）你们都一样，我算看透了，不但无情，而且无义。（转身离去）

刘　娟　（自语）她走了，走得很快，恼怒地离开了试验区……这就是罗安丽，端庄而又孤傲，匀称的身材总是想把深沉的情感裹进线条凸显的风衣里，即使微笑也难以让人感到亲近，反而显得有些异样的高贵。

周大军　娟，今天排班就没你，你来干什么？

刘　娟　今天这个日子不比寻常，所以我来了！

周大军　是啊，今天的试验不比寻常。

刘　娟　为了秦岭飞狐首飞……我们忙活了五六年了。

周大军　为了这一天……

刘　娟　……等试验成功了，咱们一起回家，给你一个惊喜……

周大军　惊喜？这样吧，你今天去三号监测位，那里正好缺人。

刘　娟　那儿离靶道近……噪声大……我……

周大军　你害怕了？前几次试验你还主动站到最危险的位置……

刘　娟　我不是害怕，是……算了，我就去三号位吧。

周大军　嗯，这才是我老婆，真想亲你一口。

刘　娟　（自语）我刚转到自己的岗位，厂长罗天柱来了，他习惯性地用手指夹着一支水笔，脸上的肌肉紧绷绷的，把额头的皱纹也扯得更深了，这个参加过抗美援朝的老兵，尽管离开战场很多年了，说话办事还是那么一股火药味。

周大军　厂长，这束山菊献给你吧，你在北京争取了任务，是厂里的功臣。

罗天柱　你小子，少拿我开心，我听说今天三号监测位少个人？

周大军　有人搬仪器摔了一跤，后脑磕了。

罗天柱　轻伤不下火线，这是秦岭厂的老传统。

周大军　人还在吊瓶，必须有人顶上去。

罗天柱　谁？

周大军　刘娟。

罗天柱　你找了个好媳妇啊。（走上一块山石）昨天，我在北京总部跟老军长签了军令状，保证秦岭飞狐明年9月定型试产，年底交付首批导弹。

王国章　这是科学试验，怎么还要签军令状？

罗天柱　这军令状，我在抗美援朝的时候见过，转业到秦岭厂三十多年了，还是第一次听说啊。

张茂林　去年我在国外观摩演习，人家的新型坦克排山倒海，转眼工夫就到你眼前了。我回来就向总部首长汇报，如果我们没有打击纵深目标的反坦克武器，地面仗就没法跟人家打了。总部首长急啊，才下的军令状！

王国章　所以，今天的试验只许成功，不许失败。

罗天柱　我是个老兵，我知道武器在战场上的分量。三十多年前，国家勒紧裤腰带，要建设咱们秦岭厂，我跟老军长坐个嘎斯吉普，开进这秦岭深处，当时这荒山沟里，杂草丛生，野猪成窝，没有路，也没有人……但老军长坚决要把秦岭厂建在这儿！

罗安平　为啥？

罗天柱　因为这里是红军在西北的第一家兵工厂旧址，我们在这一带打过游击，那面山坡上还埋着当年牺牲的军工战士……

罗安平　所以，你准备在厂前区为他们竖起雕像。

罗天柱　不说远的了，就说今天……等今天试验成功后，咱们要开个庆功会，要让全厂职工都沾沾成功的喜气。

罗安平　爸，我看还不如给职工发枚开过光的宝葫芦，我昨天就从黄半仙那儿抢了一颗。

罗天柱　你少跟我贫嘴，这说正经事呢。

〔刘媛接过罗安平。

刘　媛　安平，我看你还是把宝葫芦给你姐吧！镇镇她的傲气。

罗安平　干吗镇我姐？

刘　媛　瞧她那傲劲，目不斜视，旁若无人……绝对不是省油的灯。

黄半仙　刘媛啊，你少说两句吧，你要是和安平成了，人家安丽就是你大姑子，小心进门就给你穿小鞋。

罗安平　闭嘴，我姐对媛媛好着呢。

〔这时罗天柱双手抬起，示意试验时间快到了，周大军胸有成竹地走上指挥台。

周大军　各部门请注意，现在进入试验前一小时准备。

刘　娟　整个靶场气氛变得更加紧张，只听见风吹得树叶哗哗响。

〔广播里传来声音：

甲：一号位准备完毕！

乙：二号位准备完毕！

丙：三号位准备完毕……

〔指挥所的人都凝视靶道方向。

周大军　各号位注意，现在进入倒计时，十、九、八、七、六、五、四、三、二、一，发射！

刘　娟　导弹如脱弦飞箭向着前方的落弹区飞去，转眼间一声轰响，靶位升腾起一片浓浓的灰尘。

〔周大军向军代表张茂林伸出拇指，张茂林也伸出拇指顶到一起。

张茂林　（转头对一位少校喊）快，报告总部首长，秦岭飞狐首发试验弹飞行试验成功了。

〔在炮位旁边的小掩体里，几个年轻的保障人员在议论。

罗安平　今天的射手是我选的，扳机扣得稳。

黄半仙　你一个发射组组长摆什么功啊，扣个扳机谁不会？

罗安平　半仙啊，你老吹你算得准，今天算你捡着了。

黄半仙　我焚香掐指算了两次，都是吉兆。

刘　媛　你本事大，发个功，把罗安丽的公主病治好了，我给你当徒弟，让我干啥我干啥。

黄半仙　呵呵，徒弟可是要绝对听师傅话的，安平，你听见没，这可是刘媛自己说的。

罗安平　这可不能由着她。

刘　媛　（眼一瞪）怎么了？现在就想限制我？（扭头戏谑）半仙，你要真能把他姐摆平咯，我就嫁给你，嘻嘻……

罗安平　媛媛，你真不让人省心……

刘　媛　谁不让你省心了？看你刚才那么护你姐……哼！

罗安平　我姐，我当然要维护。

刘　媛　你姐这人也太霸道了，当年为跟我姐争大军哥，什么心思都用上了。当年还在厂门口堵住我姐要谈判，让我姐把大军哥让给她……她也真敢说呀，要不是看大军哥跟我姐结婚了，她才不会离开秦岭厂呢。

罗安平　媛媛，你只知其一不知其二，我姐特别重感情，你看她离厂四年多，心还在秦岭厂，每周要是看不到厂里的《秦岭报》

就嘟囔。

刘　媛　问题就在这儿，我听说她现在还在调查大军哥的身世……

〔广播传来再发射准备，掩体里大家都不言声儿了。

周大军　第二发准备。

〔广播：……六、五、四、三、二、一，发射！

刘　娟　导弹一喷火腾地飞出去，突然一头栽了下去，落地后又弹跳起来横飞过来，只听轰的一声闷响，正砸在我所在的测试台上……

罗天柱　（狠拍一下大腿，扔掉手里夹的笔）快！快救人！

〔警笛声顿时大作，人们纷纷向落弹点跑去。

〔救护车鸣笛过来了，一个满身是血的人被抬上担架。

周大军　（跟随着担架边跑边喊）娟啊……你给我挺住啊！今天不是说好一起回家吗？

刘　媛　（声嘶力竭地呼喊）姐啊——姐！

〔罗安平一把将刘媛揽在怀里。

〔这时罗安丽也从场外急跑过来，茫然地看着眼前混乱的景象。

〔整个靶场乱作一团，喊声、叫声、警笛声和汽车喇叭声响成一片。

〔忽然靶场静了，刘娟穿着工作服出现在追光里。

刘　娟　这个突如其来的灾难，怎么就落到了我头上，我一下子就没有了呼吸……现在，我就静静地躺倒在靶场对面的山坡上了……在秦岭厂的前区，在那排军工英雄的雕像旁又竖起了一尊新的雕像……

〔刘娟静静地走近雕像，小心翼翼地揭开布幔。

刘　娟　这真的就是我吗？脸颊不再温热，头发不再柔软，脉搏间触摸不到律动，胸膛里感受不到生命的颤音，我将永远地和这一尊又一尊的军工先烈守候在秦岭深处了。大军啊，五年前的那个晚上，你突然跪下举起一束山菊……从此，我掉进了温柔之乡，本来我期盼着试验成功之后，给你一个惊喜的……可是我突然死了，为了祖国化成了一尊雕像。

〔众雕像缓缓活动起来。

刘　娟　你们都是早就献出生命的军工人，我也来了，来陪着你们。（指着亮起来的屏幕）这就是我跟你说过的那部老电影《天堂爱情》。

〔电影集锦映入人们眼帘。

〔先烈们先后坐在老槐树下，沉浸在电影的情景里。

刘　娟　你走的时候多大？

辫子雷　十六，你呢？

刘　娟　三十六。（低声询问身边的辫子雷）你叫什么名字？

辫子雷　大伙儿都叫我辫子雷。

刘　娟　辫子雷？

辫子雷　姐，我们在山上的兵工厂做土手雷，火药捻子像手雷带的辫子，我做好一个就在腰上别一个，可威风了……其实，那辫子雷都是村里那帮带辫子的女娃子叫起来的。

刘　娟　那你有过女人吗？

辫子雷　有过。

刘　娟　谁？

辫子雷　俺娘。

〔收光。

第二幕

〔字幕：两周以后，秦岭厂前区。

〔山脚下两栋水磨石墙面的大楼，大楼中间是一个偌大的花坛，花坛里面有一排老槐树，还有一些叫不上名的花草争先恐后地绽放着，为这个神秘的企业平添了些许浪漫，但今天的姹紫嫣红却透着一股悲凉。平时下班，职工们会齐拥到厂门口，浩浩荡荡往家走，即使离得很远也能听到叽叽喳喳的嬉笑声。但今天大家都注意到老槐树下竖起了一尊用布罩着的雕像，大家默默地走过花坛，即使有人打招呼也只是微微点点头，似乎每个人都在咀嚼着失败的味道。

〔人们准备给刘娟的雕像搞一个安放仪式，在那尊用布罩起来的纪念碑前。

〔秦岭歌者深沉倾诉……

罗天柱　现在人到齐了吧？（走上台阶）刘娟同志，多好的姑娘啊，平时，默默无闻，让干啥就干啥，有风险，说上就上！今天为什么要给她竖这个雕像？就是要警示大家，细致，细致，再细致，绝不是一句空话，是用鲜血和生命换来的教训。想想都悔恨啊！

王国章　现在——请厂长罗天柱、秦岭飞狐总设计师周大军共同为刘娟烈士雕像揭幕。

〔周大军眼睛盯着罩着布的雕像却没有上前，罗天柱只好叫王国章与他一起拉下布幔。令所有人都没有想到的是，碑座上的雕像竟然不见了。

罗天柱　雕像，刘娟的雕像呢？

张茂林　谁干的？

〔周大军默默地转过身，表情肃穆。

周大军　是我。

罗天柱　你？为什么？

周大军　为什么……刘娟牺牲那天，本来是她轮休，可是她来了，她估摸首飞试验缺人，就顶上去了。那天，对我们两个人来说，是个非同一般的日子，可我却一点也没有意识到……她想着等到试验成功，陪我一起回家……牺牲了，我才发现她怀里还揣着两张《天堂爱情》的电影票，想跟我去重温那个甜蜜的时刻，可她都没有来得及告诉我……我是一个怎样混蛋的丈夫啊……我们结婚五年了，一直没有孩子，可我却亲手扼杀了做父亲的希望……（掏出红肚兜）我是在给她换衣服的时候，才看到这个红肚兜，直到那一刻我才知道她已经怀上了我们的孩子，她是想用这个红肚兜兜住我们的未来……我是怎样一个糊涂的丈夫啊……我知道刘娟不愿离开秦岭厂，不愿离开这个家，她不愿意变成尊冰冷的雕像，迎着朝霞接我们上班，伴着星辰送我们回家……可是，她牺牲了，牺牲在我亲手设计的试验里……（哽咽）

王国章　刘娟的牺牲就是最好的证明，质量两个字的背后就是生命！仅仅一个元器件电压不稳就造成了这样的后果！

罗天柱　要让刘娟的雕像唤起全厂职工的责任意识，上班迎着她，下班看着她，走过这儿就提醒我们，任何疏忽都会带来牺牲。

周大军　厂长，我是觉得要竖应该竖那些牺牲的英烈的，像牺牲的辫子雷，死去的老班长；像董存瑞炸碉堡，黄继光堵枪眼，他们是共和国的英雄，可也是咱军工人的耻辱！

罗天柱　什么？你胡说什么？

周大军　我没胡说，我对先烈充满了敬重。我想，如果我们有克敌制胜的武器，辫子雷能牺牲吗？老班长能负伤吗？董存瑞还需要与敌人的碉堡同归于尽吗？黄继光还需要用自己的胸膛堵敌人的枪眼吗？都说我父亲也牺牲在边境自卫反击的战场上……所以……所以每次想到这儿，就像有鞭子在抽我的脊梁，抽得我浑身发热，我们要竖雕像，就把共和国英雄的雕像竖在这里，让英雄的目光每天考问我们！

〔大家顿时沉默了，王国章向罗天柱投去询问的目光。

罗天柱　今天……今天就到这儿吧！

〔众人散去，罗天柱几人站住。

罗天柱　大军啊……总部已经改革了军品科研机制，咱们厂遇到了建厂以来最大的困难。

王国章　一句话，就是试验走到哪儿，经费拨到哪儿，事故查不清，经费就下不来。

周大军　这要等到猴年马月，我们绝不能干等着拿到经费再恢复试验。我提个建议，先筹一笔款，冒险赌一把进度。

罗天柱　赌啥？拿啥赌？

周大军　赌军令状，拿秦岭人的家底赌！我们有六千职工，每人最少二千，最多一万。六千人，至少一千二百万。一千二百万，就可以先启动试验。

罗安丽　（一怔，扯了一下周大军袖子，小声）你疯了。

黄半仙　快摸摸脑袋，没发烧吧？

罗天柱　你想得太简单了吧？

罗安平　我那点钱，还不够娶媳妇呢。

黄半仙　我家来信要钱盖房子……还没处寻摸呢。

罗安丽　（上前，小声）你也不怕人家说你出风头？

周大军　这个风头我愿意出。

罗安丽　你拿啥出？

罗天柱　馊主意，小心唾沫星子把你淹死了！

〔众人一听都愣怔了，罗安丽想了想上前。

罗安丽　老爸，你也别打击大军的积极性，他的建议也有道理。这样吧，我现在还是秦岭厂的职工，我带个头，我出一百万，集资人就写上我和周大军。（转身小声）大军，可以吧？请你不要反对。

黄半仙　这……这好像挺高尚啊。不过，你周大军有人替你出集资款，我们可没这个福气呀！

周大军　不不不，我集我的。

罗安丽　你拿啥集？

周大军　我把刘娟的抚恤金拿出来，她一定会支持我！集资人就写上我和刘娟。

罗安丽　啥？（小声自语）狗咬吕洞宾……

王国章　先别激动，（他双手下压）先镇静一下吧。集资？这可是要动职工压在箱底的私房钱，如果在有限的时间里，完不成研制任务怎么办？军方要是拨不下试验经费，再到哪儿筹钱还给职工？

张茂林　唉，这事可是有风险的……万一不顺利……

黄半仙　这下可嘛哒咧，嘛哒咧。

〔收光。

〔月光清冷，刘娟的雕像静静地坐落在她的墓前，无名的小虫在草间鸣叫。曼妙的音乐被雾霭席卷。

周大军　（手执一台笔记本电脑，依偎在刘娟的雕像前）娟，你看到了吗？这是你一直期盼着和我重温的电影《天堂爱情》……

〔影像在电脑屏幕上晃动，音乐弥漫。

罗安丽　别待得太久了，否则，你会以为这里就是世界的中心。（默默地把鲜花摆放在刘娟的墓前）这是刘娟姐最喜欢的台词。

〔大军转过身，望着罗安丽，少顷，合上电脑。

罗安丽　别这么着急。五年前的那个夜晚，你本来已经答应了我去看电影，可你却和娟姐一起走进《天堂爱情》，把我孤零零地丢进《战争与和平》。

周大军　是的，我当时有过犹豫。可我回到试验室一看见刘娟，脑子就乱了。她是那么单纯，手机电话簿上我永远独独占满一屏；

她是那么深情，她知道我爱上火，每个星期天都要上山去挖黄连……

罗安丽　这些，我也能做到。

周大军　可是……我不能欺骗你，我心里真的装不下第二个人了。

罗安丽　你……你怎么这么无情。我为什么离厂，你应该最清楚！我刚进厂的时候没有任何原因，就被你的声音控制了，你给青工讲解工艺课，那些内容我参与过编写，可我愿意坐在下面听你讲，听得我热血沸腾，从此我心里就生起了一个梦。

周大军　什么梦？

罗安丽　那个梦开始的地方，就在实习工房。

周大军　实习工房？

罗安丽　那天，我第一次操作电焊枪，不小心把身上的工作服烧着了，厂房里的人都在喊，快把大褂脱下来，可我吓呆了。

周大军　是我冲上去关上焊枪开关，扑灭了你身上的明火。

罗安丽　我众目睽睽倒在了你怀里……

周大军　你泪流满面，浑身颤抖……

罗安丽　从此你把一个少女的心带走了，从此我习惯下班后躲在机床后边听你在空旷的厂房里高唱信天游；从此我喜欢追随你到靶场，看你威风八面指挥导弹发射……

周大军　我只能说对不起……

罗安丽　可我做梦也没想到，会远远看着那一幕，你单腿跪在刘娟面前……

周大军　四年后的那天……刘娟牺牲了……

罗安丽　后来你跟刘娟结婚了，连个招呼都不给我打，我无地自容啊！这离厂的四年多，我干过推销，一天要走十多公里，年三十还在给人送货；我开过游戏厅，可一把大火烧个精光，后来是互联网救了我……请你相信我，我绝对不是一个虚荣的女人。

周大军　咱们换个话题吧。

罗安丽　不是换个话题，是要换个思路吧！你也不想想，干了多少年军工，谁见过自己掏腰包为国家研制武器的。

周大军　这是应急措施，是为了抢进度！

罗安丽　你的提案到了职代会一定会炸锅！

周大军　那你刚才为什么还要带头……

罗安丽　你……你是真不明白还是假不明白，我那是为了给你解围。

周大军　不！我相信秦岭厂，相信秦岭厂的职工！

罗安丽　大军，换个活法，到我的公司来吧，年薪不会低于六位数！

周大军　你想诱惑我？

罗安丽　底薪三十万，那是你应得的报酬，拿得干净，拿得磊落！

周大军　人可以没有钱，但不能没有骨气！

罗安丽　骨气？一分钱难倒英雄汉。我知道你父亲的烈士身份一直没有认定，你妈还没享受每月一千元的烈士抚恤金，而你妈每月的药费是你工资的一半。

周大军　你说这些，我不想听，但我谢谢你离厂后还在为我父亲牺牲的事操心。其实，我该去找的地方都去了，你也不要再费心了。

罗安丽　说到底，我也是为了增加你家的收入。

周大军　你总是说钱……我鄙视那些精神亏损的富翁。

罗安丽　什么意思？（显然这话刺激了罗安丽的自尊心，目光也陡然严肃起来）大军，你这是在影射我吗？周大军，我是停薪留职了，我是在外边搞民企，但你没有权利指责我……就在你丢下我的那个晚上，我自己去看了《战争与和平》，影片里的血腥给我极大的震撼。

周大军　所以，你离开了，逃跑了？

罗安丽　是的，我无力阻止武器的研发，但我至少可以保持心灵的宁静。

周大军　你错了……我要告诉你一个公开的秘密，春秋战国，铁马冰河，秦国所以能够统一六国，一个重要的原因就是秦国的剑比六国要长两寸，两寸定天下！

罗安丽　可就是为了这把剑，刘娟才成为牺牲品！

周大军　罗安丽！（周大军一声怒吼使四周陡然安静下来）我现在就答复你的盛情！

罗安丽　（语气放缓）先不要急着拒绝，你好好想想，可以明天……

周大军　不，就现在……我不能答应你！

罗安丽　为什么？

周大军　答应了你，在秦岭厂，我就抬不起头；答应了你，在刘娟面前，我更抬不起头！

罗安丽　你……你怎么能这样？

周大军　实话告诉你，你不要以为我是陷到刘娟牺牲的阴影里走不出来了，（手指山坡）我是陷到那片红军兵工厂的旧址里拔不开腿了！

罗安丽　那里有什么？

周大军　你难道忘了？那里有一片山石，有一块石头上刻着三个字：辫子雷。

罗安丽　那里的英烈都是别号，没有名字。

周大军　那块石头下的小红军，只比老厂长大七岁，是红军兵工厂年龄最小的一个战士，风雪天他喜欢抱着八九岁的老厂长睡觉取暖，他喜欢把兵工厂生产的简易手雷挂到腰上，那种手雷需要现点火捻才能爆炸。

〔闪回。

〔敌人偷袭红军兵工厂，兵工队长边撤边狙击。

〔辫子雷带着八岁的三柱，忽然大喊着冲过来：“我来了！”扑进了红军阵地。

队　长　他妈的，你快滚回去，这是在打仗。

辫子雷　队长，兵工厂的设备都撤了，我背了一身的手雷，不能白费了。

队　长　看你还带个三柱，快把手雷卸了，带他往回撤！

辫子雷　我让他拿火哪。

〔三柱举起点燃的松香火把，辫子雷掏出一颗土手雷点燃捻子，快烧到土手雷根了，他跃起喊：“这是大柱的。”山下轰的一声。

〔辫子雷又点燃一颗土手雷，刚喊道：“这是二柱的。”扔出手，却被队长拉到了大树后。

辫子雷　（急了）咋了？咋了？

队　长　你喊什么！给敌人当靶子呀！

辫子雷　（哭泣）大柱、二柱不肯给黄狗子带路，被推下山崖摔死了，我要给他们报仇。

〔正说着，敌人将一颗没炸的土手雷又扔了回来，辫子雷接住又扔回去，但敌人又扔了回来，他跃起接住抓着细瞅。

队　长　小心炸了，快扔了！

辫了雷　捻子都烧进去了，没炸，我拿回去重续个捻子。

〔辫子雷转身再掏个土雷，可刚别到腰上的土手雷却突然炸了，人们焦急地围过来。

〔三柱扑上去哭喊：“辫子哥——”

辫子雷　（倒在队长怀里）妈的，一颗臭雷。（对三柱说）我身上还有一颗，替我给二柱扔了。

周大军　他们的命运都是因为手中的装备落后……

罗安丽　我不否认，他们都是时代的英雄，可那已经太遥远了，遥远得已经没有了感觉。

周大军　什么？没有了感觉？（仰天闭上眼睛）我要告诉你，我还有感觉，这个感觉会伴随我的一生！

罗安丽　伴随你的一生？我相信你身上有红色基因，可你也要现实一点，现在歌舞升平，没有战争，你还是把思路拉回到现实中来吧……唉（转向刘娟的雕像）刘娟姐啊，我宁愿你继续作为情敌活着，也不愿你孤零零地躺在这里……（克制住自己

的感情，下）

周大军　（望着雕像）假如你还在我身边，我们会依偎在晨光里，披上轻轻的风衣，梦想在蓝天放飞。

〔刘娟缓缓地出现，环顾踌躇。

刘　娟　死亡是什么呢？死亡就是每时每刻都可以看到你爱的人，看着他出门、吃饭上班，却再也不能关照他，再也没有权利和他一起守望爱情。我们近在咫尺，却是世界上最遥远的距离，我给他拥抱，他却感受不到，我向他呼喊，他却听闻不到。我多么希望还能参与争论，还能发表意见，啊……现在我应该站在谁的一边呢？安丽，你不是喜欢《战争与和平》吗？

〔刘娟掀开电脑，点开《战争与和平》。

〔强烈的音乐与画面，将沉睡的烈士们唤醒。

烈士甲　老哥，你这是啥家伙？

老班长　火箭筒。

烈士甲　这家伙，好使吗？

老班长　（悄悄地）打死过鬼子。

烈士甲　太好了，我当时要有这家伙现在也该当爷爷了。

烈士乙　我也用不着去堵枪眼了。

辫子雷　（上前拦住）哎，你来干啥？

老班长　我、我也来看电影。

辫子雷　你看什么电影，你这个反动派！

刘　娟　（惊讶）老班长……

辫子雷　（错愕）老班长？

〔刘娟摆摆手，拉过辫子雷，恭敬地请老班长坐下一起看电影。

〔收光。

第三幕

〔字幕：半年之后，秦岭靶场。

〔山脚下的靶道，新建了一条可以模拟导弹飞行的火箭橇，横卧在浓绿的山坳里，阳光下闪着炫目的光泽。远处可见战士们持枪警戒。代表着不同含义的旗帜在火箭橇尽头升起，与早已开来的一辆辆迷彩发射车相对而立。参试人员已提前进入了各个掩体，细心检查着各自的研制科目，忙碌的气氛中似乎还透出一股淡淡的喜悦和期待。

〔靶场的广播里隐约传出："现在进入30分钟准备……"

〔罗安丽穿一袭黑色风衣款款而上，恰好碰上黄半仙。

罗安丽　哎，半仙，大家都在忙秦岭飞狐的威力试验，你在等谁呢？

黄半仙　我等……等你啊。

罗安丽　等我？

黄半仙　我掐指算出你要到靶场，正好把本周的《秦岭报》给你，省得我寄了。（塞给罗安丽一份《秦岭报》）

罗安丽　那你算算我来靶场干什么？

黄半仙　就别揣着明白装糊涂了。我可要告诫你，这是保密单位，正在进行军事科学试验，小心被公安盯上。

罗安丽　（冷笑，掏出蓝证）半仙同志，检查一下我这个蓝色通行证，真的还是假的？

黄半仙　这、这……开个玩笑嘛，通行证咋还没退？

罗安丽　告诉你吧，我今天正式回厂复工了，新办的，刚刚拿到手。

黄半仙　你在外边如日中天，干吗要回厂……啊，怪不得你叫我每周给你寄《秦岭报》，我明白了，（耍个鬼脸）你一直都没死心，现在正好乘虚而入。

罗安丽　不许胡说。

黄半仙　那你查到大军父亲的档案没？现在烈士配偶的抚恤金涨到一

月一千五了，能解决大问题呢！

〔突然两辆消防车疾驶而过，汽笛声随之响起。两人茫然四望。

黄半仙　坏了，试验又出事了？

罗安丽　怎么会呢？昨天还做了模拟试验都好好的。

黄半仙　你怎么啥都知道？

〔两人撒腿就往靶场试验区跑。

〔紧张的气氛笼罩着指挥掩体，罗天柱等人全都握着望远镜，朝靶道火箭橇中段观察。

〔周大军穿着工装站在指挥台前。

罗安平　报告总指挥，试验导弹在距靶位五百八十米处停下了。

周大军　什么原因？

罗安平　发动机中途熄火。

王国章　中途熄火，等于空中掉弹。

罗天柱　他妈的！

周大军　关键是故障弹停在轨道上，第二发就没法打了。

王国章　只有拆下导弹，方能揭晓故障。

罗天柱　那就赶紧拆吧！

王国章　这可是实弹啊，能穿透一米多厚的钢板。

张茂林　现在导弹引信已解锁，弹头装满炸药，稍有动静就会爆炸，足以摧毁方圆30米内一切生物。

〔人们一下子哑言了。静场。

王国章　箭在弦上，千钧一发。

张茂林　按惯例，可以用狙击枪击毁这枚导弹。

周大军　要那样，故障弹一炸，靶场刚刚建成的高速轨道就报废了，重建新轨道，至少需要半年。

罗天柱　咋办？（从兜里掏出一包中华烟）我今天还特意把总部首长捎来的烟带上了……

王国章　少安毋躁，情急出错哟。

罗天柱　能不急吗？如果试验失败，就别指望后续的科研费了，那集资款咋还？军令状还咋兑现？

〔周大军焦虑地来回踱步，罗天柱摸出一支白色笔杆噙到嘴上。

周大军　厂长，咱们还是上人拆吧？

张茂林　这太危险了，总部首长反复说，安全第一。

周大军　现在军令状就在厂门口竖着，秦岭厂的职工在看着我们，部队的官兵也在看着我们，这枚导弹必须上人去拆，这是无法回避的选择，谁让咱是军工人呢！

〔刘娟这时出现了，面对这个随时可能爆炸的故障弹，她明白考验周大军的时刻到了。

罗天柱　王所长，按靶场规矩，拆弹应该由谁来执行？

王国章　按职责，应该是发射组。

〔听见对话，罗安平、刘媛不由得愣住了。

刘　媛　听见没？该你们上去拆弹啊。

罗安平　派我，我就上……方显英雄本色。

刘　媛　你吹吧，那可不是闹着玩的。

罗安平　（不屑）我拆过沙弹。

刘　媛　废话。沙弹，弹头装的是沙子；实弹，弹头装的是炸药。

罗安平　（转身上前）老爸，我是发射组组长，叫我上我就上……

罗天柱　（禁不住盯住儿子）安平，知道老爸为啥要死死抓住反坦克导弹不放手吗？

罗安平　知道，当年你们钢铁突击连增援上甘岭，被美国鬼子的坦克压在山沟里，整整两天两夜没挪地方。

罗天柱　知道那回我们牺牲了多少战友吗？

罗安平　知道，一个连就你和连长十三个人冲过了封锁线。

罗天柱　一个连二百六十多号人哪，老鬼子就知道我们在那儿藏着，每天太阳一露头，黑乎乎的坦克就开过来了，故意在我们面前转悠，最近一次离连长只有十米远。他妈的，他是欺负你的手榴弹扔上去没用……后来，连长气得追上去把枪托插进坦克履带，可履带一转就掉出来了，连长气得都听见了鬼子躲在坦克里嚣张的笑声。后来，连长成了团长、师长、军长、总部首长，可这件事他一直都没忘。关键时刻，咱军工人是要讲精神的！（稍停顿）现在明白我为啥要张罗在红军兵工厂的旧址上修建军工荣誉室了吧？

罗安平　教育我……们。

罗天柱　一句话……弹掉地了，精神不能掉地上！

罗安丽　爸，你……（预感到什么）不行……这绝对不行！

罗天柱　你刚回厂复工，没你插嘴的份！

周大军　（猛然上前推开罗安平）厂长，安平不行，他对导弹的结构不熟悉，硬拆会出问题。我是秦岭飞狐的总设计师，我上。（不容分说）安平，帮我去准备防弹衣。

罗天柱　别，（挥手挡住周大军）别怪我说话难听。周大军，你可是总设计师，你上去拆弹……秦岭飞狐那一大堆技术上的事，谁负责？

〔罗安丽眼睛瞪得更大了，周围的气氛更加凝重。

王国章　我已老朽，义不容辞。

张茂林　你都啥岁数了，算了吧。

工程师甲　我上吧！

工程师乙　我上！

周大军　（摆手）都别争了，我是现场总指挥。

罗天柱　（自语）我还是给总部首长报告了再说。

〔王国章急步跟上。

〔罗安丽一把将周大军拉到旁边。

罗安丽　你冷静点，这种事，是你总设计师干的吗？

周大军　只有我合适，我不上，谁上？

罗安丽　谁上？你是一个总设计师，国家为培养你，花了多少心血，你算过吗？你的命跟一般人的命不一样。

周大军　有啥不一样？我不想在这个时候跟你争辩。我只考虑如何度过才有意义。秦岭厂六千职工在期盼我们成功，连我都没想到，职代会上集资研发秦岭飞狐的提案争论得那么激烈，可通过率是百分之九十七，百分之九十七啊！罗安丽同志！

罗安丽　你这是逞强显能，是想摆脱刘娟姐牺牲的阴影，是想逃避，想赎罪，想摆脱责任！

周大军　你错了，我恰恰因为肩负责任……记得你原来最爱念的那句诗，我以我血荐轩辕！

罗安丽　你怎么跟我爸一样，固执，可怕！

周大军　（坚定地）这个时候就需要董存瑞、黄继光的不怕死精神。

罗安丽　（脱口而出）那你要是万一了，我怎么办？

周大军　（不由一怔）你？

罗安丽　是的，我！我对你的情分，你难道真的不知道？以前我在厂里的时候，你装着不知道，我也就不说了。可我从离厂的那天起，雷打不动的嗜好就是阅读厂里的《秦岭报》，一看到报上有你的报道，我就剪下来，贴到剪报本上，整整贴了厚厚两大本。每年的情人节我都要在报头上给你写封信，我知道不可能寄出去，但那上面的每个字都浸着我的情……这次，我的确想“乘虚而入”回厂复工，想重温旧梦……看来，我又浑了一次啊……我真是贱哪！

〔就在这时，罗天柱大步返回。

罗天柱　我已经报告了，总部首长同意安平上。罗安平上。

周大军　叫安平上？

罗安丽　（瞪大眼睛）爸……你就安平一个儿子！

罗天柱　是的，我就安平一个儿子，可他首先是秦岭厂的职工，是发射组的组长，他不上？谁上？

罗安丽　爸——

罗安平　（看着面前两位亲人）姐，我上就我上，你们放心！

罗安丽　放心？姐怎么能放心！

罗安平　（小声嘟囔）反正，我也是光棍一个。

〔刘媛气得在他腰上狠狠地捅了一拳，猛然捂着脸跑了。

〔刘娟悄然出现。

刘　娟　老厂长太明白这个抉择的艰难了，他知道等待他的……有多么可怕。他把衣兜里的香烟一根接一根摸出来，闻几下就捏碎了……可是，他别无选择。我知道，上甘岭的残酷和辫子雷的遭遇让他终生难忘，而老班长在中条山负伤的经历，也在折磨着老厂长的神经……

〔闪回。

〔中条山一处山腰，阻击鬼子的战斗正酣。

〔一战士突喊："退了，鬼子第三次冲锋被我们打退了。"战士们嘶哑地呼喊，翻身休整备战。

机枪手甲　老班长，我的枪管红了。

机枪手乙　我的枪管也红了。

老班长　（躺着）喊什么喊，快把枪管伸到水桶里沾一下，这就是汉阳造的毛病。

战士丁　（急促）老班长，水桶被鬼子炮弹掀了，水早流完了。

老班长　（坐起来，胸有成竹地喊）别慌，每个人把尿憋住，都蹲着把尿浇到枪管上降温。

战士甲　老班长，俺没憋尿。

老班长　少废话，有尿没尿挣着尿，卫生员把脸转过去。

机枪手甲　（嬉笑）女人才蹲着尿，男人咋能蹲着……

〔战士们一阵狂笑，一个个猫腰过去蹲到那里往枪管上浇尿。但有个战士刚蹲下就嬉皮嘟囔："蹲着尿不出来呀。"说着竟慢慢站了起来，老班长见状飞身上前扑倒战士，但鬼子狙击手的子弹已打中了老班长的后背。

〔战士们猫腰围上来。

老班长　鬼子快反扑了，打点射，他妈的，只能点射……

〔战士们刚趴到阵地上，鬼子的炮火就把阵地炸成了火海。

罗天柱　那位负了伤的老班长，解放后一直未娶女人，在秦岭厂干了一辈子班组长。他一辈子说的话，可能没有我一天多，可他说起这段往事就絮絮叨叨。

周大军　这，我都知道。

罗天柱　都知道，就听指挥，少啰唆！和平时期，靶场就是战场，拆弹就是冲锋！快去准备吧！

周大军　不行！这可是两回事！给我接通总部首长，我倒要看看，首长决策是凭感觉还是凭科学！

罗安丽　周大军，你要想想，要是刘娟姐还活着，她会同意你去冒这个险吗！

〔刘娟又上前闪出。

刘　娟　是啊，要是我还活着，我会同意吗？大军，你这是为了什么？是为了甩掉我的死给你带来的负担？还是为了赢得人生的一点掌声？你冲上去，会成为英雄，也会成为雕像和我守在一起；可是你要是不冲上去，你可以活下来，（淡然一笑）当然，也会遭受有些人轻蔑的冷眼。我是被突然而至的死神带走的，来不及纠结，也来不及痛苦，而你却要清醒地面对死亡。不、不，大军，我爱你，我绝不想死亡和你联系在一起，让你早早跟我躺在一起……

罗安丽　谁、谁能帮帮我，帮帮我，这个周大军简直疯了！他是总工程师，是秦岭飞狐的总指挥，他的刘娟牺牲了，可他还有家，还有妈妈……还有……

周大军　（自语）可我……我今天能后退吗？

〔先烈们慢慢聚拢到刘娟的身旁，辫子雷轻轻拉住刘娟的手。

刘　娟　刚才，你们都看见了什么？

〔先烈们互相对视，一阵沉默。

刘　娟　你们牺牲的时候都想了些什么？能告诉我吗？

〔先烈们仍旧没有说话，目光遥望远方。

烈士甲　大家应该知道。

〔电影图像浮现，董存瑞高呼“为了新中国前进”，志愿军王成呐喊“为了胜利向我开炮”……

〔收光。

第四幕

〔风呼呼地吹过靶道，众多参试人员却没一点点声响。尽管总部已经批准由罗安平和周大军上去拆弹，但是谁都知道这是一次性命攸关的任务。为了给执行人减轻压力，大家都努力显露着轻松的表情，结果这里的空气反倒越发地凝重了。只见罗天柱沉着脸，先跟穿好防弹衣的周大军握手，又笑着拍拍儿子肩头。

〔刘娟站在掩体旁边。

刘　娟　在火箭橇轨道的尽头，故障弹静静地卧在那里，犹如一个钢铁的惊叹号！不时有山风吹来，刮得树枝哗哗响，稍有异样就会引来紧张的张望，谁都知道这是一次性命攸关的任务。

罗天柱　首长定得对，安平负责拆弹，你负责监控，双保险。

周大军　厂长放心，我会一刻不离地盯着安平。

罗安平　（努力想笑）爸，没事的，拆下臭弹，小菜一碟。

〔罗安丽来到他们面前。

罗安丽　大军，你一定要盯住安平的动作。

周大军　我已经让他在沙弹上练习了几遍。

罗安平　请姐放心吧。

〔罗安平做出一个颇为滑稽的请安动作，但周围没有人发笑。

刘　媛　（眼睛一酸，扭过头去）安平……

罗安平　（双手抓住刘媛）媛媛，别担心。

〔他恍然又想起了什么，从兜里掏出手机。

刘　媛　（诧异地接过手机）这……

罗安平　现在，绝对不许看。

刘　媛　安平……

罗安平　（转身面对罗安丽）姐，过了年咱爸就六十五了，人家六十就退休了，他硬要干到这会儿。咱妈走得早，爸把咱俩拉扯大不容易。

罗安丽　姐知道。

罗安平　姐，刘娟姐没了，大军哥心里难受，有点面冷，你别在意……

罗安丽　（打断他）姐知道。（回头朝黄半仙一挥手，接过两颗小葫芦和一根红腰带）

〔刘娟在山腰一直望着正在发生的一切。

刘　娟　大军这个举动，完全是一场赌博。可现在一切已经决定了，安丽只期望把平安传递过去，她虔诚地将一个宝葫芦放进安平防弹衣的外兜，又一个塞进大军手里。这情形在现代科研试验的靶场似乎有点滑稽，但现场没有一个人发笑。我知道此时此刻安丽是最痛苦的，上去拆弹的两个人，一个是她胞衣相连的弟弟，一个是她思恋已久的大军。我明白，她毅然回厂，是想找回沉寂的爱情，但是突如其来的导弹故障，让她的憧憬变得异常飘忽和沉重。

〔罗天柱拿起话筒，声音略有沙哑。

周大军　（微微动情）安丽，你别搞得神经兮兮的，好像我们俩一块儿去执行任务。

罗安丽　（弯腰给罗安平仔细系上红腰带，抬脸直面周大军）难道你忘了我们一块儿去执行“任务”的往事了？

周大军　安丽，别说这些了。

罗安丽　嘻，不耐烦了，我就是想让你们轻松些……

罗天柱　（广播）现在，拆弹小组出发！

〔周大军和罗安平义无反顾地朝故障弹走去。

〔掩体里的人们紧张地伸长脖子目送着他们，罗安丽反而镇静地站上高处，握着望远镜，朝他们的背影望着。

罗安平　周总，你紧张不?

周大军　我? 不紧张。

罗安平　(低下头)我，我也不紧张。

周大军　安平，千万不能紧张啊!

罗安平　周总，你堂堂一个总设计师，非要上来拆弹，抢我们的活，咋想的?

周大军　是不是以为我想一了百了随刘娟去了? 其实，秦岭飞狐拿不下来，我没脸见她啊!

罗安平　周总，那要是……你对人生就没点遗憾?

周大军　我的遗憾，就是没留下一点骨血在世上，就连……

罗安平　我的遗憾就是还没结过婚。周总，要是我跟刘媛成了，咱们就是一家人。

周大军　(站住，盯着罗安平)你紧张了? 以前你可从没一口一个周总地叫。

周大军　你想得多了。

罗安平　周总，我姐为帮你解决大妈的烈士抚恤金一直在忙乎，你知道不?

周大军　少说两句吧。

刘　娟　忽然，一阵劲风刮过，树叶哗哗直响，安平慌忙拉住大军扑倒在地，所有人的心都提到嗓子眼。

周大军　紧张什么? 今天的风力三到四级，吹了大半天都没炸，应该能耐住拆弹的动作。(监控安平拆弹，提示)你用三号夹具，把弹头上的引信帽卡紧，关键要反向朝左拧，记住，解开保险的引信，轻轻一碰，顶针就会撞击火帽。

刘　娟　安平朝大军摆摆手，不让他再提示。尽管当他把写有遗言的手机交给刘媛后，心里就平静下来了，但是临到操作，手臂却不听使唤地颤抖起来，气得他使劲咬了两口，可讨厌的颤抖还在继续，这让安平很是无奈。

周大军　别慌，安平，风吹了一上午都没反应，肯定没事。

〔罗安平又把手臂狠咬一口，痛得他直咧嘴，可他的手还是在颤抖。

刘　娟　四周越发静了，大军果断走出掩体。他清楚这种颤抖是下意识的，但这样下去，安平难以完成拆弹使命，反而会使大家的期待变成一场灾难，还会使他永远背负上愧疚。

周大军　安平，我来吧。

罗安平　周总，我心一点不慌，不信你摸，就是手臂有点抖。

周大军　你的状态不行。

罗安平　总部批准的方案是我拆弹。

周大军　别说了，县官不如现管，现在咱俩的位置调一下，我负责拆弹，你负责监控。

罗安平　（站起来）那……

周大军　我是总指挥，我有现场处置权，把工具给我。

罗安平　周总，还是我拆吧？

周大军　（厉声）少废话，这是命令！

〔罗安平不情愿地往移动掩体后面挪步。

〔周大军忽然一按脑门想想，把兜里的手机掏出来递给罗安平。

周大军　差点忘了，把我手机拿好，记住，明天才能打开。

罗安平　为啥要明天……噢，我明白了，大军哥，你放心，人在手机在。

周大军　快退回去。

刘　娟　安平一扭头，忽然看到惊人的一幕，安丽居然提着防爆头盔朝故障弹跑去。

罗安平　（拦住喊）姐，你来干什么？

罗安丽　（气喘）你下去，还是我来监控周大军拆弹！

周大军　罗安丽，你刚刚回厂复工，就别添乱了。

罗安丽　安平状态不好，我在望远镜里全看见了。

周大军　现在不是由我来拆吗？

罗安丽　你拆弹，他监控，更让人不放心，他懂导弹的结构吗？

周大军　可你上来，厂长同意？

罗安丽　他没吭声就是同意，我参与了弹体结构设计，我知道怎么拆，就算我回厂接受的第一个任务。

〔罗安丽不由分说解下罗安平的防弹服套到自己身上，又解下那条红腰带，想过去给周大军系上。

周大军　我就不信这个。

罗安丽　你系上吧。（不由分说给周大军系到腰上）

周大军　（半是调侃）关键时刻，你挺让人感动的。

罗安丽　我可没那么高尚，是秦岭厂再也经不起失败，你周大军也不能失败！失败了，你对不起所有人，也对不起……（摇头）好了，不说废话了。你要稳住情绪，忘掉一切，专心拆弹。我相信……你没有问题。

刘　娟　安平一步一回头往指挥所走去。安丽则退到移动掩体旁，示意大军开始拆弹。四周顿时静得吓人，连树叶掉到地上都听得清楚。我的大军平复一下情绪，又开始拿起扳手，慢慢地拧动引信螺帽。

罗安丽　别动，大军别动。

刘　娟　安丽跑过去把大军肩上的一只草虫捏在手里。

罗安丽　好了，开始吧。慢点，一圈……两圈……三圈……四圈……

刘　娟　终于，引信帽被卸了下来，大军捏在手上，轻轻放到地上，又端详了一下，猛地仰面朝天瘫倒在地。

罗安丽　（一个箭步冲过去）大军！成功了！你成功了……（想上去拥抱大军，但蓦然停住了脚步）

周大军　（眼光迷离）娟啊，你看到了吗？我成功了！

罗安丽　可以告慰山上的辫子雷、老班长了……

周大军　（不由得朝对面山坡望去，眼眶里一下子涌满了泪水）

（唱）假如你还在我身边，
我们会依偎在晨光里，
披上轻轻的风衣，
梦想在蓝天放飞，

〔人们如释重负，罗安丽也附和着大军的旋律。

（唱）假如你还在我身边，
我们会牵手在晚霞里，
走进绿绿的田园，
甜蜜在小道上蔓延……

〔音乐停了，周大军的思绪才回到现实中。

罗安丽　大军，答应我吧？

周大军　答应你什么？

罗安丽　告别死亡，离开这里。

〔风声穿过山坳，送来杜鹃的啼鸣；人们停下脚步，仿佛在倾听天堂捎给人间的讯息。

〔周大军反而摇摇头，转身搂住了刘娟的雕像，没说一句话，却倾尽了无尽的情感，时间仿佛静止了。

〔这时刘媛在一旁抑制不住泪水流淌，安平悄悄递过手绢。

刘　媛　别碰我啊。

罗安平　擦擦手吧。

刘　媛　（赌气接过）说！你怎么下来了？

罗安平　老想你，一想你，手就不听使唤。

刘　媛　臭手，以后少碰我。

罗安平　媛媛……

〔刘媛扭过头瞪着他，罗安平举起手机。

罗安平　你是不是听过了？

刘　媛　（故意地）什么？

罗安平　遗言。

刘　媛　（转怒为笑）多浪漫啊，一同逛街，一同要饭，一同变老？

你真的那么爱我?

罗安平　那当然!

〔罗安丽有些沮丧地摇着头走到罗安平身旁。

罗安丽　给我。

罗安平　什么?

罗安丽　大军的手机。

罗安平　(只好把手机递给姐姐)姐，给你……大军说明天才能看。

罗安丽　不，就现在!(打开手机，看着看着，眼泪从脸颊滚过，任人看见也没有擦去)

〔周大军画外音：兄弟姐妹们，我的电脑输入刘娟的生日，就可以找到全所每个人的生日，记着下次谁过生日，替我唱支歌，喝杯酒……

罗安平　姐，你看，还有给你的——

〔周大军画外音：安丽，我这辈子有个心结，就是对不住你，以前的事原想等到老了再说的，如今阎王爷有令，挑上我了，我只好先祝你幸福了。

罗安丽　祝我幸福?

〔周大军画外音：其实，安丽，我不愿跟你总是提刘娟，这对你不公平，可今天我要告诉你：我的师傅一身绝技，在他旧疾复发快咽气的时候，已经没有力气说话了，却用尽全力把他宝贝女儿刘娟的手和我的手拉到一起，才慢慢闭上了眼睛。所以……

罗安丽　所以，你就放了我鸽子……

罗安平　(提醒)姐，你跟谁说话?

〔周大军画外音：其实，我那天也赶到了电影院，就坐在离你六排的座位上，可我眼睛就没看银幕，一直盯着你的背影，一直到影息人尽，我独自一人在电影院里，坐了很久……这次，我当然知道你回厂复工是为了我，可我一闭上眼，那辫子雷、那老班长，还有刚刚死去的刘娟，就在我眼前晃悠，我不是在跟你说大话，也不是因为传说我跟烈士有缘，就把自己装扮得像个不食人间烟火的怪物，我实在是放不下秦岭飞狐啊。亲爱的安丽，请允许我这样称呼，我要恳求你，秦岭飞狐绝不能因此停摆，你要快点熟悉情况，顶上我的位置，在秦岭深处一样能实现你的人生价值……

罗安丽　（自语）这、这就是他留给我的遗言？这个人……值得我去追吗？

〔罗安丽擦掉眼泪，一脸的坚定。

〔人们依旧一动不动，静得犹如雕像。

〔刘娟悄然出现在一束光柱里。

刘　娟　大军，我这一生最幸福的记忆，就是把你变成我的丈夫，可我走得那么急，连孩子都没能留给你。人死后心也会坚硬如铁，但是刚才我的心被融化了。本来我一直纠结，纠结无法照应你的生活；我折磨，折磨无力呵护你的生命……可刚才安丽不顾一切冲了上去，这证明了一切！大军，松开我们相牵的手吧，快点去拥抱生活，拥抱幸福。永别了，亲爱的，直到告别你的最后一瞬，你依然是我最爱的人……

罗安丽　（面对周大军冷冷地）呵呵，我能对你说什么好呢？只能说一声，你是个人物……

周大军　请、请原谅我。

罗安丽　原谅你？（厉声）周大军，我恨你，恨死你了！

周大军　安丽，给我点时间，好吗？等到秦岭飞狐试验成功的那天。

罗安丽　（温和）等到秦岭飞狐成功的那天？可能吗？你敢发誓？（把小拇指伸到周大军面前）

〔周大军迟疑地用小拇指钩住罗安丽的小拇指。

周大军　（微微点头）我发誓……

〔收光。

第五幕

〔字幕：又过了半年。

〔茫茫戈壁滩，一望无际的碎石拥抱着星星点点的骆驼草，近处停放着一排草绿色的试验车辆，一辆发射车上的导弹孤零零地伸向远方。远方有一大片篝火，顽强的火苗在大风中摆动着红舌。人们把军大衣扣得严严实实，还使劲把棉帽耳朵拉下来抵挡着寒风袭扰。

〔刘娟在山脚下闪现。

刘　娟　（走近自己的雕像）大军他们去了秦岭山脉的西边，那里星星点点的雪花亲吻着茫茫戈壁，远方点燃的篝火相互簇拥着，寒风吹得火苗顽强地摆动着红舌，更逼得人们把军大衣扣得严严实实。

〔罗安平急慌慌跑到指挥车前。

罗安平　厂长老爸，现在风势太大，压住了火焰，目测就达不到干扰源的设计要求。

王国章　设计干扰源是模拟战场的实况，是为了防止导弹在战场飞行中迷失方向。

罗天柱　黄半仙呢？他负责干扰源，关键时刻又掉链子！

黄半仙　（冒出来）厂长，这跟柴火多少没关系，是风太大了。

罗天柱　你叨叨个屁，整天装神弄鬼，今天试验做不下来，明天预报七级大风，火更烧不起来了。

黄半仙　厂长……你说我装神弄鬼？哎！我、我那是看咱们成天跟阎王爷打交道，想讨个吉利。那红腰带、宝葫芦就是为了给人个心理安慰，只要能把试验做好，有啥不好？

罗天柱　好了，我说一句，你能呛十句。

张茂林　我叫附近部队送些柴火来吧？

罗天柱　来不及了。

罗安平　老爸，我出个主意，把军大衣脱下来，浇上汽油盖到火堆上，干扰源肯定能达到要求。

罗天柱　快别再提馊主意了！

刘　媛　安平，现在可是零下十八度啊！

周大军　可以先点一堆试试。

〔罗安平居然闷头把大衣脱下，浇上汽油，火柴一扔，火焰腾地一下蹿起。

王国章　这火焰完全可以达标，但这个火烧不了多久，要快。

周大军　好，男同志把棉大衣集中起来，各位置做好发射准备。

〔黄半仙、刘媛跟着周大军、王国章、罗安丽等人都将大衣脱下。

罗天柱　每个火堆五件大衣，浇上汽油！快！

周大军　（把罗安丽的呢大衣抓起来重新给她披上）现在，第一发准备！

〔罗安平一脸黑灰抱起棉大衣奔向柴火堆，又有人抱起大衣冲上去，靶道上一堆堆火焰越烧越高，很快映红了半个天空。

周大军　（现场安静下来，一阵风刮过）发射！

〔第一发导弹穿过熊熊的火堆击中前方的靶标，溅起一片灰雾，升起一串彩旗。

周大军　第二发……发射！

〔第二发导弹穿过熊熊火堆击中靶标，又溅起一片灰雾，升起一串彩旗。

周大军　第三发……发射！

〔第三发导弹又穿过火堆，溅起一片的灰雾。但许久不见击中靶标的彩旗升起。

〔人们一下子紧张起来，所有人都仰脖朝靶标处张望。

〔突然，天空升起一排红色信号弹。

周大军　成功了！秦岭飞狐成功了！

〔苍茫的秦岭脚下，人们顿时欢腾起来，男男女女不分彼此击掌、拥抱。

罗天柱　哈哈，明年东海演习就能用上秦岭飞狐了，我们的战士就可以超视距攻击敌人的两栖坦克、高速舰艇、武装直升机，无所不能，无坚不摧！

王国章　一种导弹，可以同时对地对海对空攻击，就是世界水平。

张茂林　武器在我们战士手上，还会激发出百倍的威力！

〔罗天柱掏出两包中华烟，叫罗安平给大家分了。

罗天柱　这还是总部首长下军令状那天给的，都抽一口吧，咂吧咂吧成功的滋味。半仙，快去把今天试验的弹片和烧毁的大衣找两块来，我要在军工荣誉室里，放上辫子雷、老班长和刘娟的雕像，还要供上这些残片，让我们的子孙后代永远记住秦岭人今天的壮举！啊，（忽然想起什么）对了，拿酒来，大家快去把酒都搬来，今天我们就在这秦岭脚下痛饮一杯庆功酒！

王国章　这么冷的天。

罗天柱　这才有味道，走吧。

〔人们都跑去搬酒了，只剩下周大军和罗安丽。

罗安丽　（径直走到周大军跟前）祝贺你！

周大军　谢谢！

罗安丽　现在你可以告慰刘娟姐了，也不用担心在秦岭职工面前抬不起头了。

〔周大军转过头注视她。

罗安丽　接下来是不是该兑现你的诺言了。

周大军　什么诺言？

罗安丽　你难道忘了？你发过誓，等秦岭飞狐成功了，离开秦岭深处，跟我远走高飞。

周大军　跟你远走高飞？可是……可是后面还有秦岭飞狐二型、三型……

罗安丽　（逼近）你的意思是……

周大军　安丽啊，我好像要食言了，后边还要继续……我感觉我迈不开这条腿跟你远走高飞。

罗安丽　什么？你要食言？说得这么轻巧？你还要继续……继续一个又一个试验？继续一次又一次生和死的考验？继续从事战争与死亡的事业？

周大军　安丽，你……你怎么又提这个，又在混淆战争的概念。

罗安丽　（低头沉吟一下摇摇头）今天我必须告诉你……伟大的导弹设计师，那一次次战争的背后，是一个个母亲在等待儿子，是一个个妻子在盼望丈夫，是一个个孩子在思念父亲。

周大军　你的意思是这个世界如果没有居里夫人，没有海默，就没有原子弹，世界就会更加和平。

罗安丽　难道不是这样吗？战争的升级始终跟装备的升级连在一起的，周大军！

周大军　我也告诉你，正因为我痛恨战争，才要把装备搞上去，正因为我仇恨战争，才要扎根在秦岭深处。

罗安丽　你……好像走火入魔了……

周大军　安丽，你难道不明白？为什么有人敢炸我们的大使馆？为什么有人敢占我们的钓鱼岛？说到底，是他们以为，我们的装备比不上他们。你不是喜欢读历史吗，那中国近代史，就是一部落后挨打的历史。清朝终结前的十年间，清政府与列强们签订了一千一百多个条约，平均三天就要签一份，哪一份不是白花花向外淌的银票，哪一份不是列强们割肉的刀子？

罗安丽　那是一百多年前的中国，忘掉吧！

罗天柱　安丽，（上前）忘记过去就意味着背叛……我的名字，原来叫三柱，首长给我改成了天柱，就是要我们挺起国家脊梁。安丽啊，我发现你思想不对头啊！

罗安丽　爸，我有什么不对头？（推开罗天柱）现在市场开放了，国家完全有能力去购买尖端武器，没有必要为战争升级作孽。

罗天柱　（厉声）谁作孽？你胡说什么！

罗安丽　我脑子很清楚，想了也不是一天两天了！

周大军　安丽，你是天真得可爱，还是天真得可怕？当今世界，你以为有钱就可以买来一切吗？谁卖给你？甲午海战，清政府整个一支舰队都是买的，结果呢？！

罗安丽　请你不要用教科书上的话来教训我。

周大军　（昂起头）我始终有个梦，就是要用自己的双手，装备起一流的中国军队，扬眉吐气地守卫我们的边防海疆！

〔周大军仿佛看见了天安门广场盛大的阅兵仪式。

罗安丽　好吧，为了你的梦……你就等着化成一尊雕像吧！

周大军　就是化成雕像我也在所不惜！（抑制住自己）安丽，我要郑重地告诉你，你也是军工人，你应该明白，我们的每一次飞行试验，不是在推动战争升级，而是在放飞和平鸽，一只洁白的和平鸽。这个世界正是由于我们的奉献，才阻止了战争，才减少了杀戮和流血。

〔罗安丽听着慢慢闭上眼睛，显然她已被周大军的执着和坚定打动了，胸脯在剧烈地起伏。

罗安丽　（苦笑，话语也乱了）呵呵，你说得不错啊。啊，不不……我发现你现在简直刀枪不入了！

周大军　就是这个刀枪不入，才有了我们的铁壁铜墙，否则谈什么风花雪月，儿女情长，老百姓又怎能享到太平？

罗安丽　大军，我不跟你争了，我已经陪着你亲吻过死亡的额头，那种与死亡接吻的感觉是刻骨铭心的，我恐惧永远生活在死亡的阴影里，我不能一而再、再而三地去跟死亡调情周旋……大军……我提醒你放眼想想，你难道真的不明白我对你的一片苦心吗？

周大军　（低声）啥意思？

罗安丽　（低声）啥意思？我所有的温柔和刺激，都是为了爱，为了你！

周大军　可你……你爱一个人，还要诋毁这个人钟爱的事业？

罗安丽　（泪流满面，小声）我今天，是故意到靶场来刺激你，让你醒悟的……（大声）别以为我离不开你！

周大军　你想逼我……

罗安丽　只要你能离开秦岭深处。

周大军　安丽，我明白你的爱，也渴望有一个家，可是……我渴望的爱情应该是在秦岭深处生根开花结果，我无法设想我们的爱情在外边漂泊游荡。

罗安丽　（退后一步）周大军，你的风采迷恋过我，你对刘娟姐的情义也感动了我，我以为只要我投入痴情就能融化你的冰冷，看来……我错了……错了……（说着她掏出两大厚本剪报）这就是你进厂后《秦岭报》上有关你的全部报道，截至上个月，还有我写给你没有寄出的信，它渗透着我全部的感情。

周大军　我不想离开秦岭厂，不仅仅因为刘娟埋在了这儿，这里还是我的梦开始的地方。

罗安丽　那好吧，那你就跟你的导弹过上一辈子吧！

〔罗安丽猛然抓起剪报撕掉一页，用打火机点燃，又撕掉一页伸进火里……这飘动的火苗像在述说着一个凄美的爱情故事，所有人的目光都集中到火堆上，却不知怎样是好……

〔那忽闪的火苗不是在燃烧一张张剪报，而是烧炙着大军的心。终于，大军冲上去，抓起正在燃烧的剪报，任凭火苗舔到手指也没松开。

罗安丽　你要干吗？

周大军　我要把它留下来。

罗安丽　你个混蛋！永远躲在梦里沉睡吧，别以为我离不开你！

周大军　安丽，我的梦跟辫子雷、老班长的梦相连，跟解放军官兵的梦相通……

罗安丽　（捂耳）我不想再听了。

周大军　安丽，今天我告诉你一句心底的话：我爱你，可我也爱这秦岭深处，我恳求你为了我们的爱留下来！

罗安丽　周大军，看来我要揭开你的一个秘密了，一个有伤你自尊的残酷秘密，一个我原来准备一辈子也不向人提起的秘密。

周大军　什么秘密？

罗安丽　你的父亲不是牺牲在战场上，而是死于部队的一次夜间行军。这几年为了帮你找到父亲，解决你妈的生活费，我去了很多档案馆，翻了成吨的资料，终于看到一页失踪人员档案，在你父亲的名字下清楚记着：火炮维修班上等兵，不慎坠崖失踪。因为是失踪……

周大军　你……你今天说这个，什么意思？

罗安丽　我后来还找到了坠崖的地方，山崖很深，下面是条河……

周大军　你呀！我现在必须告诉你，你又错了，我不管我父亲是不是烈士，我只是一个普普通通的军工人，我所以热爱秦岭深处，是我的血液里始终流淌着亘古不变的基因，这个基因根植在我们民族的思维里，也就是说，我继承的是事业而不是家业。（大声地）明白吗？安丽啊，我继承的是事业而不是家业，我不会因为个人的出身而改变自己的信念！

罗安丽　大军，我挑明了这个秘密，你竟然一点不恼火？看来，你是真的铁了心，要在秦岭深处钻一辈子了……

周大军　安丽啊，我也告诉你一个老厂长埋在他心底的秘密吧。那天拆完故障弹，老厂长把我叫到房间，喝了一夜的酒，他到那一刻才哭出来，放声大哭，他越想越后怕……

罗安丽　我爸还会哭？

周大军　这个不是秘密。老人家那天夜里告诉我，山上青石下埋着的辫子雷，就是那个喜欢抱着他睡觉取暖的辫子雷，在她牺牲以后人们才发现她是个女孩子，她是为能吃饱饭才参加的红军，她牺牲的时候已经十六岁，却还没有经历过一次花前月下，也没有享受过一点点女孩子应该的娇柔。

罗安丽　啊……是吗……

周大军　我再告诉你，那块刻着老班长的青石下，埋着一只铁盒子。里边有一颗折磨了老班长几十年的子弹。他老人家是倒在机床边去世的，在他枕头下发现了他恭恭敬敬写着的一句话：这辈子最开心的事，就是在中条山当班长打鬼子。这话让我啥时候想起来都感到纠结。

罗安丽　那为啥碑石上不刻上老人家的名字？

周大军　因为……我们军工人都是他们的子孙。

罗安丽　你真的很可爱，为了爱……我……

〔两人四目相对，久久凝视，忽然罗安丽猛扑上去，两人紧紧拥抱在起。

〔刘娟悄然在一侧闪出。

刘　娟　大军、安丽，我祝福你们……还有我的爸爸，每天我们都会在太阳升起的那一刻，给你们送上这份祝福。

〔这时人们回来了，人人手拿着一瓶庆功酒向他们围拢过来。

周大军　你不走了？

罗安丽　不了。

周大军　不怕跟死亡调情了？

罗安丽　不怕了。

周大军　那你刚才那番话咄咄逼人……为啥？

罗安丽　真的，我无数次地想过放弃你，但我实在做不到。实话说，我今天来到戈壁靶场是想做最后的努力，想瓦解你的意志，却没想到让你颠覆了我的思维。

周大军　这是天意吧！我们不能让辫子雷、老班长的愿望成为一种永远的遗憾，我们也不能让董存瑞、黄继光的灵魂永远拷问我们的心灵！

罗安丽　我已经明白了……

〔秦岭歌手唱：

假如你还在我身边，

我们会依偎在晨光里，

披上轻轻的风衣，
梦想在蓝天放飞；
假如你还在我身边，
我们会牵手在晚霞里，
走进绿绿的田园，
甜蜜在小道上蔓延。

二　人（唱）没有风，没有雨，
只有一对追梦人；

众　人（唱）没有苦，没有难，
只有幸福在召唤……

〔戈壁靶场上所有人都昂起头，和着雄壮的旋律，歌声越来越洪亮……

——剧终

原载《当代戏剧》2016 年第 2 期
荣获第 31 届田汉戏剧奖剧本一等奖（2017）

图书在版编目（CIP）数据

中国百年工业文学大系：戏剧卷Ⅱ / 李惠敏主编. -- 北京：中国工人出版社, 2025. 5.
ISBN 978-7-5008-8563-4

Ⅰ. I211

中国国家版本馆CIP数据核字第2025R97Z56号

中国百年工业文学大系：戏剧卷Ⅱ

出 版 人 董 宽
责任编辑 李 骁
责任校对 张 彦
责任印制 黄 丽
出版发行 中国工人出版社
地　　址 北京市东城区鼓楼外大街45号　邮编：100120
网　　址 http：//www.wp-china.com
电　　话 （010）62005043（总编室）　62005039（印制管理中心）
（010）62379038（社科文艺分社）
发行热线 （010）82029051　62383056
经　　销 各地书店
印　　刷 北京印刷集团有限责任公司
开　　本 880毫米×1230毫米　1/32
印　　张 27.375
字　　数 340千字
版　　次 2025年6月第1版　2025年6月第1次印刷
定　　价 148.00元
